독자님들께 깊이 감사드립니다.
박스오피스

좀비국시즘 82-18

2

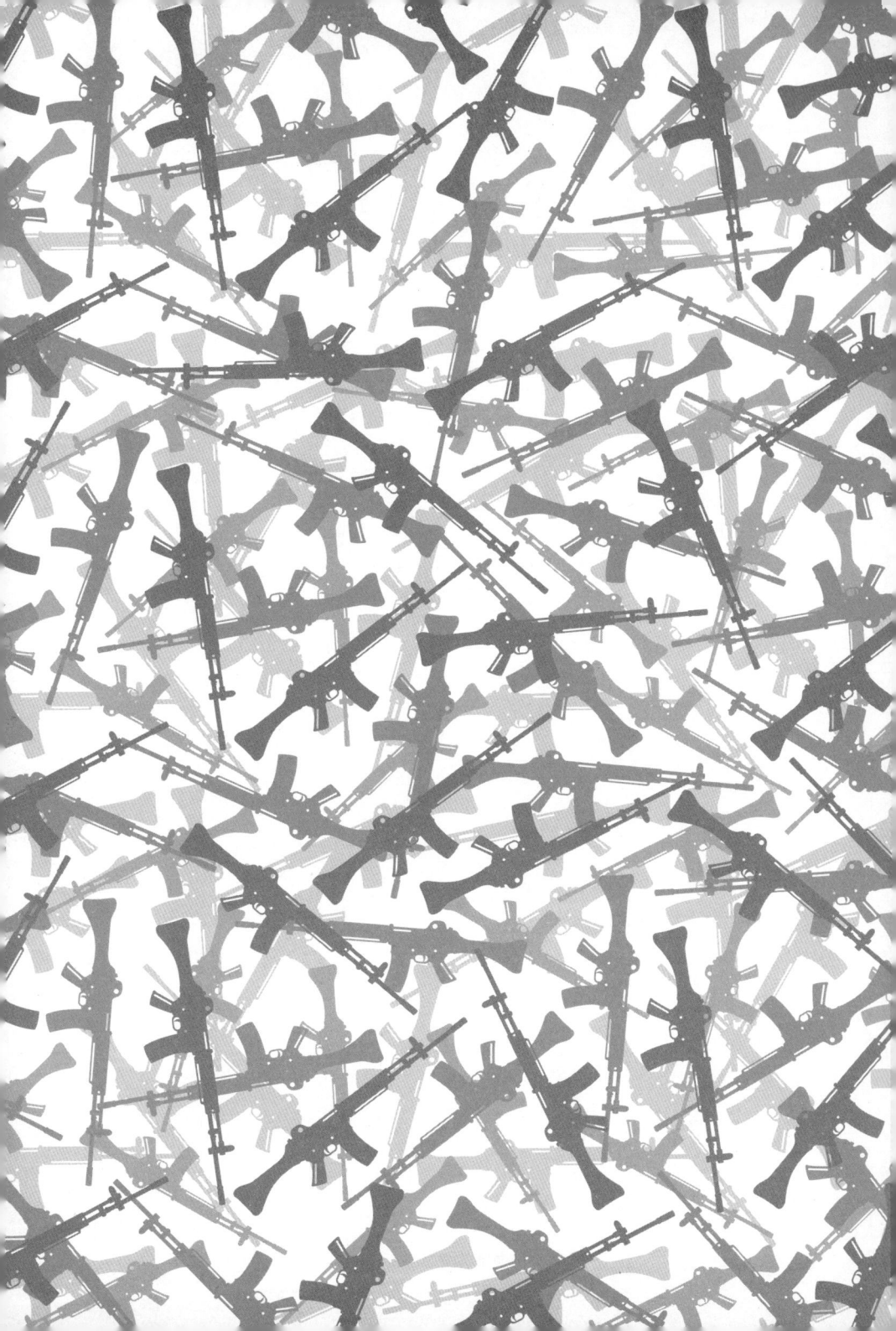

2
좀비묵시록 82-08

초판 1쇄 인쇄 2023년 07월 17일
초판 1쇄 발행 2023년 08월 16일
ISBN 979-11-91841-34-3 [04810]

지은이 박스오피스

기획 이하늘
교정·교열 김경희, 윤화리
디자인팀장 공가을
디자인책임 이화정
편집디자인 임은영
타이틀제작 진유성

펴낸이 문상철
펴낸곳 주식회사 바이프로스트
주소 서울시 강남구 선릉로 549, 에본빌딩 3층 (역삼동 694-35)
출판등록 제2020-000007호, 2020년 1월 9일
대표전화 070-8833-7312
전자우편 bifrostkr@gmail.com

이 책은 저작권법의 보호를 받는 저작물로서 무단 복제 및 재배포를 금지합니다.
잘못된 책은 구입처에서 교환하여 드립니다.

BIFROST SERIES

CONTENTS

Chapter 10
상처 ··· 007

Chapter 11
하이웨이 ··· 082

Chapter 12
기갑부대 ··· 138

Chapter 13
열화지옥 ··· 171

Chapter 14
아포칼립스 ····································· 234

Chapter 15
빈집털이 ··· 289

Chapter 16
천국과 지옥 ··································· 322

Chapter 17
시가전 ··· 386

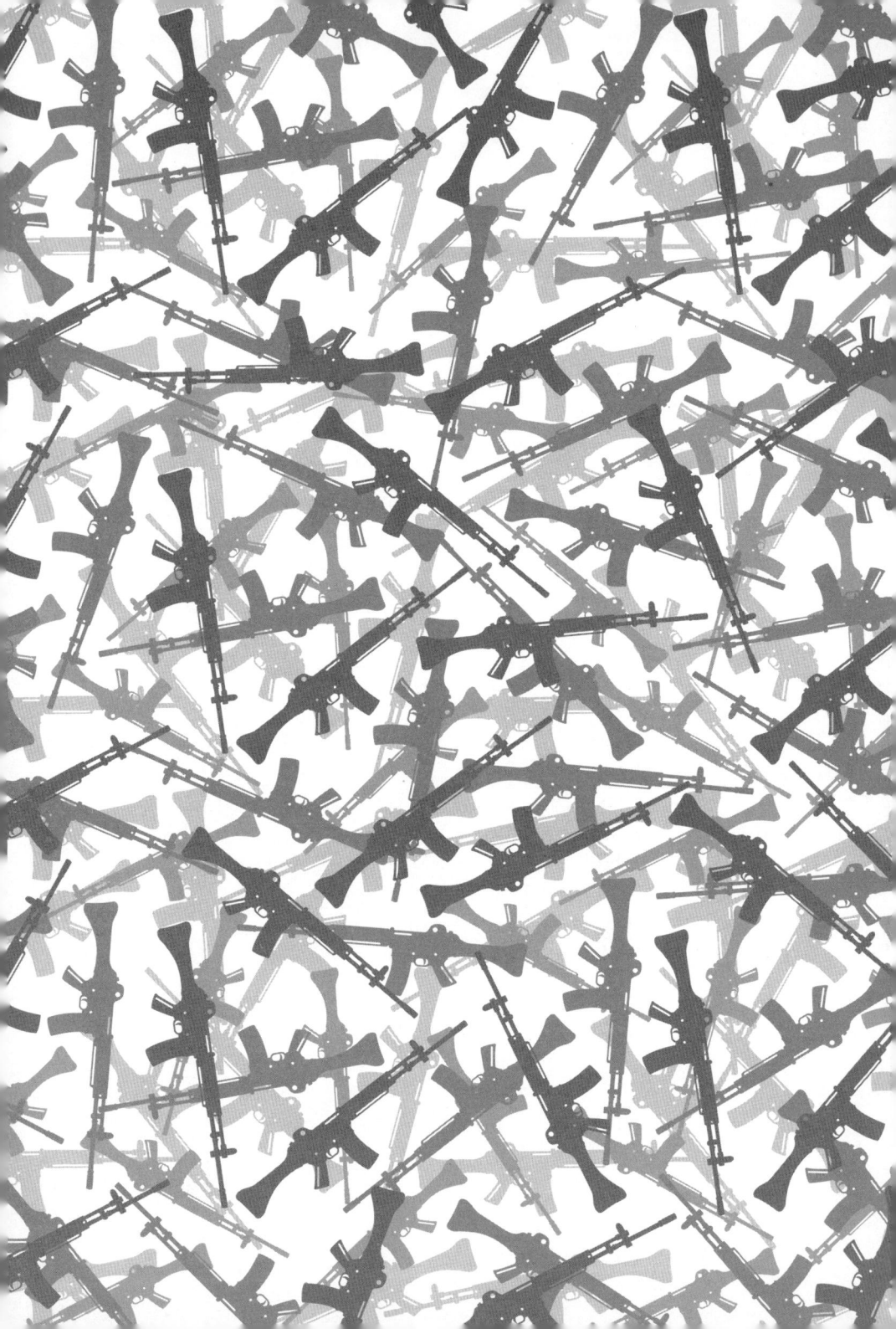

Chapter 10
상처

01

개미.

진우의 머릿속에 개미가 떠올랐다.

어린 시절, 동네 뒷산에 올랐다가 우연히 보았던 광경. 죽어 있는 참새, 그 시체 주변을 까맣게 덮고 바글거리던 개미 떼……. 죽음과 삶이 너무 어지럽게 얽혀 있어서 어린 마음에도 구역질을 참으며 한참을 지켜보았었다.

투투투투, 투두둑, 투투투투.

"밀리지 마! 계속 쏴!"

그롸아아악! 그아아아아~!

10년도 더 된, 이제는 잊고 살던 과거가 떠오를 만큼 압도적인 광경이 눈앞에 펼쳐진다. 개미 떼처럼 적극적이고, 개미 떼보다 훨씬 더 강력한 좀비들이 엄청난 규모로 원자력 발전소 정문을 향해 덮쳐 오고 있다.

투투투투투! 투투투투투!

K-3이 긁고 지나간 자리에는 내장이 터지고 팔다리가 잘려 나간 좀비들이 휘청거리고 있었다. 문제는 놈들이 그렇게 되고도 여전히 이빨을 드러내며 뛰어

오고 있다는 점이었다.

하늘에서 천천히 떨어지는 조명탄의 불빛, 그리고 지프에서 쏘아 대는 서치라이트.

어둠에 묻히지 않은 곳 어디로 시선을 돌려 봐도 좀비가 가득했다. 병사들은 방아쇠를 당기면서도 압도되고 있었다. 죽여도, 죽여도 계속해서 저 징그러운 놈들의 웨이브가 끝이 나지 않을 것만 같다.

두려움과 긴장은 신체의 능력을 떨어뜨린다. 병사들의 총구는 떨렸고, 명중률은 급격하게 저하되었다.

투두둑! 투두둑!

놈들과의 거리가 좁혀지는 걸 느끼면서 진우는 쉬지 않고 방아쇠를 당겼다. 그렇게 강력해 보이던 정문 경비대의 화력이었는데, 막상 규모 오의 좀비 군단을 제압하려니 커다란 벽과 마주한 기분이다.

"머리를 쏴! 머리! 다른 데는 소용없다!"

지휘관들이 사선 뒤를 돌며 고함을 질렀다.

등신들…… 또 잘못된 명령이다. 김 상병과 나란히 오른편 뒤쪽 사로에서 사격을 하던 진우는 눈살을 찌푸렸다.

차라리 입을 다물고 좀 있지…….

단순히 헤드샷을 명중시키기 어려워서만은 아니다. 지금 그들이 마주한 상황은 지난 이틀 동안의 소규모 습격 때와 완전히 다르고, 조금 전 철책 위에서 아래를 향해 쏘던 때와도 또 다르다.

이렇게 많은 놈들이 한꺼번에 속도를 높여 몰려들고 있는데, 사수의 위치가 더 높지 않다면 차라리 맨 앞줄의 하체를 겨냥하는 게 낫다. 머리보다 훨씬 커다란 표적이고, 다리가 부러져 나가 자빠진 놈들은 뒤에서 달려오던 좀비들이 알아서 걸레처럼 만들어 줄 것이다. 그리고 놈들이 전진하는 속도도 훨씬 늦출 수 있다.

"김 상병님!"

진우는 옆자리의 김 상병을 큰 소리로 불렀다. 언제나 그랬듯이 머리를 겨누고는 있지만, 예광탄의 방향은 하늘로 솟구치고 있는 김 상병이 대답했다.

"응? 왜? 왜 불러?"

"다리를 쏴야 합니다! 하체! 하체!"

그래? 김 상병은 이유도 묻지 않고 총구를 약간 아래로 내린 뒤 연사를 시작했다.

드르르륵! 드르르륵!

아스팔트 바닥을 박살 내던 총알들이 좀비의 다리를 훑자 무릎과 골반이 엉망으로 부서지고 꺾여 나간 놈들이 땅바닥에 얼굴을 갈며 나뒹군다.

꾸아아악—!

뒤따르던 좀비들은 인정사정 봐주지 않고 동료의 몸뚱이를 난폭하게 짓밟고 앞으로 뛰어나온다. 간혹 한 번씩은 보너스처럼 넘어진 놈에 걸려 네댓 놈이 한꺼번에 자빠져 주기도 한다.

삼척에 와서 처음으로 자신의 총알을 명중시킨 김 상병이 크게 환호하며 외쳤다.

"와우! 이거 존나 죽이는데? 진작 말해 주지! 개새끼야, 훨씬 쉽잖아! 야, 너희도 다리 쏴! 병장님, 하쳅니다, 하체!"

기분이 좋아진 김 상병은 서둘러 탄창을 갈며 주변의 병사들과 아까 구해 준 세 명에게도 새로운 전략을 전파했다. 그의 말을 들은 병사들 중 반 정도는 고개를 갸웃거리면서도 조언을 따라 쏴 봤다.

어차피 머리를 겨누고 아무리 당겨 봐야 댓 번에 한 발도 제대로 맞히기 힘들었으니 밑져야 본전이다.

파바바바방!

투투투툭! 투툭! 투두둑!

수십 마리의 좀비가 일시에 무너져 내리자 긴장에 짓눌려 식은땀을 흘리고 있던 몇몇 병사들의 얼굴에 비로소 활기가 돈다. 그들의 표정이 공통적으로 말하고 있는 건 하나의 문장이었다.

'이 작전은 통한다!'

연사로 한 번씩 훑고 나면 가장 앞의 두어 줄이 무너져 내렸다. 기어오는 놈들이 뛰어오는 놈들보다 덜 위험하다는 건 누구나 공감할 수 있을 사실이다. 병사들은 신념에 가득 찬 얼굴로 열심히 탄창을 갈아 끼우고 또 재조준을 했다.

똑같은 총을 가진 비슷한 인원이 상대하고 있지만, 채 2분도 지나기 전에 오른쪽 라인과 왼쪽 라인 간에 차이가 발생하기 시작했다. 줄기차게 머리만 노리다가 순식간에 좀비들과 거리가 좁혀진 왼쪽 라인의 병사들은 당황하는 기색이 역력하다.

"이 새끼들아! 당황하지 말고 머리를 쏴! 머리를 조준하라고!"

지프 위에서 패닉 상태의 중위가 목이 터져라 외쳐 보지만, 그저 공염불일 뿐이다. 좀비들이 다가올수록 중위의 얼굴은 점점 사색이 되어 갔다.

"다리 쏴! 옆으로 전달해! 머리 말고 다리!"

하체 조준 전략의 전도사가 된 김 상병은 아예 사격은 뒷전으로 미루고 사선을 따라 뛰며 부지런히 외쳐 댔다.

그때, 누군가 김 상병의 멱살을 잡아챘다. 성난 표정으로 지프에서 뛰어 내려온 중위였다.

"이 새끼가!"

중위는 깜짝 놀라 굳어 버린 김 상병을 바닥에 내동댕이쳤다. 팔꿈치를 갈며 넘어진 김 상병을 다시 잡아끌고 가 지프 앞에 내던진 뒤, 그의 턱에 권총을 바짝 대면서 중위가 소리쳤다.

"뭐 하는 새낀데 내 명령을 번복해? 죽고 싶어?"

"……아닙니다."

총구를 내려다보며 김 상병이 대답했다. 사선의 병사들과 부사관들은 그들의 뒤에서 무슨 일이 일어나고 있는지도 모른 채 열심히 방아쇠를 당기는 중이었다.

속는 셈 치고 노려봤던 하체 사격이 훨씬 효율적이라는 걸 많은 병사들이 깨달은 뒤부터, 밀린다고만 느껴졌던 전세는 다시 팽팽한 균형으로 유지되고 있었다.

잠시 여유가 생겨 뒤를 돌아본 진우는 중위에게 붙들려 곤욕을 치르고 있는 김 상병을 발견했다.

"난 당장 여기서 널 쏴 버려도 돼, 이 주제도 모르는 새끼야. 그렇게 해 줄까? 응?"

"……잘하겠습니다."

왜 이러는 걸까 생각해 보기도 전에 김 상병의 입에서는 기계적으로 마음에도 없는 소리가 새어 나온다. 그리고 한 줄기 눈물이 또르르 흘러내렸다.

야이, 씨발. 나한테 이럴 정신이 있으면 저기 달려오는 좀비를 한 마리라도 더 죽일 것이지…….

보는 사람은 아무도 없지만, 분하고 창피하고 억울하다.

지프 위의 중기관총 사수와 운전병은 그들의 눈앞에서 벌어지는 일을 애써 외면하고 있었다.

타타타타타! 투투투투투둑!

등 뒤에서 쉬지 않고 울리는 무심한 총소리와 좀비들의 비명 때문에 더 가슴이 아팠다. 눈물을 본 중위는 광기 어린 목소리를 더욱 높이며 김 상병의 멱살을 쥐고 거칠게 흔들었다.

"너 같은 새끼는 본보기로라도 가만두면 안 돼! 이런 위급한 상황에서 지휘 체계를 무너뜨리려고……."

침을 마구 튕겨 가며 열변을 토하는 것으로 열등감을 감추고 싶었던 중위가 권총의 노리쇠를 뒤로 당겼다. 싸움에 지는 것은 참을 수 있지만, 무능력함이 들통나는 것은 참을 수 없다. 이 새끼만 사라지면…….

철컥!

김 상병은 질끈 눈을 감았다.

휘익~.

바람이 빠르게 일더니 뼈가 으스러지는 소리가 났다.

빠악—!

김 상병이 실눈을 떠 보자 권총을 떨어뜨린 중위가 부러져 버린 손을 쥐고 비명을 지르고 있다.

"으악! 뭐, 뭐야?"

난데없는 습격에 놀라 고개를 들려던 중위의 뒤통수에 진우의 개머리판이 다시 날아들었다.

쾍!

그리고 중위는 눈을 홉뜬 채 고꾸라졌다.

"박 이병……."

"어, 어어어! 손 들어!"

김 상병이 기뻐하기도 전에 지프에 탑승하고 있던 중기관총 사수와 운전병이 허둥대며 총을 집는다. 하지만 진우는 그보다 훨씬 빨리 조준을 끝마쳐 두고 라이트의 사각으로 옮겨 서 있었다.

"야!"

기관총 사수에게 고정된 조준경에서 눈을 떼지 않은 채 진우가 두 사병을 불렀다. 둘 다 작대기 세 개짜리였지만, 그런 게 지켜져야 하는 단계는 이미 지났다.

"이 휘장 보이지?"

진우가 한 발짝을 내딛자 가슴에 붙은 금속제 특등사수 휘장이 라이트를 측면으로 받으며 위압적으로 번쩍인다. 두 병사는 긴장된 표정으로 고개를 끄덕였다.

진우가 말을 이었다.

"내가 대대에서 1등이었어. 그래도 해볼래?"

이번엔 둘 다 고개를 젓는다. 그들이 총에서 손을 떼는 걸 확인한 진우가 가까이 다가서며 말했다.

"유탄이 튄 겁니다. 나중에 깨어나서 물으면 그렇게 이야기하십쇼. 상병님들,

우리 같이 삽시다!"

두 병사의 고개가 천천히 위아래로 움직였다. 쓰러져 있는 중위를 경멸하는 눈으로 바라보던 운전병이 무뚝뚝한 목소리로 말했다.

"넘어지다 땅을 헛짚어서 손이 부러진 걸로 하면 되겠군."

잠시 그들의 눈을 뚫어져라 보고 있던 진우는 경계를 풀고 김 상병을 부축했다. 그러곤 사선으로 돌아가 병사들 속에 섞여들었다. 두 병사도 차에서 내려 기절해 있는 중위를 끌어 올렸다.

"이이이— 씨발, 나 진짜…… 죽는 줄 알았어."

김 상병이 눈물을 훔치며 말한다. 진우는 그가 진정할 때까지 내버려 두고 다시 총구를 전방으로 돌려 열심히 좀비들에게 총알을 박아 넣었다.

타앙—!

날려 버리고 싶었던 중위의 머리 대신 좀비의 대갈통이 터진다.

타앙—! 타앙!

전방에는 없는 역겨운 적들에 대한 증오심을, 진우는 좀비에게 대신 풀었다. 또라이 지휘관이 의식을 잃은 후, 전투는 원활하게 진행되었다.

끝이 없을 것 같던 좀비 무리는 어느덧 바닥을 드러내기 시작했다. 애초에 제대로 전략만 짜여 있었어도 이보다 훨씬 쉽고 적은 희생을 치르면서 격퇴할 수 있었을 것이다.

발전소 건물 너머의 바다에서 붉게 동이 터 올 때쯤, 길고 긴 전투도 서서히 끝을 맺어 갔다. 손으로 꼽을 수 있을 만큼의 적은 수만 남았을 때에도 좀비들은 조금도 기죽는 법 없이 맹렬하게 달려들다가 뇌수를 흩뿌리며 쓰러졌다.

마침내 광활한 발전소 여기저기서 병사들의 환호가 쏟아져 나왔다.

타아앙—!

시체 더미를 뚫고 나와 바닥을 기어오던 녀석의 미간에 커다란 구멍을 뚫는 것을 끝으로, 진우도 밤새도록 꽉 쥐고 있던 소총을 내려놓았다.

멍해진 김 상병은 주차장을 가득 덮은 시체들의 산을 하염없이 바라보는 중이었다. 그 사이에는 드문드문 피로 얼룩진 푸른 군복도 끼어 있다.

후우우~ 후우우~.

아무리 크게 한숨을 쉬어도 꽉 막힌 가슴이 뚫리질 않는다. 진우는 물집이 잡히고 살갗이 벗겨진 오른손으로 이마를 쓸어내렸다. 그 끔찍한 웨이브에서 결국 살아남았다…….

하지만 이런 건 승리가 아니다.

동해를 진홍빛으로 물들이며 떠오르는 태양이, 진우와 김 상병의 퀭해진 얼굴을 비춘다. 새 하루가 밝았다.

그들이 지친 몸을 누인 곳은 카페테리아로 이어진 나무 회랑의 야외 테이블. 주변에는 그들처럼 지친 병사들이 삼삼오오 모여 앉아 담배를 피우고 맛스타를 나눠 마시며 생존을 자축했다.

하지만 그들 중 누구도 진우와 김 상병만큼 긴 시간 동안 싸운 사람은 없었다. 정말 지독한 싸움이었다. 단 몇 시간 만에 500명의 대대원 중 절반 이상이 사망했고, 진우가 속했던 내무반은 두 명의 생존자만 남기고 아예 전멸해 버렸다.

완전히 탈진한 김 상병은 벤치에 벌렁 드러누운 채 꼼짝도 하지 못했다. 진우 역시 어지간히 지쳐서 고개를 들기도 힘에 겨웠다. 어서 아침을 먹고 총을 분해해서 닦아야 하는데, 그럴 기력이 도저히 나지 않는다.

무슨 영문인지는 몰라도 주차장 가득히 널브러져 있는 시체들을 그대로 놔두라는 게 그나마 다행이었다. 벤치에 발을 올리고 무릎 사이에 얼굴을 묻은 채 겨우겨우 숨을 몰아쉬는 진우에게 김 상병이 물었다.

"……야, 박 이병."

"예…… 이병 박진우."

진우는 고개를 들지도 못하고 힘없이 대답했다. 묻는 목소리나 답하는 목소리나 기운이 없기는 매한가지다.

"그 중위 새끼가 깨어나서 나 찾으면 어떡하지?"

"얼굴 기억 못 할 겁니다. 그렇게 깜깜한 데다가 정신도 반쯤 나가 있었는데……."

"너라면 그럴 수도 있겠지만, 나 정도 잘생긴 사람은 흔치 않아서."

"후후후."

"이 새끼 봐라? 웃네?"

"후후, 앞으로 잘하겠습니다."

"농담이다, 새꺄. 잘했어."

"그리고 어쩌면 그 사람, 어제 일을 깡그리 잊어먹었을지도 모릅니다."

"어째서?"

"정말 죽어라 세게 때렸지 말입니다."

"……그냥 죽여 버리지……."

진우는 대답하지 않고 슬픈 눈을 들어 발전소 쪽으로 고개를 돌렸다. 김 상병의 목소리에 반쯤 진심이 담겨 있다는 것도 알고 있고, 자신이 그렇게 하지 못한 이유도 알고 있다.

결기가 부족해서…….

만약 보안관이었다면 그런 중위 따위…… 정말로 대번에 머리통을 날렸을 텐데.

02

부우웅~.

발전소에서는 직원을 태운 미니버스들이 바쁘게 빠져나오고 있었다. 발전소의 야간 근무조와 아침 근무조가 교대하는 시간인 모양이다.

저희를 지키기 위해서 나는 밤새도록 죽음과 씨름을 했는데, 저것들은 그냥 평범한 일상을 살고 있구나. 이제 피 한 방울 안 묻힌 손으로 아무렇지도 않게 아침을 먹고, 편한 침대 속으로 들어가겠지…….

한번 그런 생각이 들기 시작하자 가운이나 작업복을 입은 원전 직원들에 대한 미움이 쉽게 가라앉지 않는다.

"여기 좀 앉아도 되겠나?"

조금 시간이 흐른 뒤, 누군가 그들이 차지하고 있는 벤치에 다가와 음식이 담긴 종이봉투 두 개를 턱 내려놓으며 물었다.

고개를 들어 보니 흰 가운을 입은 사내가 담배를 물고 웃으며 서 있다. 아직 원망하는 감정의 앙금이 남은 진우는 대답도 하지 않고 사내를 외면했지만, 김 상병이 의외로 싹싹하게 웃어 주었다.

"아, 예. 앉으십시오. 저희 의자도 아닌데요. 끄응~."

힘겹게 몸을 일으킨 김 상병이 능글맞게 빙글거린다.

"아, 근데 선생님, 필터가 노란색입니다? 저도 사회 있을 땐 독한 거 피웠었는데."

"하하, 내가 아니라 사제담배가 환영받은 거구만. 자, 말보로 레드도 괜찮으면 그냥 가지게. 나야 기숙사에 아직 여유가 있으니까."

나이 차이가 꽤 많이 나 뵈는데도 사내는 사람 좋게 웃으며 담배를 갑째 건네고 지포라이터로 불까지 붙여 주었다.

후우우~!

고개를 모로 돌린 채 잔뜩 연기를 내뿜는 김 상병의 얼굴은 작은 행복감으로 가득 찼다.

"오늘 새벽, 아주 대단했다면서? 자, 좀 들겠나? 누군가랑 같이 먹고 싶어서 일부러 여유 있게 받아 왔는데."

사내는 종이봉투에서 도시락과 음료수들을 꺼낸 뒤, 진우와 김 상병 쪽으로 밀며 권했다. 스티로폼 용기에 몇 가지 반찬이 담긴 정갈한 도시락과 플라스틱 컵 표면에 물방울이 잔뜩 맺힌, 시원한 아이스커피였다. 비빔밥 전투식량과 맛스타만 먹던 군인들의 눈에는 호사스럽기 그지없다.

"저희가 이걸 먹으면 선생님은?"

김 상병이 넉살 좋게 빨대로 아이스커피를 빨며 묻는다. 사내는 고개를 저으며 커피만 하나 빼 들었다.

"아아, 저 안에서 밤을 새우면 통 입맛이 없어서 말이지. 어제부터 젊은 친구들 커피라도 한잔 주고 싶었는데……."

이걸 받아먹을까, 말까.

진우는 갈등하는 심정으로 커피를 쥐고 사내의 얼굴을 다시 쳐다봤다.

30대 후반이나 40대 초반의 남자. 군살이라고는 도무지 없는 신경질적인 몸매지만 표정만은 평화롭고, 잔주름이 자글자글한데도 어린애 같은 구석이 있다. 특히 곱슬머리가 제멋대로 길게 뻗어 있어서 어딘가 아인슈타인의 젊은 시절을 연상시킨다.

후우~! 사내는 담배 연기를 뱉으며 멀리 주차장의 시체 산을 바라보다가 다시 시선을 진우에게 돌렸다.

"자네는 내가 영 마음에 들지 않는 눈치군."

"별로…… 그런 건 아닙니다. 그저…… 저나 오늘 죽은 제 동기들에 비하면 너무 행복해 보이셔서……."

"그런가……. 그럴지도 모르겠군."

사내는 씁쓸하게 웃으며 지갑을 꺼내 가운데를 펴서 건넸다. 받아 보니 꽤나 고운 여자가 귀여운 꼬마 여자애를 안고 웃는 사진이 끼워져 있다.

따뜻하다…….

홀린 듯 그 사진을 바라보고 있는 진우와 김 상병에게 사내가 물었다.

"예쁘지?"

진우는 지갑을 돌려주며 고개를 끄덕였다.

"네, 미인이십니다. 아기도 예쁘고…… 가족이십니까?"

"가족이었지."

굳이 과거형을 사용한 사내가 작게 한숨을 쉬며 말했다.

"하지만 이런 세상에서 그렇게 여린 사람들이 어떻게 버티겠나? 그제 전해 들었어, 우리 동네는 이미 끝났다고. 하아, 겨우 6년밖에 못 살았네, 그 아이는."

여전히 평화로운 얼굴로 그런 이야기를 하는 사내를 보면서 진우는 잠시나마 질투를 했던 자신이 부끄러워졌다. 상처 입지 않은 채 살아남은 사람은 없는, 그런 세상이 된 것이다.

무거워진 분위기에 눌려 김 상병도 조용히 커피만 빨았다.

진우가 침묵을 깨고 입을 열었다.

"……죄송합니다."

"아니, 자네가 미안할 게 뭐가 있어. 자네도 내 딸보다 이제 고작 십수 년 더 살았을 텐데, 내가 오히려 미안하네. 이런 델 지키느라 젊은 사람들이 매일 지독한 꼴을 보게 해서."

사내는 쓸쓸히 웃었다. 그렇지 않아도 진우 역시 그게 궁금했다. 왜 대민 지원을 나가지 않고 여길 지키고 있는 것일까?

"이렇게 하고 있는 건 확실히 이해가 안 가기는 합니다. 듣자 하니 서울, 경기는 말도 못 할 만큼 어렵다던데. 이왕 목숨을 걸 거라면 시설 경비보다는 훨씬 더 보람 있는 일을 하고 싶습니다. 사람들 목숨을 구한다거나……."

진우의 이야기를 들은 사내가 천천히 고개를 저었다.

"고생스럽겠지만 지금 자네가 하는 일이 보람도 있고, 여러 사람 목숨도 살리는 걸세. 마을 하나를 구조하는 건 비교도 안 돼. 여기가 무너지면 방사능 유출로 수천 배, 수만 배 더 많은 사람들이 목숨을 잃을 테니까."

"방사능 유출요?"

김 상병이 눈을 크게 뜨며 물었다.

사내가 머리를 끄덕인다.

"그래. 체르노빌 기억하나? 아…… 86년 일이었으니까 자네들이 태어나기 전이었겠군. 하여간 발단은 아주 작은 실수였지. 원자로의 터빈 발전기가 전력 공급이 끊긴 이후에도 관성에 의해 계속 움직여 주지 않을까 하는 실험이었어. 소련은…… 아, 그때는 러시아가 아니고 소비에트 연방이었거든. 참 그동안 세월이 많이 가긴 했군. 어쨌든 당시 소련은 비상용 디젤 발전기에 드는 비용을 절약하고 싶었던 거야. 뭐, 그런 시도 자체는 나쁘지 않았지만, 엔지니어들이 멍청한 짓을 한 가지 저질렀다는 게 문제였지. 실험 시간을 단축시켜 보려고 비상 정지 시스템을 차단시켜 뒀던 거야. 끄고 재가동하는 시간이 아까워서 그랬던 거지."

"어떻게 됐습니까?"

진우가 물었다.

"몇 분 만에 폭발하기 시작해서 그다음부턴 걷잡을 수가 없어졌다네. 즉사한 사람은 100명도 안 되지만, 방사능에 피폭된 사람이 50만이 넘어. 그중 5퍼센트는 죽었고, 나머지도 계속 고통받으며 죽어 가고 있지. 인구 5만짜리 작은 변방 도시에서 일어난 일이지만, 일단 사고가 난 다음에는 그 도시만의 문제가 아니었네. 인근은 죽음의 땅으로 변했고, 스웨덴, 핀란드 같은 주변 국가들 전부가 그것으로 인해 피해를 받았지. 거긴 지금도 아무도 살지 못하는 곳이야. 땅도, 물도, 공기도…… 사람에게 치명적인 것들을 머금고 있거든. 어때? 끔찍한가? 하지만 후쿠시마에 비하면 체르노빌은 아무것도 아니라고 보는 사람들도 있지. 그런데 이건……."

사내는 뒤쪽의 거대한 원자로들을 가리켰다.

"이건 후쿠시마보다도 훨씬 더 출력이 센 모델들이네. 신형이니까 그렇게 만들었지. 그러니 여기를 지키는 건 생명을 살리는, 아주 중요한 일이야. 자네에게도, 나에게도."

"그런…… 그렇게 무서운 거라면 꺼 버리면 되지 않습니까? 이런 상황에서도 계속 가동해야 하는 이유를 모르겠습니다. 어차피 이제 와서는 전기를 쓰는 사람도 얼마 없는데."

진우가 답답해하며 묻자 사내는 선선히 고개를 끄덕였다.

"이미 껐어. 자네들이 여기 도착하던 날, 벌써 가동은 중단되었지."

"그럼 지금 여기서 쓰고 있는 전기는 어떻게?"

"뒤에 보이는 커다란 놈들 중에서 회색 시멘트에 덮여 있는 놈들 말고 붉은색 건물 보이나? 다른 네 개보다 훨씬 작은 거. 그건 디젤 발전소일세. 거기에서 생산되는 전기를 쓰고 있는 걸세."

"아…… 뭐가 뭔지 잘 모르겠습니다만, 이제 발전소도 껐으니 퇴각하면 되는 것 아닙니까?"

"으음……."

사내는 곤란하다는 표정을 짓고 잠시 생각을 하더니, 김 상병에게 담배 한 대를 청해서 불을 붙였다.

진우가 눈치를 살피며 물었다.

"제가 무식해서 귀찮게 해 드린 겁니까? 그렇다면……."

"아니, 아니야. 대체 뭘 지키기 위해 목숨을 걸고 있는 건지 당연히 자네들도 알아야 한다고 생각하네. 단지 어떻게 하면 설명을 좀 간단하게 할 수 있을까 하고……. 이제 생각이 났으니 들어 주게."

사내는 친절히 웃으며 담배를 계속 뻑뻑 빨아들였다. 후우~ 두어 번 잇달아 연기를 내뿜은 뒤, 사내는 불똥이 길어진 담배를 들어 보이며 말했다.

"핵 발전소라는 건…… 끄고 나서도 수습이 좀 필요한 물건이거든. 자, 이 불붙은 담배를 연료봉이라고 하세. 여기에서 열이 나지?"

네, 진우와 김 상병이 고개를 끄덕였다. 사내는 커피가 조금 남아 있는 컵 속에 담배를 담그는 시늉을 했다.

"만약 이게 엄청 뜨겁다면 이렇게 집어넣었을 때 커피가 끓어오르겠지? 그러면 그 열로 터빈을 돌려 발전을 하는 걸세. 하지만 계속 놔두면 물이 다 증발해 버릴 테니까 때맞춰서 식혀 줄 물을 갈아야 하네. 그래서 저기 자네들이 마주 보고 있는 바닷물과 연한 곳에 이걸 지은 거지. 물을 마음대로 끌어다 쓸 수 있으니. 근데 말이야. 이 연료봉이라는 놈은 한번 불이 붙으면 몇 년이나 계속 타거든, 손댈 수도 없을 만큼 아주 뜨겁게. 우리가 스위치를 내려 버려도 이놈은 계속 열을 내는 거야."

불똥의 크기가 줄어들자 그는 다시 한번 깊이 담배를 빨았다.

"지금 우리가 하고 있는 일은 이놈이 식어 주기를 기다리며 달래는 걸세. 디젤 발전기를 돌려 물을 갈아 주면서. 디젤 발전기와 연동된 시스템은 기본적으로 자동이니 사람이 없어도 가동이야 되겠지만, 1년 정도의 연료밖에는 없으니 그것도 관리해야 하고."

"1년이라고 하셨습니까? 그럼 도대체 몇 년을 더 식혀야······."

"짧게 잡아도 5년은 필요해. 5년······ 아이고, 길다."

씁쓸하게 웃는 사내에게 진우가 한 가지를 더 물었다.

"그럼, 만약 저 디젤 발전기가 그때까지 계속 가동되지 못하면 어떻게 됩니까?"

"이런 거지. 이 컵이 저 커다란 시멘트 건물이라고 쳐 보세. 아까도 말했다시피 담배는 연료봉이고. 여기에서 물이 다 빠져나간 다음에 보충이 안 되면······."

사내는 컵에 들었던 커피를 따라 버리고 잘 턴 다음, 거기에 불똥이 밑으로 가게 해서 담배를 집어넣었다. 플라스틱 컵의 바닥이 담뱃불로 인해 녹아 들어가다가 결국에는 구멍이 뻥 뚫리면서 담배가 아래로 빠져나왔다. 바닥에 떨어진 담배를 비벼 끈 후, 사내가 말했다.

"이렇게 뚫리면 그 순간부터 아무도 감당할 수 없어져. 나라 전체에 치사량의 방사능이 퍼지겠지. 아마 일본이나 중국에까지도. 휴우~ 말하고 나니 정말이지 끔찍한 이야기구만."

사내의 이야기를 들으면서도 열심히 수저를 놀리던 김 상병의 손이 멎었다. 씹던 음식이 드러날 만큼 입을 벌리고 멍해져 있던 김 상병이 분노한 표정으로 물었다.

"평시가 아니면 통제가 안 된다는 말이잖아요? 애초에, 이런 걸 대체 왜 만든 겁니까?"

"글쎄······."

서글픈 눈으로 시체 더미들을 보고 있던 사내가 대답했다.

"아마 우리가 미쳤었던 게지."

03

유빈은 복지 센터 식구들 중 가장 늦게 잠에서 깼다. 세차게 퍼붓던 비는 간데없고, 유리창 없는 창문마다 환한 햇살이 가득 비쳐 들고 있었다.

밤새 앓느라고 그랬던 것인지, 아니면 이른 아침부터 푹푹 쪄 대는 날씨 때문인지, 걸치고 있던 긴팔 작업복은 땀으로 흠뻑 젖어 있다.

"끄으응~!"

평소와 달리 온몸에 힘이 들어가지 않는다. 유빈은 가벼운 신음 소리를 내면서 겨우겨우 몸을 돌려 누웠다. 좋은 소식과 나쁜 소식이 그를 기다리고 있었다. 좋은 소식은 눈을 뜨자마자 정말 아름다운 것과 마주하게 되었다는 것이다.

"잘 잤어요, 오빠?"

곁에 쪼그리고 앉아서 그가 깨기를 기다리고 있던 제니가 가볍게 웃으며 인사를 건넨다. 타이트한 흰 반팔 티셔츠, 무릎까지 올려 접은 힙합 바지, 그리고 햇살과 어우러진, 윤기 있는 머리카락과 그 미소.

잠이 아직 덕지덕지 붙어 있는 유빈이지만, 가슴이 두근거릴 만큼 예쁘다.

아, 맞다. 어제부터 우리는 제니와 함께 지내고 있었던 거지……. 그럼 이제 매일 아침 눈을 뜨면 이 얼굴을 볼 수 있단 말인가…….

"아, 안녕."

유빈이 조금 부끄러워하며 눈곱을 떼고 일어나려 하자 제니가 음료수를 따서 내밀었다.

"드세요. 밤새 많이 앓으셨어요. 목마를 거예요."

눈뜨자마자 대기하고 있던 천상의 아이돌이 음료수를 따서 바치다니, 이 무슨 황공한…….

유빈은 허둥대며 제니의 손을 피해 캔을 받아 들었다.

"근데…… 보안관이랑 삼식이는?"

음료수를 반 이상 들이켠 뒤, 새삼 깨달은 유빈이 물었다.

제니는 창에 두 팔을 짚고 서며 몸을 쭉 폈다.

"갔어요, 해가 뜨자마자."

"가다니?"

"약을 구해 오겠다고, 역 쪽으로요."

"뭐? 저희들끼리만? 아직 바닥이 미끄러워서……."

당황해서 몸을 벌떡 일으키려던 유빈이 끄응~ 앓는 소리를 내며 다시 주저앉았다.

이제 나쁜 소식이다. 다친 종아리가 어젯밤보다 더 아프다.

"크으으~!"

몸 전체에서 동시에 식은땀이 뿜어져 나온다. 잠시 함부로 움직였던 것에 대한 벌치고는 너무 심하다. 유빈은 인상을 찌푸리며 상처를 움켜잡았다.

"어떡해……. 많이 아파요?"

제니가 몸을 숙이며 안타까운 표정을 짓는다. 유빈은 별거 아니라는 듯 손을 저었지만, 입을 열고 말을 하기도 어려울 만큼 괴로웠다. 한 팔을 굽혀 얼굴을 감싼 채 고통이 지나가 주기를 잠시 기다리던 유빈이 천천히 입을 열었다.

"그게 언제쯤이야?"

"출발한 게 6시가 안 됐었으니까, 벌써 두 시간은 지난 것 같은데요."

제니가 손목에 찬 앙증맞은 시계를 들여다보며 말했다.

"좀…… 말려 주지 그랬어. 네가 말했으면 들었을 텐데……."

"피이, 제 말 듣기는요. 하나도 안 들어요."

제니는 분하다는 표정으로 대답했다.

"가지 말라고 했는데도 갔어?"

"그건 아니고, 저도 도울 테니 같이 데려가 달라고 했었죠. 그랬더니 보안관 오빠가 펄쩍 뛰면서 안 된다고 하는 거예요. 너는 그런 일 하는 사람 아니라면서. 그런 일 하는 사람이 따로 있나요, 이런 상황에."

좀 멍해진 유빈은 아랫입술을 내밀고 있는 제니의 옆모습을 봤다. 어제 겨우 빠져나온 좀비의 소굴로 다시 걸어 들어가겠다고 자처했다니…… 얘도 좀 별난 애인지 모르겠다.

"그럼 신입은?"

"처음엔 안 간다고 버텼는데, 보안관 오빠가 억지로 끌고 갔어요. 정 무서우면 역에서 기다리다가 가방이라도 들고 오라고 하면서."

"그랬구나……."

고개를 끄덕이고 있는 동안 유빈은 이상한 기분이 들었다. 셋이 함께 움직이고, 목숨을 걸고 뛰어다녔을 때에는 느끼지 못한 감정. 자신이 영 쓸모없는 존재가 되어 다른 사람의 발목을 잡고 있는 것만 같아 미안하고 죄스럽다.

"어, 일어나지 마요. 후딱 해치우고 올 테니까 아무것도 하지 못하게 하라고 보안관 오빠가 그랬어요. 오빠가 깨면 걱정할 거라면서……."

유빈이 땅을 짚으며 몸을 일으키자 제니가 만류하며 팔을 잡는다.

아니, 그게 아닌데……. 나 지금 굉장히 급한데…….

유빈이 우물쭈물하자 눈치를 챈 제니가 한 발짝 물러나며 멋쩍게 웃었다.

"아! 하하하…… 그거군요. 다녀오세요."

얼굴이 좀 빨개진 유빈은 절뚝이며 3층으로 올라갔다. 유빈에게 있어 또래의 여자와 단둘이서만 아침을 맞이한다는 건 굉장히 드문 경험이다.

게다가 이건 뭐랄까…… 애초에 평생 만날 일이 없던 클래스라는 걸 의식하면 더 쑥스러워진다. 혹시나 오줌 줄기가 플라스틱 통을 때려서 소리가 날까 봐 조심스럽게 겨냥을 하던 유빈은 갑자기 깨달음을 얻고 자기 이마를 툭툭, 두들겼다.

'뭐 하는 거야, 미친놈아. 네가 만든 화장실이잖아. 부끄러워하지 마. 잘 보여서 어쩌려고 그래? 쟤는 너랑 사귀고 싶어서 여기 있는 게 아니야. 살아남기 위해 잠시 같이 머무는 것뿐이라고. 게다가 너는 테라파잖아. 일편단심 제니 사랑만 외쳤던 보안관이 같이 있는데, 네가 왜 괜히 오버하고 지랄이야!'

그렇게 생각하고 나니 모든 게 갑자기 평온해졌다.

그래, 제니를 여자로 의식할 사람은 내가 아니라 보안관이었어.

깨달음을 얻은 유빈은 남은 오줌을 모래와 플라스틱 사이를 향해 마음껏 갈겨 버렸다.

투루루루, 플라스틱 통이 울리지만, 뭐 어떤가. 그런 걸 의식하면 할수록 서로 힘들어질 뿐이다.

"아! 시원하다!"

애써 과장되게 큰 소리로 말하며 계단을 내려왔는데, 제니는 2층에 없었다.

어? 깜짝 놀란 유빈이 이름을 부르자, 1층에서 목소리가 들려온다.

"여기에 있어요!"

내려다보니 그녀는 어제 남자들이 입었던 긴팔 작업복과 쉰내 나는 수건, 자신의 후드 재킷까지를 한데 모아 대야에 담그고 있다. 창밖으로 얼굴을 내민 유빈에게 제니가 손을 흔들며 외쳤다.

"오빠도 그 옷 벗어서 던지세요."

빨래를 하려는 모양이다. 아, 이거 괜찮을까 싶어진 유빈은 머리를 긁적였다. 아기 피부처럼 부드럽고 쪽쪽 곧게 뻗은 저 손으로 빨래를 한다고? 그것도 풍물시장에서 5천 원에 사 온 중고 작업복을? 그건 안 되겠어. 내가 한다고 해야지…….

땀에 찌든 작업복을 벗고 아무 면티나 하나 주워 입은 후, 천천히 사다리를 타고 내려가면서 유빈은 그렇게 생각했다.

"에이, 오빠. 던지셔도 되는데 뭐 하러."

다가오는 유빈을 보고 제니는 일부러 밝은 목소리를 내면서 수건에 비누를 박박 문질렀다. 제니라는 걸 모르고 본다면 손빨래만 한 10년 한 사람이라고 해도 믿을 만큼 연기력이 좋다. 하지만 저 손은 육체노동을 해 본 손이 아니다. 그런 모습에 더 속이 상한 유빈은 쭈뼛거리며 입을 열었다.
"저기…… 제니야, 아무래도 빨래는……."
비누를 내려놓은 제니가 유빈을 올려다보면서 쓸쓸하게 물었다.
"왜요? 오빠도 저한테 너는 그런 일 하는 사람 아니라고 하시게요?"
응, 이라고 말할 뻔했다. 그런데 바로 그 순간, 유빈은 조금 전 친구들이 사라졌다는 걸 알고 나서 느꼈던 그 미안함과 죄스러움이 기억났다. 다들 나를 위해서 뭔가를 해 주는데, 나는 그들을 위해서 아무것도 하지 못한 채 가만히 손 놓고 기다리고만 있어야 할 때의 그 감정.
그건 사람을 주눅 들게 하고 비참하게 만든다. 누구나 역할을 가질 때 무리 안에서 당당해질 수 있다.
그렇구나……. 이 아이도 자기 자리가 있어야겠어.
생각이 정리된 유빈은 '응'을 발음하기 위해 모아졌던 입술을 급하게 벌리며 말했다.
"아니, 빨래는 같이 해야 제맛이라고."
긴장한 채 바라보고 있던 제니가 미소를 짓는다. 아, 젠장. 안 돼……. 유빈은 마음속으로 모질게 고개를 저었다. 조금 전, 오줌 누면서 깨달음을 얻고 겨우 마음을 비웠는데, 붉은 입술 사이로 빛나는 하얀 이와 초승달처럼 웃는 눈을 보고 있으려니 또 가슴이 두근거린다.
다친 다리를 편 채 철퍼덕, 바닥에 주저앉은 유빈은 쑥스럽게 마주 웃으며 물에 젖은 빨랫감들을 조물거리기 시작했다.
"노래해 주세요."
10여 분쯤 아무 말 없이 작업복들을 비비고 있던 제니가 말했다.
"노래?"
"네. 이런 거 할 때 기운 나라고 노래하잖아요."
"아니…… 그렇지만 보통 가수를 앞에 두고는 안 하지."

"가수 아니라고 생각하면 되죠. 뭐, 어때요. 나까짓 거, 사랑하던 테라도 아니잖아요."

"너 은근히 뒤끝 있다……. 어젯밤에 그렇게 놀려 놓고서 아직도 그러기냐?"

"네, 후후후. 오빠는 얼굴이 빨개질 때 귀엽거든요."

이런 젠장, 이런 빤한 수법에! 놀리는 거라는 걸 빤히 알면서도 그런 말을 듣는 순간, 유빈은 얼굴이 또 붉게 달아올랐다. 귀까지 빨개진 유빈이 더듬대며 큰 소리로 말했다.

"노…… 놀리지 좀 마! 네가 놀리는 거에 이젠 안 당할 거야!"

"와아~ 오빠, 용기 있으신데요?"

"그, 그건 또 뭔 소리야? 웬 용기?"

"이도 아직 안 닦았으면서 저한테 그렇게 입을 크게 벌리고 숨을 내뿜는 용기!"

윽, 그러고 보니……. 이제는 목까지 빨개진 유빈이 입을 탁, 막고 일어나서 비틀거리며 수돗가로 걸어갔다. 이건 좀 충격이 크다. 그 모습을 보며 제니는 뭐가 그렇게 재밌는지 깔깔거리며 기분 좋게 웃었다.

그리고 유빈이 이를 닦고 있는 동안 등 뒤에서는 웃음소리가 그치고 아주 조그맣게 흥얼거리는 핑크 펀치의 라이브가 시작되었다.

04

"암만 봐도 간격이 더 벌어졌어. 무슨 의미지?"

경전철역 옥상에서 망원경으로 아래를 내려다보고 있던 삼식이가 고개를 갸우뚱거리며 물었다. 놈들의 행동 패턴이 바뀌었다. 덕분에 불안감에 발이 묶인 보안관 일행은 꼬박 두 시간 동안 관찰을 계속해야 했다.

좀비들이 다섯 개 뭉텅이로 나뉜 채 배회하고 있다는 점에서는 그제나 어제

와 같다.

다만, 각 그룹 간의 시간 간격이 훨씬 늘어났다. 어제 새벽 속옷 가게 2층에서 탈출할 때의 여유 시간이 15분 정도였는데, 지금은 25분이나 된다. 그제와 비교해 봐도 5분 이상 늘어난 것이다.

좋은 소식이긴 하지만, 그 이유를 알 수 없으니 불안하고 궁금하다. 혹시 규칙성 따위는 애초에 있지도 않았던 게 아닐까 하는 걱정이 든다. 보안관이 머리를 긁적이며 말했다.

"한 바퀴만 더 지켜보고, 그때도 시간이 비슷하게 걸리면 그다음에 내려가자."

"그냥 빨리 갔다 와, 씨발. 뭐 한다고 시간을 끌어? 25분이라며? 그럼 충분하잖아!"

음료수를 마시고 앉아 있던 신입이 투덜거렸다.

"그럴까? 그럼 신입, 나랑 같이 뛰는 거다?"

삼식이가 빙글거리면서 놀렸다. 신입은 일부러 시선을 외면하며 말했다.

"내가 올 때부터 분명히 말했을 텐데, 나는 여기서 감시만 하다가 짐이나 들어줄 거라고. 난 위험한 건 안 해!"

"그럼 좀 닥치고나 있어. 잔소리하지 말고."

보안관이 꽉 내지르자 신입은 또 혼잣말로 투덜대며 음료수 캔을 기울였다. 벌써 일곱 개째다. 힘들게 일을 하는 만큼 보상을 받아야 한다면서 자판기에 든 음료수를 잔뜩 꺼내 오더니, 두 시간 동안 그 많은 걸 혼자서 거의 바닥을 내고 있다.

"시간은 둘째 치고, 문제는 저놈들인데······."

상주하고 있는 좀비들의 수를 헤아리면서 삼식이가 말했다. 지하 통로에서부터 약국까지는 70미터가 족히 될 만큼 떨어져 있어서 거리에서 서성대는 놈들을 모두 처치해야만 저기까지 다다를 수 있다. 20여 걸음 만에 뛰어들 수 있었던 편의점 때와는 이야기가 완전히 다르다.

"하~ 저기가 약국이었으면 좋았을 텐데."

그제 생존자들에게 약탈을 당해 지금은 엉망진창으로 부서지고 텅 빈 편의점을 가리키며 삼식이는 아쉬워했다.

"열다섯 마리라……. 아까부터 그대로네. 좀 줄어들어 주면 좋으련만."

셋에서 일곱 마리를 처치할 때도 쉽지만은 않았다. 이번엔 그 두 배가 넘는데, 우리 편은 오히려 하나가 줄었다.

초조한 듯 손가락으로 난간을 두드리고 있는 삼식이의 어깨에 보안관이 팔을 턱 둘렀다.

"그건 걱정 마. 내가 해치울 수 있어."

"하하하, 너 전에는 한 번에 다섯까지 상대할 수 있다며? 왜 갑자기 그렇게 양이 많이 늘었냐, 이 뻥쟁아?"

"아니, 그때만 해도 저 새끼들이랑 싸우는 법을 잘 몰라서 그런 거고, 이제는 달라. 나도 전법을 개발했거든."

해머를 들고 천천히 스윙하는 흉내를 내면서 보안관이 자신 있다는 표정을 지었다.

"그 전법이 뭔데? 나도 좀 들어 보자."

삼식이가 반신반의하는 얼굴로 묻자 보안관이 아래를 가리키며 말했다.

"지금까지는 저 새끼들이 달려들 때 항상 직선에서 머리를 까려고 했었거든. 그래야 죽으니까. 근데 꼭 죽이려고 애쓸 필요가 없겠더라고."

"안 죽이면 뭘 어떻게 하는데? 데리고 살아?"

"미친놈, 하여간에…… 쯧! 요는 발을 묶어 놓는 게 먼저라는 거지. 그래서 생각한 건데, 일단 저것들이 달려올 때 상점 방향으로 유도해. 그런 다음에 골반이나 허벅지를 갈겨서 날리는 거야, 상점을 향해서. 저기 상점가에 삐죽삐죽하게 깨져 있는 유리창 보이지? 저런 데 박히거나 유리창을 깨고 날아가면, 위에서 떨어지는 유리 파편들이 알아서 저놈들을 끝장내 줄 거라고."

그렇게 말하면서 보안관은 유리창 조각이 떨어져 목을 자르는 시늉을 했다.

"아으~ 징그럽겠다……. 삼식이는 눈살을 찌푸리며 물었다.

"만약에 그렇게 안 되면 어떡해? 괜히 팔만 잘려 나간다거나…….."

"그래도 괜찮아. 골반을 작살내면 뛰어다니지를 못할 테니까. 훨씬 상대하기가 쉽지."

"그럴까? 그럼 너는 그렇게 한다고 치고, 난 그동안 뭘 해?"

불안한 표정으로 삽자루를 조몰락거리면서 삼식이가 물었다. 이 무기는 거리가 확보되지만 살상력이 너무 낮다. 보안관처럼 해머를 휘두를 수 있다면 좋을 텐데, 목숨이 걸려 있는 상황에서 그렇게 힘에 부치는 걸 억지로 쓰는 건 무리다.

보안관은 자신의 발목을 가리켰다.

"넌 내 뒤에 붙어 있다가 내가 날리는 새끼들마다 쫓아가서 삽을 세워서 여길 때려. 똑바로 자빠져 있는 새끼는 발목을 때리고, 앞으로 엎어진 놈들은 아킬레스건을 노리면 될 거야. 그러면 너도 멀리에서 때릴 수 있으니까 비교적 안전하고, 저 새끼들이 혹시 다시 일어나더라도 뛰어다니지는 못할 테니까. 할 수 있겠어?"

"이렇게…… 말이지?"

삼식이가 신입의 발목을 겨누고 연습 삼아 천천히 삽을 갖다 대 보자, 깜짝 놀란 신입이 발광을 하며 소리를 질렀다.

"야이 개새끼야! 왜 이래, 재수 없게!"

"하하하, 네가 하필 딱 다리를 쫙 펴고 앉아 있으니까 그렇지. 신입, 그러지 말고 다리 한 번 더 펴 봐. 연습 좀 더 하게."

"지랄하지 마. 네 발목에다가나 실컷 해라."

흥! 삼식이는 어깨를 으쓱한 뒤에 바닥에 그어진 선을 향해 몇 번 더 삽을 휘둘러 봤다.

보고 있던 보안관이 말했다.

"너무 정확하게 하려고 할 필요도 없고, 꼭 발목을 끊을 만큼 세게 치지 않아도 돼. 무릎이든 어디든 날만 세워서 가볍게 때리면 반드시 무리가 가게 되어 있어. 사람 몸이란 게 워낙에 강하면서도 약하거든. 그리고 만약에 한 번에 명중시키지 못하면, 또 휘두를 생각 말고 빨리 물러나. 일단 약국까지 가는 게 목적이니까 시간 끌고 위험을 무릅쓸 필요 없어."

"알았어. 근데 어째 이 계획, 영 허술하다? 유빈이가 있었으면 분명히 뭐가 부족한지를 딱 꼬집어서 말해 줬을 것 같은데, 나는 그게 뭔지를 모르겠네."

"그렇더라도 어쩔 수 없지, 뭐. 끙끙 앓고 있는 놈을 여기까지 끌고 올 수는 없잖아. 지금은 그냥 너랑 나랑 몸으로 때워야 해. 어? 야, 저기 골목 끝에 또 한 그룹 들어온다. 시간 적어 두자. 어휴, 씨발. 많기도 하다. 이번엔 누구네 차례지?"

"음, 영숙이네인데……. 허, 시간 격차가 더 늘었어. 이번엔 아까보다 6분이나 더 늦게 오네. 6분이면 저놈들 걷는 것처럼 지그재그로 다녀도 이 번화가 끝에서 끝까지 다 걸어갈 시간이야. 얘들, 오늘 왜 이러지?"

망원경과 시계, 그리고 종이에 기입해 둔 시간표를 번갈아 보고 나서 삼식이가 푸념을 했다. 보안관도 상황이 이해가 가지 않는지 초조하게 해머 끝을 두들겼다. 그렇다고 해서 놈들이 걷는 속도가 현저히 느려지는 것도 아니다.

며칠 동안 얼굴이 많이 부패하긴 했지만, 여전히 빨간색 원피스가 터질 듯 탱탱한 가슴을 휘두르면서 골목에 들어선 영숙이는 6분여 만에 주변의 무리들과 함께 시야 바깥으로 빠져나가 버렸다.

이틀 전에 봤던 때와 거의 똑같은 타이밍이다. 놈들의 꼬리 부분까지 다 빠져나가자 번화가 골목은 또다시 한산해졌다.

열댓 마리의 좀비들만이 목적을 잃은 망자처럼 반쯤 꺾여 나간 몸뚱이를 이끌고 이 상점, 저 상점 사이를 천천히 배회할 뿐이다.

손톱 끝을 물어뜯으며 초조하게 지켜보고 있던 삼식이가 입을 열었다.

"음…… 불안한걸. 이렇게 시간이 늘어나는 이유가 도대체 뭐지? 어차피 동네 한 바퀴를 빙 도는 걸 텐데 말이야. 야, 신입! 너 만약에 우리한테 무슨 일 생기면 어떻게 할래?"

신입이 뭔가를 감추는 얼굴로 대답했다.

Chapter 10 상처

"야, 새끼들아. 나도 의리라는 게 있어. 여기서 지켜보고 있다가 너희가 정 위험해지면 도와주러 갈 테니까, 너무 걱정 말고 어서 갔다 와."

어라, 이놈 봐라?

말하는 동안 미세하게 흔들리는 신입의 눈동자를 빤히 들여다보고 있던 삼식이는, 갑자기 신입의 어깨를 확 끌어안고 귀엣말을 건넸다.

"너…… 유빈이가 늘 순하게 구니까 만만해 보여? 그렇다면 잘못 생각했어. 우리 넷 중에서 걔가 보안관 다음으로 유치장에서 가장 많이 자 본 애야. 게다가 쟤나 나랑은 비교도 안 될 만큼 머리가 좋아서 네까짓 게 잔꾀 써 봐야 안 통해. 우리가 없어지면 뭘 어째 보겠다는 생각은 아예 하지 않는 게 좋을 거야. 알아?"

"뭐…… 뭔 소리야, 미친 새끼!"

신입이 기겁을 하고 팔을 뿌리치자 삼식이는 과장되게 큰 소리로 웃었다.

"하하하! 이것 봐, 속마음을 들키니까 화를 낸다. 하하하! 야, 신입. 그러니까 애초에 이상한 생각을 하지 마."

조금 떨어진 곳에 서 있던 보안관이 물었다.

"뭔 이상한 생각? 속마음이란 게 뭔데? 뭐 하냐, 너희? 갑자기 귓속말을 하고……."

신입이 경직된 표정으로 보안관과 삼식이의 눈치를 번갈아 본다. 그가 충분히 불안해할 시간을 준 뒤, 삼식이는 별거 아니라는 듯 말했다.

"아무것도 아니야. 그냥 애를 놀리는 게 재미있어서."

보안관의 목소리에 짜증이 더해졌다.

"야, 지금 굉장히 심각한 상황이니까 쓸데없는 짓 좀 그만해. 오늘 꼭 가져와야 할 게 붕대랑, 소독약, 반창고……."

"이왕 가는 건데 다른 약들도 좀 챙겨 오자. 씹어 먹는 어린이 영양제 같은 것도 맛있어. 음, 파스랑 모기약도?"

"그런 것보다 삼식이 너, 정말로 항생제가 어떻게 생겼는지 알아? 그거 아스피린이나 소화제처럼 내놓고 파는 게 아니라서 직접 이름이랑 모양 보고 찾아야 하는데…….”

신입의 어깨를 꽉 누른 손을 여전히 떼지 않으면서 삼식이가 대답했다.

"잘 알지. 많이 먹어 봤는데.”

"네가 그런 걸 언제 먹어 봤다는 거야? 뭣 땜에?”

"아, 그거? 벌써 한 반년 지난 일인데……. 보안관, 너 이태원에서 일하던 때 기억나?”

"그래. 거기서 건물 공사 많이 했지. 그 동네가 까페 붐이라고 해서.”

"그때 내가 그…… 여기가…… 좀 그랬었거든. 에이, 알잖아.”

삼식이는 왼손을 사타구니 주변에 대고 빙빙 돌렸다. 어쩐 한심한 이야기가 나올 것 같은 예감에 보안관의 눈 주변으로 주름이 지기 시작했다.

"네 거기가 뭐가 좀 그랬는데?”

보안관이 묻자 삼식이는 부끄러움이라고는 없는 표정으로 대답했다.

"아, 처음엔 좀 따끔거리더라고. 그래서 그냥 까졌나 했지. 뭐, 그럴 수도 있는 거니까. 근데 며칠 지나니까 만나는 여자애들마다 다 난리가 난 거야. 간지럽다고.”

"누구한테서 옮은 건지도 모르고?”

"뭐, 한 사나흘 사이에 만났던 애들 중 하나겠지만, 정확하게는 모르지. 그거야…… 그게 무슨 자랑이라고 대놓고 '나 병 있어요!' 하는 사람은 없으니까. 하여튼 안 되겠더라고. 이러다가는 동네 전체에 다 퍼질 것 같아서 진숙이 누나한테 마이신 좀 갖다 달라고 부탁해서 골고루 나눠 먹었지. 그 누나도 먹으라고 하고.”

"진숙이?”

"으응, 그 누나는 커다란 약국에서 일하던 약사인데…… 너도 기억날 거야. 왜, 그, 마을버스 타는 데 케밥 가게 옆에 약국 하나 있었잖아. 처음엔 명희가 소개를 시켜 줘서…….”

또 여자애들 이름이 잔뜩 나오기 시작한다. 보안관은 두통이 오기 전에 삼식이의 말을 끊었다.

"됐어, 그만 이야기해. 안 알고 싶다. 그래서 마이신이 어떻게 생겼는지 안다, 이 말이지?"

"마이신도 알고, 다른 약들도 알아. 여자애들 골고루 나눠 주다 보니까 약이 워낙 많이 필요했는데, 한 종류만 그렇게 여유분이 많지 않다더라고. 그래서 이 약, 저 약 받아먹었지."

마치 지네나 큰 지렁이처럼 혐오스러운 걸 보는 눈으로 자랑하듯 떠들어 대는 삼식이를 바라보던 보안관이 물었다.

"삼식아…… 한 가지만 물어보자. 걔들, 너 때문에 그렇게 험한 꼴을 보고도 좋다고 다시 만나디?"

"자취방에서 같이 약 나눠 먹은 다음에 재미있다고 웃으면서 또 했는데? 사람이 아플 수도 있지……. 어, 저기 또 들어온다. 가만있어 보자, 지금 시간이……."

삼식이는 천진한 얼굴로 대답한 뒤, 시계를 들여다봤다. 이번 그룹도 바로 전의 간격보다 5분이나 늦게 들어오는 중이었다. 확실히 뭔가 달라졌다. 문제는 그게 뭔지를 모르겠다는 거다.

05

"안 돼…… 안 돼……. 헉!"

철창 속에서 웅크린 채 선잠이 들었던 임수정은 자기 잠꼬대에 놀라 벌떡 일어나며 잠에서 깼다.

꿈속에서 그녀는 캄캄한 어둠에 묻힌 채 괴물들에게 둘러싸여 있었다. 괴물들이 휘젓는 손이 바로 등 뒤에 닿을 것 같은데, 발은 바닥에 달라붙은 채 움직이지 않았다.

가위에 눌린 것처럼 괴로웠던 그 꿈속에서 그녀는 계속 그 흉터 얼굴 사내의 이름을 목 놓아 불렀다.

민구 씨…… 민구 씨…….

그리고 민구가 그녀를 맞는다. 아아, 그러나 이미 그의 몸은 엉망으로 난자당해 있다. 피투성이의 남자를 붙들고 임수정은 오열했다. 그러다가 깨어난 것이다.

민구 씨라니…… 누가 들으면 아주 오래도록 사귄 정다운 애인이라도 되는 줄 알겠네. 어처구니없는 꿈에 괜히 부끄러워진 임수정은 얼굴을 쓸어내리면서 아직 붙어 있는 잠을 털어 냈다.

"몇 시쯤이나 된 걸까?"

안전을 위해 잠실구장 쉘터의 격리 시설은 24시간 내내 불이 꺼지지 않았다. 암흑 속에서 깨어났던 경험이 있는 임수정에게 그것은 그나마 다행스러운 일이지만, 낮과 밤의 구분이 되지 않는다는 건 조금 사람을 힘들게 했다. 보초병들이 선 위치에는 커다란 벽시계가 붙어 있다.

11시, 낮이겠지……. 임수정은 들어오던 날 받았던 시간표를 꺼내 봤다. 앞으로도 30시간 가까이를 이곳에서 보내야 한다. 옆자리에는 테라가 잠이 든 것인지, 앓는 것인지 분간하기 어려운 모습으로 쓰러져 있다.

한쪽으로 밀린 담요 사이로 허벅지를 간신히 덮는 길이의 얇은 시폰 원피스가 드러난다. 그리고 철창 한쪽에 나란히 벗어 둔 핑크색 샌들. 잘려 나간 발가락으로 저런 걸 신고서도 용케 살아남아 이곳까지 왔구나 싶을 만큼 가냘픈 힐이다.

"끄으응…… 으으응…… 으……."

울상을 짓는 테라의 입에서 신음 소리가 새어 나온다. 송골송골 맺혀 있는 이마의 땀은 아마 고통 때문인 것 같았다. 그런 그녀를 보고 있노라면, 같은 여자인데도 가슴이 에이는 것같이 안타까워진다. 그러니 입구 쪽의 보초병들이 한숨을 계속 내쉬며 이쪽에서 시선을 떼지 못하는 것도 무리는 아니다.

'저 아이, 치료라도 제대로 받은 걸까?'

임수정은 걱정스러운 얼굴로 테라의 왼발을 바라보았다. 붕대 끝에 맺혀 굳어 있는 피만 봐도 생긴 지 얼마 안 되는 상처라는 걸 알 수 있다. 아무리 진통제 알약을 지급받고 있다지만, 그것만으로는 도저히 견디기 어려울 만큼 고통스러울 것이다.

"하아아…… 흐으으…… 흐윽, 흑! 흑……."

테라의 신음이 울음으로 바뀌었다. 눈을 꼭 감은 채 온몸을 떨며 눈물을 흘리던 테라는 조금 뒤, 눈을 껌뻑이며 잠에서 깼다. 그렇게 어린아이처럼 멍한 표정으로 시선을 바닥에 두고 있는 동안에도 가슴은 여전히 가볍게 흐느끼고 있다.

"괜찮아? 많이 아프니?"

임수정이 묻자 테라는 손으로 눈물을 훔치고 일어나며 쑥스러운 미소를 지었다.

"……아니에요. 그냥 무서운 꿈을 꿔서……."

테라는 천천히 몸을 일으킨 뒤, 맨살이 드러나 있는 가녀린 팔을 담요로 감쌌다.

"와, 벌써 11시가 넘었네요. 저 이제 네 시간만 더 있으면 여기서 나갈 수 있어요."

물을 마신 뒤 손목시계를 가리키며 테라가 말했다. 그녀의 이미지처럼 앙증맞고 고급스러운 시계다.

"그렇구나. 축하해."

"크, 감사합니다. 언니는 내일까지 여기 계셔야 하는 거죠? 저 없으면 심심하실 텐데……."

"아니야. 그냥 자지, 뭐."

"맞아요. 그까짓 하루, 후딱 지나가니까요. 언니, 저…… 여기서 나간 다음에도 언니랑 계속 친하게 지내고 싶은데, 또 뵐 수 있을까요?"

테라가 얼굴 가득 애교를 담아 물었다. 임수정은 선선히 고개를 끄덕였다.

"아유, 그럼 나야 영광이지. 이렇게 예쁜 아가씨가 친하게 지내 주겠다는데 거절할 사람이 있을까?"

"정말이죠? 그럼요 미리 약속을 해 둬요. 전 나가면 계속 3루 쪽에 있을게요. 언니도 내일 나오시면 그리로 오세요. 약속이에요!"

그렇게 다짐을 하며 테라는 가느다란 팔을 철창 사이로 내밀어서 새끼손가락을 까딱였다. 임수정은 미소를 지으며 팔을 마주 뻗어 새끼손가락을 걸었다.

"3루 쪽에 가는 것보다 먼저 의무실에 꼭 찾아가 봐. 발 다친 곳, 제대로 치료를 받는 게 좋을 거야. 날씨가 이렇게 덥고 습하니까……."

임수정이 걱정스레 이야기하는 동안 누군가 격리실의 문을 두드렸다.

"마무리."

안쪽의 보초병이 암구호를 던지자 밖에서 답을 한다.

"김용수."

바뀐 암호도 또 야구 선수다. 어지간히 프로 야구가 그리운가 보군……. 임수정은 자기도 모르게 한숨을 내쉬었다.

문이 열리자 두 명의 군인이 중년 여자 하나를 인솔해 왔다. 보초병들이 지켜보고 있는 가운데, 군인들은 중년 여자를 철창으로 안내했다.

임수정과 테라의 자리를 지나 바로 옆 칸에 이르자 군인 하나가 철창 자물쇠를 풀고 문을 연다. 들어가십쇼, 군인의 무뚝뚝한 명령에 중년 여자는 강하게 반발했다.

"여, 여기를 들어가라고요? 싫어요! 내가 무슨 죄인이에요? 난 안 들어가요!"

여자는 악을 쓰고 대들며 붕대를 두른 팔로 철창문을 잡고 버텼다. 두꺼운 장갑을 낀 손으로 여자의 몸을 밀며 버티던 군인은 결국 더 참지 못하고 차갑게 내뱉었다.

"셋 셀 동안 안 들어가시면 다른 분들의 안전을 위해 쉘터 밖으로 추방하는 수밖에 없습니다."

"추방이라니! 내가 왜 추방을 당해! 세금 낼 거 다 내고! 아들 새끼 둘 곱게 키워서 군대까지 보냈는데! 너는 어미도 없냐? 응? 새파랗게 젊은 새끼가 나한테 추방이라니!"

여자가 아무리 바락바락 대들어도 군인은 냉정했다. 군인이 말했다.

"하나!"

여자도 만만치 않았다. 얼마나 흥분했는지 비 오듯 땀을 흘리면서도 삿대질을 멈추지 않는다.

"너희 말고 책임자 나오라고 해! 이따위 취급 받으려고 소득세, 재산세 꼬박꼬박 물어 가며 살았던 게 아니야! 이딴 종이 쪼가리가 뭐냐고!"

중년 여자는 입소 시간이 적혀 있는 종이쪽지를 군인의 얼굴에 집어 던졌다.

"둘!"

분위기가 과열된다. 뒤에 선 군인은 무표정한 얼굴로 총을 고쳐 잡았다. 여차하면 중년 여자의 등짝이라도 후려칠 기세였다. 임수정이 어쩔 줄 몰라 하면서 보고 있을 때, 테라가 끼어들었다.

"오빠! 오빠! 제발! 그러지 마요. 잠깐만요! 네?"

철창 앞쪽에 바짝 붙어 깍지 낀 손을 기도하듯 앞으로 내밀며 사정을 한 테라 덕에 몇 초의 여유가 생겼다. 군인들은 카운트를 멈추고 중년 여자를 위압적으로 노려봤고, 여전히 기세가 죽지 않은 중년 여자를 테라가 달랬다.

"아주머니, 아니…… 어머니, 그러지 말고 들어오세요. 저도 처음엔 되게 싫었는데, 금방 익숙해져요. 그리고 시간 정말 빨리 가요, 어머니. 저 같은 어린애도 견디잖아요. 네?"

분노 때문에 온몸을 부들부들 떨던 중년 여자도 삼자의 개입에 조금은 진정이 됐는지, 몇 번 숨을 몰아쉰 뒤 철창 안으로 걸어 들어갔다. 그녀의 몸이 철창 안에 들어서자마자 지키고 있던 군인들은 재빨리 문을 닫고 자물쇠를 걸었다.

"고맙습니다. 고맙습니다, 오빠."

테라는 되돌아가는 군인들을 향해 꾸벅꾸벅 열심히 고개를 숙였다. 임수정은 그런 그녀의 모습을 보면서 감탄했다.

"ㅇㅇㅇㅇㅇ…… ㅇㅇㅇ……."

아직도 분이 다 안 풀린 것인지, 중년 여자는 급하게 담요를 꺼내 두르고 온몸을 부들부들 떨었다. 그러는 동안에도 여자의 온몸에서는 옷을 흠뻑 적실 만큼 많은 땀이 흘렀다. 여자의 팔에 감긴 붕대에 피가 번져 나오고 있었다. 아직 다친 지 얼마 되지 않은 새 상처인 것이다.

"……괜찮으세요?"

테라가 안타까워하며 말을 건네 봐도 듣는 것 같지 않다. 여자는 어제 임수정이 그렇게 했듯이, 무릎을 꼭 끌어안은 채 고개를 처박고 짐승처럼 신음 소리만 흘려 댔다.

"이제 가야겠어. 계속 보고 있다고 해서 뭐 달라지는 것도 없고, 더 늦어지면 유빈이랑 제니도 걱정할 것 같아."

세 번째 그룹이 코너를 돌아 나가는 걸 네 번이나 반복해서 지켜보고 난 뒤, 보안관은 결심을 한 듯 말했다.

삼식이도 고개를 끄덕인 뒤 걸음을 떼려 할 때, 신입이 딴죽을 걸었다.

"퍽이나 우리 걱정하겠다. 예쁜 여자애랑 둘만 남았는데 존나 실실거리면서 쪼개고 있겠지. 안 봐도 빤한 거잖아?"

"걔가 너냐?"

보안관과 삼식이는 길게 이야기하지 않고 곧바로 계단을 뛰어 내려갔다. 단호한 표정으로 무기를 꽉 움켜쥐고 있지만, 너무 많은 시간적 여유가 오히려 불안하다.

두 사람은 철책을 넘은 다음 지하 통로 앞에 서서 천천히 100을 세었다. 혹시나 맨 끝의 놈들이 코너를 돌아 나가지 않고 뭉그적거렸을 경우를 대비해서다.

"……99, 100! 가자! 잘 따라와!"

보안관이 앞서 달렸고, 삼식이가 그 뒤를 따랐다. 순식간에 지하 통로를 지나 계단을 뛰어오르니, 텅 빈 번화가의 여기저기서 상주하던 괴물들이 얼굴을 내밀고 그들을 맞아 준다.

놈들의 울음소리는 여전히 짜증스럽고 소름이 돋게 하지만, 이미 열다섯 마리라고 숫자까지 파악해 둔 터라 놀라울 건 없었다. 보안관은 재빨리 좌우로 시선을 돌려 놈들의 위치를 대강 파악하고 머릿속으로 동선과 순서를 정했다.

그롸아악!

크르르!

가장 가까이에 숨어 있다가 뛰어오는 두 놈은 상태가 별로 좋지 않았다. 목과 허리가 심각하게 꺾여 있어서 달리는 속도가 느렸기 때문에 새 전법을 실험해 보기에는 최적의 상대였다.

상점 쪽으로 붙어 선 채 괴물들이 다가오기를 기다리던 보안관은 허리를 돌렸다가 곧바로 해머를 휘둘렀다.

콰직—!

보안관의 풀스윙 해머에 직격당한 괴물은 허리가 거의 90도로 꺾이며 날아가 요란한 소리와 함께 유리창을 박살 내고 처박혀 버렸다.

하지만 보안관이 계획했던 것처럼 위의 유리 조각이 떨어져서 괴물의 목을 잘라 주지는 않았다. 틀에 단단히 고정되어 있는 데다가 썰 처리까지 되어 있는 유리는 깨져 나간 그대로 날카로운 단면을 유지하며 붙어 있다.

"이런 젠장!"

첫 스윙에 들어간 힘을 그대로 이어 크게 회전하면서 두 번째 놈을 후려갈긴 보안관이 외쳤다. 두 번째 괴물 역시 깨져 나가 있는 상점가 유리에 꼬치처럼 꿰였지만, 치명상을 입지는 않았다.

"유리가 안 떨어지잖아!"

말을 하면서도 보안관은 바쁘게 몸을 놀려 세 번째 괴물의 무릎을 박살 냈다. 무릎이 반대로 꺾여 나간 녀석은 달려오던 속도를 이기지 못하고 앞으로 내동댕이쳐지며 구른다.

삽날을 세워 첫 번째 놈의 발목을 세게 내려치면서 삼식이가 말했다.

"그것 봐! 이 계획, 들을 때부터 뭔가 허술하더라!"

"아냐! 다시 한번 해 볼게!"

보안관이 두어 걸음을 내디딘 다음, 뛰어오는 네 번째 놈의 옆구리에 해머를 박아 넣었다.

와드득— 갈비뼈가 으스러진 괴물이 다시 상점의 유리문을 향해 날아가 부딪쳤다.

콰앙!

강화 유리 문에 부딪친 괴물이 반동 때문에 앞으로 튀어나온다.

"뭐야! 이 유리는 깨지지도 않아?"

튀어나오는 놈의 머리통을 힘껏 내려치면서 보안관이 물었다.

"몰라! 말 좀 시키지 마! 바빠!"

삼식이는 유리 조각 사이에 박혀 있는 괴물의 무릎을 콱콱, 내려치면서 소리를 질렀다. 그러거나 말거나 괴물 녀석은 어떻게든 일어나 보려고 자신의 옆구리를 뚫고 나와 고정해 놓은 유리 파편을 손으로 부러뜨리는 중이었다.

아무리 좀비라고는 해도 손바닥이 엉망으로 잘려 나가면서 날카로운 유리를 밀어내는 광경을 보고 있노라니, 구역질이 절로 난다.

"하여튼 빨리 뛰어와! 일일이 다 죽일 필요도 없어!"

비장의 전법은 구멍투성이인 것으로 판명되었지만, 전투에서까지 실패할 수는 없다. 보안관은 열심히 해머를 좌우로 휘두르며 길을 텄고, 삼식이는 그 뒤를 따라가면서 혹시나 몸을 일으키려는 놈들의 뒤통수를 후려쳤다.

아홉 번째 괴물의 머리통을 박살 냈을 때, 보안관이 숨을 몰아쉬며 허리를 숙였다.

역시 이놈의 해머는 너무 무거워…….

손목을 움켜쥔 보안관의 표정은 그런 이야기를 하고 있었다. 삼식이가 걱정스러운 말투로 물었다.

"힘들지? 일단 역으로 돌아갈래? 나머지는 한 시간 반 뒤에 다시 와서 처리하자!"

그러는 동안에 뒤쪽에서는 미처 끝장을 내지 못한 괴물들이 엉망으로 부서진 하체를 질질 끌고 필사적으로 기어 오며 괴성을 질러 댔다.

전방에서도 남아 있는 괴물들이 무더기를 이루며 뛰어오고 있다. 놈들이 이렇게 거리 전체에 넓게 퍼져 있어 준 게 그나마 다행스러운 일이다.

"괜찮아! 그때까지 이놈들만 남아 있으리란 보장도 없고!"

가슴이 부풀도록 숨을 들이쉰 보안관이 다시 해머를 들어 올리고 허리를 틀었다. 잔꾀를 부려 봤는데 안 통하면 하던 대로 하면 된다. 해머쯤이야, 이미 몇천 번을 휘둘러 봤으니까…….

보안관은 말뚝을 박을 때처럼 높이 들어 올린 해머를 반쯤 던졌다. 중력에 맡겨진 채 좀비의 머리를 향해 내리꽂힌 해머는 가속도가 붙으며 더 큰 위력을 발휘했다.

우지끈! 놈의 머리가 박살 날 타이밍에 맞춰 보안관은 해머 손잡이 끝부분을 꽉 움켜잡고 곧바로 허리와 어깨를 이용해 해머를 다시 들어 올렸다.

열한 번째 놈과 열두 번째 놈은 워낙 바짝 붙은 채 달려들어서 큰 스윙을 할 수 없었다. 해머 손잡이를 짧게 잡은 보안관은 앞서 오는 놈의 등짝을 후려쳐서 넘기고, 그다음 놈의 머리통에 짧은 일격을 집어넣었다.

쿠에에엑!

괴물 두 마리가 거의 동시에 비명을 지르면서 나가떨어졌다. 하지만 거리가 짧았던 탓에 힘을 죽인 공격이었기 때문에 당연히 두 놈 다 죽지 않았다.

그래도 최소한의 목적은 달성했다. 두 놈의 사이를 벌려서 풀 스윙을 할 시간을 번 것이다. 보안관은 몸을 일으키려는 녀석을 쫓아가 허리에 연속해서 해머를 내리꽂았다.

콰자작! 콰작!

놈의 허리가 반대로 꺾이면서 뼈가 부러지는 날카로운 소리가 울린다. 이제 이 녀석은 일어날 수 없다. 일단 한 놈의 발을 묶어 놓는 데 성공한 보안관이 몸을 돌리려 하자, 삼식이가 벌써 다른 놈을 상대로 잘 싸워 주고 있었다.

삼식이는 삽의 손잡이 끝을 꽉 움켜쥔 채 원심력을 최대한 살려 채찍처럼 휘둘렀다.

칵!

삽날이 스치고 간 괴물의 목에서 살점이 뭉텅 찢어져 나간다. 그리고 괴물이 다시 몸을 일으키자마자 곧바로 또 같은 자리를 노려서 후려쳤다. 그러나 아무리 열심히 휘둘러도 삽이라는 무기의 한계 때문에 좀처럼 괴물을 죽이기는 어려웠다.

"뒤로 빠져! 내가 끝낼게!"

삼식이가 잠시 다른 놈들을 지체시켜 주는 동안 열한 번째 놈을 끝장낸 보안관이 외쳤다. 삼식이가 사선으로 폴짝 뛰며 공간을 만들어 주자 그 사이를 비집고 뛰어든 보안관이 해머를 높이 들어 올렸다가 내려찍었다.

우지직!

목뼈와 두개골이 한 번에 부서지면서 만들어 내는, 끔찍한 소리와 함께 이를 드러내며 달려들던 좀비가 맥없이 무너져 내렸다. 그사이 삼식이는 기어서 쫓아온 괴물의 머리를 후려쳐 넘기고, 비어 있는 목에 삽을 찔러 넣었다.

콰콱.

삽날이 살을 파고들어 가 뼈에 걸린다. 삼식이는 두 눈을 질끈 감고 절단을 위해 삽날을 꽉 밟았다.

자, 저놈은 이제 다됐고, 앞으로 세 마리만 더 쓰러프리면 된다…….

이를 악문 보안관은 며칠 연속으로 혹사당해 쑤시는 어깨와 팔목을 달래 가며 해머를 들어 올렸다. 그리고 열세 번째 괴물을 향해 힘차게 해머를 휘둘렀다. 제1타는 앞세우고 달려드는 상체, 그리고 가속도를 살린 2타는 썩은 살 냄새가 풀풀 풍겨 나오는 골반이다.

꽈직!

커다란 소리가 났다. 아주 깨끗하게 적중된 쇳덩어리가 사람의 뼈를 엉망으로 부수면서 뚫고 지나는 소리. 괴물은 발끝이 잠시 허공에 떠올랐다가 이내 땅바닥에 떨어져 뒹굴었다.

그런데 문제는 이 공격의 막바지에 해머가 날아가 버렸다는 점이다. 힘이 빠진 보안관의 손아귀에서 미끄러져 나간 해머는 원심력이 잔뜩 붙은 채 길 건너편 상점까지 빙글빙글 날아갔다.

억—! 보안관이 어처구니없어하며 비명을 지르는 것과 동시에 해머는 요란한 소리와 함께 휴대폰 대리점의 유리창을 박살 내며 떨어져 버렸다. 졸지에 무기를 잃은 보안관은 약간 놀란 얼굴로 지쳐서 부들거리는 자신의 두 손을 바라보았다.

이제 케블라 장갑 한 켤레만이 그가 가진 유일한 도구다. 삼식이는 급한 대로 자신의 삽이라도 던져 주고 싶었지만, 좀비의 목뼈 깊숙이 박힌 삽날은 도무지 쉽게 빠져나와 주지를 않았다.

그롸아아악!

삼식이가 삽을 좌우로 비틀어 대는 동안, 남은 두 마리의 괴물은 보안관을 향해 아가리를 쫙 벌리며 나란히 달려들었다. 아무렇게나 휘둘러 대는 놈들의 손을 피하면서 보안관은 새삼 놀랐다.

내 몸이 이렇게 가벼웠던가……. 겨우 4킬로그램밖에 안 나간다고 생각했던 해머지만, 그 길고 무거운 추를 내려놓으니까 몸놀림이 완전히 새롭게 느껴진다. 조금 전에 비해 스텝도 훨씬 빠르고, 팔도, 허리도 자유자재로 움직여진다.

보안관은 몸을 틀어 앞선 놈의 공격을 피하면서 다리를 걸어 넘겼다. 괴물의 몸이 허공에 떠서 도는 걸 보며 몸을 돌린 보안관의 스트레이트가, 괴물의 콧잔등을 무너뜨리면서 달려드는 속도를 줄였다. 그리고 잇달아 두 번의 빠른 어퍼컷이 놈의 턱에 꽂혔다.

덜컥—!

턱이 위로 들린 녀석이 비틀대는 동안, 보안관은 오른 다리를 놈의 허리 뒤에 집어넣은 후, 손바닥을 쫙 펴서 들려 있는 턱을 세게 밀어 쳤다.

빠가각!

고정된 척추 때문에 충격을 줄이지 못한 괴물의 목이 뒤로 꺾여 나간다.

그때, 날아가 떨어졌던 놈이 뒤쪽에서 몸을 내던졌다.

그롸아아아악!

보안관은 몸을 회전시키며 그 힘을 오른 다리에 담아 힘껏 로우 킥을 날렸다. 내딛던 다리에 충격을 받은 괴물이 옆으로 나가떨어진다. 다시 일어나려는 녀석의 얼굴에 보안관은 다시 한번 힘찬 발차기를 먹였다.

콰득!

단단한 안전화에 맞은 괴물의 턱이 부서지고 이빨이 사방으로 튄다.

다시 한번! 또 한 번!

세 번을 연속해서 사커 킥을 얻어맞은 뒤에야 괴물은 더 이상 목을 들어 올리지 못했고, 그렇게 널브러진 녀석의 관자놀이에 마지막 확인 사살용 킥이 꽂혔다.

콰직!

엉망으로 부러진 목이 180도 가까이 돌아가 버리는 바람에 괴물의 몸뚱이는 엎어지고, 얼굴은 하늘로 향한 채 더 이상 움직이지 않았다.

"허억, 허억…… 이 새끼들, 맨몸으로도 충분하네……. 허억……."

두 괴물이 더 이상 움직이지 않는 것을 확인한 보안관은 해머를 되찾기 위해 숨을 헐떡이며 휴대폰 대리점 안으로 들어갔다. 해머가 박살 낸 진열장에는 수십 개의 최신형 휴대폰 박스가 쓰러져 있고, 그곳에 전혀 어울리지 않는 물건도 하나 뒹굴고 있었다.

단단해 보이는 나무 배트. 아이들 장난감이 아니라 정말 성인용 야구 배트다. 이런 게 왜 여기에……. 의문이 들었지만, 이유는 사실 그리 중요하지 않았다.

"우와!"

보안관은 아이처럼 탄성을 지르면서 해머보다 야구 배트를 먼저 집어 들었다.

적당한 무게, 안정적인 단단함, 그리고 무엇보다 정확한 타격을 위해 만들어진 기능적인 모양.

손에 쏙 들어오는 새로운 무기다. 두어 번 스윙을 해 보니 해머를 휘두를 때와는 차원이 다른 편안함이 느껴진다.

"이거 좋은데?"

그는 천진한 눈빛을 지으며 해머와 함께 야구 배트를 챙겨 들었다. 피가 잔뜩 묻은 삽을 아스팔트 바닥에 문질러 닦고 있던 삼식이가 시계를 들여다보며 말했다.

"잘됐네, 안 그래도 해머는 영 힘겨워 보였는데……. 이제 15분 남았어. 빨리 뛰자, 보안관."

"응!"

두 친구는 텅 비어 있는 번화가 거리를 내달려 십자가 모양 사거리 코너에 위치한 약국 안으로 뛰어 들어갔다. 혹시 숨어 있을지도 모르는 좀비에 대비해서 야구 배트를 바짝 치켜들고 약국의 데스크 안쪽과 약 조제실 너머를 살펴봤지만, 아무것도 없다.

"빨리 찾아와! 나도 여기서 챙길게."

보안관의 말이 떨어지기도 전에 삼식이는 메고 있던 가방을 건네고, 약 조제실 뒤편에서 약병들을 뒤지기 시작했다.

삼식이가 항생제를 찾는 동안 보안관은 가방의 지퍼를 열고 눈에 보이는 약들을 닥치는 대로 쓸어 담았다.

진통제, 영양제, 소화제, 감기약, 소독약, 파스, 반창고에 붕대, 모기약, 비타민 C까지……. 조그만 약상자들로 가방을 반쯤 채운 다음, 보안관은 더 필요한 것이 있을까 싶어 약국을 한 번 빙 둘러봤다. 하지만 워낙 가슴이 두근거려 머리가 제대로 돌지 않는다.

"찾았다! 이, 이렇게 생겼었어!"

조제실 너머에서 기쁨의 환성을 내지른 삼식이가 환하게 웃는 얼굴로 약병 두 개를 챙겨 나왔다.

"그럼 이제 가자."

보안관은 삼식이가 던진 약병들을 받아 가방에 넣었다. 그 사이 삼식이는 전원이 나가 있는 냉장고를 열고 조그만 박스 하나를 꺼내 들고 온다.

"뭐야, 그건?"

"뭐긴! 당연히 약국 하면 박카스지!"

타당해! 보안관은 고개를 끄덕이며 꾸역꾸역 박카스 상자까지 가방 안에 쑤셔 넣었다. 얼마나 꽉 눌러 담았는지, 지퍼가 터지기 직전이다.

가방을 멘 삼식이와 양손에 무기를 든 보안관이 막 약국 밖으로 뛰어나왔을 때, 골목 저편에서는 깜짝 선물이 그들을 기다리고 있었다.

그롸아아아아아악!

그와아악! 크라아악!

예상 밖의 광경에 보안관과 삼식이는 잠시 얼어붙어 버렸다. 전철역에서 보자면 왼쪽에 해당되는 골목 입구에서 엄청난 수의 괴물들이 이곳을 향해 뛰어오고 있다.

어째서? 네놈들은 언제나 반시계 방향으로 이 거리를 돌았었잖아! 지금 이 방향은 거꾸로라고! 게다가 규칙에 따르면 아직 너희가 등장할 시간이 아니야…….

하고픈 말은 무지하게 많지만, 그런 것들은 이 상황을 타개하는 데 아무런 도움도 주지 못한다. 그리고 달아날 수도 없다. 지하 통로까지 포함하면 철책까지의 거리는 100여 미터. 아무리 열심히 달린다고 해도 놈들을 뿌리친다는 건 무리다.

그오아아악!

머뭇거리는 동안에도 놈들은 거리를 좁혀 뛰어왔다. 얼굴이 파랗게 질린 두 사람은 좌우를 두리번거리다가 약국 간판을 잡고 뛰어올랐다. 3층 건물의 옥상만이 그들이 현재 바랄 수 있는 유일한 피난처다.

"그거 버려! 해머랑 배트 버리라고!"

한 손에 무기 두 개를 끝까지 꽉 움켜쥔 채 한 손으로만 올라가 보려고 낑낑대는 보안관에게 먼저 2층 창문까지 기어오른 삼식이가 소리를 질렀다.

"하지만 이걸 버리면 무기가……."

"어차피 그걸로 저것들 다 못 죽여!"

보안관은 마치 대단한 보물을 포기하는 듯한 표정을 지으며 손을 벌렸다.

땡그렁!

해머와 배트가 바닥에 떨어진다. 마치 그 추락하는 힘으로 추진력을 얻기라도 한 것처럼 보안관이 두 손으로 간판을 잡으며 힘껏 뛰어올랐다.

"자, 손잡아!"

먼저 3층까지 올라가 있던 삼식이가 난간 아래로 몸을 내밀며 손을 뻗었다. 보안관은 간판을 발판 삼아 뛰어오르면서 삼식이의 손과 난간을 동시에 붙잡았다.

"하아! 하아~! 뭐지? 이 씨발? 이 새끼들, 대체 뭐야?"

3층 바닥에 털퍼덕 주저앉은 보안관이 이해할 수 없다는 표정을 지으며 넋두리를 늘어놓았다. 삼식이도 말없이 고개만 젓는다. 아래에는 벌써 건물 주변을 둘러싼 수많은 괴물들이 옥상의 두 사람을 향해 고함을 질러 댔다.

보안관은 커다래진 눈으로 자신들이 위치한 건물을 둘러봤다. 다행히 옥상으로 올라오는 길은 건물 내부와만 연결되어 있고, 조그만 상자처럼 생긴 철제 옥탑 문은 굳게 닫혀 있다.

다행히……라고? 이런 젠장, 갑자기 나타난 좀비들 때문에 3층 옥상 한가운데에 갇혀 버렸는데 뭐가 다행이야?

화가 난 보안관은 손바닥으로 철제문을 세게 내려쳤다.

"뭐야! 도대체 어디서 나타난 거야? 이게 왜 숨어 있고 지랄이지?"

초조해진 보안관은 연신 입 주변을 쓸어내렸다. 자신들은 분명히 괴물들의 움직임 속에서 규칙성을 발견해 냈다. 그리고 그것을 이용해 훌륭하게 식량을 구하고, 놈들의 소굴에서 탈출까지 했었다.

그런데 왜 이놈들은 갑자기 규칙을 깬 것일까? 대체 다섯 개의 그룹 중에 어느 무리에 있던 놈들이 이렇게 몰래 숨어 있었던 걸까?

보안관은 도무지 이해가 가지 않았다. 한 시간 전에도 다섯 개의 그룹은 규칙성을 잘 지켜 가며 행진을 했었다. 이렇게 큰 무리가 떨어져 나갔다면 그걸 알아채지 못했을 리가 없다.

"분명히 아직 나타날 때가 아니었어."

삼식이도 불안한 목소리로 말하며 시계를 들여다봤다. 11시 40분. 아직 오렌지 호프가 등장하려면 5분 정도나 더 기다려야 할 시간이다.

보안관과 삼식이는 초조함이 가득한 표정으로 좀비들이 넘실대는 거리를 내려다보았다. 그것 말고는 달리 할 수 있는 게 없다.

그리고 천천히 돌아가는 것처럼 느껴지던 시곗바늘이 11시 46분에 가까워졌을 때, 오른쪽 골목에서 평소와 다름없는 멤버들로 구성된 오렌지 호프 그룹이 걸어 들어왔다.

그것을 보면서 비로소 두 사람은 깨달을 수 있었다. 지금 그들의 발아래에 모여 서서 울부짖고 있는 녀석들은 원래 이 골목을 배회하던 놈들이 아니었다. 몇 분씩 늘어나던 시간 간격. 그것의 의미를 알아채지 못한 게 패착이었다. 돌이켜 보면 아주 간단한 문제였는데…….

"젠장, 계속 같은 속도로 움직이고 있는데 한 바퀴를 도는 시간은 더 길어졌다면, 그 이유는 단 한 가지밖에 없었던 거잖아! 아, 이런 돌대가리!"

보안관은 자책하며 자신의 머리를 두들겼고, 삼식이는 자포자기한 얼굴로 가방에서 박카스를 꺼내 입에 가져갔다. 꿀꺽! 꿀꺽! 박카스 한 병을 순식간에 비운 삼식이가 말했다.

"이 새끼들, 점점 더 멀리까지 돌아다녔던 거네. 그러니까 이 밑에 놈들은 옆 동네에서 온 녀석들이고…….""

정답을 알아맞혔지만, 보상은 아무것도 없다. 이제 두 사람은 약가방 하나만 꼭 껴안은 채 수백의 좀비들이 둘러싸고 있는 건물의 옥상에 고립되어 버린 것이다. 도무지 길이 보이지 않았다.

06

깨끗이 빨아 꼭꼭 짜 놓은 빨래가 대야에 가득 담겼다. 유빈과 제니는 흐뭇한 표정으로 자신들이 시간과 공을 들여 해 놓은 노동의 성과를 바라봤다.
"자, 이제 이걸 널어야지?"
유빈은 다친 다리에 무리가 가지 않도록 천천히 걸어가 긴 4X4 각목 한 개와 공구를 챙겨 왔다.
"그걸로 뭘 하시려고요?"
각목을 절반으로 잘라 가슴 높이 정도로 다듬는 유빈을 보며 제니가 물었다.
"음? 빨래를 했으니 건조대가 있어야지."
잘라 낸 각목의 끝부분에 드릴로 구멍을 뚫고 반대편 끝은 말뚝처럼 날카롭게 깎아 냈다. 그렇게 해 놓은 각목에 구리 파이프를 집어 와 대 본다. 두어 번 더 구멍을 넓히고 나니 약간 헐렁하게 맞았다.
"좋아."
유빈은 만족한 표정을 짓고 나서 두 번째 각목을 잘라 똑같은 모양의 물건을 하나 더 만들었다. 제니가 호기심 가득한 눈으로 지켜보는 동안 유빈은 작업한 말뚝과 해머를 가지고 4차선 도로를 건너 철책으로 걸어갔다. 가볍게 절뚝이던 유빈이 말뚝을 흙바닥에 살짝 박아 두고서 제니를 돌아보며 물었다.
"어때, 지금? 똑바로 됐어?"
제니는 고개를 좌우로 조금씩 갸우뚱거리고 양쪽 눈을 번갈아 떴다 감았다

해 보더니, 손을 들어 왼쪽으로 흔들었다.

"오른쪽으로 조금 기울었어요. 조금만 바로 세워 보세요."

유빈은 말뚝을 약하게 밀고 나서 다시 물었다.

"이 정도?"

"조금만 더."

"이젠 됐지?"

"네, 오빠. 지금 딱 수직."

유빈은 체중을 실어 말뚝을 꽉 눌렀다. 맥없이 쑥 빠지지는 않을 정도가 된 다음, 해머를 짧게 쥐고 콩, 콩, 내려쳤다. 구경하고 있던 제니가 뛰어와서 말뚝을 잡아 준다. 해머를 내려놓으며 유빈이 말했다.

"어, 잠깐만, 제니야. 일할 때는 꼭 장갑을 껴야 돼. 이렇게 매끈해 보여도 가시가 꽤 많거든. 쪼개지면서 결이 박힐 수도 있고."

유빈은 자신의 장갑을 벗어서 제니에게 건넸다.

제니는 고개를 끄덕이면서 헐렁한 장갑을 당겨 끼고 다시 말뚝을 잡았다.

"꽉 잡았지? 간다!"

말은 거창하게 했지만, 유빈은 힘 조절을 해 가면서 해머를 내려쳤다. 잠시 후, 미리 표시를 해 놓은 선까지 말뚝이 들어가자 두 사람은 3미터쯤 떨어진 곳으로 옮겨 가 같은 방법으로 두 번째 말뚝을 박았다.

그리고 유빈이 걸음을 옮기기도 전에 제니는 후다닥 뛰어가 아까 대 봤던 구리 파이프를 끌고 돌아왔다. 두 사람은 파이프 양쪽 끝을 잡고 말뚝의 구멍에 넣었다.

"잘돼 가고 있어?"

"네, 여기 여유 있어요."

"그쪽이 더 길어야 해. 조금 더 당겨 봐. 옳지. 그대로 잡고 있어 줘."

제니가 반대편 끝을 잡고 있는 동안 유빈은 파이프에 구멍을 뚫고 긴 나사못을 박아 너트로 고정했다. 그러고는 반대편으로 자리를 옮겨 같은 작업을 한 번 더.

이제 파이프가 빠져 버릴까 봐 걱정하지 않아도 된다. 안정적인가 확인하기 위해 말뚝에 체중을 실어 본 유빈이 됐다는 표정을 지었다.

"널어 볼까요?"

함께 빨래 대야를 들고 와 팡팡 턴 다음 널었다. 길이도 적당하고, 빨래 무게 정도는 충분히 이길 만큼 튼튼하다.

"휴대폰이 없는 게 한이네. 그날 트럭에 두고 내리는 게 아니었는데……."

떨어지려는 빨래를 잡고 고쳐 너는 제니의 모습을 보면서 유빈이 중얼거렸다. 등을 돌리지 않은 채 제니가 물었다.

"왜요?"

"나중에 사람들한테 제니가 손빨래해 준 옷을 입어 봤다아~ 이렇게 자랑하고 싶은데, 증거가 될 만한 게 하나도 없잖아. 아무도 안 믿을걸?"

"풋."

가볍게 웃음을 터뜨린 제니가 유빈을 돌아보며 말했다.

"그럼 제가 증언해 드리면 되잖아요. 넵! 유빈 오빠 말이 사실이에요. 제가 이렇게 박박 문질렀습니다!"

"하하하……."

너무 꿈같은 이야기라서 유빈은 얼이 빠진 웃음을 지을 수밖에 없었다.

내가 말한 '나중에'라는 건 대체 언제일까? 왜 나는 그때까지 내가 멀쩡히 살아남아서 또 다른 생존자들과 지금을 추억하면서 웃을 수 있다고 생각했을까…….

유빈은 바보처럼 멍한 표정을 지으며 그런 생각들을 했다. 그리고 만약 정말 하늘이 도와서 그때가 와 주더라도…… 아주 당연한 이야기지만, 서로 사는 세계가 다른 사람들은 떨어져서 살아갈 수밖에 없을 것이다.

그래, 그렇겠지. 하지만…… 유빈은 부정적인 생각들을 털어 냈다.

'하지만 최소한 지금 저 미소를 보는 순간만큼은 행복하잖아. 이 기억은 아무도 나에게서 빼앗아 갈 수 없어.'

그저 허술한 건조대 하나를 설치했을 뿐인데, 피난처로만 여겨지던 복지 센터가 집으로 변한 것 같은 착각이 들었다. 철책과 나란하게 걸린 빨래들이 바람에 조금씩 흔들리며 따가운 햇볕에 말라 간다.

까맣게 잊고 있었던 일상의 풍경을 보면서 기분이 좋아졌던 것도 잠시. 바쁘게 움직이던 몸이 편해지자 점점 걱정하는 마음이 조금씩 고개를 들었다.

"이제 슬슬 돌아올 시간 아닌가……."

밤새도록 고였던 물기가 어느새 싹 사라진 도로 한가운데에 앉아서 유빈이 중얼거렸다.

곁에 선 제니도 손을 눈 위에 가져다 대며 벌판 너머로 시선을 돌려 본다.

"그러게요……. 금방 온다고 하더니."

그때, 한 줄기 강한 바람이 불어오면서 빨래들이 흔들리더니, 수건 한 장이 나비처럼 나풀거리며 날기 시작했다.

"엇, 안 돼!"

애써 빨아 놓은 수건을 더럽히고 싶지 않았던 유빈과 제니는 열심히 수건을 쫓아 달렸다. 그러나 그들의 노력이 무색하게도 수건은 먼지를 일으키며 바닥에 떨어져 내렸다. 수건을 집어 든 제니가 먼지를 털어 내며 가볍게 한숨을 쉰다.

"아휴, 아까워라. 다시 헹궈야겠네요."

"파이프가 너무 매끈해서 그런가 봐. 다음에 나가면 빨랫줄을 가져와야겠다."

"빨랫줄요? 그런 걸 어디서 구해요?"

"우리가 지나왔던 산책로에 현수막이 여러 개 붙어 있었잖아. 그거 다 빨랫줄로 묶어 놓은 거야. 그걸 풀어 오면 되지, 뭐."

그렇게 기다리는 동안 시간은 어느새 12시를 훨씬 지나 버렸다. 불과 며칠 전에 황씨 아저씨 일행과 작업반장님이 떠난 뒤 돌아오지 않았던 경험을 한 터라 발아래의 그림자가 조금씩 길어질수록 유빈의 마음속에 자리하고 있던 불안감은 점점 더 커졌다.

아무래도 역에 가 봐야 하지 않을까……. 하지만 제니를 혼자 남겨 두고 나가는 것도 좀 걸리는데…….

유빈이 한창 갈등하고 있을 때, 벌판 저 너머에서 머리꼭지 하나가 다가오는 게 눈에 띈다.

'하나? 왜 하나만?'

유빈은 시야를 확보하기 위해 급하게 2층으로 올라 창문 밖으로 몸을 내밀었다. 신입이다. 저 멀리서 신입 혼자 공구 가방을 들고 천천히 걸어오고 있다.

"야! 왜 너 혼자야? 다른 애들은?"

유빈이 소리를 지르자 신입은 화들짝 놀라며 그제야 뛰기 시작했다. 얼굴에서 핏기가 싹 빠져나간 유빈도 서둘러 사다리를 내려갔다. 온갖 불길한 상상이 머릿속을 스치고 지나간다.

"야! 뭐야? 왜 혼자 왔어?"

숨을 헐떡이며 철책을 빠져나오는 신입에게 유빈이 다시 소리를 질렀다. 뜻밖의 상황에 놀라 어쩔 줄 몰라 하는 제니의 발 앞에 털썩 엎어진 신입은 자신의 가슴을 가리키며 숨이 너무 차서 말을 할 수 없다는 시늉을 했다. 유빈은 그런 신입의 어깨를 붙잡아 일으키며 따져 물었다.

"야, 이 새끼야! 너 요 앞에서부터 뛰기 시작한 거 다 봤어! 쓸데없는 연기 하지 말고 애들은 왜 안 왔는지나 말해!"

"하악, 하악…… 계속 뛰다가 네가 본 그때 잠깐 걸은 거야. 하아……."

"애들은 왜 안 왔냐고!"

"크, 큰일 났어, 걔들……. 아, 목말라. 하아…… 걔들 지금 어떤 건물 옥상에 갇혀 있어. 밑에는…… 좀비가…… 하아…… 말도 못 하게 많아서, 하아……."

그 말을 하는 동안에도 신입은 가방을 열고 음료수 하나를 따 마셨다. 제니는 두 손으로 입을 꼭 틀어막고 있고, 머리가 띵해진 유빈은 양손으로 관자놀이를 꽉 눌렀다.

"야, 자세히 좀 말해 봐. 걔네가 왜 거기 갇혔어? 어떤 건물이야?"

"몰라. 보안관이랑 삼식이가 나한테 뒤를 부탁한다고 말하면서 골목 깊숙한 곳까지 뛰어 들어갔었어. 그리고…… 조금 뒤에 보니까 좀비들이 사방에 가득한

데, 두 사람은 옥상 위에 올라가 있더라고. 유빈아, 네가 빨리 가서 도와줘야 해. 걔들 지금 무기도 없고…… 큰일 났어!"

신입은 갑자기 유빈의 다리에 매달리며 보안관과 삼식이를 구해 달라고 애원을 하기 시작했다.

유빈이 울상이 되어 버린 얼굴을 저으며 물었다.

"아니…… 걔들이 그럴 리가 없는데. 거기 다니는 괴물들이 골목 안으로 들어오는 시간이 정해져 있어. 그 간격을 지켰을 거 아냐?"

"그래, 간격. 간격이 늘어났느니 어쩌느니 한참 보면서 이야기를 하긴 했어. 그랬는데도 어이없이 갇힌걸, 뭐. 난 자세한 건 몰라. 그저 너한테 한시라도 빨리 알려야겠다는 생각밖에 없었어. 지금 네 친구들이 믿고 있는 건 너밖에 없어. 네가 당장 가서 도와줘야 해. 걔들 죽을지도 몰라!"

젠장, 그렇게 간절한 새끼가 음료수 가방을 들고 유람하듯 걸어왔어?

유빈은 입술을 꽉 깨물면서 복지 센터로 들어가 무기가 될 만한 것들을 챙겼다. 보안관과 삼식이에게 무기가 없다는 말이 사실일 경우까지 대비해야 한다. 스패너, 망치 따위를 가방 안에 넣은 다음, 해머를 집어 든 유빈은 곧바로 몸을 돌려 나왔다.

"어쩌시려고요, 오빠?"

제니가 걱정스러운 표정으로 물었다.

"어쩌긴…… 구하러 가야지."

유빈은 당연하다는 표정으로 대답하며 신입에게 가방을 내밀었다.

신입이 눈을 똥그랗게 뜬다.

"뭐, 뭐야? 나한테 이걸 왜 줘?"

"들고 따라와. 너도 도와야 할 거 아니야?"

"아, 나…… 나는 못 가. 저 무거운 걸 들고 여기까지 뛰어오다가 다리가 삐었어. 수, 숨도 너무 차고……."

"지랄 말고 일어나."

"야! 그리고 제니를 여기다가 혼자 둘 순 없잖아? 누군가는 쟤를 지켜 줘야 한다고!"

유빈은 제니를 돌아보았다. 신입의 말도 일리가 아주 없는 건 아니다. 저렇게 겁먹은 약한 여자애를 텅 빈 건물 안에 홀로 남겨 두기는 싫다. 게다가 신입 이 새끼는 억지로 데리고 간다고 해도 실제 싸움이 벌어지면 별 전력이 되어 주지도 못할 놈이다.

"……잘 지킨다고 했다. 약속 지켜."

유빈이 짧게 말하고 걸어가자 신입은 열심히 고개를 끄덕이며 그의 등 뒤에 대고 소리쳤다.

"걱정하지 마, 유빈아. 내가 무슨 일이 있어도 제니는 꼭 지킬게."

"오빠!"

제니가 다급하게 유빈의 앞을 막아섰다.

"오빠, 저도 같이 가요. 뭐든지…… 아무거라도 할 수 있는 게 있을 거예요. 네? 오빠, 저도 돕게 해 주세요."

그러면서 장갑을 끼고 있는 유빈의 손을 꼭 쥔다.

유빈은 무겁게 한숨을 내쉬고 고개를 저었다.

"제니야, 그냥 여기서 얌전히 기다려. 지금은 그게 날 도와주는 거야."

"하지만, 오빤 지금 다리도 다쳤고……."

"그래! 그래서 널 데리고 갈 수 없어. 지금은 내 한 몸 지키기도 벅차니까 너까지 챙겨 가면서 싸울 수가 없다고. 이 상황에 왜 억지를 써?"

내가 왜 말을 이렇게 하지? 어째서 화가 난 걸 얘한테 풀고 있지? 마치 제니 때문에 우리가 발목을 잡혀 왔다는 투잖아. 말이라도 더 예쁘게 할 수 있었는데, 별거 아닐 테니까 금방 같이 돌아올 거라고…….

유빈은 귀에 들려오는 자신의 말에 후회가 들었다. 하지만 이미 돌이키기엔 늦었고, 그럴 만한 마음의 여유도 없다.

유빈은 멍해져 있는 제니의 손을 떼어 내며 철책 너머를 향해 걷기 시작했다.

제니는 커다란 눈을 힘없이 내리깔고서 자신을 비켜 가는 유빈의 옆모습을 바라보고 있었다. 등 뒤에서 신입의 목소리가 들려온다.

"제니야, 2층으로 올라가 있자. 여기는 위험해."

유빈은 똑바로 앞만 보며 걷기 위해 애를 썼다. 지금 중요한 건 다리 전체를 울리는 통증도 아니고, 자신의 말에 상처받았을 제니의 마음도 아니다. 친구들이 위험에 처해 있으니 그것에만 집중해야 한다. 제니에게 사과는 나중에 해도 늦지 않는……

좆까! 지랄하지 마!

유빈은 위선적인 자신을 향해 마음속으로 고함을 질렀다. 넌 그냥 뻔뻔하게 구는 거야. 나중에? 지금 가서 돌아온다는 보장이 있어?

없다.

유빈은 우뚝 멈춰 섰다.

'돌아서서 딱 한마디만 하자. 나쁘게 말해서 미안하다고. 그건 10초도 안 걸려.'

고개를 끄덕인 유빈은 뒤를 향해 머리를 돌렸다. 함께 만든 건조대를 꽉 움켜쥔 채 서서 슬픈 눈으로 자신을 바라보고 있는 제니의 얼굴이 보인다. 그리고 그 순간, 유빈의 결심은 완전히 무너졌다.

유빈은 절룩이지 않으려고 애쓰며 제니를 향해 뛰어갔다. 급하게 돌아오는 그의 모습을 본 순간 제니의 얼굴이 약간 밝아졌다.

"오빠……"

제니가 기대와 불안함이 반씩 섞인 표정으로 입을 열었다.

유빈은 그 말을 끊고 말했다.

"만약 내가 저놈들에게 물리면 곧바로 돌아서서 뛰어야 해. 구하려 들지도 말고, 머뭇거리지도 말고……. 약속할 수 있어?"

순간, 주춤하던 제니가 이내 힘차게 고개를 끄덕였다.

"……응, 네!"

젠장, 거짓말이 서툰 아이라고 유빈은 생각했다. 하지만 그렇게 어설픈 거짓말을 해서라도 돕고 싶은 게 바로 친구고, 동료가 아닌가.

"그럼 빨리 장갑 가지고 와. 지금부터 일을 꽤 해야 하니까."

유빈의 말이 떨어지기 무섭게 제니는 복지 센터로 뛰어 들어갔다. 영문도 모른 채 그녀를 반기던 신입을 그대로 지나친 제니는 새 케블라 장갑 한 짝을 집어 들고 곧바로 돌아왔다.

단 몇 초 만에 곁으로 달려온 제니가 웃는 얼굴로 유빈의 손에서 가방을 빼앗아 들며 말했다.

"사과는 받아들일게요."

"그래, 고마워."

마음을 편하게 해 줘서…….

유빈은 아주 잠깐 미소를 지어 주고 서둘러 걸음을 옮겼다. 옥상에 갇혀 있다고 했으니 당장 생명에 위협을 느끼지는 않을 것이다. 하지만 한시라도 빨리 보안관과 삼식이가 처해 있는 상황을 직접 보고 어떻게 도울지를 생각해 내야 한다.

5분 정도 빠르게 걷고 나자 벌써부터 유빈의 이마에서는 식은땀이 줄줄 흘러내렸다. 한 발, 한 발을 내디딜 때마다 수건으로 싸 둔 오른쪽 종아리에서는 불이 나는 것 같다.

"수건 고쳐서 묶어 줄까요?"

가방을 들고 따라오던 제니가 물었다. 가능한 한 티를 내지 않으려 했는데, 아무래도 불편해 보였던 모양이다. 유빈은 입을 굳게 다물고 고개만 저었다.

이미 그들은 언제 괴물이 튀어나올지 모르는 벌판 한가운데까지 나와 있다. 그렇게 여유를 부릴 상황이 아니다. 제니도 더는 묻지 않고 조용히 따라온다.

"혹시 목마르니?"

역에 도착해 옥상에 올라가기 전, 자판기에서 음료수 몇 개를 꺼내 가방에 담다가 유빈이 캔을 내밀며 물었다. 제니는 아니라고 했다.

"그럼 올라가자."

계단에 발을 올려놓고 나서야 유빈은 자신이 플래시를 가져오지 않았다는 것을 깨달았다. 셋이 함께 다니는 동안에는 늘 삼식이가 라이터를 켜서 길을 밝혔기 때문에 이곳에 불이 들어오지 않는다는 사실을 전혀 의식하지 못하고 있었다. 옥상까지 가려면 이렇게 어두운 계단을 다섯 층이나 더 올라가야 한다.
 "미안, 불을 안 가지고 왔어. 깜깜해서 무섭겠지만, 난간을 잡고 그걸 따라 천천히 걸으면 될 거야. 아무것도 없으니까 걱정은 안 해도 돼."
 제니는 조금 긴장한 표정으로 고개를 끄덕였다. 가방을 비스듬히 멘 그녀는 팔을 뻗어 난간 대신 유빈의 티셔츠 자락을 꽉 쥐었다. 1, 2층은 그나마 현관에서 들어온 빛 덕분에 조금이라도 보였지만, 3층 입구부터는 완전히 어둠 속에 묻힌 상태였다. 신입이 돌아올 때 옥상으로 통하는 문틈에다가 벽돌을 괴어 놓지 않았던 모양이다.
 둘은 계단을 헛디디지 않기 위해 천천히 한 걸음씩을 뗐다. 유빈이 3층 계단참에 올라서서 기다리고 있을 때, 뒤따르던 제니가 계단과 평지를 헷갈려 중심을 잃었다. 앞으로 넘어질 듯하다가 겨우 몸을 추스른 제니에게 유빈이 말했다.
 "1층에서 올라오면서부터 세어 봤는데, 18계단씩이니까 숫자를 세면서 오르면 안 넘어져. 열여덟 발짝 다음에는 평지야."
 어둠 속에서 긴장하며 계단을 오르는 동안 유빈은 혼자 움직일 경우에도 꼭 필요한 것들을 갖출 수 있도록 표준 장비를 만들어야겠다고 생각했다.
 암흑 속을 한 계단씩 오를 때마다 뒤를 따르는 제니의 숨소리도 조금씩 커졌다. 아무것도 보이지 않는다는 것이 주는 불안감은 그만큼 사람을 지치게 만든다.
 유빈은 숫자를 세면서 계단을 오르고, 해머 손잡이를 지팡이 삼아 쉼 없이 계단 앞을 휘저었다. 이런 상황에서 거짓말을 하지 않는 건 오로지 숫자와 데이터뿐이다.
 "다 왔다."
 손으로 더듬어 옥상 문손잡이를 열고 나가자 환한 햇살이 두 사람을 환영하듯 가득 비쳐 든다. 눈이 빛에 적응될 때까지 유빈과 제니는 잠시 이마를 찌푸리고 제자리에 서 있어야 했다.

"와, 이런 곳이 있었네요."

제니가 감탄하듯 주변을 둘러본다. 그래 봐야 사흘 전 유빈과 친구들이 느꼈던 절망감을 고스란히 물려받을 뿐이다. 번화가 골목은 좀비들로 채워져 있고, 멀리 보이는 도로에는 길을 꽉 막고 세워진 자동차들이 1밀리미터도 움직이지 않는다.

그녀가 새로운 경치를 더 둘러보게 두고, 유빈은 서둘러 번화가가 보이는 쪽 난간을 향해 걸음을 옮겼다. 거리 여기저기 쓰러져 있는 괴물들의 시체가 더 늘어나 있다는 점만 제외하면 번화가 자체의 분위기는 이틀 전과 크게 다르지 않았다. 여전히 조용하고, 황량하며, 죽음의 냄새가 가득하다.

"아, 저기 갇힌 거구나."

눈이 특별히 좋지 않아도 알 수 있었다. 워낙 그 주변에만 많은 괴물들이 모여 있기 때문에. 사거리 왼쪽 코너의 약국은 한 번에 유빈의 시선을 잡아끌었다.

야구장 홈베이스와 외야석 정도의 거리만큼 떨어져 있어서 정확하게 보이지는 않지만, 분명히 흰 건물 옥상에 보안관과 삼식이가 있다.

일단 살아 있다는 것만으로도 적지 않게 마음이 놓인 유빈과 제니는 크게 한숨을 내쉬었다. 마음 같아서는 소리라도 크게 질러 도우러 왔다는 걸 알리고 싶지만, 혹시 괴물들의 주의를 끌게 될지도 모르니 자제해야 한다.

"꽤 머네요."

어느새 곁에 다가와 선 제니가 가방을 내려놓으며 걱정스러운 목소리로 물었다.

"응. 여기서부터 적어도 100미터는 떨어진 것 같네."

유빈은 난간을 두드리며 대답했다. 약국 주변의 괴물들은 아무리 줄여 잡아도 50~60마리는 된다. 큰일 났다.

골목을 배회하는 몇 마리를 용케 죽이고 저곳까지 다다른다고 해도 저렇게 잔뜩 몰려 있는 괴물들을 다 해치운다는 건 꿈같은 이야기다. 게다가 자신은 다른 괴물들이 오늘 어떤 주기로 골목을 돌았고, 왜 보안관과 삼식이가 저런 곳에 고립되어 버렸는지도 모르고 있다.

저 두 명이 동시에 시간 간격을 무시한다거나 착각했을 리는 없으니, 분명히 뭔가 특별한 이유가 있을 것이다. 이래저래 한동안은 차분히 지켜보는 수밖에 없는 상황이다. 일단 시간부터 기록해 두어야 한다.

"지금 몇 시니, 제니야?"

"1시 반요."

유빈은 공구 가방에서 공업용 커터를 꺼내 바닥에 시간을 파 놓았다. 잠시 더 기다리고 있자니, 예전에 봤던 것처럼 괴물들이 무리를 지어 골목 안으로 걸어 들어왔다.

따로 묻지도 않았는데 제니는 알아서 시간을 불러 준다. 1시 34분. 꼬리가 지하 통로 쪽을 지나 돌아 나간 시간은 1시 40분이었다.

"6분 조금 넘게 걸린 것 같군. 지나가는 시간은 대충 같은데……."

유빈은 초조하게 혼잣말을 하며 계속 아래쪽을 주목했다. 그가 변화한 괴물들의 움직임을 알게 된 것은 그로부터 채 10분도 지나지 않아서였다. 사거리 왼쪽에서 괴물들이 등장하더니, 반시계 방향으로 회전하면서 변화가 위쪽으로 사라져 버렸다.

아……. 상황을 대충 알아차린 유빈은 머리를 감싸 쥐었다. 그리고 또 10분 정도가 지나니, 이번엔 위쪽에서 괴물들이 걸어 내려와 오른쪽 골목으로 들어가며 유빈에게 상황을 확실하게 인식시켜 주었다.

제기랄, 셋씩이나……. 보안관과 삼식이가 위치한 건물은 각자 반시계 방향으로 순환하고 있는 세 개의 좀비 무리가 겹쳐지는 접점이었던 것이다.

그제야 유빈은 '간격이 늘어났다던데.'라는 신입의 말도 이해할 수 있었다. 저 놈들은 점점 더 크게 원을 그리며 거리를 배회했던 것이고, 그래서 이전에는 아무리 지켜보고 있어도 다른 두 무리가 눈에 띄지 않았던 거라고 하면 모든 이야기가 딱 맞아떨어진다.

"정리해 보자면 이런 거네……."

유빈은 바닥에 파 놓은 숫자들을 들여다보다가 입을 열었다.

"저 건물 앞에 괴물들이 떼를 지어 지나다니지 않는 시간은 아무리 길어도 5분이 안 돼. 좌우 양쪽, 그리고 위쪽에서 계속 들이닥치니까."

"어제 새벽에 탈출할 때에는 그보다 훨씬 여유가 있었던 것 같은데……."

"응, 돌아다니는 괴물들이 더 늘어난 거야. 그때랑 달라졌어."

"그럼 구하는 게 훨씬 어려워졌잖아요."

"음…… 그러네."

유빈은 이마를 문지르며 신음처럼 한숨을 내쉬었다. 이렇다 할 묘수가 생각나지 않는다. 묻는 사람도, 대답하는 사람도 그저 답답할 뿐이다. 서울의 웬만한 거리가 다 그렇듯, 워낙 건물들이 빼곡하게 들어서 있기 때문에 우회해서 접근할 수 있는 샛길 같은 것도 존재하지 않았다.

그롸아아악—.

번화가 입구를 배회하던 괴물 하나가 공연히 먼 하늘을 보며 괴성을 질렀다. 마치 오지 말라고 경고라도 하는 것 같다.

"이렇게 빤히 다 보이는데도 할 수 있는 게 별로 없네요. 피융~!"

제니는 풀 죽은 목소리로 말하며 보안관과 삼식이를 향해 뭔가를 겨누어 쏘는 시늉을 했다.

"아무리 그렇다고 해도 미리부터 쏴 죽일 필요까지는 없잖아. 아직 어떤 기회가 있을지도 모르는데."

유빈이 황당한 웃음을 지으며 말하자 제니는 고개를 젓고 자신이 상상했던 무기를 설명했다.

"아니, 이건 석궁. 지금 구해 주려고 석궁 쏜 거예요. 총이 아니라."

"석궁?"

"네. 그 왜, 영화에 나오잖아요. 이렇게 밧줄 달린 화살이 피융~ 날아가서 건물에 박히면 그걸 타고 쭈욱 미끄러져 내려가는……. 아, 그런 거 하나만 있었어도."
 응? 설명을 듣던 유빈은 다시 난간 밖으로 머리를 내밀고 발아래 펼쳐진 건물들과 골목을 바라보았다.
 맞아, 방법이 있었다!
 다닥다닥 붙어 있는 고만고만한 건물들을 보면서 유빈은 그동안 자신이 얼마나 꽉 막힌 채 살고 있었는지 다시 한번 절감했다. 왜 이런 상황에서까지도 반드시 길로만 다녀야 한다고 생각했던 걸까…….

07

 격리 시설에 들어온 지 두 시간이 넘은 시점부터 세 번째 칸의 중년 여자는 급격하게 상태가 나빠졌다. 으으으~ 하고 신음하면서 계속 침을 질질 흘리던 여자는 급기야 귀신 들린 사람처럼 바닥을 뒹굴며 울부짖어 대기 시작했다.
 "저기…… 이 아주머니, 약 좀 줘야 하는 거 아니에요? 진정제라도……."
 임수정이 보초병들에게 호소해 보았지만, 그들은 냉정하게 고개를 저었다. 진통제와 항생제는 요청을 하면 접수처에서 제공하지만, 그 외에는 48시간 동안 아예 접촉을 금지하는 것이 원칙이다.
 물론 구토를 하기 시작하면 그때는 이야기가 달라진다. 최근 며칠 사이 달라진 세상 속에서, 격렬한 구토는 곧 좀비화 과정의 마지막 징조라 간주될 만큼 아주 위험한 증상이다.
 "으아아아! 으악! 끄으으~."
 여자는 머리를 쥐어뜯으며 울부짖었다. 고통을 이기지 못해 철창을 마구 내려치는 바람에 주먹은 온통 살갗이 벗겨지고 피가 흐른다. 그리고 마침내 여자는 최종 단계로 들어섰다.

"우웨에에엑!"

웅크리고 있던 여자의 입에서 엄청난 양의 토사물이 뿜어져 나왔다. 끈적이는 녹색의 액체에서는 시궁창보다 더한 악취가 진동했다.

그 광경을 지켜본 테라와 임수정이 비명을 지르며 물러앉았고, 보초병들은 다급하게 무선 연락을 취한 뒤, 거치대에 올려놓았던 장비를 꺼내 달려왔다.

"물러나세요! 위험합니다!"

누구에게 하는 것인지가 불명확한 한 차례의 구두 경고 이후, 두 보초병은 철창의 양쪽 끝에 긴 쇠막대기를 걸어 철창을 끌어당겼다.

덜컹!

바퀴가 조금씩 움직이며 중년 여자가 들어 있는 철창이 앞쪽으로 끄집어내졌다.

"우웨에에엑!"

철창이 움직이는 동안에도 여자는 구토를 멈추지 않았다. 토사물이 튈까 봐 당황한 병사들이 한 걸음 물러났을 때, 갑자기 여자가 벌떡 몸을 일으키며 철창을 향해 달려들었다.

그롸아악!

임수정은 피가 얼어붙는 것 같은 공포를 느끼며 뒤쪽 철창을 꽉 부여잡았다. 그날 새벽 보았던, 바로 그 괴물의 모습…… 그 울부짖음이다.

크와아악!

여자는 철창을 마구 후려치며 고함을 질러 댔다.

"아, 이런 씨발!"

깜짝 놀란 병사들이 놓쳤던 쇠막대기를 다시 집어 들려 다가갈 때, 여자의 팔이 철창 밖으로 쑥 뻗어 나왔다. 창살이 워낙 촘촘해서 팔꿈치까지도 빠져나오지 못하지만, 팔을 사방으로 휘저어 대는 그 기세 때문에 다가가기가 쉽지 않다.

철창 사이에 끼어 있는 여자의 팔은 피부가 찢어지며 조금씩 빠져나와 점점 더 먼 곳까지 할퀴려 들었다. 병사들은 겨우겨우 다시 쇠막대를 확보하여 끌어

내기 시작했다.

크와악!

여자가 한 번 더 창살을 향해 달려들자 그 충격 때문에 철창 전체가 콰장! 소리와 함께 앞으로 기운다. 그리고 중심을 잃은 철창은 기우뚱하게 넘어지며 테라가 들어 있는 철창을 덮쳤다.

"꺄아악!"

뒤로 기울어진 철창에 부딪친 테라가 앞으로 넘어져 버렸다. 바로 눈앞에는 입 주위에 토사물을 잔뜩 묻힌 괴물이 하얗게 변한 눈동자를 번들거리며 울부짖고 있다.

"테라야!"

임수정이 안타깝게 외쳤다. 하지만 그녀 역시 아무것도 도와줄 수 없는 상황이다. 저렇게 가까이 겹쳐진 상태라면 손만 뻗어도 테라의 머리채를 움켜쥘 수 있다.

그롸아악!

괴물이 또다시 아가리를 벌리고 달려든다. 하지만 다행히도 그 목표는 바로 눈앞의 테라가 아니라 건너편 철창의 임수정이다.

"테라야! 이 틈에 빨리 엎드려! 몸을 더 낮춰!"

괴물이 자신을 향해 팔을 뻗어 대는 동안 임수정은 테라에게 소리쳤다. 겁에 잔뜩 질린 테라는 겨우 몸을 추스르고 뒤쪽으로 물러나서 두 손을 가슴에 붙인 채 바들바들 떨었다.

그러는 동안에도 괴물의 시선은 집요하게 한 칸 건너의 임수정을 좇고 있다. 마찰을 이기지 못해 살갗이 찢어져 나간 다음에도 계속 뻗어 오는 팔에서는 검고 진득한 피가 뚝뚝 떨어져 내렸다.

"빨리! 빨리!"

보초병들은 막대를 끌어 어떻게든 철창을 다시 세워 보려 안간힘을 썼다. 하지만 괴물의 저항이 워낙 완강해서 도무지 뜻대로 움직여 주지를 않았다.

쾅!

거칠게 문을 열고 뛰어든 일단의 군인들이 철창 앞으로 다가와 섰다. 그들은 모두 마치 폭발물 처리반처럼 두툼한 안전복으로 온몸을 감싸고 있다.

"젠장! 바퀴가 부러졌잖아!"

헬멧 사이로 욕설이 흘러나온다. 두 명의 병사가 가까이 다가가 기울어 있는 철창을 바로 세우는 동안, 병사 하나가 두꺼운 쇠막대로 괴물의 팔을 후려치며 엄호를 했다.

쿠웅!

셋이나 달려들어 애를 쓰고 나서야 괴물이 든 철창은 겨우 바로 세워졌지만, 바퀴가 세 개만 남은 상황이어서 도무지 중심을 잡지는 못했다.

괴물은 그러는 동안에도 계속 난리를 치며 철창을 흔들어 대고 있다. 더 이상의 이동은 무리였다.

"어쩔 수 없다……. 여기서 처리해!"

누군가 명령을 내리자 보호복을 입은 병사가 커다란 총을 장전하며 다가왔다.

"눈 감으십쇼!"

수용된 사람들을 향해 외친 병사는 잠시 여유를 준 뒤, 총신을 철창 안으로 넣어 괴물의 머리에 바짝 붙였다.

푸슝!

잠깐 동안의 정적. 그리고 다시 한번 푸슝! 작은 총성이 또 울렸다.

'상황 종료!'라는 군인들의 외침을 들었지만, 끔찍한 꼴을 보고 싶지 않은 임수정은 여전히 눈을 꼭 감고 고개를 들지 않았다. 드르륵, 군인들이 쇠막대를 잡아끄는 소리, 철창이 좌우로 흔들리며 천천히 앞으로 나아가는 소리, 그런 것들이 멀어진 다음에야 비로소 임수정은 고개를 들었다.

"하아아~!"

복잡한 감정이 담긴 한숨이 임수정의 입에서 터져 나왔다.

너무도 끔찍한 괴물의 모습, 아슬아슬했던 위기, 이 비인간적인 상황…….

그 모든 것이 그녀를 부들부들 떨게 만든다. 몇 차례 더 숨을 몰아쉰 임수정은 걱정스러운 시선으로 옆자리의 테라를 돌아보았다. 그녀 역시 아마 어지간히 놀랐을 것이다.

"아!"

테라를 돌아본 임수정은 가슴이 아파 절로 탄성을 내질렀다. 테라의 두 눈동자는 커다랗게 열린 채 계속 눈물을 흘리고 있었다. 벌어져서 바르르 떨리는 입술, 숨 쉬는 것을 잊은 듯 경직된 가슴, 원래부터 하얀 얼굴은 핏기가 싹 지워져 파랗게 질렸고, 길고 가느다란 다리는 발작을 하듯 부들댔다.

"테라야……."

임수정이 조용히 부르자 테라는 떨림이 가라앉지 않는 듯 두 어깨를 감싸 쥐며 입을 열었다.

"저…… 다 봤어요."

"뭐라고? 무슨 말이야?"

"눈을 감으라고 하는데…… 감겨지지가 않아서……."

"아…… 이런."

임수정의 입에서 새로운 한숨이 흘러나왔다. 테라는 눈앞에서 펼쳐진 처형 장면을 고스란히 지켜본 것이다.

"머리가…… 머리가 펑! 터져 나갔어요. 머리가…… 머리가…… 펑! 하고……."

테라는 자신의 뒤통수가 터져 나갈까 봐 두려워진 사람처럼 손을 뻗어 뒷머리를 꽉 움켜쥔 채 계속 같은 말을 반복하며 울음을 터뜨렸다.

"으흐으으~ 으흐으~ 머리가…… 머리가……."

"테라야! 괜찮아! 우린 저렇게 안 돼! 우린 안 물렸잖아! 우린 괜찮아!"

그녀에게 닿기 위해 최대한 손을 뻗으면서 임수정은 간절하게 외쳤다. 테라가 눈물범벅이 된 얼굴을 돌리며 고개를 끄덕인다.

"흐으으~ 네, 언니. 우린…… 우린 안 물렸어요. 우린…… 저는, 괜찮아요. 차에 치인 거예요······. 으흐으으~ 빨간 스포츠카가 치고 갔어요. 빨간색······."

팔을 내밀어 임수정의 손을 꼭 잡고 나서도 테라는 계속 눈물을 흘리며 아기처럼 중얼거렸다.

나는 괜찮아. 나는 저렇게 안 돼······. 왜냐면 나는 차에 치인 거니까······. 피처럼 빨간색의 스포츠카였어······. 그렇다고 해야 해!

그날, 테라는 자신이 도대체 무슨 일을 겪고 있는 건지 이해할 수가 없었다. 인형처럼 귀엽던 시몬이 공포 영화에서나 볼 법한 괴물로 변하더니, 입을 쫙 벌리고 엄청난 기세로 달려들었다.

아그작!

급하게 피해 봤지만 자신의 발가락은 이미 시몬의 입 안에 들어가 있었다. 아이를 밀치고 곧바로 돌아서 달렸다. 반쯤 잘려 덜렁거리는 발가락이 바닥을 계속 스쳤지만, 아픈 줄도 몰랐다. 너무나 무서워져서 한시라도 빨리 제니의 곁으로 가고 싶은 마음뿐이었다.

제니······. 함께 손을 맞잡고 앉아 울었던 2년 전의 그날부터 테라에게 제니는 언제나 가장 소중하고 믿음직한 친구였으며, 또 언니 같은 존재였다.

'괜찮아, 나을 수 있어. 제니가 곁에서 간호해 줄 거야······.'

테라는 제니가 뛰어나와 자신을 자동차 안으로 끌고 들어가 줄 것이라 생각했다. 그러나 두 사람이 탄 차는 곧바로 방향을 돌려 지하 주차장에 그녀를 놔두고 가 버렸다.

"오빠! 제니야······ 기다려!"

왜? 테라는 절망적인 얼굴로 고개를 저으며 계속 그 뒤를 따라 걸었다. 사장의 커다란 SUV가 코너를 돌아 보이지 않게 된 다음에도 테라는 포기하지 않았다.

경사진 주차장 진입로를 걸어서 올라가 보니 아수라장으로 변해 있는 도로가 동공을 밀치고 들어왔다. 과속하던 차들이 난폭하게 서로를 들이받고, 사람이 다른 사람의 머리통을 물어뜯고 있다.

"이게…… 이게 뭐야?"

테라는 겁에 질린 눈동자로 사방을 둘러보면서 중얼거렸다. 하룻밤 만에 세상이 지옥으로 바뀌기라도 한 것일까?

끼이이익!

바로 등 뒤에서 울리는 날카로운 브레이크 소리와 타이어 마찰음에 깜짝 놀란 테라는 상처의 통증도 잊고 몸을 움츠렸다.

콰작!

뭔가가 범퍼에 부딪쳐 터져 나가는 소리. 돌아보니 빨간 스포츠카가 비틀대며 급하게 사라져 간다. 그리고 검은 타이어 자국이 박혀 있는 진입로에는 시몬이, 조금 전 자신의 발가락을 물어뜯던 시몬이 처참하게 뭉개져 죽어 가고 있다.

'어떡해, 시몬……. 내 뒤를 따라왔던 것일까?'

어째서 그렇게까지…….

테라는 고개를 저으며 서둘러 그 자리를 벗어나려 했다.

그 순간. 지잉~! 머리가 터지는 듯한 고통. 테라는 잠시 아득해졌다가 가까스로 정신을 차릴 수 있었다. 흘러내린 땀으로 온몸이 흠뻑 젖고, 심장 박동이 공연을 막 끝마쳤을 때보다도 더 빠르게 뛴다. 잘려 나간 발가락이 한층 더 엄청난 고통을 주기 시작했다.

절뚝거리는 맨발로 그리 멀리 가지 못했을 때, 인근 빌라에서 뛰어나온 세 명의 남자가 테라를 밀쳐 넘어뜨렸다.

흰 셔츠에 잔뜩 피를 뒤집어쓰고 있는 남자들이었다. 그들은 욕설을 퍼부으며 길가에 세워 둔 차에 올랐고, 급하게 시동을 걸었다. 테라가 다시 몸을 일으킬 때, 네 번째 남자가 뛰어와 차의 뒷문을 열었다.

"야! 왜 이래, 씨발! 같이 가!"

큰 부상을 입었는지 네 번째 남자는 어깨 전체가 붉은 피로 젖어 있었다.

"꺼지라고, 개새끼야! 너 물렸잖아!"

차 안에 타고 있던 남자들이 피 흘리는 남자를 향해 소리를 지르며 거칠게 밀쳤다.

"이런 씨발! 미친 새끼들아! 이거 내 차라고!"

피 흘리는 사내가 친구의 멱살을 잡아끈다. 친구는 전염병 환자를 대하듯 기겁을 하며 팔을 뿌리쳐 보려 했지만, 쉽게 떨어지지 않는다.

"아! 이것 좀 놓으라고!"

"그냥 씨발, 죽여 버려! 어차피 변해!"

그때, 정장을 잘 차려입은 젊은 여자 하나도 그 상황 속에 뛰어들었다.

"저! 저 좀 태워 주세요! 살려 주세요!"

살점이 뜯어진 눈두덩에서 계속 피를 흘리는 여자가 차 문을 꽉 잡고 소리를 질렀다.

"이건 또 뭐야? 씨발! 빨리 문 닫으라고!"

운전자가 고함을 친다.

"물렸어도 난 괜찮아! 봐! 너희 친구 영민이야!"

피 흘리는 사내가 강하게 항변하고 있을 때, 운전자가 뛰어나오며 쇠뭉치로 머리통을 사정없이 내려찍었다. 사내가 머리에서 피를 뿜으며 쓰러지는 동안에도 여자는 여전히 차 안으로 비집고 들어가기 위해 발버둥을 쳤다.

"이 미친년이! 물린 주제에 여길 왜 기어 들어와!"

운전자는 여자의 머리채를 꽉 휘어잡고 당겼다. 여자는 다급하게 외쳤다.

"아니에요! 이건 아니에요!"

"비켜!"

운전자는 여자를 땅에 패대기친 뒤, 구둣발로 아랫배를 걷어찼다. 여자가 신음을 흘리며 몸을 웅크리는 동안 이번에는 쓰러져 있던 사내가 운전자에게 달려들었다.

"아이, 개새끼! 존나 질기네! 놔! 씨발, 놔!"

사내의 얼굴과 머리에 몽둥이세례가 확확 퍼부어졌다. 결국 끈질기게 버티던 사내의 몸이 맥없이 툭 무너져 내리자, 세 명의 남자들은 서둘러 차를 출발시켰다.

어느새 몸을 일으킨 여자가 네발로 기어가 차 앞을 가로막아 보려 했지만, 그들은 사정없이 여자를 치고 지나가 버렸다. 머리통이 깨지고 터져 나간 사내와 여자가 길바닥에 널브러진 채 몸을 움찔거린다.

'물린 사람은 죽는다!'

테라는 잔뜩 겁에 질린 눈으로 자신의 상처를 내려다보았다. 가죽 정도만 간신히 붙어 덜렁거리는 새끼발가락에서는 아직도 계속 피가 흐르고 있다.

이걸 사람들이 본다면…… 안 돼, 안 돼! 테라는 고개를 저으며 필사적으로 걷기 시작했다. 다시 돌아가야 한다. 다시…… 집 안으로…….

와장창!

그때, 창문을 깨고 뛰어내린 사람들이 이상한 소리를 지르며 거리의 사람들을 덮쳤다.

그롸아아악!

그리고 비명과 괴성. 더 이상 견딜 수 없어진 테라는 귀를 막았다. 열심히 걸었지만, 속도는 나지 않는다. 잘려 나간 상처가 땅에 닿을 때마다 온몸에 저릿저릿한 통증이 와서 절룩일 수밖에 없었기 때문이다.

사람들이 피난하는 건물 앞에서는 물린 사람들이 다른 이들에게 린치를 당했다. 자동차들은 보행자를 사정없이 쳐 죽이면서 내달리고 있다.

"어, 저기 쟤! 안으로 들어간다!"

"절로 가자."

빌라 앞에 도착한 테라가 번호 키를 누르고 있을 때, 달아나던 두어 명이 그녀를 발견하고 뒤를 따라 뛰어 들어온다. 로비에서 엘리베이터를 기다리는 동안에도 남자들은 두어 발짝 떨어진 곳에서 서성거리며 중얼거렸다.

"야…… 제발."

"물린 거 아니야?"

"가만있어 봐. 일단 집에까지…… 하면…… 되지."

무섭다……. 테라는 겁에 질려서 뒤를 돌아볼 엄두조차 내지 못했다. 이곳에 가만히 서 있을 수도, 이 남자들을 달고 집으로 들어갈 수도 없는 상황이 되어 버렸다.

제발 다른 곳으로 가 주었으면…… 제발. 그러는 사이에도 무심한 엘리베이터는 일정한 속도로 내려온다.

띵!

엘리베이터가 도착하고 문이 열렸을 때, 무언가가 쏜살같이 튀어나와 그녀와 사정없이 부딪쳤다.

그롸아아악! 크와아악!

눈이 하얗게 변한, 무서운 사람 둘이 테라와 충돌해 그녀를 넘어뜨린 후, 뒤쪽의 남자들을 향해 달려들었다.

"악! 으악! 이런 씨발!"

사내들은 비명을 내지르며 괴물과 엉켜 붙었다. 테라는 다급히 엘리베이터 안에 뛰어들어서 버튼을 눌렀다. 끄아악— 닫히는 문 사이로 끔찍한 소리들이 들려온다.

"하아…… 하아……. 으흐흐흐으~."

비틀거리며 문을 열고 들어온 테라는 현관 앞에 엎어져서 눈물을 쏟아 냈다. 그래도 무사히 집에 돌아왔다……. 이제는 안전하다.

'구조 신청을 해야 해.'

한참을 울고 난 테라는 띵해진 머리를 붙들고 전화기 앞으로 겨우 기어갔다. 지금 제니에게 전화를 해 봐야 사장 오빠는 차를 돌려 다시 와 주지 않을 것이다. 테라는 119를 선택했다.

같은 다이얼을 수십 번 누르고 또 누른 후에야 겨우 사람과 통화를 할 수 있었다. 지친 기색이 역력한 상담원의 말로는 너무 많은 구조 신호가 한꺼번에 몰렸기 때문에 시간 약속은 해 줄 수 없단다.

테라는 기다리겠다는 말과 함께 주소와 이름을 일러 주고 전화를 끊었다. 바깥에서는 여전히 무서운 소리들이 들려오고 있지만, 이제는 구조만 기다리면 된다.

'……엄마 목소리를 들어야겠어.'

잠시 멍해 있던 테라의 뇌리에 플로리다에 있는 부모님이 떠올랐다. 펜서콜라의 아름다운 하얀 나무 집. 지금 그곳에 있다면 얼마나 좋을까. 열심히 다이얼을 눌러 보지만, 도무지 연결이 되지 않는다. 몇 번을 시도해 봐도 마찬가지여서 테라는 힘없이 전화기를 내려놓았다.

"하아아~."

한꺼번에 너무 많은 것을 겪고 난 그녀는 벽에 기대어 한숨을 내쉰 후, 멍하니 거실 바닥을 바라보았다. 거실의 마루 위에는 흙투성이가 된 그녀의 발바닥 자국과 함께 점점이 핏방울이 떨어져 있다.

아파…….

테라는 잘린 발가락으로 시선을 돌렸다. 으으~ 끔찍한 모양에 다시 눈살이 찌푸려진다. 지금이라도 병원에 가면 봉합을 할 수 있을까? 바깥쪽 가죽만 간신히 붙어 있는 새끼발가락은 잘린 뼈의 단면이 고스란히 드러나 있었다. 그리고 움푹 파여 나간 곳 주변엔 시몬의 잇자국이 남아 있다.

"어떡해……."

테라는 울상을 지으며 상처를 다시 살폈다. 아무리 봐도 사람의 잇자국이라는 걸 너무도 분명하게 알 수 있다. '이 새끼 물렸어!'라고 소리치며 친구의 머리통을 몽둥이로 터뜨리던 남자들의 무자비한 모습이 떠오른다.

구조대가 도착해서 이걸 본다면……. 몇 번이나 얼굴을 쓸어내려 봐도 방법은 하나밖에 생각나지 않는다. 살아남으려면 그걸 해야 한다.

'잘라 내자!'

테라는 고개를 끄덕인 후 욕실로 가 조심조심 발을 씻어 냈다. 그저 물이 닿는 것만으로도 뜯긴 상처는 견디기 어려운 고통을 선사해 주었다.

수건으로 눌러 물기를 닦아 내고, 주방으로 가서 가위와 얼음을 채운 밀폐 용기, 그리고 선물 받은 위스키를 가져왔다. 밀폐 용기에 얼음을 채우고 수건에 가위의 날을 시험해 봤다.

싹둑— 가위가 한 번 스치고 지나가자 두툼한 수건이 깨끗이 반으로 갈라진다. 이제 발가락 차례다.

"후우…… 후우…… 후우……."

신경을 둔화시키기 위해 얼음 통 속에 발가락을 담그고 있는 동안, 자꾸 울음이 터져 나오려고 해서 테라는 손으로 입을 가렸다. 그리고 더 이상은 견딜 수 없을 만큼 발이 차가워졌을 때, 가위를 가져다 댔다.

눈을 감고 싶지만 잘 보고 자르지 않으면 같은 일을 또 해야 할지도 모르니까 그럴 수 없다. 제니가 곁에 있으면 해 줬을 텐데…….

테라는 제대로 앞을 보기 위해 눈을 꾹 감아 고여 있던 눈물을 짜냈다. 할 수 있다. 2년 전 그날을 생각해! 그날에 비하면 이런 건 아무것도 아니야. 아무것도 아니야, 이까짓 것!

"흐읍!"

테라는 심호흡을 마친 뒤, 수건을 꽉 물고 조심스레 가윗날을 벌렸다. 정신을 바짝 차리고 한 번에 끝내야 한다. 마지막으로 한 번 더 눈을 꾹 감았다가 뜬 테라는 힘껏 가위질을 했다.

싹둑!

"끄아악! 끄으으……."

머리끝까지 터져 오르는 통증!

테라는 가위를 내려놓고 얼굴을 감싸 쥐었다. 고통과 상실감이 한 번에 밀어닥치며 터져 나온 눈물이 도무지 멈추지 않았다. 그래도 발가락은 깨끗이 잘려 나갔다. 시몬이 깨문 자국은 더 이상 보이지 않는다.

거짓말처럼 또다시 피가 뚝뚝 떨어지는 상처 위에 위스키를 부은 뒤, 다시 발을 얼음 속에 집어넣었다. 이제, 이제 구조받을 수 있다. 잘린 발가락이 담긴 밀폐 용기를 냉동실에 소중히 넣어 두고 진통제를 찾기 위해 방으로 들어갔을 때, 테라는 의식을 잃고 쓰러져 버렸다.

"……제니야."

잠꼬대처럼 제니의 이름을 부르며 눈을 떠 보니, 이미 한 시간 가까이 지나 있었다. 테라는 언제 흘렸는지도 모르는 눈물을 손등으로 닦아 내며 서랍에서 진통제를 꺼내 물과 함께 마셨다. 혹시 도움이 될까 싶어 알약을 가루 내 상처에도 뿌려 봤다. 물론 그 정도로 해결될 만한 부상이 아니다.

"아직 구조하러 오지 않은 건가?"

고개를 내밀어 창밖을 보니, 이제 거리에는 사람보다 괴물들이 더 많다. 테라는 다시 구조 요청을 해 보려고 휴대폰을 꺼냈다. 112, 119, 제니의 휴대폰…… 그 어느 곳에도 연결이 되지 않는다.

테라는 힘없이 전화기를 내려놓고 다시 물병을 입에 가져갔다. 술이라도 마시고 잠이 들어 버리고 싶었지만, 혹시라도 구조대가 왔을 때 소리를 듣지 못할까 봐 꾹 참았다. 그렇게 앉아 있는 동안 기약 없이 시간이 흘러갔고, 그날 오후부터 전기가 끊겼다.

테라는 거실 가득히 향초들을 켜 놓고 누군가 문을 두드려 주기만을 기다리며 칠흑처럼 어두운 밤을 작은 불꽃들과 함께 꼬박 새웠다.

"이렇게 죽는 건가……."

꼬박 하루가 지나가고 그다음 날 저녁이 되었을 때, 붉은 노을빛이 흘러 들어오던 거실 벽에 기대앉은 테라는 힘없이 중얼거렸다. 구조대가 오지 않으리라는 걸 이제는 받아들여야 한다.

주변에는 배고픔을 달래기 위해 먹었던 초콜릿 봉지들과 빈 물병이 어지러이 널려 있다. 집에서 요리를 해 먹지 않았던 데다가 체중 조절을 위해서 야식을 금하고 있었기 때문에 과일과 초콜릿을 제외하면 먹을 만한 것이 거의 없었다. 테라는 힘없이 고개를 돌렸다.

거실 한 면을 가득 채우고 있는 커다란 거울에 자신의 모습이 비친다. 추레하다……. 사장이 아무렇게나 걸쳐 준 헐렁한 옷과 바지는 온통 흙투성이고, 머리는 엉망으로 헝클어져 있다. 게다가 초췌하기 짝이 없는 얼굴……. 눈 밑은 시꺼멓고, 입술은 바짝 말라 갈라져 있다.

"이게 나라고?"

어이가 없어진 테라는 허탈한 웃음을 터뜨렸다. 하하하하, 하하하. 뭐야, 거지 아니야? 정말 저게 나라고? 히스테릭하게 눈물까지 흘려 가며 한참 동안 깔깔대던 테라는 벌떡 일어나 눈물을 훔치고 말했다.

"이런 꼴로 죽지는 않을 거야."

비록 온수는 아니지만 욕조에 물을 받아 입욕제까지 넣은 뒤, 머리끝까지 푹 담갔다. 잘려 나간 발가락에는 물이 들어가지 않도록 두 겹으로 랩을 싸 두었다. 한참 공을 들여 온몸을 씻어 낸 테라는 거울에 자신의 모습을 비춰 봤다.

그래, 이런 모습이어야지…….

원래부터 말랐던 몸이 조금 더 야위긴 했지만 여전히 아름답다. 옷 방으로 들어가 가장 좋아하던 옷들을 꺼내 입었다. 분홍색 속옷 위에 짧은 베르사체 원피스를 걸치고 나니, 평소의 테라로 돌아온 느낌이다.

엉망으로 벗겨진 손톱과 발톱을 다시 바르고, 마디째 잘린 발가락에는 손수건을 찢어 묶어 두었다. 뼈마디 하나가 잘려 나간 건데도 다행히 생각했던 것만큼 통증이 심하게 지속되지는 않았다.

"이것도 챙겨야지."

세 장의 앨범, 더블 플래티넘을 돌파해 받은 기념패, 대상 트로피 같은 것들을 꺼내 와 넓은 테이블에 올려놓고, 소파에 기대앉았다. 초라하게 땅바닥에 쓰러진 채로 죽고 싶지 않다.

"안녕……."

아직 희미하게 빛이 남아 있을 때, 앨범 재킷 속에서 환하게 웃고 있는 제니에게 인사를 하는 것으로 테라는 죽을 준비를 모두 마쳤다. 다시 어둠이 도시를 덮친다.

투투투투투투―.

다음 날 아침 일찍, 테라를 깨운 것은 헬리콥터의 로터 소리였다. 요란스럽게 회전하는 프로펠러가 주변의 공기 전체를 시끄럽게 울린다.

혹시……! 테라는 기대에 부풀어 창문을 활짝 열었다. 베란다 건너편 빌딩 옥상 위에 국방색 군용 헬기가 다가가는가 싶더니, 이내 총성이 요란하게 울린다.

파파파파파박―.

그와아아악―.

그리고 오싹한 괴물들의 비명 소리가 이어졌다. 총소리에 놀란 테라는 급하게 몸을 낮췄다. 뛰어! 뛰어! 요란한 고함 소리도 함께 들려온다.

뭐지? 어떤 상황일까……. 군복을 보자마자 테라의 가슴이 두근댔다. 구조대에 대한 기대도 접은 지 오래고, 낯선 사람들을 조심해야 한다고 생각했지만, 군인들은 다르다.

제니와 함께 위문 공연 무대에 설 때마다 객석을 가득 채운 군인들이 보여 줬던 열광적인 환호. 핑크 펀치라는 네 글자가 마이크를 통해 소개될 때마다 그들이 내질렀던 뜨거운 함성과 박수 소리는 아직도 기억 속에 또렷이 남아 있다.

만약 구조자의 우선순위를 군인들이 자유롭게 선택할 수 있다면, 분명히 자신이 대한민국에서 두 번째일 거라고, 테라는 굳게 믿고 있었다.

"아! 살아날 수 있다!"

테라는 두 손을 꼭 쥐고 총소리가 그치기만을 기다렸다. 간간이 끊겨 가며 20분 이상 지속되던 총소리는 어느 순간을 기점으로 하여 뚝 끊겨 버렸다.

무슨 일이 어떻게 진행되고 있는 것인지 전혀 모르겠지만, 더 이상 무작정 기다리고 있을 수만은 없다. 헬리콥터가 다시 다가와 목소리를 모두 묻어 버리기 전에 할 수 있는 일을 해야 한다. 테라는 베란다 문을 활짝 열고 나가 크게 외쳤다.

"구해 주세요! 저 테라예요! 핑크 펀치 테라요!"

아무도 대답하지 않는다. 돌아오는 것은 건물 벽에 부딪힌 메아리뿐이지만, 테라는 크게 두 팔을 저으며 다시 한번 목청껏 소리를 질렀다.

"테라입니다! 살려 주세요! 핑크 펀치 테라예요!"

설마…… 모두 죽어 버린 걸까?

아니면 너무 멀어서 들리지 않는 걸까?

조금씩 두려움이 고개를 든다. 세 번째로 소리를 지르기 위해 힘을 모을 때, 건너편 건물 옥상에서 군인들의 머리가 쑥 나왔다. 테라는 만세를 부르듯 두 팔을 쫙 폈다.

"여기요! 5층! 501호요! 왼쪽 집이에요!"

"기다리십시오!"

테라는 기쁨에 잠겨 온몸을 부르르 떨었다. 테라와 군인의 대화가 끝나자마자 곧바로 사방의 건물들마다 창으로 머리를 내민 생존자들이 구조를 요청하기 시작했다.

"여기도 있어요!"

"저도 구해 주세요! 대영 빌라 402호!"

"살려 주세요! 군인 아저씨!"

수십여 명의 생존자가 한꺼번에 소리를 질러 대는 바람에 소리는 온통 뒤섞였고, 아래를 배회하던 괴물들도 덩달아 울부짖는 바람에 이제는 누가 무슨 말을 하는지도 분간할 수 없게 되어 버렸다.

그들이 마음껏 떠들도록 한동안 기다리던 군인이 잠시 조용해진 틈을 타서 외쳤다.

"저희는 구조대가 아닙니다! 저희 헬기에는 여러분을 모두 태울 수 없습니다. 곧 정식 구조대가 올 예정이니, 문을 꼭 잠그고 기다리십시오!"

그 말이 끝나기도 전에 어떤 중년 남자가 고함을 질렀다.

"이봐! 난 시의원이야! 서울시 의원 김달평! 자네들, 그냥 가면 무사하지 못할 거야!"

아무런 대답도 들려오지 않는다. 중년 남자는 비슷한 내용의 말을 예닐곱 번 더 반복하다가 제풀에 지쳤는지 입을 다물어 버렸다. 그리고 또다시 주변은 고요해졌다.

불안해진 테라도 베란다 문을 열어 둔 채 거실로 돌아왔다. 처음 구조를 요청했을 때, 그 군인은 분명히 기다리라고 말했다. 테라는 그것이 금방 도우러 오겠다는 의미라고만 생각했었다.

그런데 이후 다른 사람들이 도움을 요청했을 때도 역시 기다리라는 답변이 돌아왔다. 이후에 구조대가 올 거라는 말도 덧붙였었고.

'어느 쪽일까? 정말 구조대가 오기는 하는 걸까?'

길거리에 괴물들이 적지 않으니 정말로 이곳까지 오기는 힘이 들지도 모른다. 혼란스러워진 테라가 한숨을 내쉬고 있을 때, 다시 총소리가 울리기 시작했다. 이번엔 아까보다 더 가깝다.

투투투둑! 투투둑!

총성이 점점 더 크게 들리더니, 잠시 후 누군가 문을 두드렸다.

왔다……. 정말로 와 줬다!

테라의 눈이 기쁨의 눈물로 뿌옇게 흐려졌다.

현관으로 달려간 테라는 밖을 확인하지도 않고 활짝 문을 열었다. 그리고 그 너머에는 정말로 듬직한, 너무나 듬직한 군인들이 서 있었다. 아홉 명이나!

"고맙습니다! 고맙습니다!"

테라는 가장 앞의 군인 둘에게 와락 안겼다.

"어, 어……."

군인들은 적잖이 당황했지만 굳이 피하지도 않았다. 인솔자인 듯한 군인이 그들을 떼어 내며 물었다.

"혼자십니까?"

"네!"

제니 씨는…… 누군가 입을 열다가 금방 다물었다.

"그럼 가시죠. 지금부터 테라 씨를 안전하게 구출하겠습니다."

인솔자가 말했다. 그때 한 병사가 테라의 발을 보았다.

"어? 상사님! 저기 발에 부상을…….."

"치, 치인 거예요! 자동차에! 물리지 않았어요!"

테라는 다급하게 외쳤다. 이렇게까지 됐는데 맞아 죽고 싶지는 않다. 그녀의 얼굴과 상처를 번갈아 보던 상사가 냉정한 목소리로 물었다.

"옆 건물 옥상까지 걸을 수 있겠습니까?"

"네! 네!"

상사가 고개를 저었다.

"죄송하지만, 제가 볼 때는 아닌 것 같습니다."

"네? 그럼……."

긴장한 테라가 떨리는 목소리로 묻자 상사는 뒤에 선 병사들을 돌아보며 말했다.

"요구조자가 걸을 수 없는 상황이다! 그리고 외상자다! 위험성을 감수하면서까지 안고 뛰어갈 병사 있나? 지원자는 1보 앞으로! 실시!"

여덟 명의 군인이 거의 동시에 한 발짝 앞으로 다가왔다.

처척!

가장 빨리 움직였다고 지목된 병사는 동료들의 부러움과 질시를 한 몸에 받으며 테라를 번쩍 안아 들었다. 신방에 신부를 안고 들어가는 자세다. 당황한 테라가 옷 방을 가리키며 말했다.

"아, 저기…… 지금 맨발이라……. 저 방에 제 신발이…….."

"제가 챙기겠습니다. 어떤 걸 갖다 드리면 됩니까?"

병사 하나가 빠르게 움직였다. 잠시 후, 그가 들고나온 신발은 부상당한 발에 전혀 어울리지 않는, 높은 굽의 분홍색 샌들이었지만, 테라는 고맙다고 미소를 지어 주었다. 이 용감한 영웅들에게 아무런 불평도 하고 싶지 않았다.

"이렇게 일하시는 데 방해를 해서 정말 죄송해요. 그리고 감사합니다. 구해 주신 은혜 절대 잊지 않을게요."

빌라 옥상에서 헬기를 기다리고 있을 때, 테라가 다시 한번 깊이 허리를 숙였다. 군인들은 통신 복구용 장비를 옥상에 설치하던 중에 그녀를 위해 옆 건물까지 달려와 줬던 것이다. 상사가 다가와 자신의 정글모를 씌워 주며 말했다.

"정 신경이 쓰이시면 가실 때 저 애들 손 한 번씩만 더 잡아 주십시오. 저놈들이 하도 졸라서 수칙을 어기고 한 일입니다. 지금 같은 전쟁 상황에서는 병사들의 사기 문제가 가장 중요하니까요."

Chapter 11
하이웨이

01

역 옥상에서 내려온 유빈과 제니는 두 번째 철책과 씨름을 하는 중이다. 스패너를 열심히 당겨 봐도 단단하게 조여진 볼트는 좀처럼 풀려 나올 생각을 않는다. 게다가 철책 하나를 풀어내리면 네 개씩, 도합 여덟 개나 되는 나사를 빼야 한다. 보안관의 무지막지한 힘이 새삼 아쉬워진다.

"오빠, 좀 쉬어요. 제가 해 볼게요."

다섯 번째 볼트를 풀기 위해 낑낑대는 유빈에게 제니가 말했다. 무시당한 것 같은 기분이 든 유빈은 말까지 더듬으며 변명을 했다.

"아, 아니, 이, 이거…… 내가 힘이 약해서 그런 게 아니라…… 워낙에 기계로 조인 거라서. 내가 아침도 안 먹었고……."

"알아요. 게다가 오빠는 지금까지 계속 힘을 써서 지쳤고, 저는 쉬었잖아요. 그러니까 제가 잠깐만 해 본다고요. 네?"

빙긋 웃으며 다가와 스패너를 빼앗아 쥐는 바람에 저항도 하지 못했다. 하긴 조금 전까지 계속 현수막마다 돌아다니며 꽁꽁 묶어 둔 빨랫줄을 풀어 모으느라고 애를 썼으니, 좀 쉴 필요도 있기는 했다.

"그래, 그럼 조금만 해 봐. 무리하지 말고."

유빈은 뒤로 물러나 앉아 음료수를 마시며 제니가 스패너에 매달리는 모습을 바라보았다. '힘내!'라고 응원의 말을 했지만, 속으로는 전혀 다른 걸 빌었다.

'제발 돌아가지 마라, 제발. 그러면 진짜 남자 체면 다 구겨진다.'

끼리릭—.

신이 그의 소원을 거절하는 소리가 날카롭게 귀를 찌른다. 철옹성처럼 버티던 볼트가 조금 틀어지는가 싶더니, 이내 순순히 돌아가기 시작했다.

끼릭— 끼릭—.

나사 소리가 유빈을 조롱하는 것처럼 반복적으로 들려왔다.

"아, 하하, 오빠가 거의 다 풀어놨던 건가 봐요……."

제니가 배려하는 웃음을 지어 주지만, 그게 더 창피하다. 유빈은 쓰게 웃었다. 나사못을 가방 안에 넣고, 여섯 번째 볼트에 스패너를 걸면서 제니가 물었다.

"그런데요, 오빠. 이거 잘못 푸신 거 아니에요? 철망만 떼어 내려면 이쪽이 아니라 바로 옆에 나사를 풀었어야 하는 것 같은데."

"아, 그거 앵커 하나는 가지고 가려고 그러는 거야."

"앵커요?"

"응. 철망을 연결하는 기둥 있잖아, 그거. 그게 있어야 힘을 좀 더 받아 줄 테니까."

"그런가요? 끄응!"

제니가 몇 번 더 힘을 쓰도록 둔 뒤, 유빈은 스패너를 넘겨받았다. 땀을 뻘뻘 흘리며 앵커까지 뽑아내고 나니 시간이 꽤 흘러가 버렸다. 드디어 앵커에 붙어 있는 가로 1.8미터, 세로 2.5미터의 매쉬 철망을 손에 넣었다.

유빈은 힘을 주어 들어 봤다. 워낙 면적이 넓어 다루기는 까다롭지만, 총 무게 자체는 그리 무겁지 않다.

"한 15킬로그램 정도 나가려나?"

앵커에 가까운 쪽을 잡으니 그럭저럭 들어 올릴 수는 있었다. 지하 통로와 계단을 지날 때는 긴 쪽의 양 끝을 나눠 들고 가면 될 것이다.

유빈은 시험 삼아 철망의 한쪽 끝을 자판기 위에 경사지게 걸쳐 놓고 반대편을 들어 올리며 제니에게 말했다.

"제니야, 너 이 위로 걸어갈 수 있겠어?"

"올라가 볼까요?"

"그래, 해 봐 줘. 앵커 쪽으로 붙어서 걷는 편이 더 나을 거야."

제니는 유빈의 어깨를 짚고 철망에 발을 올렸다. 잠시 철망이 출렁이기는 했지만, 애초에 그리 무게가 많이 나갈 몸이 아니어서 충분히 버틸 만했다. 제니의 두 발이 모두 올라서자 유빈이 팔을 당겨 버티느라 끙끙, 소리를 섞어 가며 말했다.

"끙차— 자, 이제…… 끙— 저 자판기 위까지 가 볼래?"

"자꾸 그렇게 무겁다는 식으로 한숨 쉬지 마요. 저 상처받아요."

"아니, 끄응, 너 안 무거워……. 그냥…… 어윽, 다친 곳이 아파서 그런다고…… 생각하고 좀 봐줘. 자, 걸어가 봐."

제니는 고개를 끄덕인 뒤, 가볍게 세 걸음을 뛰어 자판기에 올라섰다. 특히 맨 마지막 스텝을 비교적 가까운 곳에서 뛰어 줬기 때문에 유빈이 받는 하중이 훨씬 적었다. 자판기에 올라선 제니에게 유빈이 다시 부탁했다.

"잘했어. 이번엔 다시 이쪽으로 와 줘."

갈 때보단 좀 더 휘청거리긴 했지만, 이번에도 제니는 가볍게 몸을 놀려 세 걸음 만에 땅에 내려섰다. 첫 실험을 해 보고서 유빈이 느낀 것은 이 계획이 제대로 수행되려면 서로 간의 호흡이 맞아야 한다는 점이다. 더 먼 곳에서 걸음을 디딜 때, 미리 대비를 하며 힘을 크게 줘야 한다. 몇 번 더 같은 동작을 반복하고 나니 어느 정도 안정감이 생겼다.

"이건 생각했던 대로 쓸모가 있겠어. 이제 매듭인데……."

철책을 내려놓은 유빈은 모아 둔 빨랫줄들을 한데 연결해서 세 개의 긴 줄을 만들었다. 줄 하나가 적어도 7미터 정도는 되어야 한다.

그중 한 줄을 집어 들고 고민하는 얼굴로 자신의 팔목에 감았다 풀기를 한동안 반복하던 유빈이 마침내 만족한 표정을 지었다. 유빈은 고리가 하나만 생기는 매듭을 만든 뒤 한쪽 줄을 제니에게 넘겼다.

"당겨 봐, 힘껏."

제니가 입을 암팡지게 오므리며 당겨 봐도 매듭은 풀리지 않았다. 유빈은 다른 줄을 건넸다.

"자, 이번엔 이걸로."

이번엔 스르륵 쉽게 풀어진다. 제니가 별거 아니라는 얼굴로 말했다.

"이거, 그냥 포장할 때 쓰는 매듭이잖아요."

"그러게 말이야. 그런데 다급하니까 그 정도도 잘 생각이 안 났거든."

유빈은 멋쩍게 웃었다. 이걸로 대강의 준비는 다 됐다.

유빈은 재료들을 플랫폼에 두고 역 옥상으로 올라가 제니와 함께 발아래의 변화가를 바라보며 자신의 계획을 자세히 일러 주기 시작했다.

"우리가 가려고 하는 루트는 저 옥상 위야. 잘사는 동네가 아니라서 거의 다 3층, 아니면 2층짜리 건물들뿐이잖아. 그것도 대부분 비슷한 층수들이 쭉 이어져 있어. 계속 오르락내리락 번거로울 필요가 없다는 말이지."

제니가 고개를 끄덕였다.

"네. 그래서 조금 전에 철창 위를 걷는 연습을 한 거예요? 그런데 정말 저 정도 길이면 건너편 건물로 넘어갈 수 있을까요?"

"대부분의 건물들은 간격이랄 것도 없을 만큼 잇닿아 있거든. 문제는 가끔씩 골목을 사이에 둔 건물이 나타나거나, 2층에서 3층으로 올라가야 할 때인데……. 그런데 차가 다니지 않는 골목의 폭은 거의 2미터 이하야. 심하면 1.5미터도 안 돼."

"여기서 보는 것만으로 그걸 어떻게 알아요, 오빠?"

"예전에 저런 뎅 공사하러 가면 트럭이 들어가지 못해서 고생했었거든. 트럭 폭이 170 겨우 넘는데 말이야."

"아, 트럭 넓이가 오빠 키 정도 되는 거구나."

"어? 그…… 그렇지. 맞아."

유빈이 말을 더듬자, 제니가 웃으며 유빈의 어깨를 툭, 쳤다.

"자, 이제 아까 나보고 무겁다고 했던 거랑 비긴 거예요."

"무겁다고 한 적 없잖아……."

"제가 올라설 때마다 앓는 사람처럼 끄응! 끄응! 이랬잖아요. 그리고 저도 오빠 키 작다고는 안 했어요. 에이, 오빠아~ 삐치지 마요."

제니는 유빈의 떡 진 머리카락을 장난스럽게 흩트려 놓았다.

사람을 아주 자유자재로 들었다 놓았다 하는구나……. 휴우~. 유빈은 가볍게 한숨을 쉬며 설명을 계속했다.

"그래……. 하여간 저런 좁은 골목들은 큰 문제가 안 돼. 어려운 건 그보다 넓은 골목인데, 그런 덴 좀 서커스를 해야 하는 구간이야. 그리고 또 하나, 중간에 끼어 있는 4층짜리 건물. 저놈도 시간깨나 잡아먹을 거고."

음, 음, 고개를 끄덕이며 듣던 제니가 물었다.

"저랑 오빠랑 빨랫줄로 연결해 줄 거죠?"

"응. 그러니까 아래로 떨어질 걱정은 안 해도 돼."

"그럼 아까 그 한쪽에서만 풀리는 매듭은 왜 힘들게 매 본 거예요? 우리 둘은 서로 줄을 풀 일이 없잖아요."

"아, 그거."

유빈이 대답했다.

"그게 이 서커스의 핵심이지."

02

"아, 이 새끼들은 왜 친구 따라 가 버리지도 않고 여기에서 이렇게 죽치고 있냐? 우리랑 무슨 원수가 졌다고."

또 한차례의 행진이 지나간 뒤, 보안관이 짜증스러운 표정으로 입을 열었다. 뜨겁게 내리쬐는 태양만으로도 충분히 괴로운데, 그르렁대는 소음과 시궁창 냄새까지 더해지니 골이 지끈지끈하다.

"우리가 보이지도 않을 텐데 말이야."

"내가 볼 때는……."

팔베개까지 하고 누워 비타민 C 사탕을 빨면서 하늘을 향해 담배 연기를 뿜어내고 있던 삼식이가 느긋한 목소리로 대답한다. 삼식이의 행동만 보면 어디 휴양지에 와서 선탠이라도 하는 사람 같다.

"그놈들, 우릴 보고 여기까지 쫓아오긴 했는데, 얼마 있다가 다 까먹은 것 같아."

"그게 뭔 소리야?"

"그러니까 이제 와서는 쟤들도 자기들이 왜 저기 있는지 모른다고. 그냥 아무 생각이 없는 거야."

생각이 없는 건 너지, 새끼야.

이 상황에서 벗어날 궁리를 전혀 하지 않고 있는 삼식이를 보면서 보안관은 속으로 중얼거렸다. 어떻게든 도망가야 하는데……. 시간이 흐를수록 답답해서 돌아 버릴 것 같다.

"삼식아."

"응?"

"너, 저기까지 뛸 수 있냐?"

보안관이 건너편 건물 옥상을 가리키며 물었다. 삼식이는 천천히 일어나 발아래 골목과 건너편 건물을 번갈아 바라보았다. 거리는 3미터 정도. 물론 그 3미터는 아가리를 쩍쩍 벌리며 소리를 질러 대는 괴물들로 가득 차 있다.

평지라면 못 뛸 것도 없겠지만, 두 건물 모두 허벅지 높이의 둥근 철제 난간이 있어서 도움닫기 하기가 영 나쁜 상황이다. 그리고 무엇보다도 리스크가 너무 크다.

만에 하나 고개를 빳빳이 쳐들고 있는 저놈들 머리 위로 곤두박질이라도 친다면, 그 즉시 이 세상에 안녕을 고해야 한다.

"꼭 목숨 걸고 뛸 필요가 있어? 여기보다 저 건물이 뭐 별로 더 나아 보이지도 않는데."

삼식이가 물었다.

"아니, 계속 폴짝폴짝 뛰어서 저 끝까지 가 볼까 하는 거였지."

보안관이 가리키는 것은 번화가의 입구, 그들이 뛰어왔던 쪽이다.

삼식이가 콧방귀를 뀌며 대꾸했다.

"바로 옆 건물까진 간다고 해도 그다음 건물 두 개는 2층, 3층, 이 순서야. 2층에서 3층으로 어떻게 넘어갈래?"

"점프해서 난간을 잡고 기어 올라가야지."

"미끄러지면?"

"안 미끄러지게 잘 잡으면 되지."

"그럼 저 4층짜리 건물은?"

잠시 고민을 하던 보안관은 이내 포기했다.

"됐어, 새끼야. 그래! 그냥 여기서 아무것도 안 하고 가마~안히 기다리다가 굶어서 뒈지자."

삼식이가 웃으며 보안관의 어깨에 팔을 걸쳤다.

"하하하! 죽긴 왜 죽어, 우리 가방에 먹을 게 얼마나 많은데. 정 배가 고프면 키 크는 영양제라도 먹고 버텨. 기다리다 보면 찬스가 한 번은 오겠지, 뭐."

떨떠름한 표정의 보안관이 삼식이가 입에 넣어 주는 어린이 영양제를 받아먹고 있을 때, 갑자기 괴물들이 미친 듯이 소리를 질러 대며 날뛰었다. 심지어 그중 한 무더기는 번화가 입구를 향해 맹렬한 기세로 달려가기까지 한다.

"뭐야? 저 새끼들, 왜 저래?"

보안관과 삼식이는 깜짝 놀라 난간 밖으로 고개를 내밀고 괴물들이 달려가는 방향을 좇았다.

"어! 저기!"

삼식이가 소리를 지르며 손으로 입구를 가리켰다.

보안관도 보았다.

유빈이다. 유빈이가 제니와 함께 뛰어오고 있다.

"으아아!"

충분히 머릿속으로 시뮬레이션을 했다고 생각했는데, 막상 수십 마리의 괴물들이 달려오는 꼴을 마주 보고 뛰려니 저절로 비명이 나온다. 그만 좀 학대하라고 비명을 지르는 다리를 달래 가며 유빈은 죽을힘을 다해 달렸다. 그렇게 무서운 상황에서도 제니는 잘 따라와 주고 있다. 목표로 삼은 건물 앞에 도착한 두 사람은 철책을 벽에 기대 세워 놓았다.

"올라가!"

유빈이 벽에 기대며 두 손을 합쳐 내밀었다. 제니는 조금도 망설이지 않고, 유빈의 손과 어깨를 차례로 밟고 뛰었다. 건물 2층 벽에 붙어 있는 가스관을 잡고 매달린 채 몸을 끌어 올린 제니가 다리를 오므리며 외쳤다.

"됐어요!"

그녀의 신발이 위치한 곳은 팔을 뻗어 점프를 해 봐도 딱 미치지 않을 정도의 아슬아슬한 높이다. 그런데 저 괴물 놈들은 운동 능력이 좋기 때문에 어쩌면 닿을지도 모른다.

"다리를 더 배에 바짝 붙여!!"

제니가 새우처럼 웅크리는 걸 확인한 유빈은 뒤로 몇 걸음을 물러섰다가 도움닫기를 하며 뛰어올랐다. 아윽—! 아무 생각 없이 오른발을 디딤 발로 삼았던 게 실수다. 겨우겨우 붙어 있던 상처가 완전히 다시 찢어지며 피가 솟는다.

벽을 한 번 차고 오른 유빈은 파이프를 잡고 몸을 당겨 2층이 시작되는 부분의 튀어나온 벽돌을 밟았다. 그러고는 한 팔을 뻗어 3층 창틀을 꽉 움켜쥐었다.

"끄응차!"

용을 쓰고 몸을 당겨 올리며 나머지 한 손도 창틀 위에 걸쳤다. 유빈은 발로 벽을 짚으면서 기어 올라갔다.

그롸아아아악!

빠르다, 벌써……

유빈이 옥상 난간에 겨우 몸을 걸치려는 순간, 어느새 발밑까지 쫓아온 가장 선두의 놈이 풀쩍 뛰어오르며 제니를 향해 손을 뻗는다.

꺄아악! 제니는 눈을 질끈 감고 다리를 더 끌어당겼다. 유빈은 둘 사이를 묶어 놓은 끈을 허리 뒤로 한 번 더 돌린 다음 잡아당겼다.

"제니야! 지금 올린다!"

"꽉 잡았어요?"

"그래, 걱정하지 마!"

시멘트 한 포대를 올리는 정도니 무겁지는 않다. 올려지는 쪽이 패닉을 일으켜 몸부림을 치지만 않으면 이건 일도 아니다. 허리가 당겨지기 시작하자 파이프를 놓고 밧줄로 손을 옮긴 제니는 발로 벽을 디디며 암벽등반을 하듯 침착하게 따라 올라와 줬다.

"잘했어!"

난간에 팔을 걸친 제니를 붙잡아 올린 후, 유빈은 곧바로 오른팔에 묶어 둔 줄을 당겼다. 더 많은 놈이 몰리기 전에 철책을 끌어 올려야 한다.

벽에 부딪치고 흔들리다가 유리창을 난폭하게 깨기도 하면서 철책이 천천히 올라와 난간 위에 걸쳐지자, 유빈은 손목의 줄을 풀어 옆 난간에 묶어 고정하고 두 손을 뻗어 철책을 들어 올렸다.

"후아아~ 이제 시작인데, 어지간히 힘들구나."

놓친 먹이가 못내 아쉬운지 발밑에서 아우성치는 괴물들을 슬쩍 내려다보면서 유빈은 이마의 땀을 닦아 냈다. 놈들의 바로 위에 매달려 있었던 제니도 두근대는 가슴을 진정시키기 위해 눈을 꼭 감고 숨을 몰아쉬었다.

"괜찮아? 많이 무서웠어?"

"네."

어느 쪽인지 모르겠는 대답이다. 어쨌든 손이 닿을 만큼 가까이에서 좀비들의 목표가 되어 본 건 처음일 테니, 적잖이 두려웠을 것이다.

"좀 쉬고 있어."

유빈은 제니를 내버려 두고 옥상을 가로질러 걸어갔다. 여기를 목표로 정한 이유는 첫 번째 넓은 골목을 아래쪽에서 지나오려 했던 것도 있지만, 세 줄로 걸려 있는 빨래들과 빨랫줄이 욕심이 나서였다.

바짝 말라 쪼글쪼글해진 빨래 중 입을 만한 것들은 메고 있는 가방 속에 챙겨 넣고, 장대에 묶여 있는 빨랫줄들을 끌렀다. 여분의 줄이 있으면 더 안정적일 것이다.

"자, 이거 걸칠래?"

한눈에도 촌티가 자르르 흐르는 싸구려 블라우스를 건네자 제니가 영문을 모르겠다는 표정을 지었다.

"이거 긴소매라서 맨살보다는 안전할 거야. 너 팔 다 긁혔어."

설명을 들은 제니는 순순히 블라우스를 받아 입었다. 옷은 촌스러울 뿐 아니라 제니에게 꽤 컸다. 거울이 없어서 그나마 다행이라고 유빈은 생각했다.

"조금 진정이 됐으면 건너가 보자."

철책의 양쪽 끝에 줄을 옮겨 묶고 나서 유빈이 말했다. 제니는 고개를 끄덕였다. 처음 세 개의 건물은 유빈이 말했던 것처럼 간격이랄 게 거의 없었다.

채 1미터도 떨어지지 않은 두 건물의 난간 사이에 철책을 걸친 다음 유빈이 꽉 잡고 있으면 그 위로 제니가 지나간다. 그리고 옥상에 내려선 제니가 철책에 연결된 끈을 난간에 묶어 고정하면 유빈이 뒤를 이어 건넌다.

여기까지는 가장 쉬운 코스였다. 이제 한 층 낮은 네 번째 건물로 넘어갈 차례다.

"겁먹지 마. 저것들 그냥 소리만 지르는 거야. 어차피 여기까지 못 올라와."

아래쪽에서 졸졸 따라오며 그르렁대는 괴물들을 겁먹은 눈으로 바라보고 있는 제니를 달랜 뒤, 유빈은 철책을 들고 난간 밖으로 몸을 내밀었다.

사선으로 내려진 철책은 건너편 건물에 겨우 닿았다. 바닥에 고정하기 위해 넓적하게 튀어나온 앵커의 끝이 난간에 걸리는 것을 확인한 유빈이 말했다.

"이걸 사다리처럼 타면 돼."

제니는 흔들거리는 철책을 보며 잠시 망설였다. 하긴, 누군들 안 그럴까. 3층 높이에서 이렇게 허술한 사다리만 믿으라고 하니 말이다.

"내가 꼭 잡고 있을 테니까 아무것도 걱정하지 마."

제니는 자신과 유빈을 연결해 둔 끈을 다시 한번 확인하고 몸을 돌려 철책 아래로 내려가기 시작했다. 운동화를 벗지 않은 탓에 몇 번인가 발이 미끄러지기는 했어도, 이내 다시 발을 올리며 침착하게 한 걸음씩 아래쪽으로 내디뎠다.

어제 탈출했을 때에도 느꼈던 거지만, 운동신경이 꽤나 좋은 아이라고 유빈은 생각했다.

"내려왔어요!"

옥상에 발을 디딘 제니가 기쁨에 찬 목소리로 말했다.

"잘했어. 그럼 줄을 묶어 줘."

제니가 난간에 철책의 한쪽 끝을 묶는 걸 확인한 다음, 유빈도 에어컨 실외기에 매듭을 묶어서 철책의 위쪽을 고정했다. 양쪽 끈의 길이를 조절하느라 몇 번이나 다시 묶어야 했다. 자신이 가지고 건너갈 거리만큼 여유 있게 남아야 한다.

준비를 다 마친 후, 확인차 눌러 봤다. 약간 철렁거리긴 하지만 이 정도면 걱정할 필요는 없어 보였다. 유빈은 줄로 고정된 철책을 타고 아래로 내려갔다.

"이건 이제 여기에 두고 가요?"

유빈이 바닥에 내려서자 제니가 철책을 가리키며 물었다.

"아니, 가져가야지."

"하지만 고정하느라 저 위쪽을 묶어 놓고 내려왔잖아요?"

"아까 말했잖아. 이 흔한 매듭이 서커스의 핵심이라니까."

유빈은 꼭 쥐고 내려왔던 끈을 잡아당겼다. 매듭이 풀어지면서 느슨해진 철책이 아래로 넘어가기 전에 손을 뻗어 붙들자, 제니가 우와— 하며 감탄한다.

"오빠, 머리 좋다아~!"

"아니, 뭐 그렇게 대단한 건……."

유빈이 쑥스러워하자 제니가 정색을 한다.

"에? 대단하다는 말은 안 했어요. 어머, 뭐야? 자기가 자기보고 대단하대."

그래 놓고는 또 웃음을 터뜨리며 등짝을 쳤다. 으윽! 이젠 익숙해질 만도 한데 놀림을 받을 때마다 유빈은 충격을 받고 얼굴이 붉어진다. 하지만 제니가 저러는 이유를 어렴풋이나마 알 수 있을 것 같다.

아마 어지간히 불안해져서 제 딴에는 그걸 감춰 보려고 저러는 걸 테지…….그래, 그런 거라면 얼마든지 받아 주마.

유빈은 웃음을 지으며 철책을 옮겼다. 내려올 때와 정반대의 모양으로 건너편 3층으로 올라간 다음 가방에서 스패너를 꺼내고 있을 때, 벌써 조증이 식은 제니가 건너편 건물을 보면서 걱정스레 중얼거렸다.

"오빠, 여기는 골목이 굉장히 넓어요."

유빈도 알고 있다. 바닥에 내려놓은 철책의 나사를 풀면서 유빈이 대답했다.

"응, 알아."

"우리가 가져온 철책보다 길잖아. 여길 어떻게 건너요?"

"넘어갈 수 있어. 걱정하지 않아도 돼. 끄응."

찢어진 종아리는 아까부터 견딜 수 없을 만큼 화끈거린다. 연신 땀을 닦아 내며 볼트를 풀어내는 유빈에게 제니가 얼굴을 바짝 들이대고 물었다.

"아휴~ 오빠, 혼자만 알고 있지 말고 얘기를 해 줘요. 불안하다고요."

우와, 씨발. 위험해.

잠시 얼음처럼 굳어 있던 유빈은 급하게 고개를 돌리고 한숨을 쉬었다. 투정 부리는 얼굴이 너무 예뻐서 나도 모르게 키스할 뻔했다……. 미쳤군. 유빈은 마음을 진정시키고 음란마귀를 몰아낸 뒤, 평온을 가장하며 설명을 시작했다.

"자, 이 앵커에 철책이 고정된 자리가 이렇게 네 군데잖아."

"응."

"이걸 다 풀어서 앵커는 그대로 둔 채 철책만 아래로 당기면……."

"아하~ 그렇게! 우와!"

제니는 손뼉을 짝! 치면서 알아들었다는 얼굴을 했다.

"그러니까 원래 두 번째 볼트 자리였던 곳에 네 번째 구멍에 꽂혀 있던 철책을 연결한다, 이 말이잖아요. 그럼 길이가 훨씬 늘어나겠네요!"

"뭐…… 그래."

"오빠, 처음부터 이런 거 다 머릿속에 있었던 거예요?"

"응? 응, 그래. 그러니까 굳이 무거운 앵커를 챙겨 왔지."

"우와! 나 진짜 감동받았어요."

제니가 기분 좋게 웃고 있을 때, 유빈이 갑자기 벌떡 몸을 일으켰다. 긴장한 표정의 유빈이 아래로 통하는 문을 향해 절룩이며 걸어가자 제니가 불안해했다.

"갑자기 왜 그래요, 오빠?"

03

"쉿!"

유빈은 스패너를 고쳐 잡으며 반투명 유리문에 바짝 붙어 섰다. 분명히 조금 전 이 안쪽에서 사람 그림자가 어른거리다가 사라지는 걸 봤다. 어쩌면 자신이 제니에게 홀려 주의를 빼앗기고 있는 동안 문이 살짝 열렸을지도 모르겠다.

유빈은 조심스럽게 문의 손잡이를 돌려 봤다. 움직이지 않는다. 안쪽에서 잠겨 있다.

"제니야."

유빈은 목소리를 낮춰 제니를 불러 피하라는 손짓을 했다. 제니는 순순히 고개를 끄덕이고 유빈의 뒤에 와 섰다. 아직 계단에는 아무도 없다.

유빈은 근처에 있던 커다란 화분을 재빨리 끌어와 문 앞에 막아 세운 뒤, 손잡이를 꽉 잡은 채 버티고 섰다. 좋지 않은 예감이 든다.

"어? 어어? 이거 안 열어?"

잠시 후, 발소리도 내지 않고 다가와 손잡이를 돌리던 누군가가 문이 밀리지 않자 짜증스러운 목소리를 낸다. 유빈은 다급하게 큰 소리로 말했다.

"안 나오셔도 됩니다. 금방 지나갈 거니까."

"아니, 뭔 소리야? 남의 집 옥상에 멋대로 기어 들어온 도둑놈이 누구더러 나와라, 나오지 마라야?"

"놀라게 해 드려서 죄송해요. 조용히 한다고 했는데, 제 친구들이 워낙 여럿이라 소리가 났나 봅니다."

"크크크……."

대화를 나누는 상대가 아닌 다른 목소리가 웃는다.

"크크, 씨발. 친구가 여럿이란다. 어이, 학생. 자꾸 그렇게 거짓말을 하니까 우리가 너를 못 믿잖아."

바라는 게 설마…….

유빈은 몸을 바짝 붙인 채 윤곽만 어른거리는 문 안쪽을 살폈다. 현재 보이는 건 두 사람, 그리고 둘 다 손에 반짝이는 쇠붙이를 들고 있다.

"이러지 맙시다. 서로 자기 한 몸 챙기기도 벅찬 상황인데, 싸울 필요 있습니까?"

"말 잘했어. 그래, 힘들지? 우리가 도와줄게. 어서 네 한 몸 챙겨서 가. 여자는 놔두고."

그러는 동안에도 계속 문을 밀치려 든다. 가뜩이나 아픈 다리로 버티고 있으려니 온몸에서 식은땀이 줄줄 흘러내렸다.

"음식 떨어졌죠? 얌전히 있어 주면 오는 길에 먹을 걸 가져다줄게요. 그 정도로 타협 봅시다."

통하지 않을 걸 알면서도 유빈은 제안을 해 봤다. 정말 싸우고 싶지 않았다. 지금 이 상황에서는 일단 시작되면 그 후론 비기는 것도 없고, 항복도 없는, 잔인한 싸움이 될 수밖에 없다는 걸 잘 알고 있기 때문이다.

"정말? 정말이야?"

"네, 약속합니다."

"그럼 뭔가 성의를 보여야지. 그 옆에 여자는 놔두고 갔다가 음식 가져와서 데려가."

"크크크, 그래그래. 우리가 손끝 하나 안 대고 잘 데리고 있다가 돌려줄게."

잠시 사라져 있던 두 번째 목소리가 끼어들었다. 슬슬 대화가 끝나 갈 시점이 온 것이다. 유빈은 안쪽의 움직임에만 주목하면서 아무런 대꾸도 하지 않았다.

두 번째 놈이 다시 물어왔다.

"야, 이 새끼야! 놓고 가라고. 그럼 보내 줄게. 어때? 싫어?"

"거절한다, 좆만아."

"어라? 이런 씨발 놈 봐라? 살려 준다는데도 싫다네? 너 왜 그러냐? 미쳤냐?"

문을 밀던 놈이 몸을 옹크리고 한쪽으로 비켜서는 게 보인다. 그리고 다른 녀석이 소리를 죽여 다가온다. 유빈은 곧 있을 공격에 대비하면서 대화에 정신이 팔린 척을 했다.

"이 세상에 어떤 새끼가 자기 여자를 남한테 맡겨? 이 개새끼들아!"

"어? 진짜? 네 여자야? 우린 그런 건 몰랐어."

"그래, 그런 거면 그냥 보내 줄게. 우리가 그런 파렴치한……."

놈의 목소리가 점점 작아진다. 훗, 귀를 가까이 대라, 이 말이냐? 낌새를 눈치챈 유빈은 재빨리 반대쪽으로 뛰었다.

와장창!

윗부분의 유리창을 산산조각 내면서 커다란 아령이 날아온다. 그리고 곧바로 문이 열렸다.

받쳐 두었던 화분이 약간의 시간을 벌어 주는 사이, 대비하고 있던 유빈은 놈의 손목을 사정없이 스패너로 내려쳤다.

빠각!

"으아악—!"

놈이 박살 난 손을 부여잡고 허물어지는 틈에 유빈은 발로 차서 문을 다시 닫았다.

쾅—!

깨어진 유리 사이로 서로가 빤히 보이지만 문이 가로막고 있는, 묘한 대치 상황이 되었다. 두 번째 놈이 유빈에게 칼을 겨누고 선 채 아래를 향해 소리를 질렀다.

"야! 야! 너희 다 올라와! 이 씨발 새끼! 말로 곱게 해 주려니까 안 되겠어. 아주 그냥 가죽을 홀랑 벗겨 가지고……."

유빈은 반응하지 않았다. 동료가 더 있다는 말이 허세라는 것을 알고 있다. 자신이 썼던 수법을 고스란히 따라 할 만큼 이놈들도 긴장하고 있다는 의미다.

아니, 그게 설혹 사실일지라도 지금 당장은 허세라고 믿어야 한다. 저따위 소리에 기가 눌리거나 뒤로 물러나면 안 된다.

"끄으으~! 이 씨발 놈이!"

스포츠머리에 덩치가 좋은 첫 번째 놈이 작살난 손목을 움켜쥐고 일어나면서 울음이 섞인 목소리로 욕설을 늘어놓았다.

놈은 왼손에 칼을 옮겨 들고 있다. 이제 저놈이 왼손에 든 칼을 던져 시간을 벌고, 뒤의 장발이 문을 열며 달려들겠지……. 유빈은 스포츠머리의 왼손에 집중했다.

"야, 너 이제 보니 다리도 완전히 작살난 새끼가 어쩌려고 까분 거야, 엉? 아우~ 저 피 좀 봐."

장발이 주의를 돌려 보려 애를 쓴다. 유빈은 자기가 가진 무기와 약점에 대해 생각했다.

자신이 가진 무기는 저놈들의 칼에 비해 훨씬 무겁고 느리다. 찌른다고 해서 치명상을 주는 무기도 아니다. 따라서 스윙을 크게 하기보다는 가속이 붙는 백핸드로 짧게 쳐야 그나마 맞힐 가능성이 올라간다.

한마디로 정리하자면, 불리한 무기라는 말이다.

하지만 저놈들은 케블라 장갑에 대해 모른다. 그게 그가 가진 장점이다. 여차하면 칼날을 잡아도 큰 부상을 입지는 않을 것이다. 기회가 오면 망설이지 말고 머리통을 갈겨야 한다.

예전의 자신이었다면 차마 못 할 일이지만, 수많은 괴물들의 대갈통을 부숴 본 지금은 그렇게 할 수 있다. 물리면 죽는 좀비들에 비한다면 칼 든 상대는 자비롭기까지 하다. 문제는 자신의 다리가 얼마나 빠르게 생각대로 움직여 줄까 하는 점이었다.

획—.

예상했던 대로 팔목이 부러진 스포츠머리가 칼을 든 왼팔을 들어 올렸다. 유빈은 뒤로 물러나지 않고 옆으로 뛰었다.

"죽어! 이 새끼야!"

고함 소리와 함께 식칼이 허공을 가르며 날았고, 장발이 문을 발로 차면서 뛰어나온다. 식칼을 두 손으로 잡고 배를 향해 내지르는 꼴을 보니 대단한 싸움꾼은 아니다.

스패너를 든 오른팔이 앞으로 오도록 몸을 튼 채 기다리고 있던 유빈은 비스듬히 내려치는 백핸드로 놈의 칼 든 손을 후려갈겼다.

챙강!

칼과 스패너가 부딪치며 날카로운 쇳소리가 난다. 놈의 팔이 아래로 처지는 것을 확인한 유빈은 오른발을 크게 내디디며, 스냅을 이용해서 놈의 얼굴을 스패너로 후려쳤다.

우직!

코뼈와 이빨이 한꺼번에 부러지는 둔중한 소리가 들렸다.

으아악, 장발이 얼굴을 부여잡고 쓰러진다. 기회가 왔다. 유빈은 스패너를 쳐들었다가 힘차게 휘둘렀다.

머리를…….

그런데 그게 역시 쉽지가 않다. 자신도 인식하지 못하는 사이에 유빈의 무의식은 급소를 피해 가운데보다 약간 위쪽을 때렸다.

콰악!

쇠뭉치가 할퀴고 지나간 자리의 가죽이 찢어지고 실처럼 피가 솟아올랐다.

"아으윽!"

장발은 본능적으로 아무렇게나 식칼을 휘둘렀다. 유빈은 발을 빼며 뒤로 물러났다. 그가 다리를 위협하는 칼날에 정신이 팔린 사이, 문 안쪽에 도사리고 있던 스포츠머리가 유빈의 허벅지를 향해 몸을 날리며 달려들었다.

"이야아아아~!"

쿵!

찢어져 있는 오른 다리의 상처가 더 크게 벌어지며 인두로 지지는 것 같은 고통을 준다. 유빈의 입에서도 신음이 흘러나왔다. 하지만 다행히 스패너를 놓치지는 않았다. 유빈은 스패너로 놈의 등짝을 후려갈겼다.

"놔주지 마! 꽉 잡아!"

장발이 터진 머리통을 움켜쥐고 일어나 칼을 고쳐 잡으며 소리를 질렀다. 그 명령을 따르려는 것인지, 허벅지에 매달린 스포츠머리는 아무리 때려 봐도 허리띠를 꽉 잡은 손을 놓으려 들지 않았다.

장발이 방향을 바꿔 왼쪽 뒤로 돈다. 발이 묶여 있는 사이에 등 뒤를 노려보겠다는 심산이다. 유빈은 몸을 돌리며 제니와 연결된 빨랫줄을 들어 스포츠머리의 목을 감고 당겼다.

커컥! 비명도 지를 수 없을 만큼 숨통이 조여졌는데도 여전히 놈은 유빈을 놓아주지 않는다. 그러는 사이에 왼편에서 장발이 칼을 내질러 왔다.

푸욱!

칼끝은 분명히 유빈의 옆구리를 파고들었다. 금세 번져 나온 뜨거운 피가 흰 면 티를 붉게 물들인다. 하지만 유빈은 그 날카로운 쇠붙이가 가죽을 뚫고 더 깊숙이 쑤셔지기 전에 칼날을 꽉 잡는 데 성공했다.

"으으윽—!"

유빈은 얼굴을 찌푸리면서 칼날을 움켜쥐고 얕게 찔린 옆구리를 뺐다. 그러는 동안 스포츠머리의 목을 감은 빨랫줄을 당기던 오른손의 힘은 자연히 느슨해졌다.

"이 씨발 놈이!"

목이 조금 자유로워진 스포츠머리가 고개를 들고 물러나며 뒷주머니에서 뭔가를 꺼냈다. 짧은 주머니칼이 햇빛을 받아 위협적으로 번뜩였다.

왼손으로 칼날을 잡고 씨름을 하느라 거의 무방비로 노출된 유빈의 오른쪽을 향해 주머니칼을 찔러 넣으려던 순간, 스포츠머리는 목을 움켜쥐고 뒤로 끌려갔다.

제니다. 제니는 빨랫줄을 있는 힘껏 당겨 놈의 숨통을 조였다.

"웨엑, 커컥!"

눈알이 터질 것처럼 충혈된 놈의 얼굴 전체에 핏줄이 잔뜩 도드라져 나오기 시작했다. 당황한 스포츠머리가 주머니칼을 떨어뜨리고 어떻게든 줄을 풀어 보려 안간힘을 쓰는 동안, 유빈은 스패너로 칼 든 장발의 팔을 후려갈겼다.

"으아악!"

칼을 놓친 장발은 비명을 지르면서 곧바로 유빈을 향해 몸을 날렸다.

이익! 안간힘을 써 봤지만, 유빈의 오른 다리에는 더 이상 놈의 체중을 버텨낼 만한 기운이 남아 있지 않았다. 유빈은 놈의 기세를 이기지 못하고 옥상 난간 너머로 밀려났다.

캑! 뒤로 밀린 유빈의 체중만큼 목에 감긴 줄이 더 당겨지자 스포츠머리의 입에서 쇳소리 같은 비명이 터졌다.

"죽어! 이 개새끼야! 죽으라고!"

장발은 유빈의 목을 치받치며 밀어 댔다. 유빈은 허리가 난간에 꺾인 상태여서 도무지 힘을 쓰기가 어려웠다. 게다가 조금 전, 날을 붙잡고 있던 칼과 스패너도 모두 떨어뜨렸기 때문에 반격할 만한 무기가 남아 있지 않았다.

스포츠머리는 목에 감긴 빨랫줄 틈으로 손가락을 집어넣고 버티며 떨어진 칼을 집어 들기 위해 천천히 허리를 굽히는 중이었다.

제니가 줄을 당기면서 어떻게든 방해해 보려고 하지만, 그 정도 체중으로는 성인 남자의 힘을 못 당했다.

"제니야, 앉아!"

그렇게 외치는 것과 동시에 유빈은 팔을 뻗어 장발의 허리를 꽉 끌어안았다. 그러고는 다리를 들어 올리면서 아래쪽으로 몸을 던졌다.

"어어어! 으아아악!"

얼결에 허공에 떠 버린 녀석은 엄청나게 큰 소리로 비명을 지르면서 함께 떨어지는 유빈의 옷을 꽉 움켜쥐었다.

촤라라락—!

남자 두 명의 체중을 버텨야 하는 빨랫줄이 난간을 훑으며 팽팽하게 당겨졌다.

그롸아아아악!

난데없이 하늘에서 먹이가 떨어질 상황을 맞은 괴물들이 잔뜩 흥분해서 울부짖는다. 벌써부터 펄쩍펄쩍 뛰어오르는, 참을성 없는 놈들도 있다.

드르륵, 드르륵.

줄이 끌리는 소리. 유빈과 장발은 조금씩 더 아래로 미끄러져 내려갔다.

"오빠아—!"

날카로운 제니의 비명이 들려온다. 거꾸로 걸린 유빈은 자신의 멱살을 잡고 아래쪽에 매달려 있는 장발의 손가락을 하나씩 반대로 꺾었다.

"아아악! 제발! 살려 줘! 제발! 으아아악! 하, 하지 마!"

정말 간절한 목소리지만, 이제는 되돌릴 수가 없다. 이 상태대로라면 결국 빨랫줄이 끊어져 둘 다 떨어져 죽게 될 것이다. 유빈은 공포에 질린 놈의 눈을 똑바로 쳐다보면서 계속 손가락을 꺾었다.

뚜둑! 한 손만 남은 상황에서도 끈질기게 버티던 장발은 엄지손가락이 부러지는 순간, 더 이상 견디지 못하고 아래로 떨어져 내렸다.

"으아아아악―!"

놈의 처절한 비명, 좀비들의 포효.

쿠웅―!

그리고 땅에 부딪치며 뼈가 부러지는 육중한 소리가 차례로 이어졌다. 3층 아래로 떨어진 장발은 불행하게도 즉사하지 못했고, 좀비들은 곧바로 달려들어 놈을 조각내기 시작했다.

너무나 처참한 광경이었다. 그리고 그 광경을 만들어 낸 것이 자신이라는 사실이 더 커다란 충격을 주었다.

사람을…… 사람을 죽였다……. 돌이킬 수도 없다. 유빈은 죄책감을 느끼거나 동정하지 않기 위해 눈을 질끈 감았다. 애초에 시작하는 순간부터 네 명 중 적어도 둘은 목숨을 잃을 것이 정해진 싸움이었다.

"오빠! 괜찮아요?"

멀리서 울음 섞인 목소리로 제니가 외치는 것이 들려왔다. 밧줄이 흔들리거나 느슨해지지 않는 것으로 보아 아마 고맙게도 조금 전 유빈이 지시했던 그대로 앉아서 필사적으로 버티고 있는 모양이었다.

"응, 괜찮아! 너는? 너는 괜찮아?"

"네! 으흐흐으! 흑, 네! 빨리 올라와요!"

"그래! 지금 올라갈게!"

유빈은 배에 힘을 주어 몸을 끌어당긴 뒤, 밧줄을 잡고 발로 벽을 디뎠다.

아으으, 한 걸음을 옮길 때마다 오른 다리의 통증을 견딜 수가 없어서 유빈의 입에서는 신음이 절로 흘러나왔다.

바닥이 난 체력으로 겨우겨우 난간 위에 몸을 걸칠 때, 그가 걱정했던 것은 혹시나 있을지 모르는 스포츠머리의 기습이었다. 하지만 그것은 기우에 불과했다. 추락하는 두 사람분의 체중을 목에 고스란히 전달받은 스포츠머리는 빨랫줄에 친친 감긴 목이 부러진 채 숨져 있었다.

"후우우~!"

유빈이 난간을 넘어 옥상으로 굴러떨어지자, 중심을 뒤로한 채 줄을 잡고 앉아 있던 제니가 울먹이며 물었다.

"오빠, 저…… 이제 일어나도 돼요?"

"응…….."

유빈은 힘없이 바닥에 쓰러지면서 고개를 끄덕였다.

제니는 곧바로 그에게 달려와 안기며 눈물을 터뜨렸다.

"진짜…… 흐윽, 오빠가 죽는 줄 알고……."

"괜찮아, 괜찮아……. 다시 올라왔잖아, 울지 마. 진정해."

유빈은 제니의 머리를 쓸어 주며 다독인 뒤 몸을 일으켰다. 아직 해야 할 일이 남아 있어서 이렇게 마음 놓고 울음을 받아 줄 수가 없다.

"흐으윽, 칼에도…… 찔렸잖아요?"

그건 유빈도 궁금했다. 대체 얼마나 깊이 찔린 걸까? 붉게 물든 면 티를 들춰 봐도 워낙 피가 잔뜩 묻어 있어서 도무지 제대로 보이지를 않는다.

후우우, 한숨을 몰아쉰 유빈은 장갑을 벗고 맨손으로 상처를 더듬어 봤다. 그렇게 피가 많이 흘렀는데 정작 찢어진 길이는 손가락 한 마디도 안 된다. 오히려 빨랫줄이 당겨지며 벗겨진 피부가 더 심한 고통을 주었다.

다행이라고 해야 하는 걸까……. 유빈은 다시 옷을 덮고 장갑을 끼면서 허탈하게 웃었다. 케블라 장갑이 잘리는 것을 막아 주었다고는 해도 칼날을 잡고 사투를 벌였던 왼손 역시 퍼렇게 멍이 들고 여기저기 상처를 입었다.

하나 이만하면 다 잘 끝난 일이다. 이제 큰 고비는 넘겼으니 한 가지만 더 하면 저놈들과의 싸움도 끝난다.

"뭐 하려고요, 오빠? 어디 가요?"

천천히 일어나 스패너와 칼을 집어 들고 스포츠머리의 목에서 줄을 풀어낸 유빈이 옥상 문 쪽으로 절룩거리며 걸어가자, 제니가 물었다.

유빈은 허리에 묶어 둔 빨랫줄을 풀며 대답 대신 계단 아래쪽을 가리켰다. 제니와 건너편 건물을 향해 위험한 공중 걷기를 시작하기 전에 아까 장발이 불러 올리려던 친구가 정말 완전히 허세였는지 눈으로 확인해야 한다.

혹시 한 놈이라도 숨어 있다면 또 원하지 않는 싸움을 할 수밖에 없다. 그리고 실내에 들어가 방과 방 사이로 돌아다니려면 아무래도 줄이 없는 편이 낫다. 망설이던 제니도 땅에 떨어진 주머니칼을 주워 들고 유빈의 뒤를 따랐다.

"같이 가요."

목소리를 낮춰 말하는 제니에게 고개를 끄덕여 준 뒤, 유빈은 계단을 걸어 내려갔다. 2층 계단으로 이어진 곳에는 스테인리스 창살로 된 방범 문이 굳게 닫혀 있고, 3층의 현관문은 활짝 열려 있었다.

유빈은 칼을 든 왼손을 앞세우고 천천히 걸음을 옮겼다. 방범 문의 빗장은 자물쇠가 단단히 걸려 있다. 최소한 아래쪽에서 올라올 공격은 걱정하지 않아도 될 것 같다. 문제는 3층 집이다. 유빈은 슬쩍 고개만 내밀어 안쪽을 살폈다.

꽤 넓은 거실은 엉망으로 어지럽혀져 있지만 사람의 기척이 느껴지지 않았다. 귀를 기울여 봐도 인기척은 없다. 유빈은 발소리를 죽이며 집 안으로 들어갔다.

보이는 문은 모두 네 개. 세 개는 열려 있고, 하나는 닫혀 있다. 그리고 베란다로 통하는 유리문 역시 반쯤 열린 채였다.

'가장 가까운 쪽부터…… 그리고 열려 있는 문부터.'

유빈은 마음속으로 순서를 정했다. 만약 누군가 숨어 있다면 열려 있는 문 쪽이 더 위험하다. 손잡이 돌아가는 소리도 내지 않고 달려들 수 있으니까 이쪽에서 대비할 기회가 하나 적은 셈이다. 첫 번째 방으로 들어가기 전에 유빈은 제니에게 귓엣말을 했다.

"내가 방에 들어가면 문 앞에 서서 망을 봐 줘. 그리고 혹시나 다른 방에서 누가 튀어나오면 곧바로 따라 들어와. 알았지?"

"네."

제니가 고개를 끄덕였다.

유빈은 열려 있는 첫 번째 문을 슬쩍 밀었다.

끼이이이―.

고요한 집 안에 경첩이 움직이는 소리가 울리며 긴장감을 높인다. 문이 벽에 닿을 만큼 완전히 열린 것을 확인한 유빈은 다섯을 센 다음에 재빠르게 뛰어들었다.

아무도 없다. 어린 학생이 썼던 것으로 보이는 방에는 사람이 숨어들 만한 곳도 보이지 않는다.

다음은 베란다. 긴 유리문을 통해 안을 들여다본 후에 유빈은 천천히 걸음을 옮겼다. 박스와 살림살이가 쌓여 있고, 구석에 세탁기가 보인다. 전부 둘러봤지만, 역시 아무도 숨어 있지 않았다.

"아까 그 사람들 집이 아니었네요."

다시 거실로 돌아왔을 때, 현관문 쪽에 이어진 벽을 보고 난 제니가 귀엣말을 한다. 유빈은 고개를 끄덕였다. 벽에 걸려 있는 여러 장의 커다란 가족사진들. 그중 어디에도 스포츠머리와 장발의 모습은 없다.

사진들은 대부분 함께 웃고 있는 세 사람으로 채워져 있었다. 평범해 보이는 30대 아저씨, 웨딩 사진에서는 꽤나 귀여웠던 아줌마, 그리고 아주 밝게 웃고 있는 아이…….

아마 유빈이 가장 처음 수색을 했던 방의 주인이었을 것이다.

끼이익―.

안방을 마지막으로 열려 있는 문들은 모두 수색을 마쳤다. 조마조마해하면서 벽장과 똥 무더기가 널린 안방 화장실까지 모두 열어 봤지만, 아무것도 없다. 거울에 비친 자신의 칼을 보고 놀랐던 것이 이 집 안에서 겪은 가장 큰 위협이었다.

이제 남은 것은 단 하나, 닫혀 있는 문뿐이다. 그건 아마도 거실에 으레 붙어 있는 욕실일 것이다. 유빈이라면 절대 욕실 안에 문까지 닫고 숨지 않는다. 바닥이 미끄러워 발을 움직이기가 불리한 데다가 이용할 만한 지형지물도 전혀 없기 때문이다.

사방을 도깨비 소굴처럼 잔뜩 어지럽혀 놓은 놈들이 유독 여기만 문을 꼭 닫아 놨다는 건…… 짚이는 것이 떠오른 유빈은 제니에게 사선으로 물러서라고 말했다.

달칵!

손잡이를 잡고 천천히 돌리자 문이 안쪽으로 열렸다. 유빈은 벽까지 닿도록 문을 민 뒤, 옆으로 걸음을 옮겨 섰다.

텅!

욕실 벽에 닿은 문손잡이가 가벼운 쇳소리를 냈다. 열린 창문을 통해 비쳐 드는 빛 때문에 직사각형의 욕실 내부는 전부 훤히 들여다보였다.

유빈은 조심스럽게 안으로 한 걸음을 내디뎠다. 움직이는 것은 아무것도 없지만, 유빈이 예상했던 대로 끔찍한 광경이 그를 기다리고 있다가 맞이해 준다.

발가벗겨진 채 혀를 빼물고 죽어 있는 여자의 시신이 욕조 안에 아무렇게나 처박혀 있다. 반쯤 잘린 혀 때문에 얼굴이 온통 피투성이이기는 해도 조금 전 벽에 걸린 가족사진에서 보았던 그 여자라는 정도는 알 수 있었다.

윽—! 유빈은 구역질을 참으며 팔을 들어 코를 막았다. 여자의 얼굴과 몸은 여기저기 보라색 멍이 심하게 들어 있지만, 잘린 혀 외에는 치명적인 외상이 있는 것 같아 보이진 않았다. 창문을 열어 뒀는데도 악취가 진동을 하는 걸로 미루어, 이미 죽은 지 며칠이나 지난 모양이었다.

'자살을 한 건가.'

오죽했으면…….

유빈은 눈살을 찌푸리며 뒷걸음질을 쳐 나오려는데 어느새 문가로 와 기웃거리던 제니가 풀 죽은 목소리로 물었다.

"불쌍해라. 아까 그 사진 속 아줌마죠……?"

"응."

유빈은 짧게 대답했다.

"아무거로라도 좀 덮어 주세요. 응, 오빠?"

제니가 미안하다는 표정을 지으며 부탁을 한다.

"저렇게 있는 거…… 너무 싫을 거예요."

죽은 사람이 그런 걸 알 리 없겠지만, 특별히 어려운 일도 아니어서 유빈은 알겠다고 했다. 안방에서 커튼 한쪽을 잡아 뜯어 와 욕조 내부 전체를 감싸 덮어 준 뒤, 문을 잠근 채 닫아 버렸다.

이걸로 집 안 수색은 모두 끝났다. 예상했던 대로 장발의 협박은 그냥 허세에 불과했지만, 그걸 확인하기 위해 꽤나 긴장하면서 긴 시간을 허비해야 했다.

"후우우~."

유빈은 절룩거리며 주방으로 걸어가 의자에 털썩 주저앉았다. 온몸이…… 그리고 마음까지도 너무 아프다. 제니는 거실의 장식장부터 시작해서 싱크대 찬장까지 다급하게 뒤지고 있다.

"뭘 찾아?"

"약! 가정집이니까 분명히 비상약이 있을 거예요!"

빨랫줄을 아직도 허리에 감은 채 꼬리처럼 길게 끌고 다니며 바쁘게 움직이던 제니가 대답했다. 유빈은 의자에 기대며 엉망으로 엉클어진 머릿속을 정리했다.

이제 뭘 해야 하지? 가장 급한 일이 뭐지? 지금 바로 건너편 건물로 넘어가는 건 무리다. 철책을 받칠 힘도 없지만, 만에 하나 또 아까 같은 녀석들을 만나게 될 경우까지도 대비해야 하니, 어느 정도 체력을 회복하기 전까지는 설불리 움직여선 안 된다.

그런 개새끼들을 만나게 될 줄이야……. 머릿속이 온통 좀비에 대한 걱정뿐이어서 사람을 계산에 넣지 않았던 게 실수다. 이제 고립된 지 불과 닷새째이니 건물들 어딘가에 살아남은 사람들이 꽤나 많을 것이란 건 충분히 예측할 수 있던 일이다.

체력을 회복한다……. 쉰다……. 시간이 필요한 일이다. 그런 경우 신경 써야 하는 건…… 보안관과 삼식이!

"아차차!"

거기까지 생각이 미친 유빈은 다시 몸을 일으켜 안방으로 갔다. 구급상자를 찾아 들고 오던 제니가 물었다.

"오빠, 왜 그래요? 가만히 있어 봐요. 치료부터 하게……."

"아니, 잠깐만. 애들이 걱정하고 있을 거야."

보안관과 삼식이, 둘 다 자신이 제니와 함께 골목으로 뛰어 들어오는 모습을 분명히 보았을 것이다. 그 건물 앞을 지키고 섰던 괴물들 중 한 무리가 이쪽으로 달려왔으니, 그건 확실하다.

그런데 그들 사이를 가로막고 있는 4층 건물 때문에 유빈과 제니가 지붕을 타고 오는 상황은 볼 수 없다. 다시 말해 유빈과 제니가 이곳에 온 이유를 보안관과 삼식이는 전혀 모른다. 어쩌면 그들 역시 고립되어 버렸다고 여겨 오히려 구조를 하려 들 수도 있다.

삼식이는 느긋하니까 괜찮겠지만, 보안관은 제니를 위해서라면 온갖 무리수를 다 던질 놈이다. 시간이 이렇게 흘렀으니 이쯤에서 뭔가 안심하고 기다리라는 신호를 보내야 할 필요가 있다.

우두둑!

유빈은 한쪽만 남은 커튼을 봉과 함께 뜯어냈다. 연한 분홍색 커튼이어서 글씨를 쓸 배경으로 삼을 만했다. 그리고 학생 방으로 가서 그림물감을 찾아냈다.

제니가 주방에서 찾아다 준 커다란 대야에 물감을 전부 다 짜 넣고, 역에서 챙겨 온 음료수를 부어 빗자루로 풀었다. 찐득한 물감이 듬뿍 묻은 빗자루를 쥔 채 커튼 위에서 인상을 쓰고 고민하는 유빈에게 제니가 물었다.

"오빠, 뭐…… 해요? 대체."

"아, 저기 보안관이랑 삼식이한테 우리 안전하니까 거기서 기다리라고 신호를 보내려는데, 그게 막상 붓을 잡고 나니까 뭐라고 써야 할지를 모르겠어서……. 너무 길면 못 읽을 것 같기도 하고, 그렇다고 짧게 쓰려니까 할 말이 많고."

유빈이 곤란하다는 표정으로 입을 쫑긋거리자 그 얼굴을 가만히 보고 있던 제니가 미소를 짓는다.

"오빠, 머리 좋다는 말 취소할 거야."

"응?"

"그렇게 간단한 걸 왜 못 한다고 해요? 자, 줘 봐요. 내가 할게. 이 방향으로 걸 거죠?"

제니는 자신 있는 표정으로 빗자루를 건네받고 큼직하게 딱 세 글자만 썼다. 아니, 보다 정확하게는 글자 두 개와 마크 하나라고 해야 하겠지만, 하여간 의미 전달만큼은 확실히 될 것 같았다.

유빈은 만족스러운 표정으로 물감이 대강 흡수되기를 기다리며 제니가 쓴 글자를 바라봤다.

W8♡

세 친구도 게임에서 한타를 벌이기 직전, 기다려 달라는 뜻으로 많이들 쓰던 표현이지만, 하트가 붙으니 평화롭게 보인다. 커튼 봉을 깃대 삼아 베란다 밖에 깃발을 내걸고 문과 물건들로 고정을 해 둔 뒤에야 유빈은 비로소 소파에 기대앉으며 안도의 한숨을 내쉬었다.

그리고 이 집에서 찾아낸 간식거리들을 뜯어 우물거렸다. 어린아이가 있던 집이어서 그런지 젤리니 초콜릿, 과자, 라면 따위가 아직도 꽤나 남아 있었고, 그건 아침도 거른 채 피를 한 컵 가까이나 쏟은 유빈에게 정말 고마운 일이었다.

역에서 챙겨 온 음료수를 꺼내 제니에게 주고 자신도 마셨다. 벽에 걸린 시계가 정확한 거라면 벌써 5시 20분이나 됐다. 3시 38분에 맞춰 이 골목 안으로 뛰어 들어왔으니, 두 시간 가까이나 지나 버린 것이다.

  더위에 찐득해진 초콜릿을 입에 넣고 녹이고 있노라니, 저절로 잠이 들 것 같은 기분이다.

04

  "이제 바지 벗어요, 오빠."

  금방 음료수 하나를 다 비운 제니가 발밑에 앉으며 말했다. 유빈은 반쯤 감겼던 눈을 뜨며 질색을 했다. 아득하던 정신이 확 깬다.

  "엉? 왜…… 왜?"

  "치료하고 붕대도 감아야 하니까. 지금 오빠 다리, 눈 뜨고 못 볼 지경이에요."

  유빈은 자신의 오른쪽 종아리를 내려다봤다. 너덜거리는 청바지 사이로 역시 너덜거리는 피투성이 살이 보인다. 기껏 감아 두었던 수건은 벌써 풀려 어딘가로 사라져 버렸다.

  아까부터 워낙 계속 아파 왔기 때문에 이제 익숙해졌는지, 특별히 고통이 더 심하게 느껴지지는 않는다.

  쓰으으~ 자기 상처를 보고 있자니 유빈의 얼굴도 찌푸려졌다. 그래도 바지는 벗을 수 없다.

  "보안관도 그러더니, 어제부터 너희 왜 이렇게 내 바지를 못 벗겨서 난리야? 저기…… 그냥 바지를 잘라 내면 되잖아. 무릎 이 부분을 가위로."

  유빈이 더듬거리자 제니는 한심하다는 표정으로 한숨을 짓더니 가위로 바지를 잘라 내기 시작했다.

  서걱서걱!

  그리 잘 드는 가위 같지 않지만, 워낙 낡고 닳아 있던 청바지는 힘없이 잘려 나갔다. 한쪽은 5부, 한쪽은 긴바지. 유빈은 순식간에 최신 패션의 멋쟁이 거지가 되었다.

"아으~ 어떡해……. 일단 씻어 낼게요. 따가울 거예요."

집에서 찾아낸 생수병을 뜯은 제니는 울상을 지으며 상처 주위에 조금씩 물을 부었다.

"아! 아야야! 쓰으읍!"

유빈은 깨방정을 떨며 비명을 지른다. 시원해져야 하는 게 이치에 맞는데, 상처에 물이 닿을 때마다 담배로 지지는 것같이 뜨겁다. 제니가 왼쪽 허벅지를 탁, 때리며 나무란다.

"가만히 좀 있어요! 사람이 어떻게 자기 몸이 이렇게 되는 것도 모르고…… 어휴! 이씨!"

유빈은 맥없이 고개를 끄덕이며 제니를 유심히 쳐다봤다. 지금 자신의 옆구리가 벗겨진 것만큼이나 이 아이의 옆구리도 빨랫줄에 쓸려 상처를 입었을 것이다. 그나마 옷을 두 겹으로 입어 피가 내비치지 않을 뿐이다.

혹시 블라우스 위로 핏자국이 보이진 않는지 살피던 유빈은 그제야 그녀의 바지가 흠뻑 젖어 있다는 걸 깨달았다.

"야…… 너, 저기……."

유빈이 자기 바지 주변을 손으로 가리키며 걱정스럽게 쳐다보자 제니는 깜짝 놀라며 손으로 바지를 가렸다.

"어, 어머!"

하긴…… 유빈은 상황이 충분히 이해가 됐다. 지난 한 시간 동안 목숨을 걸고 싸움을 한 데다가 사람 시체를 셋이나 봤으니 오줌을 지리는 건, 그리고 그 사실조차 깨닫지 못하는 건 그리 놀라울 일도, 창피할 일도 아니긴 하다.

하지만 이제 겨우 안면을 튼 지 이틀밖에 안 된 사이인 만큼 그 민망함도 훨씬 더 클 것이다. 그리고 무엇보다도…… 이미지로 죽고 사는 아이돌이 아닌가.

"어후~ 이게 뭐야……. 나 오줌 쌌었구나……. 왜 몰랐지?"

잠시 머리를 푹 숙이고 있던 제니가 다시 고개를 들며 말했다.

"후~ 이건 진짜 비밀이에요. 알았죠?"

"응, 그래. 약속할게……. 그…… 안방에 가서 거기 있는 아줌마 옷 중에 아무거로나 갈아입고 와."

"……오빠 치료 먼저 하고요. 이건 그냥 창피한 거지, 아픈 건 아니니까."

"사실 창피한 것도 아니야. 너 엄청 침착하게 잘 싸웠어. 네 덕분에 살았으니까."

유빈은 진심을 담아 말했다.

"하, 그런가요?"

제니는 이내 평상시의 얼굴로 돌아가 아무렇지도 않은 것처럼 굴며 물기가 걷힌 유빈의 다리에 빨간 약과 연고를 발라 주었다.

"미안하다……."

그녀의 옆모습을 가만히 보고 있던 유빈이 조용히 중얼거렸다.

"네? 뭐가요? 참 내, 죽을 뻔한 건 오빠예요. 이렇게 많이 다치고……."

제니가 어이없다는 듯 대꾸하며 붕대를 감는다.

유빈은 마음속으로만 대답했다.

미안하다, 내가 힘이 없어서 이런 일들을 겪게 했어……. 만약 오늘 그녀와 함께 있는 게 보안관이었다면 그깟 식칼 들고 설치는 양아치 두 놈쯤, 제니가 비명을 지르기도 전에 쫙쫙 뻗게 만들었을 테지. 진우였어도 별로 애먹지 않고 후딱 해치워 버렸을 것이고…….

제니의 젖어 있는 바지와 엉망으로 긁혔을 허리는 자신이 힘이 부족한 남자라는 증거라고 유빈은 생각했다. 그러니까 더욱 신중하게 움직일 수밖에 없다.

"아파요? 혹시 지금 너무 꽉 조여진 거?"

붕대를 묶으면서 제니가 묻는다. 유빈이 괜찮다고 하자 제니가 다시 명령을 내렸다.

"자, 이제 웃옷 걷으세요."

유빈은 순순히 옆구리를 내보여 줬다. 등에 가까운 왼쪽이라 혼자서는 약 바르기도 힘들다.

크으~ 피와 먼지가 잔뜩 묻어 엉긴 상처를 보며 제니가 또 눈살을 찌푸렸다.

"참아요……."

경고와 거의 동시에 수건을 받쳐 주며 물을 붓는다. 물기를 닦은 상처에 빨간 약을 바른 뒤에는 입김까지 호~ 하고 불어 줬다.

아, 이것 참. 유빈은 갑자기 민망해져서 어쩔 줄을 몰라 했다.

반창고까지 꼼꼼하게 붙여 주고 난 다음, 제니는 연고를 건넸다. 상처 치료제는 그리 많이 남아 있지 않았다.

"자요, 이거 빨랫줄에 쓸린 자리에 바르세요."

"아니, 아니…… 그건 너 먼저. 이제 옷 갈아입고 치료해. 너도 아마 꽤나 긁혔을 거야."

유빈의 제안을 받아들인 제니는 거실을 가로질러 있는 안방으로 들어갔다.

탁, 문이 닫히는가 싶더니, 얼마 지나지 않아서 곧바로 문을 열고 나온 제니가 말했다.

"오빠, 저 무서워요."

무슨 말인지 이해를 못 한 유빈은 그냥 대답 없이 멍하니 앉아 있었다. 뭐, 무섭겠지. 남자인 나도 그런데…….

제니가 다시 같은 말을 반복한다.

"저 무섭다고요~."

"응?"

유빈이 고개를 갸웃거리자 제니가 답답하다는 듯 안방 문 앞을 가리키며 말했다.

"이 앞에 와서 앉아 있어 달라고요, 무서우니까. 어휴~ 참."

"아아, 그 말이었구나. 그래, 그럴게."

유빈은 절룩이며 안방을 향해 걸어갔다. 제니는 유빈이 안방을 등지게 한 뒤 앉혔다. 그리고…….

끼이익, 문이 열리는구나.

끼이익, 다시 문이 닫히는가 보다.

어? 그런데…… 달칵, 하는 소리가 들리지 않는다. 아직 열려 있는 문을 통해 안방에서 벌어지는 일들이 소리로 고스란히 유빈에게 전해졌다.

장롱 문을 열고 옷들을 뒤지는 소리, 다시 서랍을 여는 소리…… 의식하지 않으려고 무척 애를 쓰고는 있지만, 상황이 진행될수록 심장 박동도 점점 빨라지는 것을 유빈은 막을 수 없었다.

그리고 마침내…… 스르륵, 두꺼운 청바지가 매끄러운 다리를 타고 내려가는 소리.

아, 제니야……. 도대체 나한테 왜 이러니?

유빈은 눈을 질끈 감았다. 자신도 모르게 침이 꼴깍 넘어갔다.

"꿀꺽!"

고요한 집 안이라 그 소리는 마치 천둥처럼 울리는 것 같았다.

드, 들렸을까?

걱정하는 유빈의 등 뒤에 대고 제니가 물어 온다.

"배고파요?"

"아, 아니야."

젠장! 결국엔 속옷을 벗는 소리까지도 들어 버렸다. 정말 모르고 넘어가길 빌었는데……. 어느 구석에 꼭꼭 숨어 있다가 재빠르게 기어 나온 악마가 조용히 속삭인다.

'유빈아, 눈만 슬쩍 돌려. 어차피 몰라.'

'지랄 마, 이 사악한 개새끼야! 나 그 정도로 타락하진 않았어.'

'이런 등신! 다른 여자도 아니고 제니야! 제니라고! 그 허리! 그 엉덩이! 지금이라면 엿볼 수 있는데? 아아, 좋아. 넌 정의의 편이라 이거지? 그래, 그러면 뒤쪽 허리에 난 상처가 걱정이 돼서 돌아보는 걸로 하자.'

이런 대화는 길게 하지 않는 게 좋다.

유빈은 입술을 꽉 깨물어서 악마를 물리친 뒤, 팽팽해져 있는 청바지 지퍼를 노려보며 속으로 중얼거렸다.

'이렇게 힘들고 아픈 상황에서도 너란 놈은 참……. 진정해, 인마. 염치가 있으면 때를 좀 가려.'

유빈이 지퍼 저 안쪽의 존재를 열심히 달래고 있을 때, 어느새 바로 뒤에 와 있던 제니가 말을 걸었다.

"이제 뒤돌아봐도 돼요."

웃기는 건 애초부터 뒤돌아보지 말라는 부탁은 하지도 않았다는 거다. 어쨌든 유빈은 시험이 무사히 끝난 것에 대해 속으로 안도의 한숨을 내쉬며 일어났다.

제니는 집주인 아줌마의 삼선 트레이닝복으로 위아래를 모두 갈아입고 있었다. 품은 헐렁하고 길이는 좀 짧지만, 그래도 아까의 촌스러운 블라우스보다는 훨씬 낫다.

"잘 입을게요. 고맙습니다."

벽에 걸린 사진 속 아줌마에게 인사를 하고 나서, 제니는 유빈에게도 깨끗이 접혀 있는 옷들을 내밀었다.

"오빠도 이걸로 갈아입어요. 피 묻은 옷, 위생에도 안 좋고 보고 있으면 속상하니까. 그리고 집주인 아저씨 청바지는 너무 크겠더라고요. 그래서 그냥……."

유빈이 받아 보니 폴로셔츠와 트렁크, 그리고 몸뻬 바지다.

"이, 이 바지는 아줌마들이 입는 거잖아. 게다가 호피 무늬. 이런 걸 어떻게 입어?"

"허리도 고무줄이겠다, 편하고 좋죠, 뭐. 오빠가 거울을 안 봐서 그렇지, 아무거나 입어도 지금 그 바지보다는 나을걸요?"

"끄응~ 그런가?"

유빈은 머리를 긁적거리면서 학생 방으로 들어가 옷을 주섬주섬 갈아입었다. 한 치수 큰 핑크색 폴로셔츠, 종아리 절반 정도밖에 안 덮이는 호피 무늬 몸뻬 바지, 그리고 목이 긴 양말에 발목이 있는 안전화.

거울을 볼 용기가 차마 나지 않는다. 아저씨의 트렁크는 헐렁해서 자꾸만 내려갈 것 같은데, 바지를 고정해 주는 것도 고무줄뿐이라 불안하기 짝이 없다.

"제니야, 나 아무래도 이 바지는……."

유빈이 문을 열고 나오자 제니는 비닐봉지에 자신이 입었던 옷을 넣어 가방 안에 담고 있었다. 유빈에게도 봉지를 하나 주며 벗은 옷을 가져오라고 한다.

"그냥 버리지…… 어차피 더러워져서……."

"이런 데에 버리고 가기 싫어요. 빨리 담아 와요, 오빠."

기세에 눌린 유빈은 순순히 따랐다. 빨래까지 모두 챙기고 난 시간은 6시를 향해 가고 있었다. 해가 지는 걸 8시 반이라고 잡으면 남은 시간은 두 시간 반. 보안관에게 닿기 위해 앞으로 더 건너야 할 집은 아마 대여섯 채.

아직 시간 여유도 조금은 있는 편이고, 오랜만에 살림하는 집을 보고 있자니 자꾸 뭐가 있는지 뒤져 보고 싶은 욕심이 생긴다. RPG 게임에서 지하 던전을 뒤질 때와 비슷한 기분이다.

"자, 이제 갈까?"

05

30여 분 뒤, 다시 옥상으로 돌아와 철책을 길게 늘여 앵커에 재조립하고 있을 때, 유빈은 새로 획득한 등산 배낭을 메고 있었다. 허리 고정 벨트까지 달려 있는 가방이어서 한결 편하고 안정적이다.

게다가 가방 안에는 마른 멸치와 설탕을 비롯해서 시시하지만 정말 소중한 먹을거리들도 들어 있다. 비록 몸빼 바지를 입고는 있어도 장비를 업그레이드 하고 나니 괜히 뿌듯해진다.

"끄으응!"

철책을 난간 위로 걸치고 조금씩 건너편을 향해 미는 동안 유빈과 제니는 계속 앓는 소리를 냈다. 무게는 동일하지만, 2.5미터였던 총 길이가 4미터 가까이로 늘어나자 다루기가 여간 힘들지 않다.

앵커가 건너편 건물의 옥상에 닿은 뒤에도 조금 더 밀어 넣었다. 이제 건너는 일만 남았다. 약 1미터는 발을 디딜 수 있는 공간이 둥근 쇠기둥 하나뿐이지만, 그 정도 거리는 점프를 해도 된다.

철책에 발을 올리기 전, 유빈은 제니의 허리에 묶여 있는 빨랫줄을 자신의 허리에 연결했다.

"됐어, 안전해."

제대로 묶였는지 몇 번이나 줄을 당겨 확인해 보고 나서 유빈이 말했다.

턱. 철책 위에 한 발을 올린 제니가 잠시 굳어 있다. 그래, 무섭겠지…….

허공에서 1미터를 건너가는 것과 3미터 이상을 건너가는 것은 완전히 다른 기분이다. 다음 발을 내디디면 그때부터는 철저히 혼자가 되어 10여 미터 아래로 떨어질지 모른다는 공포와 싸워야 한다.

게다가 조금 전, 바로 이곳에서만 해도 갑자기 튀어나온 인간들에게 살해당할 위험에 처하기도 했던 만큼, 건너간다고 해서 다 끝나는 일도 아니다.

가볍게 한숨을 쉰 제니가 유빈을 돌아본다. 유빈은 아무 말도 않고 할 수 있다는 응원을 담아 고개만 끄덕여 주었다. 제니는 희미한 미소를 짓고 나서 다시 앞을 향해 걷기 시작했다.

여섯 발짝 만에 철책이 끝나는 지점에 도달한 제니는 둥근 쇠기둥을 밟고 몸을 날려 건너편 옥상에 내려앉았다.

"좋아, 좋아! 잘했어!"

그리고 유빈의 차례. 철책을 난간과 줄로 묶어 고정하고 천천히 걸음을 옮겼다.

'으아, 이게 이렇게 출렁거렸던 건가…….'

체중이 실리는 방향으로 철책이 기우뚱거릴 때마다 심장이 철렁철렁 내려앉는 것 같다. 수많은 영화에서는 이럴 때 똑바로 앞만 보고 걸어가야 한다고 보여 주었지만, 어떻게 그럴 수 있단 말인가.

발을 내디딜 공간을 주시하고 걷지 않으면 오히려 더 위험해진다. 아래로 향해진 시야에 자연스럽게 괴물들의 모습이 들어온다. 철책 사이로 놈들의 피 묻은 주둥이를 보며 걷고 있자니, 꼭 동물원 사자 우리 위에 서 있는 기분이다.

"그롸아아악!"

"크아아악!"

놈들이 괴성을 질러 대서 움찔움찔 놀랄 때면 찢어진 다리와 옆구리가 더 욱신거리는 것 같다. 후우, 제니도 이런 광경을 보며 걸었겠지……. 이런 상황에서도 중간에 주저앉거나 머뭇거리지 않은 제니가 새삼 대단하게 느껴져 유빈은 머리를 가볍게 흔들었다.

"후아아~ 엄청 무섭더라!"

제니 곁에 도착한 유빈이 매듭을 풀어 철책을 고정해 둔 줄을 회수하며 중얼거렸다. 이제 그들이 건너가야 할 것은 이 골목 최고의 높이를 자랑하며 우뚝 서 있는 4층 건물. 저것만 지나면 드디어 보안관과 삼식이의 얼굴을 볼 수 있다.

유빈과 제니의 앞을 가로막은 4층 건물은 옥상에도 담을 높직하게 쌓아 뒀기 때문에 거의 5층에 가까운 높이였다. 허술한 철책 징검다리 하나만 가지고 3층에서 5층까지 두 층을 올라간다는 건 무리다.

유빈은 옥상 대신 그가 서 있는 곳과 비슷한 높이의 3층 창을 이동의 목표로 삼았다. 그러기 위해선 먼저 사전 준비라는 게 필요하다.

유빈은 바닥에서 조그만 돌을 집어 들고 4층 건물의 커다란 유리창을 향해 집어 던졌다.

"통!"

유리창을 울리고 돌이 떨어졌지만, 아무런 반응이 없다. 잠시 기다려 보던 유빈은 다시 비슷한 크기의 돌을 들어 던졌다.

"통!"

이번에도 그저 유리창이 조금 울렸을 뿐이다. 유빈이 같은 동작을 서너 번 되풀이하자 제니가 물었다.

"오빠, 지금 뭐 해요?"

"응? 아, 혹시 유리창이 조금이라도 움직이는지 보고 싶어서……. 만약 안에 사람이 있으면 이렇게 유리창이 울릴 때 창문에 다가와서 바깥쪽을 볼 것 같거든."

"창문 안쪽이 저렇게 컴컴한데, 오빠는 뭐가 보여요?"

"안 보여. 나는 안 보이지만, 저쪽은 내가 돌을 던지고 있다는 걸 알겠지."

"음, 그렇겠죠. 그런데 그게 무슨 의미가 있어요?"

제니가 고개를 갸우뚱거리자 유빈이 화단에서 벽돌을 집어 들며 말했다. 화단에는 며칠간 주인의 돌봄을 제대로 받지 못해 엉망이 돼 버린 상추가 잔뜩 심겨 있었다.

"그러면 최소한 이런 걸 던질 때 피할 거 아니야."

유빈은 벽돌을 가볍게 톡톡, 위로 올리다가 와인드업을 한 다음, 건너편 창을 향해 힘껏 집어 던졌다.

와장창창—!

시끄러운 소음과 함께 유리창이 산산조각 나며 떨어져 내렸다. 제니가 가볍게 인상을 찌푸렸지만, 유빈은 연거푸 두 번째와 세 번째, 네 번째 벽돌을 집어 던져 유리창을 차례로 박살 냈다. 그러는 동안에도 저편의 건물 안쪽에서는 아무런 반응이 없다.

"이 정도까지 했는데도 조용한 걸 보면 확실히 사람은 없나 봐. 시끄럽겠지만, 조금만 참아."

다섯 번째 벽돌을 힘차게 날리면서 유빈이 말했다. 그때쯤 되니 요령이 생겨서 어디쯤을 때려야 유리창 전체가 한 번에 깨지는지도 알 것 같았다.

벽돌을 더 집어 온 제니가 물었다.

"저도 던져 봐도 돼요?"

"응, 그럼. 내 집도 아닌데 뭐."

제니는 제법 그럴듯한 폼으로 벽돌을 집어 던져 유리창을 박살 냈다. 시구할 때 프로 야구 선수에게 배운 솜씨라는 자랑까지 덧붙이면서 몇 개를 더 던지고 난 뒤, 제니가 밝게 웃었다.

"왠지 스트레스가 확 풀리는 느낌인데요?"

어느새 졸졸 따라온 아래쪽의 괴물들은 가끔씩 떨어져 내리는 유리 조각이 몸을 날카롭게 베어 내는 것도 모른 채 위를 향해 입을 벌리고 서 있다.

유리창을 거의 다 박살 낸 유빈은 펜스의 볼트를 풀어낸 뒤, 쇠기둥만을 붙잡고 건너편의 창문을 향해 찔러 넣었다.

쨍그랑!

우지직—.

앵커 끝의 튀어나온 부분에 이중창의 창틀 두 개가 모두 걸리자 유빈은 쇠기둥을 힘껏 잡아당겼다. 창틀이 날카로운 쇳소리를 내며 쑥 빠져나왔다. 붙잡고 있던 쇠기둥을 아래로 기울여 창틀을 바닥으로 떨어뜨려 버린 유빈은 다시 옆으로 걸음을 옮겨 다음 창틀을 뜯어냈다.

20여 분 정도 10킬로그램짜리 쇠기둥을 붙들고 안간힘을 쓰고 나자 건너편 건물의 3층은 훤하게 뚫렸다. 칸막이 몇 개와 책상, 컴퓨터 등이 눈에 들어오는 걸로 봐서 사무실로 사용되었던 곳인 모양이다. 복도로 이어진 문이 활짝 열려 있는 게 좀 신경 쓰인다.

"후우~ 이것도 꽤나 힘이 빠지는데."

다시 쇠기둥을 당겨 온 유빈은 이마의 진땀을 닦아 내며 철책과 연결하기 시작했다. 볼트 네 개를 다 연결한 뒤, 유빈과 제니는 철책을 건너편의 유리 창틀 위에 걸쳤다.

"바닥에 유리 조각이 많을 테니까 조심해."

철책 위에 올라선 제니를 향해 유빈이 말했다. 그동안 지나온 다른 건물들과 달리, 이번에 건너가야 할 곳은 훤히 트인 옥상이 아니다. 게다가 한낮에 비하면 벌써 주변은 꽤나 어두워져 있다.

제니는 잠시 불안한 얼굴로 어두컴컴한 건너편 건물 내부를 바라보다가 걸음을 옮겼다.

쿵!

아래쪽에서 바라보던 괴물들이 제니를 따라 움직이다가 잠겨 있는 1층 유리문을 들이받는다.

그롸아악ㅡ.

괴성을 내지른 괴물들은 계속해서 유리문에 몸을 부딪쳐 댔다. 그렇게 위협적인 소리가 끊임없이 들려오는 와중에도 제니는 용케 당황하지 않고 건너편 창문 안으로 들어갔다. 재빨리 문을 잠그고 돌아온 제니는 철책 끈 두 줄을 책상에 묶어 고정했다.

"이제 넘어와요, 오빠!"

유빈이 난간에 매듭을 막 다 묶었을 때였다. 4층의 창문이 흔들리는가 싶더니, 갑자기 날카로운 소리와 함께 유리창이 깨지고 그 사이로 괴물들의 머리통이 쑥 빠져나왔다.

그롸아아아악ㅡ!

세 마리나 되는 괴물은 얼굴과 주먹을 휘둘러 닥치는 대로 유리창을 박살 낸 다음, 창틀에 올라서서 건너편 아래쪽에 서 있던 유빈을 향해 몸을 날렸다.

크와악ㅡ!

뛰어내린 세 마리의 괴물 중 하나는 곧바로 골목 아래를 향해 곤두박질쳐 버렸고, 두 번째 놈은 옥상 난간을 밟고 미끄러져 떨어져 버렸지만, 세 번째 놈만은 운이 지나치게 좋았다.

철컹ㅡ!

세 번째 괴물은 유빈이 막 발을 올린 철책 위로 뛰어내렸고, 비틀거리면서도 용케 중심을 잡고 섰다.

"꺄아아악!"

난데없이 하늘에서 뚝 떨어진 괴물에 놀라 제니가 비명을 질렀다. 당황스럽기는 유빈도 마찬가지였다. 유빈은 괴물과 맞서기 위해 허리에 묶어 둔 빨랫줄 사이에서 스패너를 빼 들었다.

양손에 떡을 쥔 아이의 심정이랄까, 철책 위의 괴물은 왼쪽의 유빈과 오른쪽의 제니를 번갈아 보면서 어느 쪽으로도 발을 움직이지 않은 채 잠시 망설이고 있다.

"하아~ 하아~ 어떡해…… 어떡해!"

제니는 겁에 질린 상태에서도 무기가 될 만한 것을 찾아 황급히 몸을 움직였다. 처음엔 의자를 들어 보려 했지만 너무 무거웠고, LCD 모니터는 별다른 타격을 줄 수 있을 것 같지가 않다.

그녀가 궁여지책으로 선택한 것은 60센티 길이의 제도용 T자였다. 제니는 T자를 두 손으로 꼭 쥐고 괴물을 정면으로 마주 섰다. 하지만 알루미늄으로 된, 그 가벼운 무기가 크게 위력이 없으리라는 걸 그녀 역시 느낄 수 있었다.

"이쪽으로 와! 이 새끼야!"

유빈은 괴물을 자신의 쪽으로 유도하기 위해 철책을 두드리며 소리를 질렀다. 그렇게까지 주의를 끄는데도 괴물은 어지간히 우유부단한 놈이어서 도무지 목표를 정하지 못한다.

건너편 건물의 제니는 울상을 지은 채 알루미늄 자를 꽉 잡고 서 있다. 유빈은 천천히 철책 위로 올라섰다. 한꺼번에 성인 남자 두 명의 체중이 실리자 비명처럼 끼이잉— 소리를 내며 얇은 철책이 아래로 휘는 게 느껴진다. 이렇게 되면 섣불리 괴물을 향해 다가갈 수도 없다.

"제니야!"

유빈은 괴물을 곁눈질하면서 제니를 향해 외쳤다.

"네!"

"만약 이놈이 그리로 가면 곧바로 뛰어내려! 내가 꼭 끌어 올려 줄 테니까! 알았지?"

"응! 응! 알았어요!"

철책을 고정해 둔 줄을 풀어 버리고 싶은 마음은 굴뚝같지만, 그렇게 하는 동안 혹시라도 괴물이 제니를 향해 뛰어갈까 봐 두려운 유빈은 머뭇거릴 수밖에 없었다.

크롸아아악!

마침내 마음을 정했다는 듯 괴물이 유빈을 향해 돌아섰다. 하얀 막이 씐 그 눈을 정면으로 바라보는 것만으로도 오금이 저리지만, 그래도 놈의 선택이 제니가 아니라는 것에 유빈은 감사했다.

"와라!"

유빈은 중심을 뒤에 두면서 괴물의 공격에 대비했다.

지금껏 괴물과 일대일로 근접전을 벌여 본 적은 없었다. 1미터 길이의 삽을 들고 맞서거나 무방비로 노출된 뒤통수를 후려친 경험은 있지만, 그것과 이건 완전히 다른 싸움이다.

그리고 유빈은 자신이 보안관이 아니라는 것도 잘 알고 있다. 짧은 스패너만 가지고 정면으로 붙어서는 이긴다는 보장이 없다. 이 지형을 잘 활용해야 한다. 그리고 저놈의 멍청한 머리가 가지고 있는 한계를 잘 써먹어야 한다.

다리를 걸어서 놈을 아래로 밀쳐 낼 수 있다면 좋겠지만, 이미 피투성이가 되어 있는 자신의 부상당한 다리로 그 정도의 힘을 쓰기는 어려울 것이다.

그롸아아!

괴물이 아가리를 벌리고 전속력으로 달려들자 철책이 철렁거리며 흔들렸다. 유빈은 허리를 숙이고 몸을 잔뜩 움츠린 채 기다리다가 괴물의 무릎을 향해 몸을 날렸다.

콰직!

차올린 괴물의 왼쪽 무릎이 자신의 코를 때리고 지나치는 바로 그 순간, 콧속 가득 피 냄새를 맡으며 유빈은 뻗었던 두 팔을 당겨 괴물의 오른쪽 오금을 잡아챘다.

태클이 제대로 들어가자 놈의 몸이 휘청댄다. 괴물의 몸이 기우뚱 흔들리는 그 순간을 놓치지 않고 유빈은 놈의 무릎에 바짝 붙인 어깨를 왼쪽으로 밀어쳤다.

"이이익!"

이를 악물고 용을 쓴 보람이 있었다. 무릎이 꺾인 괴물의 몸은 왼쪽으로 빙글 돌며 중심을 잃고 뒤로 넘어간다. 유빈은 놈이 허우적거리는 손에 걸리지 않으려고 철망에 바짝 달라붙었다.

그와악―!

고통이나 공포를 느끼는 것도 아니면서 허공에 뜬 괴물은 처절한 울부짖음을 남기고 3층 아래로 떨어져 내렸다.

콰당탕―!

허리가 반대로 꺾인 채 건물 벽과 콘크리트 바닥 사이에 부딪쳐 버린 괴물의 옆구리를 뚫고 부러진 갈비뼈가 튀어나왔다. 물론 그렇게 되었어도 놈은 여전히 꿈틀거리며 시선을 유빈에게 고정해두고 있다.

"오빠…… 안 다쳤어요?"

건너편 창가에 붙어 선 제니가 물었다.

유빈은 고개를 끄덕였다.

"허억, 허억~ 으응, 괜찮아!"

결코 긴 싸움이었다고는 할 수 없을 찰나의 교전이지만, 철망을 움켜쥐고 엎드린 유빈의 입에서는 가쁜 숨소리가 울려 나왔다. 그만큼 순간에 모든 것을 건 전략이었다.

가뜩이나 숨이 가쁜데 괴물의 무릎에 맞은 코에서는 뜨거운 피가 계속 뚝뚝 흘러내리며 호흡을 방해했다.

'젠장, 피 좀 그만 흘리고 싶다.'

유빈은 코를 움켜쥔 채 천천히 몸을 일으키며 매듭의 끝을 다시 잡았다. 그래도 이제는 정말 다 왔다. 유빈이 철책을 건너오자 기다리고 있던 제니가 어디서 찾아냈는지 티슈를 들고 와 코에 가져다 대 준다.

남의 사무실 캐비닛을 자연스럽게 막 열어젖히는 모습을 보면, 제니도 이젠 어엿한 도둑이 다 됐다. 피를 닦아 내고 양쪽 콧구멍을 티슈로 꽉 틀어막은 유빈은 잠시 책상 위에 몸을 누인 채 입을 벌리고 거친 숨을 몰아쉬었다. 그런 유빈에게 사무실 이곳저곳을 뒤지고 다니던 제니가 말했다.

"오빠, 힘들었죠? 이제 상을 줄게요."

"상? 무슨 상?"

"아주 좋은 상."

제니는 반대편 창문을 활짝 열었다.

쉬이잉―.

맞바람이 치자 온몸을 흠뻑 적셨던 땀이 금세 식는다. 이 바람이 그렇게 좋은 상인가 싶은 유빈에게 제니가 창문 너머를 가리키며 기쁨에 들뜬 목소리로 말했다.

"저기 봐요, 오빠."

유빈은 고개를 돌렸다. 열려 있는 창문 사이로 저 멀리 보안관과 삼식이의 얼굴이 보인다.

젠장, 저 모습을 도대체 몇 시간 만에 보는 건지 모르겠네…….

유빈은 미소를 지으면서 고개를 끄덕였다. 시큼한 땀 냄새가 날 게 분명하지만, 1초라도 빨리 저 녀석들의 곁으로 가서 꽉 끌어안아 주고 싶어 견딜 수가 없다.

"끄응차……."

엔도르핀의 힘을 빌린 유빈은 지친 몸을 억지로 일으켜 제니가 서 있는 창가로 걸어갔다. 유빈이 옆에 서자 제니는 두 손을 입에 가져다 대고 창밖을 향해 크게 외쳤다. 가수답게 풍부한 성량이어서 저쪽까지 목소리가 닿을 것인지에 대해 걱정할 필요는 없었다.

"보안관 오빠아~! 삼식이 오빠아~!"

건물 세 개 너머의 보안관과 삼식이도 양팔을 휘저으며 감격에 찬 목소리로 우렁차게 대답했다. 특히 계속 초조하게 기다리고 있던 보안관은 제니의 얼굴을 보자 잔뜩 흥분해서 당장에라도 건너편을 향해 뛸 기세였다.
"제니야! 유빈아!"
"오빠아, 조금만 더 기다려요~! 금방 갈게요오~!"
"그래! 제니야! 조심해!"
삼식이가 두 손으로 머리 위에 하트를 그려 보인다. 해를 피할 곳도 없었는지, 보안관과 삼식이는 한여름 뙤약볕으로부터 얼굴을 보호하기 위해서 웃옷을 벗어 아랍 사람처럼 머리에 싸매고 있었다.
하루 만에 새빨갛게 익어 버린 친구들의 어깨를 보고 있자니, 그게 자신의 상처보다 더 아픈 것 같아서 유빈은 가슴 한구석이 뭉클해졌다.

06

철책을 대고 하나씩, 하나씩 건물을 옮겨 오던 유빈과 제니가 맞은편 옥상에 도착해서 볼트를 풀어 앵커와 철책을 분리시키는 광경이 보인다.
"아하, 저렇게 건너왔구나. 역시 유빈이."
앵커와 철책을 엇갈리게 연결해 다리의 길이를 늘이는 것을 보면서 삼식이는 만족한 얼굴로 후우~ 담배 연기를 내뿜으며 감탄했다.
제니가 혼자서 중심을 잡으며 철책 위를 걸을 때마다 조마조마해서 어쩔 줄을 몰라 하던 보안관은 이미 진이 쪽 빠졌다.
"끄응차!"
유빈과 제니는 조립을 끝낸 철책의 양끝을 잡고 들어 올려 난간에 걸친 다음, 조금씩 다리를 밀었다. 앵커가 닿을 수 있는 거리로 다가오자 보안관과 삼식이는 서둘러 손을 뻗쳐 넷 사이를 연결해 줄 소중한 다리를 끌어당겼다.

"잘 잡았어?"

유빈이 물었다.

보안관과 삼식이는 고개를 끄덕였다.

"응! 걱정 마!"

유빈이 시키는 대로 앵커 끝에 연결된 줄을 난간에 묶고 나자 제니가 철책 위에 한 발을 올려놓았다. 약국 앞에서 보안관과 삼식이만 기다리고 있던 괴물들은 난데없이 머리 위에 나타난 제니를 향해 크게 울부짖으며 풀쩍풀쩍 뛰어올랐다.

수십 마리가 한꺼번에 괴성을 질러 대는 통에 골목 안은 금방 전쟁터 같은 위기감으로 가득 찼다.

"어휴~ 저, 저거! 너무 멀지 않아? 제니야, 조심해."

제니가 철책 위에서 한 발씩을 뗄 때마다 보안관은 숨넘어가는 소리를 냈다.

삼식이가 어이없다는 투로 말했다.

"하하, 보안관, 너 나보고는 저기까지 그냥 뛰어 넘어가라면서? 걱정하지 마. 쟤 허리에 유빈이랑 끈으로 묶어 놓은 거 안 보이냐?"

"그, 그래도 위험해 보여."

오버하는 보안관의 우려와 달리, 오늘 하루 동안 이미 여러 번 서커스 줄타기를 경험했던 제니는 가끔 두 사람을 향해 손까지 작게 흔들어 줘 가면서 차근차근 앞으로 나아갔다.

철책 구간이 끝나고 쇠기둥이 나타나자 제니는 가볍게 두 걸음을 뛴 다음 보안관과 삼식이가 기다리고 있는 약국 건물 옥상에 사뿐히 내려앉았다.

"오빠들! 오래 기다렸죠! 구하러 왔습니닷!"

제니는 곧바로 몸을 빨딱 일으키며 경쾌하게 경례까지 한다.

"잘 왔다! 제니 일병! 열렬히 환영한다."

쇠기둥을 꽉 잡고 있던 삼식이는 근엄한 표정으로 마주 경례를 해 줬고, 가슴이 찡해진 보안관은 좋기도 하고 애처롭기도 해서 어쩔 줄을 모른다.

"괜찮아? 오는 동안 다치지 않았어?"

"네, 저는 괜찮아요. 다친 건 오히려······."

제니는 뒤따라 건너오는 유빈을 가리켰다. 쌍코피가 터져 콧구멍 양쪽에 휴지를 꽂은 유빈이 조심조심 철책을 건너오고 있다. 쇠기둥 바로 앞에서 잠시 머뭇거리던 유빈이 절룩거리며 세 걸음을 점프해 옥상 이편으로 뛰어내리자, 기다리고 있던 세 사람은 가벼운 환호성을 올리며 기뻐했다.

"예이~!"

삼식이가 감격스러운 얼굴로 달려들어 유빈을 끌어안았다. 유빈도 삼식이를 꽉 부둥켜안았다. 목숨을 걸고 달려왔던 노력이 조금도 아깝지 않게 느껴지는 순간이었다. 보안관은 대견하다는 표정으로 유빈의 등짝을 쫙! 때렸다.

"으억!"

보안관의 손이 얼마나 매운지는 맞아 본 사람만이 안다. 유빈은 등을 움츠리면서 울상을 지었다.

"아휴, 아파. 뭐야!"

유빈의 입에서 아프다는 소리가 나오자 삼식이는 기다렸다는 듯이 반색을 하며 가방을 가지고 뛰어왔다.

"아하! 아파요? 어디가 아파서 오셨어요, 환자분?"

말과 동시에 삼식이는 손가락으로 유빈의 눈꺼풀을 뒤집어 까 보고, 입을 벌려 안쪽을 살폈다. 삼식이가 꽤나 좋아하는 의사 놀이가 시작된 것이다.

멋대로 유빈의 웃옷을 끌어 올린 다음, 한 손가락을 귀에 가져다 대고 다른 손가락은 청진기처럼 배와 가슴 이곳저곳을 짚고 통통, 두드려 댔다.

"자, 숨 쉬어 보세요. 이제 내쉬어 보세요."

삼식이의 의사 놀이를 처음 구경해 보는 제니는 재미있는지 깔깔거리며 웃었다. 하지만 가뜩이나 온몸이 아파 죽겠고, 코로 숨도 제대로 못 쉬는 상황인 유빈은 달랐다.

게다가 이것들은 왜 이렇게 내 옷을 위아래로 벗기지 못해서 안달이 난 건지······. 그렇게 보고 싶었던 마음은 어디로 사라져 버리고, 10초 만에 귀찮아진 유빈이 옷을 끌어 내리며 짜증을 부렸다.

"야이, 미친놈아! 다리가 찢어졌는데 배를 왜 까냐고?"

"어허! 남 간호사, 이 환자 붙잡아요. 약 먹인 다음 빤쓰 벗기고 주사 놔야 합니다. 보니까 옆구리에 빵꾸도 났네요."

잔뜩 신이 난 삼식이는 아직 의사 놀이를 그만둘 생각이 없다. 가방에서 박카스와 수상한 알약을 꺼낸 삼식이는 보안관에게 붙잡혀 꼼짝도 못하는 유빈이의 입을 벌리고 억지로 쏟아부어 삼키게 했다.

"컥! 뭐, 뭐야? 내가 지금 먹은 게?"

"항생제니까 하루 세 번, 식후 30분에 두 알씩 드세요."

"뭐? 진짜 항생제 맞아? 보안관, 네가 잘 확인했어?"

뜨끔한 표정의 보안관이 살짝 고개를 젓는다.

"아니…… 내가 약에 대해서 뭘 아나? 그…… 삼식이가 그러는데…… 확실하대."

"이런 씨! 믿을 놈이 따로 있지, 삼식이 말을 믿어? 그것도 약을 고르는 걸?"

유빈이 펄펄 뛰자 삼식이가 자신 있다는 표정으로 약병을 흔들었다.

"아냐, 유빈아! 내가 이런 거 많이 먹어 봐서 잘 알아! 이거 확실히 항생제 맞아."

"네가 그런 걸 언제 먹어 봤어? 어휴~ 나 미치겠다, 진짜! 이 새끼야! 너 항생제가 뭔지나 알아? 그거 피부가 썩지 말라고 주는 약이란 말이야."

"그래, 맞아. 내가 그걸 어떻게 아느냐면, 예전에 이태원에서 일할 때…… 읍! 으읍!"

삼식이가 온 동네 여자애들을 상대로 성병 배달부로 활약하던 그 난잡한 사연을 끄집어내리고 들자 당황한 보안관이 달려들어 입을 틀어막았고, 그렇게 병원 놀이는 일단락을 맺었다.

보안관은 구석으로 삼식이를 끌고 가 목소리를 낮춘 채 뭐라고 한참 주의를 준다.

"아, 하여간 미친놈들이야. 자, 제니야. 박카스 마셔 봐. 오랜만에 마시니까, 이거 완전 신세계다."

유빈은 제니에게 박카스를 건네주고는 찜찜한 표정으로 자신이 먹은 약병의 라벨을 읽었다. 이건 뭐…… 온통 한글로 깨알같이 적혀 있지만 의미를 모르는 말들과 숫자뿐이고, 어떤 때 먹으라는 지시조차 없다.

감정이 과잉된 탓인지, 너무 열심히 웃다가 눈물까지 찔끔거리게 된 제니는 웃음기가 가시지 않은 얼굴로 붉은 석양과 세 친구의 얼굴을 번갈아 보면서 말했다.

"정말 다행이에요. 무사히 다시 만나게 돼서……."

보안관에게 온갖 협박을 당하고 돌아온 뒤에도 전혀 기가 죽지 않은 삼식이가 감격스러운 표정을 짓는다.

"와, 엄청 신기해. 몇 시간 만에 만나는 건데 한 며칠 못 본 것 같은 기분이야."

"말도 마. 난 정말로 한 열흘 정도 아주 빡세게 구른 것 같아."

유빈이 손사래를 치면서 아직도 열기가 식지 않아 뜨끈뜨끈한 바닥에 주저앉은 다음, 코에 박아 뒀던 휴지를 빼 던졌다. 다리가 너무 아파서 정신이 다 아득해진다. 지금껏 여기까지 어떻게 걸어왔는지 자기 자신도 믿을 수 없을 정도다.

"너희, 하루 종일 아무것도 못 먹었지?"

유빈은 3층 집에서 가져온 음식 몇 가지를 배낭에서 꺼내 보안관과 삼식이에게 던졌다. 요 며칠 보지 못했던 종류의 과자들을 본 보안관이 놀라며 묻는다.

"이거, 어디서 났어?"

"아아…… 그거, 오다가 어떤 사람 만났는데, 나 불쌍하다고 주더라."

되지도 않을 소리이지만, 보안관은 더 묻지 않고 일단 봉지를 뜯어 과자를 우적우적 씹었다. 하루 종일 고형물이라고는 어린이용 키 크는 영양제와 비타민 C 사탕만 먹었던 터라 짭짤한 맛이 간절했다.

아마 오던 도중에 빈집이라도 있었던 모양이지, 보안관은 그렇게 생각했다. 햄스터처럼 입에다가 잔뜩 과자를 집어넣고 열심히 씹어 대는 두 사람을, 제니와 유빈은 어머니의 미소를 지으면서 바라보고 있었다.

"어? 그런데 제니랑 유빈이, 너희 옷이 바뀌었다? 못 보던 옷인데?"

작은 과자 두 봉지를 다 먹어 치우고 박카스로 입가심까지 하고 난 뒤에야 보안관이 깜짝 놀라며 수상하다는 듯 물었다.

참 빨리도 알아챈다…….

그 곰 같은 모습에 유빈과 제니는 새삼 웃음이 났다.

"어때요? 이거 입어도 예뻐요?"

제니가 모델처럼 포즈를 취하며 새 옷을 보여 준다. 보안관은 바보처럼 입을 헤 벌리고 있고, 삼식이는 별로 관심이 없다.

"예뻐, 예쁘긴 한데……."

"왜 둘 다 옷을 갈아입었는지 궁금하다고요?"

제니가 도와주자 보안관은 고개를 끄덕였다.

제니가 갑자기 고개를 숙이면서 부끄럽다는 듯 말했다.

"있죠, 유빈 오빠가…… 저를 오늘 자기 여자로 만들었거든요. 옷은 그때…….'

띠잉~!

정말 간만에 주어진 평화로움을 즐기며 콧속에서 마른 피딱지들을 후벼 내고 있던 유빈은 난데없는 제니의 말에 깜짝 놀라서 그녀를 돌아보았다.

"야! 내…… 내가 언제……."

"그 옥상 문 붙잡고 그랬잖아요. 자기 여자라는 말도 하고 막 욕도 하고!"

내가 그런 말을 했다고?

유빈은 자신이 했던 말을 되짚어봤다.

……하긴 했네…….

— 이 세상에 어떤 새끼가 자기 여자를 남한테 맡겨? 이 개새끼들아!

하지만 듣는 사람이 오해하도록 그렇게 말의 앞뒤를 끊어 먹고 전하면 안 되지…….

유빈이 당황스러워서 제니의 눈을 보니 장난기가 떼굴떼굴하다. 게다가 신이 난 삼식이까지 거들고 나섰다.

"성욕이 우정을 앞질러 버린 건가? 후후, 욕으로 협박하고 억지로 자기 여자로 만들다니, 유빈이 제법이군. 으음, 얼마나 무리를 했으면 쌍코피까지 철철 흘리면서……"

아, 내 주변에 나를 등신 취급 하지 않는 사람은 정녕 없다는 말인가…….

유빈은 한숨을 내쉬며 상황을 제대로 설명하기 위해 보안관을 향해 돌아섰다.

"그게 아니야…… 실은 말이지……."

이성과 분노가 너무 심하게 충돌해서 이미 뇌가 통제를 상실한 보안관의 눈에는 불꽃이 피어오르고 있다. 울고 있는 제니를 삼식이가 안아 주던 모습을 볼 때의 그 눈이다. 유빈은 윗옷을 까고 바지를 걷어 올리며 사정을 해 봤다.

"야, 좀 봐줘! 나 칼도 맞았고, 다리도 다 찢어져서 지금 죽기 직전이야."

보안관이 커다란 주먹의 뼈마디를 꺾어 우두둑, 소리를 내면서 말했다.

"괜찮아. 죽으면 고통은 없어."

"……그래, 죽여라. 이 나쁜 것들아!"

자포자기한 유빈은 보안관이 헤드록을 걸기 편하도록 고개를 숙이고 목을 쑥 내밀어 줬다. 보안관이 땀 냄새가 가득한 겨드랑이로 유빈의 얼굴을 옥죄고 유빈이 과장되게 비명을 지르는 동안, 삼식이와 제니는 손뼉을 치며 웃어 댔다.

그건 그들만의 방식으로 벌이는 생존 축하의 의식 같은 거였다.

07

돌아가는 길은 한결 쉬웠다. 유빈과 삼식이 둘이서 한쪽 끝을 꽉 잡고, 보안관과 제니가 차례로 건너가고, 그다음엔 유빈, 삼식이의 순서로 건너갔다. 그러면 언제나 철책의 한편은 남자 두 사람의 체중이 지탱해 주니까 굳이 끈을 난간에 묶느라고 시간을 들일 필요가 없었다.

보안관이 떼를 쓰는 바람에 유빈은 제니와 연결되어 있던 빨랫줄을 녀석에게 넘겨주고, 첫 번째 건물에서 챙겨 온 빨랫줄로 삼식이와 자신을 묶었다.

"제니야, 이 새끼냐? 유빈이 옆구리에 빵꾸 낸 놈이?"

문제의 건물 옥상에 다다랐을 때, 목이 부러져 죽어 있는 스포츠머리의 시체를 발견한 보안관이 분을 참으며 물었다. 제니는 고개를 저었다.

"아뇨, 칼로 찌른 사람은 떨어져서 죽었어요. 이 사람도 한패이긴 했지만요."

"아으, 개새끼들!"

보안관은 콧김을 내뿜으며 스포츠머리의 시체를 번쩍 들고 가 3층 아래로 내팽개쳐 버렸다. 80킬로그램은 족히 될 놈이었지만, 화가 잔뜩 난 보안관에게는 별문제가 되지 않았다.

"야, 뭐 하러 그런 일에 힘을 써? 이미 죽었는데."

말은 그렇게 했지만, 유빈은 보안관이 왜 그런 행동을 하는지 이미 알고 있다. 보안관은 유빈과 제니가 목숨을 위협받고 있는 동안 아무것도 하지 못한 자신에게 화를 내고 있는 것이다.

시체가 떨어져 내린 방향을 향해 삼식이가 침을 탁, 뱉는 것으로 두 친구의 부관참시는 끝을 맺었다. 네 사람은 골목의 끝까지 이동한 뒤, 옥상에 철책을 내버려 두고 한산한 틈을 타서 아래로 내려왔다.

다음에 올 때 철책 하나만 더 가져온다면 훨씬 안정적으로 이편의 건물들 위를 이동할 수 있을 것이다. 지하 통로 계단을 달릴 때, 유빈이 절룩거리면서 신음 소리를 내자 보안관이 가방을 받아 들고 삼식이와 양쪽에서 부축을 해 줬다.

역의 자판기에서 음료수를 더 챙기고 어둑해진 벌판을 가로질러, 정말 하루 종일 떨어져 있던 복지 센터로 돌아오자, 네 사람은 감동마저 느껴졌다.

"근데, 신입은? 그놈은 왜 안 왔어?"

감격스러운 표정으로 어두컴컴한 복지 센터 건물을 바라보던 보안관이 갑자기 생각났다는 듯 물었다.
 유빈이 어처구니없다는 얼굴로 대답했다.
 "참 빨리도 묻는다. 이제 다 왔으니까 걔한테 직접 물어보면 되겠네."
 "얘들아! 어서 와! 정말 다행이다! 내가 얼마나 걱정하면서 기다렸다고!"
 2층 창가에 서서 플래시로 소리 나는 곳을 비추고 있던 신입이 네 명을 발견하고 진심이라고는 하나도 묻어나지 않는 말투로 소리를 질러 댔다.
 "아, 저 새끼…… 진짜 저걸 어떻게 해야 하지?"
 보안관이 짜증스럽다는 말투로 중얼거리자, 신입을 향해 손을 흔들며 웃어주던 삼식이가 어깨를 툭, 쳤다.
 "진정해, 보안관. 도움이 안 된다고 해서 살아 있을 자격이 없는 건 아니잖아. 그냥 우리 중에 누군가가 2인분을 먹는다고 생각하자고. 어이~! 신입! 혼자서 잘 놀았어?"
 "놀기는 누가 놀아! 난 어떻게 하면 너희를 구할 수 있을지만 계속 고민했단 말이야!"
 "하하하, 그랬구나! 잘했어! 그래서 무슨 아이디어가 나왔어?"
 대답이 궁한지 신입은 입을 꾹 다물어 버렸다.
 삼식이가 목소리를 한 톤 올려서 외쳤다.
 "그러니까 다음부터 생각하는 건 유빈이에게 맡기고, 넌 몸을 좀 움직여 봐!"
 여전히 대답이 없는 신입을 내버려 두고 네 사람은 수돗가로 가서 몸을 씻기 시작했다. 몇 시간이나 흙먼지를 뒤집어쓰고 옥상을 기어 다닌 유빈과 제니도 물이 너무 반가웠지만, 하루 종일 뙤약볕 아래에서 강제 선탠을 해야 했던 보안관과 삼식이에게는 미지근한 물도 천상의 선물 같았다.
 네 사람이 2층으로 올라와 짐을 풀어 놓는 동안에도 신입은 별다른 말 없이 쭈뼛거리고만 있었다. 어지간하면 어떻게 구조를 할 수 있었느냐고 물어볼 법도 한데, 녀석에게는 도무지 타인에 대한 관심이라는 게 없는 모양이었다.
 감정이 쌓인 네 사람도 신입을 제외하고 대화를 이어 갔다. 삼식이가 억지로 손을 뻗어 신입의 어깨를 두드려 준 게 전부다. 조금은 어색한 저녁 식사 시간이 그렇게 지나갔다.

"후아아, 이제 살 것 같다."

물을 마시고 라면을 부숴 먹는 동안, 네 사람의 입에서는 저절로 앓는 소리가 나왔다. 하루 종일 코를 찌르는 괴물들의 악취와 시끄러운 울부짖음에 시달려야 했던 보안관과 삼식이에게도 힘이 든 하루지만, 유빈은 온몸이 열로 끓어오르는 것 같아 도무지 견딜 수가 없었다.

위급한 상황이어서 억지로 미뤄 뒀던 고통이 엄청난 이자를 붙여 한꺼번에 폭탄처럼 돌아온 기분이다. 칼에 찔린 옆구리와 어젯밤보다 더 깊어진 다리의 상처에는 피에 절어 있는 붕대를 풀어내고 새로 소독을 한 다음, 보안관이 구해 온 대형 습윤 드레싱을 붙였다. 염증을 줄이고 재생의 속도를 높여 줄 것이라는 설명서가 사실이기를 바라는 수밖에 없다.

"아함…… 우리 이제 잘까?"

유빈에게 항생제와 진통제를 먹인 삼식이가 하품을 하며 말했고, 다들 동의했다. 친구들 앞에서 티를 내고 싶지 않아 저릿저릿한 경련을 겨우 참아 내며 억지로 버티던 유빈에게는 더없이 반가운 소식이었다.

"정말 고마워, 제니야."

제니의 손을 유심히 살펴보고 있던 삼식이가 자신의 방으로 들어가는 제니에게 말했다. 빨랫줄을 묶고, 매듭을 풀고, 유빈의 체중을 버티고, 이런저런 일을 하느라고 그녀의 손은 여기저기 온통 피멍이 들어 있었다. 특히 오른손 검지는 손톱 끝이 까맣게 죽어 버렸다.

"아니에요, 오빠는…… 부끄럽게. 안녕히 주무세요."

제니가 쑥스럽게 웃으면서 꾸벅 고개를 숙인 후 거적 문 안으로 들어가자, 복지 센터 안의 하루가 공식적으로 끝난 것 같은 느낌이다.

세 남자는, 심지어 하루 종일 별달리 힘쓰는 일을 하지도 않은 신입조차도 일제히 기지개를 켜고 하품을 하면서 스티로폼 침대 위에 피곤한 몸을 눕혔다.

요 며칠, 하루도 극적이지 않은 날이 없었지만, 오늘은 정말로 아주 길고 긴 하루였다.

"저기……."

네 남자가 막 잠이 들기 직전에 제니가 거적을 들추며 조심스럽게 말했다.

"응? 왜 그래?"

보안관이 벌떡 일어나자 제니가 쑥스럽게 웃었다.

"문 좀 열어 놓고 자도 될까요? 플래시를 끄려니까 갑자기 무서워져서요……."

"그, 그럼. 당연히 괜찮지. 너 편한 대로 하면 돼."

"고맙습니다."

보안관의 답을 들은 제니는 거적을 한쪽으로 젖힌 뒤, 벽돌을 눌러 두었다. 그 작은 변화만으로도 뭔가 공기가 바뀌었다.

당장 큰일이 난 건 바로 옆자리에 똑바로 누워 있던 유빈이었다. 하루 종일 보고 있던 얼굴인데도 잘 때 서로 얼굴을 마주하고 있어야 한다는 건 어지간히 신경이 쓰인다.

괜히 침을 꼴깍 삼키자 오늘 낮의 일들이 생각난다. 눈만 돌려 슬쩍 곁눈질을 해 보니 제니는 하필 이쪽을 향해 옆으로 누워 있다. 시선이 부담스러워진 유빈은 은근히 보안관을 향해 돌아누웠다. 그러자 말똥말똥 눈을 뜨고 있던 보안관과 눈이 마주쳐 버렸다.

이 녀석도 순진해서 열려 있는 문이 신경 쓰이는 거다. 정작 혼자인 여자애는 편안하게 누워 있는데, 유빈과 보안관, 신입까지도 세 명의 남자는 괜히 경직되어서 도무지 편하게 잠을 이루지 못했다.

닳아빠진 거적 문 하나가 그렇게 많은 사생활을 담보해 주고 있었던 건지는 꿈에도 몰랐다. 헛기침과 침 삼키는 소리만 가득하던 긴장이 깨진 건 한 10여 분이나 지나서의 일이었다.

"부우우우우욱~!"

그건 아주 길고 우렁찬 방귀 소리였다. 너무 의외의 소리가 고요한 건물에 메아리까지 만들어 내며 크게 울리고, 잠시 정적이 흘렀다.

"아이~ 참! 보아안과안!"

삼식이가 장난기 가득한 목소리로 외치자 누가 먼저랄 것 없이 킥킥거리는 웃음소리가 터진다. 하지만 범인으로 지목된 보안관은 벌떡 일어나서 펄펄 뛰었다.

"지랄하지 마! 삼식이, 이 개새끼! 네가 뀌었잖아?"

"하하하! 아니야! 난 똥꼬가 작아서 그렇게 큰 방귀 못 뀌어! 아우, 꾸려! 크크큭!"

"아하하하!"

소리 죽여 킥킥거리던 제니가 참지 못하고 배를 잡고 큰 소리로 웃기 시작하자 보안관은 더 흥분했다.

"아니, 나 진짜 아니라고! 야, 신입! 네가 증인이야! 자, 냄새 맡아 봐 봐! 이 새끼한테서 냄새나지? 맞지?"

보안관이 누워 있던 신입을 억지로 끌어당겨 삼식이의 엉덩이에 얼굴을 갖다 대려 하자, 신입은 발광을 하며 뿌리쳤다.

"야이, 씨발! 남의 얼굴을 어디다가! 몰라! 이 미친 새끼들아! 아이 씨발, 꾸린내! 아흐!"

제니는 말할 것도 없고, 고통 때문에 식은땀을 흘리던 유빈까지도 한참을 웃었다. 결국 범인을 밝히지는 못했지만, 그걸로 긴장감은 꽤나 사라져 버렸고, 그제야 유빈은 비로소 잠이 들 수 있었다.

Chapter 12
기갑부대

01

"아, 개새끼들. 정말 어지간히 잘난 척하네. 가뜩이나 야간 근무 나가기 싫어 뒈지겠는데……."

일부러 사람 걸어가는 길 쪽에 바짝 붙어 흙먼지를 날리고 지나가는 장갑차를 노려보며 김 상병이 침을 뱉었다. 새로 배치된 기갑 대대가 거슬리기는 진우도 마찬가지였다.

오늘 오후, 요란한 캐터필러 소리와 함께 찾아온 수십 대의 탱크와 장갑차는 그동안 목숨 걸고 원자력 발전소를 지켜 온 보병들을 패잔병 취급하며 고압적으로 굴어 댔다.

물론 좀비들을 상대하는 데 기갑부대가 엄청난 위력을 발휘한다는 건 인정할 수밖에 없었다.

저녁에 한차례 더 찾아온 규모 삼의 좀비 무리를 장갑차들은 그리 힘도 안 들이고 진압하면서 소총 부대와는 비교조차 되지 않는 압도적인 화력의 차이를 보여 줬기 때문이다.

"저런 게 있으면서 대체 왜 지금까지는 우리만 갈아 넣은 겁니까?"

진우가 물었다.

"그야 뭐, 빤하지."

김 상병이 아인슈타인에게서 얻은 말보로를 빼물고 대답했다.

"우리 대대장 라인이 다 병신 된 거야."

"그게 무슨 말씀이십니까?"

이해를 하지 못한 진우가 묻자, 김 상병이 연기를 뿜으면서 답답하다는 투로 말했다.

"야, 대한민국 국군이라고 해서 전부 다 같은 한편이라고 보면 안 되지. 너랑 나랑 친하고, 저 장갑차 탄 새끼들은 또 저희들끼리 친한 것처럼, 높으신 분들도 다들 친하게 지내는 라인이 다르다, 이 말이야. 근데 이게 단순히 친목질이 아니라 실은 완전 전쟁이야. 내 새끼가 승진하면 남의 새끼는 탈락하는 거고, 우리 라인이 별 달면 다른 라인 대령 동기 하나는 옷을 벗어야 하는 거라고."

"그건 이해가 갑니다."

"그래. 그러니까 우리 대대장이 공을 세우는 게 싫은 높으신 분들도 있을 것 아니냐? 이런 때 공이라는 게 뭐겠어? 부하 새끼들 적게 죽이고 전투 잘하면 되는 거잖아. 일부러 대대 병력이 궤멸될 상황을 만들어 준 다음에 이러는 거지. 야, 너 안 되겠다! 다른 애로 책임자 바꿔야겠어!"

어이가 없어진 진우는 쓴웃음을 지었다.

"일부러 보병들이 죽을 때까지 기다렸다는 말씀입니까?"

"그게 아니면 기갑부대만 며칠이나 늦게 올 이유가 없잖아. 여기 대빵도 우리 대대장이랑 같은 중령이더구만. 이제 완전히 밀렸지, 뭐. 아마 내일쯤이면 정식으로 여기 경비 본부장이 바뀌지 않겠냐? 뭐…… 아쉬워할 것도 없어. 좀비들이랑 싸우면서 협공에 대한 대비 운운하는 새끼들이 지휘관인 것보다 나을지도 모르지. 이제 뛰는 척하자. 괜히 또 굴릴라."

서둘러 말을 마친 김 상병은 담배를 바닥에 비벼 끄고 진우의 어깨를 툭, 치며 걸음을 재촉한다. 100여 미터 앞 정문 도로에는 세 대의 장갑차와 커다란 유류 운반차 한 대가 해치를 열어 두고 보병들이 탑승하기를 기다리고 있었다.

이제부터 그들은 10여 킬로미터 떨어진 민가로 진출해서 주유소를 찾은 뒤, 유류 운반차 가득 경유를 채워 돌아와야 한다. 다 좋은데, 길고 긴 낮 동안은 대체 뭘 하다가 사방이 깜깜해진 이 시간이 돼서야 사람들을 초행길로 끌고 나가려 드는 건지…… 진우는 그걸 도무지 이해할 수가 없었다.

"빨리빨리 타! 이 느려 터진 새끼들아!"

기갑 대대 소속의 하사관이 보병들을 재촉해 보지만, 사기가 떨어질 대로 떨어진 데다가 어제 새벽의 전투에서 입은 대량의 손실 때문에 새로 편성된 분대원들의 행동은 아무래도 조금 굼뜰 수밖에 없었다.

40㎜ 포탑 위에 상체를 내밀고 앉은 소위는 거만한 표정으로, 서두르는 척을 하는 김 상병과 진우를 내려다보고 있었다. 일곱 명의 병사와 한데 섞여 K21 장갑차 후면의 좁은 공간 내부로 들어가 앉자 기름 냄새가 진동해 피곤한 속이 더 뒤집어지는 것 같다.

명색이 같은 분대원들끼리인데 양쪽으로 나눠 앉아 서로 마주하고 있는 얼굴들은 낯설기만 하다. 분대장을 맡은 병장이 승차 보고를 마치고 가장 나중에 탑승하자, 커다란 자동 해치가 올라오며 닫힌다.

― 1분대, 전원 착석했나?

전면에 설치된 대형 스크린에 전원이 켜지며 스피커를 통해 차장의 목소리가 들려왔다. 스크린이 비추고 있는 것은 조종석에 타고 있는 소위의 클로즈업된 얼굴이다. 무슨 생각인지 얼굴에는 위장 도색까지 했다.

"어후, 저것도 정상은 아닌데……."

옆자리에 앉은 김 상병이 진우의 귀에만 들리게 중얼거렸다.

"넵, 착석했습니다!"

분대장이 대답했다. 진우는 전면 위쪽에 설치된 카메라와 마이크를 유심히 바라보았다. 아마 저걸로 보병 탑승 구역의 정보를 전달받는 모양이다. 소위는 위엄을 강조한 특유의 군인 톤으로 작전에 대해 설명하기 시작했다.

— 이미 다들 들었겠지만, 우리는 현재 위치로부터 10킬로미터 북방의 초곡리까지 이동로를 개척하고 현지의 주유소를 확보한다. 제군들이 지금까지 어떤 훈련을 받아 왔는지 모르겠지만, 우리 20기계화보병사단의 지휘와 통제를 받는 지금 이 시점부터 실패란 있어서도 안 되고, 있을 수도 없다. 이것을 항상 명심하고 실수 없이 행동한다. 알겠습니까?

"알겠습니다!"

우렁차게 대답은 하지만, 속이 꼬이는 건 어쩔 수 없다.

젠장, 좀비들을 깔아뭉갠 건 잘나신 네가 아니라 한 대 가격이 40억에 육박하는 이 비싼 쇳덩이라고……. 정작 너희는 좀비들이랑 얼굴을 맞대고 싸워 보지도 않았잖아.

보병들의 얼굴에는 하나같이 그런 불만이 새겨져 있었다. 우렁찬 엔진 소리와 함께 장갑차가 움직이기 시작하자 전방의 스크린은 녹색의 열화상 화면으로 바뀌었다.

3중으로 쳐진 바리케이드가 열리고 그 사이를 천천히 빠져나간 장갑차들은 시속 40킬로미터까지 속력을 높였다.

내비게이션에도 찍히지 않고, 표지판도 없는 발전소 전용 진입로를 지나 일반 도로로 접어들자 장갑차 내부의 병사들은 조금씩 긴장하기 시작했다.

철갑으로 단단히 둘러싸여 있다고는 하지만, 고립되었다는 압박감과 이 안에 갇혀 버릴지도 모른다는 불안함이 그들을 짓누르는 것이다.

이미 발전소에 진입하는 과정에서 탱크로 정리한 것인지, 도로 위의 자동차들은 중앙 차선을 기점으로 해서 한쪽으로 밀려나 있었다.

장갑차는 미리 정해진 라인을 따라 일정한 속도를 유지하며 달렸다. 엉덩이에 전달되는 진동과 가만히 있는데도 땀이 줄줄 흐를 만큼 시원치 않은 에어컨만 제외하면, 지하철을 타고 있는 것과 비슷했다. 열려 있는 포탑의 뚜껑으로 가끔 불어 들어오는 바람조차 청량함과는 거리가 멀다.

비록 녹색과 검정, 흰색만으로 이루어진 뿌연 화면이기는 해도, 정말 오랜만에 보는 바깥세상 풍경에 열중해 있던 병사들은 어느 순간부터 흥미를 잃고 그저 비닐 스트랩을 잡은 채 멍한 표정으로 자신의 발끝을 내려다보고 있다.

 모든 조명이 꺼진 채 아무것도 움직이지 않는, 죽어 버린 마을의 모습은 그들을 우울하게 만들었다.

 "씨발, 우리 동네도 지금 이렇겠지?"

 김 상병이 담배 생각이 절로 난다는 표정을 지으며 나지막하게 말했다. 진우는 조용히 고개를 끄덕였다.

 부모님 생각, 친구들 생각이 간절하다.

 삼척로를 따라 올라가며 가끔씩 만나는, 민가들이 밀집한 지역에서도 사람의 그림자를 찾기 어려웠다. 심지어는 좀비조차도 보이지 않는다.

 다들 어디로 가 버린 걸까? 설마 어제 내가 머리를 터뜨려 쓰러뜨린 좀비들 중에 이 동네에 살던 주민들이 포함되어 있었던 걸까……. 진우의 머릿속에 어젯밤 김 상병이 블랙 유머처럼 던지던 말이 떠올랐다.

 ─ 말하자면 우리가 여기 주민들을 다 몰살시킨 거야.

 그보다 더 끔찍한 상황이 있을까, 제기랄.

 컹컹컹─.

 어디에선가 개들이 짖어 대는 소리가 들려온다.

 크르르릉.

 한참을 달리던 장갑차가 방향을 트는가 싶더니, 속력을 줄이기 시작했다. 그런 후, 화면에 비친 거리는 혼란의 기록, 그 자체였다.

 서로 들이받은 채 멈춰 있는 자동차들은 문이 열리거나 유리가 깨어진 채 버려져 있고, 엉망으로 부서진 상가에는 형편없이 뜯겨 나간 시체들이 드문드문 걸려 있다.

 ─ 충돌에 대비하고 손잡이 꽉 잡는다. 실시.

스피커에서 명령이 들려왔다. 진우와 김 상병은 한 손을 들어 위쪽에 매달린 비닐 손잡이를 꽉 움켜쥐면서 명령을 복창했다.

쿠쿠쿵!

장갑차가 잠시 흔들리면서 저항을 받는 게 느껴졌다. 이어 끼기기긱— 하는 소리가 들려온다. 차체보다 넓게 보강해 놓은 앞쪽의 장갑판이 도로를 막고 세워진 자동차들을 천천히 옆으로 밀어내고 깔아뭉개며 나아간다.

그들이 마주한 방향에는 비록 한적하기는 하지만 그나마 번화가라고 부를 만한 거리가 펼쳐져 있었다.

낚시 용품 가게와 매운탕 간판이 걸린 식당들, 횟집과 노래방, 전국 어디를 가도 있는 중국집과 김밥천국 같은 것들이 즐비하다. 민박 간판이 여기저기 정신없이 걸려 일상의 향기를 풍기는 도로를 100여 미터쯤 더 들어가자, 처음 만난 사거리 우측으로 주유소 건물이 보인다.

끼기기기기—.

방향을 틀어 가며 자동차들을 밀어내고 공간을 확보한 1호 장갑차가 좌측으로 비스듬히 틀어 정차했다. 외부에서 들려오는 소리로 미루어 보건대, 뒤따르던 두 대의 장갑차와 유류 운반차도 근처에 멈춰 서고 있는 모양이다.

위이잉—.

요란한 모터 소리와 함께 보호 칸막이 내부에서 포탑이 회전하는 것이 눈에 들어왔다.

아홉 시 시야 확보!

사수의 보고가 있자 차장이 스피커를 통해 명령을 내렸다.

— 목적지에 도착했다. 해치가 완전히 열리면 신속하게 하차하고, 그 즉시 열두 시 방향을 향해 경계 태세에 돌입한다! 1분대 전원 하차!

"하차!"

복창이 다 끝나기도 전에 기이잉— 하는 모터 소리와 함께 후면의 해치가 아래로 내려간다.

젠장, 잘난 척하고 싶어서 어지간히 안달이 났군…….

가장 뒷줄에 서서 하차 순서를 기다리며 진우는 빠득, 이를 갈았다.

저희들끼리는 무슨 정보가 있었으니 이 오밤중에 사람들을 여기까지 끌고 왔을 테지만, 정작 좀비들과 싸움을 담당할 보병들은 아무것도 모른 채 타라면 타고 내리라면 내려야 한다.

한 번만이라도 좋으니 할리우드 영화에서 봤던 것처럼 작전에 투입되기 전에 내가 무슨 임무를 맡았는지, 현지의 지형은 어떤지, 적의 규모는 얼마나 되는지 등에 대해서 미리 통보를 받아 봤으면 좋겠다는 생각이 든다.

아니, 최소한 이렇게 밖으로 튀어나가라고 하기 전에 후방의 영상을 보여 주는 정도는 해 줘야 하지 않나 싶다.

텅— 텅—.

아스팔트에 닿은 두꺼운 강철 해치를 밟고 뛰어나간 병사들은 장갑차 전방으로 돌아가 버릇처럼 엎어지며 경계 자세를 취했다. 차갑게 식은 주유소 바닥이 배에 닿고 바닷가 특유의 비릿함이 실린 공기를 맡자 숨이 다 트이는 것 같다.

장갑차의 전방에 위치한 헤드라이트와 포탑 위에 설치된 제논 램프가 켜져 있어서 주변 시야가 어둡지는 않았다.

2호 차와 3호 차에서 뛰어내린 병사들도 각각 여섯 시와 아홉 시 방향을 향해 총구를 겨누고 엎드렸다. 그 이후에 뭘 해야 하는지, 어떤 상황을 마주하게 될 것인지에 대한 설명이 전혀 없었다. 때문에 그들은 그저 침묵 속에서 현재 위치를 고수하고 있어야 했다.

답답하고 두려운 마음이 고요함 속에 번져 갔다.

탁탁탁.

유류 운반차에서 내린 병사들이 길고 굵은 호스와 장비를 들고 제논 램프가 환히 밝힌 주유소의 우측으로 뛰어가 기름 저장고의 뚜껑을 연다.

추가 달린 실을 넣어 보관된 기름의 총량을 기록한 뒤 모터를 가동하자, 유류 운반차는 위이잉— 하는 소리를 내며 기름을 빨아들이기 시작했다.

02

"야, 박 이병. 저것 좀 봐."

김 상병이 오른편의 주유소 건물 쪽을 턱으로 가리키며 귓속말을 건넨다. 진우가 곁눈질을 해 보니 내부가 훤히 비치는 유리창 너머에는 꽉 들어찬 음료수 냉장고와 과자가 잔뜩 걸린 판매대가 있다.

"배……고프십니까?"

진우가 물어보자 김 상병이 바보 같은 소리 말라는 표정을 지었다.

"아니, 과자도 좋지만, 그 옆에 붙어 있는 포스터를 좀 보라고, 이 등신아! 죽이잖아!"

김 상병이 말한 건 올림픽 특수를 미리 대비한 콜라 광고였다. 등을 맞대고 선 핑크 펀치 두 명이 빨간색 치어리더 복장을 하고, 메가폰과 술이 달린 응원 도구를 흔들고 있다.

주름치마의 길이는 20센티를 넘지 않을 것 같고, 탱크톱 위로 도드라진 곡선은 사람을 미치게 만든다.

게다가 어렸을 때 보았던 유치한 홀로그램처럼, 보는 사람의 위치에 따라 모델들의 팔과 다리 모양이 달라진다. 윙크를 하듯 오른 눈과 왼 눈을 번갈아 감아 가며 포스터를 감상하느라 여념이 없는 김 상병을 내버려 두고, 진우는 다시 전방을 향해 고개를 돌렸다.

불어오는 바람 속에 시궁창 냄새가 섞여 있지 않은 걸 감안하면, 이쪽에서 대규모 좀비들이 몰려올 것 같지는 않았다. 하지만 조심스러워서 손해를 볼 일은 없다.

그래도 조금 전에 보았던 그 포스터가, 그 포스터 속에 가득 담긴 평화롭고 즐거운 일상의 유혹적 메시지가 가슴을 흔드는 것만은 피하기가 어려웠다.

"씨발, 뜯어 오고 싶다. 화장실 다녀온다고 하고 갔다가 몰래 가져올까?"

한참 넋을 놓고 포스터를 바라보던 김 상병이 정말 분하다는 투로 속삭였다. 고개를 돌려 장갑차 쪽의 눈치를 살피며 진우가 만류했다.

"그만두시지 말입니다. 괜히 시범 케이스로 걸릴지도 모릅니다."

"오늘 죽을지 내일 죽을지 모르는데, 어차피 버려질 사진 보면서 딸딸이 한번 치겠다는 게 무슨 그렇게 큰 죄냐?"

김 상병이 포스터의 용도를 너무 적나라하게 고백하는 바람에 하마터면 진우는 웃음을 터뜨릴 뻔했다.

위이잉— 크르릉—.

기름을 퍼 올리는 펌프의 모터 소리와 장갑차의 엔진 소리가 워낙 시끄럽게 울리고 있어서 웃음소리가 났다고 해도 들킬 것 같지는 않았다.

"죄는 아니지만 말입니다……."

괜한 말썽이 일어날까 봐 두려운 진우가 김 상병을 설득하려 할 때, 새로운 동료가 참전의 의사를 밝혀 왔다.

"그래, 뜯어 오자. 내가 앞에서 시선을 가려 준다."

깜짝 놀란 김 상병이 고개를 반대로 돌리자, 녹색 견장을 단 작대기 네 개가 커다란 얼굴을 가까이 가져다 대고 말을 하고 있다. 새로 편입된 분대의 분대장이다.

분대장은 마치 중요한 작전 명령을 전달하는 것처럼 김 상병과 진우의 곁에 쪼그려 앉아서 콧김을 뿜으며 얼토당토않은 제안을 건넸다. 이런 상황이 되자 오히려 김 상병이 당황했다.

"지…… 진담이십니까, 병장님?"

"당연하지, 이 새끼야. 나부터 시작해서 하루씩 우리 분대 안에서만 돌리자."

김 상병은 난데없이 끼어든 놈에게 여자 친구를 빼앗긴 사람처럼 억울한 표정이 되어 잠시 말을 잇지 못했지만, 아예 없는 것보다는 두 번째 순서가 낫다는 결론에 이른 모양이다.

"존경합니다, 분대장님!"

둘이 합쳐 작대기 일곱 개면 이제는 말릴 수 있는 계급의 레벨을 넘어 버렸기에 진우는 입을 꾹 다물고 전방만 주시했다. 김 상병과 분대장은 아주 진지한 얼굴로 작전 개시 시간을 논의하기 시작했다.

포스터 한 장에 이렇게 말도 안 되는 열의가 생기는 건, 그만큼 자신들의 목숨이 내일을 장담할 수 없는 위태로운 상황 속에 놓여 있다는 의미였기에 진우는 마음 한편이 아려 왔다.

"내가 화장실 간다고 하면 다들 손 들고 따라와라."

병장이 제안했다.

"너랑 너, 그리고 너랑 내가 한 조다."

"저…… 그런데 말입니다, 화장실 방향이 그쪽이 아니지 말입니다."

김 상병이 다급하게 계획이 수정될 필요가 있음을 지적했다. 그 말대로 화장실은 매점이 있는 주유소 건물 입구와 정반대 방향에 배치되어 있다. 한밤중에 좀비들과 대치하러 나서면서 위장크림을 바르는 소위가 아무 데나 오줌을 갈기라고 허락해 줄 것 같지는 않았다.

병장은 난감하다는 표정을 지으며 '젠장'을 연발했다. 그러는 동안에도 병장은 계속 팔 동작을 크게 해서 전방 이곳저곳을 가리키는 척을 하거나 다시 자기 위치로 갔다가 돌아오는 등, 뭔가 중요한 작전 명령을 하달하는 흉내를 내고 있다.

멀리서 보면 아마 고참이 달려와 이등병의 실수를 바로잡아 주는 것처럼 보일 것이다.

"아예 매점을 털어 오겠다고 말하는 게 낫지 않겠습니까? 저쪽도 목이 마를 텐데."

병장과 같은 내무반 소속이었던 것으로 보이는 상병 하나가 진지하게 제안했다.

병장은 고개를 저었다.

"아냐. 그러면 민간에 피해를 끼치는 건데, 우리끼리만 있다면 모를까, 보는 눈이 많아서 그런 걸 허락해 줄 리가 없어. 저 소위 딱 보니까 인사고과에 엄청 신경 쓰는 것 같은데……."

태도만 보면 엄청 진지해서 나라를 구하기 위한 작전 회의를 하는 분위기지만, 이보다 더 비생산적인 토론이 있을까 싶다. 이것에 비하면 예전에 생활관 내부로 소주를 몰래 들여오기 위해 했던 논의는 품격까지 느껴질 수준이다.

전방과 장갑차 포탑의 눈치를 번갈아 보면서 그들의 대화를 듣고 있던 진우에게 병장이 묻는다.

"어이, 너 이병. 괜찮은 아이디어 없냐? 무슨 말이든 좋으니까 일단 해 봐."

"이병 박진우, 정말 아무 말이나 드려도 됩니까?"

"응, 그래."

"저, 죄송하지만 이렇게까지 해야 하는 건가 싶지 말입니다. 저한테 핑크 펀치 화보집이 있는데, 그냥 그걸 돌려 보면 안 되겠습니까? 최신입니다."

"그건 안 돼."

보물을 나누겠다는데도 병장과 김 상병은 한목소리로 거절의 의사를 밝혔다.

"이건 말이지, 농담으로 시작했지만 남자의 자존심 싸움이 된 거다. 쟤들이 눈치채지 못하게 포스터를 가져옴으로써 우리를 좆으로 취급하는 저기 저 잘나신 장교 나리한테 한 방 먹이는 거라고."

"그런 겁니까?"

"당연하지!"

김 상병이 대답했다. 그런 거라면 진우도 협조할 의향이 있다. 주변 상황을 감안해서 빠르게 머리를 굴려 작전을 짜낸 진우가 말했다.

"저한테 생각이 하나 있습니다."

세 명이 반색하며 귀를 기울이려 들 때, 포탑 위의 소위가 고개를 돌리다 뭉쳐 있는 진우 일행을 발견하고 소리를 지른다.

"거기! 너희 넷! 뭐 하나!"

"신병에게 전방 경계 요령을 숙지시키는 중입니다!"

병장은 준비했던 대답을 크게 외쳤다.

소위는 1초도 생각하지 않고 잔뜩 거들먹거리는 목소리로 말했다.

"진짜 군인이라면 그런 건 미리 다 떼고 전장에 나와야 한다! 자기 위치로!"

저렇게 재수 없는 소리까지 들었으니 이제는 정말 물러날 수 없다. 자기 자리로 돌아가는 병장 일행에게 진우가 서둘러 속삭였다.

"이따가 신호를 보내겠습니다."

"신호? 무슨 신호인지를 알아야지."

"확실히 아시게 될 겁니다."

병장은 미심쩍다는 얼굴로 돌아갔다. 잠시 후, 기름펌프 팀이 가동을 중단하고 호스를 빼서 유류 운반차로 돌아가자, 소위는 분대원들에게 장갑차로 돌아오라는 명령을 내렸다.

진우는 미리 풀어놨던 수통을 바닥에 두고 일어났다. 잠시 눈치를 보던 진우는 워커 뒤꿈치로 힘껏 수통을 걷어찼다.

물이 가득 들어 있던 수통은 바닥을 미끄러지며 뒤쪽을 향해 날아가다가 스테인리스로 된 주유기에 맞고 큰 소리를 내며 울렸다.

텅—!

소음이라고는 단조롭게 울리는 장갑차 엔진 소리뿐, 온통 사방이 고요한 상황이었기에 그 소리는 충분히 크고 위협적으로 느껴졌다. 장갑차 포탑에 올라앉아 있던 지휘관은 물론이고, 아무 생각 없이 장갑차에 다시 오르려던 다른 분대원들까지도 깜짝 놀라 저절로 어깨를 움츠렸다.

하지만 일을 저지른 범인인 진우와 김 상병은 재빨리 소총을 겨누고 돌아서며 '꼼짝 마!'를 외쳤다. 신호를 알아차린 병장 일행도 재빨리 뛰어와 진우의 옆에 서며 경계 태세를 갖추는 척했다.

"좋은데? 뭘 찬 거냐?"

병장이 눈도 돌리지 않으면서 속삭였다.

진우 역시 조준경에서 눈을 떼지 않은 채 대답했다.

"제 수통입니다."

"잘했어."

무슨 일인지를 알고 있는 1분대 병사들과 달리, 급하게 포탑을 돌린 소위는 잔뜩 긴장해 있었다. 위엄을 잃지 않기 위해 애를 쓰며 소위가 물었다.

"무슨 일인가? 상황 보고해."

위장크림 덕에 그가 입을 벌릴 때마다 이만 하얗게 반짝거렸다.

"주유소 건물 내부에서 뭔가 움직였습니다!"

"확실한가?"

"넵! 간판대 안쪽으로 뛰어가는 걸 제가 똑똑히 봤습니다!"

병장이 천연덕스럽게 대답한다. 이 사람도 뚤끼로는 김 상병 뺨치겠다고 진우는 생각했다.

"으음······."

소위는 잠시 고민에 빠졌다. 주유소라는 무대의 특수성을 감안하면 기관총 사격은 어렵다. 자칫 실수를 했다가는 이 근방을 온통 불바다로 만들 수도 있기 때문에 여기서의 싸움은 절대적으로 불리하다.

마음 같아서는 위험을 감수하기보다는 그냥 이대로 돌아가 버리고 싶지만, 그랬다가는 부하들 사이에 소문이 퍼져 적을 보고도 내뺀 겁쟁이라는 낙인이 찍히게 될 것이다.

보병들에게 들어가 보라고 할까······. 하지만 지금까지 큰소리만 잔뜩 쳐 놓고서 선두에 서지는 못할망정 보병들의 힘에 의존하는 인상을 주고 싶지는 않은데······.

"내부 수색을 하겠습니다! 허락해 주시겠습니까?"

소위가 이러지도 저러지도 못하고 있을 때, 병장이 손을 번쩍 들며 외쳤다.

소위가 반색을 하며 묻는다.

"자원하는 건가?"

"네, 그렇습니다. 향후에 이곳에서 작업하게 될 전우들의 안전을 위해 위험의 가능성들을 찾아 완전히 섬멸하고 싶습니다!"

병장은 청산유수로 아무 소리나 잘도 지껄여 댔다. 짬밥의 위대한 힘에 진우는 감탄하지 않을 수 없었다. 소위는 만족스러운 표정을 지으며 시계를 살피더니 명령을 내렸다.

"좋아! 내 소속 분대답다! 수색을 허락한다! 23시 50분까지 작전을 완료하도록!"

"넵!"

병장이 대답과 함께 민첩하게 분대원들을 독려하며 주유소 건물을 향해 뛰기 시작했다. 중간중간 멈춰 서서 벽에 기대며 안쪽을 살피는 폼만 보면 사정을 빤히 아는 진우조차도 실제 작전인가 하는 착각마저 들 만큼 모두 한마음으로 진지하게 쇼를 하고 있다.

그가 30분을 주기 전에 시계를 보았던 게 진우에겐 중요하게 느껴졌다. 저렇게 시간 제약을 두는 걸 보니, 때를 맞춰 돌아가야 할 필요가 있다는 의미인 것이다.

"자, 이거 박 이병, 네 거지?"

앉아쏴 자세를 유독 열심히 취하던 김 상병이 구석에서 수통을 집어 몰래 건네준다.

"포스터만 가져오는 거다. 다른 건 아무것도 건드리면 안 된다는 걸 명심해라. 우린 거지가 아니다."

매점 문 안으로 진입하기 전에 병장이 분대 전체를 향해 소리를 죽여 다짐했다. 모두 눈을 빛내며 고개를 끄덕였다. K-2에 장착된 플래시를 켠 뒤, 유리로 된 문을 활짝 밀어젖히며 일사불란하게 뛰어 들어간 분대원들은 날짜가 지난 신문이 놓여 있던 가판대부터 뒤집어엎었다.

두 명이 카운터 위로 뛰어 올라가고, 진우와 병장이 과자 판매대를 잡아당겨 문 앞으로 끌어다 놓으며 전방의 시야를 확보하는 척 문을 가렸다. 김 상병은 그 틈을 놓치지 않고 재빨리 동료들의 그림자 사이에 몸을 숨긴 채 포스터를 떼기 시작했다.

"서둘러!"

병장이 재촉하기 위해 고개를 힐끔 돌린 순간, 김 상병은 벌써 쪼그리고 앉아 떼어 낸 포스터를 둘둘 말고 있었다.

빠르다!

입 밖에 내지는 않았지만 다들 감탄했다. 테이프가 붙어 있던 자리를 아예 대검으로 잘라 낸 모양이다.

콰르르륵―.

과자 판매대를 거칠게 밀어서 포스터가 있던 벽 쪽으로 붙여 버렸다.

담배, 음료수, 각종 과자와 오징어 버터 구이 같은 악마의 유혹을 용케 이겨 내고 분대원들은 1층을 샅샅이 수색하는 작업을 마쳤고, 그러는 동안 김 상병은 동그랗게 만 포스터를 반으로 접어 옷 뒤쪽에 집어넣었다.

이제 우리만의 작전이 끝났다. 안도하는 한숨을 다 같이 몰아쉬려 할 때, 2층에서부터 쿵! 하는 소리가 들려왔다.

"뭐지?"

눈이 똥그래진 병사들은 서로의 얼굴을 마주 보았다. 잘못 들은 게 아니다. 큰 소리는 아니지만, 건물 내부에 들어와 있으니 그 진동을 분명히 느낄 수 있었다.

쿵―!

똑같은 소리가 다시 한번 들려오자 이제는 확실히 말할 수 있을 것 같다. 이 위에 분명 뭔가가 있다.

"왜 그러나?"

여전히 장갑차에서 내려오지 않은 소위가 동네 전체를 쩌렁쩌렁 울리며 큰 소리로 물어 온다. 병장은 짜증스러운 표정을 애써 감추면서 손가락으로 위쪽을 가리켰다.

"아, 씨발. 말이 씨가 됐잖아······."

병장은 초조한 표정으로 건물 왼편 끝에 붙은 계단을 힐끔거렸다. 김 상병도 그제야 포스터에 집착했던 걸 조금 후회하는 얼굴이다.

"그냥 가기는 쪽팔린데."

아무것도 없었습니다, 고양이였던 모양입니다, 라고 완전히 거짓말은 아닌 보고를 할 참이었지만, 이렇게 되고 나니 선뜻 그 말이 입에서 나올 것 같지가 않았다. 자존심을 위해 포스터를 얻으러 온 건데, 이런 상황에서 그냥 내뺀다면 오히려 이쪽의 자존심이 바닥을 치게 된다.

이대로 나가서 구라를 쳐 버린다고 해도 다른 사람들은 아무것도 모를 테지만, 그런 건 관계없다. 이 자리에 있던 모든 사람들 자신은 분명히 기억할 테니까.

병장이 난감해하며 말했다.

"이왕 이렇게 된 거니까 내가 올라가 보겠다. 말 꺼낸 게 나랑 쟤니까 공연히 너희까지 피해 볼 필요 없다."

물론 그가 가리킨 '쟤'는 김 상병이었고, 김 상병은 얼굴이 파래져서 진우를 바라봤다. 어젯밤의 그 난리를 겪으면서 정말 피를 나눈 전우가 된 그에게, 진우는 돕겠다는 의미를 담아 고개를 끄덕여 줬다.

"저도 같이 가고 싶습니다."

03

나머지 분대원들에게 1층을 맡기고, 진우와 김 상병, 병장, 세 사람은 천천히 나선형 계단 위로 걸음을 옮겼다. 선봉을 자처하는 걸 보면 병장은 나쁜 사람이 아니다. 밖에서 비추는 제논 램프 덕에 어느 정도 시야가 확보되지만, 창틀이나 기둥이 만들어 내는 어두운 그림자 속은 여전히 미지의 공간으로 남아 있다.

아무것도 없다고 생각해서 신나게 액션 연기를 해 대며 1층을 털 때와는 전혀 다른 신중함을 가지고 세 사람은 천천히 걸음을 옮겼다.

쿵ㅡ!

또다시 복도를 울리며 크지도 작지도 않은 소리가 들려온다. 병장과 진우는 앞쪽을 겨누고, 김 상병은 뒤쪽을 경계하며 소리의 진원지로 보이는 방 앞에 도착했다. 병장은 조심스레 손잡이를 돌려 봤다.

스으윽.

손잡이는 아무런 저항 없이 돌아간다. 잠겨 있지 않은 것이다.

"안에 계시면 대답하십시오! 대한민국 국군입니다!"

병장이 큰 소리로 몇 번을 반복하여 외쳤다. 하지만 아무런 대답도 돌아오지 않는다. 긴장된 세 사람의 숨소리가 복도 전체를 울린다. 병장은 진우와 김 상병에게 눈짓을 해서 엄호를 지시한 다음 곧바로 문을 힘껏 걷어찼다.

콰앙ㅡ!

진우는 총을 겨드랑이에 꽉 끼운 채 다가올 위협에 대비했다.

그런데…… 그런데 아무것도 튀어나오지 않는다. 플래시로 비춘 방 안은 거의 텅 비어 있고, 움직이는 것은 하나도 없다.

"하아, 하아……. 뭐지, 씨발? 이 방이 아닌가?"

여전히 K-2 소총을 얼굴에 바짝 가져다 댄 채 병장이 말했다. 어안이 벙벙하기는 진우도 마찬가지였다. 하지만 소리의 진원지는 분명 여기가 맞다. 천천히 방 안으로 걸음을 옮기며 조그만 소파를 걷어차 밀어 봐도 쥐새끼 한 마리 나타나지 않는다.

잠시 후, 등 뒤에서 비릿한 바람이 불어올 때, 그들을 공포에 빠뜨렸던 소리의 정체가 밝혀졌다. 반쯤 열려 있던 뒤쪽 베란다 문이 바람에 닫히면서 쿵! 하고 부딪치는 소리를 낸 것이다. 문의 움직임에 놀라 재빨리 사격 자세를 취했던 세 사람은 거의 동시에 욕설을 내뱉었다.

"뭐야, 씨발. 왜 문이 닫히지도 않고 계속 저렇게 쿵쿵거려?"

가까이 다가가 보니 틈에 슬리퍼가 끼워져 있어서 문이 완전히 닫히지 못하고 다시 밀려났다가 바람이 세게 불 때면 한 번씩 퉁퉁거리며 문틀을 쳐 댄 것이다.

이런 제기랄, 등에 식은땀을 쫙쫙 흘리면서 여기까지 올라왔던 이유가 고작 쓰레빠 때문이었다니…….

세 사람은 슬리퍼를 걷어차 버리고 문을 꽉 닫으며 한바탕 욕을 퍼부었지만, 동시에 적잖이 안도했다.

"이일병 병장이다. 수고 많았다."

병장이 잠시나마 서로의 목숨을 의지했던 두 사람에게 악수를 청한다. 자기소개를 하는 김 상병의 입꼬리가 올라가는 걸 보며 이 병장이 한마디 했다.

"이 새끼 봐라? 너 지금 내 이름 가지고 병장이라도 일병, 그런 생각 하면서 웃었지?"

"아닙니다. 병장님 같은 훌륭한 분을 분대장으로 모시게 돼서 기쁨을 감추지 못하고 웃은 겁니다."

"지랄하네. 어쨌든 앞으로도 오늘처럼 뜻을 모아서 꼭 같이 살아남자. 알겠나?"

"옛, 알겠습니다! 이일병 병장님!"

싱거운 김 상병이 엉덩이를 한 대 걷어차인 후, 세 사람은 다시 1층으로 내려왔다.

23시 35분에 장갑차로 돌아가 2층의 상황을 사실대로 보고하자 소위는 비웃는 표정을 지었다.

"잘한다. 고양이 보고 놀라고, 문소리에 기절하고…… 너무 용감해서 뭐라 말이 안 나온다. 너희를 진짜 군인으로 만들려면 내가 얼마나 힘이 들지 앞길이 깜깜하다. 꼴도 보기 싫다. 빨리 탑승해!"

비아냥을 들었어도 장갑차에 앉아 서로를 마주하는 분대원들의 얼굴엔 승리감이 깃들어 있다.

그래도 우린 수상한 지역을 내 발로 직접 뛰어서 정찰했어. 너처럼 멀찍이 떨어져서 진짜 군인 타령하는 놈이 아니야.

그리고 오늘 승리의 증거물인 포스터는 여전히 김 상병의 군복 뒤쪽에 잘 감춰져 있다. 비록 오늘 새로 만난 분대원이지만, 이 작은 사건은 그들에게 커다란 유대감을 갖도록 만들었다.

쿠루루루루.

올 때와 마찬가지로 그들이 탄 1호 차가 선두에 서서 돌아간다. 여전히 인적이 없는 도로를 지나쳐 가면서 무료하다는 생각이 장갑차 내부에 천천히 퍼져 갈 때쯤, 진우의 온몸에 그 특유의 기운이 느껴지면서 소름이 돋아 올랐다.

'제기랄!'

자신의 예감이 틀린 것이기를 바라며 진우는 스크린에 비친 전방을 열심히 살폈다. 자동차들을 도로 양쪽으로 밀어내 쌓아 둔 덕에 텅 비어 있는 중앙 차선에는 아직 아무것도 보이지 않는다. 하지만 이 화면이 비추고 있는 건 고작 수십 미터 앞일 뿐이다.

"왜 그래?"

김 상병이 진우의 안색을 살피며 물었다.

"또 오는 것 같습니다."

"오다니? 좀비? 어떻게 알아?"

"안 들리십니까? 아주 작긴 하지만 이 소리? 그리고 냄새가……."

김 상병과 이 병장은 코를 벌름거리며 열심히 냄새를 맡아 본다. 하지만 기름 냄새에 가려져 아무것도 알 수 없다.

"얘, 이상한 애 아니냐?"

병장이 김 상병에게 묻자, 김 상병이 고개를 저으며 진우를 변호했다.

"아닙니다, 병장님. 어제 새벽 기습 때도 이놈이 제일 먼저 알았습니다."

'그래?' 하며 병장이 고개를 갸웃거릴 때, 병사들의 웅성거림을 들은 소위가 주의를 준다.

― 보병 탑승 구역, 소란스럽다! 무슨 일인가?

병장이 망설이다 용기를 내서 말했다.

"장갑차장님, 전방에 좀비가 출몰한 것 같습니다. 냄새가 납니다."

잠시 아무 말이 없던 소위가 열받은 목소리로 나지막하게 중얼거렸다.

― 소리, 그림자, 그다음엔 냄새인가? 본관은 제군들이 도저히 용서되지 않는다. 정숙하고 있어라. 돌아가면 혹독한 훈련을 거쳐서 진짜 전장에 어울리는 군인으로 만들어 주겠다.

그러고는 한마디를 더 보탠다.

― 어디서 무슨 소리를 들었는지는 모르겠지만, 이 구역에 좀비들이 이동하는 시간은 오전 2시부터다. 경거망동하지 마라.

보병들이야말로 그런 이야기는 금시초문이었다. 당장 내가 지키는 초소 앞에 언제쯤 좀비의 습격이 올 것인지도 전혀 모르는 일반 사병들이 10킬로미터 떨어진 도로의 좀비 시간표를 알 수도 없고, 관심도 없다. 하지만 일단은 명령을 지켜야 했기에 병사들은 초조한 얼굴로 전방의 스크린만을 주시하고 있었다.

5분쯤 더 달린 장갑차가 활처럼 휘어진 도로 구간으로 접어들 때, 장갑차의 엔진 소리를 뚫고 예의 그 울부짖음이 들려왔다. 둔한 사람이라고 해도 조금만 신경을 쓴다면 확실히 들을 수 있을 정도로 정적을 찢어발기는, 날카로운 울음소리였다.

하지만 청력을 보호하고 서로 교신하기 위해 커다란 헤드폰을 쓰고 있던 소위와 두 명의 승무원만은 그 소리를 알아채지 못했다.

'이런 젠장.'

진우가 다시 한번 장비를 점검하는 동안, 이번엔 소위도 분명히 알 수 있는 신호가 좀비들의 출몰을 알렸다. 완만한 곡선 고갯길을 넘자 아래로부터 이쪽을 향해 달려드는 수백의 좀비들이 스크린 위에 모습을 드러냈다.

그ㅇㅇㅇㅇ와아악!

좀비들의 괴성이 열려 있던 조종석 해치를 타고 실내로 전달된다.

"열두 시 좀비 출현! 열두 시 좀비 출현! 규모는 삼! 규모는 삼!"

조종수가 다급하게 외치며 서둘러 해치를 닫았다. 소위가 소대 전체에 서둘러 명령을 내렸다.

"1호 차 속력 올려! 2호 차 지원! 3호 차는 현재 위치에서 유류 운반차를 엄호한다. 1호 차 기관총 사격!"

끼이잉―.

요란한 소리와 함께 장갑차는 시속 55킬로미터까지 속도를 높였고, 포탑 위쪽에 자리한 7.62㎜ 기관총에서 불꽃을 뿜어내기 시작했다.

25톤이나 되는 무게로 좀비들을 일거에 뭉개 버릴 요량인 것 같다. 좀비들을 스무 마리 정도나 겨우 명중시킨 뒤 기관총 사수는 해치를 닫고 내부로 들어가 버렸고, 뭔가와 부딪치고 깔아뭉개는, 기분 나쁜 질감이 엉덩이에 전해지면서 장갑차가 좌우로 가볍게 흔들렸다.

카메라 앞을 막아서던 좀비들이 속속 무한궤도 아래로 끌려 들어가 사라지거나 반 동강으로 무참하게 잘려 나간다.

우두두둑! 빠가가가각―!

좀비들의 단단한 두개골이 수십 개씩 터지며 소름 끼치는 울림을 만들어 냈다.

파바바바바바―.

2호 차에서 발사된 총알들은 1호 차가 놓치고 지난 좀비들의 몸을 벌집처럼 부순다.

"후진한다. 속도는 20."

소위의 명령에 따라 한참을 달려가던 장갑차는 다시 뒤쪽으로 내달렸다. 규모 삼을 순식간에 반 이상 섬멸시키는 장갑차의 활약을 보면서 보병들은 내심 감탄할 수밖에 없었다.

만약 그들이 위치한 곳이 주변에 장애물이 없는 넓은 벌판이었다면, 소위의 콧대는 더욱 올라갈 수 있었을 것이다. 아무리 맹렬하게 달려들어 봐도 좀비의 맨몸뚱이는 두꺼운 복합 장갑에 덮인 K21 장갑차에 아무런 위협이 되지 못할 것같이 보였다.

일부러 들으라는 듯 잔뜩 거들먹거리면서 장갑차를 자유자재로 움직여서 좀비들을 짓밟던 소위에게 위기가 닥친 것은 측면의 자동차에서 점프한 좀비들이 용케 포탑 위에 달라붙으면서부터다.

좀비들은 안테나에 매달리고, 포탑 안에 손가락을 넣어 휘젓는가 하면, 외부 감지 카메라에 이빨을 들이댔다. 커다랗게 벌려진 아가리가 카메라 위에 덮쳐지는 것을 마지막으로 스크린은 온통 하얀 화면만을 내보냈다.

앞이 보이지 않는다!

분명히 장비가 파손되지는 않았을 테지만, 그 위로 겹쳐진 좀비가 떨어져 나갈 때까지 첨단의 장갑차는 장님과 다름없는 신세가 된 것이다.

소위의 목소리가 스피커를 타고 멈춰 서 버린 장갑차 내부를 울렸다.

― 조종실, 시야 확보되어 있나?

― 불가합니다. 아무것도 식별되지 않습니다.

조종실 해치에 붙은 파노라마 카메라도 피와 체액으로 뒤덮여 엉망이 되어 버렸다. 이제 해치를 열지 않으면 외부를 볼 수 없다.

― 당황하지 마라! GPS로 바꿔서 기동 가능하다!

말은 그렇게 하지만 정작 가장 당황한 사람은 그인 것 같았다. 스크린에 직선과 화살표로 이루어진 컴퓨터 그래픽이 떠올랐다. 활처럼 완만한 곡선을 이루던 실제 도로가 그래픽에서는 똑바른 직선로로 표시되어 있다.

― 2호 차, 1호 차 포탑 위에 붙은 좀비들을 기관총으로 요격할 수 있나?

소위는 근접해 있던 2호 차에게 지원을 요청했다. 포탑 내부에 설치된 동축기관총이므로 해치를 닫은 상태에서도 충분히 사격이 가능하다.

― 가능하다! 시야 확보를 위해 포탑만 180도 회전하라. 가능하다!

보병들은 불안한 얼굴로 비닐 손잡이를 꽉 쥐었다.

잠시 후, 총소리와 함께 장갑차 내부가 가볍게 울려온다. 2호 차가 쏜 기관총이 1호 차를 명중시키고 있는 것이다.

"이거, 괜찮습니까?"

누군가 두렵다는 투로 묻자 이 병장이 고개를 끄덕였다.

"명색이 장갑차니까 이론적으로는 괜찮을걸? 저 정도 화력으로는 안 뚫려."

피빙― 핑― 핑―.

기관총탄이 쇠를 튕기고 지나가며 계속 날카로운 소리를 내고 있는 걸 보면 아직도 좀비들이 다 떨어져 나가지 않은 모양이다. 조바심이 난 소위는 화면을 다시 열화상 쪽으로 전환했다. 하지만 여전히 온통 녹색일 뿐, 아무것도 보이지 않는다.

― 2호 차, 아직 좀비들이 그대로 붙어 있다. 어떻게 된 건가?

― 적중시켰는데…….

치익―! 치, 치칙! 치익…….

잡음이 심해지더니, 갑자기 무선이 끊겨 버렸다.

― 2호 차! 2호 차!

소위의 얼굴에서는 점점 핏기가 빠져나갔다. 이쪽의 수신기에 문제가 발생한 것인지, 2호 차의 송신 기능 장애인지조차도 파악이 안 된다.

소위는 다급하게 3호 차를, 그래도 대답이 없자 그다음엔 유류 운반차까지도 호출해 봤지만, 역시 아무런 반응이 들려오지 않았다. 다급한 마음에 단안식 조준경에도 눈을 가져다 대 보지만, 피와 뇌수로 범벅이 되어 버렸는지 온통 뿌옇기만 했다.

이젠 정말로 눈과 귀가 다 막혀 버렸다.

04

파바바박! 피비빙—.

외부의 총성이 계속 귀를 자극한다. 아직까지 후방의 아군이 싸워 주고 있다는 의미여서 총소리는 그래도 반가운 소식이다. 장갑차 내부의 모든 승무원들은 침묵 속에서 다음 행동을 고민하고 있었다.

만약 총소리가 멎은 뒤에도 외부에서 아무 소식이 들려오지 않는다면, 그때는 어떻게 해야 할 것인가.

콰아앙!

커다란 폭발음과 함께 전차가 가볍게 흔들렸다.

뭐지? 뭐가 폭발한 거지?

다들 겁에 질린 눈만 마주 볼 뿐, 아무도 정확한 답을 알지 못했다. 아마도 길가에 세워져 있던 자동차 연료 탱크가 기관총탄에 맞아 폭발한 거라고밖에는 생각할 수 없다.

문제는 그게 얼마나 가까운 곳이었는가 하는 데 있었다. 만약 바로 곁에서 불이 난 거고 곧이어 연쇄 폭발이 이어질 거라면……. 장갑판을 뚫고 파편이 들어오지는 않겠지만, 쇳덩어리 내부에서 천천히 구워진다는 건 생각만 해도 끔찍하다.

— 차축 회전! 우로 90도!

소위의 명령을 조종수가 복창하자 장갑차가 제자리에서 크게 돌았다. 대비하지 못하고 있던 보병들은 앞으로 고꾸라지지 않기 위해 손잡이를 꽉 쥐면서 가볍게 비명을 지른다.

— 진정해! 뿌리칠 수 있다! 저속 전진!

장갑차는 크르릉거리며 천천히 앞으로 나아가 길가에 밀어 둔 자동차를 밟아 뭉개기 시작했다. 장갑차 내부는 정신없이 출렁거렸다. 이 정도까지 했는데도 여전히 좀비들이 달라붙어 있는지, 시야는 계속 확보되지 않았다.

와그그그작— 우드득—.

요란한 소리와 함께 차들의 지붕을 갈아 뭉개 가면서 천천히 나아가는 동안 장갑차는 계속 기우뚱거렸고, 그러던 중 또 한 번의 폭발음과 함께 장갑차가 흔들렸다.

콰아아앙!

이번 충격은 아까보다 더 크고 강해서 보병들은 벽에 하이바를 부딪치거나 앞으로 넘어졌다. 조금 전의 폭발보다 더 근접한 곳에서 일어난 게 분명하다.

치이이익—.

우우웅—!

갑자기 측면에서 공기가 주입되는 소리가 들리며 장갑차 차체가 왼쪽으로 기울었다. 소위가 짜증스럽다는 듯이 외쳤다.

— 뭐야?

— 우측면 에어백 부양 장치입니다. 한쪽만 부푸는 걸 보면 오작동인 것 같습니다.

조종수가 대답했다.

— 중지시켜!

— 통제가 안 됩니다! 명령이 듣지 않습니다!

측면 전체를 커버하는 긴 에어백이 어떻게 장애물들 사이로 교묘하게 걸쳐졌는지는 모르지만, 하여간 그것 때문에 무한궤도 한쪽이 들려 버린 모양이다.

위이이잉—.

공회전하는 엔진 소리만 요란하게 울릴 뿐, 기우뚱해진 장갑차는 좀처럼 전진을 하지 못하고 있다. 계속 보아 왔던 장갑차 안의 붉은 조명이 갑자기 불길하게 느껴진다. 폐소공포증이 찾아온 한 병사가 식은땀을 흘리며 숨을 몰아쉬다가 구역질을 하기 시작했다.

"나가고 싶습니다! 우웁! 허어, 허억— 병장님, 숨을 못 쉬겠습니다!"

"진정해! 금방 끝난다! 가슴을 펴고 숨을 들이마셔!"

이 병장이 달래 보지만, 병사는 이미 패닉을 일으키기 직전까지 내몰려 있었다.

우지끈, 우두두둑!

가라앉은 왼쪽 무한궤도가 깔려 있던 자동차 지붕들을 완전히 갈아 무너뜨리면서 경사도는 더욱 심해졌다. 겨우 조금 더 전진하는가 싶던 장갑차는 이내 앞으로 급격하게 기울었다.

"으아앗!"

보병 탑승 구역에 앉아 있던 병사들은 포탑을 보호하고 있는 격벽에 거칠게 내동댕이쳐졌다. 좁은 포탑 내부 역시 사정은 매한가지여서, 소위와 사수는 앞으로 고꾸라지며 지휘 통제 장치를 들이받았다.

으직!

뼈가 부러진 소위의 코에서 뜨거운 피가 콸콸 쏟아져 위장 도색을 지우며 흘러내렸다.

"으윽!"

코를 움켜쥔 소위의 입에서 비명과 신음의 중간 정도 되는 소리가 고통스럽게 새어 나온다.

우웨에엑— 위생 백을 미처 찾아내지 못한 병사가 구토를 시작하자 값비싼 전자 장치들 위에 토사물이 잔뜩 뿌려졌다.

쿠구구—.

가뜩이나 전면이 무거운 K21은 한번 중심을 잃자 가속도를 붙이며 빠르게 앞쪽으로 기울어지며 넘어가기 시작했다. 여기에는 포탑 주변에 한데 몰려 엉킨 보병들의 무게도 한몫했다.

— 파도막이 전개!

소위는 안간힘을 썼다. 앞면에 설치된 넓은 쇠판을 열어서 그 힘으로 앞으로 고꾸라진 장갑차를 밀어내겠다는 것인데, 애초에 단순히 도하용 장비로 설계된 파도막이에 그만한 힘이 있을 리 없다.

위이이잉— 이이잉—.

한계까지 내몰린 모터에서 귀에 거슬리는 소리와 함께 연기가 피어올랐다. 그래도 미련을 못 버린 소위가 버튼에서 손을 떼지 않자 넓지 않은 장갑차 내부는 금세 모터에서 피어오른 연기로 가득 차 버렸다. 납이 타는 냄새가 폐부를 찌른다.

— 쿨럭! 쿨럭! 조종석 해치 열겠습니다!

— 안 돼! 불가하다! 규정 외의 일이다!

조종사가 괴로워하지만 소위는 단호한 입장을 취했다. 병사들이 소화기를 찾아 불꽃이 튀는 쪽을 향해 뿌려 대는 동안에도 뿌연 연기는 훨씬 짙고 자욱하게 차올랐다.

조금 전 구토했던 병사가 눈을 까뒤집고 기절하는 것을 필두로 해서 차례로 모든 병사들이 기침과 구역질을 해 대기 시작했다. 더 이상 참을 수 없어진 조종사는 해치를 밀어 올렸다.

덜컥—!

뭔가 아래쪽에 걸린 해치는 몇 센티미터만 간신히 열렸다.

"장갑차장님! 쿨럭! 후방 해치 개방해 주십시오! 쿨럭, 쿨럭! 저희가 나가서 싸우겠습니다!"

숨을 참다못한 이 병장이 간절하게 외쳤다. 이대로 이 안에서 개기다가는 어차피 질식으로 모두 죽게 될 상황이다. 하지만 대답이 돌아오질 않는다.

"장갑차장님! 소위님!"

이 병장이 아무리 외쳐 봐도 위쪽 포탑은 고요하기만 하다.

"우웩, 으~ 쿨럭! 이거, 아무래도 기절한 모양이지 말입니다!"

김 상병이 소매로 코와 입을 가리면서 외쳤다. 이 병장도 동의하는 표정을 짓는다.

"어쩌지? 젠장!"

"해치를 열고 나가야 합니다!"

그렇게 외치는 진우의 눈에도 눈물이 대롱대롱 달려 있다.

이 병장이 포탑을 가리키며 말했다.

"저기에서 엄호를 해 줘야 나가지! 지금처럼 이렇게 거꾸로 처박힌 상태에서는 뛰어나가지도 못해!"

"그거 기다리다가 다 죽습니다!"

진우는 45도 정도 위쪽에 떠 있는 후면 해치의 철제 손잡이를 잡고 돌렸다.

끼이익―.

안간힘을 써 봐도 해치는 전혀 움직이지 않는다. 원래대로라면 바닥에 떨어져 내릴 쇠문이지만, 지금 각도에서는 들어 올리는 모양새가 되어 버려서 몇 배나 힘이 든 것이다.

이이익― 이 병장과 김 상병까지 달려들어 봤지만, 모터의 도움 없이 사람의 힘만으로는 도저히 무리였다.

탕―!

육중한 해치가 다시 닫히며 커다란 소리를 냈다. 그래도 이 시도로 건진 게 두 가지 있다. 하나는 비록 미량이기는 해도 맑은 공기가 유입되었다는 것이고, 두 번째는 바로 근처에 좀비들이 많지는 않다는 사실이다.

만약 근처에 좀비 떼가 있었다면 해치가 열리자마자 곧바로 달려들어 문 사이에 팔을 집어넣고 생난리를 치며 들어 올렸을 것이다.

"작은 해치로 나가자!"

김 상병이 좌석 손잡이를 잡고 서서 버티며 진우를 목말 태웠다. 이 병장도 또 다른 병사를 어깨에 올리고 진우를 돕게 했다. 사람 하나가 허리를 굽히고 빠져나갈 수 있을 만큼의 작은 수동문을 활짝 열어젖힌 다음, 진우는 소총을 사선으로 세운 채 빙 돌려 발사했다. 혹시 위쪽에 서 있을지 모르는 좀비들을 노린 것이었다.

퓨퓨퓩―.

총구가 원을 3분의 1쯤 그렸을 때, 고깃덩어리를 총알이 꿰뚫는 소리와 함께 좀비의 울부짖음이 들려왔다.

그와아아악―.

그리고 곧바로 좀비 한 마리가 해치 내부로 머리를 들이밀며 뛰어들었다.

"쐬! 쐬!"

당황한 병사들이 황급히 사격을 개시했다.

파바바박!

대여섯 개의 총구가 일제히 불을 뿜고, 뛰어내리던 좀비는 사지가 찢겨 나가면서 걸레처럼 너덜너덜해졌다.

핑― 티팅―!

누군가의 총알이 장갑차 내부에 맞고 튀었다.

"으악!"

곧이어 병사 하나가 허벅지를 움켜잡고 쓰러진다. 유탄이 꿰뚫고 간 자리에서는 금세 콸콸 피가 솟아올랐다.

"야! 얘 좀 챙겨! 묶어 줘!"

비명을 지르며 버둥거리는 병사를 붙잡아 구석으로 당기며 이 병장이 고함을 질러 댔다. 하지만 다른 병사들은 좀비의 머리를 개머리판으로 사정없이 두드리는 데 혼이 팔려 있었다. 이미 죽은 좀비라는 걸 인식하지 못할 만큼 두려움이 이성을 압도한 것이다.

이 상태에서 두어 마리만 더 뛰어 들어온다면 서로에게 총구를 겨누는 사태까지도 일어날지 모른다.

시간을 끌어선 안 돼…….

탄창을 갈아 끼운 진우는 좌석 손잡이를 밟고 뛰어 올라가며 크게 외쳤다.

"쏘지 마! 나간다!"

해치 밖으로 뛰어나가기 직전, 진우는 하이바를 벗어 왼손으로 내부 끈을 쥔 채 들어 올렸다.

끄와아아악!

낚시에 걸려든 좀비 하나가 맹렬한 기세로 하이바를 향해 달려든다.

쾅.

좀비의 얼굴에 부딪친 하이바가 날아가고, 재빨리 손을 뺀 진우는 머리 위로 지나가는 좀비의 가슴과 배에 총알을 잔뜩 박아 넣었다.

타타타타타―.

크웨에에―.

엉망으로 훼손된 좀비의 몸뚱이가 장갑차의 외부에 내동댕이쳐지며 퉁, 퉁, 울렸다.

"으아아아!"

진우는 죽음의 공포를 몰아내기 위해 큰 소리로 기합을 지르며 해치 밖으로 몸을 내밀었다. 포탑에 달라붙어 있던 네 마리의 좀비가 반색을 하고 달려든다.

파바박― 파박― 파바바박―.

진우는 가까운 순서대로 사정없이 방아쇠를 당겼다. 대갈통이 박살 나고, 목과 분리된 좀비들의 몸뚱이가 맥없이 장갑차 아래로 굴러떨어졌다.

급한 불을 끈 진우는 해치 밖으로 뛰어 올라가 45도로 기울어진 장갑차의 후면 위에 섰다. 다급하게 360도를 둘러보니 사방에서 수십 마리의 좀비들이 불이 붙어 활활 타고 있는 자동차들 사이를 풀쩍풀쩍 뛰면서 이쪽을 향해 돌진해 오고 있었다.

'이렇게 멀리까지 왔던가?'

탄약이 다 떨어져 버린 것인지, 아니면 저쪽 역시 시야를 상실한 것인지, 벌써 한참을 떨어져 있는 2호 차는 더 이상 기관총을 발포하지 않았다.

미처 깔아뭉개지지 않은 좀비 잔당들을 요격하는 것은 훨씬 더 후방에 서 있는 3호 차가 담당하고 있었다. 어찌 됐든 지근에서 달려드는 좀비 무리들을 물리쳐야 하는 것이 1호 차 보병들의 몫이라는 사실만은 분명해졌다.

"위쪽 안전합니다!"

진우는 장갑차 내부를 향해 외친 다음, 열려 있는 해치에 등을 댄 채 가장 가까운 방향의 놈들부터 차례로 총알을 먹여 줬다.

파바박— 파바박—.

다른 장갑차의 라이트가 미치지 않는 범위의 지역에서 유령처럼 움직이는 놈들을 조준경으로 쫓고 있자면, 공포 영화 속에 빠져든 것 같아 소름이 끼칠 만큼 오싹해진다.

하지만 어제 밤새도록 그 끔찍한 물량을 경험하고 나니 이 정도는 충분히 견뎌 줄 만하다. 게다가 저 좁고 냄새나는 장갑차 안에서 질식할 바에야, 언제라도 맑은 공기를 마시며 좀비와 싸우다가 죽는 쪽을 택하는 게 낫다.

"네 후방은 내가 맡는다! 자, 다들 빨리 기어 나와!"

두 번째로 장갑차 위에 올라선 것은 이 병장이었다. 이 병장은 진우와 등을 맞대는 위치로 가서 좀비들을 향해 한차례 난사를 퍼부은 뒤, 장갑차 내부를 향해 외쳤다. 커다란 얼굴과 달리 꽤나 엉덩이가 가벼운 사람이다.

김 상병과 다른 병사들도 차례로 해치 밖으로 몸을 내밀고 기침을 해 가며 숨을 몰아쉬었다.

타바바바바— 투두두두두—.

일곱 정이나 되는 K-2가 일시에 연사를 해 대자 달려들던 좀비들은 순식간에 절반 이하로 줄어들었다. 물론 김 상병의 예광탄은 오늘도 하늘로 솟구치기만 한다.

타앙! 타앙! 타앙!

진우는 방향을 바꿔 가며 위협이 될 만한 좀비들을 저격했다. 조명이 어둡다는 점이 조금 어려움을 주지만, 거리만 확보된다면 이 정도 규모는 그 혼자서도 충분히 상대할 수 있는 양이다.

아군의 피해 없이 10여 분간 펼쳐진 교전이 끝을 맺은 뒤, 병사들은 함성을 내지르며 생존과 승리를 만끽했다. 그때쯤 2호 차와 3호 차 주변의 좀비들도 거의 정리가 마무리되어 가고 있었다.

"아직 움직이는 놈들이 있을지도 모른다! 각자 자신의 전방을 확실하게 살핀다!"

흥분이 한차례 휘몰아치고 간 뒤, 이 병장이 분대원들에게 지시를 내렸다. 그 명령에 따라 각자 개인 화기에 장착된 플래시로 전방을 어지럽게 둘러보는 동안, 진우는 천천히 포탑 위쪽으로 걸음을 옮겼다.

중심을 잃지 않기 위해 포탑 뒤쪽에 달린 난간을 꽉 잡고 기울어진 장갑차의 앞쪽을 살폈다. 기관총 사격을 받아 꺾여 나간 안테나의 날카로운 단면에는 반 토막이 난 좀비의 하체가 꿰어져 있고, 조종석 해치는 엉망으로 부서진 트럭 짐칸에 꽉 끼어 있어서 열릴 것 같지 않았다.

그래도 부양 장치의 공기만 빼 준다면 구난 전차를 부를 필요 없이 자력으로 이곳에서 탈출할 수 있을 것이다.

장갑차장석 해치 손잡이를 꽉 잡은 채 팔꿈치 위쪽이 잘려 나가 버린 좀비의 팔을 워커로 걷어차 날린 다음, 진우는 해치를 끌어 올렸다.

아직도 자욱하게 깔려 있던 연기가 빠져나가고, 비몽사몽 정신을 차리지 못하는 소위는 쿨럭거리며 기침을 해 댔다.

"소위님."

"……"

"소위님!"

"으…… 응? 응?"

진우가 부르자 소위는 반쯤 감긴 눈으로 위쪽을 돌아본다. 피딱지가 앉은 소위의 코는 뼈가 어긋난 채 퉁퉁 부어올라 주먹만 하다. 눈물과 코피로 범벅이 되어 위장크림이 벗겨진 얼굴을 보고 있자니, 이 사람의 나약함이 고스란히 전해지는 것 같다.

"쿨럭! 쿨럭! 여기가…… 지금?"

소위는 조금 전의 일이 기억나지 않는다는 식으로 머리를 감싸 쥐더니 진우를 향해 손을 내밀었다.

끝까지 고맙다거나 잘했다는 말은 안 하시겠다는 건가? 내 동생도 너보다는 어른스럽겠다…….

 그 얄팍하고 유치한 자존심이 너무 같잖아서 오히려 웃음이 났다. 소위를 탱크 밖으로 잡아끌며 진우는 하루 종일 마음속에 담아 뒀던 말을 건넸다.
 "진짜 전장에 오신 걸 환영합니다, 소위님!"

Chapter 13
열화지옥

01

"임수정 씨, 48시간 지나셨습니다. 소지품 챙겨서 나오세요."

격리 시설에 갇힌 지 50시간이 조금 넘게 흘렀을 때, 보초병들이 다가와 철창문을 열어 주었다. 벽에 기대 쪼그리고 앉아 있던 임수정은 담요와 휴지, 물병을 챙기고 서둘러 좁은 우리 밖으로 빠져나왔다.

"아…… 맞다."

자신이 사용한 변기가 신경 쓰여 다시 뒤돌아 들어가려는 임수정을 보초병이 만류했다.

"놔두십시오. 그런 거 치우시라고 하지 않습니다."

"그래도……."

"어차피 기계로 세척하니까, 손대지 마십시오."

병사의 목소리가 권유보다 명령에 가까웠기에 임수정은 더 말하지 않고 나왔다.

"아그그……."

허리를 쭉 펴려다가 묵직한 통증이 느껴져서 저절로 앓는 소리를 내며 엉거

주춤하게 벽을 짚고 선 임수정에게 보초병들이 웃어 주었다.

"허리가 아프시죠? 딱딱한 바닥에 이틀 동안 앉아만 계셔서 그렇습니다. 나오시는 분들 거의 대부분 비슷하시더라고요."

"어후, 그런가요?"

"네. 하루 정도 지나면 괜찮아지실 테니까 걱정하지 마십시오. 의무 지원 센터에 가시면 진통제나 파스도 드릴 겁니다. 자, 여기, 여기, 여기, 이렇게 세 군데에 사인하시고요······."

임수정은 감격스러운 표정으로 보초병이 내미는 서류를 바라보았다. 이제 이것에 이름만 몇 번 갈겨 쓰고 나면 이 지겨운 폐쇄 공간에서 빠져나갈 수 있다.

읽어 보지도 않고 휙휙— 넘겨 가며 시원하게 사인으로 동의를 해 주고 싶지만, 그녀의 천성이 그렇게 생겨 먹지를 못했다.

"이게 무슨 서류인가요?"

질문을 던지며 서류를 찬찬히 살펴보는 임수정에게 보초병이 대답해 준다.

"맨 앞 장은 이곳에 계실 때 어떠한 가혹 행위도 당하지 않았다는 증명서이구요, 그다음 건 앞으로 이 보호 시설에 계시는 동안 규칙을 준수하고 관리자들의 지시를 따르겠다는 동의서, 그리고 마지막 장은 필요한 경우 징병 대상에 포함시켜 달라는 지원서입니다."

"입대 지원서라고요?"

서른이 넘은 여자에게?

게다가 필요한 때 아무 때라도 데려다가 쓰겠다고?

찜찜해진 임수정이 수상하다는 눈으로 쳐다보자, 보초병이 별것 아니라는 투로 말한다.

"아, 그건 뭐 신경 안 쓰셔도 되는 겁니다. 병무청에서 하라고 하니까 서류를 받고는 있지만, 아무도 실제 징병이 되지는 않았어요. 뭐, 열네 살짜리부터 육십 먹은 노인까지 다 하는 거니까 그냥 형식적인 거라고 생각해도 될 것 같습니다."

영 미심쩍은 이야기지만, 사인을 못 하겠다고 버텨 봤자 사정을 봐줄 성싶지도 않다. 임수정은 한숨을 내쉬며 내키지 않는 서류에 이름을 써 줬다.

"네, 다 됐습니다. 자, 이 종이 가지고 이 앞 대민 지원 센터로 가시면 생필품을 드릴 겁니다. 거기에서 전달하는 지시 사항도 잘 들으시면 됩니다."

도장 찍힌 조그만 딱지를 받아 든 임수정은 어제 테라가 했던 것처럼 90도로 깊게 허리를 숙여 보초병들에게 감사하다는 인사를 하고 문밖으로 나왔다.

쉬이잉—.

이틀 만에 맞아 보는 외부의 바람이 머리칼을 흐트러뜨리자 임수정은 감격한 표정으로 갇혀 있지 않은 밤공기를 실컷 들이켰다. 맨발이지만 자유롭게 걷는 다는 게 정말 기분이 좋아서 불편함을 느낄 겨를도 없었다.

"저…… 여기로 가서 이걸 드리라고 하던데요."

대민 지원 센터는 격리실에서 멀지 않은 곳에 위치해 있었다. 딱지를 내밀자 뚱한 표정의 군인은 별다른 설명 없이 라면 박스만 한 종이 상자 하나를 집어 가라고 한다. 친절함이라는 단어를 집에 놔두고 입대한 녀석 같다.

"이게 뭐예요?"

억지로 웃는 표정을 지으며 묻는 임수정에게 군인이 싸가지 없는 투로 말했다.

"거기 써 있잖습니까, 구호품이라고."

"네. 그럼 이제 이거 가지고 가면 되나요?"

임수정이 애써 성질을 죽이면서 억지웃음을 지어 보이자 군인은 서랍에서 열쇠를 꺼내 탁자 위에 탁, 소리 나게 내려놓았다.

"이것도요."

"저…… 이건……."

"어허, 거참! 딱 보면 사물함 열쇠지. 이 아줌마, 찜질방도 안 다녀봤나?"

군인이 비아냥거리자 옆자리의 다른 군인들이 낄낄댄다.

아줌마라고? 이런 개…… 으휴, 아니다. 그냥 참자. 후우…….

발끈하려던 임수정은 생각을 고쳐먹고 가벼운 한숨을 쉬면서 그 자리를 빠져

나왔다. 그런 사소한 것들과 매번 정면으로 맞서기에 지금의 그녀는 너무 지치고 기운이 없는 상태였다.

"언니!"

담요를 어깨에 두르고 박스를 안은 채 1루 측 건물 내부를 터덜터덜 걸어가던 임수정에게 테라가 절룩이며 달려와서 안긴다.

"아, 테라야."

주변의 시선이 일제히 쏠리는 게 느껴져 임수정은 쑥스럽게 웃었다. 임수정이 가장 먼저 살핀 것은 테라의 발이었다. 아직 상처가 다 아물지 않아 어지간히 아플 텐데, 테라는 용케 그 불편해 보이는 분홍색 샌들을 신고 잘도 걸어 다닌다.

"시간이 지난 것 같은데도 계속 안 나와서 걱정했어요."

"그러게. 괜히 두 시간은 더 잡아 둔 것 같아. 뭐지?"

"그 오빠들이 언니랑 조금이라도 더 같이 있고 싶었나 보네요. 후후."

임수정은 어처구니가 없어 웃음이 터졌다.

"얘는. 너라면 몰라도 나한테 그러겠니? 조금 전에도 이 박스 안에 뭐 들었는지 물어보려다가 아줌마 소리까지 들었어. 얼마나 뻭뻭거리던지."

"하하하, 그 박스 준 사람이죠? 콧구멍이 크고, 낙타처럼 생긴……. 신경 쓰지 마세요. 그 사람 유명해요, 못된 말 하는 걸로."

E열 사물함 앞에 서서 임수정의 번호를 찾기 위해 손가락으로 숫자를 따라 읽어 가며 테라가 말했다.

"그래? 그럼 좀 위안이 되네."

"언니 사물함은 여기네요."

테라는 임수정의 사물함 열쇠 번호를 보고 자신과 근처라면서 좋아한다. 그녀의 조언대로 미리 박스를 뜯어 가져갈 물건만 가져가고, 남은 건 사물함에 넣어 두기로 했다.

구호품 박스 안에는 은박으로 코팅된 돗자리, 이전에 지급받았던 것보다는 조금 더 큰 담요 하나, 공기를 주입해서 쓰는 베개, 수건 두 장, 두루마리 휴지, 생리대, 물 두 병과 건빵 두 봉지, 비닐봉지 몇 장과 아주 싸구려 티가 나는 프리 사이즈 트레이닝 복 한 벌, 그리고 열 개들이 콘돔 한 박스가 들어 있었다.

다른 물건은 다 이해가 가는데 콘돔은 이 상황과 별로 어울리지 않아 보여서 임수정은 잠시 콘돔 박스를 들고 멍하게 바라봤다.

그녀의 마음을 읽은 테라가 귀엣말을 한다.

"근데, 그게 의외로 꽤 인기가 있나 봐요. 그거 한 박스가 건빵 두 봉지랑 교환 된대요. 크크."

"그래?"

이 쉘터 내에서 건빵 두 봉지라는 게 얼마나 큰 가치가 있는 건지는 모르겠지만, 테라의 이야기를 들으며 임수정은 두 가지에 대해 놀랐다.

하나는 사람들이 이런 상황에서도 열심히 섹스를 한다는 것, 두 번째는 그녀보다 불과 하루 일찍 나온 테라가 꽤 많은 정보를 알고 있다는 사실이다.

"그런 이야기는 어디서 알았니?"

"하하, 언니도 참, 그런 걸 누가 가르쳐 줘요? 그냥 주변 사람들이 수군거리는 걸 들은 거예요."

"그런데 테라야, 가진 거라고는 달랑 이게 다인데, 이까짓 걸 굳이 사물함에 넣어 둬야 하나……."

임수정이 고개를 갸웃거리자 테라가 슬픈 목소리로 대답해 주었다.

"달랑 그거밖에 없으니까 더 잘 보관해야 해요. 사람들이 막 훔쳐 가요."

"정말?"

"네. 저도 어제 나와서 멋모르고 자리 위에 박스째 올려 뒀었거든요. 근데 화장실 다녀와 보니까 먹을 거랑 콘돔만 싹 가져가 버린 거 있죠? 히잉, 물 한 병은 좀 놔두지……."

헛! 서글픈 이야기라서 임수정은 혀를 쯧쯧, 찼다. 하긴, 세상 어디엘 가더라도 일정한 비율로 좋은 놈과 나쁜 놈, 베푸는 놈과 훔치는 놈이 있게 마련이다.

"그럼 너 어제부터 아무것도 못 먹었니?"

"아니요. 먹을 건 많이 있어요. 언니도 박스에서 먹을 건 따로 빼서 사물함에 미리 챙겨 두세요. 제 걸 드릴게요."

먹을 걸 다 도둑맞았다더니…… 뭔 소리를 하는 거지, 얘는?

임수정이 쉽게 이해를 하지 못하고 있을 때, 정찰을 돌던 군인 두 명이 주변을 힐끔거리면서 다가왔다.

"테라 씨."

뒤쪽을 확인하고 난 뒤, 군인이 말을 건다. 다른 군인은 건빵 바지에서 부스럭거리며 뭔가를 꺼내고 있다. 테라는 반갑게 미소를 지어 주며 꾸벅 인사를 했다.

"네. 안녕하세요, 오빠."

"후우~! 테라 씨! 사랑합니다!"

한 발자국 다가온 건빵 바지가 얼굴이 새빨개져서 속삭인다. 그가 내민 손에는 군인들에게 지급되는 음료수 두 개와 초코파이 두 봉지가 들려 있다. 테라는 주저하는 기색도 없이 두 손으로 음식들을 받으며 다시 한번 고개를 숙였다.

"고맙습니다. 수고 많으십니다!"

군인 둘의 손을 한 번씩 꼭 잡아 주며 테라는 고맙다는 말을 명랑하게 연발했다. 부끄러워 그런 것인지, 행복감에 그런 것인지 얼굴이 터지기 직전까지 달아오른 군인들은 목적을 달성하고 재빨리 멀어졌다.

뭔가 대단히 부당한 거래를 한 것 같아서 불안하게 주변의 눈치를 살피는 임수정과 달리, 테라는 평온한 모습으로 군인들의 뒷모습을 보고 서 있다.

"여기까지 왔으니까 조금 더 가져가야지."

테라는 팔목에 차고 있던 열쇠를 꺼내 자신의 사물함을 열었다. 가로 40센티, 세로 80센티 정도 되는 철제 사물함의 문이 열리자 엄청난 양의 음료수와 건빵, 초코파이 따위가 금방이라도 쏟아져 내릴 것처럼 높게 차곡차곡 쌓여 있다.

"세상에……."

테라의 사물함을 본 임수정의 입에서는 저절로 감탄사가 터져 나왔다.

"웬일이야? 이게 다 군인들이 준 거야?"

"음, 거의 그래요."

"이 정도 있으면 좀 전의 그 사람들 건 받지 말 걸 그랬다."

"하지만 그 오빠들은 저한테 뭘 꼭 주고 싶어서 그런 거니까……."

테라가 대답했다.

"거절하는 것보다 그냥 고맙게 받아야 그 오빠들이 더 기쁠 거라고 생각했어요. 게다가 어차피 전 벌써 훨씬 더 큰 걸 빚지고 있는걸요, 뭐."

그 말을 하면서 테라는 사물함 위쪽에 걸어 둔 정글모를 인사하듯 바라보았다.

"씨발, 누구는 좋겠어……. 좆도."

10대로 보이는 여자애들 서넛이 테라를 향해 들으라는 듯 욕설을 퍼부으며 근처를 지나간다. 테라는 고개도 돌리지 않고 사물함 문을 닫고 열쇠를 돌려 잠갔다. 그 정도로 부족했는지 여자애들은 몇 마디 험한 말을 큰 소리로 남기고 가 버렸다.

"봤냐, 저년 발가락 잘린 거? 아유, 존나 징그러워. 저러고서도 높은 샌들을 신고 다니고 싶나? 미친년이."

"얼굴도 씨발, 화장 떡칠 안 하니까 별것도 아니구만. 병신 된 년이 뭐가 그리 좋다는 건지 몰라. 킥킥킥!"

당사자가 아닌 임수정이 들어도 화가 나서 못 참을 수준이지만, 정작 테라는 아무렇지도 않은 얼굴로 임수정의 팔을 잡아끈다.

"가요, 언니. 이 코너만 돌면 제가 맡아 둔 자리 있어요."

"괜찮아, 테라야? 저런 이야기 듣고? 기분 많이 상했지?"

"인기가 올라가면…… 그만큼 싫어하는 사람들도 늘어나거든요. 저희 집에요, 눈만 도려낸 제 사진도 엄청 많이 날아왔었어요. 피까지 뚝뚝 떨어뜨려서……. 처음엔 속상해서 많이 울었는데, 점점 익숙해지더라고요. 정말 힘들었던 일에 비하면 이 정도는 아무것도 아니에요. 그러니까 걱정하지 마세요, 언니."

테라가 임수정을 이끌고 간 곳은 원정 팀 더그아웃이 있는 내야석 건물 내부였다. 안쪽 벽에 세 줄로 돗자리를 깔고 맥없이 누워 있는 사람들은 대부분 임수정과 비슷하거나 좀 더 나이가 든 여자들이고, 이 쉘터에서는 정말 보기 드문 어린아이들 예닐곱이 웃으며 그 주변을 뛰어다닌다.

아마도 좀비 사태 속에서 남편과 헤어지게 된 아이 엄마들끼리 자연스럽게 뭉쳐 만든 무리일 것이다.

"어, 테라다."

테라를 발견한 여자아이가 달려와 다리에 안겼다. 다섯 살 정도나 되었을까, 이렇게 연약한 팔과 다리로 용케 저 아수라장을 빠져나와서 살아남았구나 싶을 만큼 어린 아이였다.

"언니라고 해야지!"

아이의 엄마가 가볍게 나무란다.

"하하, 괜찮아요. 소영이, 안녕? 자, 언니가 뭐 가져왔나 보자…… 짠, 우와! 맛있는 초코파이네!"

테라가 비닐봉지에서 과자 하나를 꺼내 주자 아이는 신이 나서 초코파이 봉지를 흔들며 엄마에게 뛰어갔다. 엄마가 '너 고맙습니다, 했어?'라고 묻자 아이는 뒤늦게 돌아서서 배꼽 인사를 한다. 테라가 아이에게 손을 흔들어 주며 웃고, 아이 엄마와 가볍게 눈인사를 교환했다.

"테다야, 이거 가더."

아직 기저귀를 달고 있는 아기 하나가 짧은 다리로 뒤뚱거리며 걸어와서 동그랗게 대충 뭉쳐 놓은 종이를 건네며 혀 짧은 소리로 테라를 부른다. 테라는 환하게 웃으며 물었다.

"와아~ 이게 뭐야? 나 가져도 돼?"

"어, 그거 호두가다. 머거."

물론 호두과자가 아니라 휴지 쪼가리일 뿐이지만, 테라는 입에 가져가 맛있게 먹는 시늉을 했다.

"얌얌얌~ 아, 맛있네. 고마워, 왕자님~. 후후. 얘들 귀엽죠, 언니?"

목적을 달성하고 신이 나서 호두과자를 더 만들기 위해 제 엄마의 품으로 돌아가는 아기의 손에도 테라가 쥐여 준 초코파이가 들려 있다. 모든 아이들에게 담아 왔던 과자며 주스를 골고루 하나씩 쥐여 주자 봉지는 거의 다 바닥이 났고, 그 대신 아이들의 웃음소리가 복도를 채웠다.

예전 같았으면 별것 아닌 간식이겠지만, 이런 상황에서는 아이들의 행복한 웃음을 이끌어 내기에 충분한 선물이다.

사람들에게 인사를 하고 두어 개의 돗자리들을 지난 다음, 비어 있는 테라의 옆자리에 임수정이 가져온 돗자리를 깔았다.

이제 이곳이 내 집이 된 건가…….

허망한 마음으로 한숨을 짓는 임수정에게 테라가 주스와 초코파이를 권했다.

"언니도 드셔 보세요. 저 이거 굉장히 오랜만에 먹는 건데, 이렇게 맛이 있는 거였는지 몰랐었어요."

자신의 돗자리에 앉은 테라가 웃으며 초코파이를 한입 베어 물었다. 그녀의 흰 얼굴과 오물거리는 핑크색 입술을 보고 있자니, 자기 간식을 아껴서 몰래 쥐여 주고 가는 군인들의 마음도 이해가 갈 것 같았다. 여자인 임수정조차도 흐뭇해질 만큼 예쁘다.

"고마워."

배는 고프지만 처지를 생각하면 심란해져서 임수정은 봉지도 뜯지 않은 과자를 들고만 있었다. 하필이면 테라가 아줌마들과 어린아이들이 모여 있는 곳에 자리를 잡는 바람에, 아줌마들의 수다와 아이들 투정 부리는 소리가 귀를 자극하며 울렸다.

그렇지 않아도 신경이 곤두서 있는데 앞으로 매일 저런 소음과 함께해야 한다니, 적잖이 스트레스가 될 것이다. 주변을 둘러보면 이보다 더 한적한 자리도 많은 것 같은데, 왜 얘는 하필 이런 곳에, 그것도 한가운데쯤에 들어와 자리를 잡은 걸까?

임수정이 그런 생각을 하는 동안에도 티 없이 뛰어다니는 아이 하나가 그녀의 어깨를 치고 지나간다. 아이들의 웃음소리에서 희망을 느끼는 것도 좋지만, 이런 환경이라면 제대로 잠도 이루지 못할 것 같다. 이틀 이상을 환히 밝혀진 철창 안에서만 지내고 나온 터라 임수정에게는 사적 영역이라는 게 절실했다.

'내일은 테라에게 좀 사람이 적은 곳으로 자리를 옮기자고 해야겠어. 가뜩이나 정신 산란한데, 애들 우는 소리에까지 시달리고 싶지는 않아.'

공기 튜브 베개를 베고 누운 임수정이 그런 생각을 하고 있을 때, 어디선가 아가씨의 날 선 목소리가 울렸다.

"어딜 만져요!"

고개를 들어 소리가 나는 방향을 돌아보니 20여 미터 떨어진 곳에 누워 있던 젊은이들 그룹이 시끄럽다. 뭔가 시비가 붙은 모양이다.

화를 내고 있는 것은 반바지를 입은 아가씨 두 명. 능글맞게 웃으면서 받아치는 것은 역시 그 또래의 사내들 서너 명이다.

"만지기는 누가 만졌다는 거야? 너 웃긴다. 사람을 이상한 놈 취급하네?"

"지금 내 엉덩이 만졌잖아요? 왜 가만히 자고 있는 사람 이불 속에 손을 집어넣는 건데요?"

"말했잖아! 자다가 돌아누운 거라고. 돌아누웠는데 거기 네가 있은 거지, 누가 너처럼 돼지 같은 걸 일부러 만지냐? 아, 씨발. 하필이면 옆자리에 이런 또라이 같은 게 걸려 가지고."

"뭘 옆자리에 걸려? 우리가 자고 있는데 너희가 바로 옆에 자리를 깔았잖아!"

화가 잔뜩 난 여자가 소리를 질러도 성추행 용의자는 당황하는 기색 하나 없이 빙글빙글 웃으며 오히려 여자를 놀렸다.

"아무나 쓰라는 시설에서 그냥 눕는 사람이 임자인데, 별걸로 다 지랄을 하네. 네 주변에 금테라도 두른 줄 아나? 야, 그리고 막말로 증거 있어? 내가 네 궁둥이 만졌다는 증거 있냐고? 없으면 괜히 시끄럽게 땍땍거리지 말고 그냥 조용히 처자. 미친년, 나이도 처먹은 게 쪽팔린 걸 몰라요."

"크크크, 야, 쟤가 너한테 신호 보내는 것 아니냐? 어떻게 좀 해 달라고? 킥킥킥, 까짓거 해 줘라. 어지간히 굶었나 본데."

당사자뿐 아니라 일행으로 보이는 사내들 역시 한마디씩 거들며 망신을 준다. 머리 스타일이며 옷 입은 꼴까지, 다들 여간 불량해 보이지 않는다. 딱 보기에도 사내들이 잘못한 것 같았다.

하지만 주변의 사람들은 공연히 남의 일에 끼어들고 싶지 않은지, 오히려 시선을 마주치지 않으려 애쓰고 있다. 아무도 도와주는 사람이 없자 처음 소리를 질렀던 여자 일행은 결국 사과는커녕 실컷 조롱만 받다가 짐을 챙겨 다른 곳으로 가 버렸다.

"하아~ 웬일이야? 이 상황에서도 저러고들 싶나?"

임수정은 혼잣말을 중얼거리며 한숨을 내쉬었다. 서로 의지하고만 살아도 버티기 힘든 상황인데, 약자를 찾아 괴롭히는 놈들은 도무지 쉬려고 들지를 않는다.

군인들이 순찰을 부지런히 돌고는 있지만, 빈틈이 있게 마련이다. 저 정도의 사소한 양아치 짓까지 모두 적발하고 일일이 제재를 가하기에는 절대적으로 인력이 부족한 것이다. 조금 전 양아치의 말마따나 증거가 없으니 처벌을 요청하기도 어렵다.

처벌이라……. 애초에 이곳에서 경범죄를 처벌하기는 하는 걸까? 여기에 별다른 수용 시설이 있는 것도 아니고…….

"언니, 걱정하지 말고 자요. 여기는 괜찮아요."

조금 전의 양아치들을 경계의 눈초리로 바라보고 있는 임수정에게 테라가 속삭였다. 그 말은 사실일 것이다. 테라와 임수정의 주변에는 어린아이를 동반한 아줌마들이 두 겹으로 벽을 쌓아 두고 있다.

만일 누군가 다가와 집적대려 했다가는 이들로부터 호된 반격을 당하고 쫓겨날 게 분명하다. 뭉쳐 있는 애 엄마들보다 강한 전투력을 가진 무리는 정말 드물테니까.

그건 마치 아프리카의 초원에서 둥글게 원을 이뤄 어리고 약한 새끼들을 보호하는 영양 무리의 한가운데에 있는 것 같은 느낌이었고, 사자와 맞설 능력이 없는 초식동물에게 최상의 포지션이었다.

물론 어미 영양들의 동의를 얻어 내지 못하면 아무도 그 안전한 위치에 자신의 자리를 잡을 수는 없다.

임수정은 그제야 왜 테라가 하필 이 시끄럽고 번잡스러운 아줌마 그룹의 중앙에 자리를 잡았는지 이해할 수 있을 것 같았다. 그리고 그 자리를 무난히 쟁취하기 위해 그녀가 기울였을 노력의 크기도 어렴풋이나마 짐작할 수 있었다.

불과 하루 만에 얼마나 아이들을 홀려 놨는지, 아직 기저귀를 찬 꼬마 하나는 제 엄마 곁을 마다하고 테라의 옆에 누워 곤히 잠들어 있다.

임수정은 아이의 등을 살살 토닥여 주는 테라의 꿈같이 아름다운 얼굴을 물끄러미 바라보았다. 아이를 향해 지어 주고 있는 그녀의 미소는 전혀 가식처럼 느껴지지 않는다. 그러나 이곳에 자리를 잡은 게 단지 아이들이 좋아서 생긴 우연이라고 하기에는 상황이 지나치게 공교로운 것도 사실이다.

'어쩌면 얘는 내가 생각했던 것보다 훨씬 더 겁이 많고 영악한지도 모르겠는걸……'

02

꼼짝없이 갇혀 있는 날들이 하루하루 지나갈수록 사람은 불안해지게 마련이다. 평생 아수라장 속에서 피바람을 헤치며 살아온 육만배라 하더라도 예외는 아니다. 더구나 바깥이 온통 정체를 알 수 없는 괴물들로 가득 찬 상황이라면 말할 것도 없다.

어느덧 그의 나이도 예순에 가까워졌고, 늘 혀처럼 부리던 최성호도, 오른팔인 민구도 곁에 없는 상황이어서 육만배의 조바심은 더욱 커졌다.

요 이틀 사이 그는 그 어느 때보다도 자주 한숨을 쉬었고, 초조한 마음에 줄담배를 피우는 일도 늘었다. 마지막으로 통화를 했을 때 민구가 돌아오겠다고 말했던 날짜는 내일이지만, 도로 주변을 꽉 메우고 있는 괴물들을 생각하면 그 약속은 지켜질 것 같지 않았다.

"이 모든 게 다 작은 회장, 그 망나니 새끼 때문이야. 정신 나간 놈."

육만배는 문제의 7월 14일, 그 새벽을 떠올리며 담배에 불을 붙였다.

괴물들이 담긴 상자를 싣고 약속 장소인 인천공항 화물 터미널로 갔을 때, 그를 기다리고 있던 것은 황 회장도, 황 회장의 비서도 아니었다.

"하이고, 뭐 이렇게 한참 걸려? 하여간 노인네들이랑 일하면 아예 시계를 차고 오지 말아야 한다니까."

과장된 몸짓을 하며 다가온 30대 중후반의 남자는 황 회장의 아들, 일명 작은 회장이었다. 태양 그룹의 후계자가 곱상한 이미지와 달리 실은 천하의 개망나니라는 것은 이미 소문이 자자했고, 육만배 역시 부리는 식구들을 통해 직접 전해 들은 바가 있었다.

한데 그 망나니가 중간에서 뭔가 장난을 친 것이다. 나라를 홀딱 뒤집어 놓을 만큼 크고 악질인 장난이었다.

돈이 어른인 세상이라 그저 아비의 후광만 믿고 미쳐 날뛰는 애송이에게 속았다는 걸 알고 나서도 육만배는 마음을 숨기는 미소를 보이며 공손히 허리를 숙일 수밖에 없었다.

"그래, 뭐가 들었습디까?"

짐을 화물 창고 안으로 들이는 동안 작은 회장이 물었다.

물론 육만배는 억울하다는 듯 두 손을 들어 손사래를 쳤다.

"하, 하하, 저야 그저 심부름이나 하는 놈인데, 어디 감히 회장님 물건에 손을 대겠습니까? 믿어 주십시오. 그냥 얌전히 가지고만 와서 아무것도 모릅니다."

"캬하하하! 지금 그걸 믿으라고? 시발, 사람을 무슨 코찔찔이 중학생으로 아나? 크크크킄! 아, 뭐, 됐수다. 열어 봤어도 뭐, 일개 양아치 새끼들이 어쩔 수 있는 물건도 아니고. 어이, 준비한 거 드려라."

그렇게 돈 가방 두 개를 받아 들고 돌아왔지만, 지금 돌이켜 보니 너무 헐값이었다. 아비 이름을 팔아 사람을 속인 그 애송이만 생각하면 벌써 며칠이 지났는데도 이가 바득바득 갈린다.

'그놈은 외국으로 떴으려나?'

담뱃재를 털며 육만배는 고개를 갸웃거렸다.

커다란 상업용 화물 창고 안에 비치되어 있던 컨테이너들, 불길하게 등 뒤에서 울리던 비행기의 이륙 소리.

이제는 그 작은 회장 놈조차도 어디까지 알고서 이렇게 큰일을 저지른 건지 잘 모르겠다.

타앙! 타앙!

아래층에서 엽총 소리가 울려왔다.

또인가…… 젠장, 밤낮을 가리지 않고 건물을 향해 달려드는 괴물들을 아무리 열심히 죽이고 또 죽여도 도무지 끝이 없다. 육만배는 담배에 불을 붙인 뒤, 시계로 눈을 돌렸다.

새벽 1시.

이놈들은 밤낮을 가리지 않는군…….

처음엔 공고하게만 여겨지던 1층의 방어선이 괴물들의 물량 공세를 이기지 못해서 무너진 것은 어제 아침이었다.

한꺼번에 너무 많은 괴물들이 몰아닥치자 방화벽이고 셔터 문이고 간에 도무지 견뎌 내지를 못했고, 한 층씩, 두 층씩 위로 도망쳐 올라온 것이 이제는 10층 방화벽과 계단에 집기를 쌓아 두고 대치 중일 만큼 빠르게 밀려 버렸다.

이런 식이라면 여기까지 뚫리는 것도 시간문제일 뿐이다. 물린 애들이 늘어나면서 심각한 수준까지 병력도 줄었다.

"으아악—! 이런 씨발 놈이!"

누구의 목소리인지 모르겠지만, 저런 비명 소리가 났다는 건 곧 졸이 하나 또 잡혔다는 의미다. 이 염병할 놈의 싸움은 살짝 스치기만 해도 고쳐서 쓸 수 없어진다는 게 아주 더럽다.

대체 무슨 조화인지, 지랄 맞은 괴물들은 눈, 코, 입이 다 없어져도 사람이 숨은 곳을 기가 막히게 찾아내서 달려들었다.

"기동아."

육만배는 손가락을 까딱여서 그의 경호실장을 가까이 오게 했다. 민구에게 댈 수는 없겠지만, 그래도 현재 그가 데리고 있는 애들 중에서는 이놈이 제일 솜씨가 있다.

"네, 회장님."

기동이는 육만배의 곁으로 다가와 90도로 허리를 굽혔다.

"지금, 우리 애들 몇이나 남았나?"

"저까지 포함해서 싸울 수 있는 건 스물이 답니다, 회장님."

으음, 분노한 육만배의 눈꼬리가 경련하듯 떨렸다. 아직 일주일도 지나지 않았는데 첫날 데리고 들어왔던 애들의 6할 이상을 잃었다. 게다가 거기에서 조금 전 비명을 질렀던 놈도 빼야 할 것이다.

탕— 탕—.

계속해서 울려 대는 엽총 소리가 가뜩이나 기분이 상한 그의 신경을 긁어 댄다. 병력을 쉽게 보충할 수 없는 상황인 것을 감안하면 애들을 아껴 둬야 할 필요가 있다.

"아무래도 보험을 써먹어야 할 때가 온 것 같다."

육만배의 말에 경호실장이 물었다.

"그러시면…… 민구 형님은 어떻게……?"

"강 실장 방에다가 편지라도 써 놓든가 해라. 와서 보겠지. 기다려서 같이 움직이려고 했더니, 손실이 너무 커서 안 되겠어. 어이, 휴대폰 가져와라."

덩치가 커다란 경호원이 웃옷 주머니에서 핸드폰을 꺼내 공손히 건넨다. 안테나가 세 개나 떠 있는 것을 확인하고 육만배는 의자에서 일어나 방을 나섰다.

강남 일대의 휴대전화 통신망이 회복된 것은 벌써 사흘 전의 일이었고, 그가 직접 몇 군데 전화를 걸어 성능을 확인해 보기도 했다.

나름의 이유가 있어서 아직 보험을 고이 모셔만 두고 있었지만, 돌아가는 상황은 그가 여유를 부릴 수 있을 만큼 한가롭지가 않아졌다.

똑똑—!

푹신한 카펫이 깔린 복도를 지나 코너의 방문을 두드린 육만배는 사나운 표정을 지우고 직업적인 미소로 위장한 채 기다렸다.

"누구야?"

안쪽에서 중년 사내가 묻는다. 육만배는 공손한 목소리로 대답했다.

"저 육만배입니다, 의원님. 혹시 주무시는데 깨웠나요?"

안쪽에서 뭐라 대화를 나누는 소리가 들리더니, 잠시 후 육중한 나무 문을 열고 가운을 걸친 중년 사내가 얼굴을 내밀었다.

"오, 육 회장! 어서 와요! 그렇지 않아도 내가 육 회장을 부를까 했는데 잘 왔어. 우리 한잔하고 있었거든. 야, 이년들아. 내가 뭐 좀 걸치라고 했지?"

중년 사내가 나무라는 대상은 육만배가 관리하던 여자 탤런트들이다. 얼마나 술에 절어 있는지, 둘 다 도무지 제대로 몸을 가누지 못하다가 뒹굴고 있는 술병에 걸려 나자빠진다. 아마 자신이 지금 발가벗고 있다는 사실조차 모르고 있을 것이다.

아직 주연급은 아니어도 몇 편이나 드라마에 얼굴을 내밀었고, 공짜로 광고도 두어 개쯤 뛰었던 터라 나름 유명한 애들이었다. 덕분에 이런 놈들을 접대할 때는 아주 효과가 좋다.

첫날, 이 보험을 잡아 두기 위해서 방에 같이 넣어 뒀더니, 덕분에 근 일주일을 갇혀 있는 동안에도 별다른 군소리 없이 지내 주었다.

"하하하, 의원님, 놔두십시오. 저맘때 애들이 다 그렇죠, 뭐. 저는 오히려 보기가 좋습니다."

"뭐, 그렇긴 해. 고년들 탱글탱글한 게 아주……. 그건 그렇고, 육 회장, 이거 가져왔나?"

중년 사내는 진땀을 흘리면서 자기 팔꿈치 안쪽을 가리키며 혀 꼬부라진 소리를 냈다. 마약을 달라는 소리다.

이 자식, 아직도 약 기운이 다 안 빠졌나……. 하도 불안해서 자살이라도 할까 봐 약을 놓았더니, 이젠 아주 약쟁이가 다 돼 버렸군…….

구조 요청 전화를 할 때, 이런 상태여선 곤란하다. 육만배는 부글거리는 속을 달래면서 억지로 가짜웃음을 지었다.

"그보다 더 좋은 소식이 있어서 이렇게 실례를 무릅쓰고 달려왔습니다, 의원님! 방금 막 휴대전화가 복구됐습니다! 이제 구조 헬기를 부를 수 있게 됐습니다! 의원님, 어서 돌아가셔서 국가를 위해 힘을 쓰셔야죠."

"아니, 그런 건 됐고……."

중년 사내는 육만배가 내민 휴대폰을 바닥에 집어 던져 버리고 한 손에 쥐고 있던 발렌타인 양주를 병째 나발 불었다.

"약 가져오라고! 응? 약!"

"아이고, 알겠습니다, 의원님. 지금 곧바로 가져오지요."

웃는 낯으로 인사를 하고 자신의 방으로 돌아온 육만배는 경호원들에게 명령했다.

"욕조에 찬물 받아서 저놈 집어넣고, 약 기운이랑 알코올 싹 다 빠지는 대로 나한테 알려라."

"반항하면 어떻게 할까요, 회장님?"

"어차피 기억도 못 할 테니까 적당히 물도 먹여 가면서 말을 듣게 해. 남의 눈이 있으니까 목 위로는 때리지 말고."

"넵! 알겠습니다, 회장님."

덩치들은 곧바로 달려가 방문을 열고 중년 사내를 반짝 들어서 욕실로 끌고 갔다. 여자들의 비명과 '내가 누군지 알아?'를 외치는 중년 사내의 목소리가 듣기 싫어서 육만배는 방문을 닫아 버렸다.

타앙—.

아직도 깊은 밤의 습격이 끝나지 않았음을 알리는 엽총 소리가 후텁지근하고 고요한 밤공기를 뒤흔든다.

03

육만배의 보험은 확실하게 작용했다. 차가운 물속에서 한나절 이상 난리를 쳐 대다가 겨우 정신을 차린 중년 사내는 단 한 통화만으로 별 어려움 없이 구조 헬기를 불러냈다. 능력이라고는 개뿔어치도 없지만, VIP와 동향이라는 이유로 친동생처럼 총애를 받는다는 게 헛소문만은 아닌 모양이다.

하지만 새벽 공기를 뚫고 날아온 헬리콥터 승무원들은 그의 기대와 다른 반응을 보였다.

"저분들은 누구십니까? 의원님 직계 가족분들이십니까?"

중년 사내의 신원을 확인한 승무원이 육만배와 조직원들을 가리키며 묻는다. 애초에 무의미한 질문이 아닐 수 없다.

배다른 아들만 잔뜩 낳은 것도 아니고, 젊고 건장한 남자만 20여 명이 모여 있는데, 가족일 리가…….

의원은 고개를 저었다.

"아니, 뭐, 가족은 아니지만, 가족 같은 사이야. 신원 확실한 사람들이니까 걱정하지 않아도 되네."

"저희가 받은 명령은 의원님과 그 직계 가족을 제주도로 모셔 오라는 것뿐입니다. 다른 분들은 함께 태울 수 없습니다."

"그게 무슨 소리야? 이 사람이 나한테 그동안 해 준 게 있는데……. 그러지 말고 위에다가 연락해서 일행도 같이 간다고 보고해. 내가 말한다고 하면 그러라고 할 테니까."

당황한 육만배를 대신해서 중년 사내가 편을 들어 줘 보지만, 승무원들의 반응은 단호했다.

"곤란합니다. 현재 민간인들은 제주도에 들어갈 수 없습니다."

"저, 그럼…… 저희는……."

부글거리는 속을 꾹 억누르며 육만배가 물었다. 기관단총을 멘 채 헬기에 탑승하고 있는 군인들만 아니면 다 죽여 버리고 싶을 정도다.

부사관 하나가 무표정하게 답했다.

"……따로 구조용 헬기를 파견해 달라고 보고하겠습니다. 그쪽에서 민간용 쉘터로 보내 드릴 겁니다. 그 정도가 저희들이 해 드릴 수 있는 최선입니다. 몇 분이십니까?"

"스물두 명입니다. 그 쉘터라는 데는 대체 어딥니까?"

밤새 죽은 놈들이 셋이나 돼서, 이제는 요리사 둘과 계집애들, 그리고 자신까지 셈에 넣어도 그게 전부다.

"아마 잠실로 모셔 갈 겁니다. 22명! 보고를 해 놓을 테니, 대기하십시오. 오늘 내로 구조대가 도착할 겁니다. 자, 이제 탑승해 주십시오, 의원님."

잠시 버텨 보던 중년 사내는 못 이기는 척 승무원들이 이끄는 대로 헬기에 올라타며 육만배를 돌아보았다.

"허허, 나 이거 참. 어이, 육 회장! 그래도 구조는 해 준다니까 거기서 버티다 보면 좋은 세상 오겠지, 뭐. 그때 다시 만납시다!"

중년 사내의 뻔뻔한 웃음만을 남기고 하늘로 날아오르는 국방색 헬리콥터를 보면서 육만배는 이를 빠득, 갈았다. 하지만 그 정도 외에는 할 수 있는 게 전혀 없었다.

이대로 무너질 수는 없지…….

육만배는 분노로 떨리는 목소리를 가다듬으며 경호실장에게 명령했다.

"기동아, 들었지? 강 실장 방에다가 메모 커다랗게 남겨라. 잠실 쉘터라는 데에서 기다린다고."

"후욱, 후욱~."

민구는 자극을 느끼면서 천천히 푸시업을 계속했다. 며칠 동안 얌전히 모셔만 뒀던 근육은 아직 100퍼센트의 감을 되찾지 못했고, 그런 건 용납이 되지 않는다. 그의 몸은 정확하게 자신이 원하는 속도와 강도로 움직일 수 있어야만 한다.

부상이 어느 정도 회복되자 그는 매일 세 시간 이상을 운동에 투자했다. 비록 나이롱환자가 많다고는 해도 교통사고 전문 병원답게 재활용 운동기구들도 갖추어져 있었지만, 민구가 택한 것은 좀 더 원시적인 방법이다.

시체들 사이를 피해 빠르게 계단을 뛰어오르고, 윗몸일으키기와 푸시업을 하면서 민구는 그의 몸 전체를 다시 각성시키는 중이었다.

"끄응~."

운동을 끝내고 몸을 일으키자 온몸에서 땀이 뚝뚝 떨어져 내린다. 아침마다 옥상에서 햇살을 받으며 운동을 한 덕에 원래부터 구릿빛이었던 그의 피부는 더욱 강인해져서, 단단한 복근은 칼날도 튕겨 낼 수 있을 것처럼 보였다.

민구는 옆에 놓아둔 여섯 팩들이 맥주 캔 중 하나를 따서 들이켜고는 담배에 불을 붙였다.

"후우우~."

그가 내뿜은 담배 연기가 바람을 타고 퍼진다. 민구는 맥주를 들고 옥상의 난간을 향해 걸어갔다.

"새끼들…… 질긴데?"

아래쪽의 도로를 점거하고 있는 괴물들을 보면서 민구는 대견하다는 표정을 지었다. 일주일이 지날 동안 뭘 제대로 먹은 것 같지도 않고 딱히 휴식을 취하는 것처럼 보이지도 않는데, 놈들은 처음과 다름없이 분주하게 움직이면서 괴성을 질러 대고 있다.

"괴물은 괴물이군."

민구는 눈에 보이는 범위의 괴물들을 하나씩 세어 봤다. 병원 건물 바로 앞에 대여섯, 진입로로 이어진 큰길 방향에 또 대여섯. 확실히 며칠 전보다는 그 수가 줄었다.

어디로 간 걸까? 죽지는 않았을 텐데…….

반면, 4차선 도로 건너편의 주상 복합 빌딩에는 아직도 서른 마리 이상이 뭉쳐서 주변을 빙글빙글 돌고 있다. 그리고 지금 눈에 띄지는 않지만, 하루에 두어 번 아주 커다란 무리가 이 앞 도로를 지나곤 한다.

민구는 시선을 돌려 주상 복합 빌딩 우측에 위치한 자신의 목표물을 살펴봤다. 다행히 아직 잘 있군.

민구는 그리운 사람을 바라보듯 애잔한 미소까지 지었다.

"짠!"

소리를 죽이려고 구두까지 벗어 든 채 몰래 다가왔던 간호사가 민구의 등을 끌어안기 위해 달려들었다. 민구는 가볍게 몸을 틀어 그녀를 피하며 오히려 뒤쪽에서 목을 틀어잡았다.

"나는 놀라는 걸 좋아하지 않아."

잡고 있던 목을 풀어 주며 아무런 감정이 담겨 있지 않은 말투로 민구가 말했다. 그런 취급을 받고 나서도 간호사는 여전히 땀으로 젖은 민구의 등을 쓸며 치근덕거렸다.

"의리 없이 혼자서만 한잔하시기예요? 아이, 차암~."

간호사는 민구가 마시던 맥주를 집어 한 모금을 마시며 끈적한 시선으로 그의 몸을 훑었다. 민구는 아무 말 없이 새 맥주를 따서 입가에 가져갔다.

"뭘 보고 계셨어요?"

여자가 물었다. 민구는 도로 건너편의 주상 복합을 가리켰다. 박살 난 1층 유리문 사이로 괴물들이 자유롭게 드나들고 있다.

"저거."

"아으, 징그러워라. 바퀴벌레도 아니고, 대체 왜 저 건물 주변에만 잔뜩 모여 있는 걸까요? 이쪽에는 별로 없잖아요."

"저 건물에 아직 살아 있는 사람이 많다는 의미야. 먹이가 있어야 꼬이는 법이지."

"어머, 정말요? 그럼 저 사람들은 이제 어떡해요?"

"안에서 굶어 죽든가, 아니면 나와서 싸우든가, 둘 중의 하날 택해야지."

"어느 쪽일 거라고 보세요?"

민구의 등에 착 달라붙은 간호사는 말을 하면서도 쉬지 않고 손을 놀려 그의 단단한 몸을 쓰다듬었다. 어지간히 밝히는 여자처럼 굴고 있지만, 이 여자가 실제로 원하는 게 뭔지 민구는 잘 안다.

순진하게도 탈출하는 내내 지켜 줄 순정을 기대하는 거겠지, 훗.

"싸울 거였으면 벌써 나왔어야 해. 일주일이면 이미 늦었어. 이 병원처럼 큰 매점이 있는 것도 아니고, 아마 물이 떨어진 지도 며칠이나 지났을 테니. 저렇게 아무 계획도 없이 그저 기다리고만 있는 놈들은 그냥 뒈지는 거야."

민구가 차갑게 내뱉자 간호사가 웃는다.

"풋, 근데 실은 우리도 마냥 기다리고만 있잖아요. 민구 씨는 무슨 계획이 있는데요?"

"내 계획은……."

민구는 흉터를 일그러뜨리며 미소를 지었다.

"저 건물에 있는 새끼들이 다 굶어 죽을 때까지 기다리는 거. 그러면 저 괴물들도 다른 먹잇감을 찾아 떠날 테니까."

"그 전에 구조대가 와 줬으면 좋겠는데……."

간호사가 입술을 삐죽거렸다.

"구조대?"

"네. 군인들이나 경찰이나…… 뭐, 아무나 구조하러 와 주지 않을까요? 아무도 더 안 죽었으면 좋겠어요. 우리도 그렇고, 저기 저 건물 사람들도 그렇고."

헬기 소리는 간간이 들리지만, 그들이 있는 건물 근처로는 오지 않았다. 구조 같은 걸 기대하지도 않던 민구는 냉소적으로 웃으며 말했다.

"최소한 저놈들보다는 우리가 오래 살 테지. 여기는 세 명이서 매점을 나눠 쓰고 있으니까 말이야."

병원 매점이란 게 꽤 편해서 당장 필요한 것은 거의 다……라고 할 만큼 있다. 운동을 마친 뒤 단백질과 수분을 보충해 줄 연어 통조림과 생수, 게다가 나이롱환자 전문 병원답게 담배나 술도 잔뜩 쌓여 있으니, 당장 더 바랄 건 없었다.

그는 그저 조금만 더 기회를 기다리기만 하면 된다.

간호사의 기도가 닿은 것일까?

그로부터 채 한 시간도 지나지 않아서 정말로 헬기가 나타났다.

콰콰콰콰콰.

별다른 표식도 없이 온통 새까맣게 칠해진 헬리콥터가 프로펠러로 요란하게 공기를 가르며 병원 주변 상공을 천천히 돈다.

"허!"

아직 옥상에서 운동을 하고 있던 민구는 담배에 불을 붙이며 헛웃음을 지었다.

'뭐지, 저놈들?'

민구는 수상하다는 눈초리로 검은 헬기를 바라보았다. 상공을 배회하던 헬기가 삐— 하는 마이크 소음과 함께 방송을 시작했다.

— 생존자 여러분! 저희는 긴급 구조대입니다! 생존자들께서는 창문을 열고 손을 흔드시거나, 계시는 건물의 옥상으로 이동해 주십시오. 순차적으로 모두 구조해 드리겠습니다! 이 지역에서 저희가 철수하기 전 마지막 기회입니다. 다

시 한번 말씀드리겠습니다. 생존자 여러분! 저희는 긴급 구조대입니다! 생존자들께서는 창문을 열고…….

확성기로 방송하는 구조 메시지가 메아리를 만들어 내며 귀를 왕왕 울렸다. 스피커의 성능이 얼마나 좋은지, 천둥 같은 프로펠러의 소음도 깨끗이 집어삼키고 있다.

죽을 날만 기다리고 있던 도로 주변의 생존자들은 갑자기 단비를 만난 듯 화색을 띠고 소리를 질러 대기 시작했다. 건물 여기저기에서 창문이 열리고 수건이든 옷이든, 아무거나 색깔 있는 천을 다급하게 집어 든 사람들이 팔을 내밀어 흔든다.

"……생각했던 것보다 더 적군."

민구는 주위의 풍경을 가만히 둘러보며 생존자들의 수효를 헤아렸다. 이 넓은 거리와 여러 개의 빌딩들 속에서 불과 몇 분 만에 흔들어 대는 수건의 개수를 대충 파악 가능하다는 건, 첫날 건물 안으로 숨어들었던 생존자들 중 꽤나 많은 수가 이미 죽어 버렸다는 의미다.

아마 수분 섭취를 못 해서겠지…….

민구는 고개를 끄덕였다. 물론 창문 앞에 달라붙을 수 있는 사람의 수에 제한이 있으니, 실제 생존자는 흔들리는 수건의 두세 배 정도쯤 될지도 모르겠다.

"살려 주세요! 살려 주세요!"

일주일 만에 들어 보는 낯선 이들의 목소리가 봇물 터지듯 흘러나오고, 헬기 하나만으로 간만에 거리 전체에 활기가 돈다. 민구가 눈여겨보고 있던 주상 복합 건물의 옥상에도 어느새 몰려나온 사람들이 펄쩍펄쩍 뛰어 대며 단비 같은 구조대를 반기고 있었다.

재미있군. 덕분에 시간이 꽤나 단축되긴 하겠어…….

민구는 상처를 긁적이며 미소 지었다. 놈들이 모조리 구출되든, 아니면 죽든, 민구에게는 아무런 차이가 없다. 그저 놈들 때문에 아직도 건물 아래를 떠나지 않고 있는 괴물들만 사라져 주면 되는 일이다.

"와아아! 민구 씨! 지금 저거 들으셨어요? 구조대래요! 구조대! 우리 이제 살았어요! 여기요! 여기예요!"

간호사도 옥상으로 뛰어나와 수술용 푸른색 시트를 정신없이 흔들며 흥분한 목소리로 외쳤다. 가뜩이나 시끄러운데 그녀의 째지는 목소리까지 더해지자 신경이 날카로워진다. 민구는 새끼손가락으로 귀를 후비며 말했다.

"좀 진정하고 있지 그래?"

"네에? 그게 무슨 말이에요? 구조대라고요. 우리가 여기 있다는 걸 알려야죠. 여기요! 여기도 사람 있어요!"

민구의 경고를 받은 이후에도 간호사는 열심히 시트를 흔들며 고함을 쳤다. 흠~ 더 말해 봐야 소용이 없을 것 같아서 민구는 의자를 옥상 뒤쪽으로 옮겨 앉았다. 정신없이 흔들어 대는 그녀의 엉덩이가 자연스럽게 민구의 시선을 잡는다.

먼저 달라고 한 적은 없지만, 그래도 어쨌거나 며칠 동안 살을 섞은 사이. 한 번 더 이야기해 줄 의리 정도는 있을 것 같다. 민구는 그녀에게 다가가 어깨를 잡았다.

"이봐…… 이봐!"

얼마나 흥분했는지 민구의 목소리를 듣지 못하던 여자는 거칠게 어깨를 잡아채인 후에야 그를 돌아봤다.

"네? 왜 그러세요, 민구 씨?"

겁에 질린 얼굴로 여자가 물었다.

"이거, 뭔가 구려. 그러니까 좀 잠자코 있어 봐."

"구리다니, 뭐가요? 도대체 뭐 때문에 그런 말씀을 하시는지…….'

"저 새끼들이 방송하는 걸 잘 들어 보라고. 냄새 안 나?"

여자는 감각을 집중하기 위해 눈을 오른쪽으로 치켜뜨고 가만히 귀를 기울였다. 아직도 검은 헬기에서는 앵무새처럼 같은 말들이 반복되어 울려 나오고 있다.

― 생존자들께서는 창문을 열고 손을 흔드시거나 지금 건물의 옥상으로 이동

해 주십시오. 순차적으로 모두 구조해 드리겠습니다! 이 지역에서 저희가 철수하기 전 마지막 기회입니다. 다시 한번 말씀드리겠습니다. 생존자 여러분! 저희는 긴급 구조대입니다!

"안 이상한데요? 구조대라잖아요?"

간호사는 조금도 의심할 게 없다는 표정이다.

민구는 천천히 이야기했다.

"그동안 여기에서 단 한 번이라도 헬리콥터 본 적 있나? 그런데 오늘이 철수하기 전 마지막 기회라는 말이 영 뜬금없잖아?"

"글쎄요……. 우리는 몰라도 다른 동네에서 구조했겠죠. 민구 씨, 오늘 좀 이상해요. 왜 그러세요? 혹시 제가 마음 변할까 봐 걱정돼요? 아앙~ 그런 건 걱정하지 말아요."

여자는 되지도 않을 소리를 하고 민구의 팔짱을 한 번 꽉 낀 다음, 다시 시트를 흔들며 소리를 지르기 시작했다.

생전 문밖으로 나올 생각을 않던 의사도 언제 기어 나왔는지, 쇠약할 대로 쇠약해진 몸으로 가운을 벗어 펄럭거리고 있다.

다들 눈이 뒤집혔군. 내가 무슨 말을 해 봐야 들리지도 않겠어…….

민구는 더 이상 이야기하지 않기로 마음먹고 의자에 앉아 맥주 캔을 땄다.

콰콰콰콰—.

한참 동안이나 시끄럽게 떠들어 대던 검은 헬기가 방송을 중단하고 상공으로 올라가자 사람들이 느끼는 긴장감이 멀리 떨어진 민구에게까지도 고스란히 전해졌다. 간호사와 의사가 겁에 질린 얼굴로 민구를 돌아보며 물었다.

"봐, 봤을까요?"

"그렇게 난리를 치는데 못 보기가 더 어렵지."

그래도 불안했는지 두 사람은 간절한 목소리로 다시 외치기 시작했다.

"여기요! 여기 있어요!"

얼마나 목청껏 소리를 질러 댔는지는 그들의 쉬어 버린 목소리가 증명을 해 준다. 갑작스러운 소음에 어지간히 질린 민구는 뜨끈해져서 오줌 맛이 나는 맥주를 한 모금 더 들이켜며 그들을 만류했다.

"어이, 소용없어. 저렇게 높이 올라가 있는데 그 정도 소리가 들릴 것 같아?"

"하지만, 혹시 모르는 일이잖아요. 이렇게라도 해야죠. 여기요! 사람 살려요!"

간호사는 자신의 삶에 찾아온 마지막 기회를 대하듯 바락바락 소리를 지르면서 시트를 흔들었다. 지난 일주일간 운동이라곤 하지 않던 의사는 이내 지쳐서 바닥에 퍼질러 앉은 채 숨을 헐떡였다.

그녀의 지극한 정성 덕인지 검은 헬리콥터는 다시 조금 고도를 낮추었고, 거기에 더해 조금 더 덩치 큰 헬리콥터 하나가 동쪽에서부터 날아왔다.

새로 등장한 헬기의 아래쪽에는 컨테이너 크기의 그물망이 달려 있다. 두 대의 헬기는 민구가 위치한 병원 건물 위를 한 바퀴 빙 돈 뒤, 주상 복합 부근 상공에 떠서 제자리 비행을 한다.

한쪽으로 비켜서 있으라는 안내 방송 후에 검은 헬기에서 옥상을 향해 로프가 내려지고, 검은 옷을 입은 세 명의 구조대가 내려왔다. 사람들을 줄 세운 구조대가 신호를 보내자 이번엔 대형 헬기가 다가와 그물망을 옥상에 댄다.

"아아, 저 사람들 너무 좋겠다. 여기도 빨리 좀 구조하러 와 줬으면……."

간호사가 두 손을 모으고 기도하듯 중얼거리고, 의사도 그 말에 동의한다는 듯 고개를 끄덕였다.

민구는 콧방귀를 뀌었다.

"이봐, 그동안의 정리로 한마디만 더 해 줄게. 저것들 암만 좋게 봐줘도 군인은 아니야. 그것만 감안하고 움직여."

의사와 간호사는 불신이 가득한 얼굴로 민구를 한 번 힐끔 돌아보고는 곧바로 다시 헬기를 향해 팔을 휘젓는다.

뭐, 자기 인생이니까…….

자신이 하고 싶은 말은 다 한 터라 민구 역시 크게 신경이 쓰이지는 않았다.

04

 그물망 안에 사람들을 다 몰아넣고 나서 구조대가 자물쇠를 잠그면, 대형 헬기는 떠나고 검은 헬기가 내려서 총으로 무장한 구조대들을 다시 태운다. 흔들리는 그물 안에 든 채로 공중에 매달려 있으면서도 사람들은 이제 살아났다는 기쁨에 바깥으로 팔을 내밀어 흔들었다.
 "아, 어떡해! 어떡해! 가지 마요! 여기도 있어요!"
 헬기가 떠나 버릴까 봐 두려워진 간호사는 발을 동동 굴렀다. 세 개의 건물 옥상을 거치며 생존자들을 쓸어 담은 헬기는 마침내 병원 위에까지 이르렀다.
 ― 생존자 여러분, 옥상 구석에 모여 계십시오. 신속한 구조와 여러분의 안전을 위한 부탁입니다. 옥상 구석 쪽으로 이동하세요.
 프로펠러가 일으키는 바람 때문에 머리가 엉망으로 엉켜 버린 간호사와 의사가 순순히 한쪽 끝으로 달려가 기다리자, 헬기에서 레펠용 로프가 내려졌다.
 민구는 조금 전 그가 자리를 잡은 옥상 문 근처에서 한 발짝도 움직이지 않은 채 그대로 앉아 맥주 캔을 기울였다. 구조대 중 인솔자로 보이는 사내가 먼저 발을 옥상에 딛고 총을 겨누자 나머지 둘도 줄을 타고 따라 내려왔다.
 "세 분이 답니까?"
 반가움에 어쩔 줄 몰라 하며 달려와 울음을 터뜨린 간호사에게 구조대 중 한 녀석이 물었다. 얼굴이 유난히 희고 입술이 얇다.
 "네! 네! 감사합니다! 감사합니다!"
 간호사가 눈물범벅이 된 얼굴로 달려들려 하자, 그녀를 밀어낸 구조대가 손짓으로 그물망을 불렀다.
 "자, 한 분씩 들어가십시오!"
 그물망이 옥상에 걸쳐지자 인솔자가 자물쇠를 돌려 문을 열며 말했다. 안에 들어 있던, 미리 구조된 사람들이 손뼉을 치며 함께 생존을 축하한다. 간호사와 의사는 뒤도 돌아보지 않고 안으로 뛰어 들어갔다. 제왕처럼 의자에 깊숙이 기대앉은 민구에게 구조대가 외쳤다.

"자, 선생님께서도 빨리 탑승하세요!"

민구는 대꾸하지 않았다.

"선생님!"

흰 얼굴이 다른 대원 하나와 함께 다가오며 위압적인 목소리를 냈다.

"선생님, 어서 일어나십시오. 지금 다른 지역에도 구조를 기다리는 생존자가 많이 있기 때문에 바쁩니다. 서둘러 주십시오."

민구는 같잖다는 표정을 지으며 좌우에 버티고 선 놈들을 위아래로 훑어보았다. 검은색 군화부터 깔맞춤으로 뽑은 복장, 레인저용 조끼, 탄띠, 헬멧, 기관총에 대검, 삼단봉까지…….

잘 모르는 사람이 보면 특수부대처럼 보일 이 그럴듯한 꼴은, 예전에 분명히 어디선가 본 적이 있다. 한참을 쳐다보던 민구가 정면으로 시선을 돌리며 말했다.

"난 됐으니까 가 봐."

하지만 놈들은 포기할 의사가 없었다. 흰 얼굴이 협박에 가까운 투로 말했다.

"선생님, 지금 바로 자리에서 일어나십시오."

반대편에 서 있는 놈은 각진 턱을 갸웃거리며 험상궂은 표정을 지어 보려 애썼다.

큭큭큭, 그 기분 잘 알지. 이런 건 위신 문제니까…….

웃음이 터져 나올 것 같았다. 민구가 말없이 앉아서 맥주 캔을 입에서 떼지 않고 있자 각진 턱이 다시 위협했다.

"이렇게 나오시면 일행분들도 모두 구조 대상에서 제외됩니다. 제 말 아시겠습니까?"

"풋, 그런 건 너 좋을 대로 해. 내 알 바 아니니까, 인마."

민구는 빙글거리며 왼손 잽으로 각진 턱의 사타구니를 가볍게 건드렸다. 워낙 빠른 주먹이 생각지도 못한 타이밍에 날아오자 깜짝 놀란 각진 턱의 입에서 흑, 하는 비명이 새어 나왔다. 엉덩이를 뒤로 빼고 있는 각진 턱을 보며 민구가 유쾌하게 웃었다.

"큭, 새끼, 겁먹기는……. 후후, 괜찮아. 한 번 봐줬으니까 이제 얼른 꺼져."

"일어나! 지금 당신은 공무집행 방해를 하고 있어!"

흰 얼굴이 총을 고쳐 쥐며 목소리를 높인다.

"크크크, 공무집행? 어이, 아저씨. 말 잘했어. 어디 좀 구경 좀 해 봅시다?"

두 놈이 멈칫하며 입을 열지 못하자 민구가 더 소리를 높여 낄낄댔다.

"크크크! 야, 아까부터 계속 생각했는데, 너희 어디서 봤는지 이제 대충 기억 나는 것 같다. 그 복장하며 나랏밥 먹는 놈들인 척 구라 치는 꼬라지하며……. 그래그래, 예전에 내가 너희 선배들이랑 한 번 같이 일했었다. 그게 아마 2년 전 쯤에 재개발 반대하는 애들 싹 털 때였나, 그랬지? 후후."

말을 끊은 민구는 갑자기 정색을 하면서 나직이 내뱉었다.

"야, 그냥 꺼져라. 저것들 데려다가 뭘 하려는지 모르겠지만, 터치 안 할게."

구조대원들은 민구의 말에 급소를 찔린 것처럼 흥분해서 날뛰기 시작했다.

"뭐야, 이 새끼? 무슨 개소리야? 이 씨발!"

"이 새끼 봐라? 이건 말로 하면 안 되겠는데? 야, 야이, 씨발 놈아, 네가 뭘 아 는데? 응?"

금방 밑천이 드러난 구조대원들이 민구의 멱살을 쥐고 흔들었다.

"왜 그래? 무슨 일이야?"

민구의 주변이 소란스러워지자 계속 그물망 앞에서 기다리고 있던 인솔자가 고함을 쳤다.

"저 사람, 뭐 해?"

"아유, 어딜 가나 미친놈들 꼭 있어."

"아, 빨리 타요……."

구조받은 사람들도 그물망 안쪽에서 원성을 토해 내기 시작했다.

흰 얼굴이 인솔자를 돌아보며 손으로 엑스 모양을 만들자, 인솔자는 그물망 문을 잠그고 줄을 두 번 당겨 올리라는 신호를 보냈다. 대형 헬기가 위로 올라가 버리고 난 뒤, 인솔자가 다가와 물었다.

"왜? 이 새끼가 어쨌는데?"

다짜고짜 욕지거리군…….

민구는 인솔자의 얼굴을 빤히 쳐다봤다. 이제 서른 정도나 되었을까? 나름 산전수전 다 겪은 척하고 있지만, 개뿔도 아니라는 게 서 있는 자세만 봐도 드러난다. 도긴개긴이기는 하지만, 이놈보다는 오른편에 서 있는 흰 얼굴 쪽이 더 나을 것 같다.

"이 새끼가 저희 소속을 아는 척하고 자꾸 엉깁니다."

흰 얼굴이 민구의 머리끄덩이를 잡으며 흔들었다. 인솔자는 당황한 듯 뒤쪽을 돌아보며 만류했다.

"야, 야, 왜 그래? 보는 눈들이 있어."

"봐도…… 그냥 물린 새끼라서 처리하는 걸로 알지 않겠습니까?"

"하긴 어차피 저것들이야 무작정 살려 달라고 빌 놈들이니까……. 그럼 버릇 좀 가르쳐 줄까? 야, 씨발아, 일어나. 뭘 믿고 개겨? 응?"

인솔자가 거칠게 의자를 걷어찼다.

"어이쿠!"

과장되게 소리를 지른 뒤, 의자를 똑바로 놓고 다시 앉으며 민구가 말했다.

"하여간 재미있어. 그냥 보내 준다는데도 싫다는 건 대체 뭐지? 꼭 이렇게 제 명 재촉하는 새끼들이 있다니까? 야! 너희 이제는 후회해도 늦었다? 알지?"

각진 턱이 삼단봉을 촤악, 펴며 윽박질렀다.

"닥치라고, 개새끼야! 좆만 한 게 입만 살아서 건방지게……."

"야, 너희…… 총도 있고 칼도 있으면서 왜 그만 걸 꺼내고 그래?"

마시던 맥주를 다 비운 민구는 빈 캔을 반으로 접어 주무르며 비아냥거린다. 각진 턱이 삼단봉을 머리 위로 들어 올렸다가 내려치며 소리를 질렀다.

"왜냐면! 너 같은 개새끼는 이걸로 천천히…… 컥! 커컥!"

각진 턱은 말을 끝내지 못하고 목을 움켜쥐며 무너져 내렸다. 손가락 사이로 붉은 피가 콸콸 솟아오른다.

땡그렁—.

각진 턱이 놓친 삼단봉이 바닥에 뒹군다. 민구의 손에 들려 있는, 알루미늄 캔의 접힌 단면이 위협적으로 번뜩였다.

"이런 씨발!"

멜빵에 건 채 옆으로 차고 있던 기관총을 고쳐 잡으려는 인솔자의 무릎에 민구의 발차기가 날아들었다.

아악—! 무릎이 반대로 꺾인 녀석이 비명을 지르기 위해 입을 크게 벌렸을 때, 민구는 각진 턱의 피가 묻어 번들거리는 맥주 캔을 그 입술 안쪽에 박아 넣었다.

콰작—!

아직 그 끔찍한 고통에 대한 비명이 인솔자의 입에서 터져 나오기도 전에 민구는 몸을 옆으로 돌려서 흰 얼굴의 공격을 피했다.

파바바박—!

흰 얼굴이 발사한 총알이 각진 턱의 몸을 꿰뚫으며 걸레를 만들었다. 민구는 재빨리 흰 얼굴의 뒤로 돌아가 헬멧을 잡아당기면서 허리를 걷어찼다.

으드득!

척추가 부러지는 소리와 함께 흰 얼굴의 몸에서 힘이 빠져나간다. 민구는 아직 헬멧을 놓지 않은 채 걷어찬 반동을 그대로 살려 뒷발차기로 인솔자의 얼굴을 날렸다.

"커어억—!"

턱이 빠져 버린 인솔자가 눈을 까뒤집으며 쓰러지는 것과 동시에, 입에 박혀 있던 캔이 날아가 땡그랑, 소리를 내며 뒹군다. 민구는 흰 얼굴의 헬멧을 잡아끌고 인솔자에게 다가가 기관총을 멀리 걷어차 버렸다. 캔으로 각진 턱의 목을 그었을 때부터 불과 몇 초 만에 일어난 일이었다.

"끄으으……."

무릎을 꿇은 흰 얼굴의 벌어진 입에서 비명이 새어 나온다. 민구는 놈의 조끼 윗부분에서 핸드 가드를 풀고 칼을 꺼내며 속삭였다.

"야~ 너 칼 좋은 거 가지고 다니더라? 5160강이냐, 이거?"

"으으으~."

불행히도 의식이 남아 있는 흰 얼굴이 고통과 공포가 한데 엉킨 숨소리를 힘겹게 뱉어 낸다. 민구는 평온한 어조로 말했다.

"알아. 좆 나게 아픈데 기절도 안 하지? 왜 그런지 이야기해 줄까? 내가 그렇게 찼거든. 그러게 왜 남의 머리를……."

갑자기 말을 끊은 민구는 흰 얼굴을 내던지고 옥상 문 안으로 몸을 날렸다.

파파파파팍— 파파파파팍—!

검은 헬기에서 발사한 기총이 옥상을 두 줄로 훑고 간다. 민구가 잡고 있던 흰 얼굴의 몸통과 인솔자의 다리가 총탄에 맞으며 사방팔방으로 피가 튀었다.

파파파팍— 파파팍—!

다시 한번 더 날아든 총알들이 옥상 문에 커다란 구멍을 내고 콘크리트를 쩍쩍 갈라지게 만들었다. 하지만 이미 건물 내부로 숨어든 민구에게 그것은 대단한 위협이 되진 못했다.

위이이잉—.

천천히 건물 주변을 돌던 검은 헬기는 더 이상 위험을 감수할 수 없다고 생각했는지, 잠시 후 기수를 돌려 돌아가 버렸다. 헬기의 크기로 보아 남아 있는 전투 요원이라야 두 명 정도일 테니, 나름 냉정한 결정을 내린 것이다.

"젠장, 귀찮게 됐네."

문틈으로 헬기가 돌아가는 걸 확인한 민구는 의식을 잃고 쓰러져 있는 인솔자를 향해 서둘러 뛰어갔다.

찌이익, 흰 얼굴에게서 빼앗은 칼로 간호사가 흔들던 시트를 잘라 내서 인솔자 놈의 허벅지를 힘껏 졸라 묶었다. 그렇게 해도 기관총에 관통돼 박살이 난 놈의 다리에서는 피가 계속 솟아오르며 좀처럼 멎지 않았다.

"야! 야! 이 새끼야! 일어나!"

민구는 엉망으로 찢어진 인솔자의 뺨을 사정없이 때려 깨웠다.

끄으으— 으아아아! 녀석은 눈을 뜨는 것과 거의 동시에 비명을 질러 댔다.

"시끄러!"

민구는 놈이 비명을 멈출 때까지 계속 뺨을 후려갈겼다. 찢긴 볼에서 피가 흐를 때쯤 비로소 녀석이 입을 다물었다.

내 이럴 줄 알았지. 이놈, 아직 두 팔이 멀쩡한데 덤벼 볼 엄두도 못 내는 군…….

빠져 버린 놈의 턱을 탁, 쳐서 끼워 맞춰 주고, 민구는 담배 두 개비에 불을 붙인 뒤 하나를 물려 주며 물었다.

"쟤네들 뭐 하려고 데려간 거냐? 아, 아닌가? 어디로 데려갔는지부터 물어봐야 되나?"

놈은 두 개의 질문에 모두 대답하지 않고 쿨럭거리며 힘겹게 담배만 빨았다.

"하여간에 혀가 무거운 척하는 새끼들이 있어요……. 야, 나 이런 거 있어."

민구는 녀석의 눈앞에 빼앗은 대검을 들이댔다가 곧바로 옆구리를 푹, 찔렀다.

"끄아악—!"

녀석이 비명을 지르자 민구는 또 뺨을 후려갈겼다.

"살살 찔렀어, 이 새끼야. 엄살 부리지 마."

인솔자 녀석의 눈이 격하게 흔들렸다. 자신이 미친놈의 손아귀 아래 무방비로 놓였다는 것을 뒤늦게 깨달은 모양이다. 민구는 칼에 묻은 피를 녀석의 옷에 문질러 닦으면서 말했다.

"다시 물어볼게. 쟤들 어디로 왜 데려갔냐고?"

"혀, 형님! 저는 그저 시키는 대로 심부름만 한 것뿐입니다. 저는 죄 없어요."

민구가 꽤 많은 걸 알고 있다는 착각을 했는지 인솔자가 엉뚱한 고백을 한다.

"그러니까 그 심부름이 뭔데?"

인솔자의 조끼를 뒤져 쓸 만한 것이 있나 찾아보면서 민구가 물었다. 대답이 없자 다시 녀석의 옆구리에 칼날이 얕게 박혔다.

"끄아아악—!"

비명을 지르면 어김없이 따귀에 불이 난다.

후우우~ 후우우~ 이를 악물고 고통을 삼키는 인솔자의 얼굴은 왈칵 쏟아진 눈물과 피로 범벅이 되었다. 잠시 더 버티던 녀석이 조끼 주머니에서 뭔가를 몰래 꺼내려다가 민구에게 팔목이 잡혔다.

"이놈! 후후후, 이건 또 뭐야? 독침이냐, 이 새끼야?"

녀석의 팔목을 비틀어 올리며 민구가 물었다. 볼펜을 2분의 1 크기로 축소해 놓은 것 같은 크기와 모양의 투명한 붉은색 도구였다. 끝부분에는 안전 커버가 있다. 입을 다물고 있던 녀석은 몇 번이나 더 민구로부터 고통을 받고 나서야 사실을 털어놓았다.

"끄으응…… 뭔지는 몰라요, 형님. 그거…… 그건 D.E.M.이라는 건데, 일시적으로 심장마비를 일으킨다고…….''

민구는 안전 커버를 벗겨 내고 내부를 살펴보았다. 스프링이 달려 있어 근육에 대고 꽉 누르면 침이 튀어나오는 방식인 것 같다.

"아예 죽이는 것도 아니고, 그런 걸 뭐 하러 가지고 다녀?"

"후우…… 좀비들에게 포위되거나 했을 때…… 후우…… 도저히 승산이 없다고 판단이 되면…… 그걸 주사하라고…… 후우, 그렇게 들었습니다. 그러면 10분간 심장이 멎은 상태가 돼서 좀비들이 그냥 지나친다고…… 끄으으."

"구라 치지 마, 이 새끼야. 그랬다가는 뇌도 같이 뒈져 버릴걸?"

"으으으, 그런 건 몰라요……. 무슨 약이 어떻게 해서 괜찮다고 했…….''

"그으래?"

민구는 길게 끌지 않고 곧바로 놈의 팔뚝에 도구를 박아 넣었다.

끄아아아악—!

놈이 몸을 채며 발광을 하다가 몇 초 만에 뻗어 버린다. 민구는 미심쩍은 표정으로 녀석의 맥을 짚어 보았다. 뛰지 않는다. 기관총에 작살난 녀석의 다리에서 쏟아지던 피도 기세가 약해졌다.

별게 다 있군…….

민구는 여섯 팩들이에서 세 번째 캔을 따서 입으로 가져가며 놈의 시계로 시간을 쟀다.

"푸아아— 캑! 헉…… 헉!"

정말로 정확히 10분이 경과하자 녀석이 몸을 일으키며 거칠게 숨을 토해 냈다.

우웨엑—.

구역질을 해 대면서도 별로 놀라거나 당황하지 않는 걸 보면 뻗기 전의 기억까지도 고스란히 가지고 있는 모양이다.

푸숫, 놈의 허벅지에서 다시 피가 솟기 시작했다. 이미 꽤나 많은 피를 잃어서 녀석의 얼굴빛은 외계인처럼 파랗다. 상태가 이쯤 되면 사리 판단이 상당히 어려울 것이다.

"자, 이제 말해. 아까 걔들 어디로 데려가서 뭔 짓을 하는지."

민구는 피딱지가 말라붙은 놈의 주둥이에 맥주를 기울여 부어 주며 물었다. 놈이 입을 달싹거리긴 하는데 뭔 말을 하는지 좀처럼 들리지 않는다. 기운이 없어서 목소리가 제대로 나오지 않는 모양이다.

귀를 가까이 대자 비로소 조금 알아들을 만했다. 마지막까지 몰리자 놈은 힘겨워하면서도 고해성사를 하는 것처럼 아는 것들을 다 털어놓았다.

흐흠, 그런 거란 말이지……. 그런 거라면 대충 견적이 나온다. 양아치 새끼들……. 나 같은 깡패 새끼보다 더 미친 놈들이라니까.

고개를 든 민구는 만족한 얼굴로 물었다.

"너 말이야, 지금 피를 많이 흘려서 어차피 살 수는 없어. 내가 금방 끝내 줄까, 아니면 그냥 놔두고 갈까? 1번…… 2번?"

놈의 눈이 2번을 간청한다. 민구는 그럴 줄 알았다는 표정으로 고개를 끄덕였다. 예전에도 그가 같은 질문을 던졌을 때, 대부분의 사람들이 더 아프고 힘든 길을 택했다.

민구는 모래시계처럼 생명을 잃어 가는 녀석을 내버려 두고, 계단을 통해 병실로 돌아와 이곳을 떠날 준비를 하기 시작했다. 여러 가지 이유로 인해 한시라도 빨리 여기서 벗어나야 할 시간이 되었다. 놈의 동료들이 보복을 위해 되돌아올 가능성도 있다. 양아치들은 다 그렇게들 하니까.

05

며칠 동안 운동을 하면서 편하게 입었던 환자복을 벗어 던지고 자신의 와이셔츠와 바지로 갈아입은 민구는, 의사의 가방을 열고 거꾸로 털어 안을 다 비운 다음 매점으로 가서 필요한 물건들을 담았다.

담배 한 보루, 여분의 라이터, 작은 생수 세 병.

거기까지만 챙기고 나서 단호하게 지퍼를 닫고 그곳을 빠져나왔다. 가방을 사선으로 멨을 때 중심이 흐트러지지 않아야 하므로 더 이상의 욕심은 부리지 말아야 한다.

"흐으으…… 흐으으…… 끄으으……."

민구가 다시 옥상으로 올라왔을 때, 인솔자 녀석은 아주 천천히, 그리고 힘겹게 마지막 숨을 몰아쉬고 있었다. 이미 주변의 상황을 인지할 수 있는 능력은 상실된 것처럼 보였다. 녀석의 장비가 꼭 필요한 상황도 아니어서 다른 두 놈들의 장비들을 털어 가방에 던져 넣었다.

칼과 삼단봉을 한 자루씩 더 집어 들었고, 탄창, 플래시, D.E.M.이라는 빨간 약이 든 독침 두 개까지 챙겼다. 그리고 기관단총.

철컥—!

아까 걷어차 놓았던 기관단총을 주워 든 민구는 탄창을 빼서 실탄이 제대로 들었는지를 확인한 뒤, 옥상 난간으로 걸어가 건너편의 주상 복합을 살폈다.

며칠째 눈독을 들이던 사냥감들을 갑자기 잃어버린 괴물들은 사방으로 뿔뿔이 흩어져 우왕좌왕하며 거리를 배회하는 중이었다. 놈들을 모두 쫓아다니며 죽일 게 아니라면, 길을 나서기에는 최적의 조건이라고도 할 만하다.

게다가 생각지도 않은 놈들이 제 발로 찾아와 준 덕에 싸구려 식칼 대신 제대로 날이 선 칼을 쥐고 싸우게 되었다는 점 역시 마음에 든다.

"좋아……."

발아래를 굽어보며 낮게 중얼거린 민구는 일주일 만의 외출을 위해 천천히 계단을 내려갔다.

그롸아아아악—.

그간 계속 병원 문 앞에서 서성이고 있던 괴물들이 다가오는 사람의 기척을 느끼고 또다시 거슬리는 소리를 내자 민구는 새로 손에 넣은 칼을 가볍게 놀려 보다가 다시 칼집에 꽂으며 미소를 지었다.

"그렇게 좋아? 후후후, 나도 그렇다, 이 개새끼들아."

민구는 열어젖힌 2층 창문 사이로 몸을 날렸다. 그의 발이 가볍게 땅을 딛고 내려서자, 정문 셔터 앞에서 울부짖어 대던 괴물 네 마리가 몸을 돌리고 정신없이 달려 들어온다.

그롸아아아—.

저 과감하게 몸을 내던지는 용기 하나만은 몇 번을 봐도 맘에 든다.

"오랜만이니까 좀 놀아 줄까?"

민구는 총을 바닥에 내려놓고 허리띠에 고정해 두었던 대검 두 자루를 뽑았다. 칼날이 바깥쪽으로 오도록 잡은 왼손으로 가장 앞서 오는 녀석의 손목을 쳐 흘리고, 몸을 빙글 돌리면서 오른쪽에 쥔 대검을 두 번째 녀석의 옆 목에 박아 넣었다.

푸슉—.

오랜만에 손에 전해지는 안정적인 관통의 느낌!

민구는 그대로 오른팔을 쫙 밀어냈다.

촤악!

그의 칼이 근육과 피부를 끝까지 갈라 목이 반 이상 잘려 나간 괴물은 대가리를 덜렁거리며 나자빠졌다. 힘없이 겨우 붙어 있는 녀석의 머리를 걷어차 날려 버린 민구는 힘차게 앞으로 달려 나가며 양손으로 각각 하나씩 괴물의 목을 그었다.

크와아아아ㅡ.

아직 성대가 남아 있는 첫 번째 괴물이 방향을 바꾸어 괴성과 함께 몸을 날린다. 민구는 몸을 젖히면서 왼 칼을 놈의 왼쪽 목에 찌르고 녀석의 관성을 역으로 타고 오르며 잘라 냈다.

상대가 살아 있는 사람이었다면 피가 대책 없이 튀어 시야를 흐렸을 행동이지만, 바짝 말라붙은 괴물들의 몸을 토막 낼 때에는 그런 걱정을 할 필요가 없다.

"확실히······."

엉망으로 나뒹굴었다가도 다시 벌떡벌떡 몸을 일으켜 뛰어오는 괴물들을 보며 민구가 말했다.

"너희, 재미있는 놈들이긴 하다."

빙글ㅡ 칼을 돌려 날이 엄지 쪽으로 향하도록 고쳐 쥔 민구는 달려드는 순서대로 놈들을 끝장냈다. 이미 절반 이상 잘라 놓았던 터라 더욱 깊고 날카로운 두 번째 공격이 훑고 지나자 놈들의 머리통은 더 이상 버티지 못하고 어깨 아래로 굴렀다.

툭, 투둑.

무성하게 자라 있던 병원 잔디밭으로 머리 없는 괴물들이 맥없이 고꾸라진다. 민구는 칼날에 묻은 피와 기름을 나무에 닦아 내고서 다시 칼집에 꽂았다. 저 괴물들을 단번에 쓰러뜨리기엔 길이가 좀 짧고 무게도 부족하지만, 그래도 이만하면 나쁘지 않은 칼이다.

민구는 허세를 부리던 놈들의 모습을 떠올렸다.

그따위 실력으로 한 자루에 수십만 원짜리 칼을 잘도 들고 다녔군.

그롸아아아악―!

내려놓았던 기관총을 다시 집어 드는 동안, 병원 진입로를 배회하던 녀석들이 귀신같이 사람 냄새를 맡고 달려온다.

"마침 잘 왔어."

호기심이 동한 민구는 기관단총을 연사로 맞추고 놈들을 향해 갈겼다.

드르르르륵― 드르르륵―.

40발들이 탄창을 순식간에 비웠는데도 나란히 뛰어오던 여섯 마리 중 한 놈을 겨우 쓰러뜨렸을 뿐이다. 대부분의 탄알은 괴물의 몸이 아니라 4차선 도로에 세워진 자동차 유리들을 박살 냈다. 애초에 챙길 때부터 장난감 이상의 의미를 부여하지는 않았지만, 이건 쓸모없는 정도가 심하다.

"더럽게 못 쏘는구만."

총을 내던지며 자조적으로 웃은 민구는 배운 도둑질을 하기 위해 나이프를 다시 꺼내 들었다. 한 발을 왼쪽으로 내딛다가 곧바로 중심을 오른쪽으로 옮기자 가장 앞서 달려오던 놈이 급하게 방향을 바꾸면서 중심을 잃는다.

민구는 버둥거리는 녀석에게 별로 힘도 들이지 않고 칼 두 개를 차례로 찔러 넣고, 두 번째 놈도 같은 방법으로 처리했다.

'설마······.'

뛰어난 운동 능력에 비한다면 정말 어처구니없는, 초보적인 실수를 계속해서 저지르는 놈들을 보고 있으면서, 민구는 새로운 특성을 발견했다.

이 강인한 괴물들의 가장 큰 단점은 속임수를 쓸 줄도, 눈치챌 줄도 모른다는 것이고, 그것은 신체적 강점을 상쇄하고도 남을 만큼 치명적이었다. 자신의 머릿속에 거짓말이라는 개념이 없으니 상대의 행동에서도 페이크를 읽어 내지 못하는 것이다.

달리는 방향을 갑자기 트는 것만으로도 놈들은 발이 엉켜 나뒹굴기 일쑤였다. 어둠 속에 기척 없이 숨어 있다가 몰래 발목을 긋는 인간에 비하면, 이 괴물들은 오히려 정정당당하기까지 하다.

그러나 룰이 없는 싸움을 할 때 정직함을 고수하는 것은 곧 패배의 어둡고 깊은 구덩이 속으로 스스로 걸어 들어가는 것과 다를 바가 없는 행위다.

"팔다리가 고생한다, 멍청한 새끼들."

민구는 빠른 스텝으로 동선을 바꿔 가면서 강아지를 다루듯 괴물들을 몰고 다녔다.

타— 타— 탁!

몸을 띄운 민구가 직각으로 놓인 담장 벽을 한쪽씩 타고 지나자, 전속력으로 뒤를 쫓던 괴물은 머리가 터져 나가는 소리를 내면서 벽을 들이받았다.

맥없이 쓰러지는 녀석을 내버려 두고, 민구는 다시 몸을 돌려 다른 놈들의 목부터 그었다. 몰렸는가 싶을 때에도 몸을 회전시켜 방향을 바꾸면 놈들은 어김없이 허공을 향해 뛰어들었다.

더 이상 상대해 봐야 재미도 없을 것 같아, 민구는 목 뒷부분만 노려 서둘러 싸움을 끝냈다. 힘줄에 연결된 근육만 끊어 내 버리면 아무리 단단한 몸이라고 해도 힘을 쓰지 못하고 무너지게 되어 있다.

촤악—!

무기를 칼에서 거리가 확보되는 삼단봉으로 바꾼 민구는 멈춰 서 있는 자동차 위로 옮겨 다니며 빠르게 4차선 도로를 건넜다. 아직도 미련을 버리지 못한 채 주상 복합 빌딩 주변에서 서성이던 괴물들이 관심을 보이며 달려온다. 그러나 모래알처럼 흩어진 몇 마리쯤은 위협이 되지 않는다.

민구는 비교적 체고가 높은 사륜구동 차의 지붕으로 올라가서 놈들이 다가오기를 기다렸다. 그런 후, 자동차 보닛을 짚고 네발로 뛰어오는 놈들의 관자놀이를 순서대로 호되게 갈겼다. 스피드가 실린 삼단봉이 채찍처럼 춤을 추며 단순한 진압 무기 이상의 위력을 발휘했다.

빠악!

꾸에엑—!

뼈마디가 부러지는 기분 나쁜 소리와 함께 괴물들의 시체가 자동차 아래로 떨어져 내린다.

민구는 서너 마리를 상대하고 나서 지그재그로 뛰어 다른 차 지붕으로 장소를 바꿨다. 이렇게 하면 그때마다 꽤 시간을 벌 수 있다. 유일하게 경계해야 하는 것은 자동차 아래에서 팔을 휘둘러 낚아채는 공격 정도뿐이지만, 그마저도 미리 소리를 내 자신의 위치를 알려 주는 놈들의 정직한 특성 때문에 생각처럼 위협적이지는 않았다.

으직!

민구는 자신의 다리를 움켜쥐려 뻗어 온 괴물의 손가락을 후려쳐서 박살을 내고, 딱 차기 좋은 높이에 위치한 놈의 관자놀이를 걷어찼다.

와장창!

빠르게 넘어지며 옆 차의 유리창에 머리를 박고 쓰러진 괴물의 척추를 밟자 으득, 하고 골반 아래가 내려앉는다. 이제 놈은 더 이상 몸을 똑바로 펼 수 없을 것이다.

"겨우 이 정도밖에 안 되냐?"

건너편 차 위로 올라간 민구는 쾌감이 가득한 얼굴로 삼단봉을 휘둘러 놈의 허리를 두드리며 기세 좋게 소리쳤다. 그러나 확실히…… 포기할 줄 모르는 상대와의 싸움은 일방적인 공격을 퍼붓는 민구에게서도 상당한 에너지를 빼앗아 갔다.

자신의 동료들이 모두 가장 잔인한 방법으로 처형당할 때조차 감정이 조금도 담겨 있지 않은 표정으로 최후의 한 마리까지 달려드는 괴물들의 끔찍한 얼굴을 보고 있자니, 그 박력에 진저리가 쳐졌다.

스스로에 대한 확신이 없거나 죽음에 대한 두려움이 크다면 어느 정도 실력이 있어도 이런 놈들의 모습에 기가 질리고 위축될 것이다.

빡— 빠박— 빠가각!

4차선을 거의 다 건너간 시점에서 마지막으로 달려들던 녀석의 턱을 삼단봉으로 돌린 민구는 다시 일어서려는 놈의 뒤통수를 사정없이 계속 내려쳤다.

끄웨에에―.

울부짖으며 발버둥을 치던 괴물이 마침내 사지를 쭉 뻗고 쓰러지자 순식간에 사방이 고요해졌다.

"후우, 후우……."

목표로 삼았던 오토바이 가게까지 다다랐을 때, 조금 차오른 숨을 내쉬면서 자신이 지나온 길을 되돌아보았다. 움푹움푹 찌그러진 자동차 지붕마다 엉망으로 훼손된 괴물들의 시체가 발자국처럼 점점이 널려 있다.

대충 계산을 해 보니 병원 앞에서 그었던 놈들까지 더해 열대여섯 마리 정도는 해치운 것 같다. 물론 그러는 동안 손바닥과 어깨가 뻐근해질 정도로 힘을 써야 했지만.

'묵직한 마세타라도 있으면 모를까, 한 번에 이 이상은 어렵겠군…….'

매 순간 전력으로 깊숙하게 칼을 꽂아 넣어야만 괴물들이 쓰러지기 때문에 그 점이 낯설고 힘들다. 핏줄 지나는 자리만 적당히 그어 놓으면 알아서 천천히 죽어 주는 인간과의 싸움하고는 또 다른 차원인 것이다.

그로아아아아악!

담배를 꺼내 불을 붙이고 있을 때, 저 멀리에서 괴물들의 커다란 함성이 들려온다.

아차차, 놈들이 지나가던 게 이 시간대였나? 그놈의 검은 헬기에 홀려서 깜빡하고 있었군…….

민구는 자동차 위로 풀쩍 뛰어 올라가 눈을 가늘게 뜨고 소리가 나는 방향을 살폈다.

4차선 도로를 꽉 메우고 천천히 걸어오는 괴물들의 난폭한 기운이 여기까지 전해진다. 하루에 두어 번, 놈들이 지나갈 때 어렴풋이 본 것만으로도 그 수효가 천 단위를 훌쩍 넘어간다는 정도는 확실히 알고 있다.

'여기까지 도달하는 데 얼마나 걸리려나…….'

대충 놈들의 속도와 거리를 계산해 본 민구는 승산이 있다고 판단하고 담배를 깊이 빨며 오토바이 가게로 뛰어가 문을 활짝 열어젖혔다.

중국제 스쿠터부터 꽤나 그럴듯한 레플리카까지, 다양한 모델들이 나란히 늘어서서 아직도 광택을 잃지 않고 반짝이며 누군가 타 주기만을 기다리고 있다.

그중에서도 카나리아 색 스즈키 오프로드 모델이 유독 강렬하게 민구의 눈길을 사로잡았다. 카본과 커스텀 스티커로 잔뜩 멋을 부려 놓은 오토바이 핸들에는 모델명과 가격이 붙어 있다.

이 정도면 엉망인 도로를 헤치고 나갈 수 있겠어…….

민구는 카운터 뒤에 걸려 있는 열쇠들 중에서 RMZ 450이라는 태그가 붙은 키를 집어 오면서 고글도 하나 챙겼다.

"배터리가 살아 있어야 하는데……."

일주일이면 충분히 방전이 될 수도 있는 기간이라 키를 꽂으면서도 걱정이 들었다. 그러나 우려와 달리 스타트 버튼을 누르자 제법 힘찬 소리와 함께 시동이 걸렸다.

하하, 민구는 처음으로 오토바이를 훔친 10대 아이처럼 웃으며 활짝 열려 있는 문을 통과해 달려 나갔다.

크와아아악ㅡ.

어느새 꽤나 가까이 다가온 괴물들의 역겨운 냄새가 거리를 가득 메우고 가까워져 있다. 고글을 걸치며 비웃는 얼굴로 놈들의 모습을 슬쩍 바라보던 민구는 도로와 인도를 번갈아 가며 장애물을 피해 내달렸다.

부우웅ㅡ.

민구가 스피드를 올리자 요란한 엔진 소리가 울리면서 시원한 바람을 끌어와 앞섶을 헤집는다. 사이드 미러를 가득 메우던 괴물들의 행진은 순식간에 점처럼 작아졌고, 모든 것이 멈춰 있는 도시 속에서 오로지 그만이 천둥소리를 몰고 다니며 빠르게 움직였다.

온몸으로 느껴지는 진동이 마음에 든 민구는 천천히 고개를 끄덕거렸다. 게

이지의 중간을 가리키는 연료 탱크가 그의 자유를 보장해 주고 있었다.

06

민구의 바이크가 미로처럼 막힌 도심을 달리고 있을 때, 킹메이커는 강정 해군 기지 내의 골프장 레스토랑에서 조금씩 노을이 깃들기 시작하는 제주의 하늘을 바라보는 중이었다.

골프장 코스 자체는 밋밋해서 도무지 도는 재미가 없었지만, 바닷가를 연해 높게 지어 놓은 레스토랑의 경치만은 제법 봐 줄 만했다. 특히 전면 창으로 시야를 확보해 놓은 덕에 바닷바람을 맞지 않으면서도 해가 지기까지의 풍광을 고스란히 즐길 수 있다는 게 좋았다.

하지만…… 며칠이 지났어도 이 세련된 맛이라고는 없는 스테이크에는 도무지 적응이 되질 않는다.

"으음."

입맛이 떨어진 킹메이커는 포크와 나이프를 내려놓으며 짧게 헛기침을 했다. 아무리 경황이 없었다고는 해도 그날 가야호텔 셰프를 구해 오지 않았던 건 정말 큰 실수였다. 둥근 얼굴의 그가 웃으면서 내오던 샤토브리앙 스테이크를 이제 더 이상 먹을 수 없게 되었다니, 그것만으로도 기운이 빠진다.

헬기에 오르면서 곧바로 가야호텔에 인원을 파견하라는 명령을 내렸어야 하는 건데, 왜 그런 실수를 했을까…….

킹메이커는 넓어진 이마를 가볍게 두드리며 자신답지 않은 경솔함을 자책했다.

"입에…… 영 안 맞으시는가 봅니다."

언제 들어왔는지 교수가 테이블 맞은편에 앉으며 인사를 건넨다. 킹메이커는 금세 주름진 얼굴을 펴며 가볍게 웃었다.

"아이구, 하하, 한 교수님, 거, 무슨 그런 말씀을. 지금 시국이 이런데 어디 음식이 넘어가겠나요? 그래도 아직 할 일이 산더미같이 남았으니까 약처럼 억지로라도 먹고 기운을 좀 낼까 했더니, 걱정이 많아서 그런지 꼭 모래를 씹는 것 같습니다. 휴우~."

"장관님, 그래도 뭘 좀 드셔야죠. 어이, 여기 그거 가져와라."

교수가 손가락을 튕기자 흰 블라우스에 타이트한 정장 치마를 입은 직원이 포도주와 치즈를 담은 카트를 끌고 다가왔다.

그거라니, 뭘 가지고 저렇게 잘난 척을 하는 걸까…….

킹메이커는 별다른 기대 없이 교수의 행동을 무표정하게 지켜봤다. 다만, 서빙을 하는 여직원은 나름 훌륭하다. 반년 전에 찾았을 때 이곳에서 보았던, 수더분한 종업원들은 어디론가 사라지고, 피난 첫날부터 저렇게 오피스 룩을 깔끔하게 갖춘 여자들로 싹 물갈이가 된 것이 누구의 짓일까에 대해서는 킹메이커도 조금 흥미를 가지고 있었다.

외모도 외모지만, 술을 따르는 솜씨라든가 서빙하는 매너가 꽤나 능숙한 아이들이어서, 그것만으로도 조금은 숨통이 트이는 기분이다.

"96년산 로마네 콩티입니다."

테이블 앞으로 다가와 허리 숙여 인사부터 한 종업원은 살짝 웃으며 라벨이 보이도록 와인 병을 들어 보인다. 병목에 붙어 있는 반달 모양의 라벨을 보자, 며칠 제대로 된 것을 먹지 못한 킹메이커의 입 안에 침이 고였다.

"허허, 이런 게 아직 남았나요? 그저께부터는 싹 다 바닥이 났다고 생각했었는데…….'

킹메이커가 신기하다는 얼굴로 묻자 교수가 고개를 끄덕였다.

"장관님 말씀이 맞습니다. 뭐, 여기 내려오자마자 다들 병째 나발을 불어 대는 통에 제주도 호텔에 있던 아까운 고급 와인들은 사흘 만에 작살이 났죠. 하여간에 맛도 제대로 모르는 돼지 같은 것들까지도 달려들어서 꿀꺽꿀꺽 처먹는 꼴이라니…….”

"그럼 이건?"

"채 장군 솜씹니다. 애들을 보내서 서울 유명 호텔들과 고급 회원제 바만 털어 공수해 온다더군요. 이건 어젯밤 늦게 헬기를 타고 날아온 녀석일 겁니다."

"애들이라면……."

"뭐, 특전사 애들이겠지요. 채 장군이 당부하는 게, 몇 병을 마시든 그건 상관이 없지만, 우리끼리만 조용히 즐겨 달라고 하더군요. 어디서 근본도 없는 놈들까지 기웃거리는 꼴은 못 봐 주겠다나요?"

"흐흠, 당부라……."

기분이 상한 킹메이커는 내색을 하지 않은 채 조용히 입맛을 다셨다.

당부라니……. 제까짓 게 언제부터 나나 한 교수와 어깨를 마주하고 이야기를 했다는 건지, 세상이 어수선해지니 그 뚱뚱한 뱃속에도 바람이 잔뜩 들어간 모양이군…….

킹메이커의 기분을 아는지 모르는지 교수는 와인을 개봉하고 디켄팅을 하는 종업원의 엉덩이를 툭툭, 두들기며 가벼운 농담을 던졌다.

"그래, 어르신들 뵙고 눈도장 많이 찍었나?"

"아니요, 교수님만 계속 기다리고 있었는데요. 후후."

여자는 별로 놀라는 기색도 없이 배시시 웃으며 대수롭지 않게 흘려 받는다. 둘이 하고 있는 꼴을 보니, 이 여종업원들을 누가 어디에서 데려왔는지 킹메이커는 대충 짐작이 갈 것 같았다.

"그럼, 이만 물러나겠습니다."

디켄팅한 와인을 잔에 따라 주고 치즈까지 종류별로 먹기 좋은 사이즈로 잘라 놓은 뒤, 여자는 공손히 고개를 숙이며 사라졌다. 팽팽한 스커트 뒷자락을 음미하듯 바라보던 교수가 소리를 낮춰 물었다.

"마음에 드십니까? 쟤들 전부 제가 즐겨 찾던 클럽에서 데려왔습니다."

"허허, 그래요? 한 교수님, 역시 배짱이 대단하신데요? 그 와중에 저런 애들까지 챙기셨으니 말이에요."

킹메이커가 가볍게 비꼬자 교수는 손사래를 치며 웃었다.

"어이쿠, 어디 일부러야 챙기겠습니까? 그날 새벽에 장관님이랑 헤어지고 나서 술이나 한잔할까 싶어서 쟤들이 있는 곳에 갔었습니다. 그러다가 어영부영 잠이 깜빡 들었는데, 그…… 난리가 나 버리지 않았겠습니까. 그래서 에이, 까짓것 잘됐다 싶어 함께 타고 왔습니다. 어차피 초면인 애들 곁에 두고서야 은밀한 이야기도 제대로 못 할 것 같아서요. 자, 건배 한번 하시죠."

킹메이커와 교수는 엷은 미소를 지으며 와인글라스를 가볍게 부딪쳤다. 크리스털로 만들어진 잔에서는 쨍, 하고 맑은 소리가 났다.

가볍게 잔을 흔든 킹메이커는 코로 향기를 음미하며 천천히 와인을 입 안에 흘려 넣었다. 풍부하고 꽉 조여진 맛을 혀와 목구멍으로 만끽한 뒤, 킹메이커가 입을 열었다.

"그래, VIP께서는 무슨 별다른 말씀이 있었나요?"

"아닙니다. 뭐, 언제는 생각이 있던 양반도 아니고…… 그저 언제쯤 다시 올라갈 수 있느냐는 말씀만 계속하시고 있습니다."

"뭐라고 대답하셨어요?"

"곧 된다고, 걱정 마시라고 했습니다. 참, 내가 할 말은 아니지만…… 저렇게 사리 분별이 안 돼서야……. 그건 그렇고 장관님, 혹시 요즘 위쪽이랑 연락이 잘 닿으십니까? 저도 계속 핫라인을 돌려 보고는 있는데, 도통 통화를 해 본 적이 없어서 드리는 말씀입니다."

"그러게요. 참 희한하죠? 일이 이 지경쯤 됐으면 전시라 간주하고 끼어들 만도 한데, 미군 쪽에서도 전혀 콘택트가 없고……. 저 역시 아무래도 저쪽이 지금 뭔가 수상하다고 생각하는 중이에요."

킹메이커는 교수에게 진심을 반 이상 털어놓았다. 뭉뚱그려 8인의 중요 인사라고 부르고는 있지만, 어차피 다들 출신 성분이 다르기 때문에 그와 교수를 제외하면 미국과 직접 연결될 수 있는 사람은 없다.

그래서 지금까지 그들의 지위가 가장 위에 있던 것이고, 따라서 미국과의 연락이 두절된다는 것은 킹메이커와 교수에게 그만큼 심각한 위기인 것이다. 이런 상황에서 같은 편에게까지 두 수, 세 수 앞을 속여 둘 필요는 없다. 두 사람은 협력해야 한다.

"그럼, 이제……."

교수가 뭐라고 더 말을 이으려 들었지만, 킹메이커가 손짓으로 제지했다. 입구에 서서 좌우를 두리번거리는 채 장군의 모습이 눈에 들어왔기 때문이다.

"아! 여기들 계셨군요! 안녕하십니까? 후우, 후우~."

급하게 뛰어온 것인지 채 장군이 거친 숨을 내뿜으며 커다란 목소리로 인사를 한다. 교수와 킹메이커는 가볍게 고개만 까딱거리고 자리를 권했다.

"하하, 어딜 그렇게 숨이 차게 다녀오세요, 채 장군님? 자자, 앉으세요. 술이라도 한잔하시고 숨 좀 돌리시죠. 이거, 보는 사람이 다 힘이 드네요."

"후우, 감사합니다."

의자에 앉은 채 장군은 와인 두 잔을 연거푸 급하게 들이켜고 나서야 조금 갈증이 가시는지, 이마의 땀을 닦아 내며 숨을 골랐다.

"장관님!"

채 장군이 곧바로 얼굴을 바짝 들이대며 입을 뗐다.

"네, 말씀하세요."

"오늘은 꼭 좀 폭격 허가를 받아 주십시오."

채 장군은 간절함 반, 협박조 반의 표정을 지으며 킹메이커의 눈을 똑바로 응시했다. 킹메이커에게는 적잖이 불쾌한 순간이었다.

"……폭격은 안 된다고 이미 말씀드렸을 텐데요."

대답을 하는 킹메이커의 눈은 더 이상 웃지 않았다. 조금 기세가 죽은 채 장군이 다급하게 말을 이었다.

"장관님, 그…… 기반 시설이나 빌딩을 소중하게 여기시는 건 잘 알겠습니다. 하지만 암만 그래도 상황이 이러니까, 딱 세 군데만 때리겠습니다. 몰려 있는 곳에다가 네이팜을 써서 싹 쓸어 버리고 거기에 임시 거점 시설들을 설치하면 됩니다. 지금 육지에 제대로 된 거점이 없다고 밑에서 아주 죽는소리를 하면서 치받치는 통에 피가 바짝바짝 마르는 것 같습니다. 미 합참에다가도 좀 말씀을…….”

킹메이커는 대답 대신 차가운 시선으로 채 장군을 빤히 쳐다보았다. 사실 좀비 무리가 아니라 살아 있는 사람들 머리 위로 네이팜탄을 퍼붓는다고 해도 그는 별 상관이 없다.

어차피 인구의 반 이상이 변종에 감염된 마당에 까짓 몇만이 더 죽는다고 해서 딱히 불쾌하거나 기분 상할 일도 아니다.

하지만 킹메이커가 참을 수 없는 것은 일단 내려간 명령에 대해 감히 반기를 들어 보겠다는 불온한 시도와, 그를 직접 찾아와 저런 식으로 졸라 대는 버르장머리다. 이런 것을 한 번 넘어가 주면 그다음부터는 영이 제대로 서질 않는다.

“채 장군님…….”

킹메이커가 나지막이 부르자 채 장군이 쭈뼛거렸다.

“지금, 밑에서 치받치고 올라오는 통에 피가 마르는 것 같다고 하셨나요?”

“네, 그, 그렇습니다, 장관님.”

“전 그 말씀이 꼭 장군님께서 더 이상 군을 제대로 장악하지 못하고 계시다는 의미로 들리네요. 그렇게 이해해도 될까요?”

“아, 아닙니다. 그런 건 절대로…….”

“그렇지 않다면 다행이네요. 아, 그건 그렇고, 저희는 지금 가볍게 와인 한잔하는 중이었는데요.”

킹메이커의 말뜻을 알아들은 채 장군은 서둘러 의자에서 몸을 일으키고 고개를 숙였다.

“실례했습니다. 장관님, 교수님. 저는 이만.”

황급히 사라지는 채 장군의 뒷모습을 보며 킹메이커는 곰곰이 생각했다. 저런 놈들이 슬슬 기어 올라와 건드려 보는 꼴을 보니, 아무래도 자신과 미국 간의 커넥션이 끊어져 버렸다는 소문이 슬슬 돌고 있는 모양이다.

이거, 이거, 미국 쪽에서 폭격을 금지시켰다는 거짓말이 어쩌면 더 이상 통하지 않을는지도 모르겠는걸…….

킹메이커는 쓸쓸한 표정으로 와인 잔을 기울였다. 자신의 지위를 지금처럼 안정적으로 계속 유지하기 위해서는 하루라도 빨리 미국의 정식 방문을 받아야 할 필요가 있다. 그게 정 어렵다면 본보기로 하나나 둘쯤 숙청을 해서 기강을 바로잡든지.

군이라……. 채 장군과 대립각을 세울 만한, 그러면서도 내 수족처럼 편하게 부릴 수 있는 인물이 누가 있었지?

슬슬 장밋빛이 널리 번져 가는 저녁 하늘을 등지고 앉아 손가락으로 의자 팔걸이를 두드리면서, 킹메이커는 머릿속에 떠오르는 인물들을 하나씩 정리해 보았다. 그러는 동안에도 여전히 마음 한구석에 남아 있는 강한 의혹은 도무지 가시질 않았다.

'왜 미국이 이렇게까지 갑자기 연락을 끊어 버린 걸까?'

같은 시각, 미 동부 시간으로 오전 6시가 되었을 때, 플로리다 동쪽 해안에서 300마일 떨어진 대서양을 항해 중이던 니미츠 급 항공모함 CVN-77, 조지 H. W. 부시 호의 비행갑판에서는 여덟 대의 슈퍼 호넷 전투기가 차례로 발진했다.

모든 호넷의 양 날개와 몸체에는 육중한 공대지 무기가 달려 있었다. 한 발로 3천 평방 야드를 불태워 버릴 수 있는 네이팜탄들이다.

슈퍼 호넷 2개 편대는 시속 850마일의 속도를 유지하며 서쪽을 향해 비행을 계속했다. 편대장이 20분 뒤 스리 마일 브리지에 도착할 것임을 알려 오자, 관제 센터 내부는 조용한 침묵 속에 빠져들었다. 그리고 컴퓨터 화면에 설치된 카운트다운 시계가 작동을 시작했다.

"마지막으로……."

넥타이를 맨 채 가죽점퍼를 입고 있는 사내가 바짝 말라붙은 입을 열었다. 대통령 존스 린드버그이다. 린드버그는 옆자리에 선 함장에게 말했다.

"마지막으로 한 번 더 펜서콜라 해변을 보고 싶군."

린드버그의 얼굴에는 고뇌의 빛이 가득했다. 임기를 겨우 반년도 남겨 두지 않은 그는 20분 후면 자국 내 영토에 대규모 폭격을 허락한 미국 역사상 첫 번째 대통령으로 기록될 터였다. 함장 역시 경직된 얼굴로 승조원들에게 지시를 내렸다.

"드론으로부터 영상을 받을 수 있나?"

"가능합니다, 함장님."

"메인 스크린에 띄우게."

"열화상과 DSA, M-DSA 중 어떤 걸 보시겠습니까?"

린드버그가 알아듣지 못해 함장을 돌아보자, 함장이 풀어서 이야기를 해 준다.

"녹색 화면, 흑백 화면, 컬러 화면 중에서 고르시라는 말씀입니다, 대통령 각하."

"컬러로 부탁하네. 청록색 바다와 흰 별장들을 보고 싶으니."

"알겠습니다. M-DSA로."

승조원이 자판을 두들기자 관제 센터 한쪽 벽면을 온통 채우고 있는 멀티스크린에 멕시코 만과 경계를 이루며 가느다란 줄처럼 길게 뻗은 펜서콜라 비치의 모습이 들어왔다.

한 시간 전부터 플로리다 해안을 돌며 정찰 영상을 보내던 드론의 카메라가 비추는 화면이다. 왕복 2차선 도로의 양옆에는 백사장에 지어진 3층짜리 고급 목조 주택들이 아름다운 자태를 뽐내고 서 있다.

몇 년에 한 번씩 큰 태풍이 불어올 때면 깡그리 부서졌다가 새로 짓고 또 태풍을 맞아 부서지기를 반복하는 통에, 애초에 펜서콜라 비치에는 낡고 추한 집이란 없다.

이런 사태가 벌어지지 않았다면 뉴욕이나 필라델피아의 부유한 사업가가 저 곳에서 여느 때처럼 휴가를 보내고, 막 대학생이 된 아이들은 광란의 맥주 파티를 열었을 것이다.

'나도 저곳에서 주디를 만났었지……'

린드버그는 지금의 아내를 처음 알게 된 78년 스프링 브레이크를 떠올렸다. 그가 스물두 살일 때 싸구려 노바의 창문을 열어젖히고 달리던, 걸프 블러바드 주변의 풍경은 지금도 거의 변한 것이 없었다.

달라진 것이 있다면 단 한 가지, 지금은 수영복 차림의 좀비들이 길거리를 가득 메우고 있다는 사실뿐이다.

드론이 조금 고도를 낮추자 좀비들의 모습이 클로즈업되어 화면을 채운다. 불과 사흘 전만 해도 싱싱한 젊은 생명이었을 몸뚱이들이 지금은 썩어 문드러진 채 천천히 걸음을 옮기고 있다.

"역사는 나를 뭐라고 기억할까?"

린드버그가 혼잣말처럼 질문을 던지자, 그의 곁에 서 있던 국무장관이 대답했다.

"국난 속에서 냉철한 판단으로 가능한 한 많은 미국인을 구한 대통령이라 기억할 겁니다, 각하."

"자국인의 머리 위에 불벼락을 내린 미치광이가 아니고?"

린드버그가 자조적으로 말하자, 그의 스탠포드 동창이기도 한 국무장관은 고개를 저었다.

"존스, 저들은 더 이상 미국인이 아닙니다. 좀비들일 뿐이에요."

이성적으로는 그의 말이 옳다는 걸 린드버그도 잘 알고 있다. 하지만 저 염병할 좀비들은 대부분 금발의 20대들이고, 잠시 후 피폭 지역에 포함될 펜서콜라 만 일부의 도심지 건물 내에는 아직 많은 생존자들이 숨어 있다는 사실 역시 똑똑히 인지하고 있다. 그것이 그를 괴롭게 했다.

"네이팜을 쓰면 그 좀비들과 세균이 정말 청소가 되기는 하는 거고?"

"섭씨 1,500도 이상의 화염과 고온이니까요. 그것들이 이리듐 기반 생명체가 아닌 이상 버틸 수 없습니다."

잠시 후, 무전기에서 FA-18 편대의 보고가 울렸다.

— 벌집, 벌집. 여기는 슈퍼 호넷 1호기. 2분 뒤 펜서콜라 만에 도착한다. 최종 폭격 승인을 요청한다.

라디오를 타고 전해지는 편대장의 목소리에서는 아무런 감정이 느껴지지 않았다. 작전의 총책임자로 임명된 함장은 잠시 가볍게 한숨을 쉰 뒤에 마이크에 대고 말했다.

"승인한다. 반복하겠다. 승인한다."

— 승인 확인했다. 라져. 백 투 스쿨 파이어 세일. 지금부터 시작한다.

하여간 국방부 놈들은…….

린드버그는 체념한 듯 작게 고개를 저었다. 이렇게 우울한 작전의 이름을 붙이는 데에도 미친 유머 감각을 포기하지 못하는 놈들이라니…….

방학이 끝나 가는 시기, 전국의 상점들이 모든 것을 반값에 후려칠 때쯤이면 휴양지는 텅 비어 버린다. 펜서콜라의 좀비들을 모두 태워 버리는 일을 파이어 세일에 비유한 것이다.

드론은 호넷의 폭격에 방해가 되지 않기 위해 다시 고도를 높였다. 드론이 비추는 펜서콜라 해변이 지도에서 보는 것처럼 멀어졌을 때, 아래쪽으로 호넷이 빠르게 지나가는 모습이 잡혔다.

그리고 곧바로 지도 위에 엄청난 크기의 불길이 일었다. 호넷이 투하한 네이팜탄이 성공적으로 폭발한 것이다. 8마일 길이의 아름다운 해변은 순식간에 사라지고, 화면 가득히 잡히는 것은 노랑과 빨강, 검정으로 이루어진, 이글거리는 화염뿐이었다.

펜서콜라 비치를 지나쳐 나바레 지역으로 날아간 두 번째 편대가 또다시 네이팜탄들을 투하하자, 이내 그곳 역시 불꽃으로 뒤덮였다.

그러는 동안에도 장차 이루어질 구출 작전에서 가장 중요한 키포인트가 되어 줄 예정인 걸프 브리즈 다리와 스리 마일 브리지는 교묘하게 피폭을 피해 보존되었다.

마지막으로 호넷들은 고도를 낮춰 날며 펜서콜라 만을 향해 기수를 돌렸다. 이제 그들이 목표로 해야 하는 것은 지금까지처럼 야트막한 목조건물들이 늘어선 휴양지가 아니라, 집들이 빽빽하게 들어찬 주거 지역이다.

세워 둔 계획대로라면 불길의 경계는 세르반테스 거리가 될 것이고, 그 아래쪽 세로 10여 개, 가로 40여 개의 블록들은 신형 네이팜 G탄에 의해 모두 섭씨 1,600도까지 올라가는 불지옥으로 변해 버릴 것이다.

이 계획에서 예상되는 콜래트럴 대미지는 약 4만 5천여 명. 여름이어서 관광객이 몰려 있던 시점이었고, 덕분에 피해자의 수는 몇 배나 늘어날 전망이다.

'신이여, 용서해 주소서.'

린드버그는 마음속으로 기도했다. 아무 성직자라도 붙들고 자신들이 이렇게까지 무리한 작전을 펼친 이유에 대해 길고 자세하게 설명하고 싶은 충동을 느꼈다.

미 동부를 기점으로 하여 대규모의 좀비 바이러스가 창궐한 것은 불과 사흘 전. 보스턴부터 시작해서 필라델피아로, 그리고 곧이어 뉴저지와 뉴욕까지…….

좀비라는 검색어가 갑자기 수천 배 이상 급증했다는 보고를 구글로부터 받는 것과 거의 동시에, 바이러스는 미 전역으로 확산되어 갔다. 손을 쓸 시간도 부족했고, 방법도 없었다.

그리고 어젯밤 국방부에서는 앞으로 사흘이 더 지나면, 대도시의 빌딩 속에 갇혀 있는 모든 시민들이 결국 갈증을 이기지 못해 물을 찾아 좀비들이 가득한 거리로 나서게 될 것이라고 경고했다. 만약 그런 일이 벌어진다면 광활한 중서부를 제외한 모든 지역의 미국인들이 좀비로 변하고 말 것이다.

그래서 그들은 어제 밤새 계속된 회의 끝에 플로리다의 펜서콜라 비치를 제1 작전지로 확정했다.

첫 단계는 그곳을 네이팜으로 정화하는 것이다. 그리고 그 자리에 쉘터를 만든 뒤, 스리 마일 브리지를 건너 플로리다 도심으로 진입해 조금씩 영역을 넓혀 가며 구조된 시민들을 후송하기로 했다.

펜서콜라가 시뮬레이션의 최적지로 선정된 데에는 몇 가지 이유가 있었다.

가장 먼저 인구가 밀집된 뉴욕과 물리적 거리가 가깝기 때문에 성공을 확인한 즉시 본 작전에 돌입할 수 있다.

둘째, 거의 모든 건물이 나무로 지어진 낮은 집들이어서 불 청소의 효과를 확실하게 볼 수 있다.

셋째, 동부 해안 도시치고는 인구의 밀집도가 낮은 지역이어서 부수적 피해자의 수가 적다.

만약 이 작전이 성공을 거둔다면, 그 즉시 스케일을 확장하여 뉴욕 구조 작전을 펼쳐야 한다. 진입 방법은 동일하고, 루트는 존스 비치를 정화한 후, 롱 아일랜드를 차례로, 더 나아가서는 퀸즈와 맨해튼까지 2일 내에 진입하는 것이다.

이 작전에서 가장 중요한 점은 좀비들의 대형 웨이브를 만나게 될 경우, 물러나서 재정비를 도모할 수 있는 퇴로와 거점을 네이팜으로 확보해 두는 데 있다. 그리고 다리라는 좁은 공간을 사이에 둔 채 좀비들과 대치함으로써 포위되는 위험을 현저히 낮출 수 있다.

— 파이어 세일이 모두 끝났다. 말벌들은 벌집으로 돌아가겠다.

"알겠다. 귀환을 허락한다."

린드버그와 각료들이 저마다의 상념에 빠져 있는 동안, 가지고 간 모든 폭탄을 쏟아부어 펜서콜라 만 주변을 온통 뜨거운 화염으로 뒤덮어 버린 호넷의 편대장이 임무 완료를 보고했다.

그 순간, 드론의 카메라가 비추고 있는 장면은 불길이 치솟는 링컨 파크의 잔디밭에서 불덩어리가 된 이후에도 여전히 움직이고 있는 수천의 좀비들이었다. 주변의 온도가 1,300도를 넘어서자 두개골을 비롯한 좀비들의 뼈가 순식간에 바스러지기 시작했고, 사람 크기의 불덩어리들은 여러 쪼가리로 갈라져 큰 화염 속에 삼켜졌다.

"그래도 성공입니다, 각하. 이제 불길이 가라앉기만 기다리면 되겠군요."

화면을 보고 있던 국방 장관과 함장이 바짝 굳어 있는 린드버그를 위로했다. 이제 온도가 내려갈 때까지 하루를 보내고 해병대와 상륙정을 투입하기만 하면 구출 작전은 절반 이상 완료되는 것이다.

"그렇군. 여러분, 수고 많았습니다."

린드버그도 관제 센터 내의 장군들과 장관들, 그리고 승조원들을 돌아보며 힘겹게 격려의 인사를 했다.

하지만 화면만 보아서는 절대 알 수 없던 아주 중요한 사실을 그들은 놓치고 있었다. 좀비들의 몸을 둘러싼 불길이 1,300도를 넘었을 때, 잘게 부서지며 타오른 그 세포들은 이전과 뭔가 달라져 버렸다.

관점에 따라서는 진화라고도 부를 수 있을 만한, 그런 종류의 변화였다.

07

다음 날 이른 새벽, 펜서콜라 해변의 검게 그을린 모래에 가장 먼저 발을 디딘 병력은 노스캐롤라이나의 캠프 러전에서 출발한 미 해병 특별 전투단 소속의 해병들이었다.

멕시코 만의 파도를 가르며 한 시간 가까이 물 위를 내달린 수십 대의 상륙돌격장갑차 AAV-P7A1이 펜서콜라 비치의 동쪽 끝자락에 도착하자, 상공을 선회하며 정찰 중이던 해병 전용 바이퍼 헬기로부터 축하의 메시지가 전달됐다.

― 셈퍼 피! 여기는 줄루 코브라 7! 상륙을 허가한다. 방해물은 없다. 깃발을 꽂는 건 언제나 우리 데빌 독스지!

"Semper Fi(셈퍼 파이)! 고맙다! 줄루 코브라 7! 2마일 더 전진한 후 해병들을 상륙시키겠다."

― 라져! 경계 근무에 들어가겠다.

바이퍼는 크게 선회한 뒤 해변의 반대편 끝을 향해 날아가 버렸다. 네이팜의 후폭풍으로 인해 해변에는 비가 계속 내리고 있었다. 상륙정 안의 모든 해병들은 자신이 이 작전의 첫 번째 상륙자로서 성조기를 꽂는 대신에, 바이퍼 헬기들의 작전 반경이 스리 마일 브리지 남쪽으로만 제한되었다는 것을 잘 알고 있다.

덕분에 지금 다리 건너편의 펜서콜라 만 상공을 지키고 있으며, 후일 이 주민 구출 작전의 가장 큰 지원 화력으로 기록될 이름은 육군의 아파치가 될 예정이다. 얻는 것이 있으면 주는 것도 있어야 하는 법이다.

"고! 고! 고!"

하지만 사진으로 남는 것은 역시 영토를 수복하는 바로 그 순간이다. 가장 앞서 달리던 상륙정의 해치에서 뛰어내린 일곱 명의 병사들은 거대한 성조기를 들고 빠르게 달려 나갔고, 열네 명의 리포터, 카메라맨, 사진작가들이 그 뒤를 급히 쫓았다.

미리 지정해 뒀던 모래 언덕 위에 성조기를 세우고, 깃발이 바람에 나부끼기 시작하자 카메라 플래시가 정신없이 터졌다.

"우와! 여기가 정말 좀비들이 우글대던 곳 맞나?"

인기척이라고는 찾아볼 수 없는, 젖은 도로에 발을 내디디며 어린 해병 하나가 신기하다는 표정을 짓는다. 뒤의 동료가 고개를 설레설레 저으면서 덧붙였다.

"난, 그보다 여기가 미국이라는 게 더 신기해."

그 말대로 네이팜탄이 휩쓸고 간 주변에는 문명의 흔적이 거의 남아 있지 않았다. 불에 타서 숯처럼 돼 버린 목제 기둥의 잔해들이 가끔씩 눈에 띄기는 하지만, 그마저도 대부분 바다 쪽에서 불어오는 센 바람에 산산이 흩어져 버린 지 오래다. 완전연소를 통해 재가 됐을 좀비들의 흔적은 말할 것도 없다.

예정보다 조금 더 빨리 표면 온도가 식어 버린 펜서콜라 해변에는 그저 검게 탄 모래에 푸른 파도가 부딪치며 포말을 만들어 낼 뿐이었다.

한 대당 21명씩 총 400의 병력과 장비들을 쏟아 낸 상륙돌격장갑차들은 해변을 가로지르며 반 마일 북쪽으로 달려간 뒤, 나란히 늘어섰다. 혹시라도 다리에 문제가 생기면 이 상륙정들이 생존자를 수송하는 중요한 수단이 되어 줄 것이다.

구우우웅―.

해병들이 스리 마일 브리지 앞에 바리케이드와 기관총 발사대를 설치하는 동안, 상공에서 대기하고 있던 다섯 기의 거대한 C-17글로브마스터 수송기는 해변의 긴 서쪽 도로를 활주로 삼아 차례로 착륙하고 병력들과 장비를 내려놓았다.

쿠르르릉―.

여덟 개의 바퀴가 달린 차륜형 장갑차 스트라이커들이 요란한 엔진 소리와 함께 글로브마스터의 배 속으로부터 달려 나와 곧바로 다리 경계 임무에 들어갔고, 그것의 엄호 아래 보병과 공병들이 차례로 쏟아져 내렸다.

한산하던 해변은 순식간에 군인들의 구령과 엔진 소리로 가득 채워졌다. 공병들이 임시 막사를 치고 글로브마스터가 원래 그들이 소속되어 있던 뉴욕 방위군으로 돌아간 다음에는, 컨테이너를 와이어로 매단 채 날아온 치누크들이 파티에 합류했다.

이 작전 기간 내내 임시 작전 본부로 사용될 장교용 컨테이너가 땅에 내려지자, 공병들이 크레인을 동원해 위치를 조정한 후 전산 장비를 설치했다.

씨이이잉―.

약 700여 명의 병사들이 바쁘게 움직이는 동안에도 다리 건너편 번화가와 나바레 구역을 담당하고 있는 아파치와 블랙호크는 쉴 새 없이 하늘을 오가며 혹시 다가올지 모르는 위협에 대비했다.

그때의 시간이 동부 기준으로 04시 50분.

여름의 절정에 들어간 태양은 이른 시간부터 높이 떠올라 대지를 뜨겁게 달굴 채비를 하고 있었다.

작전의 총책임자인 트로이 중장이 블랙 호크를 타고 날아온 것은 그로부터 세 시간이 지난 뒤였다.

"좋아!"

굵은 시가를 물고 땅에 발을 내린 그가 감탄으로 첫마디를 연 것은, 믿을 수 없을 만큼 빠른 작업 속도 때문이었다. 아무리 중장비를 갖춘 공병대가 공수되었다고는 하지만, 불과 몇 시간 만에 8마일에 달하는 북쪽 해변 전체에 철책과 바리케이드를 이중으로 세우고, 수천의 대피 인원을 동시에 수용할 수 있는 조립식 막사 건설까지 거의 다 마무리했다는 것은 분명 놀라운 속도였다.

"장관이구만! 아주 빠르게 잘 진행하고 있어!"

트로이 중장은 헬기를 마중 나와 보고하는 해병 중령의 어깨를 두드리며 크게 외쳤다.

"감사합니다, 장군님!"

"시간이 관건이었으니까요."

그와 함께 내린 참모 개리슨 대령이 당연하다는 얼굴로 말한다. 다수의 자국민이 희생당할 것을 뻔히 알면서도 서둘러 이 지역을 네이팜으로 불 청소 한 것은 그만큼 다급했기 때문이다. 이제부터는 최대한 효율적으로 시간을 관리해야 한다.

"훗, 자네는 너무 눈이 높아, 개리슨. 칭찬도 좀 해 주게. 안 그런가, 해병? 잘하고 있지?"

"넵! 장군님! 잘하고 있습니다!"

컨테이너로 만들어진 작전 본부를 향해 걸어가면서 트로이 중장은 경계를 서는 해병들과 계속 눈을 맞추고 인사를 건넸다.

"오! 저건가? 2세대 헐크라는 놈이?"

외골격 강화 슈트를 걸친 채 무장한 육군들이 열을 맞춰 걸어가는 걸 보면서 트로이 중장은 호기심을 보였다. 록히드 마틴이 겨우 납품 시기를 맞춰 육군에게 공급한 차세대 강화 아머는 다리와 허리에만 사용되던 전작들과 달리 두 팔까지도 외골격 갑옷이 보조를 해 주는 방식이었다. 때문에 군인들로부터 커다란 기대를 받고 있었다.

1세대 복합 적재-수송 장비(Human Universal Load Carrier = HULC)가 그저 좀 더 많은 등짐을 지고 오랫동안 산길을 달리게 도와주는 것이라면, 이번에 개발된 2세대는 두 팔에도 강력한 힘을 부여해 줌으로써 전투 장비에 훨씬 가까워졌다.

출력도 이전 모델에 비해 30퍼센트 늘어나서 착용자는 별다른 힘을 쓰지 않고도 120킬로그램까지 메거나 들어 올릴 수 있으며, 그러면서도 충전지 연속 사용 시간은 96시간을 그대로 유지하였다.

전방을 둘러보니 헐크를 착용한 병사들이 커다란 자재 박스를 두 손으로 들어 옮기고 있다. 박스당 80킬로그램이 넘는 물건들이지만, 아무도 인상을 쓰거나 힘겨워하는 사람은 없다.

"공사 시간을 단축한 게 저 장비 덕인가?"

컨테이너 세 개를 연결해 만든 작전 본부에 들어온 뒤에도 여전히 헐크에게 관심을 두고 지켜보며 트로이 중장이 물었다. 근무병에게 커피 두 잔을 건네받은 개리슨이 그중 한 잔을 전해 주면서 대답했다.

"기여도가 없지는 않을 겁니다. 육군에서는 오늘 작전에 200기를 공급했고, 큰 기대를 가지고 있다고 하더군요. 실적이 나와야 대량 계약을 끌어낼 수 있을 테니, 제작사인 록히드 마틴도 아마 절박할 테고요."

"저 정도 힘이면 잠겨 있는 문을 그냥 뜯어낼 수 있을 테니, 도심 수색 작업을 하는 동안 그건 편하겠군."

"글쎄요, 장군님. 저라면 저런 걸 걸치느니 그냥 예전에 하던 대로 샷건을 쓸 것 같습니다."

"하하, 개리슨. 좀 긍정적인 면을 보라고. 읍, 이 커피는 너무 써서 무슨…… 벌을 받는 것 같은 맛이군. 이봐, 설탕 있나?"

트로이에게 설탕을 건네려던 당번병이 갑자기 고개를 옆으로 돌린 채 기침을 하기 시작했다. 참아 보려 애를 쓰지만, 뜻대로 되지 않는 모양이다.

"쿨럭, 쿨럭, 큽, 죄, 죄송합니다, 장군님."

"아니, 괜찮아. 그런데 자네, 감기가 심하군. 언제부터 아팠나?"

"아닙니다! 멀쩡합니다!"

홋, 트로이는 고개를 저으며 만족한 웃음을 지었다.

"좋아. 감기 따위로 엄살을 부리면 자헤드가 아니지."

"그러나 확실히……."

창가에 서서 바깥을 살피던 개리슨이 중얼거렸다.

"기침을 하는 병사가 눈에 많이 띄기는 하는군요. 캠프 러전 취침 시 막사에 에어컨 온도를 좀 올려 두라고 말할 필요는 있을 것 같습니……."

말을 다 맺는 것도 잊을 만큼 개리슨이 심각해졌다. 건너편 막사 앞에서 기침을 하고 있던 의무병 때문이었다.

"쿨럭! 쿨럭! 쿨럭! 큭!"

격하게 기침을 해 대던 의무병은 결국 그 자리에 쓰러져서 구토를 하기 시작했다.

"우웨에엑! 우욱!"

짙은 녹색의 토사물들을 쏟아 내던 의무병의 고개가 푹 숙어진다. 그리고 움직임이 멈췄다.

'설마…….'

개리슨은 자신도 모르게 허리에 찬 권총을 꽉 쥐었다.

1초, 2초…….

긴장 속에서 시간이 아주 천천히 흐른다. 맥없이 고꾸라져 있던 의무병이 다시 일어난 건 10여 초가 지난 후였다.

"휴우~."

사람을 놀라게 하는군. 모자란 녀석, 고작 감기 따위로……. 개리슨이 가벼운 한숨을 내쉬며 권총집에서 손을 떼었을 때, 의무병이 꾹 감고 있던 눈을 떴다.

눈동자가 하얗다!

"젠장!"

개리슨의 입에서 욕설이 흘러나오기도 전에 의무병은 창문을 향해 전속력으로 달려오며 입을 쫙 벌렸다.

그롸아아아악!

Chapter 14
아포칼립스

01

……어째서?

황급히 권총집을 푸는 동안 개리슨의 뇌리에는 의문부호가 떠나질 않았다. 대체 무슨 이유로 바로 몇 시간 전에 캠프 러전에서 출발한 의무병이 감염되었단 말인가.

이곳에서는 단 한 차례의 교전도, 조우도 없었다. 애초에 초고온의 화염으로 모든 걸 깨끗이 정화한 뒤 상륙했기 때문이다.

그롸아아아! 그아아~!

개리슨이 그런 생각을 하고 있는 동안에도 눈동자에 흰 막이 덮인 의무병은 토사물과 침을 흩뿌리며 맹렬하게 달려들었다.

타타타타타— 타타타—.

개리슨이 콜트의 공이를 뒤로 젖히기도 전에 날카로운 총성이 귓가를 울린다. 그와 동시에 뛰어오던 좀비 병사는 뒤로 날아가 버렸다. 경비병들이 M27 IAR을 발사한 것이다. 5.56㎜ 나토탄에 벌집이 된 채 연기가 피어오르는 좀비 병사가 다시금 벌떡 일어났다.

"오 마이……."

경비병들과 개리슨의 입에서 동시에 탄식이 터진다. 이미 수없이 브리핑을 받았어도 온몸이 꿰뚫린 채 되살아나서 달려드는 좀비를 실제로 보는 일은 그 박력이 완전히 달랐다.

투투투투투!

경비병들은 다시 M27을 어깨에 붙이고 방아쇠를 당겼다. 얼굴에 대여섯 개의 총알구멍이 난 뒤에야 좀비 병사는 제자리에 고꾸라져 버렸다.

"무슨 일이야? 자네 괜찮은가?"

커피를 마시던 트로이 중장이 난데없는 총성에 놀라 묻는다. 개리슨은 최대한 침착함을 가장했다.

"별건 아닙니다. 그저……."

하지만 그는 말을 제대로 맺지 못했다.

병사 하나가 좀비로 변했다. 그것도 좀비들로부터 가장 안전해야 하는 이곳 베이스캠프에서…….

"대체 뭐야, 이 자식? 좀비 이빨이라도 밟았던 거야?"

좀비의 시체를 둘러싼 채 웅성거리는 병사들에게 트로이 중장이 큰 소리로 외쳤다.

"구경거리가 아니다! 전사자야! 보디 백에 담아 후송시켜!"

개리슨은 좀비 병사의 이름과 군번을 확인해야겠다고 생각했다.

아마 작전이 개시되기 전에 외출을 하고 돌아온 녀석일 테지. 어떤 막사를 누구와 함께 사용했었는지 등을 파악할 필요가 있을까?

그런 고민을 하는 동안 알람이 울렸다. 그리고 작전 본부 동쪽 벽에 설치된 모니터에는 아파치 헬기가 전하는 영상이 전달됐다.

세르반테스 거리 북동쪽의 거주 지역에서부터 남하하는 좀비 무리가 보인다. 이미 상당수는 불태워서 허허벌판으로 만든 구역 너머까지 접근해 와 있다.

— 헤드 쿼터, 여기는 아파치 슈퍼 11! 지금 전송한 영상 확인했나?

"여기는 헤드 쿼터, 좀비의 규모는 얼마나 되나?"

모니터 앞에 앉은 병사들 중 하나가 응답을 했다.

─ 많다. 800에서 1,000 사이, 펜서콜라 만으로 진행 중이다. 아파치 슈퍼 11과 12가 발포 허가를 기다린다.

"아파치 슈퍼 11, 대기하라. 상황을 보고하겠다."

무전을 마친 병사가 트로이를 돌아본다. 트로이는 흥분을 가라앉히고 고개를 끄덕였다.

"화끈하게 쓸어 버리라고 해."

"발포 허가! 반복한다. 발포 허가."

─ 발포 허가 확인했다.

아파치 헬기는 잠시의 틈도 주지 않고 곧바로 대인 살상용 히드라 미사일과 30㎜ 기관포를 발사하기 시작했다. 두 대의 아파치에서 연기를 뿜으며 날아가는 미사일들이 적중될 때마다 지면이 파이고 커다란 영역의 좀비들이 산산이 갈라져 튄다.

30㎜ 기관총이 훑고 지나는 자리에는 2피트 높이의 먼지기둥이 선을 그리며 솟아올랐다. 두 대의 헬리콥터가 적재하고 있던 144발의 히드라 미사일과 2,400발의 기관총 탄약을 짧은 시간 만에 모두 쏟아붓고 나자, 거리는 피어오른 연기와 자욱한 흙먼지에 휩싸여 아무것도 보이지 않게 되었다.

저런 곳에 아직도 뭔가가 살아 있을 성싶지는 않아 보일 만큼 혹독한 광경이다.

─ 쿨럭! 아파치 슈퍼 11, 12. 재장전을 위해 기지로 돌아간다. 쿨럭! 쿨럭!

"허락한다. 현재 경계 위치는 아파치 슈퍼 25와 슈퍼 26이 담당하라."

적재된 무장을 텅 비운 아파치들은 상공에서 대기하던 병력과 교대한 뒤, 기지가 있는 마이애미 방향으로 날아가 버렸다.

그런 활약을 한 것이 해병대 소속의 바이퍼가 아니라 육군의 아파치라는 점이 조금 걸리기는 했지만, 트로이는 조금 전의 소동을 잊은 채 나름 만족스러운 표정으로 공중 화력전을 지켜봤다.

대당 2천만 불짜리 무기를 쓰면서 이 정도의 재미마저 없다면 무슨 맛으로 전쟁을 하겠는가. 뜻하지 않은 희생자가 하나 나오기는 했어도 작전은 순조롭게 진행 중이다.

"현재의 상황에서 가장 이른 해병 투입 가능 시간은 09시 45분입니다, 장군님. 09시 45분에 해병 1개 소대가 스트라이커 여섯 대에 나눠 타고 다리를 건넙니다. 상공에서 아파치 네 대가 네 방향을 담당하며 엄호하고, 10시 40분까지 첫 열 블록의 수색을 마치면 생존자를 구출해서 스트라이커와 블랙 호크로 후송합니다. 예정보다 세 시간 이상 빠르지만, 공군 쪽에서는 지원에 문제없다는 반응입니다."

노트북에서 눈을 떼지 않은 채 개리슨이 보고했다. 300마일이나 떨어진 곳에 떠 있는 조지 H. W. 부시 호와 벌써 의견 조율까지 마친 모양이다.

한 시간 반 뒤인가…….

트로이 중장은 그의 믿음직한 참모를 가리키며 동행했던 경호원들에게 말했다.

"세상에는 이렇게 편리한 친구도 있단 말이야. 한 가지 단점은 너무 편해서 가끔은 내 머리를 쓰는 법을 잊어먹는다는 거지. 좋아! 개리슨, 실행해!"

사각 턱을 가진 경호원들도 가볍게 웃는다. 그때까지만 해도 임시 본부 내의 그 누구 하나 이 대규모 구출 작전이 실패하리라고 생각하는 사람은 없었다.

최첨단의 무기들로 무장한 700여 명의 정예군이 이빨로 물어뜯기 위해 달려드는 좀비들 따위에게 패배할 만한 이유라고는 아무리 애를 써서 찾아보려 해도 눈에 띄지 않았던 것이다.

"아파치 슈퍼 30! 아파치 슈퍼 30! 응답하라!"

불길한 징후가 다시 발현된 건 08시 50분이었다. 계속 콜록거리던 아파치 헬기의 조종사가 난데없이 비명을 질러 대다가 교신을 끊은 후, 나바레 지역의 중심부에 추락해 버렸다.

아직 본격적인 교전이 시작되기도 전에 벌써 아파치를 잃는다는 건 결코 좋은 일이 아니다. 트로이 중장을 위시한 임시 본부의 분위기는 순식간에 무겁게 가라앉았다.

무엇보다 추락을 할 이유가 없다는 게 가장 큰 문제다. 여기는 건물 옥상이라든가 나무숲 사이에서 예고 없이 RPG가 날아오는 이라크나 아프가니스탄이 아니다. 도대체 무엇이 저 최강의 헬리콥터를 떨어뜨릴 수 있단 말인가. 게다가 교신으로 구조 요청을 할 여유도 없이…….

"아파치 슈퍼 28! 현재 30이 보이나?"

모니터 앞의 병사가 근처의 헬기들로부터 현지의 상황을 보고받고 있다.

— 보인다. 추락했다. 화염, 연기도 없고, 움직임도 눈에 띄지 않는다. 구조대 파견을 요청한다.

"아파치 슈퍼 28, 추락하기 전에 무슨 징후가 있었나? 공격을 받았다거나 고장에 대한 논의가 있었나?"

— 없었다. 쿨럭! 쿨럭! 컥! 젠장, 이놈의 기침……. 반복한다. 그런 대화는 없었다.

"알겠다. 현재 영역을 계속 경계하라. 지금 이 시간부로 별도의 명령이 내려질 때까지 발포 허가가 주어졌다."

트로이는 굳은 얼굴로 의무대를 포함한 세 대의 스트라이커 장갑차를 현장으로 출동시켰다. 가까운 지역이므로 시속 60마일 이상의 속력을 낼 수 있는 스트라이커가 빠르게 달려간다면 20분 내에 구조 작업을 수행할 수 있을 것이다.

쿨럭, 쿨럭—!

전산을 담당하는 병사가 허리를 굽혀 가며 격하게 기침을 하자, 초조하게 작전 본부 내를 배회하던 트로이가 버럭 성질을 부렸다.

"젠장! 또 기침인가? 오늘 하루 종일 너희에게서 들은 건 그 지겨운 기침 소리뿐이다! 그만 좀 해 둬! 병가를 내든가! 이젠 더 못 참겠어!"

"쿠, 쿨럭! 죄, 죄송합니다! 쿨럭! 장군님!"

도저히 기침을 참을 수 없는지 입을 막은 병사의 얼굴이 빨갛게 달아오른다. 그 모습을 본 트로이는 자신의 성질을 자책하면서 금방 화를 누그러뜨렸다.

"후~ 내가 미쳤지……. 아니야, 상병. 미안해하지 말게. 그리고 의무대에 가서 약이라도 좀 먹고 돌아오게. 작전이 시작되었을 때 100퍼센트 상태로 돌아갈 수 있도록. 가서 여기 감기 환자가 많으니까 약을 충분히 달라고 말을 해."

"알겠습니다. 쿨럭, 쿨럭!"

병사는 힘겹게 경례를 마치고 컨테이너 밖으로 나갔다. 하지만 그가 떠나고 난 뒤에도 여전히 작전 본부 여기저기에서는 크고 작은 기침 소리가 끊이지 않고 들려온다. 기침을 하지 않는 건 트로이와 함께 헬기를 타고 늦게 도착한 여덟 명뿐이다.

"장군님, 이쪽으로 좀…… 아무래도 이상합니다."

서편 창가에서 외부를 살피던 개리슨이 손짓을 하며 트로이를 부른다.

"왜 또 그러나? 이제 놀라는 일은 그만 있었으면 좋겠는데……."

개리슨이 가리킨 방향에는 헐크를 착용하고 막사를 건설하던 병사들 20여 명이 단체로 주저앉아 기침을 하고 있었다. 증상이 심한 녀석들은 네발로 땅을 짚은 채 토사물을 흘리기도 한다. 저 정도가 되면 이제 감기라고 넘어갈 수준이 지나간 상태다. 게다가 아까 좀비로 변했던 그 의무병 녀석과 거의 똑같은 증상이다.

"뭐야? 무슨 풍토병이라도 유행 중인 건가? 이럴 수는 없어. 아무리 네이팜으로 문명의 흔적을 싹 쓸어 버렸다고는 해도 여기는 소말리아가 아니라 플로리다란 말이야."

트로이가 이해할 수 없다는 표정을 지으며 투덜거리자, 개리슨이 전용 헬기를 호출했다.

― 쿨럭, 쿨럭! 무슨 일입니까, 개리슨 대령님?

"아…… 신경 쓰지 말게. 잘못 눌러진 모양이야."

헬기 조종사가 심하게 콜록거리며 무선을 받자, 개리슨은 곧바로 연락을 끊고 조지 H. W. 부시에게 시호크 헬기를 보내 달라고 요청했다.

왕복 거리가 작전 반경을 넘어서지만, 일단 도착해서 그 뒤에는 허큘리스로부터 공중 급유를 받자는 논의까지 진행되었을 때, 듣고 있던 트로이가 짜증스럽다는 듯이 물었다.

"이봐, 대체 뭐 하는 거야? 헬기는 여기에도 잔뜩 있어."

"장군님, 이건 아무리 봐도 단순한 감기가 아닙니다. 이렇게 빨리 예외도 없이 전염되는 감기라는 건 들어 보지 못했습니다."

개리슨이 목소리를 죽인 채 속삭이며 같은 헬기편으로 이동해 온 경호원들을 불렀다. 다섯 명의 사각 턱 근육질이 다가와 명령을 기다린다.

"기지 내부지만 경호 단계를 코드 레드로 올리겠다. 절대 장군님 주변을 떠나지 마라! 안전핀을 풀어 두고 위협이라고 판단되는 건 전부 쏴 버려."

개리슨은 이번에도 조용히 속삭이면서 전산 장치 앞에 앉아 있는 병사들을 가리켰다.

"누구도 예외가 아니다, 그 누구도……. 알아들었지?"

경호원들은 말없이 고개를 끄덕이면서 개인 화기의 안전장치를 조용히 해제했다. 대체 무슨 상황인지 알고 싶었던 트로이가 개리슨을 잡아끌려는 순간, 컨테이너 외부에서 짐승 같은 울부짖음이 들려왔다.

그롸아아아악!

옆머리를 박박 민 해병이다. 아니, 해병이었던 병사가 좀비로 변해서 괴성을 지르며 막사를 향해 돌진해 오고 있다.

"으아아아!"

투투투둑―! 투투투투―!

막사에서 휴식을 취하고 있던 해병들이 깜짝 놀라며 좀비를 향해 총을 난사한다. 기세 좋게 달려들던 좀비는 수십 개의 구멍이 뚫린 채 맥없이 고꾸라져 버렸다. 아직도 연기가 피어오르는 좀비의 시체 주변에 해병들이 웅성거리며 모여든다. 그중에 몇몇은 심각할 정도로 쿨럭거리고 있다.

"뭐, 뭐야! 왜? 네이팜으로도 청소되지 않은 좀비가 있었단 말인가?"

트로이의 질문에 대한 대답은 단체로 기침을 해 대던 육군들이 우회적으로 제시해 줬다. 머리를 감싸 쥔 채 괴로워하던 20여 명의 헐크 장착 병사가 동시에 몸을 일으키며 일제히 울어 댔다.

그와아아악! 그롸아아—!

그러고는 병사들이 모여 있는 막사 한가운데로 뛰어 들어갔다.

"이런 젠장! 뭐야?"

"이런 개새끼들!"

한꺼번에 수십 마리의 좀비들이 달려들자, 막사 내부는 지옥으로 변해 버렸다.

드르륵— 드르르륵—!

여기저기서 자동 화기를 난사하는 소리가 요란하게 울리고, 비명 소리가 그에 지지 않을 만큼 크게 터져 나온다. 가장 끔찍한 것은 이 좀비들이 미군의 제식 방탄 장비를 모두 갖추고 있는 데다가 외골격 갑옷인 헐크로 몇 배나 더 파워를 끌어 올린 놈들이라는 사실이었다.

퓨퓨퓨퓩—!

대여섯 발의 총탄을 방탄조끼와 헬멧으로 막아 낸 좀비가 해병의 팔을 잡아당기자, 잘 익은 닭다리처럼 그의 어깨가 관절째 뽑혀 나간다.

끄아아악! 간절한 비명을 내지르는 해병의 목덜미에 좀비의 이빨이 사정없이 박힌다.

투투투툭— 투두두둑—!

아군과 좀비가 엉망으로 얽혀 있는 상황이지만, 선택의 여지가 없는 병사들은 앞뒤 가리지 않고 총을 난사하기 시작했다.

아무렇게나 휘두르는 좀비의 팔이 막사 기둥을 부수자, 천막이 아래로 내려앉아 그 아래의 모든 사람과 좀비가 한데 엉켜 버렸다. 그야말로 눈을 감은 채 총을 갈기는 것과 다를 바 없는 상황이 된 것이다.

누가 누구에게 당하는 것인지도 알 수 없을 만큼 혼란스러운 상황 속에서 이제 갓 스무 살을 넘긴 어린 군인들이 비명만을 남기고 죽어갔다.

"막사 15번에 좀비 출현! 막사 15번에 좀비 출현! 쿨럭! 쿨럭! 우웨에엑!"

구조를 요청하기 위해 달려가던 해병 하나는 해변의 한가운데에서 엎어졌다가 좀비가 되어 일어났다. 이미 그의 주변에는 헐크를 장착한 수많은 좀비들이 다른 막사에 남아 있는 인간들을 노리며 맹렬하게 뛰어오고 있었다.

위이이잉!

스트라이커 장갑차가 좀비들의 전진을 막기 위해 달려들었다. 장갑차의 외부에 설치된 기관총이 사정없이 총알을 발사한다. 50구경 기관총탄을 맞은 좀비들은 픽픽 날아가면서 쓰러지지만, 두어 대의 장갑차가 상대하기에는 그 수가 너무 많았다.

"끄웨에엑!"

헐크를 착용한 좀비 여남은 마리가 한꺼번에 달려들어 밀어 치자 17톤에 육박하는 스트라이커가 이렇다 할 저항도 해 보지 못한 채 옆으로 넘어졌다. 이동할 수 없게 된 스트라이커를 좀비들이 덮쳐 기관포탑을 부수고 해치를 억지로 비틀어 연다.

최후의 순간, 패닉에 빠진 승무원들은 그들이 가진 유일한 무기, 40㎜ 그레네이드 런처를 모두 발사해 버리는 멍청한 짓을 저질렀다.

푸슈슈슉―.

콰아앙!

무작위로 날아간 그레네이드가 사방에 떨어지며 기지와 막사들을 불덩어리로 만들었다.

"줄루 코브라! 콜록! 콜록…… 모든 줄루 코브라에게 고한다! 즉각 베이스로 돌아와! 쿨럭! 헤드 쿼터를 호위하라!"

애타는 목소리의 무전병이 숨넘어가게 바이퍼를 찾는다.

"아파치도 불러들여!"

개리슨이 고함을 질렀다.

"에, 콜록, 하지만 작전 구역이……."

"닥치고 부르란 말이야! 그런 구역 따지지 말고!"

다리 너머부터가 육군의 관할이니, 다리 이전은 해병이니 하는 소꿉놀이를 할 때가 아니다. 개리슨은 초조한 표정으로 시계를 살폈다. 요청했던 시호크의 도착 예정 시간은 아직도 40분이 넘게 남았다. 작전 본부를 경계하던 해병들도 어느새 반 이상 좀비로 변해 버려서 컨테이너 주변에서는 필사의 총격전이 벌어지고 있다.

— 쿨럭! 쿨럭! 여기는 아파치 슈퍼 26! 쿨럭! 25와 함께 경계 구역을 넘겠다. 쿨럭! 쿨럭! 후우…… 진입을 허락 바란다.

"허락한…… 우…… 우에에엑! 우웨엑!"

대답하던 병사가 마이크에 대량의 토사물을 쏟아 냈다. 땀 냄새가 가득한 사내놈들하고만 45년을 보내 온 트로이 중장조차도 무심코 코를 막을 만큼 지독한 악취가 풍겨 나온다.

으으으…… 고통스럽게 신음을 흘리던 병사가 몸을 벌떡 일으키며 곁의 다른 작전병을 향해 달려든다. 무장하고 있지 않던 작전병은 안간힘을 쓰며 저항해 보지만, 좀비로 변한 동료의 힘을 도저히 당해 내지 못하고 팔뚝을 물어뜯겼다.

찌이익, 살이 뜯어져 나가며 피가 솟아오른다.

"쏴!"

개리슨의 명령이 떨어지는 것과 동시에 경호원들은 기관단총을 난사해 두 병사 모두를 사살했다. 으아아— 전산실에 소속된 병사들이 일제히 뒤로 물러나며 기침을 해 댄다.

그 짧은 시간 동안 안경을 쓴 병사 하나가 또 좀비로 변했고, 개리슨이 직접 권총을 발사해서 녀석의 머리를 터뜨려 버렸다.

위이이잉!

파파파파파파팟―!

바이퍼 헬기 두 대가 컨테이너 위를 날아 지나가며 기총사격을 시작했다. 강화 장비 헐크를 장착한 채 달려들던 육군 좀비들의 몸뚱이가 반으로 잘려 나가며 고꾸라졌다.

하지만 이쯤 되자 바이퍼의 조종사들 역시 얼마 버티지 못하고 변할 것이라는 예감이 든다.

"제기랄! 뭐지? 개리슨, 상황을 좀 정리해 봐! 뭐야? 우리가 노스 캐롤라이나부터 여기까지 좀비들을 데리고 온 건가?"

트로이 중장이 신경질적으로 테이블을 치면서 물었다.

"그렇지 않습니다. 캠프 러전에서는 단 한 건도 좀비 감염 사례가 보고된 바 없습니다."

"그런데 왜? 왜 저 밖의 놈들은 절반 이상이 좀비로 변해 버린 건가? 어이, 저기 저거 처리해라!"

트로이는 말하는 도중 어느새 좀비로 변해 달려드는 또 다른 전산병을 가리킨다. 경호원들의 기관총이 네 발 만에 놈의 머리를 터뜨리고 난 뒤, 개리슨이 대답했다.

"해병만의 문제가 아닙니다. 그랬다면 저렇게 많은 육군들이 한꺼번에 감염된 이유가 설명이 되질 않으니까요."

그 말은 사실이다. 트로이는 잔주름이 가득한 이마를 신경질적으로 문지르면서 생각에 잠겼다. 이렇게 한꺼번에 이만한 수효의 병사가, 게다가 하늘에 떠 있는 헬기 조종사들까지 감염되려면 그 방법은 몇 개 되지 않는다.

게다가 어젯밤까지도 캠프 러전에서 사병들과 함께 식사를 했던 자신과 개리슨이 멀쩡한 점을 감안해 보면, 가능성의 가짓수는 더욱 좁은 범위로 축소될 수 있다.

오염된 지역.

아무리 생각해도 그것밖에는 논리적인 해답이 없다. 펜서콜라의 대기는 치명적인 무엇인가에 의해 단단히 오염되어 있는 것이다.

끼이이이잉―!

콰콰쾅―!

남쪽에서는 요란한 소리를 내며 급강하하던 바이퍼가 프로펠러로 흙먼지를 날리며 모랫바닥에 처박힌다. 그 충격이 채 가시기도 전에 아파치도 스리 마일 브리지 위로 추락하면서 대폭발을 일으켰다.

지옥이군…….

트로이의 눈가에 깊게 주름이 팬다.

탕! 타다다― 타당!

마지막까지 남아 요란한 기침 소리와 구역질로 골을 지끈거리게 하던 전산병 세 명도 좀비로 변해 총알 세례를 받은 뒤에야 잠잠해졌다. 화약 냄새가 가득한 컨테이너 안에는 이제 여덟 명만이 남았다.

"개리슨."

트로이 중장이 입을 열었다.

"좀비는 공기 감염이 되지 않는다고 했지? 내 기억이 맞나?"

"그렇습니다. 어떤 실험에서도 좀비의 구강 내 세균이 피해자의 혈관에 직접적으로 접촉한 경우에만 전염이 진행되었습니…… 쿨럭! 쿨럭!"

대답을 하던 개리슨의 얼굴이 돌처럼 굳었다. 너무도 익숙한 이 기침 소리가 이제 자신의 입에서도 터져 나온 것이다. 공기 감염을 믿을 수밖에 없는 상황이 유도되고 있다.

"그 실험 중에 화염에 대한 반응도 있었나?"

트로이 중장이 평정심을 유지하며 물었다.

"소각로에서 소각한 뒤, 공기 내의 성분을 측정한 보고서를…… 쿨럭! 끄으음…… 본 적이 있습니다. 아무런 변화가 없었습니다. 쿨럭!"

"소각로라고 해 봐야 800도 정도야. 네이팜 G는 1,600도를 초과하고. 거의 두 배나 되는 온도 차이가 나는 거지. 화학반응이 완전히 다를 수도 있었는데. 후우~ 왜 그 별로 어려울 것도 아닌 실험을 건너뛰었지?"

트로이는 땀으로 흥건히 젖은 이마를 쓸어내리며 자신을 책망했다.

쿵―!

외부에서 컨테이너를 내려치는 소리가 둔중하게 울렸다. 총소리가 이렇게나 잦아든 걸 보면 이제 살아남은 병사들은 정말 얼마 되지 않는 모양이다.

"네이팜 때문에 좀비 박테리아에 변형이 왔다고 보시는 겁니까? 읍…… 쿨럭, 쿨럭! 공기 감염으로?"

"그것 외에 지금의 상황을 충족시킬 만한 다른 가설이 있나? 아파치 파일럿들은 여기 땅을 밟아 보지도 않았어. 2천만 달러짜리 공격 헬기의 첨단 공기 정화 장치를 통과할 만큼 강력한 박테리아들이 저 위 300피트 상공에까지 번져 있는 걸세. 횡으로는 얼마나 넓게 확산되었을지 아무도 모르지. 쿨럭! 이런 제기랄! 자네 생각은 어때?"

"……제 생각도 같았습니다. 장군님만은 감염되시기 전에 후송하고 싶었고요."

트로이까지 기침을 하게 되면서 컨테이너 안의 해병 여덟은 모두 감염이 확인되었다.

작은 교훈을 얻기 위해서 너무 큰 비용을 지불했군…….

트로이는 얼굴을 찡그려 웃으면서 시가 박스를 열었다.

"다들 하나씩 물어. 다른 병사들 보니까 이걸 피울 여유 정도는 있을 것 같군. 쿠바산이면 더 좋을 테지만, 어차피 이것도 마이애미에서 쿠바 사람들이 만든 거니까……."

친히 해병들 전원에게 불을 붙여 준 뒤, 연기를 길게 내뿜으며 트로이 중장이 말했다.

"시호크에게 다시 귀환하라고 하게. 임무가 취소되었으며 절대 이 근처로 접근하지 말라고……. 쿨럭! 공연히 더 피해자를 늘릴 필요는 없지."

개리슨은 조금 더 잦아진 기침 때문에 애를 먹으면서도 무전기를 켜고 명령을 송신했다. 돌아갈 수 있는 희망이 완전히 사라지자 시가의 맛이 한결 각별하게 느껴졌다.

그롸아아악!

컨테이너의 창틀을 깨고 헐크를 장착한 팔이 쑥 들어온다. 경호원들은 시가를 문 채 방탄 장비가 보호해 주지 않는 놈의 얼굴과 목에 총알을 박아 넣었다. 한참을 더 난리치던 좀비는 컨테이너 창문에 몸을 걸친 채 죽어 버렸다.

"슬슬 대통령에게도 보고를 해야 할 것 같은데요. 쿨럭! 전화를 거시겠습니까? 쿨럭! 쿨럭!"

개리슨이 묻자, 트로이는 고개를 저었다.

"쿨럭! 쿨럭! 평생을…… 후우, 강철처럼 살았는데, 콜록거리면서 마지막 장을 쓰고 싶지는 않네."

"쿨럭! 그러면……."

"정식 보고서를 전송하고 싶네. 쿨럭! 도와주겠나? 쿨럭, 쿨럭!"

"기꺼이……."

개리슨은 숨을 좀 고른 뒤, 테이블 앞에 앉아 노트북을 열었다.

콰아앙—!

어디선가 또다시 대량의 화약이 폭발하며 엄청난 열기와 충격파가 전해진다.

타다탁— 타다닥—!

트로이 중장의 계정으로 펜타곤 서버에 접속한 개리슨은 바쁘게 손가락을 놀렸다. 펜서콜라 비치에 배치되었던 작전 병력이 전멸한 경위를 설명하는 동안 억울하게 죽어 간 700여 명의 어린 병사들을 생각하자 분해서 눈물이 날 것 같다.

감정을 추스른 개리슨이 절대로 좀비를 상대로 네이팜을 사용하지 말아야 하는 이유와 플로리다 주변을 오염 구역으로 지정해서 접근하지 말라는 당부까지 모두 적었을 때쯤, 컨테이너의 문이 뜯겨 나가면서 헐크로 파워를 증폭시킨 좀비들이 괴성과 함께 달려 들어온다.

탕탕탕— 드르르륵—.

경호원들의 안간힘에도 불구하고 미국의 제식 방탄 장비는 너무도 훌륭하게 좀비들을 지켜 내 줬다.

끄아악—! 믿기지 않는 괴력에 머리통이 뜯겨 나가며 경호원들이 비명을 지른다. 서둘러 전송 버튼을 클릭한 개리슨은 트로이의 앞을 막아서며 권총을 뽑아 들었다.

02

원래 매점이 있던 자리에서 하루에 두 번 주는 급식은 형편없고 양도 적었다. 군대식 식판에 밥과 국, 절임 반찬 두 종류가 전부인데, 그나마 매점 앞에 세워진 허리 높이의 구조물에 사물함 열쇠를 대고 나서야 받을 수 있다.

지하철 개찰구처럼 열쇠를 대야 안으로 들어갈 수 있는 구조여서 더 달라거나 다시 줄을 서서 음식을 받는 일은 허용되지 않았다.

"아, 젠장. 또 똥국이네."

임수정과 테라보다 먼저 배식을 받은 남자가 한숨을 쉬며 걸어간다. 전부 똑같은 색깔의 싸구려 트레이닝복을 걸치고서 긴 배식 줄에 서 있다 보면 자연스럽게 우울해지는 기분이다. 그리고 그 우울함은 아주 빠르고 넓게 주변으로 전염된다.

지치고 추레한 사람들이 말없이 식판을 내밀면 무뚝뚝한 병사들이 역시 아무 말도 않고 밥과 국을 퍼 주고, 통조림에서 절임 반찬을 배식해 준다. 서로의 얼굴에는 '불행'이라는 글자가 커다랗게 적혀 있는 것 같다.

"안녕하세요."

테라가 식판을 올리며 군인들에게 밝은 목소리로 인사를 한다. 뚱해 있던 군인들의 얼굴에 잠시 화색이 돈다. 그녀의 목소리 때문에 남들의 이목이 더 집중되지만, 테라는 아랑곳하지 않고 밥 한 주걱, 국 한 국자, 반찬 집게 하나가 식판에 올려질 때마다 '고맙습니다.'를 연발했다.

'잘 먹겠습니다.'라는 인사까지 웃는 얼굴로 공손하게 하고 나서야 그녀는 식판을 들고 돌아선다. 이제 임수정의 차례가 왔다.

"……안녕하세요."

테라처럼 해 보고 싶었지만, 말은 나오는데 얼굴은 여전히 웃어지지 않는다. '고맙습니다.'라는 인사를 할 때는 말투가 점점 무뚝뚝해지면서 목소리가 작아지고, '잘 먹겠습니다.'는 입에서 떨어지지가 않아 그냥 고개만 꾸벅하고 돌아섰다.

아, 멍청한 년…….

임수정은 자신이 한심스러워 스스로에게 귀싸대기라도 한 대 갈기고 싶었다. 그리고 그녀의 뒷사람은 또 무뚝뚝한 표정으로 말없이 식판을 내려놓는다. 테라 덕분에 잠시 밝아졌던 급식소 주변의 공기는 이내 다시 침울하게 가라앉았다.

"언니, 밖에서 먹을까요?"

테라가 임수정을 이끈 곳은 잠실구장의 내야석이다. 드문드문 떨어져 좌석에 앉은 사람들은 보잘것없는 식사를 한 숟갈 퍼서 입에 넣은 뒤, 넓게 펼쳐진 그라운드를 바라보며 말없이 씹고 있다.

야구 선수들 대신 총 든 군인이 가득하지만, 그래도 콘크리트 벽을 보면서 먹는 것보다는 소화가 잘될 것 같았다.

"너, 인사 참 잘하더라. 사람들이 온통 너만 쳐다보고 있어서 더 쑥스러울 텐데……. 아우, 나는 영 못 하겠어."

좌석에 앉아 무릎에 식판을 올려놓으며 임수정이 말했다. 하하, 가볍게 웃은 테라가 포크 숟가락으로 밥을 뜨며 대수롭지 않다는 듯 이야기했다.

"데뷔하고 처음 반년까지는 정말 인사만 하고 다녔던 것 같아요. 어딜 가나 다 우리보다 높은 사람들뿐이어서, 모르는 사람이 지나가면 무조건 허리부터 숙였죠. 그때 몸에 밴 거 아닐까요?"

그 말을 하는 동안에도 그라운드를 지나가던 군인들이 그녀를 알아보고 서로 수군대며 손가락질을 하자, 테라는 팔을 번쩍 들어 열심히 흔들며 웃어 준다. 그냥 고개를 숙이고 못 본 척해도 될 텐데, 어지간히 열심이다.

"하지만 벌써 톱스타가 된 지 오래됐잖아. 요즘엔 그렇게 허리 굽히고 다녔을 것 같지 않은데?"

임수정은 말을 마치고 국을 한 숟갈 떠서 넣었다. 며칠을 굶고 나서 그다음엔 건빵만 먹었던지라, 건더기도 거의 없는 된장국이 의외로 괜찮은 것처럼 여겨진다.

"실은요······."

테라는 비밀을 이야기하듯 목소리를 낮춰 말을 했다.

"저 군인 오빠들은 우리한테 친절하게 대해 줄 의무가 없잖아요. 그저 여기, 잠실야구장으로 가서 구출된 생존자들을 지키고 도와주라는 명령을 받은 것뿐일 테니까. 그 의무에 친절은 포함된 게 아니거든요. 그런데도 사람들은 막연히 더 잘해 줄 수는 없나 하는 기대를 하죠. 그러니까 점점 기분이 나빠지는 거예요."

임수정이 이의를 제기했다.

"하지만 우리가 낸 세금으로 운용되는 군대잖아. 물론 네가 낸 세금 액수에 비하면 나는 뭐, 명함도 못 내밀 수준일 테지만······. 그러니까 그 정도는 해 줘도 되는 거 아닐까?"

테라가 웃음을 지으며 고개를 저었다.

"에이, 언니는······. 저 오빠들이 그 돈을 받았던 건 아니잖아요. 군복을 입고 있으니까 자꾸 잊게 되는데, 저 사람들도 몇 달 전에는 그냥 우리랑 똑같은 일반인이었어요. 내색은 안 하고 있지만, 언니나 제가 힘든 만큼 저 오빠들도 힘이 들고 불안할 거예요. 자유가 없으니까 어쩌면 더 힘들지도 모르죠."

"맞아, 그럴 테지."

임수정은 장교로 복무하고 있는 동생의 얼굴을 떠올렸다.

"웃는 얼굴을 보고 싶으면 네가 먼저 웃어 줘라, 이건 제가 어렸을 때부터 우리 엄마가 늘 해 주던 말이에요. 제가 사람들에게…… 특히 군인 오빠들에게 너무 오버한다고, 꼬리 친다고 뒤에서 흉보는 사람들이 많은 것도 잘 알아요. 하지만 저는 그저 제가 먼저 최선을 다해 보는 거예요. 최선을 다해서 웃어 드리고 말 한 마디라도 친절하게 하는 거, 지금 제가 저 오빠들한테 해 줄 수 있는 건 그 정도뿐이거든요. 그리고 그건 군인 오빠들에게서 사랑을 받았던 제 의무이기도 하다고 생각해요."

그렇게 말한 테라는 먼 하늘을 바라보며 그리운 표정을 지었다.

"갑자기 엄마…… 생각이 나서 그래?"

임수정이 묻자, 테라는 고개를 끄덕거리면서 눈가를 찍어 냈다.

"네…… 보고 싶어요."

"너무 걱정하지 마. 건강하게 잘 계실 거야. 부모님 댁이 어디였는데?"

후우, 가볍게 한숨을 내쉰 뒤 다시 미소를 되찾은 테라가 말했다.

"미국에 계세요. 펜서콜라라고, 플로리다 동쪽에 있는 휴양지예요. 언니는요?"

03

"근데, 오늘이 대체 무슨 요일이지? 이젠 시간이 어떻게 가는 건지, 그런 감각도 없어졌네."

아침을 먹던 도중에 삼식이가 물었다. 글쎄…… 모두 골똘히 생각에 잠겨 있을 때, 우두둑거리며 생라면을 씹고 있던 보안관이 되물었다.

"보통은 무슨 요일이 아니라 날짜를 물어보지 않냐?"

"하하, 아무거나 물어보면 어때? 좋아, 그럼 오늘이 며칠이야?"

"음, 어디 보자. 제니를 만난 지 나흘째니까······."

모든 일의 기준이 제니가 돼 버린 보안관이 역산을 하며 손가락을 꼽아 본다.

"정말 그것밖에 안 지났나요? 저는 오빠들이랑 벌써 꽤 오랫동안 알고 지낸 것 같은 기분인데······."

라면 봉지를 고무줄로 묶어 놓고 있던 제니가 의외라는 표정으로 생각에 잠겼다. 머릿속으로 계산을 하는 모양이다.

"신입, 네가 일하러 온 날이 며칠이었어?"

보안관이 물었다.

"14일······."

"그럼 14일부터 따져 보면 대충 계산되겠네. 그때 처음 좀비가 나타난 거잖아. 그다음 날 하루 종일 걸려서 아래층의 좀비들을 죽였고······ 음식을 구하러 갔던 게 그날이었나, 다음 날이었나?"

"그만해, 멍청이들아! 재미도 없는 이야기 지겨워 죽겠네. 오늘 7월 19일 화요일이다! 됐지?"

신입이 답답하다는 듯 소리를 빽! 질렀다. 자신이 신뢰받지 못한다는 걸 잘 알고 있는지, 휴대폰 전원까지 넣어서 보여 준다. 삼식이는 작업반장의 다이어리를 꺼내서 볼펜으로 날짜 표시를 해 두며 혼잣말을 했다.

"그럼 좀비 세상이 된 지 딱 일주일째 되는 거네."

"일주일은 아니고 6일이지. 젠장, 그나저나 이렇게 될 줄 알았으면 월급 아끼지 말고 팍팍 쓰는 거였는데······."

삼식이의 계산을 지적해준 유빈이가 분하다는 표정으로 라면을 깨물었다. 평소에 밀가루 음식을 싫어하지는 않았지만, 생라면만 계속 먹고 있자니 왠지 서러워진다. 아직 다리가 다 아물지 않았고, 온몸 여기저기가 쑤셔서 더 우울해지는 건지도 모르겠다.

"만약 팍팍 썼으면 뭘 했을 건데요, 오빠?"

라면 봉지를 조몰락거리면서 제니가 물었다. 유빈은 생각하지도 않고 답했다.

"삼겹살 사 먹었을 것 같은데? 수입산 말고 국산으로."

할머니한테 좋은 것도 사 드렸을 테고…….

하지만 그런 이야기는 꺼내 봐야 분위기만 우울해질 것 같아서 속으로 삼켰다.

"상추도 곁들여서 시원한 소주랑…… 캬아!"

상상만으로도 짜릿해지는지 삼식이는 눈을 가늘게 뜨고 입맛을 다셨다.

삼겹살이라…….

보안관이 나지막이 혼잣말을 하다가 한숨을 내쉬었다.

"정육점에 있던 것들은 벌써 옛날에 다 썩었겠지. 이제는 정말 살아 있는 돼지를 잡지 않으면 못 먹는 음식이 됐네. 근데 제니, 너 뭐 해? 라면 먹기 싫으면 다른 음식 줄까? 참치랑 스팸 있어."

"아니에요. 좀 색다른 방식으로 먹어 보려고요. 아…… 이제 좀 불었다."

라면 봉지를 봉해 놓고 계속 주무르고만 있던 제니가 위쪽의 고무줄을 풀더니 나뭇가지를 꺾어 만든 젓가락을 넣어 휘휘 젓는다.

"물을 부어 놨었거든요. 이제 좀 말랑해진 것 같아요. 어디, 흠흠……."

뜨거운 물도 아니고, 그저 미지근한 물을 부어 놓은 뒤에 불려 먹는 라면이다. 비주얼적으로도 꽤나 끔찍하다. 하지만 제니는 맛있게 한입을 먹고, 한 젓가락 듬뿍 집어 보안관에게도 권했다.

"으음~! 생라면보다는 나은 것 같은데? 오빠도 한번 먹어 봐요."

"소, 손바닥에 줘. 입 닿으니까……."

보안관이 부끄러워하자 제니가 억지로 입에 가져다 댄다.

"어후, 뭐야, 애들처럼……. 괜찮아요. 그냥 아— 해요."

그, 그럼…….

새색시 같은 표정을 지으며 제니로부터 라면을 받아먹은 보안관은 황홀해진 표정으로 오물거렸다. 자신만의 비법을 전수하는 제니가 눈을 빛내며 물었다.

"그죠? 맛있죠?"

맛이 있기는…….

가끔씩 실수로 컵라면에 찬물을 받았을 때, 버리기는 차마 아까워서 그냥 씹던 그 맛이다. 하지만 그래도 제니가 직접 먹여 준 라면이다. 보안관은 미소를 지었다.

"으응…… 그, 그러네."

"오빠 것도 줘요. 내가 똑같이 만들어 줄게요."

제니는 보안관의 라면 봉지를 뺏다시피 해서 물을 부어 준다.

"그럼 나도 해 줘 봐."

호기심 가득한 눈으로 보고 있던 삼식이가 자신의 라면을 내밀자, 제니가 갑자기 깔깔대기 시작했다.

"아하하하! 아니에요. 그냥 장난친 거예요. 한입 먹자마자 깨달은 건데, 이거 진짜 못 먹을 음식이에요. 하하하!"

한참 신나게 웃던 제니가 정색을 하고 보안관의 무릎을 치며 물었다.

"그래도 제가 해 준 요리니까 보안관 오빠는 같이 먹어 줄 수 있죠?"

보안관은 그 한마디에 다시 기운이 솟았다.

"그럼! 국물까지 싹 다 맛있게 먹을 수 있지."

찬물에 적신 라면을 먹고 있는 제니와 보안관에게 유빈이 불쌍하다는 투로 말했다.

"말을 하지……. 매일 밤마다 불을 피우니까 물은 끓일 수 있었는데……."

"에? 정말요? 하지만 주전자가 없잖아요?"

"종이컵에 담아서 끓이면 되지, 뭐. 중간에 아무거나 쇠판 하나만 물 좀 부어서 깔아 두면 불은 안 붙으니까 번거로울 것도 없어."

"그럼 오늘 밤에 끓여 먹어요! 제가 끓여 드릴게요!"

"그래그래, 제니가 끓여 준 라면 좀 먹어 보자. 낮에 파이프로 판을 올릴 다리

만들어 놓을게."

유빈은 선선히 대답했다. 어차피 다리가 이 모양이라 보안관을 따라 움직이지는 못하니까 시간 여유는 있다.

"나는 삼식이랑 저기에 올라가 볼게. 뭐가 있는지 좀 봐야지."

정말로 순식간에 국물까지 다 털어 넣은 보안관이 우적거리며 등 뒤를 가리킨다. 그제 밤에 괴물 한 마리가 나타났던 뒷산이다. 유빈과 삼식이는 고개를 끄덕였다.

이제 어느 정도 파악이 끝난 변화가 쪽과 달리, 뒷산은 아직 미지의 영역이다. 일을 하는 동안에도 별로 올라갈 일이 없었고, 그 너머에 뭐가 있는지조차 모른다.

무지는 곧 불안함이고, 공포다. 여기에 둥지를 틀고 지내고 있는 이상, 그 괴물이 어디에서 어떤 경로로 여기까지 왔는가 하는 정도는 알아 둘 필요가 있다.

뒷산 정찰을 떠나기 전, 보안관과 제니 사이에 한차례 실랑이가 일었다. 보안관은 위험할지도 모르니 절대로 데려갈 수 없다는 입장이고, 어느새 배낭까지 메고 나온 제니는 함께 가겠다는 고집을 좀처럼 굽히지 않았다.

"좋아, 그럼 이렇게 하자. 이거 받아 봐. 만약 이걸로 여기를 때려서 자르면, 그때는 두말 않고 같이 갈게."

신입과 삼식이를 마냥 기다리게 할 수는 없어서 보안관은 바닥에 놓여 있던 삽을 집어 주며 마지막 제안을 했다. 그가 가리킨 목표는 허리 높이에 붙어 있는 나뭇가지다. 바짝 말라 있는 데다가 새끼손가락 정도밖에 안 되는 굵기여서 그리 어렵지 않아 보인다.

"혹시 버드나무처럼 휘어지는 가지일 수도 있으니까 먼저 검사부터 해 볼게요."

그렇게 말한 제니가 나뭇가지를 잡고 몰래 힘을 주어 누르려고 하자, 보안관이 제지했다.

"에이, 반칙하면 안 되지."

"에헤헤."

제니는 혀를 낼름 하고 웃은 뒤, 자리로 돌아가 신중한 표정으로 삽을 들어 올렸다.

"셋을 세면 내려치는 거다."

보안관이 말했다.

"어, 그런 조건은 없었잖아요?"

"이건 생존 능력 테스트니까, 스피드는 기본이지."

납득한 제니는 고개를 끄덕였다. 처음에 우습게 생각했던 것과 달리 높이 들어 올린 삽은 점점 무거워지고 있다.

"하나…… 둘…… 셋!"

"이얏!"

기합까지 내지르며 힘껏 휘둘렀는데, 삽날은 나뭇가지 끝을 스치고 지나서 땅을 때렸다. 다음 기회를 달라고 입을 떼려던 제니에게서 삽을 건네받으며 보안관이 말했다.

"이게 좀비였으면 넌 벌써 물린 거야."

어지간히 섭섭하게 들리는 말이지만, 동시에 냉정한 사실이기도 해서 제니는 깨끗이 포기했다.

"알았어요, 오빠. 조심해서 다녀오세요. 삼식이 오빠, 신입 오빠, 잘 갔다 와요~!"

보안관 일행에게 손을 흔들어 배웅을 한 뒤, 유빈의 곁으로 다가온 제니가 입술을 내밀고 심통을 부린다.

"오빤, 왜 내 편 안 들어 줬어요?"

다친 다리를 펴고 앉아서 파이프를 자르고 있던 유빈은 당연하다는 듯 대답했다.

"내가 같이 가는 것도 아닌데, 어떻게 함께 가라 마라 말을 할 수가 있어? 책임자가 보안관이니까……."

"보안관 오빠는 순 독재자예요!"

"하하, 그런 거 아니야. 걔는 네가 너무 소중하고 좋으니까 그렇게 할 수밖에 없어."

"좋아하면 원하는 걸 하게 해 줘야죠."

"보안관은 그렇게 생각 안 할걸? 좋아하면 아껴 주고 지켜 주는 게 가장 중요하다고 말할 놈이야."

"테라였다면 그런 공주님 대접 받는 거 좋아했겠지만, 전 별로란 말이에요."

제니는 유빈의 곁에 쪼그리고 앉아 작은 돌들을 들어 땅바닥에 집어 던지면서 투정을 부렸다. 유빈이 물었다.

"그런데, 사실 너 좀 이상해 보이는 거 알아? 왜 자꾸 좀비들이 우글거리는 위험한 데를 따라가려고 하는 건지……. 너도 그제 봤잖아, 그 괴물들. 엄청 빠르고 힘도 세다고. 4층 건물에서 너랑 나 사이에 좀비가 뚝 떨어져 내렸을 땐 정말 미치는 줄 알았어. 혹시 너한테 달려들면 어쩌나 싶어서……. 너도 기억나지? 그래도 안 무서워?"

"무서워요. 하지만 저 혼자 여기 남는 게 더 싫다고요."

"왜 너만 남았어? 나도 있잖아."

"다리가 다 나으면 오빠도 보안관 오빠랑 같이 나가 버릴 거잖아요. 그럼 그때도 저랑 여기 있어 줄 거예요?"

아, 그런 거였나…….

유빈은 톱질을 하던 손을 멈췄다.

"그럼 내가 다 낫거든 그때 다시 이야기하면 되지."

"사람이 부족할 때도 안 데려가는데, 오빠까지 합류한 다음에는 말할 필요도 없죠. 계속…… 불안해하고 기다리다가 혼자 남겨지는 건 정말 상상만 해도 싫다고요."

"그런 일은 없어. 보안관이 돌아오면 이번엔 내가 정말 잘 말해 줄게. 그리고 네가 조곤조곤 그런 이야기를 다 해 주면 걔도 알아들을 거야."

"……진짜죠?"

제니가 의심스럽다는 눈초리로 유빈을 돌아본다.

"그러엄."

유빈은 최대한 믿음직스러운 표정을 지어 보이며 고개를 끄덕였다. 그 말을 듣고 기분이 조금 나아졌는지, 제니의 돌을 던지는 각도가 조금 위쪽으로 올라갔다. 하지만 그녀가 스스로를 지킬 힘이 없다는 건 확실히 걱정이 되는 부분이다.

유빈은 곁에 앉아 있는 제니의 가느다란 팔과 다리를 물끄러미 바라봤다. 저런 몸으로 괴물들과 근접전을 벌인다는 건 무리다. 그녀가 원하는 대로 당당히 몫을 하는 한 사람이 되기 위해서는 그녀에게 맞는 무기가 필요하다.

약한 힘으로도 마음대로 다룰 수 있으면서 공격력은 확실히 보장되고, 거기다가 멀리서 공격할 수 있다면 더 좋을 것이다.

으음, 뭐가 있을까? 그런 무기가……. 달리기는 꽤 잘하지만 근력은 약한 사람에게 최적의 무기란 뭘까…….

유빈은 열심히 궁리하면서 다시 톱질을 하기 시작했다.

04

"덥다."

보안관이 땀을 닦으며 중얼거렸다. 막연히 나지막한 동산이라고만 생각했는데, 뒷산은 그들이 생각했던 것보다는 높았다. 10여 분 정도 올라가자 듬성했던 나무가 점점 빽빽해졌고, 조금 더 급해진 경사로를 따라 또 한 5분을 더 걸으니 로프를 쳐 두고 나무로 계단을 깔아 둔 등산로가 나타났다.

"계단을 깔아 놨네. 이건 어디로 이어진 거지?"

로프를 넘어 등산로 안에 들어서며 삼식이가 중얼거렸다. 그들이 서 있는 곳에서는 지그재그 형식으로 죽 닦아 놓은 길의 아래쪽 끝이 보이지 않았다.

"후아아~ 좀 쉬었다 가자."

신입이 숨을 헐떡거리며 주저앉아 급하게 물을 들이켠다.

"담배 하나만 줘. 휴우…… 왜 이렇게 힘드냐?"

땀을 뚝뚝 떨어뜨리는 신입에게 담배를 건네며 삼식이가 말했다.

"몸을 거의 안 움직이고 계속 누워서 음료수만 마셔 대니까 그렇지. 우리가 갇혀 있는 동안에 통조림도 어지간히 먹어 치우셨더구만. 너 있지…… 요새 살쪘어."

"으음, 확실히 그래 보여. 피둥피둥해졌어."

해머에 기대선 보안관도 고개를 끄덕인다. 좀비 세상이 온 다음에 몸무게가 늘어난, 정말 몇 안 되는 사람 중 하나일 것이다. 담배에 불을 붙이고 있던 신입이 발끈했다.

"지랄하지 마! 먹은 게 없어서 똥도 잘 안 나오는데 무슨 살이 쪄, 찌기는."

"놀리려는 게 아니니까 화내지 말고 들어 봐. 지금은 달리기를 못하면 죽는 세상이야. 네 몸이 무거워지면 그만큼 네가 생존할 확률이 낮아지는 거라고."

삼식이의 이야기에 조금 뜨끔했는지 신입은 양손으로 자신의 옆구리를 꼬집어 본다. 그러면서도 좀처럼 일어날 생각을 않는 신입에게 보안관이 말했다.

"숨 좀 돌렸으면 일어나. 해 있을 때 빨리빨리 움직여야 돼."

계단을 따라 좀 더 올라가자 널찍한 공간이 펼쳐지며 철봉이나 평행봉 같은 구식 운동 기구들이 보인다. 지붕을 만들어 둔 공간에 헬스클럽용 기계들도 몇 가지 들어 있는 걸로 봐서는, 여길 이용하는 사람들이 꽤나 있었던 모양이다. 삼식이가 물었다.

"그날 여기서 운동하던 사람들도 적지 않았을 텐데, 다들 어디로 갔지?"

"여기는 조용했을 테니까 운동 다 하고 아무 생각 없이 산에서 내려가다가 당했겠지. 게다가 너도 뽕짝 아저씨가 변한 다음에 다른 놈들이랑 합류한 거 봤잖아. 여기서 물렸더라도 아마 무리를 찾아 내려가지 않았을까? 오! 저기 있다!"

"뭐가 있어?"

깜짝 놀란 신입이 몸을 움츠리며 물었다.
"약수터! 그렇지, 산에 오면 약수터가 있어야지!"
보안관이 가리킨 방향에는 화강암으로 꾸며 놓은 수돗가가 있었다.
쫄쫄쫄—.
엄청 솟구치는 건 아니지만, 그래도 꽤나 많은 양의 물이 꼭지도 없는 수도를 타고 안정적으로 흘러내리고 있다. 수돗가 아래의 돌절구에 가득 고인 물에서는 파란색 플라스틱 바가지가 둥둥 떠다닌다.
"우와아!"
가장 먼저 달려간 삼식이가 삽을 내려놓고 바가지 가득 물을 퍼서 머리에 부었다.
촤아악— 촤아악—.
두 차례나 물을 부어 긴 머리를 적신 뒤, 고개를 젖히며 환하게 웃는 삼식이의 모습은 마치 여름 향수의 광고 이미지 사진 같다.
개새끼…… 일주일 동안 머리 한번 제대로 감지 못했는데.
"비켜 봐! 나도! 나도!"
물을 마시려던 삼식이를 밀어내며 바가지를 건네받은 신입도 뜨거워진 머리에 물을 붓고 세수를 한다. 요 며칠 동안 도통 경험해 보지 못한 차가운 물이 닿자, 온몸의 세포들이 환호성을 내지른다.
으허허~ 신음을 흘리며 바가지의 물을 퍼붓던 신입은 수도꼭지에서 흘러내리는 물을 두 손으로 받아 벌컥벌컥 마셨다.
"죽인다! 진짜, 에비앙이 따로 없네! 어후아~ 존나 시원하다! 야, 너희도 먹어 봐!"
한 바가지는 족히 될 양의 물을 한참 들이켠 다음, 신입이 보안관과 삼식이에게도 권한다. 그때, 세 사람은 거의 동시에 구청에서 설치해 둔 '먹는 물 공동 시설 안내문' 표지판을 발견했다.

부적합

색 바랜 붉은 잉크로 적혀 있는 글자는 그렇게 말하고 있었다. 먹는 물로 부적합하다고……. 충격을 받은 세 사람은 잠시 입을 열지 못한 채 멍하니 안내문만 바라보고 있었다.

"뭐야, 씨발…… 왜 부적합하다는 거야?"

당황한 표정의 신입이 표지판에 적힌 사유서를 읽어 본다. 코팅된 종이 내에 습기가 차고 글씨가 번지는 바람에 또렷하게 보이지는 않지만, 일반 세균 검출량이 110을 넘어서 부적합하다는 모양이다. 살모넬라균이나 대장균 항목은 불검출이라고 되어 있다.

"야…… 일반 세균이 뭐야? 그리고 110이라는 게 얼마큼이야? 말 좀 해 봐."

들이켠 물이 금방 다 식은땀으로 배출된 신입이 겁먹은 눈으로 묻는다. 삼식이가 웃으며 대답한다.

"대학까지 다닌 네가 모르는데 우리가 그런 걸 어떻게 알겠냐? 하하하."

"씨발, 그냥 추측이라도 해 보라고!"

"대충 때려 맞혀 보자면, 내 생각엔 아마 100이 치사량 아닐까 싶은데? 90까지는 먹어도 죽지는 않는데, 100이 딱 되는 순간, 끄윽! 그런데 그 100이 넘었으면…… 어이구."

놀리는 삼식이와 방방 뛰는 신입을 내버려 두고, 보안관은 사유서를 꼼꼼히 읽어 봤다. 검사 일자가 이미 두 달 가까이나 지나 있어서 신뢰도가 높지는 않지만, 별다른 위험성은 없어 보인다. 하단에 깨알만 하게 적힌 글자에는 음용 가능 일반 세균 수치가 100 이하라고 되어 있다.

"야! 야, 진정해. 마셔도 되는 물이니까 걱정하지 마."

토해 보려고 입 안에 손가락을 집어넣고 있는 신입을 향해 보안관이 말했다. 구원받은 사람처럼 화색을 띤 신입이 묻는다.

"정말이야? 네가 그걸 어떻게 알아?"

"여기 발밑에 뒹구는 물통을 보면 이 동네 사람들도 이 물을 받아다 먹었다는 이야기야. 그리고 정말 위험한 물이면 구청에서 이렇게 놔두지도 않아. 아예 시멘트를 발라 버리든가 하겠지."

형형색색의 물통들을 바라보던 신입이 바가지에 물을 받아 보안관에게 내민다.

"그럼 너도 마셔."

"이 새끼, 하는 짓 봐라……. 난 물통에 물 있어."

"안전하다며? 근데 왜 못 마시는데?"

"네가 지금 바가지 내밀지만 않았으면 나도 마시려고 했어. 근데 이제는 너 때문에라도 안 마셔. 애새끼가 싸가지라는 게 좀 있어야지."

"마셔! 씨발, 너만 살겠다 이거냐?"

"아오! 이 한주먹 거리도 안 되는 게…….'

들이대는 신입과 고집을 꺾지 않는 보안관 때문에 분위기가 험악해지려는 그 순간, 삼식이가 꼭지에 입을 가까이 대고 흐르는 물을 들이켰다.

후루룹~ 듣기만 해도 등까지 청량해지는 것 같은 소리다.

"푸아! 이제 됐지, 신입? 에이그, 사람들 좀 믿어 봐라. 정말 너 죽을 위기인데 우리가 웃고 그러겠냐?"

신입의 머리를 헝클어뜨린 삼식이는 다시 한번 물을 들이켰다. 시원하고 달달하기까지 하다. 아직 앙금이 다 풀리지는 않았지만 일단 사태는 일단락이 되었고, 세 사람은 다시 위를 향해 걸음을 옮겼다.

10여 분쯤 더 걷자 초등학교 운동장 절반 정도 넓이의 탁 트인 공간이 세 사람을 맞이한다.

"여기가 정상인가 보네. 우리가 올라온 건 아마 이런…… 루트였던 것 같고. 와, 이 산이 이렇게 여러 군데로 연결되어 있었던 거야?"

삼식이가 표지판을 살피며 말했다. 총 연장 길이가 5킬로미터인 둘레길의 약도가 그려져 있다. 약도에 따르면 산 주위에는 북쪽부터 시작해서 남쪽까지 아파트 단지가 여덟 개나 둘러싸는 형태로 배치된 모양이다.

약도의 기준으로 보자면 그들이 올라온 길은 아마 아홉 시 방향 정도, 그리고 조금 전 물을 마신 곳은 장미 약수터인 것 같다.

"약수터도 많구나. 하나, 둘…… 여기 보이는 것만 해도 다섯 개나 되네."

보안관도 관심을 가지고 살펴본다. 이렇게 복잡한 산이라면 문제의 괴물이 어디에서 나타났는지 짐작하기 어렵다. 해가 지기 전에 정찰을 끝낸다는 작전도 무리라는 결론에 이르렀다. 이 산에서 아래로 내려가는 방법은 길을 내놓은 것만 따져도 열네 개나 되기 때문이다.

"좋아. 이 지도는 유용하겠어."

삼식이가 배낭에서 다이어리와 볼펜을 꺼내 지도를 베끼기 시작한다. 그런 삼식이를 잠시 흐뭇한 눈으로 바라보던 보안관은 그 괴발개발 갈겨 대는 그림 솜씨에 이내 기대를 접고 정상의 다른 곳을 정찰하기 위해 걸음을 옮겼다. 표지판이 사방에 골고루 배치되어 있으니, 돌아갈 때 하나를 떼어 가면 될 것이다.

보안관의 눈길을 사로잡은 것은 커다란 정자와 그 옆에 설치된 전망 망원경이었다. 저걸 이용하면 그가 아직 한 번도 가 보지 못한 북동쪽 동네의 사정을 파악할 수 있다.

"삼식아, 되도 않는 거 그만하고 일루 와 봐."

"거의 다 했는데……."

"붙어 다니자, 위험하니까. 야, 신입. 먼저 가지 마."

보안관은 혼자서 정자를 향해 뛰어가는 신입을 만류했다. 저 자식이 뭣 때문에 흥분해서 저렇게 열심히 달려가는지도 잘 안다. 정자 아래에 자판기가 세 대나 설치되어 있기 때문이다.

주머니에 돈도 없으면서…….

"어때, 알아볼 수 있겠어?"

"그래, 존나 잘 그렸다."

지도를, 아니, 지도를 그리려다 만든 엉망진창의 선들을 자랑스럽게 내미는 삼식이를 끌고 보안관은 정자 쪽으로 걸어갔다.

정자 옆 절벽에 설치된 전망대에는 세 대의 둥근 전망 망원경이 설치되어 있다. 높은 산에 가면 흔히 볼 수 있는 것들처럼 동전을 넣어야 렌즈를 덮고 있는 가림막이 내려가는 방식이다. 물론 육안으로도 산 주변에 아파트들이 잔뜩 늘어서 있다는 것 정도는 보인다.

"오오, 씨발. 경치 좋은데? 엇. 우읍! 저거······."

전망대 난간을 잡고 떠들어 대던 신입이 헛구역질을 하며 고개를 돌린다. 그가 바라보던 방향에 위치한 산의 중턱에는 노년인 듯한 남녀가 나무에 목을 맨 채 나란히 걸려 있다. 다행이라고 하면 이쪽에서는 뒷모습밖에 보이지 않는다는 점이다.

좀비들의 대갈통을 그렇게 여러 번 쪼갰어도 사람의 시체가 대롱거리는 모습을 보는 건 아직 무덤덤해지지 않는다. 물론 무섭거나 두려운 건 아니다. 일주일 전이었다면 목매달아 죽은 시체를 먼발치서 스치기만 했어도 소름이 끼쳐 며칠 동안 잠을 이루지 못했을 테지만, 지금은 그저 측은하고 안타까운 마음이 더 크다.

"보안관, 이거 봐."

삼식이가 종이쪽지 한 장을 내민다.

"그래, 알았어. 너 지도 잘 그려."

귀찮아진 보안관이 대충 대꾸하자, 삼식이가 고개를 저었다.

"지도 아니고, 찌라시야. 저기에서 주웠어."

찌라시?

보안관은 이해가 안 간다는 표정으로 돌아봤다. 삼식이가 종이에 묻은 흙을 털어 낸 뒤 글자를 읽고 있다. 비에 젖지 않은 걸 보면 최근 며칠 사이에 떨어진 게 분명하다.

"서울 시내 긴급 대피소 위치 안내······."

"뭐, 정말? 대피소?"

"응, 그러네. 우와, 이런 걸 운영하기는 하는구나. 에······ 시민 여러분께서는 다음 중 가까운 장소로 이동하시기를 바랍니다. 대피소는 군의 협조를 통해 안전한 잠자리와 식량을 제공해 드립니다……. 오, 졸라 좋은데? 큭큭큭, 미친 새끼들이다, 진짜. 전화도 안 되는데 전화번호는 뭐 하러 써 놓은 거냐? 어디 보자, 잠실야구장, 상암 월드컵경기장…… 에, 이 근처는…….”

삼식이가 말을 더 이상 잇지 않아 답답해진 보안관과 신입도 머리를 디밀고 함께 전단지를 읽었다.

……없다.

그들이 있는 지역에는 아예 대피소가 없었다. 가장 가까운 곳이라고 해도 광진구 대피소인데, 거기까지 가려면 한나절은 족히 걸어야 할 것이다. 좀비들이 우글거리는 거리에서 한나절의 행진. 그야말로 자살행위와 다르지 않다.

“씨발, 뭐야? 가난한 동네 사는 새끼들은 그냥 다 뒈지라는 거야?”

혹시 놓쳤는가 싶어 두 번이나 대피소 목록을 읽어 본 신입이 툴툴댄다.

“뭐, 애초에 대피소가 그렇게 많지도 않네. 그리고 여기 보니까 계속 더 많은 대피소를 확보할 예정이니 희망의 끈을 놓지 말라는 말도 있고……. 근데 이게 여기까지 어떻게 날아왔지?”

삼식이는 아쉽다는 듯 전단지를 접어 주머니에 집어넣었다.

“뭐, 그거야 풍선에 담아서 올리면 알아서 터진 다음 퍼지니까……. 그보다 어떻게 희망의 끈을 놓지 말라는 거야? 뭘 먹고 사느냐고? 오늘이 육 일쨌데. TV에서 자기들 입으로 사태 해결까지 절대 일주일은 넘지 않을 거라고 말해 놓고서 달라진 건 거의 없잖아. 개새끼들…….”

보안관은 불만 어린 눈으로 멀리 보이는 빽빽한 아파트의 숲을 바라봤다.

대체 저 안에서는 얼마나 많은 사람들이 천천히 죽어 가고 있는 것일까?

“남 걱정할 때가 아니지…….”

보안관이 찜찜한 마음을 털어 내리는 듯 혼잣말을 하며 자판기를 해머로 내려쳤다.

쾅―! 쾅―!

이제는 자판기 터는 것도 요령이 생겨서 예전보다 훨씬 작은 소리만 내고도 자물쇠를 부술 수 있게 되었다.

"참 좋은 재주 얻었군……."

보안관은 쓴웃음을 지으며 동전 통에 들어 있는 동전을 한 움큼 집어 망원경이 있는 곳으로 돌아왔다. 찰칵, 500원짜리를 넣어 돌리자 몇 킬로미터 밖의 풍경이 확대되어 눈앞에 펼쳐진다.

"으아아…… 더럽게 많네."

망원경의 배율을 조정하며 천천히 방향을 돌린 보안관은 자기도 모르게 질린다는 표정으로 탄성을 질렀다. 자동차로 꽉 막힌 6차선 도로, 그리고 자동차보다 열 배는 됨 직한 괴물들이 행군을 하고 있다.

저것에 비한다면 그동안 번화가에서 보았던 괴물들의 무리는 애교에 불과하다. 2천? 아니, 3천? 정확한 수는 모르겠지만, 하여간 엄청난 대군이다.

"여기도 장난 아니야. 와, 저런 건 만나면 그냥 꼼짝없이 죽는 거겠는데?"

보안관의 손에서 동전을 받아 쥔 삼식이와 신입도 각자 망원경에 눈을 갖다 붙이며 열심히 살펴보고 있다. 잠깐 동안이지만 그들이 노원 방향으로 길게 이어진 도로를 보며 깨달은 것은 저쪽으로는 갈 생각도 하지 말아야 한다는 사실이다. 몰려다니는 좀비들의 수가 압도적으로 많다.

자신들이 있는 곳이 낮 시간에 인구가 많이 몰리는 동네가 아니어서 그나마 다행이라는 생각이 들었다. 강남이나 신촌 같은 데에서 일을 하고 있었으면 그들도 꼼짝없이 발이 묶였을 것이다.

"자, 넋 놓고 있지 말고 일어나. 하루에 몇 개씩이라도 다른 루트를 따라 내려가 봐야 돼. 이 주변이 어떤 상황인지 알아야 하니까."

둘레길 약도를 떼어 온 보안관이 실망감 때문에 축 처진 신입을 일으키며 말했다.

"어디로 갈 거야? 에이~ 여기는 음료수가 별로 안 남았네."

이왕 따 놓은 자판기에서 음료수 몇 캔을 꺼내 가방에 담으며 삼식이가 물었다. 뭐만 봤다 하면 일단 챙기는 게 이제 버릇처럼 몸에 배어 버렸다.

"세 군데를 생각하고 있어. 하나는 아파트 쪽, 하나는 여기, 그리고 화랑마을 쪽……. 이렇게 그냥 일반 동네로 이어진 곳이라면, 좀비들이 의외로 적을 수도 있지 않을까?"

그가 가리킨 방향은 지도로 보자면 두 시와 다섯 시, 일곱 시 정도다. 먼저 아파트 6단지부터 살피기로 했다. 방향은 다르지만, 내려가는 길의 모양이나 난이도는 아까 올라왔던 등산로와 거의 유사한 내리막길이었다.

길을 따라 30여 분을 쉼 없이 걷고 나니, 멀리 공원처럼 꾸며진 등산로의 입구가 보인다.

몸 여기저기가 떨어져 나가서 상태가 상당히 좋지 않아 보이는 좀비 서넛이 마치 경비원이나 되는 듯 공원을 배회하고 있다. 물론 그 너머 큰길에는 훨씬 더 많은 놈들이 무리를 이루어 돌아다닌다. 혹시 좀비가 알아챌까 두려워진 세 사람은 서둘러 걸음을 멈추고 그 자리에 납작 엎드렸다.

"아파트 단지 쪽으로 엄청 들락거리네."

가방 안에서 망원경을 꺼내 보던 삼식이가 말했다. 이 이상 더 다가가는 건 무의미할 뿐 아니라 위험하다. 세 사람은 소리를 죽이며 천천히 뒷걸음질을 쳐서 왔던 길을 되짚어 올라갔다.

05

물을 끓일 때 쓸 거치대를 만들고 난 뒤, 유빈은 곧바로 제니를 위한 무기를 만들기 시작했다. 거치대 다리가 삐걱거리는 걸 보고 떠오른 아이디어가 있었다.

비슷한 크기와 무게의 단단한 돌 세 개를 주워 모으고, 빨랫줄도 1.5미터 정도의 길이로 잘라 세 가닥을 준비했다. 빨랫줄과 묶어 연결한 돌에 청테이프를 단단히 감아서 매듭이 흔들리지 않게 하고, 그 위에 목장갑을 씌운 뒤 줄로 한

번 더 꽉 묶었다.

그렇게 돌과 연결된 빨랫줄 세 개의 반대쪽 끝을 한데 연결해 묶은 것으로 준비는 끝났다. 북미 원주민들이 쓰던 '볼라(Bola)'라는 무기다.

"어디……."

제니가 빨래를 개고 있는 동안 1층에서 준비를 마친 유빈은 혼자 산 쪽으로 가서 그가 만든 무기를 시험해 보기로 했다. 아직 효과가 확실히 보장된 게 아니라서 괜히 미리부터 제니를 들뜨게 하고 싶지 않았다.

"저 나무 정도면 괜찮을까?"

목표로 삼은 것은 5미터 정도 떨어진 나무. 두께는 사람 허벅지 정도 된다. 유빈은 길게 빼 놓은 매듭을 잡고 머리 위로 빙빙 돌리다가 목표를 향해 던졌다.

원심력을 얻은 돌들이 빠르게 회전하면서 날아가다가 나무에 닿으며 휘리릭 감긴다. 처음 만들어 본 것치고는 꽤나 그럴듯하다.

"좋은데? 이 정도면 좀 더 멀리에서도 되겠다."

볼라를 나무에서 풀어 온 유빈은, 이번엔 서너 발짝 뒤로 물러난 뒤 똑같이 던져 봤다. 더 정확히 표현하자면, 회전을 시키다가 적당한 타이밍에 놔주기만 하면 된다.

이번에는 조준이 조금 빗나가서 땅을 치며 떨어졌다. 그래도 크게 결함이 있는 것 같지는 않으니, 연습을 해서 감만 몸에 익히면 될 것 같다.

이 무기의 장점은 적중률이 굉장히 높다는 것이다. 한쪽이 60센티 이상 되는 긴 줄이 쫙 펴진 채 날아가고, 그중에 어느 한 부분만 걸려도 그 뒤에는 무게추들이 알아서 감겨든다.

같은 자리에서 한 번 더 던져 보니, 이번엔 높이 조절에 실패했다. 그가 겨냥했던 것보다 훨씬 더 높은 곳에 걸린 볼라를 풀어내며 유빈은 고개를 갸웃거렸다.

으음…… 이거, 거리 조절이 의외로 어려운데…….

"그거 혹시 저 주려고 만든 거예요?"

나무에 얽힌 볼라를 풀고 있을 때, 뒤쪽에서 제니가 말을 건다. 집중하느라 그녀가 다가온 걸 몰랐던 유빈은 깜짝 놀라며 가슴을 쓸어내렸다.
"후아~! 놀랐네. 언제부터 보고 있었어?"
"오빠가 땅바닥에다 그걸 패대기칠 때부터? 줘 봐요."
"아, 그거 있지…… 돌릴 때 머리 조심하고, 요령이 뭐냐면……."
유빈이 주의 사항을 말해 주기도 전에 제니는 머리 위로 힘차게 볼라를 돌리다가 던졌다. 바람을 가르며 날아간 볼라는 유빈이 딱 목표로 삼았던 곳, 나무의 밑동을 정확히 때리며 휘리릭— 감긴다.
'어때요—?' 하는 얄미운 표정으로 유빈을 돌아본 제니가 얽혀 있는 볼라를 풀면서 묻는다.
"요령이 뭐라고요, 오빠?"
"아니, 뭐…… 네, 잘하시네요."
기가 죽은 유빈이 힘없이 대답했다.
두 번을 더 던지는 동안에도 제니의 볼라는 거의 같은 위치에 맞고 빠르게 얽혔다. 회전하는 돌에 맞으며 나무의 껍질이 파여 나간다. 기분이 좋아진 제니가 손뼉을 쫙! 치며 미소를 지었다.
"이걸로 다리를 거는 거예요?"
"음, 맞아. 뛰어오는 놈 종아리 부근에 던지면 줄이 엉키면서 자빠지는 거지. 운이 좋으면 돌에 맞아서 뼈가 부러질 수도 있고."
"근데 이 장갑은 왜 씌워 놓은 거예요?"
"아…… 그건 돌끼리 서로 부딪치면 깨질 수도 있으니까 충격을 줄이려고. 안에다가 청테이프도 말아 놨으니까 어지간해서는 괜찮을 거라고 생각해."
"차라리 목을 노려보면 어떨까요? 돌에 맞아서 죽을 수도 있고."
제니가 풀어 온 볼라를 쉬지 않고 되던지며 묻는다. 신통방통하게도 이번엔 정말 사람의 머리 높이에 맞혔다.
"사람이라면 기절을 하든가 아파서 쓰러지겠지만, 괴물들은 그 정도로 안 돼. 이건 싸워서 죽이라는 무기가 아니라, 네가 도망갈 시간을 벌 수 있도록 발을 묶어 놓으려는 거니까. 그렇게 자빠뜨리기만 해도 보안관을 훨씬 편하게 해 줄 수 있을 거고."

대답 없이 한 번 더 볼라를 던져 명중시킨 제니가 상기된 얼굴로 말했다.

"자, 이제 그럼 오빠가 한번 뛰어와 봐요. 내가 맞힐게."

깜짝 놀란 유빈이 눈을 똥그랗게 뜨고 가만히 쳐다보자, 제니가 등을 떠민다.

"빨리요. 연습을 해야 실전에서 써먹을 수 있죠. 실감도 나게 좀비처럼 우에에~ 하고 뛰어오세요."

"아니, 아니…… 큰일 나. 그거 정말 무기라고. 그리고 나…… 지금 다리도 이 모양인데……."

유빈이 정색을 하자 제니가 또 웃음을 터뜨렸다.

"하하하, 이렇게 자꾸 속아 넘어가니까 놀리죠. 후후, 고마워요, 오빠! 보답으로 내가 뭐 해 줄까요? 뽀뽀?"

바짝 들이대는 제니의 얼굴 때문인지, 순진한 사춘기 소년도 아니면서 고작 뽀뽀라는 단어에 심장이 빠르게 뛴다.

너 바보냐? 놀리는 걸 빤히 알면서 뭘 두근거리고 그래…….

그럼에도 얼굴이 빨갛게 달아오른 유빈은 어깨를 감싸는 제니를 뿌리쳤다.

"어휴, 그만 좀 놀려~! 너 왜 자꾸 나 괴롭혀~."

"어, 괴롭히는 거 아닌데? 자, 이러면 믿어요?"

제니가 눈을 감고 고개를 살짝 뒤로 젖힌다.

아아…….

유빈은 그날 처음 보았다, 말로만 들었던 악마가 어떻게 생겼는지. 악마는 일주일 가까이 화장을 안 하고 있어도 얼굴에서 빛이 나고, 입술 주변에서 은은한 복숭아 향기가 풍겨 나온다. 그리고 풍성한 갈색 머리로 심장을 휘감아서 오똑한 콧날로 후벼 판다.

눈을 감고 있는 제니의 속눈썹이 파르르 떨리자, 유빈의 가슴속에서도 뭔가가 정신없이 흔들렸다. 매일 죽음의 공포와 맞서는, 건강한 20대 남자에게 그건 너무 큰 유혹이었다.

하하! 이 녀석, 장난이 너무 심한데, 라고 대응해야 멋지다는 건 알지만, 저 붉은 입술을 갖고 싶은 욕망이 유빈의 혀를 꼼짝 못 하게 얼려 놓았다.

놀리는 걸까, 아니면 진짜 허락해 주는 건가? 만약 그렇다면 왜? 연예인들에게 이 정도는 보통인 걸까?

유빈의 복잡한 머릿속은 터지기 직전까지 내몰렸다. 제니가 눈을 감은 시점에서부터 시간이 얼마나 흘렀는지도 모르겠다. 몇 초밖에 지나지 않은 것 같기도 하고, 영원히 멈춰 버린 것처럼도 느껴진다.

"후~."

유빈이 이러지도 저러지도 못한 채 자신의 머리통을 감싸 쥐고 한숨을 내쉬었을 때, 저벅거리는 발소리와 함께 돌아온 보안관이 산 위쪽에서 외친다.

"제니야, 유빈아! 갔다 왔어!"

"어, 보안관 오빠! 이거 봐요! 유빈 오빠가 나한테 무기 만들어 줬어요!"

범죄의 현장이라도 들킨 것 같아서 얼굴이 빨개진 유빈과 달리, 제니는 곧바로 돌아서서 활짝 웃으며 볼라를 들어 보였다.

"……바보."

장난스럽게 얼굴을 찡그린 제니가 손가락으로 유빈의 어깨를 쿡, 찌르며 작게 속삭인다. 그런 뒤 그녀는 곧바로 표정을 바꿔 환하게 웃으면서 보안관 일행을 향해 뛰어 올라갔다.

"어어! 올라오지 마! 그 주변에 함정 많으니까 조심해!"

지쳐 있는 삼식이나 신입과 달리, 서둘러 언덕을 내려오며 외치는 보안관의 목소리에서는 반가움에서 얻은 에너지가 뚝뚝 묻어난다.

제니가 보안관 일행에게 볼라 시범을 보이며 박수를 받고 있는 동안, 유빈은 목 뒤까지 흠뻑 적신 땀을 씻어 내고 헛기침으로 목소리를 가다듬었다.

"큼, 큼, 어땠어? 뒷산 올라가 보니까, 뭐 좀 건질 게 있었어?"

"음, 뭐…… 그럭저럭. 좋은 소식, 나쁜 소식. 어떤 거부터 들을래?"

"좋은 소식요."

호기심이 발동한 삼식이에게 볼라를 넘겨준 제니가 재빨리 고른다. 보안관이 대답했다.

"좋은 소식은 뭐냐면…… 저 위에 약수터가 꽤 많더라고. 이제 적어도 물이 없어서 죽지는 않을 것 같아."

약수터라는 말을 들은 제니가 눈을 반짝거린다. 유빈이 물었다.

"그럼 나쁜 소식은 뭐야?"

에…… 보안관이 말을 고르더니 입을 열었다.

"사방 어디를 돌아봐도 변화가에 있는 것보다 좀비들이 더 적은 곳은 없다는 것. 달아날 구멍이 안 보이더라. 그리고…… 산으로 가려져 있어서 눈에는 안 보이지만, 좀비들이 의외로 가까운 곳에 모여 있다는 거."

보안관의 설명을 들으면서도 유빈은 자꾸 조금 전의 일이 생각나서 마음이 어지러웠다. 사실 이렇다 할 사건은 아무것도 없었고 나쁜 일은 하지도 않았지만, 그렇다고 해서 제니와 나눴던 대화를 사실대로 털어놓을 수도 없다.

비밀을 품고 있다는 죄책감 때문에 보안관의 얼굴을 똑바로 쳐다보기가 힘이 든다. 그건 오랜 기간 동안 이 친구들을 알고 지내면서 아직 한 번도 느껴 보지 못한 감정이었다. 아직도 열기가 다 가시지 않은 것 같은 얼굴을 쓸어내리며 유빈은 생각했다. 이 이상은 제니와 비밀을 만들지 말아야겠다고…….

06

"저기는 뭔데 사람이 저렇게 모여 있지?"

3루 쪽 외야석이 웅성거리는 걸 보며 임수정이 물었다. 쉘터 내 규칙은 기본적으로 사람들이 많이 모여 소란을 피우는 걸 금지하고 있어서 그런 북적임이 더 눈에 확 띈다. 근처에 경비병들이 있는데도 아무런 제지가 없는 것을 보면, 아마 묵인해 주는 모양이다.

"저도 어제 들은 이야긴데…… 저기가 시장이래요."

테라가 대답해 준다. 임수정은 어이가 없다는 표정을 지으며 웃었다.

"시장? 하하, 아니, 뭘 팔아? 가진 게 있어야 팔 것도 있는 거지."

"그냥, 이것저것 서로 필요한 게 다르니까 저렇게들 하나 봐요. 왜, 전에 제가 이야기했었잖아요. 콘돔이랑 건빵이랑 바꾸기도 한다고요. 뭐, 그런 거겠죠."

"맞다, 그랬었지……."

사람들은 어떤 상황에서든 더 나은 삶을 살아 보려고 하는구나…….

임수정은 그 강인한 생명력에 감탄하면서 고개를 끄덕였다.

"언니도 가 보실래요?"

임수정은 고개를 저었다. 그녀에게 현재 절실한 것은 신발이었지만, 모두가 다 단벌 신발인 상황에서 자신의 발에 맞는 신발을 구한다는 건 애초에 무리라고 여겨져 깨끗이 포기하고 있었다.

물론 화장실을 갈 때마다 발에 꽉 끼는 테라의 샌들을 빌려 신고 가야 하는 게 조금 불편하고 미안하긴 하지만, 테라는 단 한 번도 싫은 내색을 하지 않았다.

"우리도 테라 아니었으면 애들 주스라도 하나 얻어 줘 볼까 하고 저기 기웃거리고 있었을걸? 테라 덕 단단히 보고 있는 거지, 뭐."

함께 지내는 애 엄마 하나가 끼어들자, 주변에서 모두 '맞아, 맞아.' 하며 고개를 끄덕인다. 테라가 난감하다는 듯 이마에 손을 얹으며 부끄러워한다.

"아휴~ 그런 말씀 마세요. 그거 다 군인 오빠들이 준 건데요."

그녀들이 그런 대화를 나누고 있는 상황에서도 시장은 여전히 분주하게 돌아가고 있다. 물건의 가짓수도 제한적이고 대부분 보잘것없는 상품들뿐이어서 무슨 장사가 될까 싶지만, 그래도 일단 그 장소에 발을 들이민 사람들은 꽤나 진지하게 흥정까지 해 가며 거래를 위해 애를 썼다.

모든 사람들이 가장 원하는 물건은 물론 술이다. 그러나 애초에 가지고 있는 사람도 거의 없고 군에서 따로 지급을 해 주지도 않아, 실제 거래는 거의 일어나지 않았다. 주방에서 빼돌린 맛술이라며 가끔 매물로 나오는 조그만 병에 담긴 수상한 액체가 거의 전부였다.

실제로 시장을 지배하는 최고 인기 품목은 담배였다. 군인들에게서 얻은 담배 한 개비는 하루에 한 봉지씩 제공되는 건빵과 같은 값어치를 가진다. 배고픔과 맞바꾼 귀한 상품은 외야석 귀퉁이에 마련된 조그만 흡연 구역에서 재와 연기만을 남기고 그저 몇 분 만에 사라져 버리지만, 그래도 담배를 원하는 수요는 꾸준하다.

콘돔이나 의무대에서 하루에 두 알까지만 지급해 주는 진통제도 인기 상품이었고, 초코파이를 원하는 사람들도 많았다.

적응력과 상술이 뛰어난 몇몇은 단 며칠 사이에 담배 열 갑이 넘는 자산을 긁어모으기도 했다. 가진 거라곤 몸뚱이밖에 없는 젊은 여자애들이 뭉쳐서 기업처럼 움직이며, 군용 물품의 주요 공급 수단이 되었기에 가능한 일이다.

덕분에 쉘터의 1루 쪽 여자 화장실은 은밀한 거래의 장소로 변질되어 버렸고, 망을 보는 여자애들은 다른 사람들의 접근을 애초에 차단한다.

아무리 엄격한 통제를 한다고 해도 담배 몇 개비만으로 매춘이 가능한 상황에서 모든 군인들의 일탈을 막아 낼 수는 없다. 그런 탓에 상부에서는 이를 알면서도 묵인해 주는 분위기다.

건빵을 팔아 콘돔을 사고, 몸과 담배를 바꾸고, 그렇게 모은 담배를 시계나 금붙이, 작은 핸드백과 교환하여 저금한다. 이 쉘터 기준에서 보자면 막대한 자산가인 테라와 함께 지내는 덕에 물건들에 굶주리지 않는 임수정으로선 이해할 수 없는 행동들이었다. 하지만 저들에게는 나름 절실하고 치열한 생존 활동인 것이다.

끼이이잉—.

바깥에서는 여전히 요란한 소음을 내며 공사가 진행 중이다. 인천에서부터 한강을 거슬러 올라온 군인들은 중장비까지 동원해서 도로를 끊고 철책을 세워, 주변의 아파트 단지로부터 운동장 주변을 격리하기 위해 애를 썼다.

하지만 여의도 상공에서 이미 규모 여섯짜리 좀비들의 압도적인 위용을 목격한 임수정의 눈에는 힘겹게 설치한 장벽들이 아주 하찮고 보잘것없게만 보였다.

실제로 올림픽로 방향에서는 몇 차례나 힘겨운 방어전이 벌어졌고, 그때마다 군인들은 외부로 나가 다시 새로운 진지를 구축해야 했다.

쿠쿠쿠쿠—.

한쪽에서는 모터 소리가 끊이지 않는다. 1미터 직경의 플라스틱 관을 한강에 직접 연결해서 물을 끌어오는 양수기가 작동하며 내는 소음이다.

"답답한가 봐요……. 그러면 거기 만남의 벽에 가 보지? 거기 가서 사람들이 써 놓은 거 한참 읽다 보면 시간 금방 가던데."

"그래요. 혹시 알아? 아는 사람이 편지 써 놨을 수도 있잖아."

난간에 기대어 멍하니 바깥 경치를 보고 있는 임수정에게 일행인 아기 엄마들이 권한다.

"만남의 벽요?"

임수정이 물었다.

"응. 여기 말고 반대편으로 가다 보면 거기 벽 한쪽에 전부 편지를 붙이게 해 놨어요. 두 사람도 혹시 누구 기다리는 사람 있으면 가서 편지도 써 놓고 오고 그래요."

아기 엄마들이 가리킨 방향은 1루 쪽 내야석이었다. 반가운 얼굴을 만날 가능성은 지극히 희박해 보이지만, 호기심이 생기는 것도 사실이다. 임수정은 테라의 잘린 발가락을 한 번 살핀 후 물었다.

"우리도 가 볼까? 거기까지 걸어가도 괜찮겠어?"

"네. 그래요, 언니. 저도 구경해 보고 싶었어요."

임수정과 테라는 야구장 잔디를 가로질러 건너편 스탠드를 향해 걸어갔다. 접수대에서는 조금 전 헬리콥터를 타고 도착한 새로운 생존자들이 나란히 늘어서서 등록을 하고 있었다. 이름을 묻는 접수 담당자의 질문에 가장 앞에 서 있던 노년의 사내가 공손히 대답한다.

"아, 예…… 육만배입니다."

이 사람들도 이제 격리되겠구나…….

임수정은 육만배라는 노인의 얼굴을 힐끔 돌아보고 약간이나마 연민의 감정을 가졌다. 살아난 건 다행이지만, 격리실에서 보내는 시간은 끔찍하리만큼 지루하고 비참하다.

혹시 아는 사람이라도 끼어 있을까 싶어 생존자들을 훑어본 뒤, 별다른 수확을 얻지 못한 임수정과 테라는 1루 관중석으로 올라갔다.

그 주변을 서성이는 사람들이 워낙 많아서 만남의 벽이 어딘지는 쉽게 찾을 수 있었다. 길게 늘어선 내야석의 앞쪽, 예전 치어리더들이 춤을 추던 위치에 커다란 나무 구조물이 설치되어 있다.

"날짜별로 편지를 붙이게 해 놓았네……."

임수정은 고개를 끄덕이며 스테이플러로 고정되어 있는 수많은 편지들을 읽기 시작했다. 가장 최초의 편지는 7월 15일에 붙여진 것으로, 아내와 아이들에게 자신이 구조되었음을 알리는 내용이다.

붙어 있는 쪽지들은 대부분 편지라기보다는 자신의 이름과 찾는 사람의 이름, 그리고 현재 자신이 야구장의 어느 구역에서 지내고 있는지를 써 놓은 메모에 가까웠다. 7월 15일 자를 다 읽고 난 임수정이 한숨을 가볍게 내쉬며 중얼거렸다.

"참 세상 좁게만 살았나 보다, 나는. 어떻게 이 많은 사람들 중에 아는 이름이 하나도 없어."

벽에 바짝 붙어 찬찬히 메모들을 살피던 테라가 대답했다.

"하지만 여기 있는 사람들 전부 다 합해도 몇천 명 정도이니까요, 뭐."

몇천이라…….

임수정은 새삼 자신의 행운을 절감했다. 서울의 인구를 천만이라고만 잡아도 잠실에 머물고 있는 생존자들은 5천 대 1의 경쟁을 뚫고 살아남은 사람들이다.

그리고 그중에 자신도 끼어 있다. 확률이 그쯤 되면 아는 사람이 전혀 없다는 것도 이상한 일이 아니다.

이제 홀로 남았다……. 그런 생각을 하고 있으니 갑자기 사무칠 만큼 고독감이 밀려온다. 외롭고 낯선 사람들이 모여 있는 이곳에서 콘돔이 인기 있다는 사실도 이해할 수 있을 것 같다. 마음속에 뻥 뚫린 상실감을 그렇게라도 메우지 않으면 견디기 힘든 거다.

살아남은 사람들이 남긴 사연에는 그들의 아픈 감정이 고스란히 담겨 읽는 이들에게도 전해진다. 이틀 분량까지 읽고 난 뒤, 임수정은 눈물이 날 것 같아 한숨을 내쉬며 고개를 돌렸다. 테라는 눈물이 글썽해져서도 여전히 열심히 쪽지들을 읽고 있다. 임수정이 물었다.

"누구 특별히 찾는 사람 있어?"

"네……. 근데 기대는 사실 안 해요."

"누군데?"

"……제니요."

"아, 그렇지. 그런데 왜 기대를 안 해?"

"제니가 여기 왔었다면 군인 오빠들이 분명히 저한테 이야기를 해 줬을 테니까요."

말은 그렇게 하면서도 테라는 여전히 미련을 버리지 못하고 한없이 그리운 표정으로 편지들에서 눈을 떼지 않는다.

"아, 여기 계셨네요. 임수정 씨 맞죠? 한참 찾았습니다."

누군가 다가와 그녀의 이름을 불렀다. 임수정은 깜짝 놀라 소리가 나는 방향을 돌아보았다. 손에 비닐봉지를 든 군인 한 명이 멋쩍게 웃으며 다가온다. 모자에는 다이아몬드가 하나 박혀 있다.

지금 내 이름을 부른 게 맞나? 테라가 아니라 내 이름을? 대체 누구지?

임수정은 기억을 더듬으며 소위의 얼굴을 살폈다.

아…….

임수정은 고개를 끄덕였다. 처음 이곳에 왔을 때 헬기 조종사로부터 그녀를 인계받고 서류 작업을 도와준 군인이다.

"아, 예. 안녕하세요. 그런데 무슨 일로……."

소위는 씩 웃으면서 비닐봉지를 내밀었다.

"이거…… 슬리퍼입니다. 사이즈가 대충 비슷한 걸 찾아서 가져왔습니다. 신어 보세요. 새 물건이 아니라 좀 그렇지만, 암만 그래도 맨발보다야 낫지 않겠습니까?"

"이걸 주시려고 일부러……. 이 보답을 어떻게 해야 하죠?"

적잖은 감동과 함께 부담감이 느껴져서 임수정의 목소리가 떨렸다. 하지만 군인은 해맑은 얼굴로 웃을 뿐이다.

"하하, 보답이라니, 무슨 그런 말씀을 다 하십니까. 대민 지원이 제가 맡은 일이고, 당연히 할 일을 하는 건데요. 신어 보세요. 맞습니까?"

임수정은 슬리퍼를 바닥에 놓고 발을 넣었다. 약간 헐렁한 듯 맞는다. 사실 이 정도 호의를 받았으니 사이즈는 문제가 되지 않는다.

"네, 편하게 잘 맞아요. 정말 감사드립니다."

"와아~ 언니, 정말 잘됐어요, 감사합니다!"

테라는 덩달아 기뻐하며 소위에게 인사를 한다.

"다행입니다. 아, 그리고 다음에도 또 필요한 게 있으시면 저기 지원 센터로 오시면 됩니다. 그럼……."

공손히 허리를 숙이는 임수정과 테라 때문에 당황한 듯, 소위는 진땀을 흘리며 서둘러 자리를 떠났다. 유난히 믿음직스러운 그의 뒷모습을 보면서 임수정은 생각했다.

'이 지경이 되었어도 세상이 완전히 끝나 버린 것은 아닐지도 몰라…….'

07

좀비들의 습격이 밤낮을 가리지 않고 이어지기 때문에 삼척 발전소 방어 부대에서는 화력 공백을 최소화하기 위해 삼교대로 나누어 취침을 한다. 오후 9시부터 다음 날 오전 5시까지, 오전 5시부터 오후 1시까지, 그리고 오후 1시부터 오후 9시까지.

여덟 시간의 취침이 보장된다고 하면 꿈같은 이야기겠지만, 좀비들이 쳐들어올 때마다 기상해야 하기 때문에 실제로 잠을 잘 수 있는 것은 네댓 시간에 불과하다. 햇살이 가득한 1시부터 9시까지의 오후 취침조를 선호하는 병사들은 아무도 없지만, 사흘에 한 번씩 취침 시간대를 바꾸기 때문에 특별히 불만이 일지는 않았다.

게다가 다들 워낙 지쳐 있었기 때문에 막상 대학원 건물을 빌려 쓰는 임시 생활관 내에 들어가기만 하면 커튼 사이로 비쳐 드는 빛 속에서도 병사들은 금방 깊은 잠 속으로 빠져들곤 했다. 그날 진우의 분대는 오후 취침조였다.

"응?"

원자력 대학원 건물, 위민관 202호에서 곤하게 잠들어 있던 진우가 깜짝 놀라 몸을 일으킨 것은 오후 4시가 막 지난 시점이었다. 겁먹은 표정으로 팔에 돋은 소름을 쓸어내리고 있는 진우를 향해 불침번을 보던 병사들이 물었다.

"왜 그래, 인마?"

"저…… 혹시 무슨 소리 들리지 않았습니까?"

긴장해서 묻는 진우에게 불침번들이 피식거리며 말했다.

"새끼…… 악몽 꿨나 보네……. 조용히 하고 얼른 다시 누워. 다른 사람까지 깬다."

"그래. 뭐, 무서워도 어쩌겠냐? 좋은 생각 하고 빨리 자라, 이병."

그런가……. 뭔가 기분 나쁜 소리를 들었다고 생각했는데, 꿈이었나…….

진우는 주위를 한 번 돌아보고 나서 조용히 베개에 머리를 댔다. 그래도 여전히 심장이 빠르게 뛰어서 도무지 잠을 이룰 수 있을 것 같지가 않다.

끄으응~ 끄으응~.

천장에 달린 시스템 에어컨이 돌며 시원한 바람을 내뿜고 있는데도 야전침대에 누워 잠들어 있는 병사들은 대부분 식은땀을 흘리며 괴로운 잠꼬대를 내뱉고 있다. 그토록 끔찍한 매일을 보내고 있으니 악몽을 꾸지 않는 병사는 단 한 사람도 없다고 해도 과언이 아닐 것이다.

"하암~ 뭐야, 쟤들?"

"아마 좀비 나오는 꿈 꿨나 봅니다."

203호 입구에 서서 따분하게 하품을 하고 버티던 불침번들도 202호에서 주고받는 대화에 관심을 보이며 고개를 기웃거린다. '얼른 시간이 지나야 교대를 하고 나도 좀 자는데…….'라는 생각을 하면서 찌뿌듯한 허리를 조금씩 펴던 때, 안쪽에서 부스럭거리는 인기척이 느껴진다.

"응?"

203호 불침번들은 동시에 고개를 돌렸다. 내무반 내 서열 2위인 윤 상병이 벌떡 일어나서 비틀거리며 걸어 나온다.

"윤 상병님, 무슨 일이십니까?"

"혹시 아파서 깨셨습니까?"

두 명의 불침번 중 일병 계급장을 단 쪽이 물었다. 철조망에 걸려 찢어졌다던 윤 상병의 허벅지에 눈길이 갔다. 윤 상병은 막아서는 두 병사를 귀찮다는 듯 밀쳤다.

"아, 씨발. 체했나? 우읍, 좀 토하고 와야 할 것 같다……."

그의 이마에서는 굵은 땀이 뚝뚝 떨어져 내린다. 일병이 금방이라도 쓰러질 것 같은 윤 상병을 부축해서 화장실까지 데려갔다.

"욱, 우욱, 우웨에엑, 아으~ 으, 우웨엑."

변기를 보자마자 곧바로 쏟아 내기 시작한 윤 상병의 토사물에서는 지독한 악취가 풍겨 올라왔다. 그 소리와 냄새만으로도 속이 뒤집어지는 것 같아 동행한 일병은 등을 돌리고 몰래 코를 막았다.

 젠장, 문이라도 좀 닫고 토하지…….

 일병이 속으로 욕을 퍼붓는 동안, 다른 내무반에서도 병사 하나가 불침번을 대동하고 화장실을 찾아왔다.

 "윽!"

 악취에 놀란 그들이 반사적으로 팔을 들어 코를 가린다. 일병은 자기가 괜히 창피한 것 같아 시선을 피했다.

 그리고 몇 초 지나지 않았을 때, 화장실 안쪽에서 그 소름 끼치는 소리가 들려왔다.

 그롸아악!

 "이런……!"

 급하게 고개를 돌리며 일병의 머릿속에 떠오른 생각은 '속았다!'였다.

 속았다……. 이 개자식이 아까의 교전에서 좀비에게 물어뜯겨 놓고 엉뚱한 소리를 했구나. 왜 다른 사람들이 몰랐을까…….

 일병이 뒤를 돌아보는 것보다 빠르게 비명이 들려왔다.

 끄아아악! 소변을 보려던 이병이 팔뚝을 움켜쥐고 쓰러진다. 윤 상병은 하얗게 변한 눈을 번뜩이며 주둥이에 피를 잔뜩 묻힌 채 그 곁에 서 있던 옆 내무반 불침번을 덮쳤다.

 "으와악!"

 불침번이 워커 발로 윤 상병의 배를 후려 찼지만, 힘이 모자랐다. 윤 상병은 불침번을 깔아뭉개며 아가리를 쩍쩍 벌린다. 깔려 있는 불침번은 두 손으로 윤 상병의 목을 밀고 버티면서 소리를 질렀다.

 "야! 씨발, 이것 좀!"

 공포심에 얼어붙어 있던 일병은 그 말에 정신을 차리고 무기가 될 만한 것을 허접지겁 찾았다. 대걸레! 일병은 손잡이를 바투 잡고 윤 상병의 머리통을 후려갈겼다.

퍼억! 퍼억!

두 차례나 머리통을 맞고도 여전히 윤 상병은 밑에 깔린 불침번의 광대뼈를 향해 이빨을 드러내고 있다. 야이, 개새끼야ㅡ! 다급한 불침번이 필사적으로 외친다. 그제야 일병은 자신의 공격이 왜 효과가 없는지 깨달았다. 너덜너덜한 걸레가 충격을 반 이하로 줄여 준 것이다.

"뭐야? 응? 뭐야? 어! 이런 씨바알~!"

일병이 대걸레의 술 부분을 떼어 내기 위해 안간힘을 쓰고 있는 동안, 고성과 욕설에 놀란 병사들이 하나둘씩 내무반 바깥으로 얼굴을 내밀다가 기겁을 한다.

"비상! 비사앙!"

누군가 벽을 두드리며 모든 병사들을 깨웠다. 하지만 그런 소동이 좀비 아래 깔려 있는 불침번을 구해 주지는 못한다. 어느새 윤 상병은 불침번의 얼굴 바로 앞까지 접근해 있다.

끄으, 용을 쓰며 밀어내는 불침번의 손톱이 좀비로 변한 윤 상병의 살갗을 벗겨 낼수록, 둘의 사이는 점점 더 가까워진다. 일병은 대걸레를 집어 던지고 좀비의 측면으로 돌아가 목을 움켜 감았다.

"놔, 이 씨발 놈아!"

아래에 깔려 있던 불침번은 윤 상병의 중심이 뒤로 들린 틈을 놓치지 않고 배를 걷어차며 간신히 빠져나왔다.

쿠웅!

밀쳐진 윤 상병이 뒤로 넘어갔고, 덕분에 일병은 좀비를 뒤에서 끌어안은 채 깔린 형국이 되었다.

그롸아아악!

윤 상병이 거세게 몸부림을 칠수록 일병의 얼굴은 사색이 되었다. 목을 꽉 두르고 있는 자신의 팔에 금방이라도 좀비의 이빨이 닿을 것 같다. 팔에 힘이 조금이라도 느슨해진다면…… 그 순간, 자신은 죽는 것이다. 그러는 동안에도 윤 상병은 여전히 놀라운 힘으로 버둥거린다.

"이…… 이것 어떻게……."

자신이 구해 준 불침번을 향해 일병이 애원한다. 불침번도 돕고는 싶지만, 어떻게 공격해야 좋을지 좀처럼 방법을 찾기 어렵다.

"머리 치워!"

총알도 없는 빈총을 들고 달려 나온 병사들이 바닥에 깔린 일병에게 소리쳤다. 그러고는 일병이 미처 준비할 틈도 주지 않고 총을 거꾸로 잡고 휘둘러 윤 상병의 얼굴을 박살 냈다.

콰작―!

개머리판에 맞은 윤 상병의 코뼈가 주저앉고 이가 부러진다.

"한 번 더!"

병사가 총을 높이 치켜들었을 때, 윤 상병의 억센 손이 그의 다리를 잡아당긴다. 병사는 중심을 잃고 쓰러지며 총으로 일병의 얼굴을 때렸다.

으아아! 난데없이 날벼락을 맞은 일병이 눈을 움켜쥐고 비명을 지른다. 그 틈에 일병의 팔에서 풀려난 윤 상병은 넘어져 있던 병사를 향해 몸을 날렸다.

"어딜! 이 개새끼야!"

윤 상병의 머리통을 향해 병사들의 공격이 쏟아져 내린다.

콰직! 콱! 콱!

주변을 빙 둘러서 있던 병사들이 계속해서 개머리판으로 두들겨 대자 마침내 윤 상병은 더 이상 움직이지 못하고 머리통이 박살 난 채 쓰러져 버렸다.

"후우~ 후우~."

윤 상병이 처참한 몰골로 널브러진 이후에도 공포심 때문에 한참 동안 더 머리통을 깨부수던 병사들은, 마침내 조금 진정이 되어 숨을 몰아쉬며 놈의 시체를 노려보았다. 그들의 개머리판마다 윤 상병의 피와 뇌수가 튀어 있다.

"야, 너 눈 괜찮아? 보여?"

순식간에 눈두덩이 퉁퉁 부어올라 보라색으로 변한 일병에게 병사들이 묻는다.

"아, 예…… 보이긴 합니다. 아으~."

"그만하길 다행이다. 제길, 진짜 먹물을 뽑을 뻔했네. 어디…… 너는?"

병사들은 안도의 한숨을 내쉬며 불침번을 향해 고개를 돌렸다.

"저도 괜찮습니다. 다행히 물리기 직전에 저 일병이 도와줘서 살았지 말입니다."

웃으며 말하는 불침번의 뺨에는 한 줄기 피가 흐르고 있었다.

거칠게 뜯겨 나간 살점…….

이건 누가 봐도 물린 상처였다. 흥분한 나머지 자신이 물렸다는 사실도 인식하지 못하고 있었던 것이다.

"아…… 씨발…… 야, 그 자리에 앉아."

병사들은 상황을 저주하면서 굳은 표정으로 불침번을 향해 명령했다. 불침번은 영문을 모르겠다는 얼굴로 당황해하며 묻는다.

"왜…… 왜들 그러십니까? 저, 저는 괜찮습…….''

자기 얼굴에서 다른 병사들의 시선이 향한 곳을 더듬던 불침번은 말을 더 잇지 못했다. 자기 손바닥에 묻어 나온 피와 따끔한 얼굴의 상처를 느꼈기 때문이다.

"어…… 어, 나 이거, 저…… 저, 저 이제 어떻게 됩니까? 죽습니까? 예? 으흐흑."

불침번이 무릎을 꿇고 쓰러지며 오열한다. 전투 도중도 아니고, 내무반에서 휴식하던 도중에 이런 상황을 만난다는 것은 너무 억울하다. 어느새 주변에는 수십, 수백의 병사들이 모여들어 그를 중심으로 빙 둘러서 있다.

"야이, 씨발! 이 개새끼! 이 개새끼 때문에! 내가 왜!"

불침번은 이미 죽어 자빠져 있는 윤 상병의 다리를 마구 후려치며 울부짖었다.

"야, 오 일병! 진정해! 안 변할지도 모르잖아!"

그와 같은 내무반에서 생활하는 고참들이 불침번을 진정시켜 보려고 애를 썼지만, 그들도 이미 자신의 입에서 내뱉어지는 말을 믿지 못하고 있었다. 이미 정신이 반쯤 나간 오 일병은 엎드려서 통곡을 해 댔다.

"뭐야? 왜 이 난리야? 비켜서, 이 새끼들아!"

당직병들을 거느리고 달려온 당직사관이 병사들을 헤치며 호통을 친다.

얼굴이 찢긴 채 울부짖고 있는 일병, 군복을 입은 채 대가리가 터져 죽은 좀비, 좀비의 허벅지에는 아직도 피가 맺힌 상처가 있다…….

상황을 목도하고 잠시 멍하니 서 있던 당직사관이 소속 분대장의 뺨을 후려갈기며 욕설을 퍼부었다.

"내가 이 새끼야, 외상자 확실히 보고하라고 했지! 이런 등신 같은 새끼!"

분대장의 배를 걷어차 넘어뜨려 버린 당직사관은 허리에 두 손을 짚은 채 하늘을 향해 한숨을 내쉬었다.

"후우우~ 야! 다들 자기 생활관으로 돌아가. 그리고 너, 화장실로 가서 일단 물로 좀 씻어 봐. 내가 볼 땐 물린 게 아닌 거 같다."

"저…… 정말입니까?"

눈물과 콧물, 피로 범벅이 된 오 일병이 떨리는 목소리로 묻는다.

"그래, 인마. 쇠붙이나 뭐에 뜯긴 모양인데. 얼른 씻어."

누가 들어도 거짓말 같은 이야기지만, 간절했던 오 일병만은 당직사관의 말을 믿었다.

그가 후들거리는 다리를 겨우 일으켜 아직도 악취가 진동하는 화장실 안으로 걸어가자, 당직사관이 당직병들에게 눈짓으로 신호를 보냈다. 당직병들은 고개를 끄덕인 뒤, 권총집을 풀며 오 일병의 뒤를 따라 들어가서 화장실 문을 닫았다.

그곳에 있던 모든 병사들은 자신이 보고 있는 게 뭘 의미하는지 알고 있었다.

전우 살해.

너무도 끔찍한 이야기다. 하지만 그들 중 감히 그 누구도 말려 보려는 엄두조차 낼 수 없었다. 그만큼 좀비는 두렵고 끔찍한 존재였다. 변하기를 기다렸다가 확인을 마치고 손을 쓰기에는 너무 위험부담이 크다.

"타앙! 탕! 탕!

목을 조르는 것 같은 무거운 침묵을 깨고 화장실 문 안쪽에서 총소리가 울렸을 때, 병사들은 하나같이 침울한 표정이 되어 고개를 떨궜다.

조금만 빨리 도왔더라면…… 하는 자책부터 다음은 나일지도 모른다는 두려움까지. 실로 수많은 감정과 생각이 복잡하게 엉켜 그들의 가슴을 파고든다.

"흑! 흐으윽!"

누군가 소리 죽여 울음을 터뜨리자, 몇몇 병사들도 눈물을 흘리기 시작했다.

"야! 너, 너, 너, 남아서 여기 치우고, 나머지는 신속하게 생활관으로 돌아간다! 빨리!"

당직사관이 이를 악물고 명령을 내린다. 병사들은 떨어지지 않는 무거운 걸음을 억지로 옮겼다. 과연 그렇게 처리하는 길밖에는 다른 방법이 없었던 것일까? 모든 것이 너무나 혼란스럽다.

그리고 그 혼란스러움 속에서 윤 상병에게 맨 처음 팔을 물렸던 병사는 모두의 기억 속에서 완전히 잊혀 있었다. 물어뜯기는 광경을 바로 눈앞에서 목도했던 일병조차도 문제의 그 이병에 관한 일을 까맣게 망각하고 있었던 것이다.

"멍청한 새끼들……."

건물 밖으로 나와 눈에 덜 띄는 구석으로 걸어간 당직사관은 분을 채 삭이지 못한 듯 담배에 불을 붙이며 씩씩거렸다. 조금 전 사람의 머리통을 날려야 했던 당직병들도 기분이 더럽기는 매한가지였다.

그건 단순히 좀비를 사살하는 것과는 다른 차원의 문제다. 다들 말이 없는 무거운 분위기가 흐르자, 당직사관이 힘없이 말했다.

"어이, 너희도 속 터질 텐데, 한 대씩 피워라. 계급장 생각하지 말고……."

빈말이 아니라는 걸 증명이라도 하려는 듯, 당직사관은 직접 담배를 물리고 불까지 붙여 줬다.

"후우우~."

그들 셋은 조용히 담배를 빨아 댔다. 다들 소주 한 잔이 너무도 그리운 심정이었다. 그때, 당직병 중 하나가 바닥에 떨어진 핏자국을 보았다.

"어라?"

"왜 그래?"

허리를 굽히고 핏자국을 쫓는 당직병에게 당직사관이 물었다.

"이거 보십시오. 뭐가 좀 이상합니다."

그의 말처럼 점점이 떨어진 핏방울들이 건물 뒤편으로 이어져 있다. 그들은 긴장된 표정으로 핏자국을 따라 걸어갔다. 에어컨 실외기는 웅웅— 울리면서 청각을 마비시키고, 거기에서 뿜어져 나오는 열기와 먼지 가득한 냄새는 다른 감각마저 흐린다.

심상치 않은 분위기를 느낀 당직사관은 권총을 꺼냈다. 하지만 이미 늦었다.

그롸아아아—.

자판기 사이에 숨어 있던 좀비는 당직사관을 향해 번개같이 달려들었고, 그의 총알은 허공을 갈랐다.

콰드득!

좀비의 이빨이 당직사관의 경동맥을 물어뜯자, 피가 분수처럼 솟아올랐다.

끄으으윽, 당직사관이 목을 움켜쥐고 쓰러졌지만, 좀비는 여전히 그의 목에서 이빨을 빼지 않고 더 깊숙하게 박아 넣는다.

찌지직, 당직사관의 목이 찢겨 나간다.

타앙! 탕! 탕!

당황한 당직병들이 욕설을 내뱉으며 발사한 총알은 좀비의 등과 당직사관의 얼굴에 맞았다. 눈이 관통당한 당직사관은 즉사했고, 첫 번째 먹이가 숨을 거두자 좀비는 곧바로 몸을 돌려 당직병들에게 달려들었다.

타앙!

당직병들은 열심히 방아쇠를 당겨 보지만, 좀처럼 머리를 명중시키지 못했다. 아무것도 모른 채 세면대에 얼굴을 박고 있던 일병을 뒤에서 쏠 때보다 훨씬 더 손이 떨렸기 때문이다.

으아악! 좀비를 밀쳐 내려다가 손가락을 잘린 당직병이 비명을 지르며 내무반 안쪽으로 뛰어 들어간다. 마지막 남은 당직병은 부들거리는 두 손으로 권총을 꽉 잡고 방아쇠를 당겼다.

철컥―!

빈 약실을 때리는 소리에 병사의 가슴은 얼어붙는 것 같았다.

그와아악―.

좀비는 어느새 그를 깔고 앉아 어깨를 물어뜯고 있다.

왜? 왜 총알이 없지?

병사는 이해할 수가 없었다. 분명히 총알이 더 남아 있어야 한다. 그런데 왜? 좀비의 이빨이 핏줄을 찢자 뜨거운 피가 솟아오른다. 지독한 고통을 지나 의식이 가물거리는 속에서야 비로소 그는 깨달을 수 있었다.

아까 화장실에서의 처형…… 그때 사용한 세 발의 탄환…….

"커어억!"

마침내 병사는 단말마를 내뱉으며 숨을 거뒀다. 크게 떠진 채 멈춰 버린 그의 동공에 내무반 건물을 향해 뛰어 들어가는 좀비의 뒷모습이 비쳤다.

Chapter 15
빈집털이

01

 새로운 하루.

 태양은 하늘 높이 올라서 뜨겁게 내리쬐고 있고, 가끔씩 적당히 부는 바람은 땀을 식혀 주고 사라진다. 모험을 하기에는 더없이 기분 좋은 날이었다. 잊을 만하면 한 번씩 들려오는 저 울부짖음만 빼면…….

 다친 유빈을 제외하고 보안관, 삼식이, 신입, 그리고 제니까지 네 사람은 부지런히 벌판을 가로질러 걸어갔다. 오늘 그들이 계획하고 있는 것은 빈집털이다.

 철책을 하나 더 가지고 가서 유빈이 올려놓은 철책과 합친 다음, 그걸 타고 옥상을 돌면서 빈집들만 골라 들어가 필요한 것들을 훔쳐 오는 것이다.

 이제 편의점에서 가져온 먹을 것들은 거의 다 떨어져서 오늘 아침엔 제니와 유빈이 구해 왔던 마른 멸치와 설탕물을 먹었다. 모두가 배낭 속에 먹을 것을 가득 담아 가지고 유빈이 기다리고 있는 복지 센터로 돌아갈 수 있기를 바라고 있다.

 "삼식이 오빠는 뭘 찾으면 제일 좋을 것 같아요?"

 역 건물로 들어가며 제니가 물었다. 그녀가 메고 있는 등산 배낭에는 어제 유빈이 만들어 준 볼라 두 개가 달랑거리며 걸려 있다. 산에서 길어 온 물로 간단하게나마 목욕을 해서 그런지, 제니는 평소보다 더 기분이 좋아 보인다.

겨우 페트병 세 개 분량의 물이 사람을 이렇게 행복하게 해 줄 수 있다니, 그녀와 함께 물을 길어 왔던 보안관은 제니의 미소를 보면서 뿌듯한 보람을 느꼈다.

"으음, 글쎄…… 뭐, 먹는 거겠지. 김치? 김치가 있으면 라면 먹을 때 좋을 것 같아. 너는?"

소박한 희망을 밝힌 삼식이가 되물었다.

"저는 커피! 커피 못 마신 지 일주일도 넘었네요. 후우~ 한 1년은 못 마신 것 같아요. 보안관 오빠는 뭐 먹고 싶어요?"

"나는 이제 소원을 이뤄서 먹는 걸로는 더 바라는 거 없고, 약국 앞에 떨어뜨리고 온 야구 배트나 다시 주워 올 수 있으면 좋겠어."

플래시를 밝히며 앞장서서 걷던 보안관이 진심 어린 목소리로 대답한다. 제니가 의외라는 표정으로 물었다.

"소원을 이뤘다고요? 무슨 소원?"

"제니가 끓여 주는 라면 먹는 거."

"하하하! 아, 뭐야……. 어떻게 그런 말을 표정 하나 안 변하고 해요?"

제니가 보안관의 등짝을 치며 웃는다. 보안관은 여전히 아주 진지한 얼굴이다.

"아니, 정말이야. 너랑 테라 나오는 라면 광고 볼 때마다 생각했었는데, 제니가 끓여 주는 라면 맛은 어떨까…… 하고."

"생각만 한 게 아니라 만날 혼자서 중얼거렸지. '제니가 끓여 주는 라면 먹고 싶다.' 그러면서……."

삼식이가 끼어들어서 폭로하자, 제니는 더 기분이 유쾌해졌다.

"그럼 오늘은 냄비랑 젓가락도 훔쳐 가서 정식으로 라면 끓여 줄게요. 어제 그거는 그냥 미지근한 물만 부은 거였잖아. 알았죠, 오빠? 라면 꼭 찾아야 돼요."

제니가 바짝 달라붙어서 말을 걸자, 보안관은 수줍게 고개를 끄덕였다.

"자, 이제 신입 오빠 차례네요. 오빠는 뭐 먹고 싶어요?"

"으, 응? 나? 뭐 먹고 싶냐, 이런 말이지? 으음, 나는…… 팥빙수. 날씨도 이렇게 덥고 하니까."

한참이나 고민을 하던 신입이 겨우 내놓은 대답은 굉장히 사치스러웠다. 다른 세 사람은 잠시 팥빙수를 상상하고는 아득한 꿈처럼 멀어진 그 음식 때문에 풀이 죽어 버렸다.

얼음을 얼려서, 곱게 갈아서, 신선한 우유와 연유, 과일, 팥을 올린다…….

전기가 끊긴 지금은 도저히 무리다. 며칠 전만 해도 그런 게 고작 칠팔천 원이면 먹을 수 있는 음식이었다니, 믿어지지 않을 지경이다.

휴우우우~. 네 사람은 나란히 한숨을 쉬면서 역의 옥상 문을 열고 나섰다.

"뭐…… 겨울에 먹으면 되겠네."

여전히 팥빙수를 떨쳐 내지 못한 삼식이가 혼잣말을 하면서 망원경을 꺼냈다. 때마침 번화가 도로에는 좀비들의 행진이 한창 진행 중이었다. 다른 방향에서 온 놈들과 합쳐진 것인지, 그 규모가 전에 없이 크다.

"현재 시각 1시 27분!"

시계를 확인한 삼식이는 재빨리 망원경을 좌우로 움직이며 그 무리를 특징지을 수 있는 특이한 놈을 찾았다. 그사이에 제니는 가방에서 볼펜과 수첩을 꺼내 시간을 적어 넣었다.

놈들 전부가 비바람과 먼지를 잔뜩 뒤집어쓴 데다가 잿빛 피부는 온통 피범벅이 된 채 썩어 가고 있어서, 이젠 얼핏 보기에는 다 똑같아 보인다.

"음, 쟤로 할까? 금발 머리, 형광 분홍색 폴로 티. 저런 놈은 흔하지 않겠지."

삼식이가 엄청 뚱뚱한 좀비 하나를 지목해서 특징을 열거했다. 망원경을 건네받아 녀석의 모습을 확인한 다른 셋도 고개를 끄덕였다. 무리가 워낙 커서 골목을 지나는 시간도 예전의 몇 배나 걸렸다. 20분 가까이 좀비들이 걷는 걸 계속 보고 있자니 속이 매슥거리는 기분이 든다. 놈들이 지나가 버린 거리는 마치 밀걸레로 밀고 간 듯, 텅 빈 것처럼 보였다.

"자, 이제 몇 분 간격으로 다음 놈들이 오느냐…… 그게 문젠데…….."

좀비 네 마리만 서성거리는 텅 빈 거리를 보며 보안관이 초조하게 중얼거렸다. 제니와 처음으로 함께 나온 터라 느껴지는 책임감이 남다르다. 게다가 며칠 전 옥상에 갇혀 본 적도 있어서 더 조심스러웠다.

"사람이 넷이니까 아무리 짧아도 20분은 있어야 돼. 안 그러면 저 건물로 올라가고 내려오고 할 때 시간이 부족해."

삼식이가 담배에 불을 붙이면서 말했다. 신입과 두 사람이 나눠 피우고 있는 담배도 이제 바닥을 드러냈다. 담배 연기를 뿜던 신입이 놀라 캑캑거린다.

"캑! 쿨럭! 네 명? 나, 나도 저기로 가라고? 우리는 얌전히 여기서 망이나 보는 게 더 도와주는 거일 것 같은데. 그렇지, 제니야?"

"아뇨. 전 갈 건데요? 그러지 말고 오빠도 같이 가요. 하나라도 더 훔쳐서 담아 와야죠."

당황한 신입은 아무 대답도 못 하고 제니의 얼굴과 철책이 올려진 건물만 번갈아 쳐다봤다. 체면 때문에 무서워서 싫다는 말은 못 하겠고, 그렇다고 따라가자니 좀비들과 마주칠 생각만 해도 다리가 후들거린다.

"저…… 저기 3층 건물이라서 나는 못 올라갈 것 같은데……."

신입이 겨우 생각해 낸 핑계는 그거였다. 하지만 제니는 여전히 미소를 지으면서, 그러면서도 말투만은 엄청 단호하게 말했다.

"에이, 저도 유빈 오빠가 받쳐 줘서 올라갔어요. 오빠도 그렇게 하면 돼요."

"저기를? 으으음……."

식은땀을 뻘뻘 흘리는 신입의 어깨를 삼식이가 탁, 치며 달랬다.

"괜찮아. 다 올라갈 수 있어. 나랑 보안관이 당겨 줄 테니까."

결국 신입은 얼결에 함께 거리까지 가는 걸로 결정이 나 버렸다.

이건 위험하다…….

신입은 마음속으로 오늘 좀비들이 엄청 빠른 간격으로 지나가 주기를 기도했다. 그러면 도저히 내려가기에는 무리라고 고집을 피우다가 일단 돌아가야지.

그리고 다시는 따라오지 말아야지…….

아까 삼식이가 20분은 필요하다고 했으니, 그 전에만 좀비들이 나타나 주면 된다.

빨리 와라, 빨리!

신입은 피가 마르는 것 같은 심정으로 변화가 골목을 노려보고 있었다. 그런데…….

"하아암~ 이상해. 왜 안 오는 거지?"

아무리 기다려도 다음 좀비 무리가 모습을 드러내지 않자, 삼식이는 크게 하품을 하면서 기지개를 켰다.

시계가 가리키는 시간은 2시 38분. 아까 놈들이 골목 끝으로 사라져 버린 지 거의 50분이나 지났다. 제자리에서 어슬렁거리는 네 놈만 제외하면 좀비가 아예 눈에 띄지 않는다.

간격이 긴 건 마음에 들지만, 그다음 놈들이 언제 올지 모르면 움직일 수가 없다. 늘 보이던 놈들이 갑자기 눈에 띄지 않으니까 그것 역시 사람을 상당히 불안하게 만든다.

점점 말수가 줄어든 네 사람은 초조한 심정으로 기다리고, 기다리고, 또 기다렸다. 그래도 여전히 새 좀비 떼는 나타나지 않는다.

"안 올 건가 봐. 아까 그놈들이 마지막이었던 거야."

3시가 넘어갔을 때, 삼식이가 판정을 내렸다. 보안관이 물었다.

"그게 뭔 소리야? 안 오다니? 그럼 어디로 갔는데?"

"그야, 사람들 많은 곳으로 갔을 테지. 여기는 이제 더 먹을 게 없어졌으니까."

"먹을 게 없긴 왜 없어? 저 건물들에 들어 있던 사람들은 먹을 게 아니고 마실 거냐?"

"저걸 봐. 길에 아무도 없잖아."

삼식이가 텅 비어 있는 거리를 가리킨다. 보안관이 여전히 모르겠다는 표정을 짓자 삼식이가 하는 말의 의미를 깨달은 제니가 보충 설명을 해 준다.

"좀비가 한 시간 반이 넘게 한 마리도 안 나타나고 있는데 아무도 집 밖으로 나오지 않잖아요. 살아 있는 사람이 있다면 궁금해서라도 나와 보겠죠. 아무 가게라도 들어가서 먹을 것도 가져올 테고요. 그 말이죠, 삼식이 오빠?"

"그, 그런가?"

보안관은 거리로 시선을 돌렸다. 제니의 설명을 듣고 보니 이상하기는 하다. 좀비가 몇 마리 안 되니 아무리 겁이 많은 사람들이라 해도 창문 밖으로 고개 정도는 내밀 것 같은데…….

어기적거리며 걷는 네 마리를 제외한다면, 변화가 거리 전체를 통틀어서 움직이는 것이라고는 일전에 제니가 걸어 놓은 커튼 깃발이 바람에 펄럭이는 정도뿐이다.

"그럼 저 안에 있던 사람들은 다 죽었단 말이야? 왜? 굶어서?"

"일주일을 굶어도 죽지는 않을걸? 하지만 물은 이야기가 좀 다르지."

"비가 왔었잖아? 빗물이라도……."

'빗물이라도 받아서 마시면 될 거 아냐?'라고 하려던 보안관은 말을 중간에 삼켜 버렸다. 하긴, 서울 빗물을 마시면 큰일 난다고 했던 건 자신이었다. 아마 물이 간절한 생존자들은 다급한 마음에 창문을 통해 빗물을 받아 마셨을 것이다.

하지만 그게 도시 사람들의 약한 장을 뒤흔들어 복통과 설사를 일으켰을 테고, 오히려 더 탈수증상이 심해져서 결국엔…… 저 건물들을 관으로 삼아 숨을 거두었을지도 모른다.

"자, 이제 어떻게 할래? 지금 내려가 볼까?"

삼식이가 물었다. 보안관이 대답하기 전에 신입이 다급하게 끼어든다.

"서, 성급하게 굴지 말고! 한 시간만 더 기다려 보자! 응? 한 시간만!"

"한 시간이라……. 뭐, 그래 봐야 4시 조금 넘을 테니까 해는 충분하겠네. 어때, 다들 같은 생각이야?"

삼식이의 질문에 보안관이 고개를 끄덕였다. 사실 지금으로서도 충분히 안전해 보이기는 하지만, 돌다리도 두들기라고 했으니까……. 이 정도로 희망적인 상황이니 한 시간을 기다리는 것도 즐거울 것 같다.

"오빠, 어디 먼저 갈 거예요? 한 시간 뒤에?"

햇빛을 막기 위해 후드를 푹 눌러쓰고 있는 제니가 잔뜩 들떠서 물었다. 보안관은 잠시 생각을 정리했다. 이제 남의 집을 노릴 필요도 없다. 변화가 가득 늘어선 가게들 전부 다 그들이 탈탈 털어 주기만을 기다리고 있는 것이다.

"당연히 저기지."

보안관이 가리킨 것은 골목의 끝에 위치한 커다란 슈퍼였다. 삼식이도, 제니도 모두 동의한다는 의미로 비장한 표정을 지으면서 고개를 끄덕였다.

슈퍼!

이미 한참 전에 약탈당해서 음식이라고는 거의 남아 있지 않은 편의점 따위와는 격이 다르다. 저 안에만 가면 정말 모든 것이 있다. 그들이 젖과 꿀이 흐르는 슈퍼를 상상하면서 신나게 수다를 떠는 동안 마침내 또 한 시간이 지나 버렸다.

네 사람은 두근거리는 가슴을 진정시키면서 역 아래로 내려와 철책을 건너고 지하 통로를 달렸다.

뛰어오는 네 마리는 보안관이 해머 2호를 한바탕 휘두르는 것만으로 모두 쓰러뜨릴 수 있었다. 문제는 그다음이다.

혹시나 하는 마음에 보안관은 여전히 해머를 꽉 쥐고 선봉에 섰지만, 더 이상 그들의 앞을 막아서는 위험은 아무것도 없었다.

휘이잉~.

바람이 불어오는 텅 빈 거리를 감격에 찬 표정으로 몇 발짝 걸어가던 삼식이가 갑자기 두 손을 번쩍 들어 올리면서 외쳤다.

"만세! 자유다~!"

"만세! 하하하! 만세!"

제니도 펄쩍펄쩍 뛰며 기뻐했다. 보안관과 신입도 웃었다. 모든 것이 축복이라도 받은 듯 빛이 나는 것 같다. 아직도 사방에 시체가 뒹굴고 있는 거리가 그렇게 아름답게 보일 거라고는 생각도 해 본 적 없었다.

02

"후우우~ 좆도."

정문 도로 초소에서 경계 근무를 하는 동안 김 상병의 입에서는 계속 가벼운 욕설과 한숨이 흘러나왔다. 사수가 그렇게 하고 있으니 진우의 기분도 좋을 리 없다. 어제 제대로 잠을 이루지 못했기 때문에 몸도 마음도 아주 지친 상태였다.

"씨발……."

김 상병이 또 혼잣말을 한다.

"어떻게 그렇게 다 보는 데서 쏴 죽이냐? 어휴."

어제의 기억이 다시 머릿속에 떠오르는지, 김 상병은 진저리를 치며 고개를 숙였다. 진우는 아무 대꾸도 하지 않았다. 찬란한 햇살마저 짜증스럽게 느껴진다.

생활관 내부에서 좀비와 육박전을 벌여야 했던 어제, 첫 감염자를 포함해서 전부 아홉 명이나 되는 병사들이 세상을 하직했다. 어차피 좀비들과 싸우면서 전우들이 픽픽 죽어 나가는 걸 일주일 내내 보았던 터라 사망자가 나왔다는 사실 때문에 특별히 동요하는 병사는 없었다.

하지만 그중 다섯 명이 아직 살아 있던 상태에서 아군의 총에 의해 즉결 처분을 당했다는 게 문제였다. 게다가 언제 변해 버릴지 모른다는 조바심 때문에 두려웠던 보초병들은 모든 병사들이 지켜보고 있는 가운데, 울면서 끝까지 복도를 떠나지 않으려 버티던 외상자들을 사살해 버렸다.

'정말 멍청한 결정이었어.'

진우는 그 명령을 내린 놈에게도 똑같은 짓을 해 주고 싶었다. 아마 그 자리에 있던 모든 병사들의 생각도 크게 다르지 않았을 것이다. 아군 사살을 직접 목도하게 만든다는 건, 어깨를 나란히 하고 같은 방향을 향해 총을 겨누고 있는 동료들 간의 신뢰에 아주 커다란 균열을 일으키는 짓이다.

병사들은 더 이상 다른 분대의 병사들을 믿지 않게 되었고, 방향이 명확하지 않은 불만과 분노가 모두의 가슴속에서 부글부글 끓어오르고 있었다.

"보급 왔다! 애들 운반 작업 나오니까 신경 좀 더 써라!"

이 병장이 초소 주변을 돌며 병사들을 독려한다. 진우는 목청껏 대답했다. 다행히도 아직까지는 이 분대 내부에서의 반목이나 갈등은 없다.

위이이잉~.

월남전에서도 활약했을 것 같은, 낡고 커다란 헬기 세 대가 정문 도로에 내려서고 프로펠러가 천천히 움직임을 멈추자, 미리 게이트 밖에서 대기하고 있던 병사들은 열심히 달려 나와 빠르게 짐을 내리기 시작한다. 진우는 등 뒤의 헬기와 병사들을 힐끗 돌아보고 다시 전방에 시선을 고정했다.

근처 주유소에서 유류를 자급하는 루트까지는 개척이 되었지만, 원자력 발전소 방어 병력을 위한 보급은 거의 대부분 공중을 통해 이루어진다. 발전소 상공에서의 비행이 금지되어 있기 때문에 보급 헬기는 발전소 전방 500미터 떨어진 도로에 착륙하는 것이 원칙이다.

세 대의 헬기에서 탄약과 식량, 의약품 따위의 보급 물자들을 내리고 트럭에 실어 옮기는 것은 물론 진우나 김 상병 같은 사병들이 담당하고 있다.

보급품 운반 작업에 투입되면 가끔 조종사들로부터 바깥소식을 전해 들을 때도 있다. 바깥세상 소식에 목마른 병사들은 아주 사소하고 보잘것없어 보이는 정보에도 큰 관심을 기울였다.

"애기들아, 미안한데…… 조금 서두르자. 우리가 요새 스케줄이 워낙에 꽉 차서 그런다. 젠장, 무슨 한류 스타도 아닌데 기상해서 취침할 때까지 분 단위로 할 일이 정해져 있어."

중년의 헬기 조종사가 기지개를 켜며 소대원들을 재촉한다. 정말 어지간히 바쁜지, 처음엔 매일 들르던 보급 헬기들이 오늘은 이틀 만에 찾아왔다. 조종사의 얼굴도 몰라볼 만큼 핼쑥해져 있다.

"네!"

병사들은 우렁찬 대답과 함께 작업의 속도를 높였다. 무거운 탄약 박스나 전투식량을 나르고 있노라면 이제 적어도 빈총으로 굶어 가며 싸우지는 않아도 되겠구나 하는 안도감이 들었다. 하지만 이 작업을 다 마친 뒤에 얼마 쉬지도 못하고 바로 또 경계 근무에 투입되어야 한다는 걸 알기에 미리부터 몸이 쑤셔 온다.

이놈의 지휘부는 아마도 인간의 체력을 무한대로 상정해 두고 있는 모양이다. 하루하루 시간이 갈수록 육체적으로나 정신적으로 한계까지 내몰리고 있는 병사들을 생각하면 넉넉한 인력 보충이 시급한데도, 그런 기미는 보이지 않는다.

"야, 아부꾼. 불 좀 붙여 봐라."

김 상병의 붙임성 덕에 그새 말을 튼 조종사가 담배를 문 채 다가와 전방을 엄호하고 있는 진우와 김 상병에게 말을 건다.

"후우~ 추웅성."

평소답지 않은 김 상병의 맥 빠진 인사에 조종사는 의아한 표정이 되었다.

"어라, 이 새끼 봐라? 아침에 꼬추가 안 서디? 만날 실실 웃던 놈이 기분이 왜 그래?"

"그럴 일이 있었습니다……. 소령님, 어젠 왜 안 오셨습니까? 담뱃불 붙여 드리고 싶어 미치는 줄 알았습니다."

김 상병이 재빨리 라이터를 꺼내 불을 붙여 주며 기운 없이 웃었다.

"후우~ 얀마, 힘내. 요새 신나는 사람 아무도 없어. 어제 왜 안 왔냐고? 뭐 그런 걸 알고 싶어 하냐? 들으나 마나 우울한 이야기지."

담배 연기를 길게 내뿜은 조종사는 다크 서클이 진하게 내려온 눈 주위를 문지르며 답을 들려주었다.

"이 부근 탄약고들이 더 이상 재고를 안 내주려고 해서 이제 너희 줄 총알 가지러 영천까지 갔다 와야 해. 게다가 유류 창고도 점점 좀비들한테 털려서 밀리는 분위기고……. 이러다가 여섯 시간 비행할 기름 넣자고 왕복 두 시간 거리 오가는 거 아닌가 싶을 만큼 안 좋다. 게다가 위에서는 자꾸 같잖은 심부름…… 에이, 아니다. 지금 마지막 이야기는 그냥 못 들은 걸로 하고 잊어버려라. 하여간…… 너희도 힘들겠지만, 우리도 요새 아주 목숨 걸고 날아다니니까."

"다니시면서 혹시 최근에 저희 부대도 보셨습니까?"

김 상병은 그리움이 가득한 목소리로 물었다.

"너희 부대가 어디였는데?"

"그…… 화천 15사 38연대……."

"화천이면 그 부근은 포병들 중심으로 재편돼서 나머지 부대들은 싹 다 폐쇄됐어."

"엑! 그럼 경계를 어떻게 합니까?"

"지뢰라도 박아 뒀겠지, 뭐. 하긴 경계가 뭐에 필요해? 좀비들이 사방에서 보초처럼 돌아다니는데."

"그럼 저희 부대 병력은……."

"뭐, 그거야 다들 어디로 차출돼서 갔겠지. 인근 포병 부대로 지원을 가든가……. 화력 집중을 위해서 지금 비어 있는 부대 많아. 안 그러면 다 좀비들한테 각개 격파 당하게 생겼으니까 어쩔 수 없지."

무심한 듯 담배 연기를 내뿜는 조종사와 달리, 김 상병과 진우의 얼굴에는 당혹감이 스치고 지났다. 전역하고 나면 다시는 강원도를 향해서 오줌도 안 싸겠다고 다짐을 했지만, 막상 자대가 없어졌다는 말을 들으니 돌아갈 집을 잃은 것 같은 상실감이 든 탓이다.

"짐은 대강 다 옮겼나……. 야, 아부꾼. 살아서 또 보자, 새끼야."

헬기를 돌아본 조종사가 담배를 비벼 끄고 떠나며 안전모를 탁, 치는 것으로 인사를 대신한다.

"넵! 소령님, 안전 운항하시길 빌겠습니다."

경례를 마치고 난 김 상병의 입에서 한숨이 새어 나왔다.

"야, 박 이병. 우리 어떡하냐, 이제? 씨발, 자대가 없어졌다는 걸로 이렇게 막막해질 줄은 몰랐네."

"저도 기분이 이상하지 말입니다."

진우도 씁쓸한 얼굴로 대꾸했다. 돌아갈 곳마저 없다는 생각이 좀처럼 머리에서 떠나지를 않는다.

"어이, 근무 마치고 돌아오나?"

오후 12시 30분. 직원 기숙사 2층 창가에서 아래를 내려다보고 있던 발전소 직원 하나가 생활관으로 돌아가는 진우와 김 상병을 알아보고 인사를 건넨다. 일전에 대화를 나눴던, 그 아인슈타인 닮은 연구원이다.

쉬는 날인가 보네. 이런 시간부터…….

가볍게 목례로 답을 하자 아인슈타인은 잠시 기다리라는 손짓을 하더니, 곧바로 돌아와 김 상병에게 담배 한 갑을 던졌다.

"자, 독한 거 좋아하는 친구."

"감사합니다."

빨간 말보로를 받아 든 김 상병은 웃으며 손까지 흔들어 준 뒤, 분대장인 이 병장의 눈치를 살폈다. 이 병장이 아무렇지도 않다는 듯 말했다.

"괜찮아. 어차피 내무반 전체가 나눠 피울 거니까."

"어? 이 병장님, 이건 제가 개인적으로 받은 거지 말입니……."

"압수할까?"

"아닙니다. 전우들과 꼭 나눠 피우고 싶습니다."

"나도 그렇단다."

이 병장이 능청맞은 얼굴로 김 상병의 어깨를 두드린다. 두 고참의 만담을 들으며 진우는 속으로 미소를 지었다. 만난 지 며칠 되지는 않았지만 이 새로운 분대장은 꽤 괜찮은 사람이어서, 그나마 지옥 같은 하루하루를 버텨 나가는 데 적지 않은 도움을 준다.

물론 가뜩이나 힘든 병사들을 더 한계로 내모는 일도 있다. 새로 도입된 점호 방식이 그중 하나다.

어제 그 좀비 난동이 있고 나서 부대 전체에는 새로운 생활 수칙이 내려졌다. 들리는 소문에 의하면 지휘 본부 회의에서 한 시간 만에 결정했다고 하는데, 어지간히 좆같아서 모두 내심 이를 바득바득 갈고 있었다.

철책 외부로 나갔다 돌아오는 병사는 무조건 새로운 방식의 점호를 받아야 한다. 그리고 그 새로운 방식이란, 바로 알몸 검사다. 어떤 미친 새끼 대가리에서 나온 생각인지는 모르겠지만, 그 지랄을 할 생각만 하면 진우도 분노 때문에 머리가 끓어오르는 것 같다.

"자, 자, 빨리 개인 화기 거치시키고 점호 준비해라."

그날 밤 뜯어 온 핑크 펀치 포스터가 깃발처럼 자랑스럽게 붙어 있는 생활관에 들어서자마자, 이 병장은 총기 거치대의 자물쇠를 걸게 하고 늘어지는 분대원들을 다독였다.

"예에~."

힘없이 대답한 병사들은 군화와 하이바를 벗고 침상에 올라가 군복 위아래, 심지어 속옷까지 모두 탈의해서 옆자리에 차곡차곡 쌓아 둔 다음, 벌거벗은 채 차렷 자세를 하고 섰다.

그렇게 하고 있으면 잠시 후, 당직사관이 무장한 병사 셋을 거느리고 들어와 병사들의 몸을 찬찬히 훑으며 지나간다. 맨 뒤에 선 병사가 메고 있는 커다란 배낭에 눈길이 간다. 소문에는 저 속에 헬멧이 들어 있다고들 했다.

당직사관이 생활관 끝까지 걸어간 다음, 뒤로 돌아 명령을 내렸다. 지친 표정의 병사들은 구령 소리까지 붙이면서 몸을 돌렸다. 당연히 아무도 물린 사람은 없지만, 긴장한 병사들의 몸에서는 땀이 줄줄 흘러내린다.

"씨발, 룸살롱 초이스도 이렇게는 안 하겠다. 좆같아서……."

검사를 마친 당직사관이 나가자마자 급하게 팬티를 집어 입으면서 김 상병이 투덜거렸다.

"시끄럽고. 얼른 바지나 입어, 인마."

이 병장도 못마땅한 얼굴로 다시 주섬주섬 옷을 걸친다. 그의 옆자리 다른 상병도 불만이 많다.

"후우, 우리가 무슨 죄지은 것도 아니고, 왜 이런 꼴을 당해야 합니까? 좋아서 물리는 새끼도 있습니까?"

"어허!"

이 병장이 눈을 위아래로 부라리자 투덜대던 병사들은 어쩔 수 없이 입을 다물었지만, 분한 마음은 감출 길이 없다. 밑에서 아무리 불평하고 화를 내 봐도 한번 내려진 명령은 거둬들여지지 않는다. 어디 하소연할 곳도 없다는 게 더 지랄맞다.

"그냥 목욕탕에 왔다고 생각하자. 응? 그렇게 생각해 버리면 별것도 아니야."

상병 둘과 진우를 끌고 나와 담배를 피우면서 이 병장이 말했다. 진우는 흡연을 하지 않지만, 김 상병이 옆에 서 있기라도 하라며 억지로 데리고 왔다.

"하지만 말입니다."

김 상병이 갑자기 목소리를 낮췄다.

"만약에 우리 중에 누구 하날 지목하면 어떻게 합니까? 당직사관이 '너 물렸네, 데리고 가.', 이러면 그냥 인생 끝나는 거지 말입니다."

이 병장이 귀찮다는 얼굴로 대꾸한다.

"야, 이 새끼야. 물리면 어차피 끝장이야."

"제가 말씀드린 건 다른 상처인데 저쪽에서 물렸다고 해 버리는 경웁니다. 그러면 억울하게 그냥 뒈지는 거 아닙니까? 듣자 하니까 점호에서 걸리면 헬멧 씌운 다음 의무대로 데려가서 주사 한 방으로 죽여 버린다던데."

"이 새끼…… 어디서 이상한 헛소문을 듣고 와서……."

이 병장이 말 같지도 않다는 반응을 보이자 김 상병은 정색을 하고 대학원 기숙사 건물 최상층을 흘겨보며 더욱 작게 속삭였다.

"어제 그 꼴을 보시고도 저 새끼들이 안 그럴 거라고 확신하십니까? 끌려간 다음에 어떤 처분을 받는지도 이야기 안 해 주지 말입니다."

모두 김 상병의 눈길을 따라 임시 본부를 돌아보았다.

흠, 흠, 헛기침을 하며 목소리를 가다듬은 이 병장이 분위기를 가라앉힌다.

"저기도 다 사람들이야. 그렇게까지는 안 하니까 다시는 그런 소리 입에 담지 마라. 알았어? 후우~ 이건 씨발, 독하기만 하고 맛대가리도 없네. 나머지는 네가 다 피워라."

이 병장은 말보로 레드를 김 상병의 군복 주머니에 넣어 주고 가슴을 탁, 쳤다. 경고와 위로의 의미가 모두 담겨 있는 행동이었다.

03

보안관과 삼식이는 먼저 일전에 철책을 두고 왔던 3층 건물 위로 기어 올라가서 철책부터 아래로 내렸다. 이게 있으면 최악의 상황이 닥쳐 건물 옥상으로 도망친다고 해도 옆 건물로 이동할 수는 있다.

"눈에 보이지는 않지만, 창문에서 뛰어내릴 수도 있으니까 길 가운데로 가자. 제니, 넌 우리 뒤에 바짝 붙어."

보안관이 완전히 긴장을 풀지 않은 채 오른손으로는 해머를, 왼손으로는 철책의 한쪽 끝을 꽉 잡고 뻥 뚫린 거리를 앞장서서 걷는다. 제니와 삼식이, 신입도 상기된 얼굴로 그 뒤를 따랐다.

신중한 말과는 달리 모두 가슴이 두근거려서 한시라도 빨리 슈퍼를 향해 달려 나가고만 싶다. 하지만 아직은 자제해야 할 필요가 있기에 그들은 애써 욕망을 억누르며 펄쩍펄쩍 뛰어오르려는 다리를 달랬다.

"문이 열려 있네……. 저놈들은 어떻게 됐을까?"

처음 제니와 제비가 숨어 있던 속옷 가게 2층을 바라보면서 삼식이가 중얼거렸다. 보안관과 제니도 저절로 그쪽으로 눈길이 향한다. 보안관이 해머로 내려쳤던 철제문이 환하게 열려 있다.

음침한 눈으로 자신들을 노려보던 4인조. 당시만 해도 아직 먹을 것이 없지는 않아 보였는데, 지난 나흘 동안 무슨 일을 겪었기에 스스로 문을 열고 이 좀비들이 가득한 거리로 발을 내디뎠던 것일까.

그러고 보니 그날 보안관 일행을 구조대라 부르며 길거리에 뛰어나왔던 그 많은 사람들 역시 모두 어딘가로 사라졌거나, 좀비가 되거나, 죽어 버렸다는 이야기다.

새삼 끔찍한 기분이 들지만, 그 정도로 기가 죽기에는 슈퍼에서 기다리고 있을 물건들의 유혹이 너무 강렬하다.

"내일은 아침 일찍 와서 시…… 청소 좀 해야겠다. 다닐 때마다 영 찜찜해서 불편할 것 같아."

자신이 머리를 박살 내 죽여 버린 좀비의 시체들을 피해 걷던 보안관이 말했다. 다른 좀비들이 줄곧 그 위를 밟고 아무렇지도 않게 걸어 다녔기 때문에 가뜩이나 흉측한 시체들은 고깃덩어리처럼 너덜너덜해져 있었다. 그런 꼴이 도로 끝 약국 앞까지 드문드문 이어져 있다.

절대 움직이지 못하리라는 걸 잘 알고 있지만, 그래도 곁을 스쳐 걸을 때면 확 달려들어서 다리를 움켜잡을 것만 같다.

"괜찮아, 제니야?"

보안관이 제니의 안색을 살피며 물었다.

제니는 애써 웃음을 지으면서 고개를 끄덕였다.

"네…… 괜찮아요. 다 죽었잖아요. 그죠?"

"응. 그래도 신경이 쓰일 테니까 다른 방향을 보면서 걸어."

"그렇게 할게요."

가끔 헛구역질을 하기는 했지만, 신입은 생각보다 잘 버텼다. 아마 셋째 날, 좀비들의 시체를 실컷 구경해서 어느 정도 면역이 된 모양이다. 그래도 여전히 이놈들의 몸에서 뿜어져 나오는 지독한 악취는 적응이 되질 않는다.

"이런 젠장. 어휴, 아까워."

약국 앞에서 두 동강이 난 야구 배트를 발견한 보안관이 아쉬움에 혀를 찼다. 생각해 보면 그날 해머만 던져 버렸어도 되는 일이었다. 다행히 잃어버렸던 해머 자루는 멀쩡히 버텨 줘서 삼식이가 챙겼다.

주변에 대한 경계를 늦추지 않으며 그렇게 1분을 더 걸어가자, 드디어 슈퍼의 활짝 열린 문이 그들을 반겼다.

"자! 왔다!"

보안관과 삼식이가 철책을 바닥에 내려놓으며 주위를 살폈다. 바람 소리만 간간이 울리는 고요한 거리는 그들에게 안심하고 마음껏 쇼핑을 하시라 권하는 것 같지만, 일단 퇴각할 루트부터 정해야 한다.

단층 창고형 건물인 데다가 주변의 다른 건물들과 조금 거리를 두고 지어진 터라 슈퍼의 옥상으로는 피신할 수 없다.

"여차하면 저기에 올라가는 걸로 하자."

보안관이 가리킨 것은 좁은 사거리 맞은편의 2층 건물 옥상이었다. 도시가스 관이 외부로 노출되어 있어 밟고 올라가기가 편하고, 옆 건물들과의 거리도 가깝다. 철책을 건물 벽에 세우고 거기에 연결된 줄을 파이프에 묶어 두는 것으로 준비는 대강 마쳤다. 이제 보물찾기를 시작해도 될 시간이다.

"잠시 여기에서 대기."

일행들을 모두 슈퍼 문 앞에 세워 둔 뒤, 보안관은 몇 발짝 걸어 들어가 안쪽의 상황을 살폈다. 썩은 고기와 생선, 야채에서 풍겨 나와 고여 있던 악취가 그를 반긴다. 하지만 좀비들의 시궁창 냄새보다는 참아 줄 만했다.

창문이 없는 구조여서 대낮이어도 건물의 깊숙한 안쪽은 컴컴하다. 나란히 늘어선 높은 진열대가 빛을 차단하기 때문에 플래시가 없으면 앞을 제대로 볼 수 없을 정도다. 플래시를 켜고 잠시 안쪽을 살피던 보안관이 몸을 돌려 나왔다.

"삼식아, 너는 여기에서 망을 봐. 괜히 안에 갇히기는 싫으니까."

"엑? 나도 쇼핑하고 싶은데?"

삼식이는 너무 아쉽다는 표정을 지으며 신입을 돌아봤다. 하지만 신입은 삼식이의 시선을 외면하며 제니의 등 뒤로 숨었다.

"갖고 싶은 거 있으면 말해. 가져올 테니까. 그리고 내일은 내가 망볼게. 오늘은 첫날이니까 내가 앞장서서 가야 돼. 혹시 안에서 뭐가 나올지도 모르잖아."

"끄응…… 뭐, 어쩔 수 없나. 알았어. 그러면 김치랑 담배 사다 줘. 담배는 여러 가지 담으면 돼. 골라서 피우고 싶으니까."

"그래그래, 알았으니까 이 앞에서 잘 살펴. 혹시라도 뭐가 온다 싶으면 곧바로 알려 줘야 해. 알았지?"

"넵! 그럽죠."

삼식이와 딜을 마친 보안관은 철제 쇼핑 카트를 잡고 제니와 함께 슈퍼 안으로 들어갔다. 해머와 가방은 카트 안에 던져 넣고 플래시만 꺼내 챙겼다.

"이게 필요할 것 같아. 신입, 너도 하나 밀고 와."

끼리릭— 끼리릭—.

철제 바퀴가 고요한 적막을 깨며 구른다. 신입이 말을 듣지 않고 빈손으로 따라오자 보안관이 다시 한번 말했다.

"카트 끌고 오라니까?"

"아, 귀찮게 왜? 네 거에만 담아도 충분하잖아?"

"어휴, 이 답답아. 저 진열대 사이에서 만약에 뭐가 갑자기 튀어나오면 이걸 앞세우고 있다가 막으라는 말이야."

보안관의 설명을 들은 신입은 어두컴컴한 슈퍼 안쪽을 새삼스러운 눈으로 바라보더니, 곧바로 돌아가 카트를 끌고 들어왔다.

"나랑 제니는 이쪽으로 갈게. 신입, 넌 뭐 가져올래?"

"따, 따로 가자고? 같이 가지?"

"그렇게 하면 앞뒤로 길이 막혀서 안 돼. 두 방향에서 움직이면 시간도 절약되고 겸사겸사 수색도 되는 거니까."

"좀비가 나오면 어떻게 해?"

"99.99퍼센트는 안 나와. 만약 나온다고 해도 카트를 밀어 친 다음에 곧바로 돌아서서 뛰면 괜찮아. 정 무서우면 너도 삼식이랑 같이 망을 봐도 되고."

"으음, 어쩌지? 그럴까……. 무서운 건 아니지만, 삼식이 혼자서 두기도 영 마음에 걸리고……."

망설이며 주변을 두리번거리던 신입이 고개를 돌리다가 계산대 옆에 잔뜩 쌓여 있는 안주류들을 발견했다. 그 순간, 욕망이 폭발해 두려움을 날려 버린 신입은 '먼저 간다!'라는 말을 남기고 기세 좋게 카트를 밀면서 계산대를 향해 뛰었다.

"하하, 신입 오빠 엄청 흥분했네요."

오징어 구이와 땅콩 과자 따위를 닥치는 대로 카트 안에 쑤셔 넣고 있는 신입을 보며 제니가 웃었다. 보안관도 고개를 끄덕이며 마주 웃어 줬다.

'후후, 사실 엄청 흥분한 사람은 따로 있단다, 제니야…….'

마치 신혼부부처럼 나란히 카트를 끌며 장을 보게 된다는 사실이 보안관의 심장을 미친 듯이 흔든다.

'오빠, 나 이거 사도 돼요?', '그럼! 우리 제니가 그게 먹고 싶었구나, 하하하!', '어머, 오늘은 꽁치 통조림이 싸네? 오빠, 저녁때 꽁치 김치찌개 끓여 주면 소주 한잔할래요?'…….

머릿속에서 망상이 제멋대로 춤을 춘다. 이건 그야말로 늘 그려 오던 꿈이 현실이 되어 버린, 그런 상황이 아닌가.

"오빠, 무슨 생각 해요?"

보안관이 자기도 모르게 흐뭇한 미소를 지으면서 초점 없는 눈으로 먼 곳을 보고 있자 제니가 묻는다.

"응? 응! 아냐, 아무것도."

황급히 정신을 차린 보안관은 카트를 다시 밀기 시작했다.

"냄비는 꼭 가져가야 해요. 한 두어 개 정도는 있었으면 좋겠어요."

제니가 메모를 꺼내서 플래시 불빛에 비춰 보며 중얼거린다. 보안관은 행복한 목소리로 대답했다.

"그러자."

"그다음에…… 라면이랑 즉석밥이랑 즉석 카레 같은 것도 챙겨야 하고……. 아, 맞다. 휴대용 가스레인지랑 가스! 그것도 있으면 좋을 것 같아요."

"응, 그러자."

"우와, 우유다!"

진열대 중간에서 멸균 팩에 들어 있는 우유를 발견한 제니가 가볍게 탄성을 내지르고는 카트에 담았다.

후후, 어린아이가 따로 없군…….

밀려오는 행복감을 만끽하면서 보안관은 그저 흐뭇한 미소만 지었다. 커피 믹스, 햄부터 과일까지. 그리고 여러 가지 통조림, 고추장 한 통, 커다란 냄비와 일회용 그릇과 식기, 라면, 간식용 과자, 초코바, 껌과 휴지, 치약, 칫솔, 비누, 샴푸, 로션까지…… 쇼핑한 물건들이 카트에 차곡차곡 쌓인다. 그 어마어마한 양은 이미 가져갈 수 있는 한계에 아슬아슬하게 근접해 있다.

"이제 삼식이 오빠가 부탁한 김치랑 담배만 사 가지고 돌아가요, 돈은 안 내지만. 헤헤."

휴대용 가스레인지와 가스를 담은 뒤, 제니가 떠나기 아쉽다는 표정을 짓기에 보안관이 말했다.

"더 필요한 거 있으면 다 가지고 가자."

"아니, 안 될 것 같아요. 어차피 다 못 가져가니까. 내일 또 같이 와요."

김치는 지독한 냄새가 나는 냉장 칸 중에서도 가장 안쪽에 있었다. 썩어서 물컹거리며 줄줄 흘러내리는 생선 섹션을 지나, 썩은 야채를 넘어가 만난 김치는 발효하면서 생겨난 가스 때문에 완전히 공처럼 빵빵하게 부풀어 있었다.

"으아, 이거 먹을 수는 있는 걸까?"

보안관이 찝찝하다는 듯 두 손가락만으로 김치 봉지를 들어 올리며 혼잣말을 했다. 제니는 선선히 고개를 끄덕인다.

"오히려 아주 맛있을 수도 있어요. 아! 오늘 제가 김치찌개 해 드릴까요?"

제니가 나를 위해서 김치찌개를?

조금 전, 보안관이 망상 속에서 들었던 말이 거의 그대로 반복되었다.

이것은 꿈의 실현이 아닌가. 그리고 보니 소주 마셔 본 지도 오래됐군…….

침이 가득 흘러나온 보안관의 입에서는 자동으로 다음 대사가 나왔다.

"그, 그러자, 제니야. 우리 같이 소주도 한잔하고……."

"흐음~ 소주? 글쎄요……."

잠시 말꼬리를 끌던 제니가 장난스러운 표정을 지으며 물었다.

"오빠가 소주 마실 줄 아나 모르겠네~?"

으헉! 눈을 가늘게 하고 웃는 그 얼굴이란!

보안관의 심장은 또 격렬하게 두근대기 시작했다.

이, 이건 허락하는 분위기지? 제…… 제니랑 대작을 하게 됐다!

"그리고 보니 오늘 같은 날은 정말 한잔해야 될 것 같네요. 그럼 우리 술 가지러 가요."

제니가 보안관의 팔을 잡고 음료수 진열대 안쪽으로 끌고 간다.

아…… 이게 바로 행복의 감촉이구나…….

얼결에 끌려가면서 보안관의 행복감은 1초에 두 배씩 늘어났다.

"근데, 뜨뜻한 소주도 맛이 있으려나?"

전기가 끊겨 버린 진열대 안에서 실온으로 데워진 소주를 바라보며 제니가 혼잣말을 했다. 소주의 옆에 진열되어 있던 막걸리들은 끓어 넘치거나 빵빵하게 부풀어 있었다. 보안관은 허리를 굽혀 소주병들을 집으며 말했다.

"너랑 같이 먹는데 뭔들 맛이 없겠니? 몇 병 가져갈까? 다섯 병?"

"에이, 사람이 몇인데요. 한 사람에 두 병씩 열 병! 미리 말해 두지만, 저 엄청세요."

너는 정말 완전체구나…….

술을 집어 옆구리에 끼고 있는 제니를 보면서 보안관은 생각했다. 사실 조금 전에는 무심코 툭, 입 밖에 나와 버렸지만, 남자 넷에 여자 혼자뿐인 이런 상황에서 술을 먹자고 제안하는 건 제니 입장에서 무섭다고 느낄 수도 있는 일이다.

아뿔싸, 싶은 후회가 들자마자 저렇게 기분 좋게 OK를 해 주고, 이왕 마시는 거, 속 시원하게 마시자고까지 말해 주다니……. 제니의 배려심이 눈에 보이는 것 같아 보안관은 새삼 가슴이 뭉클해졌다.

"자, 이건 입가심용!"

제니가 커다란 맥주 페트병을 카트에 담는 것으로 술 쇼핑이 마무리되었다. 카트를 끌고 카운터 앞으로 가서 위쪽에 진열되어 있던 담배를 대충 쓸어 담고 나니, 아무래도 가방이 모자랄 것 같아 비닐봉지까지 왕창 집었다.

신입은 쇼핑을 끝냈을까 싶어 안쪽을 기웃거리고 있으려니, 바깥쪽에서 삼식이가 부르는 목소리가 들린다.

"신입 벌써 나와 있어. 너희도 나오면 돼."

무료함을 달래기 위해 담배를 피우고 있던 삼식이가 보안관과 제니의 카트를 보며 킥킥거린다.

"뭐야, 너희도 술이냐? 이놈들, 도대체 심각함이라는 걸 모르네. 크크크."

삼식이의 말처럼 신입의 카트에도 술이 잔뜩 담겨 있다. 그것도 전부 양주로, 임페리얼 이상 급들만 쓸어 담은 모양이다. 그 밖에는 오징어 구이, 육포, 과일 통조림 따위의 안주들과 과자, 담배뿐이다. 끼니가 될 만한 건 별로 없다.

"뭐? 뭐 어때? 어차피 이제 좀비도 없잖아! 아무 때나 자기 먹고 싶은 걸 가져오면 되는 거 아냐?"

어처구니없어하는 다른 사람들의 시선을 눈치챈 신입이 신경질을 부리듯 변명을 한다.

하긴 저놈도 술맛이 그리웠을 테지…….

보안관은 굳이 잔소리를 하지 않았다.

"하아암~ 술은 따로 들고 가야겠네. 어쨌든 빨리 가자. 유빈이도 엄청 좋아하겠다."

카트에서 가방으로 음식들을 옮겨 담으며 삼식이가 말했다.

04

"진짜?"

거리에서 좀비들이 전부 사라졌다는 이야기를 전해 들은 유빈은 도저히 믿을 수 없다는 얼굴로 몇 번이나 되물었다.

"하하하, 그래! 이 음식들이 증거잖아! 이거 봐! 이제 우리 여기에다가 찌개 끓여서 밥도 먹을 수 있어. 슈퍼에는 아직도 이런 게 엄청 많다고! 유빈아, 어때? 재벌 2세 된 기분이지?"

삼식이가 휴대용 가스레인지를 들어 올리며 자랑스럽게 말했다. 벌써 2층으로 올라간 신입은 양주 케이스 안에 들어 있던 잔에 양주를 채우고, 창틀에 걸터앉아 혼자서 세련된 도시 남자의 이미지를 연출하고 있다.

"그, 그럴 수가……. 그러면 좀비들이 대체 어디로 가 버린 거야?"

유빈이 가스레인지와 냄비를 보물처럼 소중하게 안고서 물었다. 가방에서 음식들을 꺼내 정리하고 있던 보안관이 고개를 갸웃거리며 대답했다.

"글쎄다? 아마 사람들 많은 데로 이동했겠지? 뭐, 아파트나 그런 데로?"

"하지만 아파트라고 해도 일반 주택보다 사정이 그리 나을 것 같지도 않은데……."

"중요한 건 여기 없다는 거잖아요. 근데 오빠는 뭐 만들고 있었어요?"

새로 가져온 비누로 꼼꼼히 손을 씻던 제니가 묻는다. 유빈은 자신의 발아래

널려 있는 양철판들과 동 파이프 조각들을 새삼스러운 눈으로 내려다봤다.

페인트 통에 피운 불로 조금이라도 더 쉽게 요리를 할 수 없을까 싶어 하루 종일 땀을 흘리며 뭔가를 만들던 중이었다. 하지만 대량생산된 냄비와 가스레인지를 보고 나니 자신이 만든 것들이 한없이 초라해 보인다.

"아, 아냐. 이거는 아무것도……."

"또 취미 활동?"

제니가 개구쟁이같이 묻기에 유빈은 그냥 고개를 끄덕여서 인정해 버렸다.

"야호! 오늘은 김치찌개다!"

삼식이가 씻은 냄비와 재료들을 가지고 2층으로 올라가며 자랑스럽게 선포하자, 유빈을 놀리려던 제니가 급하게 뒤를 따라간다.

"어! 제가 끓일 건데요!"

"하하하, 안 돼."

"왜요?"

"제니, 너 요리 못하게 생겼어."

"에에? 무슨 실례의 말씀? 제가 못하는 게 있을 것 같아요, 삼식이 오빠는?"

"응! 많이 있겠지만, 그중에서도 요리는 특히 더."

삼식이는 좀처럼 주방장의 지위를 포기하려 들지 않았지만, 제니는 간단하게 일을 마무리 지었다.

"보안관 오빠!"

짐을 정리하다 말고 뛰어 올라간 보안관이 삼식이를 붙잡아 구석으로 끌고 가자, 제니는 방글거리면서 냄비 앞에 가서 섰다.

"아야야! 하하하하! 아파! 얼마 만에 먹는 제대로 된 요리인데, 맛있게 먹고 싶단 말야! 보안관, 너도 맛있게 먹고 싶잖아?"

헤드록에서 풀려 나오지 못한 채 삼식이가 열심히 설득해 보지만, 보안관은 요지부동이다.

"내 대답을 들려 주지. 난 제니가 해 준 찌개가 이 세상에서 제일 맛있을 것 같아."

"그럴 리가 없잖아! 저것 봐! 야, 제니야. 물부터 끓이면 안 돼. 김치 먼저 햄이랑 같이 넣고 좀 볶아야지!"

제니가 냄비에 물을 끓이기 시작하자 삼식이의 애타는 목소리가 2층 전체에 울려 퍼진다. 가방을 마저 정리하던 유빈이 2층으로 올라오면서 물었다.

"야, 너희, 슈퍼까지 갔다 오면서 양초나 플래시, 건전지, 이런 꼭 필요한 거는 아무것도 안 가져오고, 그냥 술만 잔뜩 짊어지고 온 거야? 하다못해 베개 하나도 없는데……. 그리고 변기 뚜껑도."

그 말을 들은 보안관 일행 모두는 잘못을 지적받는 초등학생처럼 잠깐 얼음이 되었다가, 금세 변명을 늘어놓기 시작했다.

"내일 같이 가서 가져오면 되지, 뭐."

"나는 유빈이가 켜 준 그 장작불이 더 좋더라고."

"만약 지금 이 찌개 맛없어지면 다 오빠 때문에 망친 거예요!"

"그래, 맞아!"

여러 어처구니없는 말들 중 제니가 한 말이 제일 황당해서 유빈은 입을 벌리고 잠시 멍하니 서 있었다. 익지도 않은 김치와 햄이 물에 둥둥 떠 있다. 보아하니 이미 그 김치찌개는 맛이 있기가 힘들어 보이는 상황이다.

하아~ 유빈은 가볍게 한숨을 내쉬고 페인트 통에 든 각목에 불을 붙였다. 밤에 이 불빛이 없으면 그야말로 모든 게 암흑이 되어 버리니까.

"자, 보안관 오빠. 맛봐 봐요."

한 10여 분쯤 더 김치 삶은 물을 우려내던 제니가 한 숟갈을 떠서 보안관에게 권했다. 보안관은 감격스러워하며 수저를 입에 넣었다. 그러고는 잠시 말이 없었다. 무슨 말을 어떻게 해야 할지 생각하는, 복잡한 표정이었다.

"왜요? 맛이 없어요?"

제니가 조금 기죽은 목소리로 묻는다. 보안관이 황급하게 말했다.

"아, 아니, 맛이 없을 리가 없지! 맛있어! 기가 막혀! 근데…… 조금 더 끓여도 되지 않을까?"

"하하하, 그것 봐, 보안관. 맛이 없지? 제니, 네가 직접 먹어 봐."

포기하고 있던 삼식이가 보안관을 놀린다. 미심쩍은 얼굴로 국물을 맛본 제니도 이내 포기하고 삼식이에게 숟가락을 넘겼다.

"이게 다 유빈이 오빠 때문이야! 하는 수 없지. 오빠가 맛있게 해 줘 봐요."

흥! 잘난 척하며 주방장의 권리를 넘겨받은 삼식이가 햄을 몇 개 더 뜯어 넣고 솜씨를 부려 보려 했지만, 맛은 그리 나아지지 않았다. 애초에 워낙 싱겁다.

"다시다나 미원 같은 거 없으면 걔도 별수 없어."

물을 끓여 즉석밥을 데우면서 상황을 지켜보고 있던 유빈이 말했다.

아차차, 보안관은 자기가 오늘 안 가져온 게 양초만이 아니라는 걸 새삼 깨달았다. 제니가 걱정스럽게 묻는다.

"그럼 어떡해요?"

"그냥 먹으면 되지, 뭐. 어차피 다들 오랜만에 먹는 밥이라서 맛있게 먹을 거야."

유빈이 대수롭지 않게 대답하자 제니가 힘없이 중얼거렸다.

"그래도…… 맛있게 만들어 주고 싶었단 말이에요."

"정 신경 쓰이면 라면 수프랑 사리 좀 넣어 보자."

세 번째 요리사로 나선 유빈이 냄비에 사리 두 개와 수프를 반 정도 쏟아 넣고 나서야 적어도 찌개에 근접한 음식이 만들어졌다. 삼식이가 소주병 뚜껑을 따서 종이컵에 따라 나눠 주는 것으로 만찬의 준비는 마무리되었다.

아무도 눈길을 주지 않는데도 꿋꿋하게 분위기를 잡으며 온더록스 잔을 기울이고 있던 신입도 슬금슬금 합류해서 제니와 삼식이 사이에 엉덩이를 끼워 넣는다.

찌개는 약한 불 위에서 보글보글 끓고 있겠다, 그 옆에는 따끈한 쌀밥이 모락모락 김을 피워 올리며 하얀 속살을 요염하게 드러내고 있겠다, 술과 안주도 잔뜩 있겠다…….

다들 이게 바로 천국이 아닐까 싶은 기분에 실없이 웃음이 나온다. 삼식이가 잔을 높이 들어 올리고 입을 열었다.

"건배하자. 근데 뭐라고 하지?"

삼식이의 말이 끝나기도 전에 제니가 곧장 답한다.

"고맙습니다."

"고맙습니다, 라니…… 누구한테 하는 말?"

삼식이가 들어 올렸던 잔을 내리며 잠시 의아해하자 제니가 대답했다.

"이렇게 우리를 만나게 해 준 우연과, 너무 다정한 오빠들한테……. 그리고 무서운 걸 잘 이겨 내고 있는 나에게."

그 말을 들은 보안관이 잔을 높이 쳐들면서 외쳤다.

"너무 착하고 예쁜 우리 제니에게! 그리고 내 소중한 친구들에게!"

다들 종이컵을 부딪치며 한목소리로 외쳤다.

"고맙습니다!"

첫 잔은 원샷이었다. 크으~! 비록 차갑지 않지만, 오랜만에 맛보는 소주는 자유와 풍요처럼 짜릿하게 목구멍 안쪽을 간질이고 넘어갔다. 다들 가볍게 감탄사를 내뱉고 나서 찌개를 한 숟갈씩 들이켰다.

캬아~!

엉망으로 만든 건데도 일주일이 넘도록 라면만 부숴 먹던 그들에게는 충분한 삶의 맛이었다.

"죽인다! 한 잔씩 더 받아!"

삼식이는 곧바로 새 병을 땄다. 두 잔째를 마신 후에 찌개 국물에 적신 흰 밥을 먹으니, 이건 또 새로운 세계다.

세상에, 밥이 이렇게 맛이 있다는 걸 예전에는 왜 몰랐던 걸까? 커다란 냄비에 다섯 개의 수저가 쉴 새 없이 들락거린다. 모두 땀을 뻘뻘 흘리면서도 감탄사만을 연발하며 열심히 먹고 또 소주를 홀짝거렸다.

"이렇게 모닥불 곁에서 소주 한잔하고 있으니 우리 동아리 애들이랑 엠티 갔던 게 생각나는군."

신입이 종이컵 안에 든 소주를 와인처럼 빙글빙글 돌리며 빙그레 웃는다.

엠티? 삼식이가 중얼거리자 신입이 잘난 척을 시작했다.

"아아, 너희는 잘 모르지? 대학생들은 가끔 남녀가 전부 뭉쳐서 엠티를 가거든."

"엠티는 나도 많이 가 봤지. 물론 너희처럼 떼로 간 거는 아니었고, 둘이서 간 거였지만……. 그렇구나. 대학생들이 꽤 화끈하게 노네……. 야, 근데 그런 이야기는 제니 앞에서 좀 그렇지 않냐?"

엠티를 모텔의 약자라고만 알고 있는 삼식이가 대답했다. 삼식이가 뭘 착각하는지 알아챈 유빈이 잽싸게 만류해 보려 했지만, 제니는 귀가 밝은 척 끼어들었다.

"제 앞에서 뭐가 좀 그래요? 하하하……."

별로 마시지 않은 것 같은데 벌써 목소리가 꼬여 있다.

"제니야, 너 괜찮아? 무리하지 않아도 돼."

보안관이 넉 잔째를 비우며 묻자 제니가 고양이 같은 표정으로 머리 위에 잔을 털며 대답했다.

"에이! 아이돌을 우습게 보지 마세요. 이 정도는 끄떡없죠! 그러는 오빠야말로 오버 페이스 하는 거 아니에요?"

보안관도 지지 않고 받아쳤다.

"하! 노가다를 우습게 보면 안 되지!"

"그럼 그런 의미에서 원샷!"

둘이 노닥이고 있는 동안 신입은 야심 찬 눈으로 술잔에 입만 대면서 버티고 있었다. 그에게는 나름 원대한 포부가 있었던 것이다. 하지만 그런 마음을 아는지 모르는지, 삼식이가 다가와 어깨에 팔을 걸쳤다. 그러곤 종이컵에 찰랑거릴 정도까지 채운 소주를 내밀며 악마처럼 웃는다.

"신입, 우리 한잔하자?"

약한 모습을 보이기 싫었던 신입은 삼식이와 건배를 한 뒤, 함께 그걸 다 비웠다. 삼식이가 해맑은 얼굴로 물었다.

"한 잔 가지고는 모자라지?"

"다, 당연하지!"

그렇게 해서 종이컵 가득 세 잔을 비우고 나서 순식간에 눈동자가 풀려 버린 신입은 잠시 후 술병과 종이컵을 들고 유빈에게 다가왔다.

"야! 넌 새끼야, 뭐 한다고 술도 안 마셔? 음흉한 새끼인데? 남들 다 취해 있을 때 혼자서만 맨정신으로 뭘 하려고? 자! 받아!"

"아니, 나도 벌써 석 잔은 마셨어. 이제 그만 마시려고. 어차피 한 사람 정도는 맨정신으로 있어야 보초 역할이라도 하지."

"어라? 요 새끼 봐라? 내가 주는 술 못 마시겠다, 이거야?"

신입이 눈을 위아래로 부라린다. 더 이야기해 봐야 시비만 생길 것 같아서 유빈은 조용히 잔을 받았다. 두어 잔 더 원샷을 주고받은 뒤에 신입은 안색이 파랗게 변해서 창가로 걸어가 버렸다.

잠시 후, 쏟아져 나온 토사물이 1층 바닥을 때리는 소리가 이어졌다.

우에에엑―.

한참을 창문에 대고 토하던 신입은 그대로 바닥에 뻗었다. 날씨가 워낙 더워서 저대로 자게 내버려 둬도 입이 돌아가지는 않겠지만, 내일 청소하려면 골치가 좀 아플 것 같다. 유빈은 가볍게 한숨을 내쉬며 삼식이를 나무랐다.

"야, 좀 적당히 먹이지. 쟤 완전히 뻗었잖아."

"에이, 저 정도는 괜찮아. 저래 놔야 쓸데없는 생각을 못 하지."

삼식이가 의미를 알 수 없는 소리와 함께 윙크를 찡긋하고 있을 때, 보안관과 제니가 술병을 흔들며 다가왔다. 덩치에 비해 술이 세지 않은 보안관은 이미 꽤 취해서 얼굴이 붉게 달아올라 있었고, 제니도 그 못지않게 비틀댔다. 그녀가 자기 술잔을 유빈에게 내밀면서 혀가 꼬부라진 소리로 외친다.

"자! 오빠, 내 잔 받아요! 으헤헤헤~."

한 진상을 보내 버리자 새로운 진상이 나타났다.

보아하니 다들 너무 성급하게 퍼부어 대서 곧 뻗을 것 같은 분위기라 유빈은 몇 잔만 더 받아 주기로 했다. 물론 괴물 같은 삼식이는 그렇게 퍼마셔 놓고서도 아직 멀쩡하지만…….

세 남자의 첫사랑 이야기나 학창 시절 추억 같은, 별것 아닌 농담에도 다들 깔깔거리며 술잔이 서너 바퀴 돌고 나자, 탈락자 2호가 나왔다. 제니 대신 유빈의 어깨라도 꼭 끌어안고 짓눌러 대던 보안관이었다.

"제니야, 진짜…… 너무…… 좋아…….”

보안관은 그 말을 마지막으로 유빈의 무릎에 엎어져 잠이 들었다. 가뜩이나 큰 덩치가 축 늘어지니, 삼식이와 둘이 힘을 합해도 조금 떨어진 곳에 있는 스티로폼 위까지 옮기는 게 최선이었다.

"이제 우리도 정리하자. 너도 꽤 취한 것 같고…….”

유빈의 말에 제니는 두 손을 어깨 위로 들어 올리며 단호하게 대꾸했다.

"난 하야도 안 취했어~.”

'하나도'의 발음이 '하야도'로 나올 만큼 혀가 꼬부라져 있는데도 고집을 피운다. 그 모습이 재미있는지 삼식이가 낄낄대며 제니의 말을 흉내 냈다. 유빈도 헛웃음을 지을 수밖에 없었다.

"그래, 안 취했네. 하지만 뭐, 오늘만 날이 아니니까…….”

"정말요? 정말 내일도 오늘처럼 좋아요?”

갑자기 제니가 정색을 하며 묻는다. 상투적인 말로 달래서 술자리를 마치려던 유빈은 그녀의 눈빛 때문에 순간 멈칫했다.

"그래…… 좋을 거야. 걱정하지 마.”

"그럼 어떻게 될 건지 얘기해 줘 봐요. 내일이랑 모레랑…… 그리고 그다음까지.”

얘는 왜 나한테 미래에 대해 묻는 걸까? 이렇게 꽉 막히고 앞이 안 보이는 상황 속에서 나까짓 게 대체 무슨 말을 할 수 있다는 건지…….

유빈은 잠시 제니의 얼굴을 빤히 보고만 있었다. 혹시 삼식이가 도와주지 않을까 싶어서 시선을 돌려 봤더니, 삼식이는 잽싸게 자리를 피하며 담배에 불을 붙인다.

"내일도 오늘이랑 똑같아. 아주 좋은 하루가 될 수도 있고, 또 그렇지 않을 수도 있고…….''

유빈이 솔직히 말하자, 제니는 슬픈 표정으로 고개를 저었다.

"그 하루하루가 쌓이면 어떻게 되냐고요. 오빠는 머리가 좋으니까 무슨 계획이 있을 거잖아요."

유빈은 속으로 한숨을 내쉬었다. 하루하루 먹을 걸 걱정하는 이 마당에 계획 따위 있을 턱이 없다는 걸 그 자신도, 제니도 잘 알고 있다. 결국 지금 술에 취한 그녀가 듣고 싶은 건 그냥 거짓말일 뿐이다.

귓가에 달콤하게 남아서 잠이 들도록 도와주는, 잘 꾸며진 이야기. 때론 그게 진실보다 더 간절하게 필요할 때도 있다. 쉰내 나는 남자들 틈바구니에 혼자만 던져진 채 온갖 심리적 압박을 몰래 참아 왔던 제니가 지금 그런 것처럼…… 유빈은 거짓말을 하기 시작했다.

"……계획? 당연히 있지."

"오, 정말요?"

제니가 반색을 한다.

"그래. 일단 좀비들이 사라진 곳 전부를 우리 요새로 만드는 거야."

"요새? 요새를 어떻게?"

"응. 길을 다 막아서 좀비들이 몰려올 수 없게 해 둘 거야. 엄청 강력한 함정도 파 놓고, 또 파출소에 들어가서 무기도 확보하고, 우리만 알고 있는 미로들도 만들어 놓고……. 그런 다음에 우리는 경전철 선로를 이용해서 자동차를 타고 멀리까지 정찰을 다니는 거지. 타이어만 벗겨 내면 기차랑 비슷하게 달릴 수 있거든."

"정찰은 뭣 때문에 하는 거예요?"

"어딘가에 우리들처럼 살아남은 사람들이 있을 거잖아. 그 사람들을 다 구해서 이 주변에 새로 도시를 만들 거야."

"어머! 그런 사람들이 있다고?"

"그럼! 당연히 있지. 그 사람들이랑 힘을 합해서 매일 우리 요새를 1미터씩 늘려 나가는 거야. 무리하지 말고 안전하게, 아주 조금씩만."

"그동안에 그 많은 사람들이 뭘 먹어요?"

"처음엔 가게에 있는 물건들을 먹으면서 지내지만, 저기 철책 너머 벌판에다가 씨앗을 심으면 금방 자랄 거야. 엄청 넓잖아."

"근데 유빈아, 씨앗은 어디서 구해? 그리고 우리는 농사지을 줄도 모르는데."

언제부터 유심히 듣고 있었는지, 삼식이가 호기심 가득한 얼굴로 끼어들며 묻는 바람에 유빈은 말문이 막혔다.

이 새빨간 구라를 너까지 믿으면 어쩌자는 거냐. 너는 술도 안 취한 놈이…….

유빈은 여러 가지 의미를 담아서 삼식이의 어깨를 두드린 다음 말을 이었다.

"웬만한 큰 슈퍼에 가면 다 있어. 토마토랑 감자, 오이, 고추 같은 거. 봉투 뒷면에는 어떻게 키워야 하는지도 다 적혀 있고. 그 정도만 있어도 앞으로 살아가는 데 걱정은 없지."

"하하하, 강제 채식주의네."

"그래. 그렇게 하다 보면 겨울이 올 거야. 우리는 옷을 두껍게 껴입을 수 있지만, 좀비들은 그게 안 되잖아. 몇 번 눈이나 비를 맞고 찬 바람을 쐬고 나면 저절로 깡깡 얼어 버릴 거라고. 얼었다 녹았다를 반복하다 보면 결국 썩어서 머리고 뭐고 다 떨어져 나갈 거야."

"그때도 우리는 다 같이 있어요? 아무도 안 죽고?"

삼식이의 어깨에 머리를 기댄 채 듣고 있던 제니가 묻는다. 유빈은 고개를 끄덕였다.

"그럼, 물론이지. 아무도 다치지 않는 게 이 계획의 제일 좋은 점이야. 우린 그저 지금처럼 다 같이 맛있는 걸 먹고 따뜻하게 불을 쬐면서 기다리기만 하면 돼.

봄이 오면 좀비는 하나도 남김없이 사라져 버릴 테니까. 우린 그냥 나중에 청소만 좀 하면 돼. 꿈같은 이야기지만, 지금이 7월이잖아, 넉넉하게 계산해 봐도 채 8개월도 남지 않았어. 마음만 먹으면 정말 순식간에 지나가 버릴 만큼 짧아."

"……거짓말이죠? 그렇게 쉬울 리가 없잖아."

"거짓말 아니야. 물론 나 혼자였다면 도저히 무리겠지. 그렇지만 삼식이나 보안관, 그리고 무엇보다도 제니, 네가 있어서 그런 계획을 세울 엄두가 나는 거야. 아무리 괴로워도 네가 웃고 있는 걸 보면 절대 포기하고 싶지 않은 기분이 들거든. 앞으로 우리가 구조해 낼 다른 사람들도 마찬가지일 거라고 생각해. 왜냐하면……."

거기까지 말하고 유빈은 입을 다물었다. 어느새 제니는 안정적인 숨소리를 내뿜으며 잠 속에 푹 빠져든 채였다.

"왜냐하면 뭐?"

삼식이가 뒷이야기를 궁금해하며 입을 열려고 할 때, 유빈은 검지를 세워 입술에 가져다 대고 조용히 하라는 시늉을 했다. 자기 어깨에 기댄 채 잠이 든 제니를 뒤늦게 알아채고 삼식이가 고개를 끄덕였다.

"보안관이 알면 날 죽일 거야."

제니가 좀 더 깊이 잠이 들 때까지 기다렸다가 번쩍 안아 방에 뉘어 주고 나서 삼식이가 소곤거렸다. 유빈은 피식 웃은 다음 신입을 굴려 스티로폼에 눕히고, 빈 술병들을 한군데 모았다. 후끈거리는 날씨 때문에 조금만 움직여도 땀이 솟는다.

"유빈아, 내일 당장 씨를 뿌려 놓는 게 좋을 것 같아. 슈퍼에 가면 정말 감자 씨 있어?"

창가에 서서 담배 연기를 내뿜으며 삼식이가 물었다. 그 곁에서 무표정한 얼굴로 컴컴한 벌판을 한참 바라보고 있던 유빈은 대답 대신 조용히 중얼거렸다.

"되게 덥다. 바람이 하나도 없네."

Chapter 16
천국과 지옥

01

여자는 슬슬 불안해졌다. 무엇보다도 대우가 너무 좋다는 게 마음에 걸린다. 아무리 구조된 사람들을 위해 준다고는 하지만, 이런 상황에서 목욕에, 건강검진에, 새로 옷까지 지급해 준다는 게 가능한 일일까?

깨끗한 스테인리스 식판에 놓인 정갈한 음식들을 보면서도 불안감 때문에 좀처럼 식욕이 들지 않는다. 지금까지 구조받은 사람 전부가 이런 호사를 누린다고 생각해 보면, 대체 며칠 동안이나 버틸 수 있단 말인가.

— 이거, 뭔가 구려.

구조되던 날, 자신에게 충고해 주던 민구의 목소리가 귓가에 울리는 것 같아 간호사는 한숨을 내쉬며 수저를 내려놓았다.

"왜 그러세요? 입맛이 없어요?"

옆 식탁에 앉은 아이 엄마가 걱정스러운 표정으로 묻는다. 간호사는 고개를 저었다.

"아~ 다른 식구들 생각나서 그러세요? 하긴…….."

다 안다는 듯 고개를 끄덕이는 아이 엄마의 표정이 그녀를 열받게 한다.

이상해! 이상하다는 걸 못 느껴?

하지만 그녀는 결코 그런 소리를 입 밖으로 내지는 못했다. 이 건물의 모든 방 천장에는 CCTV가 몇 개나 달려 있어서 그들의 일거수일투족을 감시한다. 여자 열 명이 식사를 하는 이 작은 식당도 사정은 마찬가지고, 여기에는 감시인도 둘이나 붙어 있다.

"그나저나 정말 놀랐어요. 서울 한복판에 이렇게 안전한 곳이 있을 거라고는 생각도 못 했었거든요."

후식까지 싹싹 긁어 먹은 아이 엄마가 웃으며 말하자, 그 건너편의 중년 여자도 고개를 끄덕인다.

"그러게요. 하느님이 도와주신 거지, 뭐."

그녀들의 말처럼 놀라운 일이기는 했다. 어제 구조된 그들은 헬리콥터로 불과 30여 분을 날아가 어느 큰 건물 옥상에 내려앉았고, 거기에서 고속 엘리베이터를 타고 곧바로 지하에 위치한 이 보호 시설로 이동했다. 워낙 경황이 없어서 정확한 위치를 파악하지는 못했지만, 서울의 강북 중심 어딘가라는 것만은 분명하다.

"그러고 보니…… 아주머니네 애기는요?"

갑자기 생각이 난 간호사가 아이 엄마에게 물었다. 어제까지 함께 밥을 먹었었는데, 오늘은 종일 보이지 않았다.

"으응, 우리 애 검사 결과가 먼저 나와서 아이 아빠랑 같이 가족실로 옮기게 해 준다고 그러더라고요. 내일 제 결과 나오면 저도 그쪽으로 가게 될 거예요. 후후후, 자기들도 나 보고 싶다고 섭섭해서 울고 그러면 안 돼요."

"어머, 잘됐다! 축하해요. 가족실이면 또 얼마나 좋아. 에그, 우리 남편도 살아 있으면 얼마나 좋을까."

"그러네. 남이랑 좁은 2인실 같이 쓰는 것보다 훨씬 낫지. 가족실이면 널찍하겠죠? 여기는 다 좋은데, 산책을 못 하게 하니까 그게 좀 답답해."

"그거야 어쩔 수 없지, 뭐. 안전 때문에 지하에 있어야 한다는데."

여자들은 아무렇게나 지껄여 대고 있었다. 하지만 그런 소리들이 전부 간호사에게는 불길하게만 여겨졌다. 자기 애를 남에게 내주고서도 저렇게 느긋할 수가 있다니, 도무지 이해가 가지 않는다.

이 시설은 너무도 폐쇄적이어서 언제나 사람들이 모일 수 없게 한다. 식사 시간을 제외하면 좁은 2인실을 나눠 쓰는 사람하고만 이야기를 나눌 수 있다. 그나마도 남자와 여자의 시설이 나뉘어 있어서 함께 구조되어 온 의사의 얼굴은 첫날 이후로 다시 보지 못했다.

"시간 됐습니다."

감시인이 시계를 흘끗거리며 일어나라고 은근한 압박을 준다. 식사를 마친 여자들은 일렬로 서서 자신의 방으로 돌아갔다. 한번 수상하다는 생각이 들고 나자 병원처럼 온통 하얀색으로 칠해 놓은 복도까지도 마음에 들지 않는다.

자신의 방으로 돌아간 뒤에도 간호사는 도무지 인상을 펴지 못하고 침대에 누워 숨을 쌔근거렸다.

아이 먼저 아빠와 함께 가족실로 갔다고? 그게 말이 되나?

초조한 마음이 든 그녀는 이불을 꼭 쥔 채 멍하니 벽에 시선을 고정했다. 그러던 중 그녀의 눈에 또 하나의 미심쩍은 구석이 발견되었다.

밥 먹지 마.

그것은 하얗게 말라붙은 페인트를 손톱으로 눌러 써 놓은 글씨였다. 평소에는 그저 흰 벽으로만 보였을 테지만, 누워 있는 위치와 조명의 각도가 맞은 순간에 은회색의 글씨가 눈에 띄게 된 것이다. 간호사의 가슴이 쿵쾅쿵쾅 뛰었다.

'내가 오기 전 이 침대에 누군가 있었다.'

그 사실 하나만으로도 소름이 끼치게 무서워졌다.

대체 누가 쓴 걸까? 그리고 지금 그 사람은 어디에 있는 걸까? 밥 먹지 마……라니, 대체 이게 무슨…….

간호사는 천천히 시선을 옮겨서 다른 글씨가 더 있는지 살펴봤다.

무서워.

무서워. 침대보다 조금 낮은 높이에 쓰인 그 세 음절의 글자가 정말로 무서워서 간호사를 떨리게 한다. CCTV를 피할 수 있는 각도에서 같은 획을 몇 번이나 반복해 그어 놓은 글씨만 봐도, 쓴 사람의 한이 느껴질 정도다.

이 여자는 무엇을 무서워했던 걸까? 그리고 왜 밥을 먹지 말라고 했던 걸까?

간호사는 몸을 웅크리고서 열심히 생각을 했다. 그러자 몇 개의 단어들이 떠오른다.

바륨…… 안정제……. 그런 건가?

간호사는 자기도 모르게 고개를 끄덕였다. 돌이켜 보면 자신도 오늘 낮까지는 기분이 좋았고, 의심 따위 추호도 해 보지 않았다. 그러던 것이 오늘 점심의 후식을 남긴 다음부터 달라졌고, 저녁을 제대로 먹지 않은 지금은 모든 것이 수상하다는 것을 깨달을 수 있게 됐다.

그녀들이 먹는 음식에 꽤나 많은 양의 안정제가 들어 있었던 것이다. 자기 애를 데려가도 추호의 의심 따위 없이 밝게 웃고만 있는 여자가 이제 이해된다.

'이런 젠장.'

간호사는 부들부들 떨며 지금부터 어찌해야 할지 고민하기 시작했다. 민구의 말이 맞았다. 여기는 너무 수상하고 뒤가 구린 곳이다. 간호사는 분명히 달아날 수 있는 방법이 있을 거라고 굳게 믿으며 사방을 두리번거렸다.

어떻게든 엘리베이터를 타고 다시 지상으로 올라가야 한다. 식당에서 포크를 숨겨 오면 여차할 때 무기가 될 수 있을까? 다른 여자들에게도 밥을 먹지 말고 내 이야기를 들어 달라고 해 볼까?

별의별 궁리를 다 해 보았다. 그러나 단 한 가지, 그녀가 인식하지 못하고 있던 것은 CCTV 너머 저편에서 이 방을 들여다보고 있던 감시자의 눈이었다.

그녀의 안면에 고정되어 있던 카메라는 근육의 움직임과 동공의 확장을 컴퓨터에 그대로 전달했고, 그것을 분석한 컴퓨터는 이상 징후를 인간 감시원들에게 전달했다.

"E914065에서 수상한 움직임이 감지되었습니다. 어떻게 조처할까요?"

감시원이 무미건조한 목소리로 보고하자, 고급 양복을 입은 사내가 다가와 잠시 모니터 화면을 들여다보고 나서 말했다.

"지금은 그냥 내버려 둬. 어차피 요 며칠 내에 '검사'할 대상이었지?"

"그렇습니다. 사흘 뒤 저녁으로 예정되어 있었습니다."

"내일 오전으로 바꿔. 아침을 안 먹으면 주사하는 것도 잊지 말고."

"네, 알겠습니다."

감시원의 손가락이 키보드 위에서 몇 번 바쁘게 움직이자, E914065의 칸에 서너 가지 주의 사항과 함께 붉은 줄이 들어갔다. 간호사의 운명은 그렇게 결정되었다.

02

새벽 6시 30분이 되자 탁상의 알람이 울렸다. 수용소처럼 꽉 짜인 이 보호 시설의 하루가 시작된다. 간호사는 무거운 머리를 억지로 끌어 올리면서 자리에서 일어났다. 어제 밤늦게까지 여러 가지를 고민하느라 도통 잠을 이루지 못했기 때문에 굉장히 피곤했다.

가장 첫 번째 일정은 따뜻한 물로 샤워를 하는 것이다. 처음 이 시설에 와서 샤워를 할 때에는 온몸에 따뜻한 물방울이 닿는 그 감촉이 너무 좋아 은혜롭다고까지 느꼈지만, 지금은 오히려 의혹이 든다.

왜 이렇게 사람들의 청결에 각별한 신경을 쓰는 걸까?

쏟아지는 물줄기를 맞고 가만히 서서 간호사는 한참을 생각했다.

"어휴~ 왜 이렇게 한참 걸려? 여자들끼리만 있는데 어지간히 꼼꼼히 씻네. 누가 보면 신랑님 만나러 나가려고 꽃단장하는 줄 알겠어. 호호호."

간호사가 대충 물기를 닦고 나오자 기다리고 있던 룸메이트 여자가 타박을 주며 깔깔댄다.

저런 여자에게 밥을 먹지 말라고 권하거나 같이 도망치는 건 무리야…….

간호사는 다른 사람들을 함께 데리고 이곳을 벗어날 수 없다는 걸 절감했다.

"여기 밥이 맛있어서 그런가? 살이 좀 붙은 것 같아."

"왜 아니겠어요. 저는 정말 나흘 동안 쫄쫄 굶다시피 했었거든요. 그리고 나니까 먹는 게 뭐든지 다 꿀맛이네요."

"정말이야. 여기 옷이 헐렁한 원피스라서 다행이지, 바지였으면 숨도 못 쉴 뻔 했다니까. 하하하!"

오전 7시, 아침 식사 시간. 좁은 식당에 모여 앉은 열 명의 여자는 40분 동안 주어진 식사 시간 동안 마음껏 수다를 떨며 즐기고 있다. 혼자 남겨진 아이 엄마도 맛나게 음식을 먹으며 수다에 여념이 없다. 아이와 헤어지게 된 엄마들이 흔히 보이는 걱정과 상실감 따위는 보이지 않는다.

어제 저녁을 거른 터라 간호사의 배도 어지간히 고프지만, 그 글씨를 보고 난 후에는 이곳 음식을 입에 댈 수 없게 돼 버렸다. 이 약이 섞인 음식을 먹고, 대체 무슨 일을 당하는지도 모를 만큼 멍해져 있고 싶지는 않다. 간호사는 숟가락으로 음식을 깨작거리기만 하면서 주변을 살폈다.

혼자 달아나는 건 분명 어려울 게 틀림없다. 조력자를 구해야 한다. 그녀와 비슷한 정도의 힘과 의지를 가진 조력자라면 더 좋을 것이다.

"아니, 자기! 이거 안 먹을 거야? 남길 거면 내가 먹는다?"

그녀의 후식을 눈독 들이고 있던 파마머리가 냉큼 푸딩을 집어 가려 할 때, 간호사는 얼른 푸딩 위에 손을 대고 막았다. 파마머리는 푸딩에, 간호사는 그 파마머리의 룸메이트에게 관심이 있었다.

파마머리의 룸메이트는 이제 갓 스물 정도 된 어린 여자였고, 무슨 운동을 했는지 몰라도 꽤나 단단해 보이는 체격의 소유자였다. 간호사가 파마머리에게 말했다.

"나도 이거 먹으려고 했었는데, 그럼 바꿔요."

"뭐랑 바꿔? 난 내 밥 다 먹었는데."

"그냥 점심 먹을 때까지 방만 바꿔 줘요."

"방 바꾸지 말라고 하던데……. 그리고 방은 왜 바꾸는데? 어머, 혹시 이 친구한테 관심 있어? 호호호."

"쓸데없는 소리 하지 마세요. 나 저 언니한테 운동 좀 배우려고 그러는 거야. 언니, 운동했었죠?"

간호사의 질문에 어린 여자가 고개를 끄덕이며 대답한다.

"헬스클럽 트레이너였어요."

"잘됐다. 나 여기서 꼼짝 않고 있으니까 너무 답답하고 소화도 안 돼. 혼자서 할 수 있는 운동 몇 개만 좀 알려 줘요. 나는 그런 거 한 번도 안 해 봤거든."

"그러세요."

어린 여자가 순순히 승낙을 해 주자, 망설이던 파마머리도 한나절 동안의 방 사용권과 푸딩의 교환을 받아들였다. 파마머리가 탐욕스럽게 입 안으로 푸딩을 털어 넣는 동안 간호사는 어린 여자를 가만히 바라보며 무슨 말로 설득을 시작해야 할지 고민했다. 하지만 이러한 그녀의 계획은 곧 아무 소용 없는 일이 돼 버렸다.

"심정현 씨?"

식당 문을 나설 때, 기다리고 있던 직원 하나가 파일을 흔들면서 간호사의 이름을 부른다. 긴장하고 있던 간호사는 움찔 놀라며 대답했다.

"네?"

"잠시 진료실로 좀 와 주시겠어요? 드릴 말씀이 있는데."

"……왜요? 여기서 말해 봐요."

간호사의 목소리가 떨린다. 주변의 다른 여자들은 호기심 가득한 얼굴로 귀를 기울이고 있다. 직원은 파일을 넘기더니 냉담하게 말했다.

"최근에 성관계하신 게 언제죠?"

"그런 것도 알아야 해요? 사생활이잖아요?"

"성관계는 그렇죠. 하지만 성병은 다른 분들에게도 전염이 될 수 있는 거니까 저희가 관여해야 돼요. 못 느끼셨어요? 이 정도면 평소에도 굉장히 간지럽고 따끔거렸을 텐데."

어머, 어머, 성병이래. 뭐 하던 애야?

주변의 여자들이 소곤거리고 킥킥대는 소리가 들린다. 간호사는 얼굴이 빨갛게 달아오른 채 직원을 노려보았다. 직원은 여전히 무표정한 얼굴로 파일을 덮으며 빤히 마주 보고 말했다.

"저더러 여기서 말하라고 하셨잖아요."

망신스러워서 아무 대꾸도 할 수 없었다. 간호사는 직원이 이끄는 대로 복도를 따라 걸었다. 의심이 가는 건 민구였다. 제대로 씻지 않고 관계를 가진 게 잘못이었을까?

젠장, 이런 이야기가 고스란히 귀에 들어갔으니 그 헬스 트레이너 여자와 가까워지는 건 쉽지 않겠는걸…….

간호사는 한숨을 쉬면서도 복도의 구조를 파악하고 싶은 욕심에 열심히 사방을 두리번거렸다. 엘리베이터는 직원들이 걸고 있는 목걸이를 가져다 대야지만 움직인다.

나중에 탈출할 때에는 네년을 때려눕히고 그 목걸이를 빼앗아 주마.

간호사는 여자 직원의 얄미운 뒤통수를 잡아먹을 듯 노려보았다. 물론 목걸이보다 더 큰 문제는 복도 끝마다 지키고 선 건장한 경비원들이다.

"들어가세요."

첫날 의료 검진을 받았던 방문을 열고 직원이 간호사에게 손짓을 한다. 방 안쪽에는 흰 가운을 입은 젊은 남자 의사가 가볍게 미소를 짓고 앉아 있다. 그의 책상에는 그녀의 파일이 펼쳐져 있다.

"어서 오세요. 거기 앉으십시오. 갑자기 이렇게 오시라고 해서 놀라셨죠?"

"기분이 좋지는 않네요."

의자에 앉은 간호사는 통명스럽게 대꾸했다. 의사는 여전히 미소를 지우지 않고 있다. 무뚝뚝한 표정으로 버티고 선 두 명의 남자 간호사와 선명한 대조를 이룬다. 달칵, 그녀의 등 뒤로 문이 닫힌다.

"이해합니다. 성병이란 게 다 그렇죠. 하지만 치료를 받으시면 금방 완쾌됩니다. 어디 보자, '가너리어'시네요. 예전이라면 고생 좀 하셨겠지만, 요즘은 다 약이 좋아서 금방 완쾌됩니다. 주사제 처방해 드릴게요."

묵묵히 듣고만 있던 간호사는 갑자기 의심이 들어 의사가 적고 있던 처방전을 확 잡아챘다. 처방전에 적힌 글씨를 보고 있는 그녀에게 당황한 의사가 묻는다.

"이게 무슨 짓입니까? 주세요! 본다고 알 것도 아니면서 말이야."

"제 몸에 무슨 약을 놓는지 보는 것도 문제예요? 저도 간호사였지만, 이런 항생제는 들어 본 적도 없어요. X-1 10밀리그램? 이게 대체 뭐예요?"

간호사였다는 말에 의사는 갑자기 태도를 바꿔 껄껄대며 웃었다.

"심정현 씨, 간호사였어? 그래서 뭐? 아는 체하면 내가 막 벌벌 떨 줄 알았나? 하하하! 그렇게 약은 사람이 임질에는 왜 걸렸어?"

"개소리 집어치워! 임질이라는 것도 순 다 거짓말이었잖아! 이게 대체 무슨 약 처방이냐고!"

"그거야 맞아 보면 알지."

안경 너머 의사의 눈빛이 차갑게 돌변했다고 느낀 순간, 곁에 서 있던 남자들이 간호사의 양어깨를 짓누르고 팔을 잡아 제압했다. 누르는 힘이 너무 강해서 꼼짝도 할 수 없어진 간호사는 욕설을 퍼부으며 소리를 질렀다.

"놔! 이 개새끼들아! 이 지저분한 새끼들! 너희가 무슨 수작 부리려는지 내가 모르는 줄 알아? 놔!"

의사는 하품을 하며 기지개를 쭉 켜고 나서 천천히 책상을 돌아 걸어왔다.

"정말? 정말 우리가 뭘 하려는지 알아? 아닐 텐데?"

의사가 빙글거리자, 그녀를 제압하고 있던 남자들도 낄낄댄다.

"그래! 이 개새끼야! 이 버러지만도 못한……."

쫙—!

의사가 날린 따귀가 너무 강력해서 그녀는 채 말을 끝맺지 못하고 고개를 숙였다. 여전히 목소리를 높이지 않은 채 의사가 말했다.

"소리 질러 봐야 귀만 아프지, 저 문밖으로 새어 나가지 않아. 그러니까 조용히 말해. 그리고 욕은 좀 자제하고. 배울 만큼 배운 년이……."

"야이, 씨발 새……."

쫘악—.

두 번째 따귀가 같은 자리를 때린다. 간호사의 입에서는 피가, 눈에서는 눈물이 흐르기 시작했다.

"한번 해보자는 거야? 환영해. 난 그런 거 좋아해. 어디, 또 욕해 보셔."

간호사는 말없이 의사를 노려보았다. 흥분한 그녀의 숨소리가 거칠어지자 의사는 또 낄낄 웃었다.

"하하, 그것 봐. 배짱도 없으면서 괜히 왜 덤벼서 매를 버느냐고. 가만히 있어야 너도 편해. 알겠어, 심정현?"

의사가 책상에 놓인 전화기를 누르자, 그녀가 들어왔던 것과 반대 방향의 문이 열리며 여자 직원이 권총형 주사기를 가지고 들어온다.

주사기에 부착된 약병은 벌써 반쯤 비워져 있다. 이미 그녀보다 먼저 누군가가 맞았다는 이야기다.

저건 누구에게 사용했던 걸까?

머리가 뒤로 젖혀진 채 간호사는 겁에 질린 눈으로 주사기를 바라보았다.

사라진 사람들, 아빠와 함께 가족실로 옮겼다던 아이…….

그녀가 정답을 찾았다고 느꼈을 때, 이미 주사기 바늘은 그녀의 목을 뚫고 들어와 문제의 약물을 투여했다. 따끔함에 이어 약이 혈관으로 퍼지면서 저릿한 통증이 느껴진다. 수면제일까 싶었지만, 몽롱하지는 않다.

"뭘 놓은 거야, 이 개새끼야!"

간호사는 한 번 더 욕설을 퍼부으며 대들어 봤다. 시계를 들여다보고 있던 의사는 여전히 재미있다는 표정을 유지하며 빈정거렸다.

"이제 네가 알 수도 있을 텐데, 둔한 년일세. 어이, 놔줘 봐."

그녀의 양팔을 꽉 잡고 있던 손에서 힘이 빠지자마자 간호사는 어떻게든 달아나기 위해 벌떡 몸을 일으켰다. 아니, 일으키려고 했다. 하지만 그녀의 몸은 단 1밀리미터도 움직이지 않는다.

이게 대체…….

간호사는 자신의 몸에 무슨 문제가 있는지 알아보기 위해 고개를 숙였다. 그러나 간신히 움직이는 것은 그녀의 두 눈동자뿐이다. 그 외에는 전혀…… 뇌의 말을 듣지 않는다.

'대체 무슨 짓을 한 거야?'

물어보려 해도 턱이 벌어지지 않는다. 닫혀 있는 입술 사이로 혀가 입천장을 친다.

"으으으……."

두려움이 온몸을 휩쌌다. 간호사의 입에서는 신음 같은 울음소리만이 간신히 새어 나왔다. 의사가 양 손바닥을 비비며 빙글댔다.

"신기하지 않니? 내가 개발했어. 정신은 멀쩡한데 윗입술 아래로는 근육이 제대로 움직이지 않는 거지. 혹시 그러면 통각도 마비되지 않았을까? 그런데 그건 또 아니라 이 말씀이야."

의사가 손을 뻗어 간호사의 허벅지를 꽉 움켜쥐며 꼬집는다. 간호사는 피명이 들 것 같은 통증을 느끼면서도 비명 소리조차 내지 못했다.

의사가 손짓을 하자 곁에 섰던 남자들은 그녀의 헐렁한 원피스를 벗겨 내고 커다란 수갑을 가져와 두 손에 채웠다. 그들이 작업하는 동안 의사는 신이 나서 설명을 계속했다.

"너는 못 움직이는데 우리는 네 몸을 마음대로 조종하니까 웃기지? 근육이 경직된 게 아니라서 그래. 이건 독극물이나 그런 게 아니라 뇌만 잠깐 속이는 거거든. 아, 옷 벗기는 건 신경 쓰지 마, 네까짓 거 몸뚱이가 보고 싶어서 그러는 건 아니니까."

수갑이 단단히 채워지자 남자들은 그녀를 바퀴 달린 카트에 옮겨 싣고 뒷문으로 빠져나갔다. 의사는 웃는 얼굴로 손을 흔들며 잘 가라는 인사를 한다.

'이러지 마. 나를 어디로 데려가는 거야? 제발, 이러지 말라고!'

그녀의 머릿속에 간절한 애원이 계속 떠오르지만, 소리로 전달할 방법은 없다. 그저 '으으으' 하는 간절한 신음만 흘러나오는 동안, 그녀를 태운 카트는 복도를 지나 스테인리스로 된 커다란 방에 도착했다.

방에는 소독약 냄새가 가득하고, 사방의 구석에는 물청소를 용이하게 해 주는 긴 배수구가 있다. 방의 구석에 배치된 기묘한 모양의 도구와 수술 기구들이 신경을 긁는다. 방의 끝에 사선으로 붙은 유리창에서는 한 층 아래의 공간이 눈에 들어왔다.

"E914065 전달합니다."

그녀를 싣고 온 남자들이 보고하자, 방을 지키고 있던 대여섯의 사람들이 간호사의 얼굴과 파일의 사진을 대조해 보고 나서 사인펜으로 줄을 그으며 대답했다.

"E914065 전달받았습니다."

그들은 방독면과 방균복, 수술용 장갑까지 끼고 있다. 남자들이 돌아가자 방독면을 쓴 사람들은 수갑이 채워진 그녀의 팔을 들어 올려 방 가운데에 있는 크레인에 걸었다.

철컹!

쇠사슬이 울리는 소리가 고막을 울리자 온몸에 소름이 돋았다. 그녀는 두 팔을 위로 한 채 쇠사슬에 매여 대롱거리는 상태가 되었다. 실리콘으로 된 두툼한 패드를 쇠사슬과 수갑에 씌우는 것으로 준비는 대강 마쳐졌다.

"ㅇㅇㅇㅇ…… ㄲㅇㅇ!"

간호사는 모깃소리 같은 신음을 내는 것으로 그녀가 할 수 있는 최대의 저항을 했다. 그러나 방독면을 쓴 사람들은 전혀 개의치 않으며 준비를 마치고 기계장치 곁으로 가서 레버를 조작했다.

철컹~!

기이잉!

그녀의 발아래 해치가 양옆으로 열린다. 바로 아래층과 연결되어 있는 모양이다. 가로세로 1미터 정도의 커다란 구멍 사이로 아래층의 방이 보인다. 그곳 역시 온통 스테인리스로 둘러싸여 있다.

위이이이~.

쇠사슬이 천천히 그녀를 아래로 내린다. 공포 때문에 그녀의 동공은 엄청나게 확장되었다.

"아! 잠깐만! 에이, 이런 건 다 정리를 하고 배달해 줘야지."

방독면을 쓴 남자 하나가 손을 흔들자 다른 사람이 레버를 멈추었다. 남자는 간호사에게 다가와 목덜미에서 얇은 은 목걸이를 뜯어냈다.

"이빨을 다치면 안 되니까."

남자가 은 목걸이를 흔들면서 다시 내리라는 신호를 보냈다.

기이잉ㅡ.

그녀의 몸은 다시 아래로 천천히 내려졌다. 팔이 끊어질 듯 아프다. 그러나 그녀를 더 고통스럽게 하는 것은, 감각이 고스란히 살아 있는 후각으로 파고드는 지독한 악취였다.

스르륵.

건너편의 방문이 열린다. 정신병원의 안전 격리실처럼 사방이 흰 쿠션으로 덮인 방이었다. 그리고 그것이 튀어나왔다.

그롸아아악!

이미 들어 봤던, 그 소름 끼치는 괴성이 울릴 때, 간호사는 자신이 어떤 처지에 놓였는지를 온전히 알게 되었다. 하지만 도무지 이해할 수가 없었다.

어째서 그 힘든 과정을 거쳐 좀비들로부터 구해 낸 사람들을 다시 좀비의 먹이로 던진단 말인가. 게다가 이렇게 복잡하고 많은 비용을 들여 가면서까지…….

좀비가 뛰어오는 모습이 고스란히 눈 속에 담긴다. 비록 피투성이가 되긴 했지만, 좀비치고는 어울리지 않게 어지간히 고급 양복을 입고 있다.

콰드득!

좀비의 이빨이 그녀의 겨드랑이를 물어뜯는다.

끄아아악! 너무도 큰 고통이 전해지지만 비명조차 지를 수 없다. 간호사는 제발 기절할 수 있기를 간절히 기도했다. 아니면 어서 숨이라도 거둘 수 있기를…….

그런 기도에도 불구하고 좀비의 이빨은 그녀의 살을 뜯어내고 피를 철철 흐르게 만들며 통증을 고스란히 전달했다.

콰드득!

그롸아아아악!

때르르릉!

위층에서 무표정한 얼굴의 사람들이 기울어진 유리를 통해 E914065의 죽음을 지켜보고 있을 때, 전화기가 울렸다. 책임자인 중년 남자는 재빨리 수화기를 집어 들었다.

"예, 회장님."

중년 남자는 허리를 90도에 가깝게 숙인 채 전화를 받으며 인사를 했다.

— 작은 회장은 어떻게 하고 있나?

수화기 너머의 위압적인 목소리가 묻는다. 중년 남자는 E914065의 살을 뜯고 있는 좀비를 힐끗 돌아보고 나서 대답했다.

"예, 회장님. 작은 회장님 지금 막 아침 식사 시작하셨습니다."

태양 그룹 작은 회장의 아침 식사, E914065는 거의 숨이 넘어간 모양이었다. 자율신경에 의해 일어나는 경련이 그녀를 움찔거리게 만들고 있다.

— 세 끼 잘 챙겨 먹여라. 몸 축나지 않게.

회장이 명령했다. 좀비에게 음식이 필요하지 않다는 것을 이 늙은 제왕에게 설명할 수는 없을 것이다. 그랬다가는 아마 가장 먼저 그 자신이 저 크레인에 걸리게 될 테니까. 지금은 그저 시키는 대로 매일 세 명씩을 얌전히 진상하는 수밖에 없다. 중년 남자는 수화기를 든 채 연신 고개를 숙였다.

"넵, 회장님. 명심하고 있습니다."

남자의 말이 다 끝나기 전에 이미 전화는 끊겼다. 뚜우— 하고 울리는 대기음을 확인한 남자는 가볍게 한숨을 내쉬고 수화기를 내려놓았다.

"E914065, 맥박 제로. 심장 멎었습니다."

모니터를 들여다보고 있던 여자가 감정이 실려 있지 않은 말투로 보고한다. 모니터에 표시되는 것은 간호사가 찬 수갑과 연결되어 있던 측정기에서 보내오는 신호다. 여자의 보고가 없었다고 해도 위층의 사람들은 E914065가 언제 숨을 거두었는지를 모두 알고 있었다.

작은 회장 좀비가 여자의 피투성이 겨드랑이에서 입을 떼어 내고 유리창 위쪽의 다른 먹잇감들을 향해 이를 드러내는 시점, 바로 그때가 E914065의 사망 시간이다.

"먹이가 죽자마자 귀신같이 흥미를 잃는군. 정말 몇 번을 봐도 신기하단 말이야."

중년 남자는 혼잣말을 늘어놓고 나서 방독면을 쓴 다음, 크레인을 올리라는 신호를 보냈다.

끼리릭—.

쇠사슬이 요란한 소리를 내면서 아직도 피가 뚝뚝 떨어지는 여자의 시체를 위쪽으로 끌어 올린다. 열려 있는 천장의 해치를 노려보며 좀비가 펄쩍펄쩍 뛰지만, 이 정도 높이까지는 닿을 수 없다.

한때는 징그러우리만큼 영악하던 작은 회장이었는데, 이제는 그저 크레인에 매달려 보려는 시도도 생각해 낼 수 없을 만큼 멍청한 괴물에 불과하다. 물론 황 회장은 그런 사실을 인정하려 들지 않지만.

황 회장은 자신의 아들을 다시 예전의 상태로, 야비한 머리를 핑핑 굴려 대던 '정상'으로 되돌릴 방법이 있을 것이라 여전히 굳게 믿고 있다.

"작업 개시! 타이머 잘 보고 서둘러서 진행해!"

E914065의 시체가 완전히 끌어 올려지고 해치가 닫히자, 중년 남자가 명령했다. 직원들은 일사불란하게 움직인다. 그들의 사방 위쪽에는 빨간색으로 된 디지털 타이머가 깜빡거린다. 여자가 사망한 시점부터 카운트다운이 시작된 것으로, 지금은 9분 20초가 남아 있음을 알려 주고 있다.

10분을 데드라인으로 설정해 둔 이 시간 역시, 오로지 경험으로 축적된 데이터를 통해 확보한 것이므로 정확하지 않다. 시체가 좀비로 변하는 시간을 잘못 계산했던 작업의 초창기에는 갑자기 깨어난 좀비의 공격 때문에 연구원 한 팀이 전원 몰살당하는 경우도 발생했었다.

중년 남자는 그 당시의 비디오를 직접 목도한 적이 있다. 일단 좀비로 변화하고 나면 놈들은 팔이 잘리는 것 따위는 아랑곳하지 않고 살아 있는 인간을 공격하는 데에만 온 신경을 집중한다. 몸부림을 쳐서 두 팔목을 끊어 내고, 사람들을 향해 아가리를 벌리고 달려드는 꼴은 정말로 끔찍했다.

"신체 확보!"

크레인에 고정해 뒀던 수갑을 풀고 E914065를 묵직한 스테인리스 침대에 가죽 허리띠로 묶어 고정한 연구원이 외쳤다.

다음 단계는 머리에 안전망을 씌우는 것이다. 턱의 위아래에 긴 나사못을 박아 넣은 다음, 그것을 스테인리스 파이프로 만들어진 헬멧과 연결한다.

두 명의 직원이 그 작업을 수행하는 동안 다른 직원들은 양 손목과 발목, 그리고 팔꿈치와 무릎을 침대에 달린 고정 띠에 단단히 묶어 고정했다. 그 두 가지 작업을 마치고 나니, 타이머는 4분이 남았다.

"마스크 클리어!"

E914065의 얼굴 전체를 가린 헬멧을 흔들어서 단단히 고정됐는지를 확인한다. 이제 이 샘플은 턱을 벌릴 수 없고, 누군가를 깨물어 공격할 수도 없다.

헬멧의 정수리 쪽으로 나 있는 둥근 구멍은 만일의 사태 때 샘플을 쉽게 파괴하기 위한 용도다. 이 구멍 안에 총구를 넣고 발사하면 가장 안전하고 효율적으로 좀비의 뇌를 파괴할 수 있다.

타이머는 3분 30초를 막 지났지만, 여기까지만 완수해도 좀비가 가진 위험성은 현저하게 줄어든다.

위이잉!

드릴을 이용하여 턱을 지나 양쪽으로 길게 늘어져 있는 헬멧의 끝부분과 늑골 사이, 그리고 스테인리스 침대를 연결하는 볼트를 박아 넣는 것이 다음 단계다.

2센티 직경의 굵은 드릴이 살과 근육, 폐를 꿰뚫는 동안에도 좀비 박테리아에 감염된 여자의 신체에서는 더 이상 큰 출혈이 일어나지 않는다. 그저 젤리처럼 찐득해진 피가 드릴 사이에 엉겨 붙을 뿐이다.

늑골과 골반에 각각 두 개씩 모두 네 개의 굵은 볼트를 넣고 침대와 단단히 고정하는 것으로 작업이 완료되었다. 그들이 해야 할 일은 여기까지이다. 이제는 1분도 채 남겨 두지 않은 시간이 완전히 지나가 버리고 난 뒤, 이 샘플이 깨어나기만을 기다리면 된다. 방독면을 쓴 직원들은 침대 머리맡에 얌전히 모여 서서 타이머를 주시했다.

그으으으~!

E914065였던 좀비가 하얗게 변한 눈동자를 번뜩거리며 울부짖기 시작한 시각은 사망한 지 32분 41초가 지난 시점이었다. 나사로 단단히 고정된 몸을 움직여 보려고 발버둥을 칠 때마다 침대가 가볍게 흔들린다.

아가리 역시 마찬가지다. X자로 교차된 네 개의 나사가 고정해 둔 턱은 벌어지지 않았고, 그래서 놈의 포효는 신음에 가까운 소리만을 겨우 내고 있었다.

좀비묵시록 82-08 2

"32분 41초……. 평균치보다 조금 늦은 편입니다."

"사망까지 걸린 시간이랑 같이 기재해서 넘겨. 나는 그런 거 관심 없으니까. 샘플 이동시키고."

중년 남자가 건조하게 말했다.

"네."

직원들이 스테인리스 침대를 끌고 제한 구역의 복도로 빠져나가자, 나머지 직원들이 피범벅이 된 바닥을 물과 소독약으로 씻어 내기 시작했다.

그나마 오늘 아침은 뜯어 먹힌 부위가 좋아서 청소에 용이해 다행이었다. 가끔 아래층의 작은 회장 좀비가 복부를 뜯어 '식사'를 하는 경우에는 쏟아져 나온 내장을 모두 정리하는 고역을 치러야만 했다.

그르르르…….

이동하는 동안에도 좀비는 끝없이 그르렁거리며 움직이기 위해 애를 썼다. 손잡이를 밀고 가는 직원들의 표정에는 여전히 긴장감이 가득하다. 이 괴물이 움직일 수 없다는 것을 알지만, 막연한 공포는 쉽게 익숙해지지 않는다.

"E914065 샘플화 작업 완료했습니다."

화상 인터폰에 대고 보고를 마치자, 연구실의 굳게 닫혔던 이중문이 열린다. 연구실 내부에는 조금 전 간호사의 뺨을 후려갈겼던 그 젊은 의사가 여러 조수들과 함께 비닐 가운을 쓴 채 기다리고 있었다.

"어, 수고했어. 이쪽으로 옮겨."

의사는 연구소 중앙의 조명 아래를 가리켰다. 불과 40여 분 전에 자신과 이야기를 나눴던 여자가 좀비로 변해 수술용 침대에 고정된 채 배달된 모습을 보고 있으면서도 젊은 의사의 표정에는 조금의 미안함이나 가책 따위도 드러나지 않는다. 여전히 헤실거리는 미소를 보면 오히려 즐기는 것 같기도 하다.

"자아~ 어디 보자. 어이쿠, 오늘은 겨드랑이를 드셨네. 참 매일 골고루도 잡수 신단 말이야."

젊은 의사가 손바닥을 비비면서 여자의 상태를 점검한다. 사망 소요 시간과 좀비 변신 시간을 모두 꼼꼼히 훑어본 그는 E914065의 데이터를 컴퓨터에 입력하도록 지시하고, 그녀의 파일에 붙어 있던 NFC 태그를 수술용 침대에 옮겨 고정했다.

"그럼 저희는 가 보겠습니다, 오 박사님."

침대를 이곳까지 끌고 온 직원들이 고개를 숙이고 나가려 하자, 젊은 의사가 그들을 불러 세우고 말했다.

"아, 신 차장님한테 그거 말씀드려. 샘플 중에 남자가 더 많이 필요하니까 모레 점심까지는 남자들을 고르시라고. 가능하면 나이가 젊은 순으로 해 줬으면 좋겠는데. 20대부터."

"알겠습니다. 모레 점심까지 남자. 20대부터 저연령순으로."

직원들이 메모를 하고 방을 나가자 오 박사는 안경을 한 번 치켜올린 다음 연구원들에게 물었다.

"우리도 시작해 볼까? 뭘 투입할 순서였지?"

"탄저균입니다."

"그렇군. 그럼 피하주사 먼저 시도해 보고, 5일 후까지도 경과가 나타나지 않으면 직접 폐에 넣어 보는 걸로 하지. 무균 격리실에 넣어."

오 박사의 지시에 따라 연구원들은 스테인리스 침대를 아크릴 벽으로 둘러싸인 격리실에 집어넣었다.

오 박사가 오케이 사인을 내리자, 우주복처럼 생긴 일체형 방균복을 입고 격리실 내부에 대기하고 있던 인력들이 탄저균이 든 주사기를 집어서 좀비의 팔에 주사한다.

만약 이 세균이 효력을 발휘한다면 이삼일 내에 피부에 수포를 일으키고 내부 소화기관에 이상을 일으킬 것이다.

하지만 오 박사는 크게 기대하지 않았다. 지난 며칠간 수십 마리의 좀비들에게 온갖 세균과 바이러스, 심지어 독극물까지 투여했어도 놈들은 여전히 아무 이상 징후 없이 그르렁거리며 침대에서 움직여 보려고 애를 쓸 뿐이다.

좀비를 무력화시키는 세균을 찾아내는 것은 저 망나니 작은 회장을 원래대로 돌리는 것만큼이나, 아니, 어쩌면 그보다 몇 배나 더 중요한 과제였다.

이미 백신이나 치료법이 발견된 질병의 세균을 공중에서 살포해 좀비를 모두 한 방에 죽여 버리고 치료제로 나머지 생존자들을 살릴 수만 있다면, 태양 그룹의 영향력은 지구 전체에 미치게 된다.

만약 그것만 발견한다고 하면 황 회장도 좀비가 돼 버린 후계자의 치료에 조금 더 여유를 가지고 기다려 줄 수 있을 것이다. 물론 연구 총책임자인 그의 지위가 덩달아 확고해지리라는 것은 의심할 필요도 없다.

연구 윤리 규정을 여러 차례 위반했다는 이유로 학계에서 퇴출당한 오 박사에게는 그것이 복수의 길인 동시에 자신의 가치를 입증하는 방법이기도 했다.

"좆도 모르는 개새끼들이……."

"네?"

윤리 위원회 늙은이들을 회상하던 오 박사의 입에서 자기도 모르는 사이에 욕설이 새어 나오자, 곁에 서 있던 여자 연구원이 깜짝 놀라 묻는다. 오 박사는 대충 웃으며 얼버무렸다.

"아, 후후후, 네 욕 한 거 아니야. 놀라지 마."

오 박사가 다시 신호를 보내자, 격리실 내부 인력들은 좀비를 침대째 들어서 투명한 관 속에 옮겨 넣고 밀폐 뚜껑을 닫았다. 태양 그룹 제1연구실에서 투약 실험한 87번째 좀비 E914065는 이제 살균 과정을 거쳐 보관실로 옮겨질 것이다.

03

"나가자."

오전 10시가 되자 이 병장이 입술에 키스했던 손을 벽에 붙은 포스터에 가져다 댄 뒤, 가장 먼저 생활관 밖으로 나갔다. 분대원들은 계급순으로 쭉 늘어서서 그와 똑같은 행동을 한 뒤, 서둘러 걸음을 옮겼다.

주유소에서 가져온 핑크 펀치의 포스터는 모두에게 일종의 부적처럼 사용되고 있다. 제니나 테라, 혹은 둘 다에게 손 키스를 남기면서 그들은 무사하게 돌아와 다시 그녀들의 환하게 웃는 얼굴을 볼 수 있기를 기도했다.

실제로도 아직 이 내무반이 새로 꾸려진 뒤로는 단 한 명의 희생자도 발생하지 않았고, 분대원들은 그 작은 기적을 핑크 펀치의 가호라고 믿기 시작했다.

포스터 납치 계획을 처음 세운 김 상병은 덩달아 영웅 대접을 받았고, 외출 전후에는 다들 그녀들의 얼굴에 손 키스를 남기는 것이 내무반의 전통처럼 굳어지는 중이다.

"다섯 개씩이야."

건물 현관에서 탄창을 지급해 주는 병사들이 오늘의 탄약 보급량을 말해 준다. 첫 이삼일 동안에는 30발들이 여덟 개씩을 지급받았는데, 다시 다섯 개로 줄어들었다. 물론 기갑부대의 지원이 있어서 예전처럼 많은 총알이 필요하지는 않았지만, 오늘처럼 외부로 작전을 나갈 때는 조금 불안하다.

"야, 우리는 더 줘야 돼. 경계 근무가 아니라 단독 작전 나가는 거란 말이야. 야전에서 총알 모자라면 어떻게 싸우라고?"

"안 됩니다. 개인 보급량을 확실하게 통제하라고 했습니다."

이 병장이 투덜거려 봐도 소용이 없다. 어차피 더 이상 탄창의 개수를 세지도 않을 거면서 뭣 때문에 이렇게 빡빡하게 구는지, 국방부 윗대가리들의 머릿속은 도무지 알 수가 없다. 보급병들이 융통성을 발휘하지 않자, 이 병장은 김 상병에게 눈을 찡긋한 다음, 갑자기 소란을 피우기 시작했다.

"너 같은 상병 새끼한테 결정해 달라고 묻는 게 아니잖아! 이 계급도 모르는 새끼야! 위에다가 물어보고 오란 말이야! 이 고문관 같은 놈이 고참 말을 개똥으로 알고! 넌 이 씨발, 뭘 꼬나봐? 일병 놈의 새끼가 확……."

이 병장은 워커 발로 책상을 차고 팔을 휘저으며 때리려는 시늉을 했고, 다른 병사들이 다급하게 끼어들어 과장된 몸짓으로 그와 보급병들 사이를 갈라 놓고 말리는 척을 했다. 그 틈에 김 상병은 예술적인 손놀림으로 탄창들을 집어서 군복 면 티 안에 넣었다.

평소라면 티가 날 테지만, 전술 조끼가 가려 주는 지금으로서는 감쪽같다. 김 상병은 몇 개를 더 집어서 진우에게 건네기도 한다. 진우는 조마조마한 마음으로 건빵 주머니 안에 탄창들을 쑤셔 넣었다.

"에헤이, 우리 이 병장님! 성격 참!"

작업을 다 마친 김 상병이 끼어들어서 만류하자, 이 병장은 미리 준비했던 가짜 난동을 마치고 보급병들에게 간단한 사과까지 한 뒤 돌아섰다.

"몇 개나 꼬불쳤나?"

장갑차를 향해 걸어가며 이 병장이 물었다.

"열 개는 되는 것 같습니다."

탄창으로 불룩해진 배를 내밀며 김 상병이 자랑스럽게 대답했다. 다리를 자극하는 탄창들을 느끼면서 진우는 생각했다. 이 여벌의 탄창들이 필요하지 않았으면 좋겠다고…….

"서둘러! 뛰어, 빨리!"

정문 앞 도로에서 하사관이 소대원들을 독려한다. 구보 속도를 높인 병사들은 전방에서 그들을 기다리고 있던 각각 두 대씩의 장갑차와 트럭 앞에 정렬해 섰다. 진우의 분대는 예의 그 소위가 모는 장갑차 앞에 모였다.

그날 밤의 사건 이후 조금은 겸손해진 소위가 그들을 내려다보며 가볍게 눈인사를 건넨다. 그는 아직까지도 철제 보호대를 착용해 부러진 코뼈를 보호하고 있다. 소위가 간략한 임무 설명을 해 준다.

"지금부터 우리는 본 발전소로부터 북서쪽으로 12킬로미터 떨어진 삼척 시청으로 이동한다. 현재 그곳은 방어 병력 2개 소대와 구출된 민간인 생존자들이 함께, 갑자기 진로를 바꿔 몰려든 규모 삼의 좀비들에 의해 고립되어 있는 상황이다. 707 특임대가 현장에서 합류해 작전을 지휘할 예정이므로, 우리의 임무는 그들을 지원하는 것이다. 알아들었나?"

"옛, 알겠습니다!"

"알아들었으면 탑승한다!"

병사들은 신속하게 차에 올랐다. 늘 일단 승차부터 하고 임무 설명은 현장에 도착한 뒤에나 듣던 터라 이 정도만 해도 대단한 발전인 것처럼 느껴졌다.

"출발!"

장갑차장이 포탑을 탁탁, 두드리는 것으로 작전은 시작되었다.

기리리릭ㅡ.

요란한 무한궤도 소리와 함께 K21 장갑차들이 먼저 출발해 선두에 서고 트럭이 그 뒤를 따랐다.

"707이면 엄청 잘나가는 애들인데, 굳이 저희들까지 부르는 이유를 모르겠지 말입니다."

출발한 지 10여 분이 지났을 때, K-3 사수 정 상병이 가장 먼저 침묵을 깨고 입을 열었다. 병장은 하이바 뒤쪽에 손가락을 넣어 목덜미를 긁적거리면서 대수롭지 않게 대답했다.

"그거야 뭐…… 암만 특임대라고 해도 쪽수 앞에 장사 없는 거지. 지금 사방에서 지원해 달라고 난리일 텐데, 삼척에 몇 개 분대나 파견이 나왔겠어? 걔들이 좀비 잡고 길 트는 동안 우리더러 방패가 돼라, 뭐, 이런 이야기인 거야."

"후훗, 특임대가 얼마나 잘났는지는 모르지만, 저희도 좀비랑 산전수전 다 겪어 봤지 말입니다. 꿀릴 거 하나도 없습니다."

김 상병이 옷섶에서 탄창을 꺼내 하나씩 나누어 주며 잘난 척을 한다. 이 병장은 그런 김 상병의 머리통을 탁, 쳤다.

"너는 인마, 총알이나 제대로 맞히고서 그런 말을 좀 해. 만날 하늘 위로 쏘아 올리는 놈이."

"에이, 그거야 이 총이 후져서 그런 겁니다."

김 상병은 조금도 기죽지 않고 너스레를 떤다. 진우는 그렇게 뻔뻔한 김 상병과 능글거리는 이 병장의 모습이 좋았다. 그들이 여유를 부려 주는 덕에 분대원들은 매일 목숨이 걸린 전투에 투입되어야 하는 상황 속에서도 스트레스와 두려움을 조금이나마 덜어 낼 수 있었다.

"그런데 규모 삼이면 그렇게 많은 것도 아니지 않습니까? 고작해야 몇백 마리인데, 그 정도로 2개 소대 병력이 고립이 됩니까? 게다가…… 이런 말 하면 좀 웃기지만, 고작 두 개 소대를 구하려고 특임대까지 떠 준다는 것도 조금 이해가 안 됩니다."

정 상병이 다시 질문을 던진다.

"……그러게? 정말이네. 뭐지?"

이 병장이 이해할 수 없다는 표정을 지으며 고개를 갸웃거리고 있는 동안, 장갑차는 별다른 어려움 없이 30여 분을 달려 목적지 부근까지 도달했다.

중간에 겪은 가장 큰 사건이라야 무리에서 떨어져 나와 도로를 배회하던 얼빠진 좀비 한 마리를 만난 것뿐이다. 녀석은 장갑차를 향해 달려들다가 무한궤도 아래 깔려 25톤 장갑차의 무게를 한 몸에 받아 내며 산산조각이 나 버렸다.

동해대로를 따라 계속 북상하던 장갑차의 행렬은 삼척 시내로 이어진 진입로를 지나서도 조금 더 올라간 후에 강원대학교 삼척 캠퍼스 정문 쪽으로 방향을 꺾었다. 캠퍼스 내의 4차선 도로를 5분 정도 더 서행한 후, 드디어 선두의 K21이 멈춰 섰다.

"전원 하차!"

장갑차장의 명령과 함께 후면 해치가 열렸다. 장갑차 밖으로 빠져나온 분대원들을 맞은 것은 강원대학교의 후문과 따가운 햇살이었다. 꽤 급격한 경사로 아래 두 갈래로 나뉜 넓은 도로가 보인다.

그롸아아—.

가끔씩 엔진 소음을 뚫고 날아오는 좀비들의 울부짖음과 소총의 연사 소리가 여기가 한가한 놀이터가 아니라는 것을 알려 주고 있었다.

04

"투두두두두—!"

차에서 내려서서 사주경계를 하며 가만히 기다리기를 10여 분. 마침내 남쪽 상공에서 두 대의 블랙 호크가 날아와 착륙했다. 프로펠러 바람을 날리며 등장한 것은 마스크부터 고글, 헬멧까지 온통 검은 장비에 MP5 기관단총, 광학 장비가 주렁주렁 달린 화려한 개인 화기, 그리고 권총으로 무장한 707 특임대였다.

"……쩐다."

꿀릴 것 없다고 큰소리를 치던 김 상병이 그들의 모습을 보면서 가장 먼저 감탄사를 내뱉었다. 김 상병뿐 아니라 다른 병사들도 검은 옷과 특수 장비, 그리고 자신감이 가득한 육체가 뿜어내는 아우라에서 적지 않은 위압감을 느꼈다. 그들의 배낭에 커다랗게 박혀 있는 707이라는 숫자가 그들이 가진 엘리트 의식을 고스란히 보여 주고 있다.

"전체 주목!"

소위로부터 경례를 받은 지휘관이 입을 열었다.

"현재 너희가 위치한 곳은 삼척 시청의 후방이다. 시내를 통과할 경우 발생할 수 있는 불필요한 마찰을 줄이기 위해 이렇게 후방 침투를 결정했다. 전방에 보이는 도로를 따라 내려가면 바로 마주하게 되는 것이 삼척 시청이다. K21 두 대가 선봉에 서고, 그 뒤를 707 특임대가, 그리고 너희! 너희 분대는 저 갈림길 왼편을 따라 내려와 시청에서 합류한다. 알겠나?"

"알겠습니다!"

"좋아. 각 분대 간 간격은 1분. 출동."

기리리리릭―.

707 지휘관이 걸터앉은 장갑차가 가파르고 긴 내리막길을 따라 내려간다. 특임대는 곧바로 그 뒤를 따라 걷기 시작했다.

그롸아아악―.

어디선가 좀비의 울음소리가 그들을 반기듯 울려온다. 갈림길이 나타나자 진우의 분대는 지시받은 대로 왼편으로 방향을 틀었다.

"젠장, 여기가 더 안 좋잖아."

이 병장이 나지막이 불평한다. 장갑차와 특임대가 간 길은 그저 뻥 뚫린 곡선도로였지만, 그들이 명령받은 루트는 여러 개의 빌라들이 어지럽게 늘어선, 복잡한 골목길이었다. 게다가 이쪽에는 장갑차의 지원도 없다.

"정신 바짝 차려. 너무 붙지 말고 거리를 둬."

명령에도 불구하고 분대원들은 두려움 때문에 옹기종기 모여서 등을 붙이고 서 있다. 철조망이나 장갑차의 보호 없이 거리 한가운데에 던져졌다는 생각이 들자, 엄청난 불안감이 그들을 감싼다.

"나왔다!"

선두에 서 있던 병사가 외친다. 그의 말대로 몇 마리의 좀비가 건물 사이에서 튀어나오긴 했지만, 많은 양이 아니어서 실질적인 위협이 되지는 않았다.

"박 이병!"

이 병장의 명령에 따라 진우는 K-2를 겨눠 아가리를 벌리고 다가오는 좀비들을 차례로 처치했다.

툭! 투투둑! 투둑! 툭!

진우의 총에서 이 작전 시작 이후 가장 먼저 총성이 울렸고, 그와 동시에 다섯 마리의 좀비가 머리를 잃은 채 길바닥에 나뒹굴었다.

"잠시 대기!"

이 병장은 손을 들어 분대의 행진을 정지시켰다. 혹시나 총소리를 듣고 대량의 좀비들이 달려 나오지 않을까 하는 염려 때문이었다.

타타타타타— 투투투투두—.

잠시 기다리는 동안 갈림길 저쪽에서도 기관총 소리가 요란하게 울린다. 전투가 시작된 것이다.

"천천히 가자."

별다른 변화가 없자 이 병장이 전진을 명령했다. 평소라면 아무렇지도 않았을 창문 하나, 코너 하나, 세워져 있는 자동차들까지 모두 엄청난 위험 요소로 변해 그들을 위협한다.

좀비들의 울음소리가 사방에서 메아리가 되어 울리는 바람에 거리와 방향을 가늠할 수 없다는 것도 그들을 불안하게 만들었다. 병사들은 살얼음판을 걷는 것처럼 한 발, 한 발을 내디뎠다.

"야, 뭘 그렇게 멈칫거려? 너답지 않게 왜 그래?"

건물 사이를 지날 때마다 좌우를 두리번거리며 몇 초씩 멈춰 서 있던 진우에게 김 상병이 물었다.

"아, 예. 아무것도 아닙니다."

"믿는 거라야 너 하난데, 정신 차려라."

진우는 대답 대신 고개를 끄덕였다. 코너를 세 번째 돌았을 때, 그들은 골목을 가득 메운 좀비 무리와 맞닥뜨렸다. 얼핏 보기에도 백 단위 이상, 거리는 50미터도 채 되지 않는다.

그롸아아아아악!

병사들보다 먼저 낌새를 알아챈 좀비들이 미친 듯이 달려든다.

"뒤로 빠져! 뒤로!"

이 병장의 명령이 떨어지기도 전에 분대원들은 정신없이 뒷걸음질을 치며 K-2를 난사했다. 하지만 좀비가 다가오는 속도는 그들이 좀비를 쓰러뜨리는 것보다 훨씬 빠르다.

진우는 조금 전 지나오면서 눈여겨보아 두었던 빌라로 뛰어가 손잡이를 당겼다. 예상했던 것처럼 굳게 잠겨 있는 것을 확인한 후 진우는 쇠문을 향해 총을 발사했다.

투두둑—.

총알에 맞아 자물쇠가 부서지자, 진우가 문을 확 당겨 열면서 소리를 질렀다.

"이쪽입니다! 이쪽!"

문이 빌라의 계단과 연결되어 있다는 것과 당장 안쪽에서 달려 나오는 좀비가 없다는 것을 확인한 뒤, 진우는 다시 앞쪽으로 뛰어가 분대원들을 엄호했다.

"옥상! 옥상까지 올라가!"

이 병장이 병사들을 독려한다. 가장 늦게까지 처져 있던 K-3 사수를 앞세운 뒤, 이 병장과 진우는 함께 문을 닫고 안으로 뛰어 들어갔다. 이 병장이 계단 위쪽을 향해 소리를 질렀다.

"위에 좀비 조심해! 매 층 지날 때마다 문 확인하는 거 잊지 말고!"

"네, 알겠습니다!"

2층 복도에 내놓은 쓰레기봉투에서는 좀비와 거의 유사한 악취가 심하게 풍겨 나왔다. 이 더운 여름에 통풍도 제대로 안 되는 곳에서 일주일 이상을 푹 썩고 있었으니 당연한 일이다.

이 병장과 진우는 2층으로 이어진 계단참에서 굳은 표정으로 현관문을 노려보았다. 당겨서 여는 문이긴 하지만, 이미 손잡이와 자물쇠가 망가진 터라서 언제 열린대도 이상할 게 없다.

그와아아악—.

벌려진 문틈 사이로 들려오는 놈들의 포효가 점점 커질수록 진우가 느끼는 긴장감도 올라간다. 등 뒤와 이마로 주르륵 땀이 흘러내리고, 방아쇠에 건 손가락이 아주 가늘게 떨렸다.

"옥상 문 열었습니다!"

위쪽에서 이 병장을 향해 보고하는 것과 동시에 흔들리던 현관문이 살짝 벌어지면서 좀비 한 마리가 대갈통을 쑥 들이밀며 울부짖는다.

타앙—!

진우는 녀석의 머리를 날렸다. 그것이 신호라도 되는 것처럼 문이 왈칵 젖혀지면서 좀비들이 앞다투어 뛰어 들어왔다.

투투투투둑! 투투투둑!

진우는 K-2를 연사로 해 두고 문가를 향해 열심히 갈겼다. 하나씩 조준해서 머리만 날리기에는 달려드는 놈들의 수가 너무 많고 거리가 가깝다. 이 병장도 탄창 하나를 비우는 동안 열심히 문가를 향해 소총을 난사했다.

"기관총! 정 상병!"

이 병장이 같이 후퇴하자는 신호로 진우의 어깨를 치고 일어나면서 K-3 사수를 부른다.

"3층입니다!"

"대기하고 있어! 우리 올라간다."

이 병장은 난간을 잡고 계단을 두 개씩 뛰어오르면서 크게 소리를 질렀다. 진우는 뒷걸음질을 치면서 탄창을 갈고 가능한 한 놈들을 저지하기 위해 3점사를 날렸다.

제대로 맞히기만 하면 좁은 계단은 놈들이 시체에 막혀 제대로 달려오지 못하게 해 주는 꽤나 좋은 지형이다.

그롸아악—.

가슴팍을 맞고 너덜너덜해진 좀비가 뒤로 넘어가면서 동료들을 안고 떨어져 준다.

"그만 쏘고 올라와, 인마!"

이 병장이 진우에게 고함을 친다. 진우는 뒤돌아서서 뛰었다. 3층 계단에서는 정 상병이 K-3를 겨눈 채 이미 대기를 완료해 두었다. 정신없이 두 층을 올라가 정 상병을 지나친 다음, 진우는 세 번째 탄창을 장착했다. 좀비들이 코너를 돌아 뛰어오는 모습이 눈에 들어오자마자, 정 상병은 400발 탄창을 전부 사용할 각오로 방아쇠를 당겼다.

파파파파파파파파바!

귀를 찢을 것 같은 기관총 소리가 사납게 울리며 건물 전체를 뒤흔든다. 좁은 계단은 순식간에 화약 냄새와 연기로 자욱해졌다. 거기에 더해 좀비들의 괴성과 악취, 사방으로 튀는 뼈와 체액이 섞여 병사들의 정신을 빼놓았다.

"옥상! 전투 준비해!"

3층 복도에서 좀비들을 모두 저지할 수 없다는 걸 절감한 이 병장은 탄창을 비우자마자 옥상으로 뛰어 올라갔다. 진우는 정 상병의 곁에 서서 무표정한 얼굴로 방아쇠를 당겼다.

파파파파파! 파바박— 파박—.

쓰러뜨리고 또 쓰러뜨려도 놈들은 일말의 두려움도 없이 동료들의 시체를 밀치며 열심히 계단을 뛰어 올라왔다.

05

"어후~ 머리 너무 아파요."

해가 중천에 떠오른 뒤에도 한참을 더 잠들어 있다가 일어난 제니가 두 손으로 머리를 감싸고 엄살을 떤다. 그 모습이 어찌나 귀여운지, 보안관은 자신의 머리도 깨질 것 같다는 걸 잊은 채 마냥 웃어 준다. 너무 오랜만에 마신 술이어서 평소와 비교할 수 없을 만큼 큰 숙취가 느껴졌다.

"자, 이거 먹고 나서 진통제 먹으면 돼."

유빈은 제대로 몸을 가누지 못하고 있는 보안관과 제니, 신입에게 종이컵에 담긴 죽을 내밀었다. 즉석밥에 물을 붓고 참치 통조림을 조금 넣어 끓인, 보잘것없는 죽이지만, 좀비 세상에서는 이만하면 더없이 호사스러운 해장 음식이다.

"진통제 먼저 먹으면 안 돼요?"

제니가 어리광을 부린다. 삼식이는 고개를 저었다.

"에이, 안 돼. 빈속에 그랬다가는 속이 더 뒤집힐 거야. 그러게 왜 할 줄도 모르는 술을 그렇게 마셨어?"

"……그거야 기분이 너무 좋았으니까."

제니는 후후, 불어 식힌 뒤, 조금씩 떠서 죽을 입에 가져간다. 벌써 두 컵째 맛있게 들이켜는 보안관과 달리, 신입은 조용히 툴툴거렸다.

"에이, 이런 게 무슨 해장이 돼? 북엇국 같은 걸 좀 끓이지."

"정 먹고 싶으면 이따가 네가 재료를 가져와. 끓여 줄 수는 있으니까."

유빈은 담담한 말투로 대꾸했다.

"아, 맞다. 오늘 우리 이제 뭐 해요?"

제니가 조금 부어 있는 눈을 억지로 뜨면서 유빈에게 물었다.

"특별히 바쁜 건 없는데……. 물은 너희 자는 동안 삼식이랑 나랑 길어 왔으니까."

아침에 산에 올라서 살펴봤을 때에도 산 뒤쪽의 좀비들은 별다른 변화 없이 여전히 아파트 앞을 지키고 있었다. 유빈의 대꾸에 제니는 손뼉을 치며 기뻐한다.

"그럼 우리 오늘은 다 같이 쇼핑 가요. 어제 빼먹고 안 가져왔던 것들도 다 가져오고, 그리고 옷도 새로 갈아입어요, 네? 유빈 오빠는 어제 그런 재미 하나도 못 봤잖아요."

"그러자. 나도 너 몸뻬 입은 거 더 안 보고 싶었어."

보안관이 제니의 편을 들며 마주 보고 웃는다.

이상해. 이렇게 행복한 상태로 살아도 되는 걸까?

유빈은 고개를 끄덕여 동의하면서도 갑자기 찾아온 풍요에 불안감을 털어 내지 못했다.

"이제 커피 마셔요, 우리!"

죽 한 컵을 마시고 조금 기운을 차린 제니가 냄비에 물을 부어 끓이며 커피 믹스를 뜯었다.

"제니가 나에게 커피를……."

보안관이 커다란 덩치로 제자리에서 빙그르르 돌며 무용을 한다. 환상이 연거푸 이루어지는 통에 도무지 정신을 차리지 못하는 모양이다.

"어제 우유도 가져왔거든요. 이거랑 설탕도 조금 넣으면 더 맛있어져요. 유빈 오빠, 이것 좀 뜯어 줘요."

제니가 멸균 우유팩을 내밀고 설탕 봉지를 찾아온다. 잠시 후, 끓어오르는 물을 종이컵으로 떠서 커피 믹스를 부어 놓은 종이컵에 붓고, 우유 조금과 설탕을 더한 뒤 나무젓가락으로 살살 저어 다섯 잔을 만들었다.

"자아, 커피 드세요. 제니표 커피입니다~. 헤헤."

종이컵을 받아 든 보안관은 감격을 숨기지 못하고 금방이라도 와락 껴안을 것 같은 표정으로 제니를 바라보다가 콧노래를 흥얼거리기 시작했다.

─ ♪~ 난 그대 잘 알죠. 뭘 좋아하는지.
아침마다 타줄 수 있는데~ 부드러운 밀크 커피 ~♪
♪ ~ 한 번만 내게 웃어 준다면, 손 내밀어 준다면~
I'm yours~ 달려갈 텐데, 아주 깊은 밤에라도 ~♪

일주일 전만 해도 귀가 닳도록 들었던 노래이지만, 까맣게 잊고 있던 핑크 펀치의 신곡, '두근두근'이다. 보안관이 덩치에 어울리지 않는 가성으로 흥얼거리자, 제니는 유쾌하게 웃으며 보안관의 등짝을 때렸다.

"하하하! 보안관 오빠, 엄청 못 불러. 내가 언제 그렇게 불렀어요?"

타박을 받은 후에도 일단 흥이 오른 보안관은 멈추지 않고 계속 흥얼거리며 커피 향기를 음미했다.

"미친놈, 신났네……."

신입이 나지막하게 중얼거리며 커피 잔을 들더니, 다시 제니에게 내밀었다.

"제니야, 난 설탕 좀 더 넣어 줘."

"엑, 아직 마시지도 않아 놓고서……."

종이컵을 받아 든 제니가 어이없어하자, 신입이 한쪽 눈을 찡긋하며 웃어 보였다.

"훗, 기억해 둬. 난 달게 마시는 걸 좋아하니까."

"미친놈아! 네 손으로 타서 처마셔!"

보안관이 발끈해서 소리를 지르자, 신입은 곧바로 저항했다.

"아니, 어차피 타 주는 건데 가장 맛있게 마시고 싶어 하는 것도 안 돼? 다 공평하게 한 잔씩 타 주는 거잖아!"

제니가 얼른 끼어들어서 티격태격하는 두 사람을 만류했다.

"자자, 싸우지 마요. 얼마 만에 마시는 커피인데……. 알았어요. 신입 오빠는 설탕 더 넣어 주고……."

"그럼 난 한 잔 더 타 줘!"

보안관이 어린애처럼 유치하게 굴어도 제니는 환한 미소와 함께 고개를 끄덕여 준다. 유빈과 삼식이도 실로 오랜만에 따뜻한 커피를 음미하며 만족한 웃음을 지었다. 식후의 따뜻한 커피 한 잔이 이렇게나 좋은 거였나 하는 생각이 든다.

"오빠, 나 진통제랑 따뜻한 물 주세요."

제니가 창가로 걸어가며 유빈에게 부탁을 한다. 삼식이와 보안관 덕에 진통제는 정말 무지하게 많다. 유빈은 아스피린 두 알과 따뜻한 물이 담긴 종이컵을 가지고 걸어갔다.

"으아아~."

햇살이 가득한 창가에 기대 커피를 마시던 제니가 크게 기지개를 켜며 유빈에게 말했다.

"정말 평화롭네요."

"올라와! 올라와!"

옥상에서 아무리 악다구니를 써 봐도 3층의 정 상병과 진우는 도무지 뒤를 돌아보지 않는다. 좁은 복도 속에서 계속 기관총의 소음에 노출되어 있었으니, 듣지 못하는 것도 무리도 아니다.

파파파파파바바— 투투툭—.

3층으로 통하는 계단은 좀비들의 파편으로 엉망이 되어 있었다. 아무리 머리가 터지고 내장이 다 날아가도록 총을 난사해 대도 놈들은 순서를 기다려 미친 듯이 달려든다.

"정 상병! 올라가!"

답답해진 이 병장이 뛰어 내려와 정 상병의 어깨를 두드렸다.

"네에~?"

정 상병이 깜짝 놀라 돌아보며 고함을 질렀다. 아마 귀가 윙윙 울려서 소리가 제대로 들리지 않는 모양이다.

"올라가라고!"

이 병장은 그보다 더 크게 소리를 지른 후, 시간을 벌어 주기 위해 K-2를 연사했다. 정 상병이 철컥거리며 기관총과 탄약통을 챙겨 일어나자, 진우도 낌새를 알아차리고 후퇴할 준비를 마쳤다.

"가자!"

이 병장과 진우는 서른 발을 고스란히 쏟아부은 후에 곧바로 몸을 돌려 계단을 뛰어올랐다.

"쏘지 마! 쏘지 마!"

혹시나 기다리고 있던 병사들이 오인 사격을 할까 봐 소리를 지르며 옥상 문 밖으로 뛰어나갔다. 진우까지 계단의 저지조가 모두 빠져나온 것을 확인한 병사들은 곧바로 쇠문을 닫고 에어컨 실외기를 끌어다가 막아 세웠다.

"간격 유지해! 너! 너! 오른쪽으로 이동!"

이 병장이 병사들의 위치를 조정해 주며 전투 지시를 내렸다. 문부터 옥상 반대쪽 끝까지는 불과 10여 미터. 병사들은 부채꼴처럼 벌려 섰다.

쿵쾅!

잠기지 않은 문이 흔들리며 요란한 소리를 낸다.

타타타타—.

저 아래쪽에서는 K21의 기관총이 쉼 없이 총알을 퍼부어 대고 있었다.

"박 이병!"

"네!"

"너까지 다섯 명이 먼저 쏜다. 절대 총알 낭비하지 말고, 문이 완전히 열린 뒤에까지 기다려. 알았지!"

진우는 정 상병과 김 상병이 포함된 자기 팀을 돌아보고 크게 대답했다. 이 병장은 좌측의 나머지 세 명에게 명령했다.

"우리 넷은 쟤들이 탄창 갈아 끼우는 동안에만 사격한다. 알겠어? 절대 동시에 쏘지 마라!"

"넷!"

병사들의 목소리가 긴장감에 흔들린다. 이 병장은 그런 그들을 달랬다.

"침착하게 쏴! 그럼 돼! 50마리도 안 남았다! 충분히 다 잡을 수 있어!"

아니…….

진우는 그 숫자에는 동의할 수 없었다. 계단에서 요란하게 쏴 대긴 했지만, 실제로 잡은 건 서른 놈에도 못 미친다. 추격해 오는 속도를 줄여 보려고 난사를 해서 한 마리를 잡는 데에도 대여섯 발씩의 총알이 필요했다.

덜컥! 덜컥!

문이 흔들리며 실외기를 밀어낸다.

"야, 박 이병. 이거 챙겨라."

김 상병이 진우에게 탄창 두 벌을 건네며 말했다.

"넌 올라오면서 계속 쐈잖아."

진우는 고개를 꾸벅하고 탄창을 받아 주머니에 꽂았다.

콰장창!

옥상 문이 밀리면서 좀비들이 뛰어나온다.

그롸아아악—.

괴성이 울리자마자 온몸에 소름이 돋는다.

타타타타타— 타타타타타—.

정 상병의 K-3가 가장 먼저 스타트를 끊었다. 그리고 김 상병이 하늘을 향해 서너 발을 쏘아 올린다. 가장 앞서 있던 좀비의 몸통과 머리가 산산조각 나면서 사방으로 흩어지고, 그 체액이 땅에 떨어지기도 전에 뒤에 서 있던 놈들이 박살이 난 동료의 몸을 뚫고 달려들었다.

투투투둑! 투둑!

진우도 부지런히 방아쇠를 당기고, 또 표적을 옮겼다. 좀비의 뇌가 터져 나가며 회색의 단백질 조각들이 뒤이어 달려오는 좀비들의 옷으로 튄다. 다행히 놈들이 달려 나올 수 있는 유일한 출구는 사람 두 명이 겨우 빠져나올 수 있을 만큼 좁은 문뿐이다.

"탄창!"

김 상병이 가장 먼저 소리를 치면서 탄창을 갈았다. 그에 해당하는 화력을 보충하기 위해 이 병장이 곧바로 방아쇠를 당겼다.

"아무 데나 쏘지 말고 다리라도 날려!"

이 병장이 김 상병에게 충고를 한다. 김 상병은 갑자기 깨달았다는 듯 납작 엎드려서 사격을 시작했다. 이 정도 거리에 이 각도라면 아무리 위로 날아가는 그의 총알이라도 가슴팍 정도는 맞힐 수 있을 것이다.

그롸아아악—.

좀비들은 곤죽이 돼 버린 다른 좀비들의 시체를 걷어차며 겁 없이 달려든다. 진우는 열심히 놈들의 머리통을 날렸다. 그의 총구가 한 번씩 방향을 바꿀 때마다 10여 미터 전방에서는 머리 반쪽이 터져 나간 좀비의 시체가 땅바닥에 뒹군다.

"탄창!"

진우가 탄창을 교체하는 동안 두 명의 지원 병력이 그의 자리를 채우기 위해 쉬지 않고 방아쇠를 당겼다.

파바바바바박—.

대번에 머리를 날리지는 못해도, 옆구리를 직격당한 좀비들은 총알의 힘에 의해 뒤로 고꾸라져 버린다.

그와아악—.

달려들던 좀비들이 질척한 피와 뇌수를 밟고 미끄러진다. 일시에 다섯 개의 총구가 모두 바닥 쪽으로 향하면서 화력에 구멍이 생기자, 이 병장이 곧바로 K-2를 난사하며 소리를 질렀다.

"입구 비었잖아, 이 새끼들아!"

진우는 얼른 총구를 돌려 이 병장을 도왔다.

투두둑— 투둑—!

어깨와 머리가 날아간 좀비들이 맥없이 고꾸라진다. 얼마나 죽였을까. 마침내 옥상 입구가 가로막힐 만큼 좀비들의 시체가 높이 쌓이고 더 이상 움직이는 것이 없자, 이 병장은 손을 들어 발포 중지 명령을 내렸다.

"하아…… 하아……."

병사들은 숨을 고르면서 탄창을 점검했다. 정 상병의 K-3는 이미 가지고 왔던 200발 탄띠 두 개를 다 쏟아부은 상태다.

"끝난 거 아니야! 조용히 기다려!"

이 병장이 병사들의 긴장을 유지시키기 위해 소리를 지른다. 하지만 굳이 그런 말을 하지 않아도 눈앞에 좀비들의 동강 난 시체가 산처럼 쌓여 있는데, 총구를 내릴 만큼 배짱이 좋은 사람은 없었다.

들썩들썩, 시체 뭉치가 흔들릴 때마다 병사들은 자기도 모르게 뒤로 반 발짝

씩 물러났다.

툭, 워커 뒤축에 옥상 난간이 닿으면서 더 이상 달아날 공간이 없다는 것을 일러 준다.

그롸아악—.

시체들이 들썩거리는 안쪽에서 괴성이 울려온다. 언제 어느 방향으로 튀어나올지 모르기 때문에 모든 좀비들이 문 한 곳에만 집중되어 있던 조금 전과는 긴장감이 다르다.

툭, 데구루루—!

흔들리던 시체 더미에서 윗부분이 반쯤 잘려 나간 대갈통이 떨어지며 병사들이 선 방향으로 굴러온다. 하필이면 엎드려 있던 자신의 코앞에 멈춰 선 대갈통을 보고 김 상병은 질겁하며 욕설을 내뱉었다.

젠장, 좀비도 무섭지만, 목이 잘린 대머리 아저씨의 머리가 자신을 빤히 쳐다보고 있는 것도 어지간히 소름이 돋는 상황이다.

"뭐야! 이 씨발, 재수 없게!"

더 참지 못한 김 상병은 벌떡 몸을 일으키며 머리통을 앞으로 걷어찼다. 그와 동시에 시체 더미가 무너져 내리고, 네 방향에서 좀비들이 달려 나온다.

그와아아아—!

"쏴!"

이 병장이 명령과 함께 가장 오른쪽의 놈들을 향해 총알을 날렸다.

투투투— 투투둑!

진우는 중앙부터 시작해 좌측으로 방향을 옮기며 머리만 조준해서 쏘았다. 김 상병이 뒤로 물러나며 정신없이 연사를 한다.

팅티팅—.

총알이 옥상 문 위의 콘크리트를 쪼개며 어지러이 튄다.

겁에 질린 병사들 전부가 사격 순서에 관계없이 모두 연사로 마구 갈겨 댔지만, 명중률은 높지 않았다. 비처럼 쏟아지는 총알 사이를 뚫고, 살아남은 좀비한 마리가 정 상병을 덮치기 위해 날았다.

"으아아!"

병사들이 모두 비명을 지르는 순간, 진우의 개머리판이 좀비의 머리통을 때려 달려드는 방향을 바꿨다.

그롸아—.

옆으로 나가떨어진 좀비는 곧바로 벌떡 몸을 일으킨다.

타타타—.

병사들은 일제히 방아쇠를 당겼다. 놈은 사방으로 체액과 내장을 날리며 너덜너덜해져 허물어졌다.

"끄…… 끝난 건가?"

상체가 거의 남아 있지 않은 놈의 시체를 살피던 김 상병이 숨을 몰아쉬며 혼잣말처럼 묻는다. 진우는 여전히 어깨에서 개머리판을 떼지 않은 채 천천히 옥상 문 주변을 훑었다.

엉망으로 널브러진 시체들 중에는 더 이상 움직이는 놈이 보이지 않는다. 아마도 지금 해치운 예닐곱 마리가 남아 있던 녀석들의 가장 마지막 전력이었던 모양이다.

조금 전, 시체 더미를 쉽게 밀쳐 내고 나오지 못했던 것만 봐도 움직이는 놈들이 그리 많지는 않았다는 걸 추측할 수 있었다. 아직도 완전히 긴장이 풀리지 않은 병사들은 겁에 질린 눈으로 총을 꽉 움켜쥔 채 전방을 노려보았다.

"씨발, 저기를 이제 어떻게 내려가냐?"

06

10여 분쯤 뒤, 마침내 이 병장이 총구를 내리면서 한숨을 내쉰다. 그의 말처럼 옥상 문 주변에는 엄청난 수의 시체들이 수북하게 쌓여 있고, 바닥에는 정체를 분간할 수 없는 찐득한 액체들이 고이다 못해 흐를 지경이었다.

물론 그 너머의 계단도 온통 조각난 시체들로 뒤덮여 있다. 가슴 위만 살아서 꿈틀거리는 놈들이 있다 해도 이상할 게 없어 보일 만큼 끔찍한 상황이어서 도무지 저 안으로는 걸어 들어갈 엄두가 나지 않는다.

"두 명씩 5분 교대로 전방 감시하고, 나머지는 쉬어. 박 이병, 윤 일병."

이 병장이 수통을 열고 물을 들이켜면서 부른다.

"네!"

"너희가 첫 번째 조다. 교대하기 전까지 긴장 풀지 마."

이 병장은 난간에 기대 후들거리는 다리를 주무르며 크게 심호흡을 했다. 다른 병사들도 이마에서 진땀을 닦아 내고 제자리에 무너지듯 주저앉았다. 담배를 꺼내 물고 고개를 돌리던 김 상병이 언덕 아래를 보며 중얼거렸다.

"어, 저기도 진입 시작했습니다."

그 말에 병사들이 모두 고개를 돌린다. 707 특임대가 장갑차를 넘어 좀비가 드문드문 모여 있는 시청 주차장 안으로 들어가고 있었다. 시청 건물은 엉망으로 파손되어 있고, 옥상까지 좀비들에 의해 점령된 상태였다.

"저래서 헬기 레펠을 안 하고 땅개처럼 걸어갔구나."

시청 옥상의 좀비들을 보면서 김 상병이 중얼거렸다.

파방— 파방—.

네 대의 샷건을 앞세운 특임대가 진을 유지하며 천천히 전진하자, 사방에 흩어져 있던 좀비들이 차량 사이를 누비며 달려들었다.

파방— 파방, 파방—.

샷건이 발사될 때마다 A4 사이즈만큼씩 좀비의 얼굴 살점이 떨어져 나간다. 앞서서 달려들던 열 마리 남짓의 좀비들은 순식간에 정리됐다. 김 상병이 담배 연기를 내뿜으며 감탄했다.

"헤에~ 저것만 있으면 나도 진우만큼 쏠 수 있을 것 같은데. 그런데 저건 그냥 막 연발로 나가네. 샷건이란 게 펌프질을 하면서 쏘는 거 아냐?"

"베넬리 M4 슈퍼 90, M1014입니다. 12게이지, 세미 오토, 튜브 매거진에 일곱 발, 플러스 한 발. 미 해병도 저걸 사용합니다."

곁에서 함께 구경하며 침을 삼키던 강 일병이 사뭇 진지하게 설명을 시작해서 모두 그를 돌아보며 놀랐다. 시선이 집중되자 강 일병은 평소의 수줍은 안경잡이로 돌아가서 얼굴을 붉히며 귀를 긁는다.

"베넬…… 뭐? 호오, 이 오타쿠 놈 봐라? 저 좀 아는 거 나왔다고 고참한테 막 잘난 척을 하네?"

김 상병이 강 일병을 놀리면서 어깨를 끌어안았다. 다시 유약한 모드가 된 강 일병은 그저 배시시 웃는다.

파바바바바바— 투투투투투둑—.

한가한 옥상의 풍경과 달리, 아래쪽 시청 마당에서는 MP5를 든 특임대원들이 정신없이 9㎜ 파라블럼 탄을 날려서 달려드는 좀비들을 정리하고 있다.

사선으로 선 두 대의 K21 장갑차에서 기총 지원사격을 통해 우측을 정리하는 동안, 특임대원들은 열두 시와 아홉 시 방향의 좀비들을 주로 처리하며 천천히 건물 내부를 향해 전진한다.

비교적 원거리는 MP5가, 근거리는 샷건이 각각 나눠서 담당하고, 두 명의 대원은 커다란 방패를 이용해 혹시 모를 근접전에도 대비하고 있다.

"확실히 능숙하네. 좀비 소굴로 들어가는데 겁내는 기미가 없어."

한동안 707과 좀비 간의 싸움을 보고 있던 정 상병이 감탄하며 중얼거린다. 쐐기꼴로 진을 이룬 채 이동하는 주변에는 좀비의 시체들이 선을 그은 듯 뻗어 있다. 얼마 지나지 않아서 특임대원들이 모두 건물 내부로 진입해 시야에서 사라져 버렸다.

"그런데 어째…… 우리가 더 많이 죽인 것 같습니다? 그럼 우리는 708인가?"

김 상병이 시청 마당의 좀비 시체들과 옥상 문 주변의 시체들을 번갈아 보면서 실없는 소리를 한다. 이 병장이 김 상병의 머리통을 탁, 쳤다.

"쓸데없는 소리 하지 말고 박 이병이랑 경계 근무나 교대해. 그리고 우리도 어떻게 슬슬 내려갈 방법을 생각해야지. 여기서 살 것도 아니고."

진우는 물을 마시면서 좀비들의 시체 토막으로 엉망이 되어 있는 옥상 문을 바라보았다. 확실히…… 피와 기름, 내장으로 미끄러울 저 계단으로는 내려갈 수 없다.

혐오스러운 것도 문제지만, 혹시나 시체 틈바구니에 몸이 동강 난 채 살아 있는 녀석이 있을지도 모른다는 두려움이 더 크다.

타타타타— 타타타—.

시청 마당에서는 여전히 총성이 시끄럽게 울리면서 꾸역꾸역 몰려드는 좀비들을 처리하고 있었다. 특임대가 돌파하고 난 이후의 뒤처리는 보병들에게 맡겨진 모양이다.

"난간을 잡고 3층으로 들어간 다음, 거기에서 커튼이나 침대보 같은 걸로 끈을 만들어서 내려가면 되지 않겠습니까?"

정 상병의 제안에 이 병장이 고개를 끄덕인다.

"뭐, 지금 같아서는 그 수밖에 안 보이네. 누가 내려갈래?"

그런 일은 돌고 돌다가 결국 졸병에게 맡겨지기 마련이다. 진우는 지목당하기 전에 먼저 손을 드는 편을 택했다.

"그래, 박 이병이 똘똘하니까 나도 네가 하는 게 마음 편해. 그리고 또 한 명 따라가라."

"그럼 제가 함께 가겠습니다."

강 일병이 손을 들었다.

내려가는 일 자체는 간단하다. 난간을 넘어가 몸을 늘어뜨려 내린 다음, 3층의 거실에 딸린 조그만 발코니로 뛰어내리기만 하면 된다.

하지만 그건 3층에 아무도 없을 때의 이야기다. 혹시나 착지하는 순간에 유리창을 깨고 달려드는 좀비가 있다면 이쪽에서는 변변하게 저항을 할 방법이 없다.

다리를 늘어뜨린 채 잠시 뜸을 들이던 진우는 눈치를 봐서 휙 몸을 날렸다. 그러고는 곧바로 몸을 일으켜 총을 겨눴다. 다행히 안쪽에서 달려드는 좀비는 보이지 않는다.

"후우~."

잠시 가볍게 한숨을 쉰 진우는 위에서 기다리고 있는 강 일병에게 신호를 보냈다.

"내려오십시오. 괜찮습니다."

진우의 도움을 받으면서 겨우 내려선 강 일병은 상기된 표정으로 총을 고쳐잡은 뒤, 거실 내부를 살핀다.

"이런 젠장, 커튼이 아니고 다 버티컬이네."

강 일병의 말대로 빌라에는 직물로 된 커튼이 아니라 레일에 붙은 세로 방향의 블라인드가 설치되어 있었다. 이런 걸 잡고서 아래로 내려갈 수는 없다.

투투투투둑— 파파파파파방—.

시청에서는 잠시의 틈도 없이 계속 K-2의 사격음이 들려와 귀를 먹먹하게 만들고 있다.

"뭐…… 괜찮아. 안방에 가면 침대 시트랑 이불은 있을 테지."

강 일병이 혼잣말을 중얼거리며 거실 베란다 문을 연다. 생각 없이 너무 빨리 움직이는 것 같아 불안했지만, 말릴 틈도 없다. 성큼성큼 거실을 가로질러 걸어간 강 일병이 두 개의 닫혀 있는 문 앞에서 진우를 향해 돌아서며 말했다.

"야, 박 이병. 이 집 있지, 대전 우리 집이랑 구조가 완전히 똑같아 보인다? 웃기지 않냐? 어떻게 이런 일이 있지? 여기가 안방이야."

그리고 그 순간, 말을 다 마치기도 전에 좌측의 문손잡이를 잡고서 돌린다. 진우는 그의 뒤에서 엄호하기 위해 다급하게 뛰었다.

"강 일병님, 2인 1조로 움직여야 하지 말입……."

순식간의 일이었다. 강 일병의 얼굴이 파랗게 질리더니, 손잡이를 놓치고 뒤로 넘어진다. 무엇 때문에 그러는지는 굳이 생각을 해야 알 수 있는 일도 아니다.

"으아!"

강 일병의 비명이 어지럽게 울린다. 진우는 재빨리 달려가 그의 뒤에 서며 외쳤다.

"일어나십쇼! 빨리!"

그러고는 비스듬히 열리는 문 안쪽을 향해 K-2를 난사했다.

투투투투둑— 투투투투둑—.

엉망으로 박살이 난 나무문의 틈 사이로 좀비의 몸통이 스쳐 보인다. 적어도 둘 이상이다.

"으흐으~."

강 일병도 가까스로 정신을 차리고 구르다시피 일어나 총을 고쳐 쥐었다.

"뭐야? 왜 발포했어?"

위쪽에서 이 병장이 깜짝 놀라 묻는 소리가 들려온다. 진우는 반쯤 열린 안방 문에서 눈을 떼지 않은 채 외쳤다.

"좀비가 있습니다!"

그롸아아아악—!

"지원 내려간다!"

"오지 마십쇼! 사선과 겹칩니다!"

문이 활짝 당겨지면서 좀비들이 튀어나온다.

투두둑—.

첫 번째 놈의 머리통이 터져 나가고 방 안쪽의 화장대가 박살이 나서 튄다. 두 번째 놈의 어깨와 가슴에 세 발을 연달아 박아 넣는 동안, 총격을 받아 허리가 끊겨 있던 세 번째 좀비가 바닥에서 빠르게 기어온다.

"으아아아아~!"

강 일병이 비명을 지르면서 난사를 한다. 사방으로 흩뿌려진 총알은 날카로운 소리와 함께 안방 유리창을 산산조각 냈고, 좀비의 머리통도 그 소란 속에 엉망으로 터져 나갔다.

강 일병은 탄창을 모두 비운 다음에도 방아쇠에서 손가락을 떼지 못했다. 진우는 깨끗하게 해치우지 못했던 두 번째 좀비의 이마 한가운데를 노려 단발에 정리했다.

하아~ 하아~. 한차례 광풍이 휩쓸고 간 빌라 내부에는 두 병사의 헐떡이는 숨소리만이 크게 울렸다.

"……미안하다. 우리 집 생각이 나서 들떴나 봐."

강 일병이 이마의 땀을 훔치며 조용히 사과를 한다. 진우는 다 안다는 표정으로 고개만 끄덕였다.

"강 일병! 박 이병! 대답해!"

옥상에서 이 병장의 애타는 목소리가 들려온다. 강 일병은 갈라진 목소리로 외쳤다.

"정리했습니다! 상황 종료입니다!"

"둘 다 괜찮아?"

"네, 그렇습니다!"

"내려간다!"

잠시 후, 뒤따라 내려온 이 병장이 엉망으로 부서진 안방과 거실을 보며 한숨을 쉰다.

"아이구, 이놈들 봐라. 야! 조준 사격을 했어야지, 이게 뭐야?"

그 말대로 바닥과 벽 전체에 걸쳐 어지러이 총구멍이 나 있고, 이미 안방 커튼은 갈기갈기 찢긴 채 유리 조각과 한데 엉켜 있다.

"이상하게 갑자기 아무것도 보이지가 않았습니다…….."

강 일병이 떨리는 목소리로 대답했다. 이 병장은 그런 강 일병을 한동안 바라보고 있다가 허리를 굽혀 거실 바닥에서 뭔가를 주워 건넸다.

"이 새끼야, 안경 간수 똑바로 안 할래? 다 빠개졌잖아."

알이 다 쪼개진 안경을 받아 들고 강 일병은 좀비를 봤을 때만큼이나 두려운 표정을 지었다.

"저…… 이제 2미터 앞도 제대로 안 보이지 말입니다."

"그러니까 이 자식아! 왜…… 후우~."

이 병장이 성질을 내려다가 삼킨다. 안경 쓴 병사에게 임무를 맡긴 건 그 자신이라는 걸 깨달았기 때문이다. 이 병장은 불안해하는 강 일병의 어깨를 두드리며 달랬다.

"음, 큰일이긴 한데, 일단 여기서 나간 다음에 어떻게 할지 생각 좀 해 보자."

강 일병은 조금이라도 더 또렷하게 보려는 듯 이마에 주름을 지으며 고개를 끄덕였다.

07

그 시각, 열네 명의 707 특임대는 목표물이 있는 2층의 소강당 문 앞에 도착해 있었다. 굳게 잠긴 문 안쪽에 얼마나 많은 집기들을 쌓아 뒀는지, 구조대가 왔다는 것을 알린 뒤에도 안에서는 한참 동안 문을 열지 못하고 덜컥거리기만 했다.

"가지 마십쇼! 열고 있습니다!"

다급한 군인들의 목소리가 두꺼운 문을 타고 전해진다.

그롸아아악!

두 개의 계단에서는 잊을 만하면 한 무리씩 좀비들이 뛰어 내려왔다가 쏟아지는 총알에 엉망으로 꿰뚫려 쓰러져 갔다. 두 개의 방패를 가장 앞에 세워 두고 샷건과 기관단총이 나란히 서서 다가오는 놈들을 정리했다.

"이상한데? 너무 적어."

특임대의 지휘관이 주변을 둘러보며 중얼거렸다. 지금까지 그들이 정리한 좀비를 모두 더해 봐도 채 70여 마리에 미치지 못한다. 이 정도라면 규모 삼이라는 보고가 허위이거나 놈들의 주된 무리가 다른 곳에 있다는 말이다.

덜컥!

마침내 소강당의 문이 열리자, 진을 친 대원들을 문밖에 그대로 둔 채 두 명의 대원만 대동한 지휘관이 방 안으로 걸어 들어갔다. 초췌한 표정의 병사들이 일제히 그를 향해 경례를 한다. 방의 구석에는 중년의 남자들이 역시 겁에 질린 얼굴로 그를 맞이했다.

"소령님, 정말 감사합니다! 얼마나 기다렸는지……."

소위 하나가 반갑게 맞으려고 호들갑을 떤다. 소령은 손을 들어 제지했다.

"왜 병력이 이것뿐이야? 2개 소대였잖아? 아, 그보다, 그거 어디 있어?"

뭐라고 설명을 하려던 소위는 소령을 이끌고 소강당의 끝으로 갔다. 거기에는 검은 천으로 덮인, 관 하나 정도 크기의 물건이 있었다. 소위가 덮고 있던 두꺼운 천을 확 들추자, 합금으로 주조된 국방색 상자가 모습을 드러낸다. 추락의 여파 때문인지 여기저기 긁혀 있는 곳은 많지만, 특별히 크게 파손된 부분은 없어 보인다. 그래도 회수하기 전에 먼저 내용물을 확인해야 했다.

'US AIR FORCE'라는 글자가 또렷한 상자의 앞에 쪼그려 앉은 소령은 한쪽 끝에 달린 컨트롤 패널을 열고, 소위를 향해 손을 내밀었다.

"암호 해제했다고 했지? 열쇠!"

소위는 머뭇거리면서 말했다.

"저 그게…… 중위님이 가지고 가셨습니다."

"뭐?"

소령은 눈을 부라리며 돌아섰다.

"그게 무슨 말이야? 열쇠를 가지고 어디로 갔다는 건가?"

"보급이 늦어서 식량을 구하러 가신다고……."

너무 어처구니없는 소리여서 소령은 잠시 말을 잇지 못했다.

"……그럴 리가 있나. 여기가 최우선일 텐데 보급이 안 오다니?"

"정말입니다. 발견하자마자 이동 수단을 요청했었는데, 이틀째 아무 답도 없고 보급도 끊긴 상황이었습니다."

"그래서 현지 조달을 하러 나갔다고? 열쇠를 갖고? 이런 미친! 이 물건이 어떤 것인 줄 몰라서 그런 말을 하나?"

소위의 멱살을 쥐고 흔드는 소령의 눈에서는 불이 뿜어져 나올 것 같았다. 하지만 애초부터 미심쩍은 구석이 있기는 했다.

"큭, 그게! 당시에는…… 이렇게 좀비들이 많지 않았습니다. 그래서…… 쉽게 다녀오실 수 있을 줄 알았는데, 갑자기……."

"어디로 갔냐고! 그것만 말해!"

"홈플러스입니다. 여기에서 1킬로미터 정도밖에는 떨어져 있지 않습니다."

소령은 소위를 내팽개치며 한숨을 내쉬었다. 좀비들이 유난히 몰려 있던 파란색 건물. 그도 이곳으로 헬기를 타고 오는 동안 직접 목격했다. 저곳이 작전 지역이 아니라 다행이라는 농담까지 내뱉었는데…….

빠드득! 소령은 이를 갈았다. 성질 같아서는 이 멍청한 놈들을 그냥 내버려 두고 가고 싶지만, 열쇠는 필요하다. 열쇠가 어느 좀비의 위장 속에 들어가 버리기 전에 한심한 중위를 구하러 삼척 시내를 가로질러 가야 한다.

진우와 이 병장이 이불보를 연결해 만든 엉성한 밧줄을 타고 겨우 땅에 내려선 분대원들은 경사로를 따라 걸었다. 조금 전, 엄청난 규모의 좀비들과 맞닥뜨렸기 때문에 꽤나 긴장한 채로 한 걸음씩 떼었지만, 다행히 더 이상은 놈들과 만나지 않고 무사히 시청 앞까지 도착할 수 있었다.

"하아~ 이제 밥 먹고 돌아가기만 하면 되겠다."

시청 정문 앞에 멈춰 서 있는 장갑차와 병사들을 확인하고 마음을 놓은 김 상병이 한숨을 내쉬며 중얼거렸다. 오늘 그들이 짊어지고 온 메뉴는 쇠고기 콩가미가 들어 있는 3형 2식단 햄 볶음밥.

물론 지난 며칠 동안 질릴 만큼 먹어 온 음식이라 설레는 마음 따위는 전혀 없지만, 평안하게 수다를 떨며 씹고 삼키는 정도가 그들에게 허락된 가장 큰 쾌락이다. 비록 허접한 초코볼 후식이나마 맛보고 불평을 하는 동안은 살아 있다는 것을 다시 감사하게 된다.

"가만있어 봐라. 어째 분위기가 영 이상하다."

이 병장이 들뜨려는 분대원들의 마음을 가라앉혔다. 정문 앞에서 웅성거리는 병사들은 아무리 봐도 점심을 먹고 돌아가기 직전의 들뜬 얼굴들이 아니다.

"야, 뭔 일 있냐? 왜 그래?"

후방에 처져 있던 다른 분대 병사들을 붙잡고 이 병장이 물었다. 상병 하나가 대답한다.

"점심도 안 먹고 곧바로 새 작전에 투입된답니다."

"새 작전? 그게 무슨 소리야? 민간인이랑 방어 부대 구하라고 해서 구했잖아?"

"그게 다가 아니랍니다. 홈플러스에도 또 뭐가 있다고 하지 말입니다."

"응? 난데없이 또 웬 홈플러스야? 그건 어딘데?"

"저기 보이는 홈플러스 말입니다."

상병이 주차장 너머의 대로를 가리켰다. 손가락이 지시하는 방향의 끝부분에 낯익은 파란색 모서리의 건물이 보인다. 그리고 동시에 그 주변을 배회하는 좀비들의 무리도 시야에 들어왔다.

거리는 1킬로미터도 채 떨어지지 않았지만, 도로를 꽉 메우며 버려진 자동차들과 블록마다 연결되어 있는 대여섯 개의 교차로를 생각하면 현기증이 나는 것 같다. 만일 사거리 양쪽에서 밀어닥치는 좀비들을 만난다면 꼼짝없이 전멸 당할 게 분명하다.

"아니, 진짜……. 그럼 처음부터 저쪽에서 밀고 왔으면 되는 거였잖아. 왜 꼭 일을 두 번씩 시켜? 와…… 근데 이건 무슨 총알인데 사람 몸이 이렇게 되냐?"

투덜대던 김 상병이 근처에 쓰러져 있던 좀비의 시체를 보고 감탄한다. 모로 누워 죽은 좀비의 몸뚱이는 크고 작은 여러 개의 구멍이 숭숭 뚫린 채 박살이 나 있다. 특이한 것은 원형으로 뚫린 여러 개의 작은 상처들이다. 사출구라고 하기에는 너무 작다.

"완전 걸레가 됐네. 어휴~ 등판도 그러네."

사체에 가까이 다가가 관찰하던 김 상병은 몸을 가볍게 부르르 떨었다. 정 상병이 대수롭지 않게 대꾸한다.

"산탄총에 맞았으니까 그렇겠지."

"에이, 내가 산탄총을 모르겠냐? 네가 앞쪽을 못 봐서 그런데, 여기에 뚫린 곳은 세 개뿐이야. 들어온 구멍은 세 갠데, 나간 구멍은 장난 아니게 많다고. 어라, 이놈도 그러네?"

호기심을 느낀 병사들은 작전에 재투입되어야 하는 신세도 잊고 좀비의 시체 주변에 모여 서서 웅성거렸다. 정말 김 상병이 말한 것처럼 사입구보다 사출구가 몇 배나 많다. 몇몇 사출구에는 금색의 금속 조각이 박혀서 반짝거린다.

"신형 RIP탄인 것 같습니다. 특임대에서 MP5에 이걸 쓰나 봅니다."

안경도 없는 눈으로 바짝 다가와서 인상을 찌푸리며 보고 있던 강 일병이 결론을 내렸다.

"RIP? 그게 뭔데 사람 몸뚱이가 이렇게 송곳으로 마구 쑤셔 놓은 것처럼 되냐?"

"총알 상표입니다. 탄두가 둥근 게 아니라 여덟 조각으로 쪼개지는 구리 화살같이 생겨서 목표물에 박히면 쫙 확산됩니다. 내장 파괴 총알이라고 해서 미국에서는 인기가 좋았습니다만, 구형은 96그레인짜리여서 이만한 파괴력은 안 나올 겁니다. 테플론 코팅을 한 황동인가?"

"총알 하나만 맞히면 그게 여덟 방향으로 퍼진다고? 우와~ 덤덤탄보다 더 악질이잖아. 얼굴 근처 아무 데에나 맞히기만 하면 알아서 대갈통을 작살내겠는데?"

이 병장이 감탄을 한다.

"탄자 본체도 있으니까 아홉 방향입니다. 그나저나 이 병장님, 저 안경 이제 어떻게 합니까?"

강 일병이 애원하듯 이 병장을 바라본다. 정말 큰일이기는 했다. 이대로 발전소로 돌아간다고 해도 그곳에서 강 일병에게 맞는 안경을 구한다는 건 불가능한 일일 것이다. 걱정이 가득한 얼굴로 이 병장이 한숨을 내쉬자, 잠시 고민하던 김 상병이 아하, 하며 말했다.

"가는 길에 안경 가게가 있을 거 아냐? 홈플러스 안에도 있을 거고. 거기에 수색하는 척 들어갔다가 빼 오자."

"제 도수에 맞는 안경이 없을 것 같습니다. 그…… 진열되어 있는 안경들은 죄다 진짜 안경 렌즈를 끼운 게 아니지 말입니다."

"답답한 새끼. 누가 진열된 걸 집으래? 좀비 세상이 오기 전에 누군가가 맞춰 놓고 아직 안 찾아간 안경들이 있을 거 아냐. 그걸 집어 오면 되지."

"그런 걸 고르고 있을 시간은 없을 것 같은데."

이 병장이 걱정하자, 김 상병이 안심을 시킨다.

"아, 고르는 게 아니고 말입니다. 그냥 카운터 뒤쪽에 영수증이랑 같이 붙어 있는 안경은 싸그리 다 집어 온 다음, 애한테 얼추 맞는 걸 끼면 됩니다. 다 누가 맞춰 놓은 것 아닙니까? 우리 부대에 안경 쓴 애가 얘만 있는 게 아니니까 들고 가도 다 쓸모가 있을 것 같습니다."

"그 많은 걸 다 어디다가 담아?"

정 상병이 물었다.

"전투식량을 버리면 되지."

김 상병이 콧방귀를 뀌며 말했다.

"어차피 맛대가리도 없는 밥, 한 끼 안 먹는다고 큰일이 나는 것도 아니고."

08

"오빠~ 그러지 말고 같이 가요."

배낭을 멘 제니가 유빈의 손을 잡아끌며 애교 섞인 애원을 한다. 유빈은 얼른 손을 빼고 고개를 저었다.

"아니, 너희끼리 다녀와. 난 그냥 여기 있을게. 다리도 아직 다 낫지도 않았고……."

사실 그건 그냥 핑계였다. 유빈이 이렇게 완강하게 변화가로 놀러 나가는 것을 거부하는 진짜 이유는 아무 근거 없는 불안감 때문이었다.

너무 행복하게 놀러 다니기만 하면 벌을 받게 될까 두려워서, 그 혼자만이라도 복지 센터에 남아 뭔가 부지런하게 몸을 놀려 일을 해야 할 것만 같았다.

어렸을 때부터 몸에 붙은 특유의 가난뱅이 근성이라는 생각도 들지만, 갑자기 찾아온 자유와 풍요는 어쩐지 유빈을 자꾸 두렵게 만든다.

"에이, 그러면 재미없다구요. 다 같이 가서 어제 빼먹은 물건들도 챙겨 오고, 옷도 쇼핑하고 그래요. 오빠는 좀비 없는 거 한 번도 못 봤잖아요."

제니가 치대는 모습은 뭐랄까…… 아찔하다. 그녀가 허리를 숙인 채 얼굴을 바짝 들이밀면 의식적으로 그러지 않으려고 해도 자꾸만 그 커다란 가슴에 눈길이 가게 돼서 유빈은 얼른 고개를 돌렸다.

비록 삼선 트레이닝복에 꽁꽁 감싸고 있다고는 해도 온 나라를 들었다 놨다 했던 볼륨과 곡선은 숨겨지지 않는다. 유빈이 굳이 함께 움직이지 않으려 하는 이유에는 제니의 치명적인 매력도 커다란 한몫을 하고 있다.

젠장, 아침마다 똥통을 비우기 위해 사다리를 내려가는 모습까지 다 봤는데도 여전히 매력적이라는 게 이해가 가지 않는다.

그녀와 함께 있는 시간이 길어질수록 유빈은 마음이 무거워진다. 너무 예쁘고 사랑스러워서 반할 것만 같은데, 그러면 안 된다는 걸 잘 알고 있기 때문이다.

애초에 맺어질 수 없는 사이이기도 했지만, 그런 마음을 먹는 게 보안관을 배신하는 것 같아서 양심의 가책을 견디기가 어렵다. 차라리 제니가 빨리 보안관과 진짜로 맺어져서 아예 포기하게 해 줬으면 하는 바람이 들기도 한다.

며칠 전, 키스해도 된다고 입술을 내밀었던 그녀의 얼굴을 보고 두근거린 이

후 그런 결심을 했고, 어젯밤에 술에 취해 어리광을 부릴 때 가슴이 뜨거워지면서도 그 결심은 더 확고해졌다.

이 아이는 사람의 마음을 너무 흔든다.

"아, 진짜 못 봐 주겠네. 제니야, 이 새끼 손잡아 달라고 일부러 이러는 거야. 이거, 진짜 질이 안 좋은 새끼네."

제니와 유빈의 승강이가 길어지자 담배 연기를 뻑뻑 뿜고 있던 신입이 짜증스러운 표정을 지으며 말했다. 보안관은 아무 말 없이 다가와서 두 팔로 유빈을 번쩍 안아 일으켰다.

"그냥 가자, 유빈아. 제니가 저렇게 부탁하는데 고집 피울 필요 없잖아. 다리가 정 힘들면 내가 업고 갈게."

"아니, 난……."

뭐라고 더 핑계를 대 보려는 찰나 보안관의 손가락이 유빈의 양 옆구리를 간질인다. 유빈은 참지 못하고 웃음이 터졌다.

"보안관, 꽉 잡고 있어!"

신이 난 삼식이가 달려와서 허공에 떠 있는 유빈의 가랑이를 주무르며 참전한다. 얇은 몸뻬 바지라서 만지기 딱 좋다.

"아! 아하하! 크~ 아…… 알았어! 알았어, 갈게, 그만해. 야! 삼식아!"

결국 고문에 못 이긴 유빈이 항복을 선언하자 제니는 기세가 등등해졌고, 삼식이는 유빈을 위한 배낭을 챙겨 들고 왔다. 그사이 유빈은 2층에 걸쳐 둔 사다리를 내려서 1층 바닥에 눕혀 놓고, 사다리 맨 위 칸과 아래 칸에 작은 볼트 하나씩을 올려놓는 것으로 집을 비우기 위한 준비를 마쳤다.

이렇게 하는 이유는 간단하다. 혹시라도 그들이 복지 센터를 비웠을 때 누군가 이곳을 찾아와 2층에서 숨어 있는 상황을 미리 알기 위해서이다. 만약 볼트가 제자리에 없다면 그건 사다리를 움직였다는 이야기고, 그때부터는 조심해서 운신해야 할 것이다.

예전부터 생각해 왔던 방식이지만, 지금까지는 복지 센터에 한 사람도 남겨 두지 않고 이동했던 적이 없었으므로 실행에 옮긴 건 오늘이 처음이다. 돌아왔을 때 부디 볼트와 사다리가 제자리에 있기를 바라며, 다섯 사람은 번화가를 향해 걷기 시작했다.

"제가 오늘 계획을 말해 볼게요. 먼저 옷을 쇼핑한다. 그다음에 슈퍼에 들러서 재료를 가져다가 2층 커피 전문점에 올라가서 밥도 해 먹고 커피도 마시고. 에, 또…… 저는 화장품 가게에도 가 볼 거예요."

벌판을 가로질러 걸어가던 중 제니가 조그만 쪽지를 하나 꺼내 들고 보며 읽는다. 안전하다고 생각하면서도 여전히 해머를 어깨에 걸쳐 멘 보안관이 웃는다.

"하하, 뭐야? 계획표까지 있어? 언제 그런 걸 다 써 놨어?"

"아침 먹고 나서요. 제 계획 괜찮아요?"

"좋지. 전형적인 데이트 코스네. 근데 이 동네에는 고급 메이커는 없을 거야."

"그런 건 괜찮아요. 그냥 오빠들 옷이 너무 낡아서 새 옷을 입었으면 좋겠어요."

"우리 옷?"

보안관은 자신의 위아래를 새삼 훑어보았다. 다 찢어진 청바지에 온갖 더러운 얼룩들이 묻어 있는 면 티. 그나마 면 티는 제니가 한번 세탁을 해 준 것이지만, 청바지는 이 더운 여름에 목욕도 하지 못하고 일주일이 넘도록 계속 입어 왔다. 익숙해져서 미처 모르고 있었지만, 아마 장난 아니게 지독한 땀 냄새가 날 것이다.

"새 옷 입기 전에 생수로라도 목욕을 해야겠다……."

갑자기 부끄러워진 보안관이 중얼거렸다. 유빈과 신입도 그 말에 뜨끔해서 자기 겨드랑이 냄새를 맡아 보고는 진저리를 쳤다.

정신이 번쩍 들 만큼 강렬한 남자의 향기다. 그때, 하늘 저편에서 오랜만에 들어 보는 소리가 귀를 울리며 다가왔다. 헬리콥터의 프로펠러였다. 다섯 사람은 당황해서 서로의 얼굴을 마주 봤다.

헬리콥터! 군인! 구조! 안전 지역! 생존자들과의 만남!

서로의 눈빛은 그런 메시지들을 주고받으며 빠르게 반짝인다. 유빈은 소리가 나는 방향을 향해 돌아섰다. 저 멀리, 꽤나 높은 위치에서 헬리콥터 두 대가 다가온다.

"여기요! 사람 있어요! 여기요!"

유빈은 두 팔을 크게 휘저으며 하늘을 향해 소리를 질렀다. 보안관도, 제니도, 신입도 펄쩍펄쩍 뛰며 외친다. 삼식이는 웃옷을 벗어 흔들면서 가장 적극적으로 구조를 요청했다.

투투투투— 위이잉—.

하지만 헬리콥터는 북쪽을 향해 속도를 유지하며 날아가 버렸다. 열심히 구조를 요청하던 다섯 사람은 어깨를 축 늘어뜨리고 잠시 허망하게 멈춰 서 있었다.

작업반장님이 사라진 그날 질리도록 봤던 이후, 일주일이 넘어서야 처음 보는 헬리콥터여서 아쉬움이 더욱 컸다.

"아, 젠장…… 안 보였나 봐. 하긴 보였대도 일부러 구조하려고 와 주는 건 또 다른 문제지."

유빈이 한숨을 내쉬며 말했다.

"여기 제니가 있는 걸 알았으면 군바리 놈들 무슨 일이 있어도 기를 쓰고 내렸을 텐데……. 흥, 바보들."

그렇게 말한 삼식이가 입맛을 다시며 담배에 불을 붙였다. 흥분해서 무거운 것도 잊고 해머를 흔들어 대던 보안관은 숨을 헐떡였다.

"하아…… 하아…… 또 와 줄까? 하아……."

"헥, 헥, 그럴 리가 없지. 씨발, 인생에 세 번 온다는 기회 중에 하나였을 텐데…… 아, 쌍, 그걸 놓쳤네……."

신입도 욕설을 퍼부으며 헐떡였다. 쇼핑과 피크닉을 겸해서 떠나온 들뜬 나들이 길의 분위기는 순식간에 상실감으로 무겁게 가라앉아 버렸다. 잠시 이어지던 어두운 침묵을 깬 것은 제니의 맑은 목소리였다.

"근데요……."

제니가 낙담한 네 남자를 돌아보며 웃는 얼굴로 입을 뗐다.

"생각해 보니까 굳이 구조해 달라고 할 필요가 없었나 봐요. 어제부터 음식도 마음껏 먹을 수 있고, 어엿하게 집도 있고……. 전 벌써 필요한 건 다 있는데요."

"정말? 진심이야?"

보안관이 감격스럽게 물었다.

음…… 천천히 고개를 돌려 번화가 쪽과 복지 센터, 보안관, 삼식이, 신입을 차례로 훑어보던 제니는 유빈의 얼굴에 이르러 시선을 멈추며 대답했다.

"네, 그렇다고 생각해요."

09

번화가는 정말로 텅 비어 있었다. 어제 이미 그 광경을 한 번 보았던 보안관 일행은 덤덤하게 걸어갔지만, 유빈에게는 적잖이 감격스러운 장면이다.

"우와…… 이거, 진짜……."

뭐라 표현할 말을 찾지 못한 유빈이 감탄사만 내뱉어 놓고 멍하니 서 있자, 제니가 뒤로 돌아와 팔을 잡아끌며 잘난 척을 한다.

"그것 봐요. 여기까지 올 가치가 있죠?"

"으, 응."

유빈은 고개를 끄덕일 수밖에 없었다. 일주일 내내 살아 움직이는 시체들의 것이었던 이 거리가 이제 그들에게 허락된 것이다. 그 이상한 기분은 직접 경험하지 않으면 모른다.

"저 가게가 괜찮을 것 같아요."

몇 군데의 옷 가게를 지나친 뒤, 제니가 가리킨 것은 등산 의류 브랜드 대리점이었다. 어차피 움직이기 편하라고 만든 옷들일 테고, 배낭도 지금 메고 다니는 것보다는 조금 더 나은 물건이었으면 하는 바람을 가지고 있던 터여서 모두 찬

성했다.

"잠시 대기."

가게 앞에 일행을 멈춰 세운 보안관이 해머를 가슴 높이로 들어 올린 채 안으로 걸어 들어갔다. 옷들이 가득 걸린 진열대나, 카운터, 탈의실, 그 모든 것들이 잠재적인 위험 요소이다. 보안관이 위를 살피고 걸어가는 동안, 유빈은 바닥에 엎드려 발 아래쪽을 살폈다.

"이제 들어와도 돼. 안전하다."

두 개의 탈의실을 모두 활짝 열어 본 후, 보안관이 뒤를 돌아보며 손짓을 한다. 쇼핑이 시작되는 순간이다. 제니가 가볍게 환호하면서 분위기를 띄운다. 유빈은 망보기를 맡았다. 나머지는 다들 옷을 집어 몸에 대 보고 거울에 비추기도 하면서 바쁘게 매장 안을 돌아다녔다.

"오빠, 이거 입어요. 이거 어울린다."

제니가 옷을 들고 와서 그의 어깨에 대 봐 주는 동안, 보안관은 헤벌쭉 입을 벌렸다. 비록 평소의 그라면 절대로 입을 것 같지 않은 알록달록한 컬러의 티셔츠였지만, 그런 게 무슨 상관인가. 제니가 나를 위해 옷을 골라 주는데. 보안관은 연신 빙글거리며 그저 좋아했다.

"보안관, 그거 너한테 별로 안 어울려. 이왕이면 검은색을 사. 근데 여기 너무 비싸다. 우리 다른 데 갈까? 티셔츠 하나에 5만 원이 넘어."

가격 태그를 주물럭거리기만 하고 옷은 하나도 고르지 않은 삼식이가 끼어들며 데이트 분위기를 깼다. 보안관은 발끈해서 삼식이에게 짜증을 냈다.

"더워 죽겠는데 무슨 검은색이야, 이 멍충아! 그리고 돈 받는 사람 없으니까 그냥 아무거나 집어. 비싸네 어쩌네 하는 소리 하지 말고. 그런 놈이 지금까지 음식은 어떻게 막 훔쳐 먹었는데?"

"에이, 그래도 찜찜하단 말이야. 혹시라도 나중에 다 갚으라고 하면 갚을 수 있는 만큼만 쓰고 싶어. 내가 먹은 음료수랑 음식 값이래야 얼마나 하겠어?"

"그래, 알았으니까 싫으면 관둬. 넌 내가 입던 거 벗어서 줄게. 공짜로 준다,

우정을 생각해서."

보안관과 삼식이가 바보 같은 주제로 티격태격하자 제니가 웃으면서 끼어들었다.

"삼식이 오빠, 걱정하지 마요. 만약에 정말로 그런 날이 오면 핑크 펀치의 제니가 다 계산해 드릴게요. 설마 우리 사이에 그 정도도 못 한다는 말은 안 할 거죠?"

"정말? 하…… 여자애들은 자꾸 이렇게 옷을 사 주려고 하더라. 그래도 부담 주긴 싫은데……."

"하하하, 부담 하나도 안 돼요. 저 엄청 벌었거든요. 그 돈들, 지금은 휴지랑 별로 다를 것 같지도 않지만."

결국 납득한 삼식이가 옷을 고르기 위해 순순히 물러났다. 보안관은 다시 제니와의 데이트 분위기에 빠져들었다. 티셔츠와 바지 몇 벌을 더 고르고 비가 내릴 때를 대비해서 돌돌 말면 조그만 백 속에 쏙 들어가는 바람막이도 챙겼다.

"이렇게 많이 가져갈 수 있을까?"

"배낭에 담아 가요. 이 정도는 있어야 번갈아 가며 입고 빨래도 하죠."

이미 그렇게 하는 놈이 있었다. 신입은 고가의 옷들만 닥치는 대로 커다란 배낭 속에 쑤셔 넣으며 매장을 바쁘게 돌아다녔다. 제니의 옷을 고르고 있을 때, 뒤에서 삼식이의 목소리가 들려왔다.

"나 이거 사 줘."

보안관과 제니가 돌아보자, 플래시가 켜지며 그늘 속에 있던 두 사람의 눈을 따갑게 비춘다. 하하하, 둘이 반응을 보이자 머리에 헤드 랜턴을 쓰고 있던 삼식이가 신이 나서 웃으며 산신령 흉내를 낸다.

"네 이노옴~ 보안과안! 너는 사람을 너무 많이 때렸다아~!"

"야, 그거 어디서 났냐?"

싸구려 개그에는 반응을 보이지 않으며 보안관이 묻는다.

"저쪽에 진열되어 있던데?"

"좋아 보인다. 그거면 굳이 플래시 안 들어도 되겠는걸? 사람 수만큼 챙기자."

보안관은 배낭을 집어서 골랐던 옷들과 헤드 랜턴을 집어넣었다. 쓸모가 있을 것 같아 램프형 랜턴도 하나 가져가기로 했다.

"유빈 오빠는 바지 사이즈 뭐 입어요?"

제니가 묻자 보안관과 삼식이가 얼굴을 마주 본다. 매일같이 붙어 다니지만 허리둘레 따위는 모른다.

"몰라."

둘이 입을 맞춰 대답하자 제니는 깜짝 놀란다.

"엑! 무슨 친구가 그래?"

"친구 허리 사이즈 같은 걸 어떻게 알아? 여자들은 알아, 그런 거? 우리 다 가지고 나간 다음 직접 와서 고르라고 하지, 뭐."

그래서 그들은 차례로 탈의실에 들어가 낡은 옷을 배낭에 넣고, 새 옷으로 갈아입고 나왔다. 비록 걸레와 크게 다르진 않았지만, 입고 있던 낡은 옷들을 버리지 않은 건 상당 부분 미신이 섞인 이유 때문이다. 이걸 입고 지금까지 무사히 살아남았으니까 왠지 푸대접을 해서는 안 될 것 같다.

"유빈아, 교대하자."

삼식이가 헤드 랜턴을 껐다 켰다 하며 자랑스러운 표정으로 부른다. 알록달록한 등산 티셔츠를 입고 커다란 배낭을 메고 나온 보안관을 보며 유빈이 아무 생각 없이 충고한다.

"야, 보안관. 그거 안 어울린다. 검은색 입지?"

보안관은 대꾸하지 않고 유빈의 등을 밀어 가게 안으로 넣었다. 잠시 후, 유빈은 왜 보안관이 그렇게 평소에 입지 않던 스타일로 빼입었는지 알게 됐다. 문제는 제니의 취향이었다.

"에이, 이거 입으라니까요. 이게 훨씬 예뻐요."

제니는 고집을 꺾지 않고 빨강과 파랑이 섞인 옷을 자꾸 강권한다. 물론 둘 다 원색이다. 저런 옷을 입어도 멋있는 사람은 바르셀로나 축구 선수들 정도밖에는 없을 거다.

 유빈이 평범한 회색이나 푸른색을 집으면 제니는 얼른 달려와서 그걸 던져 버리고 자기가 고른 옷을 내민다. 이번에 그녀가 내민 바지는 올리브색이 주를 이루고 노랑과 갈색, 검정까지 네 가지 색이 정신없이 섞인 놈이다.

 "제니야, 나…… 솔직히 좀 놀랐어. 너 패션 감각이 그런데 어떻게……."

 "그렇게 후진 패션 감각으로 어떻게 연예계에서 용케 버텼다고요? 지금 그런 말 하는 거예요?"

 "음…… 뭐, 대충 비슷해."

 "훗, 그거야 간단해요. 알려 줄까요?"

 제니는 코웃음을 치더니 유빈이 대답도 하기 전에 얼굴을 가까이 대고 귓속말을 한다.

 "난 뭘 입어도 예쁘거든요."

 입김이 간지러워서 유빈이 어깨와 목을 움츠리며 몸서리를 치자 제니는 또 개구쟁이처럼 깔깔 웃는다. 결국 하얀 면 티를 제외한 모든 옷은 그녀의 취향대로 골라졌다. 유빈까지 현란한 원색 셔츠와 올리브색 바지로 갈아입고 나서 그들 일행은 슈퍼로 향했다.

 쇼핑을 마쳤으니 이제 식사를 할 차례다. 유빈이 양초나 건전지, 빨랫줄, 라이터 따위의 생필품을 꼼꼼히 챙기는 동안 보안관과 제니는 장을 봤다. 도란거리는 소리로 미루어 봐서 오늘 메뉴는 즉석 카레인 모양이다.

 "보안관! 나 해머 좀 줘 봐. 이거 좀 따게."

 제니와 나란히 슈퍼에서 나오는 보안관에게 삼식이가 가리킨 것은 슈퍼 입구의 기둥에 자전거를 고정해 둔 자물쇠였다.

 "자전거네. 비켜 봐, 내가 부숴 줄게. 근데 뭘 하려고?"

 보안관이 카트에서 해머를 들어 올리며 물었다.

 "이거 타고 좀 멀리까지 가 보고 싶어서. 혹시 중간에 좀비들을 만나도 자전거보다야 안 빠를 테지."

"야, 자동차들이 막고 있는 쪽으로는 안 가는 게 좋을걸? 거기는 위험해."

보안관과 삼식이, 신입이 자전거에 정신이 팔려 있는 동안 유빈의 카트 쪽으로 다가온 제니가 다정히 부른다.

"오빠, 부탁이 있어요."

그 은밀함에 덜컥 걱정부터 든 유빈이 말을 더듬었다.

"뭐, 뭔데……."

"하하하, 뭘 그렇게 겁을 먹어요? 뭐냐면요……."

제니는 목소리를 낮춰 그들이 지나쳐 온 번화가 입구를 가리킨다. 예전에 제니가 숨어 있던 집의 아래층 속옷 가게다. 깨진 유리창 사이로 브래지어만 입은 마네킹이 넘어져 있다.

"저기 좀 같이 가 줘요. 아까 들렀어야 하는데 입이 안 떨어지더라고요. 오빠들도 속옷 필요하잖아요."

속옷이라고?

유빈은 잠시 제니의 얼굴을 가만히 들여다보았다. 일부러 놀리려는 것 같지는 않았다. 그들이나 그녀나 벌써 며칠이나 속옷을 계속 못 갈아입었다는 것도 사실이기는 하다. 위생적인 한계점을 이미 넘었을지도 모른다.

하지만…… 제니가 브래지어와 팬티를 고르는 모습을 가만히 지켜보고 있으라는 말인가. 내가 무슨 세계 4대 성인도 아니고…….

그는 고개를 저었다.

"난 지금 다리가 아파서 여차하면 싸움도 못 하는데. 저기…… 보안관이랑 같이 가."

"어우씨, 창피하다고요. 속옷 이야기 같은 거 하기 싫어요."

제니가 아랫입술을 내민다.

나한테는 했으면서 뭘 그래…….

유빈은 목구멍까지 올라왔던 말을 삼켰다. 그런 선택은 그녀의 자유니까 거기에 대해 가치 판단을 할 필요는 없다. 그러나 더 이상 제니에게 감정적으로 휘둘리기도 싫다. 유빈은 그냥 냉정하게 굴기로 작정했다.
"하여튼 난 못…… 아니, 안 갈래. 상처가 욱신거려서 가만히 서 있는 것도 힘들어. 미안해."
믿기지 않는 광경이라도 본 것처럼 제니의 눈동자가 잠시 흔들린다. 그러나 그녀는 이내 벌어졌던 입술을 다시 오므리고 표정을 바꾸며 웃었다.
"괜찮아요. 오빠 다친 걸 내가 금방 까먹었네요. 하하, 신경 쓰지 말고 밥 먹으러 가요."
돌아서서 걸어가는 제니의 뒷모습 때문에 마음이 깨지는 것 같았지만, 유빈은 이 결정이 옳다고 믿었다. 그녀와 단둘이 뭔가를 더 하면 할수록, 자꾸 욕심이 생겨서 결국 괴로워지는 건 그 자신이다.
애초에 문제의 싹은 만들 필요가 없어…….
유빈은 마음속으로 중얼거리며 자신을 설득했다.

애초 계획을 세웠던 대로 2층 커피 전문점 발코니에서 점심을 먹었다. 즉석 카레와 햇반을 데운 뒤에 커다란 그릇에 부어 놓고 비볐을 뿐이지만, 다들 오랜만에 맡아 보는 향기에 만족스러운 반응을 보였다.
후끈한 한낮의 열기를 식혀 주는 바람이 불어오는 점도 좋고, 제대로 된 의자와 테이블에 앉아 밥을 먹는 것도 마음에 들었지만, 거리의 풍경이 온통 짓뭉개진 시체들로 장식되어 있다는 점은 마이너스 요소였다. 카레를 입 안에 떠 넣고 아무 생각 없이 아래쪽으로 시선을 돌렸다가는 곧바로 욕지기가 올라올 수도 있다.
"위를 봐요. 하늘은 예전이랑 똑같아요."
눈 둘 곳을 찾지 못해 불안하게 눈동자를 굴리는 신입에게 제니가 말한다.
"아니, 나는 너만 볼 건데."
보안관이 굳은 의지를 담아 말하자 제니는 어처구니없다는 듯 웃는다.
"오빠가 그렇게 애교를 부려 봤자 와이셔츠만 입는 일은 없어요."

"큽! 그, 그거랑은 상관없잖아! 그리고 제발 그 이야기 좀 잊어버리면 안 돼?"

"어머, 어쩌지? 난 기억력이 엄청 좋은데……. 용서하되 잊지는 말라."

보안관을 놀리는 제니의 표정에서 속옷 가게에 함께 가자는 제안을 거절당했을 때의 그 의기소침함은 찾아볼 수 없다. 덕분에 유빈도 자기가 내린 결정에 대해 더 이상 신경 쓰지 않을 수 있었다.

식탁의 분위기가 제니와 보안관 중심으로 흘러가는 것 같아 위기감을 느꼈는지, 신입이 거드름을 피우며 말했다.

"밥 먹고 나서 서점에 좀 갔으면 좋겠는데, 정말 너무 오랫동안 책을 못 읽었어."

"책?"

이런 상황에서 그게 무슨 배부른 소리인가 싶어 모두가 신입을 향해 고개를 돌린다. 관심이 집중되자 신입은 만족스러운지 밉살스러운 미소를 짓는다. 아하, 이해했다는 표정으로 삼식이가 고개를 끄덕였다.

"신입, 너도 똥 쌀 때 만화책 보는 타입이구나. 그런 애들 꽤 많더라."

"만화책 같은 건 유치해서 안 봐. 칸트를 읽고 싶어. 이럴 때일수록 그런 걸 읽어 줘야 마음의 평화가 생기니까."

"칸트? 그건 소설이야?"

누가 봐도 허세인데 삼식이는 진지하게 반응한다. 신입은 고개를 저으며 거드름을 피웠다.

"나 참, 책 제목이 아니라 철학자 이름이다. 세계적인 철학자 칸트를 모르냐? 크크크, 하여간……. 야! 겉으로 보이는 몸뚱이만 멀쩡하면 뭐 해, 여기가 비었는데."

집게손가락으로 머리를 가리키고 있는 신입에게 발끈한 보안관이 쏘아붙였다.

"아, 그 새끼, 진짜 말도 어지간히 밉살맞게 하네. 그래서 네가 읽으려는 책 제목이 뭔데?"

"응?"

예상치 못한 질문이었는지 신입이 갑자기 멈칫한다.

"그렇게 잘난 책 이름이 대체 뭐냐고?"

"카, 칸트는 다 좋아."

후드득.

바람이 유난히 시원하게 분다 싶더니, 곧바로 굵은 빗방울들이 세차게 쏟아져 내린다. 아직 햇살은 그대로인데 갑자기 쏟아져 내린 여름 소나기가 차양을 두드리자, 관심은 금세 칸트에서 여우비로 옮겨 갔다.

궁지에 몰려 있던 신입은 몰래 한숨을 내쉬었다. 빗방울이 섞인 바람이 불어 들어와 테이블에 쌓아 두었던 커피 전문점 냅킨을 사방으로 날린다.

"태풍인가? 바람이 심상치 않네."

유빈이 동쪽 하늘에서 밀려드는 먹구름을 보며 걱정스럽게 중얼거렸다. 일기 예보를 들을 수 없으니 당장 내일 큰 규모의 태풍이 몰아치더라도 대비할 수조차 없을 것이다.

"우와, 저기 저것 좀 봐."

삼식이가 대단한 걸 발견하기라도 한 사람처럼 손가락질을 한다. 모두의 눈동자가 그곳으로 쏠렸다.

"저거, 카레 색깔이랑 완전히 똑같아. 밥알도 보인다."

터진 좀비의 머리통에서 썩어 탁해진 뇌수가 빗물에 쓸려 흘러나온다. 움직이는 놈들과 달리 죽어 버린 좀비의 시체에서는 구더기가 들끓고 있었다.

탁, 삼식이를 제외한 네 사람이 동시에 수저를 내려놓았다. 이제 한동안 카레는 먹을 수 없을 것이다.

Chapter 17
시가전

01

"소위님, 저희 탄약 부족합니다. K-3도 탄약통 두 개 다 비웠습니다."

작전이 시작되기 전, 이 병장은 빈 탄창을 모아 내밀며 소위에게 보급을 요청했다. 다른 분대의 병사들은 자신들이 투입될 경로를 확인하느라 웅성거린다.

특임대는 레펠로 인근 건물 옥상들에 저격조를 배치하고 홈플러스 옥상으로 진입할 계획이다. 우회로에서 일어난 일에 대해 모르는 소위가 이해할 수 없다는 표정을 지었다.

"1분대, 너희인가? 왜? 뭘 하느라 150발이나 되는 실탄을 벌써 다 썼다는 거야?"

"갈림길에서 규모 둘이 넘는 좀비들을 만나 섬멸했습니다. 적어도 100여 마리는 됩니다."

"빈 탄창이 이것뿐이야?"

"나머지는 좀비 시체 더미랑 섞여 있습니다. 그것까지 챙길 여유가 없었습니다."

당당하게 말하는 이 병장을 보면서 진우는 뒤가 켕겨 가슴이 콩닥거렸다. 그의 배낭 안에는 아직도 김 상병이 훔쳐 낸 예비 탄창들이 들어 있다.

"후후후, 아군 피해 없이 100마리를 잡았다고? 너희 분대 단독으로? 그런 화기만 가지고? 아하하, 이 새끼들."

헬기를 향해 이동하던 중 둘의 대화를 들은 특임대 장교가 어처구니없다는 듯 웃으며 지나친다. 웃음소리를 내지는 않았지만, 다른 특임대원들의 어깨도 들썩인다.

그런 화기라고? 국방부에서 전시에 싸우라고 지급한 무기가 이건데?

무시당하는 것 같아 기분이 상한 이 병장은 경례를 하면서도 소령의 고글 낀 얼굴을 빤히 노려보았다.

"발포하는 소리도 못 들으셨습니까?"

이 병장의 도발에 소령이 걸음을 멈췄다.

"총소리는 방아쇠만 당기면 나는 거야. 그렇다고 해서 명중시킨 건 아니지. 그래, 정말로 규모 삼짜리 좀비들을 처리했다고? 100마리 확실한가? 혹시 열 마리 잡는 데 천 발을 쏟아부은 건 아니고? 세어 봤어? 대답해 봐."

소령은 이 병장의 얼굴에 바짝 대고 위압적으로 말했다. 이 병장이 특유의 뻔뻔한 얼굴을 그대로 유지하며 대답했다.

"저희 부대는 죽은 좀비 머릿수 같은 건 안 셉니다."

"왜? 현실을 똑바로 보는 게 무서운가?"

"그딴 걸 셀 시간에 움직이는 놈들 잡는 게 낫습니다. 천 마리 넘게 죽여 보면 아시게 됩니다."

"뭐, 이 새끼야?"

소령이 잡아먹을 듯 이 병장에게 달려들어 정강이를 세게 걷어찼다. 이 병장은 뒤로 밀려 주춤거리면서도 다시 얼굴을 들어 소령의 얼굴을 빤히 쳐다봤다.

"차렷! 똑바로 서, 이 새끼야."

자세와 복장을 가지고 갈구기 시작할 모양이다. 분위기가 필요 이상으로 가열된다. 소령과 이 병장을 중심으로 둘러선 특임대와 육군들은 서로를 노려보며 눈을 부라렸다.

"소령님."

소위가 아주 적절한 톤과 크기로 목소리를 유지하며 끼어들었다.

"제 부하들입니다. 부족한 점이 있으면 제가 교육하겠습니다."

"늦었어, 소위! 평소에 똑바로 가르쳤어야지!"

"저희 대대장님의 교육 방침은 늘 확실히 주입하고 있습니다."

대대장인 중령을 은근히 개입시키자 계급 놀이가 복잡해졌다.

"병사들 관리 똑바로 해. 발목 잡으면 그냥 넘어가지 않겠다."

죽일 것처럼 소위를 노려보던 소령은 그 말만 남긴 채 부하들을 거느리고 사라졌다. 고개를 빳빳이 들고 무표정하게 서 있던 소위는 특임대 전체가 코너를 돌아 나가자 이 병장을 향해 입을 열었다.

"조금 전 장교를 대하는 자네의 태도는 용납될 수 없는 거였다."

"부대 전체가 무시당하는 것 같아서 참을 수가 없었습니다."

이 병장의 말에 소위가 살짝 입꼬리를 올리자, 부러진 콧대를 감싼 쇠 보호대가 같이 씰룩거린다.

"그런 건 말이 아니라 몸으로 증명하는 거다. 예비 탄약 지급해 줄 테니, 이번 작전에서 실적으로 기를 확 꺾어 버려."

보급병에게 트럭에서 탄약을 가져다주라고 지시한 소위는 은근히 물었다.

"많이 아파?"

"못 알아들었습니다."

"소령님에게 차인 곳 말이야."

"맞은 줄도 몰랐습니다!"

"복귀할 때 사유서를 써 주겠다. 점호 때 무슨 상처냐고 물으면 보여 드려."

이 병장이 허세를 부리자, 기분이 좋아진 소위는 장갑차에 오르며 웃었다. 이 병장은 분대원들을 향해 돌아서며 이마를 찌푸렸다.

"아야야, 씨발. 아우, 존나 제대로 맞았다."

"어후, 그러게 왜 그렇게 도발을 하십니까? 걔들 아까 노려보는데, 전 아군끼리 싸움 나는 줄 알았습니다."

얼른 쪼그려 앉아서 이 병장의 정강이를 문질러 주던 김 상병이 한숨을 뱉어 냈다.

"열받으니까 그렇지. 특임대 소령이라고 끼어들어서 깐족거려도 된다는 법 있냐? 우리가 걔네보다 덜 뺑이 치는 것도 아니고. 오늘만 해도 우리가 죽인 놈들이 더 많았어."

"탄약도 제가 훔쳐 온 게 있었으니까 꼭 달라고 하지 않아도 됐지 말입니다."

"그건 이미 우리 거야. 요즘 같아서는 꼬불쳐 둘 필요도 있을 것 같아······. 야, 좀 살살 문질러라, 이 새끼야. 네가 누르는 게 더 아프다. 일부러 그러냐?"

타박을 당하면서도 김 상병은 열심히 입김을 불어 준다. 이 병장은 고개를 들고 분대원들에게 말했다.

"혹시라도 이 일 때문에 괜히 특임대 애들 기죽여 보겠다고 설치는 놈 있을까 봐 하는 말인데, 오버하지 마. 좀비 한 마리 더 죽인다고 아무도 알아주는 사람 없어. 우리 목표는 전역할 때까지 분대 전원이 더 이상 다치지 않는 거다. 손실은 김 일병 하나로 족해. 알았지?"

김 일병은 분대가 새로 꾸려진 첫날 장갑차 안에서 아군의 유탄에 관통상을 입고 후송된 녀석이다. 넷! 분대원들은 한목소리로 대답했다. 이 병장은 고개를 끄덕인 뒤, 말을 이었다.

"저 사거리를 지나면 홈플러스까지 600미터 정도다. 짧다면 짧고, 길다면 존나게 긴 거리야. 자동차가 서 있어서 시야도 불량해. 모두 정신 바짝 차리고 따라와. 정 상병, 김 상병, 너희는 강 일병 안경 챙겨 주고, 그리고 박 이병."

"네."

진우가 대답했다. 관등성명을 대는 허식 따위는 벌써 예전에 사라졌다.

"네가 제일 잘해야 돼. 너한테 탄창 몰아주는 이유 알지? 분대원들 엄호 확실히 해라."

"네, 병장님."

진우는 분대원들의 얼굴 하나하나를 돌아보며 대답했다. 그러는 동안 탄약이 도착했고, 머리 위로 헬기가 지나간다. 요란한 무한궤도 소리와 함께 전진하는 장갑차들의 뒤를 밟으며 보병들이 이동을 시작했다.

"좋아, 우리도 움직이자!"

이 병장의 명령과 함께 탄창을 나눈 분대원들은 두려움과 결의가 반반씩 섞인 표정으로 중앙로 6차선을 향해 발을 내디뎠다. 헬기가 지나면서 좀비들이 위치한 곳에 발사해 둔 신호탄에서 붉은 연기가 피어오른다. 연기 기둥이 적어도 예닐곱 개는 되었다.

"으, 더워."

이글거리는 여름 한낮의 아스팔트에 장갑차에서 뿜어져 나오는 열기가 더해지며 강 일병을 보호하기 위해 바짝 붙어 걷던 김 상병의 입에서는 앓는 소리가 나온다. 다른 병사들 역시 굳이 말은 하지 않았지만, 숨이 턱턱 막히는 것 같았다.

교동로와 만나는 사거리에서 병력을 둘로 나누었다. 원래부터 삼척에 주둔하고 있던 소대의 잔여 병력이 홈플러스의 측면을 타격하기 위해 우회해서 이동하는 동안, 열두 시 방향에서는 사람의 낌새를 느낀 좀비들이 괴성을 지르며 몰려오고 있다.

02

쾅쾅쾅쾅~! 쾅쾅—!

K21 장갑차의 40㎜ 기관포가 요란한 소음과 함께 복합 기능탄을 잇달아 발사한다. 도로를 막고 있던 자동차들이 폭발하면서 불길이 치솟아 오르고, 기능

탄들이 순차적으로 공중 폭발 하며 달려들던 좀비들을 산산조각 냈다.

꾸우웅—.

구부러진 교차로의 신호등이 짐승의 신음 같은 소리를 내면서 넘어지며 뒤이어 달려오던 좀비들을 덮친다.

"우리 소대장도 특임대 애들한테 잘난 척 좀 하고 싶은 것 같은데?"

늘 7.62㎜ 동축 기관총만 쏘아 대던 장갑차가 유례없이 화려한 화력 쇼를 퍼붓자, 김 상병이 히죽거렸다.

퍼어엉~! 퍼어엉!

세워져 있던 차량들 사이로 불길이 번지며 연쇄 폭발이 일어났다. 순식간에 6차선 전체에 걸쳐 연기가 뿜어져 나오는 통에 전방의 시야가 흐려졌다. 불이 붙은 채 달려오던 좀비들이 폭발의 여파를 이기지 못하고 날아가 상가 유리창에 꽂힌다.

타앙— 탕— 탕—.

홈플러스에 인접한 산림 조합 건물과 길 건너편의 하이마트 옥상에 헬리콥터 레펠로 자리를 잡은 특임대 저격수들이 아래쪽 도로를 향해 발사를 시작했다.

"아홉 시 좀비!"

쿠르르르—.

사거리의 왼편에서 몰아쳐 오는 놈들을 저지하기 위해 2호 장갑차가 뒤로 빠진다. 덕분에 열을 맞춰 뒤를 따르던 보병들의 진영은 사방으로 흩어졌다.

콰장창!

2층 건물들마다 창문을 깨고 거리로 뛰어내리는 좀비들이 더해지자 놈들의 무리는 점점 더 불어난다. 골목마다 다만 몇 마리씩이라도 좀비들이 쏟아져 나오고 있었다. 이쯤 되면 규모 삼이라던 애초의 보고가 잘못되었다고밖에는 생각할 수 없다.

"뒤로 빠져! 멍하니 서 있다가 깔린다! 박 이병! 길 터!"

이 병장이 분대원들을 이끌고 세 시 방향의 골목으로 뛰어들었다. 선봉에 선 채 달려들던 좀비들의 머리통을 날려 버린 진우가 물었다.

"직진합니까?"

"좌회전한다!"

타타타―.

뒤를 돌아본 짧은 순간에도 좀비들은 한두 마리씩 계속 뛰어든다. 진우가 코너를 살피는 동안 전방은 정 상병이 K-3를 훑으며 커버했다.

크롸아악―!

가정집 옥상에서 뛰어내린 좀비 네 마리가 그로테스크한 자세로 몸을 일으키며 울부짖는다. 엉망으로 뼈가 부러져 버린 탓에 뛰지는 못하지만, 어기적거리면서도 꾸준히 기어온다. 목표는 김 상병과 강 일병이었다.

좀비들이 한 걸음씩을 뗄 때마다 부러진 뼈가 살을 뚫고 나왔다. 모두 알록달록한 속옷만 입고 있는 여자들이었고, 머리카락 길이나 색깔로 미루어 보아 좀비로 변하기 전에 꽤나 젊었을 것 같다.

"아으~ 이 계집애들아, 한 열흘 전에 이렇게 달려들어 줬으면 얼마나 좋았냐?"

김 상병이 눈살을 찌푸린 채 물러나다가 결국 방아쇠를 당겼다.

투투투투―.

제아무리 김 상병이라고 해도 쉽게 빗맞히기 어려울 만큼 가까이 접근해 있던 터라, 좀비들은 엉망으로 터져 나갔다. 이 병장이 거들어서 머리통을 쏘아 정리했다.

"하아, 하아…… 속옷인 줄 알았는데, 비키니네."

혐오스러운 표정으로 시체를 살피던 김 상병이 중얼거렸다.

"이 새끼, 이상한 취향이야? 지금 이 상황에 그런 걸 왜 따져?"

중국집 후문 사이로 고개를 내미는 놈들을 향해 사격하면서 이 병장이 타박했다. 김 상병이 고개를 저었다.

"그런 거 아닙니다. 수영복 입은 좀비는 처음 보는 거라 신기해서 그럽니다."

"7월에 동해 바다니까 당연히 수영복 입은 사람 많지!"

"그렇구나……. 휴가철이었지. 그런데 이 병장님, 이상하지 말입니……."

콰아앙!

누군가의 총알에 맞아 LPG 가스통이 폭발하는 바람에 놀란 김 상병은 말을 끊었다.

"쓸데없는 소리 작작 하고 열심히 싸워!"

유리 조각 비가 한차례 쏟아지고 난 뒤, 진우를 따라 앞쪽으로 뛰어나가며 이 병장이 소리를 질렀다. 순식간에 머릿속에서 생각을 놓친 탓에 무엇 때문에 잠시 고민했는지를 잊어버린 김 상병도 큰 소리로 대답하며 방아쇠를 당겼다.

"알겠습니다! 병장님! 저만 믿으십쇼!"

사방에서 좀비들이 뛰어나와 한데 뭉쳐 달려온다. 정 상병의 K-3는 여섯 시 방향을 청소하는 데만도 벅차서 전방 지원사격 같은 건 꿈도 꿀 수 없다.

투투투투투둑— 투투투투둑—.

놈들은 불과 30~40미터 뒤의 코너 양쪽에서 뛰쳐나오고 있다. 이쪽에 닿기까지의 시간은 불과 4초 내외. 잠시라도 방심하거나 시야에서 놓치면 그걸로 끝이다.

"머뭇거리지 마! 빨리 전진해!"

정 상병이 진땀을 흘리며 K-3의 방아쇠를 당겼다.

끄아아악— 옆 블록에서 요란한 총소리를 뚫고 사람의 비명이 들려오자 모두 등골이 오싹해진다.

투두둑! 투앙! 투두둑!

진우가 전방을 훑을 때마다 뛰어오던 좀비들이 뇌수를 뿌리며 고꾸라졌고, 그렇게 해서 생긴 공간을 향해 분대원들이 돌진했다. 코너의 우유 대리점 앞에 세워진 조그마한 트럭을 진지로 삼아서 달려드는 좀비들을 처리하고 잠시 숨 돌릴 틈을 얻은 김 상병이 욕설을 내뱉었다.

"이런 씨발! 어떤 개새끼가 규모 삼이라고 한 거야? 천 마리도 훨씬 넘겠구만!"

"원래 여기 방어하던 새끼들이겠지."

정 상병의 대답을 듣고 나자 더 화가 난다는 듯 김 상병이 목소리를 높인다.

"하여간 별 등신 같은 새끼들! 만나기만 하면 아주 아작을 내 줘야지!"

"……그런데 저희가 그렇게 보고한 게 아니지 말입니다."

다 죽어 가는 기세로 등 뒤에서 속삭이는 낯선 목소리 때문에 분대원들은 일제히 뒤를 돌아보았다. 바짝 마른 이병 하나가 당황한 얼굴로 그들을 마주 보고 쪼그려 앉아 있다. 바로 곁에서 여섯 시를 감시하던 정 상병도 놀란 표정이다.

"어! 너 뭐야?"

생전 처음 보는 다른 부대 병사를 향해 김 상병이 물었다.

"네, 이병 성낙수!"

"아니, 이름 말고, 이 어리바리한 새끼야. 뭐 하는 새끼냐고?"

"시청 방어 중대 소속입니다."

"조난 신청했던 부대?"

"예, 그렇습니다."

"그런데 왜 우리 뒤를 따라왔어? 너희 부대는 주유소 사거리에서 아홉 시로 갔는데?"

"저…… 저는 그냥 계속 앞사람 뒤통수만 보고 뛰었는데……."

"정신 차리고 보니까 여기다, 그런 이야기야?"

"그렇습니다."

불안함이 가득한 눈동자를 굴리며 이병이 대답한다. 김 상병은 불쌍하다는 듯 혀를 찼다.

"쯧쯧, 그래, 규모 삼이라는 보고를 안 했다고?"

"어제 아침까지는 분명히 규모 삼이 가장 큰 무리였고, 그렇게 보고했었습니다. 그런데 갑자기 어디에서 왔는지 생전 보이지도 않던 넷짜리가 나타나서……."

"전방 확보! 이동합니까?"

김 상병이 총성 속에서 낙오병과 대화를 나누는 동안 탄창 두 개를 비우며 좀비들을 작살낸 진우가 고개를 돌리며 외친다. 머리를 내밀어 좌우를 살피던 이 병장이 인상을 쓴다.

"젠장, 지금 우리가 어디 있는 거냐? 하도 뱅글뱅글 돌았더니 홈플러스가 어딘지도 모르겠어!"

"좌측으로 가면 대로! 직진하면 배후입니다!"

"그래. 박 이병, 네가 그렇다면 그런 거겠지! 좋아! 직진해! 야! 너도 움직여!"

이 병장은 낙오병의 등을 잡아끌며 전진했다. 머뭇거리는 사이에도 두 시 방향의 골목에서는 어디선가 꾸역꾸역 몰려온 좀비들이 날카로운 괴성을 내지르며 미친 듯이 몸을 날린다.

진우의 총성을 시작으로, 분대원 전체의 탄약이 일제히 한 방향을 향해 쏟아졌다. 유리창이 깨지고 살덩이가 터져 날아간다.

"저기! 저기!"

다급해진 낙오병이 정확한 방향이 아니라 '저기'라는 막연한 어휘만 되풀이하며 손짓을 한다. 진우와 김 상병은 낙오병의 손가락이 가리키는 아홉 시 쪽으로 총구를 돌렸다.

3미터 폭의 넓지 않은 골목을 가득 메우고 대량의 좀비들이 몰려온다. 정 상병은 후방을 긁는 중이어서 이쪽에 신경을 써 줄 여유가 없어 보였다.

드르르르륵! 드르르륵!

하늘로 기세 좋게 연사를 퍼부은 김 상병은 진우가 여섯 마리를 쓰러뜨리는 동안 곧바로 탄창을 갈아 끼우고 다시 방아쇠를 당긴다.

콰장창!

주변 건물 2, 3층의 유리창들이 비처럼 쏟아져 내리며 좀비들의 몸에 박혔다.

"김 상병님!"

진우는 이를 악물고 좀비들의 머리를 날리며 김 상병을 불렀다. '제발 그렇게 하지 말고 다리를 쏘십쇼!'라고 간청할 참이었다. 놈들은 동료의 박살 난 머리통을 밀치고 계속 달려든다.

얼핏 보아도 남은 놈들이 20마리는 넘는다. 낙오병의 사격 실력도 의지할 만한 것은 아니었고, 이렇게 하다가는 탄창을 갈아 끼울 시간이 없어서 당한다.

우지지직!

끼우웅—.

3층 건물에 매달려 있던 커다란 당구장 간판이 앞으로 기울며 둔한 소리를 낸다. 그러더니 곧 가속도가 붙어 빠르게 떨어져 내렸다. 김 상병이 하늘로 쏘아 올린 총알에 의해 지지대가 박살 나 버린 것이다. 간판은 맞은편 건물의 에어컨 실외기를 때리면서 반으로 잘린 채 아래로 꽂혔다.

콰자작!

세차게 추락한 간판의 첫 번째 조각은 좀비들의 목을 때리면서 길을 막았고, 그 위로 다시 에어컨 실외기와 간판의 다른 조각이 덮쳐졌다.

콰아앙—!

육중한 쇳덩이와 간판들이 좀비들의 뼈를 엉망으로 꺾고 바닥에 널브러지자, 좀비들의 수효와 진격 속도 모두가 눈에 띄게 줄어들었다. 이제는 장애물을 뛰어넘어 달려드는 놈들만 정리하면 된다.

"허어—!"

자신의 성과를 가장 믿을 수 없던 것은 물론 김 상병이었다. 그는 방아쇠를 당기는 것도 잠시 잊은 채 깔려 버린 좀비들을 바라보며 탄성이 섞인 한숨을 내쉬었다.

김 상병과 낙오병이 그 예기치 못한 놀라운 전과에 감탄하는 동안 진우는 아직 움직이는 놈들의 대갈통에 총알 한 방씩 박아 넣었다.

"전방, 안경 가게!"

앞쪽에서 누군가 외친다. 안경이 그려진 간판을 확인한 분대원들은 모두 일사불란하게 코너를 돌아 그쪽을 향해 뛰어간다. 다만, 낙오병은 난데없이 안경 가게로 몰려가는 영문을 몰라 그들을 따라 열심히 달리면서도 좌우의 눈치를 살폈다.

"박 이병! 엄호해!"

이 병장이 김 상병을 대동하고 소방도로를 가로질러 가게 안으로 뛰어들면서 외쳤다. 시간을 끌 여유는 없다.

투투툭! 투투둑!

진우는 두 선임을 덮치려던 좀비들을 정리하고 길을 터줬다. 고개를 디밀어 카운터 안쪽이 안전한지를 확인한 김 상병이 서랍을 열고 안쪽에 있던 안경집들을 닥치는 대로 쓸어 담는다. 모두 영수증이 붙은 것들이다.

"이 집, 돈깨나 벌었던 모양입니다!"

김 상병이 배낭을 여미며 실없는 소리를 한다. 운 좋게도 예상했던 것보다 제작되어 있던 안경이 많았다.

"훔치는 거 아니야! 무기로 쓰는 거다, 무기! 아까 지형지물로 좀비 잡는 거 봤지?"

눈을 똥그랗게 뜨고 있는 낙오병을 지나치며 김 상병이 묻지도 않은 것에 대한 변명을 늘어놓는다.

그런가? 하긴 간판을 날려서 좀비도 잡았으니까. 그런데 안경은 또 무슨 기능을 하는 걸까?

그런 계산을 열심히 하고 있는 게 낙오병의 얼굴에 고스란히 드러났다.

"안경이 대체 무슨 무기……."

아무리 생각을 해 봐도 알 수 없었는지 낙오병이 머뭇거리며 물었다. 김 상병은 손바닥으로 녀석의 하이바를 탁, 치고 나서 얼굴빛 하나 변하지 않고 태연하게 말했다.

"잊어버려! 상병 달면 배우는 기술이니까! 너 이 새끼야, 호기심 많으면 일찍 죽는다!"

"다시 전진!"

진우, 정 상병과 함께 앞쪽의 좀비들을 정리한 이 병장이 목소리를 높였다.

"하아, 하아……."

시체를 밟고 미끄러졌다가 다시 일어난 강 일병이 소매를 들어 땀을 닦아 낸다. 앞이 제대로 보이지 않아 정 상병의 뒤에 바짝 붙어 이동하는 것만으로도 굉장히 지쳐 있었는데, 이제는 발목까지 삐끗했다. 뒤처진 강 일병을 돌아본 이 병장이 명령했다.

"오 일병! 김 상병! 너희가 강 일병 챙겨! 뛰어야 돼!"

김 상병은 얼른 몸을 돌려 강 일병에게 뛰어간 뒤 팔을 잡아 어깨에 둘렀다. 정 상병과 역할을 바꾼 진우가 후방을 경계하며 놈들이 모습을 드러낼 때마다 차례로 쓰러트렸다.

제아무리 김 상병이 애를 써도 이인삼각처럼 달리는 것은 느려질 수밖에 없고, 좀비들이 달려드는 전장에서 속도가 줄어드는 것은 치명적이다. 분대와의 간격이 벌어지자 강 일병이 분한 목소리로 울먹였다.

"죄송합니다. 저 때문에……."

"새꺄, 그딴 소리 하지 마! 내가 다치면 넌 안 끌어 줄 거야?"

김 상병이 단호하게 말하며 자신의 배낭 어깨끈을 두드렸다.

"너 줄 거 여기 잔뜩 있다! 작전 끝나자마자 이 중에서 골라!"

대로 쪽에서는 여전히 바쁘게 울리는 총성, 폭발음과 함께 비명이 섞여 들려온다.

끄아악— 안 돼!

좀비 떼를 열심히 헤쳐 나가다가도 그런 소리가 고막을 울릴 때마다 모골이 송연해져서 자연히 멈칫거리게 된다.

타아앙— 타아아앙— 타아앙—!

건물 옥상에서 특임대의 저격 지원이 쉴 새 없이 이어지고는 있지만, 대로의 상황은 어지간히 심각한 모양이다.

"다른 데 신경 쓰지 마! 움직여! 계속 쏴! 정신 똑바로 안 차리면 우리가 죽는다! 정 상병, 세 시!"

투투투투투투둑—.

이 병장의 지시를 받은 정 상병이 K-3의 방향을 돌려 오른편 갈림길을 훑었다.

팅팅티디딩—.

길 한쪽에 일렬로 세워진 자동차들이 자연 엄폐물이 되어 버려서 총알의 절반 이상이 차체를 맞고 튀었다.

투르르르륵—.

다시 한번 갈겨 봐도 쓰러지는 놈들의 수는 손에 꼽을 정도다.

펑— 퍼엉—.

쨍강!

애꿎은 자동차 창문과 타이어만 잇달아 터져 나가는 동안 좀비들은 훨씬 가까워졌다. 나머지 병사들도 모두 열심히 전방의 놈들을 상대하고 있어서 화력의 여유는 없었다. 하지만 이제는 너무 위험한 지경이 되어 버렸다.

"박 이병! 세 시!"

급박해진 정 상병이 지원을 요청했다. 진우가 막 몸을 돌리는 순간, 연료통을 맞은 소형차가 폭발하며 들썩인다. 그 사이로 달려오던 좀비들의 머리와 옷에 곧바로 불이 옮겨붙었다.

쏟아지는 유리 조각들을 피하기 위해 숙였던 고개를 다시 들었을 때, 놈들과의 거리는 10미터 남짓. 끔찍한 형상으로 달려드는 놈들을 향해 진우는 필사적으로 총알을 꽂아 넣었다.

이빨을 드러내며 달려드는 좀비도 무섭지만, 온몸이 불덩어리인 녀석들과 근접전을 벌이는 것에는 비할 바가 못 된다.

파앙— 파파방— 파파팍—.

진우의 총구가 머물렀던 방향에는 불덩어리가 된 시체들만 남아 검은 연기를 피워 올린다. 오징어 타는 냄새가 연기와 함께 거리를 가득 메웠다.

"차 뒤에 가려진 새끼들! 그 새끼들 잡아! 넘어오는 놈들은 내가 정리할게!"

자동차를 넘어 달려드는 놈들을 박살 내면서 정 상병이 다급하게 외쳤다.

어떻게?

명령을 받은 후 잠시 멈칫하던 진우는 근거리에 남은 두 마리를 모두 사살하고 나서 탄창을 갈아 끼우며 납작 엎드렸다. 자동차 타이어 사이로 뛰어다니는 발이 보인다. 가장 앞의 놈부터 다리를 날렸다.

타앙—.

그런 후, 바로 그 자리를 내딛는 또 다른 좀비의 발에도 진우의 총알이 꽂힌다.

크라악—!

발목이 잘려 나간 좀비들은 제자리에 호되게 고꾸라진다. 넘어진 머리통 높이가 자신의 시선과 일치하는 그 순간, 진우는 방아쇠를 당겼다.

퍼억— 퍼억—!

놈들의 머리에 커다란 구멍 하나씩이 뚫리는 것을 곁눈질로 확인하면서 진우는 곧바로 총구를 돌려 차례로 등장하는 또 다른 녀석들의 발을 겨눴다.

빨간색 하이힐.

타앙!

묵직해 보이는 등산화.

타앙!

먼지가 뽀얗게 낀 검정 구두, 98년형 에어조던, 뼈가 드러난 맨발.

타앙! 타앙!

보이는 발마다 두 쪽 모두 날려 버렸고, 그 지점에서 별로 떨어지지 않은 도로에는 발목이 날아가서 제대로 몸을 일으키지 못하고 비틀거리는 좀비들의 무더기가 쌓였다. 기동력을 상실한 놈들 정리는 정 상병이 맡았다.

계속해서 발목을 날리던 진우가 일순간 멈칫한다. 잠시 사이를 두고 자동차 바닥과 도로의 틈에 나타난 것은 워커였다. 검은색 군용 워커가 계속해서 들이닥친다. 하마터면 아군을 쏠 뻔했다는 생각이 들자 식은땀이 등줄기를 타고 흐른다. 진우는 한숨을 내쉬면서 외쳤다.

"몇 분대야? 신호를 하고 들어와야지! 쏠 뻔했잖아!"

대답이 없다. 진우가 몸을 일으키는 동안에도 저쪽에서는 워커 소리만 울릴 뿐, 아무런 말이 들려오지 않는다.

싸사사삭—.

자동차 지붕 위로 위장 무늬 하이바들이 이쪽을 향해 바쁘게 다가온다. 정 상병과 서로 마주 본 진우는 심상치 않은 기운을 느끼고 뻐근한 어깨에 총구를 바짝 붙였다.

첫 번째 녀석이 모습을 완전히 드러냈다. 아군이 맞네, 라고 생각한 순간, 무언가 낯설다. 총을 들고 있지 않았다.

"이…… 이런 씨발."

정 상병이 힘없이 욕설을 내뱉었다. 손에서 총을 놓은 채 어깨를 늘어뜨리고 달려오는 병사들, 군복에 가득 튀어 있는 핏자국, 떨어져 나간 팔목과 살점들……. 얼룩무늬 군복을 입은 좀비들이 자동차 엄폐물을 지나쳐서 진우의 분대를 향해 똑바로 돌진해 오고 있다.

어느새 이렇게 당해 버린 것일까? 우리도 여기에서 곧 저런 꼴이 되어 버리는 걸까?

사복 입은 좀비들을 대할 때와는 그 기분이 완전히 달라서 남의 일이 아니라는 게 절실하게 와닿는다. 그 흉측한 모습을 보는 것만으로도 머리가 아득해지는 것 같다. 전방을 정리하느라 뒤늦게 측면의 사태를 파악한 분대원들이 일제히 얼굴을 일그러뜨렸다.

"젠장!"

겨우 정신을 추스른 정 상병이 K-3의 방아쇠를 당긴다.

투루루루루룩—.

사나운 기세로 날아간 5.56㎜ 총알들이 군복 좀비들의 내장을 후방으로 날려보내고 뼈를 부러뜨린다. 그러나 하이바가 지켜 주는 머리통만은 단번에 뚫리지 않았다. 머리통이 박살 나지 않은 좀비들은 충격에 의해 뒤로 날아갔다가도 곧바로 몸을 일으켜 뼛조각들을 덜렁거리며 다시 달려들었다.

그롸아아악!

가장 앞선 놈이 아가리를 쩍 벌리고 쉰 목소리로 울부짖으며 몸을 던졌을 때, 진우의 K-2가 불을 뿜었다.

투투둑—.

얼굴이 박살 난 좀비가 앞으로 고꾸라지고, 놈이 쓰고 있던 하이바는 뇌수와 함께 뒤쪽 하늘로 튀어 오른다.

투두둑— 투둑— 투두둑—.

진우는 무표정한 얼굴로 바쁘게 총구를 움직여 정확하게 3점사를 퍼부어 놈들을 순서대로 쓰러뜨렸다. 예전에 민간인이었든 군인이었든 달라진 건 없다. 다만, 표적의 크기가 절반 이하로 줄어들었을 뿐이다. 이놈들을 쓰러뜨리고 살아남기 위해서는 하이바가 보호해 주지 않는 얼굴을 관통시켜 뇌를 날려야 한다.

문제는 좀비들이 늘 그렇듯, 이 녀석들도 고개를 비스듬히 숙인 채 아가리를 벌리고 달려든다는 것이다.

"쏴! 아무 데라도 계속 쏴!"

놈들이 가까워지면서 이 병장의 목소리도 점점 다급해진다.

파파파파파바—!

정 상병과 분대원들이 거친 난사로 좀비들의 몸통을 날릴 때마다 아직 온전히 굳지 않은 피가 터져 나오며 검붉은 안개를 만들어 냈다. 진우는 날아간 놈들이 다시 몸을 일으키기를 기다렸다가 둥근 가늠쇠 안에 얼굴이 들어오는 순간, 눈 주위를 겨냥해 쏘았다. 군복 입은 좀비들은 그렇게 해야만 겨우 정리가 가능하다.

"하아, 하아…… 제기랄."

달려들던 놈들을 가까스로 정리한 뒤, 분대원들은 거친 숨을 몰아쉬며 저마다 한마디씩 욕설을 뱉었다. 그들의 것과 완전히 똑같은 군복을 입고 있는 좀비들의 시체. 산산조각이 나 버린 그들의 팔과 다리, 내장이 사방에 어지러이 흩어져 있다.

"대로 쪽 상황이 이렇게 안 좋아? 우리 애들이 이렇게나 많이 물려 버렸어? 이런 쌍……."

이 병장이 괴로운 표정을 지으며 대로 쪽으로 고개를 돌린다.

콰쾅! 타타타타타—.

건물 벽에 막혀 보이지는 않지만, 여전히 총성과 울부짖음, 비명이 섞여 들려오고 있다.

"……이 병장님, 얘들…… 우리 부대 아닙니다."

시체들의 전술 조끼에서 혹시 멀쩡한 탄창이라도 찾을 수 있을까 싶어 몸을 숙이고 있던 김 상병이 말했다. 그가 가리키는 왼쪽 팔뚝에는 뒤집어 놓은 종 모양 바탕에 23이라는 숫자가 세로로 새겨져 있다.

원래부터 삼척에 주둔하던 23사단 마크였다. 분대원들의 시선은 자연스레 그들과 함께 이동 중인 낙오병을 향해 쏠렸다. 낙오병의 팔에도 같은 마크가 있다. 이 병장이 이마를 쓸어 땀을 닦아 내며 낙오병을 불렀다.

"야!"

"네, 이병 성낙수!"

"우리가 지금 죽인 얘네들이 홈플러스에 고립됐다던 그 부대냐?"

"네? 못 알아들었습니다."

"지금 이 좀비들이 어제까지 너랑 같이 시청 방어하고 있다가 식량 조달하러 나갔던 부대원들이냐고. 확인해 봐."

성 이병은 신원을 확인하기 위해 주춤거리며 시체들의 곁으로 다가갔다. 하지만 죽어 버린 좀비들의 얼굴이 모두 총탄에 맞아 엉망으로 박살이 나 있는 상태였기 때문에 얼굴을 보고 파악한다는 건 어려워 보였다.

끔찍한 몰골에 인상을 쓰면서 부대원들의 시체 사이를 걷던 성 이병이 힘없이 혼잣말을 내뱉었다.

"기영아……."

"아는 사람이야? 기영이가 누군데?"

"제 친굽니다……. 제일 친한 친굽니다."

"그래? 여기서 같이 근무했어?"

이 병장이 확인하기 위해 곁으로 다가갔다. 하지만 도대체 어떻게 알아본 것인지 신기할 정도로 그 군인 좀비의 상태는 심각하게 훼손되어 있었다.

흉부 위쪽을 난사당해서 얼굴도, 명찰도, 심지어 군번줄도 남아 있지 않다. 이 병장은 망연자실하고 있는 성 이병에게 물었다.

"이 자식, 대체 뭘 보고 그러는 거야? 다 날아가 버려서 엄마가 와도 못 알아보겠구만."

"이겁니다."

성 이병이 가리키는 건 좀비의 왼 팔목에 채워진 큼직한 지샥 전자시계였다. 주인은 박살이 나서 죽어 있는데, 시계는 아직도 멀쩡하다.

"시계가 뭐? 이런 시계는 흔한 거 아니야?"

"안 흔합니다……. 후우, 스카이포스라고, 94년 모델을 제가…… 겨우 찾아서 선물해 준 겁니다. 지샥 모델 중에 최초로 고도계가 달린…… 같은 부대라서 저를 엄청 챙겨 줬었는데……."

충격이 어지간히 컸는지 성 이병은 한숨과 눈물을 삼키면서 알아들을 수 없는 오타쿠 같은 소리들을 늘어놓았다. 이 병장은 필요 없는 말들을 걸러 내고 중요한 것만 다시 확인했다.

"알았어. 이 친구가 너랑 시청 방어를 같이했었던 건 맞지?"

"흐윽, 네…… 그렇습니다."

"젠장, 너희도 수류탄 하나가 없냐? 씨발, 그러니 고립되지."

좀비 군인들의 시체를 살피던 김 상병이 건져 낸 탄창 세 개를 진우에게 건네며 툴툴댄다.

"있었는데 며칠 전 상자 하나를 확보한 다음에 갑자기 전부 회수를 당했습니다."

아직도 멍해져 있는 성 이병을 내버려 두고 이 병장은 분대원들을 돌아보았다.

"아, 젠장. 짜증 난다. 여기까지 나와서 돌아다닐 정도면 홈플러스에 갇혔던 부대는 벌써 다 변해 버린 것 같은데, 지금 우리가 목숨 걸고 가야 할 필요가 있나? 어쩌지?"

"하아…… 하아……."

다들 말없이 한숨만 몰아쉰다. 굳이 소리로 만들어 입 밖에 내지 않더라도 그들이 정말로 하고 싶은 말은 모두 하나다.

불필요한 위험이라면 감수하고 싶지 않다.

이미 다 당해 버렸다면 굳이 이렇게 힘들게 한 발, 한 발을 내디딜 이유가 없을 것이다.

게다가 저 많은 병력들이 당해 내지 못할 만큼 커다란 규모의 좀비들과 마주치고 싶지 않다는 두려움도 크게 작용했다.

이대로 버티면서 뒤에 빠져 있다가 돌아가 버리면 안 될까.

분대원들의 퀭해진 눈은 그런 이야기를 절실히 뱉어 내고 있었다.

"그런데 말입니다……."

김 상병이 범벅이 된 코와 땀을 훔치며 힘겹게 입을 연다.

"입장을 바꿔서 제가 고립된 상황이라고 생각해 보면 정말 간절하게 전우들을 기다리기는 할 것 같습니다. 만약 단 한 사람이라도 생존해 있다면 말입니다."

"……역시 그렇겠지?"

이 병장이 한숨을 쉬면서 총을 고쳐 쥐었다.

"그래! 다들 불안하고 힘들겠지만, 저 안에 갇힌 게 우리들 중에 하나라고 생각하고 가자!"

다들 고개를 끄덕이며 다음 블록을 향해 구보를 시작했다. 모두 입을 꾹 다물고 있는 걸 보면 마음속으로 홈플러스 안에 고립되어 있는 병사들이 자신의 가장 소중한 사람이라는 이미지 트레이닝을 하는 게 틀림없다.

진우도 상상해 봤다. 저 안에 갇혀 있는 게 내 가족이라고 생각하자. 아니, 가족들은 군대에 올 사람이 없으니까 내 친구들이라면……. 유빈이, 삼식이, 보안관 같은 내 친구들. 그렇다면 목숨을 걸고 싸울 가치가 충분히 있다. 이 두렵기만 한 전진을 계속할 용기가 생긴다.

타타당— 타당—!

2열로 달리는 분대원들 중에서 가장 선봉에 선 진우와 이 병장의 K-2가 동시에 불을 뿜는다.

피융— 퍽!

돌담 사이로 머리를 내밀던 좀비가 빙그르르 돌면서 비명도 지르지 못하고 고꾸라진다. 이 병장이 쏜 탄자는 곁의 돌담을 스치면서 깊숙한 탄흔을 남겼다.

"새끼……."

이 병장이 진우를 흘끗 돌아보며 대견하다는 듯 피식거린다. 달려가며 단 두 발만으로 머리통을 날리다니, 볼 때마다 신기할 따름이다. 이 녀석이 아니었다면 이미 분대원들 중 상당수는 예전에 목숨을 잃었을 것이다.

진우는 여전히 기계처럼 무표정한 얼굴로 크게 원을 그리며 코너를 돌았다. 혹시라도 사각에 가려진 놈들의 기습을 피하기 위한 이동 방식이었다.

6차선 도로 건너에 홈플러스 입구가 보인다. 엉망으로 박살 난 도로와 불타고 있는 자동차, 검은 연기 사이로 어지럽게 뛰어다니는 좀비들이 얽혀 있다. 하지만 수효는 많지 않았다.

총소리와 유탄이 폭발하는 소리가 멀리 뒤쪽에서 울리는 걸 보면 장갑차와 함께하는 본대가 대로의 중간 부분에서 엄청난 전투를 벌이고 있는 모양이다.

03

"젠장, 우리가 제일 먼저 온 거야?"

단층 건물들로 둘러싸인, 긴 2차선 도로에 서서 김 상병이 중얼거렸다. 저 어두운 건물 내부로 뛰어 들어가는 것은 또 다른 종류의 용기가 필요한 일이었다.

쒸이이이이잉— 파파파파파파바바—.

특임대의 헬기가 한차례 지원사격을 가해 주고 지나간다. 그리고 사거리 위에 홈플러스로 이어지는 길이 열렸다. 건물 내부에서도 더 이상 쏟아져 나오는 좀비들이 보이지 않는다.

언제 또 올지 모르는 기회. 장갑차에 정신이 팔린 좀비들이 아직 이쪽을 눈치채지 못하고 있는 지금이 돌진을 하기 위한 최적의 시간인 것만은 틀림없다.

진우와 이 병장은 서로 눈을 마주쳤다. 어차피 이 작전은 저 빌어먹을 건물 내부에 들어가서 생존자를 확인하고 구출해야 끝이 난다. 이 병장은 고개를 끄덕인 뒤, 분대를 향해 명령했다.

"김 상병, 강 일병! 그리고 정 상병, 여기에서 엄호해! 나머지는 따라와! 진입한다! 박 이병! 네가 선봉이다!"

세 명이 이 병장이 지목한 카센터 지붕 위로 올라가고 K-3가 남아 있는 몇 마리를 정리하는 동안 진우를 앞세운 1분대는 자세를 낮추고 시체들이 즐비한 도로를 내달려 홈플러스를 향해 뛰어갔다.

피빙— 핑— 핑—.

공기를 가르고 날아가는 총알 소리가 머리 뒤에서 울린다. 진우는 앞을 가로막는 놈들의 머리를 차례로 터뜨리며 길을 텄다. 그리고 마침내 지긋지긋하던 여정이 끝나고, 그들은 홈플러스 문 안에 들어설 수 있었다. 진우는 손을 들어 멈추라는 신호를 등 뒤에 보냈다.

"천천히!"

이 병장의 명령이 없더라도 누구나 주춤할 수밖에 없다. 건물 내부는 짙은 그늘이 드리워져 있고, 화창한 여름의 태양빛에 익숙해져 있던 동공이 건물 내부의 어두움에 적응하기까지가 가장 위험하다. 속도를 줄인 진우는 이마를 찌푸리고 플래시를 켠 채 조심스럽게 걸음을 내디뎠다.

촤악, 플래시의 불빛들이 모이자 엉망으로 망가진 매장의 모습이 들어온다.

코가 아니라 머릿속 어딘가로 전해지는 것 같은 비릿함과 냉기가 진우의 팔에 소름이 돋게 만든다. 그런 기분이 의미하는 바를 잘 알고 있는 진우는 K-2의 방아쇠에 손가락을 걸었다. 이 커다란 어둠 속 저편 어딘가에는 놈들이 있는 것이다.

"어디부터 가야 하지?"

이 병장이 사방을 두리번거린다.

"식품 매장은 지하에 있답니다."

진우는 조금 전 플래시 불빛 사이로 스치듯 보았던 안내판의 정보를 전달해주었다. 먹을 것을 구하러 여기까지 왔던 부대니까 당연히 식품 매장부터 찾았을 것이다. 문제는 아래로 무작정 내려가는 것이 고립으로 이어지지 않을까 하는 두려움이었다.

옥상으로라도 피신할 수 있는 위층과 달리, 지하 매장은 끝이 막힌 공간이다. 이 병장은 지하로 이어지는 무빙워크를 향해 플래시를 비췄다. 컴컴한 무빙워크가 마치 아가리를 벌린 채 먹잇감을 기다리고 있는 악마처럼 섬뜩하게 느껴진다. 놈들의 울음소리가 아래에서부터 메아리치며 울려온다.

파앙! 파앙!

투투두두두―.

분대원들 전부는 낯선 총소리가 들린 위층을 향해 고개를 들었다. 잠시 후, 저벅거리는 워커 소리. 무빙워크를 통해 누군가 내려온다. 헬기에서 레펠로 내려와 옥상부터 위의 층들을 차례로 훑은 특임대였다.

"허어, 벌써 육로로 뚫고 들어온 녀석들이 있어?"

플래시 불빛으로 아군 병력의 존재를 확인한 소령은 조금 감탄한 듯 말하며 가까이 다가왔고, 나머지 특임대원들은 주변을 경계했다. 소령은 경례하는 이 병장의 얼굴을 확인하고 나서 코웃음을 쳤다.

"너, 이 자식…… 아까 그놈이잖아? 하하, 나 이 새끼."

또 시비를 걸면 어떡하지…….

이 병장은 곤란한 표정으로 머뭇거렸다. 난감한 것은 분대원 전체가 한마음이었다. 하필 이런 곳에서 딱 마주치다니, 운도 어지간히 없다는 생각이 든다. 소령이 이 병장의 얼굴을 꼬집고 흔들더니, 씨익 웃으며 놔준다.

"천 마리 넘게 잡아 봤다 어쩐다 떠들더니, 아주 허풍은 아니었나 보구만. 꽤나 빨리 돌파했는데? 이번에도 병력 손실 없었나?"

"그렇습니다."

"이가 좀 빠진 게 아니고?"

분대원의 머릿수를 보고 소령이 말한다.

"후방 지원을 위해서 셋을 남겨 두고 왔습니다."

"흐음, 운인지 정말 실력인지 모르겠군. 일단은 인상적이라고 해 두지. 하지만 이제부터는 더 정신을 바짝 차리는 게 좋을 거다. 저 아래는 아주 좀비 밭인 것 같으니까 말이야. 따라올 배짱 있나?"

소령이 도발적으로 물었다. 자존심이 이 병장의 내부에서 발끈하며 이성보다 먼저 반응한다.

"저희가 선봉에 섭니까?"

정말로 그렇게 하라고 할까 봐 말을 해 놓고 곧바로 아차 싶었지만, 소령은 그런 태도가 싫지 않았는지 입술을 뒤틀어 웃으며 이 병장의 볼을 두드린다.

"후후, 새끼, 실력이 그 배짱의 반이라도 되는지 한번 보자. 후방 경계하면서 따라와."

소령은 무선으로 헬기에 건물 입구를 봉쇄하라는 지시를 내린 후, 특임대원들을 앞세워 걷기 시작했다.

정말 가는 건가, 저 컴컴한 아가리 속으로······.

얼굴을 쓸어내린 이 병장은 분대원들을 돌아보았다. 모두 오기와 두려움이 섞인 표정을 하고 지하층으로 이어진 무빙워크를 노려보고 있다.

"가자."

이 병장은 담담한 목소리를 유지하기 위해 최대한의 용기를 끌어내야 했다.

모두가 안전하게 돌아가는 게 가장 중요한 목표라고 자신의 입으로 말했지만, 혹시 있을지도 모를 생존자를 구하기 위해 이 컴컴한 건물 내부로 돌진해 온 순간 이미 그 원칙은 깨져 버렸다. 그리고 엘리트 특유의 권위주의가 뚝뚝 흘러넘치는 저 특임대 소령 앞에서는 특히 약한 모습을 보이고 싶지 않았다.

"막혀 있습니다. 저걸 쌓아서 저지해 보려 한 것 같습니다."

방패를 앞세우고 전진하던 특임대원이 뒤를 돌아보며 보고한다. 특임대 개인화기 레일에 장착된 플래시 불빛이 그곳을 비추자, 무빙워크 3분의 2쯤의 지점부터 그 아래까지 복잡하게 얽힌 채 쌓여 있는 쇼핑용 카트와 진열대들이 눈에 들어온다.

음식을 구하려고 저곳까지 내려갔다가 갑자기 들이닥친 대규모의 좀비들에 놀란 군인들이 쌓은 것들이다. 하지만 간간이 울려오는 좀비들의 울음소리를 들어 보면 대단한 실효는 거두지 못한 게 분명하다.

지하층의 좀비들이 아직도 이곳에 머물러 있는 이유는 바로 이 장애물 때문이었다. 난간으로 뛰어내린 좀비들조차 다시 올라오기 어려울 만큼 바리케이드는 단단하고 넓었다. 세 명의 특임대원이 달려들어 밀어 보았지만 철컹거리기만 할 뿐, 열릴 기미가 없자 이내 철수한다.

"날려 버려."

소령이 명령했다. M32 유탄발사기를 허리 뒤쪽에 차고 있던 특임대원이 앞으로 나서며 세 방의 40㎜ 유탄을 발사했다.

콰쾅! 쾅! 콰아앙!

카트를 뚫고 들어간 유탄이 폭발하자, 사방으로 불꽃과 쇳조각이 튀고 건물 전체가 울릴 만큼 커다란 소리가 난다.

티팅, 몇 개의 파편은 무빙워크 위에 서 있는 특임대의 방패에까지 날아와 맞았다.

"가자."

바리케이드가 제거된 것을 확인한 뒤, 특임대와 진우의 1분대는 무빙워크를 내려가 지하층에 들어섰다. 1층에서 느꼈던 것과는 비교할 수 없을 만큼 짙은 어둠이 사방에서 그들을 감쌌다.

플래시의 광원이 닿지 않는 곳은 온통 칠흑같이 검고 몇 센티 앞조차 보이지 않는다. 미처 경험해 보지 못한 그 압박감에 진우는 가볍게 몸을 떨었다.

"후우우~ 후우우~."

자신의 숨소리가 귀를 울릴 만큼 사방이 고요하다. 모두 입을 꾹 다물고 보는 일에만 온 신경을 집중하고 있었기 때문이다. 시야가 좁혀지는 것만으로 온몸에 피로감이 몰려온다.

대부분의 사람들은 평소 막연히 앞을 본다고 생각하며 살지만, 눈동자가 정면을 향해 있을 때조차 180도에 달하는 넓은 시야각의 정보들이 전달된다. 바로 옆의 사물을 느낄 수 있는 것은 모두 그 시야각 덕분이고, 뛰어난 운동선수들은 그 이상까지도 볼 수 있다.

상하로는 90도, 좌우로는 180도의 가로가 긴 타원이 인간이 볼 수 있는 범위이지만, 조명이 완전히 제거된 홈플러스 매장 지하에서 그들의 시야는 총구 바로 뒤 레일에 달린 플래시의 광원 안으로 제한되어 버렸다. 정면의 먼 쪽은 보이지만, 바로 옆에서 일어나는 일들은 전혀 감지할 수 없는 상황이다.

게다가 이 넓은 매장에는 사람 키보다 더 높은 진열대들이 길게 늘어서 있기 때문에 가뜩이나 좁게 느껴지는 라이트의 범위를 차단하는 데 탁월한 방해물로 기능하고 있다.

"전진."

그들은 매장 입구를 통과해서 썩은 야채들과 세일 물품들이 양쪽으로 세워진 좁은 통로를 따라 걸었다.

그르르…….

이곳에 내려와 만나는 첫 번째 좀비가 플래시 광원 내로 들어와서 그르렁거린다. 이놈들이 어둠 속에 음흉하게 숨지 않고 제 발로 달려와 준다는 게 고마울 지경이다.

철컥, 샷건을 든 특임대가 앞으로 한 발을 내디디며 겨냥을 하는 순간, 대여섯 마리의 좀비들이 한꺼번에 시야 안으로 달려 들어온다.

그롸아악!

퍼버버벙— 퍼벙— 파바바박—.

네 대의 샷건이 일제히 불을 뿜고, 할로우 포인트보다 더 명중률이 높은 RIP탄을 장착한 MP5가 거들자, 좀비들은 걸레처럼 박살이 나서 바닥에 뒹굴었다.

퍼버벙—!

좀비들 뒤에 쌓여 있던 시리얼 박스가 터져 나가며 살덩어리와 섞인 콘푸로스트들이 눈처럼 날린다. 측면을 경계하면서 곁눈질로 돌아본 진우는 조금 감탄했다.

K-2 단일 화기로만 무장한 진우의 분대와 비교해 볼 때 확실히 이들의 전투는 편리하게 느껴진다. 하지만 하나의 점이 아니라 범위를 파괴하는 샷건의 약점이 이내 드러났다.

그롸아아악!

매장의 끝까지 걸어간 그들이 오른쪽으로 코너를 돌아 세 개의 열을 지나쳤을 때, 계절상품 진열대 사이에서 또 다른 무리가 달려들었다.

군복을 입은 좀비와 민간인 복장의 좀비들이 반반씩 섞인 놈들이었고, 거리는 불과 10미터. 다시 샷건의 방아쇠가 당겨지려 한다. 좀비의 전투 조끼에 달린 둥근 통을 본 진우가 다급하게 이 병장을 뒤로 당기며 외쳤다.

"연막탄! 연막탄!"

진우의 목소리는 묵살당하고, 네 정의 샷건이 일제히 발사되었다. 민간인 좀비들의 상체가 벌집처럼 뚫린다. 그리고 아군 좀비의 전투 조끼에 부착되어 있던 연막탄의 뇌관이 샷건에 맞아 폭발했다.

푸슈슛—!

점차 빠르게 뿜어져 나오는 흰 연기와 함께 군복을 입은 좀비의 시체가 덮쳐

든다. 가뜩이나 좁은 플래시 광원에 의존하고 있던 시야는 금세 뿌연 연기로 완전히 덮여 버렸고, 장막의 안쪽에서는 울부짖는 소리와 함께 좀비들이 뛰어오고 있다.

"이런 젠장!"

당황한 특임대원들이 무작정 난사하며 후퇴한다.

파방— 파방— 타바바바—.

뒤로 물러나는 시간을 벌기 위해 조준 없이 쏴 대는 총알에 맞아 진열되어 있던 살충제 스프레이들이 불꽃을 일으키며 폭발했다.

퍼퍼펑—!

불꽃과 함께 뿜어져 나온 매캐한 검은 연기가 연막탄의 흰 연기구름과 겹쳐지며 시야는 더욱 가려졌다. 당황한 특임대원들의 총구가 흔들릴 때마다 플래시가 사방으로 춤을 춘다.

"뒤로 빠져!"

누군가의 다급한 목소리.

그롸아아악!

빠르게 가까워지는 괴성.

특임대 선두의 방패에 좀비가 몸을 날리며 부딪쳐 온다. 방패 위로 총구를 내밀어 쏘았다. 관통력이 부족한 RIP 파편탄이라서 좀비가 쓰고 있는 하이바를 뚫지 못한다고는 해도 다른 뼈들은 박살 낼 수 있다.

우드득! 어깨가 뭉개진 좀비가 바닥에 나뒹굴었다가 다시 몸을 일으킨다. 진열대 사이는 금방 뿌연 연막으로 가득 차올라서 아무것도 보이지 않게 돼 버렸다.

파바바바방— 투두둑—!

방향을 뒤로 돌린 진우의 분대는 혹시 모를 위협을 처리하기 위해 일단 총격을 가하면서 달렸다.

취이익—!

캔 사이로 터져 나온 청량음료 줄기가 죽어라 달리는 그들의 얼굴 위로 쏟아진다. 오렌지 맛이 난다.

04

"좌회전! 좌회전!"

이 병장과 진우가 한목소리로 외쳤다. 한 번 지나쳐 왔던 쪽으로 가는 편이 아무래도 안전할 것이다. 분대원들은 코너에서 재빨리 방향을 틀었다.

퍼엉!

눈먼 샷건에 얻어걸린 좀비의 몸뚱이가 날아가며 진열장을 흔든다.

와장창창!

뭐가 들었었는지는 모르겠지만, 유리병들이 엉망으로 박살 나며 떨어졌다.

그롸아악!

어느새 뒤를 밟았던 것인지, 왼쪽에서 달려드는 좀비들. 정신없이 흔들리는 플래시 불빛 속에서 놈들의 모습이 나타났다 사라지기를 반복한다. 이대로라면 두 개의 분대가 반으로 갈라지게 될 것이다.

진우는 걸음을 멈추고 상체를 돌렸다. 그러고는 가슴에 고정된 플래시가 놈들을 정면으로 비추었을 때, 방아쇠를 당겼다.

투투― 투두둑! 투두둑! 투둑!

눈에 들어오는 네 마리는 모두 정리했는데, 아직도 울부짖는 놈이 남아 있다.

어디지? 어디?

세 시와 아홉 시, 두 사각을 향해 필사적으로 몸을 돌려 봐도 소리의 주인은 보이지 않는다. 왠지 모를 불안함이 위쪽으로부터 엄습해 왔지만, 가능성이 없으므로 애써 무시했다.

"뭐 해, 박 이병! 이 새끼야! 뛰어!"

이 병장이 진우의 어깨를 잡아당겼을 때, 와지끈! 요란한 소리와 함께 선반이 무너지고 위에서 군복 입은 좀비가 떨어져 내린다. 진열장 위로 달아났다가 그곳에서 변해 버린 모양이다.

"으갸아!"

뒤따라 달리던 특임대의 얼굴 위로 두 마리가 한꺼번에 덮쳐졌다.

파바바바바—.

좀비에 물려 쓰러지면서 난사한 MP5 탄환이 사방으로 날린다.

"고개 숙여!"

소령이 진우와 이 병장의 뒤통수를 누른다.

퍼퍽! 으아악!

총알이 뚫고 들어가는 둔중한 소리와 고통스러운 비명이 거의 동시에 울려 퍼졌다. 누군가의 방탄조끼나 몸통을 관통한 것이다. 돌아볼 여유도 없고, 정확한 방향을 모른다면 볼 수도 없다.

세 사람은 자세를 낮춘 채 어둠 속을 쉬지 않고 달렸다. 길을 가로막는 좀비들은 진우가 정리했다.

"하아~ 하아~ 안전핀도 안 뽑았는데 왜 터지고 지랄이야! 씨발."

악취가 진동하는 정육 진열장 코너에 몸을 기댄 세 사람은 한숨을 몰아쉬면서 전열을 재정비하기 위해 전방을 살폈다.

뛰어다니는 사람들 사이로 어지럽게 춤추는 플래시의 불빛, 그리고 어둠 속에서 희끗희끗 아주 조금씩만 모습을 드러내는 좀비들, 불이 옮겨붙어 타오르고 있는 진열장만이 그들이 가진 유일한 전체 조명이었다.

퍼버엉!

몇 초에 한 번씩 살충제 통이 폭발하면서 튀어 오른다. 병사들은 사방으로 산개하여 달아나는 중이었다. 근거리에서 터진 작은 연막탄 한 개 때문에 앞서서 걷던 정예부대가 대위기를 맞게 된 것이다.

"이 병장님! 세 시 경계 부탁드립니다!"

이 병장은 정신을 추스르고 몸을 돌려 그들이 들어온 입구 쪽을 비췄다. 사각을 맡긴 진우는 곧바로 사격 자세를 취했다. 좀비들에게 쫓기는 자신의 분대원들이 보인다. 아군들이 좀비와 섞여 있는 상황이어서 그들은 마음대로 몸을 돌려 방아쇠를 당기지도 못하고 있었다.

"최 일병님! 숙여!"

목소리를 알아들은 그들이 자세를 낮추자 진우는 망설이지 않고 곧바로 사격을 시작했다.

파바박— 파바박— 파박—.

플래시의 광원이 중심을 이동할 때마다 달리던 좀비의 머리통이 뒤로 터져 나가면서 고꾸라진다. 예광탄이 날아갈 때마다 마치 레이저로 조준된 것처럼 정확하게 좀비들의 머리와 진우의 총구 사이에 정확한 선이 그려진다.

"이쪽이야! 이쪽!"

전방과 세 시를 번갈아 살피며 이 병장이 다급하게 손짓을 했다.

퍼엉!

진우의 바로 옆에서 썩은 고기 팩이 터지면서 튀어 오른다. 누군가 이 방향을 향해 발사한 총알이 좀비의 몸에 박히지 못하고 여기까지 날아온 것이다. 사선에 마주 서 있는 것은 서로에게 위험한 일이다. 진우는 옆걸음으로 뛰면서 다시 좀비들을 향해 방아쇠를 당기기 시작했다.

"으아아, 감사합니다!"

합류한 병사들이 몸을 돌린다. 하나, 둘, 셋, 넷……. 모두 무사히 돌아왔다. 심지어 낙오병인 성 일병까지도. 이 병장은 안도의 한숨을 내쉬었다.

"정비하고 따라와!"

인원을 확인한 이 병장이 진우의 뒤를 따라 달려 나가며 명령했다. 정면에서 상대하는 것이라면 이젠 그다지 무서울 것도 없다. 병사들은 반쯤 벗겨진 하이바를 고쳐 쓰고, 다시 방향을 돌려 뛰었다.

타타타타타다— 파방! 파방!

진열장 두 개 너머에서 기관단총과 샷건, K-2의 소리가 정신없이 울린다. 더 이상 비명 소리가 울리지 않는 걸 보니 특임대원들도 재정비를 어느 정도 마친 모양이다. 진열대에 뚫린 여러 개의 총알구멍을 통해 플래시 불빛이 비쳐 든다.

그롸아아악!

갑자기 과일 진열대 위에서 군복 입은 좀비 하나가 몸을 날려 덮쳐 온다. 부패한 수박이 정신없이 굴러떨어져 내리는 순간, 파바박— 진우와 소령의 총알이 거의 동시에 놈의 얼굴과 다리를 꿰뚫어 뒤로 날려 보냈다.

끄롸아아—.

놈이 다시 일어나 보려고 발광한다. 그 지경이 되고도 뇌가 파괴되지 않은 것이다. 그러나 두 다리가 날아가 버린 터라 쉽게 몸을 뒤집지 못했다. 흔들리는 조명 사이로 발광하는 좀비의 장교 계급장이 얼핏 스쳐 보인다.

"멈춰! 멈춰! 쏘지 마! 훼손하지 마!"

끝장을 내 주기 위해 들어 올린 진우의 총구를 돌리며 소령이 좀비에게 다가간다. 무슨 일인지 이해하지 못한 진우가 긴장된 얼굴로 서 있는 동안 소령은 좀비의 얼굴에 대고 방아쇠를 당겼다.

파바박—.

MP5에서 발사된 RIP탄이 안구를 뚫고 들어가 터지며 놈의 머리통을 엉망으로 박살 낸다. 몸부림을 치던 좀비는 마침내 축 늘어져 버렸다.

"후우~."

숨이 완전히 끊어진 것을 확인한 소령은 손을 뻗어 좀비의 목덜미를 더듬었다. 뭘 하려는 거지?

그 기괴한 광경이 이해가 되지 않아 진우가 갸웃거리고 있는 동안 소령은 마침내 자신이 찾던 것을 얻었다. 상자를 열기 위한 열쇠다.

투두둑—.

좀비의 목에서 원기둥 모양의 금속제 열쇠를 뜯어낸 소령은 그것을 전투 조끼 주머니에 넣은 뒤 탁탁, 두들겼다.

뭔지는 모르겠지만, 엄청나게 소중한 물건인가 보군.

진우는 그제야 조금 전 저놈을 처리하려고 했을 때 왜 그렇게 소령이 적극적으로 나섰는지, 그리고 왜 이 지하 던전에서조차 폭발물 하나를 제대로 사용하지 않았는지 알 것 같았다.

"새끼, 똘똘한데?"

진우를 지나쳐 걸어가며 소령이 씨익, 웃었다. 그러고는 뒤따라온 이 병장의 하이바를 탁, 치면서 한마디를 보탰다.

"이 자식, 다 믿는 구석이 있었구만."

"아직 이병이라 한창 가르치는 중입니다."

끝까지 말을 받아치는 꼴이 곱게 보일 리 없을 텐데, 목표를 무사히 완수한 것 때문에 기분이 좋았던 소령은 웃으며 넘어갔다.

"피해 상황 보고해!"

얼추 상황을 정리하고 돌아온 특임대에게 소령이 물었다.

"유탄에 부상을 당한 게 한 명, 그리고 두 명이 물리는 걸 봤습니다."

다른 대원들에게 부축을 받고 있는 부상병의 허벅지에서는 천으로 꽉 졸라 묶었는데도 피가 꿀럭꿀럭 솟아오르고 있다. 소령은 다시 보고자에게 시선을 돌렸다.

"물린 게 두 명이라고? 그래, 지금 어디 있어?"

"하나는 목을 뜯겨 죽어 있기에 처리했고, 다른 하나는 전투가 벌어지는 동안 저쪽으로 달아나 버렸습니다."

보고자가 매장 안쪽의 깊고 짙은 어둠 속을 가리킨다. 알 만한 이야기다. 좀비에게 물린 걸 다른 대원들이 봤으니, 사살당하기 전에 피신한 것이다.

어차피 곧 끔찍한 고통을 거쳐 좀비로 변하게 될 테지만, 어떤 인간들은 최후의 순간까지 아주 작고 작은 희망의 끈이라도 놓지 않으려 발버둥을 친다. 소령은 어둠을 향해 플래시를 비추며 목소리를 높여 외쳤다.

"우리 쉽게 가자! 깨끗하게 처리해 줄 테니 나와! 어차피 너도 힘만 든다!"

대답은 돌아오지 않았다. 소령은 그럴 줄 알았다는 듯 코웃음을 치며 말했다.

"유탄 발사해!"

M32를 든 대원이 나서서 네 발을 발사했다.

토옹— 통—.

멍청해 보이는 발사음과 달리 40㎜ 유탄은 매장 건너편까지 날아가 진열장들을 박살 내 버렸다.

그롸아아—.

좀비들이 깔리며 내지르는 소리가 울려온다.

"작전 종료한다. 목표물 회수했다."

특임대원들은 별다른 반응을 보이지 않고 후방을 경계하며 퇴각할 채비를 했지만, 이 병장과 1분대원들은 도무지 이해할 수가 없었다. 이 병장이 불이 붙은 매장 저 너머 끝의 창고를 가리키며 더듬거렸다.

"저, 소령님! 저 안에 혹시 생존자가…….."

"없어. 무전에도 응답이 없었고, 있다고 해도 리스크가 너무 크다."

"하지만 그러면 대체 여기까지는 왜?"

소령이 날카로운 눈으로 쏘아보는 바람에 이 병장은 말을 맺지 못하고 입을 다물었다. 한 마디라도 더 내뱉었다가는 곧바로 주먹보다 더한 것이 날아올 기세였다. 지금까지 말장난을 했을 때와는 사뭇 다른 카리스마가 느껴진다.

"전원 철수한다!"

소령이 특임대를 앞세우고 출발하자, 불만이 가득한 얼굴로 고개를 숙인 채 따라 걷던 이 병장이 목소리를 낮춰 투덜거렸다.

"……사람을 구할 게 아니라면 뭐 하러 여기까지 목숨 걸고 왔던 거야?"

아까 열쇠를 챙기는 소령의 모습을 목격했던 진우만 빼고 분대원들 전원이 비슷한 생각을 하고 있었다.

허탈하다. 무의미하다. 하지만 그래도 이제 드디어 작전이 끝났다. 돌아갈 수 있다.

05

육만배는 바보가 아니다. 이런 어수선한 상황 속에서 보호소에 수용되기 위해 이동하면서 스무 명이 넘는 덩치들의 우두머리 노릇을 하면 안 된다는 걸 그는 잘 알고 있었다.

만약 그런 짓을 했다가는 가뜩이나 긴장해 있는 군인들은 그를 요주의 인물로 점찍을 테고, 조그만 말썽만 일어나도 모든 혐의가 그에게 돌려질 게 분명하다.

그래서 그는 스물두 명의 일행을 네 그룹으로 나눴다. 먼저 연예인 계집애 둘과 조직원 세 명을 한 팀으로 만들었다. 조직원들에게는 프로덕션 매니저와 이사라는 직함을 주었다.

두 번째 팀은 기동이와 요리사 둘, 조직원들 여섯 명을 묶어 구성한 뒤, 이탈리아 레스토랑을 운영하던 사람들처럼 굴라고 일렀다. 요리사들이 실제로 솜씨가 있으므로 의심받을 상황이 되면 요리를 해 무고함을 증명하면 된다.

그리고 자신과 조직원 셋은 무역 업체 사장과 직원으로 소개했다. 마지막으로 어떻게 봐도 일반인이라고 우기기는 어려운 나머지 커다란 덩치들은 경호업체 직원이라고 하라는 명령을 내렸다. 이렇게 나눠 두면 주목도 덜 받을 것이고, 운신의 폭도 넓어진다.

"너희는 서로 잘 모르는 사이이고, 나랑도 그저 여기 함께 숨어 지냈던 관계인 거다. 괜히 허리 숙이고 인사해서 눈길 끌지 말라는 말이다. 알아들었지?"

구조 헬기를 기다리는 동안 육만배는 몇 번이나 신신당부를 했다. 두 명의 연예인 계집애에게는 매니저 역할을 맡은 녀석들이 따로 교육을 시켰다.
"회장님, 그럼 그 안에서는 인사를 드리면 안 됩니까?"
그건 도저히 있을 수 없는 불경이라는 듯 조직원 녀석 하나가 눈을 똥그랗게 뜨며 물었다. 육만배는 담담하게 대답해 줬다.
"모르는 아저씨 보고 인사하겠나? 그저 소 닭 보듯 하고 지나가. 그리고 그곳에 가게 되면 괜히 시비 붙거나 말썽 피울 생각 하지 말고."
"레스토랑에서 일한다고 할 거면 정장 바지에 흰 와이셔츠만 입고 갈까요, 회장님?"
기동이가 진지한 얼굴로 물었을 때, 육만배는 단호하게 말했다.
"옷장에서 제일 깨끗한 슈트로 갈아입고 오너라. 그러면 너무 눈에 띄지 않을까 싶겠지만, 이 나라에서는 입성이 멀쩡해야 사람대우를 받으니까. 그리고……."
육만배가 기동이의 팔을 가리켰다.
"행여라도 그림 내보이지 마라. 그림 보이는 놈은 내 손에 죽는다."
그렇게 당부에 당부를 거듭했던 것이 이틀 전의 일이다. 그의 생각대로 수용소에서 접수를 받는 군인들은 별 의심 없이 그들을 별도의 네 그룹으로 간주했고, 개별 격리 시설에 24시간 동안 가둘 때에도 그룹끼리 근처에 있도록 배려까지 해 주었다.
중간에 육만배 같은 노인이나 여자가 섞여 있다는 점 때문에 덩치 큰 젊은 남자들의 부정적인 이미지가 어느 정도 희석되었을 것이다. 이후에도 그들은 서로 멀리 떨어진 곳에 자리를 잡고 가능한 한 한곳에 모이지 않기 위해 노력했다.
육만배는 무역 회사 사장의 연기를 잘 수행하기 위해서 조용히 움직였다. 그가 부하들을 만나는 것은 담배를 피우러 외야석 쪽으로 걸어가거나, 화장실을 갈 때뿐이다.
"큼, 큼."
육만배가 기동이의 자리 앞을 지나며 헛기침을 하자, 일부러 먼 곳을 보고 있던 기동이가 잠시 후 허리를 붙잡고 일어서서 기지개를 켜는 척하다가 거리를 두고 그를 따라 걷는다. 두 사람이 나란히 마주 선 것은 외야석의 흡연 구역에 이르러서다.

"담뱃불 좀 빌립시다."

육만배가 기동이에게 웃는 낯으로 말을 건넸다.

"아, 예. 회······ 예."

기동이는 나름 연기를 해 보려 하지만, 속옷처럼 몸에 달라붙어 버린 버릇을 갑자기 떼어 내기란 영 어색했다. 육만배는 기동이가 불을 붙여 준 담배를 천천히 빨고 연기를 내뿜으며 주변을 둘러보았다.

둘이 나누는 말소리가 들릴 만큼 가까운 위치에 있던 사람들이 꽁초까지 아껴 피우고 나서 자리를 뜨자, 그제야 육만배는 평소의 낮은 어조로 돌아가 명령했다.

"너도 한 대 피워라. 그래야 남들이 이상하게 안 보지. 매번 담배도 안 피우면서 여기 멀뚱거리고 서서 뭐 할래?"

"하지만 제가 어떻게 감히······."

"귀찮게 하지 말고 빨리 불붙여."

"네, 넵."

기동이가 고개를 돌린 채 억지로 담배를 물자, 육만배가 말했다.

"저기 좀 봐라. 이런 와중에도 살아 보겠다고 버둥거리는 인간들 말이다. 기동이, 너는 저 바글대는 사람들 속에서 뭐가 보이냐?"

육만배가 말하는 것은 이 수용소의 시장에 모여서 흥정을 하는 사람들이다. 여전히 건빵과 콘돔, 담배와 옷가지, 보석 따위를 서로 바꾸기 위해서 바쁘게 움직이고들 있다.

"잘 모르겠습니다."

"저런 게 바로 기회다. 건빵 부스러기에 홀린 인간들 눈에야 안 보이겠지만, 기회라는 거는 혼란 속에서 생기는 거거든. 혼란이 크면 기회도 커지지. 나는 말이다, 내가 나이가 한 스무 살만 많았으면 하고 바라 왔다. 왜 그런지 아나?"

"저 같은 둔한 놈이 회장님 생각하시는 걸 어떻게……."

"그랬으면 해방되고 육이오 겪는 난리 통 속에서 내가 크게 한몫 잡을 수 있었을 테니 그렇지. 지금 태양 그룹 못지않게 높이 올라갔을지도 모르지. 그때는 사방이 다 기회였으니까……. 때를 잘못 만나서 이보다 더 크지를 못하는 게 평생 한이었는데, 이제 그 기회가 온 건가 하는 생각이 든다. 세상이 뒤집어졌으니 말이야."

"아, 예……."

자신의 말을 녀석이 온전히 이해하지 못하는 것 같아 육만배는 화제를 바꿨다.

"계집애들은?"

물론 두 명의 연자 연예인을 일컫는 말이다. 그 둘은 이 수용소를 장악하고 손아귀에 넣고 싶은 육만배의 계획에서 굉장히 중요한 역할을 차지하는 수단들이다.

지휘부의 장교들을 후리고 다니면서 조금씩 특혜를 받고, 그것을 바탕으로 점차 더 큰 무언가를 쟁취할 수 있으리라고 보았다.

"예, 열심히 웃고 다니기는 하는데……."

"그런데 군인 애들이 왜 그 근처에 몰려 있지를 않아?"

그 부분이 조금 이상했다. 애초부터 굶주려 있던 군인 놈들이 이런 삭막한 시절에 연예인을 실제로 보면 좋아서 간이고 쓸개고 다 빼 줄 줄 알았는데 말이다.

연예인 계집애들이 윙크를 하고 웃어 줄 때에는 몇몇 젊은 군인들이 잠시 움찔하기는 했지만, 그래도 예상했던 것보다 반향은 훨씬 약했다. 그것은 육만배의 예상과 어긋나는 일이었다.

"그게…… 여기 놈들이 애초부터 다른 계집애한테 홀딱 빠져 있어서, 생각보다 관심을 덜 받고 있습니다. 물론 시간문제인 건 확실합니다."

"허허, 처음부터 싹수가 노란 일은 암만 이쪽에서 지랄을 해도 안 되는 거다. 그년들 뜯어고쳐 주느라 들어간 돈이 얼만데, 그 정도도 못 해? 그래, 그 군인들이 홀딱 빠진 다른 계집애라는 게 누구야?"

"테라라고…… 톱클래스 연예인이었는데, 그게 하필이면 여기 와 있었습니다."

육만배는 TV를 볼 정도로 한가한 사람은 아니지만, 그래도 들어 본 적도 있는 이름 같기는 했다. 어쨌든 그런 건 아무래도 상관없었다. 육만배는 여자 따위에게는 크게 애정을 두지 않는다. 대상이 누구든 간에 중요한 것은 육만배 자신에게 이득이 되는 일을 해 줄 수 있는가 하는 문제뿐이다.

"그래, 그 테란지 하는 게 실제로도 예쁘던가? 우리 애들이 몸부림을 치고 지랄을 해 봐도 영 안 될 정도야?"

"그게 좀 스타일이 달라서요……. 얘는 뭐랄까…… 육덕진 건 아닌데, 사내놈들이 자꾸 돌봐 주고 싶어 하는, 그런 타입입니다, 회장님. 아! 저기 마침 지나갑니다. 저겁니다."

육만배는 기동이가 가리킨 방향으로 시선을 돌렸다. 외야석 근처에서 여자 두 명이 나란히 걸어가며 마주치는 군인들마다 일일이 고개를 숙여 인사를 하고 있다.

"저기 두 년 중에 짧은 원피스를 입고 있는 년이……."

육만배는 손을 들어 설명하려는 기동이의 입을 막았다. 굳이 구차한 이야기를 들을 필요도 없었다. 딱 보자마자 알 수 있는 주인공의 모습이었기 때문이다. 자신이 거느리고 왔던 연예인 계집애들이 상대가 안 된다는 것쯤은 먼발치에서도 확연히 드러난다. 애초에 태생 자체가 달랐다. 가늘고 흰 팔다리가 까맣게 윤기가 흐르는 머리와 어우러져 신비롭기까지 하다. 물론 얼굴은 말할 것도 없다.

"으음……."

탄식과 감탄이 섞인 육만배의 신음을 듣고 기동이가 재빨리 주워섬겼다.

"며칠만 주시면 제가 저년을 반드시 저희 식구로 만들어서 회장님께 인사드릴 수 있도록 하겠습니다. 겁을 주든가, 아니면 돈이라도 듬뿍 쥐여 준다고 약속을 해서……."

"기동이, 너 돌았어?"

육만배의 질책에 기동이는 말을 끊고 머뭇댔다. 육만배는 기동이의 눈을 잠시 가만히 들여다보았다. 이놈은 멍청한 머리통에 비해 야망이 너무 크다. 싸움 실력은 봐 줄 만하지만, 그게 전부다.

"저렇게 군인 놈들이 전부 하나같이 저 계집애만 쳐다보고 있는데, 그걸 빤히 보고 나서도 뭘 어떻게 하겠다고? 겁을 줘? 네가 우리 조직을 여기서 다 쫓아낼 생각이냐?"

"아니, 그런 말씀이 아니라……."

"정신 나간 소리 지껄이지 말고, 저 계집애에게서 멀리 떨어져 있어. 혹여 껍쭉거린다는 소문만 들려와도 내가 가만히 안 있을 거야. 알아먹었지?"

"네, 회장님! 명심하겠습니다."

기동이가 허리를 깊이 숙이려다가 멈칫한다. 육만배는 혀를 끌끌, 찼다.

"저런 물건을 손에 넣고 싶으면 가만히 기회가 오기를 기다려야지, 네가 먼저 지랄병이 나면 아무것도 안 돼. 그건 그렇고, 강 실장이 영 늦는구만."

"혹시 난리 통에 무슨 일이라도 당하신 건……."

"하하하, 민구가? 기동이, 너는 강 실장이 그렇게 만만하게 보였나? 하하하."

확신에 찬 표정으로 기동이의 말을 비웃은 육만배가 다시 정색을 하며 물었다.

"여기로 온다는 편지, 확실히 써 뒀지?"

"물론입니다, 회장님. 여부가 있겠습니까? 확실히 써서 강 실장님 방에 뒀습니다."

기동이는 황송하다는 듯 대답했다. 편지를 써서 그 방 어딘가에 뒀다는 것만은 분명한 사실이다.

06

그롸아악—!

계단 아래로 몸을 날려 덮치려는 괴물을 피하면서 민구는 팔을 휘둘러 놈의 오금을 끊었다. 힘줄이 끊긴 괴물은 제대로 발을 내딛지 못하고 관절이 꺾인 채 계단 아래로 굴러떨어진다.

우드득!

요란한 소리와 함께 녀석의 목뼈가 부러졌다. 민구는 무표정한 얼굴로 평지에서 달려드는 두 번째 놈을 상대했다. 목에 칼을 가로로 박아 넣은 후, 잠시 손잡이를 놓았다가 놈의 뒤로 돌아가서 다시 반대 방향으로 손잡이를 잡았다. 그러고는 미처 방향을 바꾸지 못한 놈의 등짝을 있는 힘껏 걷어찼다.

몸뚱이가 붕 떠오르면서 중력에 의해 녀석의 목에 박힌 칼이 뼈와 근육을 자른다. 놈의 머리와 몸통이 따로따로 계단 아래로 데굴데굴 떨어져 내렸다.

민구는 왼손에 든 플래시를 비춰 더 이상 움직이지 못하는 괴물들의 모습을 잠시 지켜보다가 다음 층을 향해 오르기 시작했다. 빼앗은 나이프는 꽤나 요긴하게 버텨 주고 있다. 계단 벽에 적힌 23이라는 숫자가 눈에 들어온다.

"젠장, 이렇게나 올라왔는데 아직도 또 남은 건가?"

민구는 뒤를 돌아보며 입을 비틀어 웃었다. 펜트하우스라는 게 이렇게나 불편한 것인지 몰랐다. 25층이나 되는 건물을 오로지 걸어서만 올라야 하는 것도 귀찮은데, 거기에 간간이 괴물들이 덮쳐들면서 힘을 뺀다. 이틀 동안 제대로 챙겨 먹지 못하고 먼 길을 돌아와야 했던 그에게는 어지간히 지치는 일이었다.

처음 오토바이를 타고 달리기 시작했을 때에는 세상을 다 가진 것 같았지만, 막상 거리로 나오자 피해야 할 것들이 너무 많았다. 상상할 수 없을 만큼 많은 좀비들의 무리가 거리를 누비고 다니는 꼴을 보면 뒤로 달아나야 했고, 대로를 막고 벽을 쌓아 둔 군인들 때문에 가까운 거리를 빙글빙글 돌아왔다.

게다가 그 검은 헬기가 하늘에 떠 있을 때면 건물 틈에 들어가 가만히 숨어 지내야 했다. 덕분에 이 멀지 않은 만배파 건물까지 오는 데도 꼬박 이틀이 걸렸다.

"근데 어째, 아무도 없는 느낌이군."

24층에 이르러 민구는 너무 조용하다는 걸 깨달았다. 괴물들이 활개를 치고 다니니까 로비를 비워 놓을 수는 있지만, 펜트하우스 바로 아래층까지도 경비 병력이 배치되어 있지 않다는 건 있을 수 없는 일이었다. 로비와 2, 3층에 엉망으로 널려 있던 시체들을 보면 전쟁이 없던 것 같지는 않다.

끼이익―!

25층의 방화문을 열고 펜트하우스로 진입한 민구는 푹신한 카펫이 깔려 있는 복도를 성큼성큼 걸어가며 보이는 문마다 열어젖혔다. 식당이고, 주방이고, 게스트 룸이고 간에 모두 텅텅 비어 있었다.

코너를 돌아 자신의 방까지 가 보았지만, 역시 사람이라고는 보이지 않는다. 몇몇 방들이 정신없이 어지럽혀져 있는 것을 보면 분명히 누군가 최근까지 여기를 썼다는 것만은 확실했다. 문제는 그게 누구였고, 언제까지 머물렀냐 하는 사실이다.

"야! 아무도 없어?"

파티 룸 문을 열면서 민구는 언성을 높여 봤다. 식량들이 박스째 쌓여 있는 파티 룸 역시 고요할 뿐이다. 민구는 고개를 설레설레 저은 뒤 자신의 방으로 돌아갔다.

눈에 익은 널찍한 책상과 소파들이 그를 반긴다. 이 방은 사람의 손길이 닿은 흔적이 별로 눈에 띄지 않을 만큼 말끔하게 청소가 되어 있다.

"뭐 하는 놈들이야? 어디로 가면 간다는 표시라도 할 것이지."

민구는 먼지투성이 웃옷을 벗어 가방과 함께 바닥에 팽개친 후, 장식장에서 양주를 꺼내 입을 헹궜다. 지난 며칠 동안 싸구려 맥주만 마셨던 터라 그 향기가 더 각별하다.

민구는 안락의자에 기대앉은 뒤, 책상 위로 다리를 올렸다. 책상 위의 담배 케이스에서 담배를 꺼내 문 뒤, 양주를 마시며 생각에 잠겼.

이제 이 25층에서 열어 보지 않은 문은 하나뿐이다. 담배를 재떨이에 비벼 끈 그는 복도를 가로질러 회장실로 걸어갔다.

똑똑.

굳게 닫혀 있는 호두나무 문을 두드린 뒤, 민구는 잠시 기다렸다가 손잡이를 돌렸다. 역시 사람이라곤 없다. 하지만 텅 비어 있지는 않았다.

"후후, 나 혼자만은 아니었군. 큭."

육만배가 사용하던 방의 벽에는 사지가 끊긴 괴물 한 마리가 못에 박힌 채 고개를 두리번거리고 있었다. 눈도, 코도, 귀도, 심지어는 아래턱과 혀, 목의 일부분도 없는 놈이지만, 여전히 살아 있고 민구의 낌새를 알아챘는지 그의 움직임을 따라 고개를 돌린다.

모두 칼로 도려내진 것으로, 어지간히 끔찍한 몰골이었다. 이런 짓을 태연하게 할 수 있는 인간은 단 한 사람밖에 없다.

"참~ 노인네, 장난질은 여전하구만."

잠시 더 방을 둘러보던 민구는 문을 닫고 회장실을 나왔다. 육만배는 괴물을 통해 그가 그곳에 머물렀다는 메시지를 민구에게 분명하게 전달해 준 것이다.

"흐음, 저 짓을 할 시간은 있었는데 쪽지 한 장 남길 시간은 없었다는 거야? 후후후."

생각할수록 어처구니가 없어서 민구는 쓰게 웃었다. 주방에서 몇 가지 간단한 먹을거리를 챙긴 그는 자신의 방으로 돌아왔다. 음식들을 책상 위에 던져 둔 민구는 벽장을 열었다. 고급 양복들이 걸린 랙 아래의 서랍을 열자 그가 사서 모아 둔 날카로운 쇠붙이들이 모습을 드러낸다.

민구가 골라 든 것은 길이가 80센티미터쯤 되는 묵직한 마세티였다. 바로 곁에 있던 쿠크리 마세티보다 날이 곧고 더 길다. 마세티를 든 민구는 서랍을 닫고 방에 붙어 있는 전용 욕실로 들어갔다.

조명이 들어오지 않아 대낮인데도 어둑하기는 하지만, 여전히 물은 나온다. 민구는 옷을 모두 벗고 샤워 부스에 들어가 미지근해진 물을 온몸에 맞았다. 샤워 부스는 열어 둔 채였고, 깔개 옆에는 조금 전 집어 온 마세티를 놓아두었다.

"어쨌든 집에 오니까 좋군."

비누칠을 하면서 민구는 혼잣말을 중얼거렸다. 배를 채우고 나서 천천히 찾아보면 분명히 어딘가에는 육만배가 남겨 둔 메시지가 더 있을 것이다.

느긋하게 샤워를 마치고 나온 민구는 벽장 안에서 새 옷을 꺼내 입고 구두도 갈아 신었다. 그러고는 소파 위에 앉아 몇 가지 간단한 음식을 먹고, 물을 마시고 양주로 입가심을 했다.

비록 장기 보존식이기는 해도 모두 고급 재료들이어서 언제나 고급을 지향하는 육만배다운 음식들이다. 짐승처럼 몸을 던져 이권을 취하고 나면, 그는 거기에서 발생하는 부를 고급 소비재로 바꾸어 소유한 후, 그 일부를 부하들에게 나누어 주며 생색을 냈다.

이 빌딩의 마감재나 지금 민구가 손에 쥐고 있는 최고급 양주 따위들이 그렇게 제공되었다.

— 네 자신이 너를 푸대접하는데 누가 너를 제대로 대우해 주겠나?

언젠가 왜 꼭 마음에 들지도 않는 비싼 시계와 양복을 억지로 사야만 하느냐고 민구가 물었을 때, 육만배는 그렇게 대답했었다.

그럴듯하게 들리는 말이어서 이후부터 민구는 굳이 따지지 않고 육만배가 지시하는 브랜드로 자신의 옷장들을 채워 나갔고, 어느 순간이 지난 시점부터는 그 역시 그런 것들에 익숙해져 버렸다.

훈제 고기와 크래커, 말린 과일 등으로 어느 정도 허기를 채운 민구는 창가로 가서 내려져 있던 블라인드를 걷어 냈다. 환한 여름의 햇살이 비쳐 들자 순식간에 방 안의 온도가 약간은 올라가는 것 같다. 아래쪽 거리에서는 좀비 몇 마리가 바퀴벌레처럼 꼬물거리며 돌아다니고 있다.

커다란 무리에서 떨어져 나와 따로 배회하는 놈들의 모습이 꼭 자신과 닮은 것 같다는 생각이 들어서 민구는 잠시 킥킥거리다가 몸을 돌렸다. 그는 다시 펜트하우스 전체를 한 바퀴 돌아보기로 했다.

달칵.

문을 열고 복도로 나서자 익숙한 공간이 주는 환청이 들려오는 것 같다. '형님—!' 하고 일제히 고개를 숙이는 부하들의 인사, 애교를 피우는 칠성이 녀석의 목소리, 최성호의 짜증 나는 빈정거림, 육만배의 조용하고 낮은 명령이 전부 이 장소를 채웠었다. 하지만 지금 25층은 텅 비어 있고, 실제로 고막을 울리는 것은 자신이 가볍게 돌리는 마세티가 공기를 가르는 소리뿐이다.

부웅.

차례로 방문들을 열고 안쪽을 살펴보는 동안 민구는 멈추지 않고 계속 마세티를 놀려 댔다. 앞으로 이놈과 아주 많은 일을 해야 할 테니 충분히 길을 들일 필요가 있다.

07

매섭게 쏟아지던 비는 구름과 함께 지나가 버렸고, 아스팔트의 물기도 걷히는 중이었다.

"무리하지 마. 알았지? 자전거 하나만 믿고 너무 멀리 가면 안 돼. 자동차 막혀 있는 쪽으로는 아예 가지 말고."

유빈이 걱정스러운 얼굴로 충고하자, 삼식이는 지금껏 수백 명의 여자들을 홀린 그 미소와 함께 머리칼을 넘겼다.

"네, 엄마!"

"농담 아냐, 인마."

"야, 잔소리 그만해. 내가 같이 가니까 괜찮다고."

신입이 나불거리며 자전거 핸들 위에 달린 종을 때르릉, 울린다. 녀석은 두 개밖에 없는 자전거를 어지간히 차지하고 싶었는지 평소답지 않게 삼식이를 따라 정찰을 가겠다고 나섰다.

보안관이 못마땅한 얼굴로 신입을 노려본다. '네가 같이 가서 더 불안해, 이 새끼야.'라는 말을 꾹 참고 있는 표정이다. 어쨌든 정찰을 다녀오는 건 중요하긴 했다.

"30분만 기다려 줄 거니까 너무 늑장 부리지 마, 걱정하게 만들지 말라고. 알았지!"

보안관의 당부에 삼식이와 신입은 동시에 팔목에 찬 시계로 눈을 돌렸다. 조금 전, 나이키 대리점에서 하나씩 집어 온 스포츠 시계다.

"알았어. 지금 아예 타이머로 정해 둘게."

삼식이가 시계를 조몰락거리고 나서 기운차게 페달을 밟았고, 신입이 그 뒤를 따랐다. 좌우로 흔들리며 출발한 자전거는 이내 스피드를 내면서 빠르게 멀어져 갔다.

"확실히 빠르기는 하구나, 뛰는 것보다."

보안관이 가볍게 한숨을 내쉬면서 중얼거렸다.

"제니야, 이따가 쟤들 돌아오면 나랑 자전거 타고 산책로 한 바퀴 돌래?"

웃으며 고개를 돌렸지만, 제니가 보이지 않는다. 조금 놀란 표정의 보안관이 유빈에게 묻는다.

"제니는…… 어디 갔어?"

"제니? 몰라……."

유빈은 고개를 저었다. 조금 전까지 보안관과 함께 삼식이에게 신신당부를 하던 중이었으니 알 수 없기는 그도 마찬가지이다.

아니, 잠깐…….

유빈의 머릿속에 조금 전의 일이 떠올랐다.

"아! 어쩌면 소, 속옷 가게에……."

"뭐? 혼자?"

유빈의 시선을 따라 골목 입구를 바라보던 보안관이 해머를 내던지고 곧바로 달리기 시작했다. 유빈도 그 뒤를 따라 뛰었다. 그러나 숨 쉬는 것도 뒤로 미루어 둔 채 힘차게 허벅지를 끌어 올리는 보안관이 훨씬 빠르다.

"제니야!"

유빈은 목소리를 높여 제니의 이름을 불렀다. 제발 그녀가 평소처럼 장난기 가득한 미소를 지으며 내다봐 주기를 간절하게 빌었다. 하지만 대답이 없다.

"제니야!"

유빈이 한 번 더 외치는 동안 보안관은 40여 미터를 더 내달려 속옷 가게에 거의 도착해 있었다.

꺄아악ㅡ! 가장 듣고 싶지 않았던 비명 소리가 들려오자 유빈은 가슴이 찢어지는 것만 같았다.

콰장창!

문으로 돌아 들어가는 시간을 줄이기 위해 보안관은 깨져 있던 유리를 뚫고 몸을 날렸다.

찌이익ㅡ.

날카로운 유리의 단면에 찢긴 팔에서 피가 흐른다. 하지만 보안관은 그 상처들을 인식하지 못했다. 그의 오감 중 유일하게 작동하고 있는 시각에, 가게 밖을 향해 필사적으로 기는 제니의 모습이 들어왔다. 그녀의 발목을 낚아채기 위해 팔을 뻗는 좀비도 보인다.

"으아아아!"

보안관은 야수처럼 포효하면서 좀비를 향해 몸을 날렸다. 놈의 팔과 어깨를 꽉 잡아 벽을 향해 집어 던졌다.

와장창!

벽에 꽂힌 녀석은 비틀거리면서도 다시 몸을 뒤집어 달려들 채비를 한다.

그롸아아악ㅡ.

뒤쪽에서 또 다른 좀비가 제니를 향해 덤빈다. 보안관은 곁에 세워져 있던 토르소 마네킹을 집어 들고 놈의 머리통을 후려갈겼다.

우드득!

마네킹과 좀비의 목뼈가 함께 부서져 나간다. 보안관은 첫 번째 놈을 향해 몸을 돌리고 마네킹을 사정없이 휘둘렀다.

"이! 씨발! 놈이! 감히! 어디서! 어디서!"

한마디를 내뱉을 때마다 한 방씩 후려갈겼다. 내동댕이쳐지면서도 곧바로 몸을 일으키던 좀비지만, 다섯 방을 맞은 이후로는 더 이상 움직이지 못했다. 엉망으로 박살 나 철심이 드러난 마네킹의 날카로운 조각이 녀석의 부러진 목에 박혀 버렸다. 보안관은 마네킹을 놓고 녀석의 가슴팍을 세게 걷어찼다.

콰드득.

갈비뼈가 부서지는 소리와 함께 이미 죽은 좀비는 벽에 내동댕이쳐졌다.

그롸아악!

뒤늦게 유빈이 도착했다. 두 마리가 더 남았고, 무기는 없다. 그리고 보안관은 화가 머리끝까지 나 있었다. 보안관은 왼발을 내디디며 풀 파워의 스트레이트를 앞선 놈의 턱에 날렸다.

투둑.

좀비의 턱이 돌아가며 탈골되는 소리가 울린다. 아래턱이 빠져 버린 좀비가 사선으로 날아가 나동그라지자, 보안관은 마지막 놈에게 달려들어 머리칼을 움켜쥐고 벽에 얼굴을 짓찧었다.

콰득! 빠가각!

벽에 튀어나와 있던 철제 팬티 걸이가 놈의 안구를 뚫고 들어갔다.

우두둑! 우두두둑!

보안관은 놈의 뒤통수를 꽉 밀어 돌리면서 뇌가 전부 뭉개질 때까지 깊이 박아 넣었다. 이제 움직이는 놈은 하나뿐이다.

야차 같은 얼굴의 보안관은 아래턱이 날아간 좀비를 향해 뛰어올라 드롭킥을 날렸다.

뚜둑!

목뼈가 뒤로 꺾인 녀석이 카운터에 걸려 넘어가면서 먼지를 일으킨다. 몸을 일으킨 보안관은 손가락 사이에 끼어 있는 좀비의 머리카락을 털어 버리고 곁에 걸려 있던 레이스 팬티를 집어 더러워진 손바닥을 닦았다.

"후우우……."

한숨을 몰아쉰 보안관은 제니를 향해 몸을 돌렸다.

"괜찮아?"

괜찮을 리가 없다. 부들거리고만 있던 제니는 울음을 터뜨리며 얼굴을 가렸고, 그 눈물 때문에 화를 더 참지 못한 보안관은 소리를 버럭 질렀다.

"왜? 왜? 왜 혼자 움직여? 왜!"

"으! 흐으아~ 미안해요, 오빠……. 미안해요……."

"말만 하면 됐는데! 왜?"

"미안……해요."

두 손에 얼굴을 묻은 제니는 울먹이며 미안하다는 말만 반복했다. 보안관은 멍해진 눈으로 가게를 바라봤다. 창고로 향하는 쪽문이 열려 있고, 그 앞에 한 무더기의 속옷들이 떨어져 있다.

저곳에서 나왔던 건가…….

하긴, 하필이면 여기에만 좀비가 숨어 있을 줄은 아무도 몰랐다. 무슨 말인가를 더 하려던 보안관은 제니의 어깨를 꽉 끌어안았다. 훌쩍일 때마다 가녀린 그녀의 어깨가 떨렸다.

"……울지 마. 이제 괜찮아. 이제……."

"말하기 싫었어요, 창피해서……. 흐으으…… 미안해요. 잘못했어요. 피…… 어떡해……. 흐윽."

보안관의 굵은 팔뚝에서 흘러내린 뜨끈한 피에 놀라서 제니의 울음소리는 더 커졌다.

"울지 마. 이런 건 정말 아무것도 아니야. 괜찮아."

엉망이 된 두 사람의 모습을 보면서 유빈은 이루 말할 수 없는 죄책감을 느졌다.

"으으으~ 아, 따거! 하지 마! 그만! 제니야, 왜 자꾸 벌려? 가뜩이나 따가운데. 아흐으!"

아무리 엄살을 부리고 사정을 해 봐도 제니는 눈살을 찌푸린 채 보안관의 팔뚝에 난 긴 상처를 단호하게 벌리고 알코올을 부어 댄다.

유빈이 약국에 가서 가져온 상처 치료용 약들이 그녀의 옆에 놓여 있다. 보안관의 팔에는 여러 개의 베인 자국이 남았고, 마네킹이 깨져라 꽉 쥐었던 손바닥은 피멍이 들고 잔뜩 찢겼다.

"아후! 오빠, 가만히 좀 있어요. 유리 가루가 상처에 들어갔을까 봐 그러는 거예요."

"좀 들어가면 어때서 그래?"

"혈관을 타고 흐를까 봐 그렇죠. 어으, 이거 어떡해?"

유리 가루가 혈관을 타고 흐른다는 말에 보안관의 표정이 굳는다.

"정말? 확실한 거야? 유, 유리 가루가 그렇게 돼?"

"저도 몰라요. 그냥…… 어디서 그런 말을 들은 것 같아서……."

제니가 다시 상처를 벌리고 알코올을 붓는다. 으윽! 찢어진 상처에 불이 붙는 것 같았지만, 보안관은 이를 악물고 참았다. 사람 크기의 좀비는 안 무섭지만, 핏줄을 타고 흘러 다니며 여기저기를 찢는 유리 가루는 무섭다. 주먹질을 해서 눕힐 수 없는 상대니까.

"아야야야!"

"따가워요? 아, 어떡해……. 미안해요, 오빠."

제니 역시 울상을 지으면서 보안관의 상처에 입술을 가까이 대고 후, 후, 불어 준다. 그러고 있는 동안 졸지에 죄인이 되어 버린 유빈은 뒤치다꺼리를 했다.

제니가 골랐다가 바닥에 떨어뜨린 속옷들을 집어 먼지를 털고 쇼핑백에 담아 제니의 배낭 속에 넣어 준 뒤, 유빈이 힘없이 입을 열었다.

"그놈들, 속옷 가게 2층에 숨어 있었던 네 명이야."

"제비 아저씨한테 라면 10만 원에 팔던 새끼들 말이야?"

"응. 얼굴 알아보겠더라."

"흥, 그랬나? 여러 번 속 썩이네, 새끼들. 하필이면 왜 거기에 기어 들어가 있었지?"

"창고 안에 식칼 같은 무기들도 떨어져 있더라고. 아마 먹을 걸 구하러 나왔다가 물려서 그리로 도망갔던 거겠지. 그리고······."

유빈은 말하고 싶지 않은 이야기를 털어놓았다.

"미안해. 사실 나더러 가자고 했었는데, 내가 싫다고 했어. 다 내 탓이야."

"그래? 정말?"

보안관이 깜짝 놀라며 제니를 돌아본다. 제니는 잠시 유빈을 쳐다보고 나서 고개를 끄덕였다.

"응······ 네."

"아휴~ 제니야."

보안관이 답답하다는 듯 말한다.

"부탁할 상대를 잘못 골랐어. 쟤는 너랑 똑같아. 완전 약골이라고! 나한테 이야기를 했어야지. 이거 봐, 이 알통! 아야야!"

근육에 힘을 주어 부풀리자 상처에서 또 피가 찌익, 솟는다. 보안관은 얼른 팔을 움츠리며 엄살을 떨었다.

"그냥······ 미안해요, 오빠. 유빈이 오빠한테도 미안하구요."

제니는 쓸쓸하게 말하면서 보안관의 상처를 닦고 습윤 반창고를 붙여 주었다. 보안관의 팔은 온통 희고 두툼한 의료용 반창고로 뒤덮여 버렸다.

"어후~ 얼굴에도 상처가 났네요. 이거, 흉터 남으면 어떡하지?"

"괜찮아. 나는 어차피 너한테만 잘 보이면 되는데."

보안관이 아무렇지도 않게 민망한 소리를 지껄이자, 제니가 피식 웃음을 터뜨렸다. 그러더니 곧바로 다시 우울해져서 고개를 숙인다. 보안관은 제니의 어깨를 토닥여 주고 말했다.

"그렇게 기죽어 있지 마. 나한테는 이 일이 평생 자랑스러운 기억으로 남을 테니까. 너를 구할 수 있어서 영광인 거야. 그러니까 나한테 미안해할 필요도 없는 거고. 그냥…… 조심하겠다고 약속만 해 줘. 네가 너무 중요해서 휙 사라질까 봐 그게 제일 두려워. 알았지?"

"……네."

그렇게 대답을 하면서도 제니는 여전히 고개를 들지 못했다. 제니의 어깨에서 손을 떼지 않은 보안관이 유빈을 향해 고개를 돌리더니 휙— 휙— 머리를 챘다.

지금 내가 엄청 멋진 말을 해서 분위기 좋아지고 있으니까 자리 좀 피해 줘! 뽀뽀 한번 해 보자, 쫌!

보안관의 찡그린 한쪽 눈이 전하는 의미를 알아챈 유빈은 조용히 뒷걸음질을 쳐 줬다. 유빈이 멀어진 것을 확인한 보안관이 목소리를 큼큼, 가다듬고 제니를 은근하게 불렀다.

"제, 제, 제니야."

제니가 고개를 든다. 울었던 탓에 눈과 입술이 조금 부어 있는데, 그게 또 얼마나 사람의 애를 태우는 매력이 있는지! 저기에 내 입술을 포개도 되지 않을까? 분위기도 어느 정도 무르익었는데?

'아이, 오빠. 유빈이 오빠 보잖아요', '아니야, 제니야. 유빈이 지금 없어. 아마 다른 볼일이 있었나 봐.', '어머, 몰라. 그러면 한번 해 보든가…….'.

망상에 빠진 보안관은 입술을 뻐끔거리며 거친 숨을 내뿜었다. 제니의 눈이 보안관을 본다. 그녀 역시 보안관이 하고 싶은 게 뭔지 알아챘는지 가볍게 얼굴을 붉혔다.

하지만 제니는 눈길을 피하지도, 꽉 잡힌 어깨를 빼려 들지도 않았다.

그린 라이트인 건가!

보안관의 가슴이 터지기 직전이다. 보안관은 고개를 약간 돌려 다가갔다. 제니는 미동도 않고 기다린다. 그때…….

"보아안콰안! 보아아안관! 좀비다! 좀비야!"

삼식이의 방정맞은 목소리가 변화가 전체를 쩌렁쩌렁 울리며 빠르게 가까워졌다. 어느새 바로 등 뒤에 와 있던 모양이다.

이, 이런 개새끼. 하필이면 이런 때에…….

보안관은 원망스러운 눈으로 삼식이를 노려보았다. 하지만 그런 보안관의 마음을 알 리가 없는 삼식이는 마음껏 혼신의 연기를 계속했다.

"좀비야! 좀비! 빨리 도망가야 돼! 신입, 내 말 맞지?"

뒤를 따라오는 신입은 어정쩡하게 고개를 끄덕인다. 분명 이 유치한 장난에 끼어들고 싶지 않은 것이다.

"지랄하지 마, 이 새끼야! 담배나 빼 버리고 급한 척을 해!"

"하하하, 왜 안 속지? 아! 보안관, 눈치 빠른데?"

"그렇게 국어책을 읽고 앉아 있는데 누가 속아? 아, 아, 따가워."

버럭 화를 내던 보안관이 등을 움츠렸다. 제니가 살피더니 베인 곳이 있다며 소독을 하고 입김을 쐬어 주었다.

오호, 따가운 곳에는 입김을 불어 주는 거지?

보안관은 이미 소독약이 발라져 있는 자신의 입술 주변을 가리키며 엄살을 떨었다.

"여, 여기도 호~ 해 줘, 제니야."

"후우욱~."

말이 다 끝나기도 전에 입술을 가까이 대며 재빨리 입김을 불어 준다, 삼식이 개새끼가. 담배 연기를 고스란히 뒤집어쓴 보안관은 얼굴을 찌푸리며 버럭 화를 냈다.

"우웩! 캑! 아우, 담배 냄새! 이 개새끼야!"

"하하하! 불어 달라고 했잖아. 왜 짜증을 부려? 너 얼굴은 왜 그래? 제니한테 맞았어?"

"닥쳐! 이 미친놈아!"

"훗, 보안관. 잘난 척할 수 있는 것도 지금뿐이다. 이게 뭔지 알면 나한테 그런 식으로 굴지 못할걸?"

삼식이는 배낭에서 페트병을 꺼내 자랑스럽게 내밀더니, 뚜껑을 열고 흔들었다. 맑고 투명한 액체가 찰랑인다.

"그게 뭔데요?"

제니가 묻자 삼식이는 1초의 딜레이도 없이 곧바로 대답했다.

"세녹스!"

삼식이는 자랑스러워하며 가슴을 쫙 폈지만, 제니는 전혀 모르겠다는 표정이다.

"세……녹스가 뭐예요?"

보안관이 끼어들어 설명했다.

"자동차용 기름이랑 비슷한 건데, 조금 싼 거 있어……. 정확히 말하자면 진짜 세녹스도 아니야. 그냥 유사 휘발유지. 그런데 이건 어디서 났어?"

"흠흠, 그 트럭을 발견한 건 큰길 건너 고가도로 밑 안전지대였지. 연료 첨가제라는 포스터가 붙어 있더라고. 그래서 혹시나 하고 트럭 짐칸을 열어 봤더니…… 크아! 내가 무슨 말 하고 싶은지 알지? 플라스틱 말통이 가득 쌓여 있는 거야. 뚜껑 따니까 냄새가 확 올라오더라고! 그래서 얼른 물통을 비우고 이렇게 담아 왔지."

삼식이가 페트병 뚜껑을 따고 냄새 맡는 시늉을 한다. 한 손에는 여전히 담배를 쥐고서…….

보안관은 황급히 손을 뻗어 병을 빼앗았다. 워낙 뜨거운 날이어서 그런지, 열려 있는 입구 위로 아지랑이처럼 휘발되는 것이 눈에 보인다.

"야! 큰일 나, 인마. 이거 만질 때에는 담배 좀 꺼. 불붙으면 얼굴 다 날아가."

"아, 그렇구나. 미안, 미안."

삼식이는 담배를 비벼 끄고 득의만면한 미소를 지었다.

"자아, 이제 우리는 발전기를 마음껏 돌릴 수 있게 됐다!"

"발전기? 발전기 돌려서 뭘 하려고?"

"보안관, 너 진짜 바보구나……. 이제 우리는 냉장고로 얼음을 얼릴 수 있어. 팥빙수를 생각해 봐."

"냉장고가 어디 있어요?"

"사방에 널린 게 냉장고지. 아무 집에라도 들어가서 하나만 집어 오면 되는걸, 뭐. 어, 그런데 참, 유빈이는?"

"나 여기 있어."

뒤쪽에서 유빈이 긴 코팅 종이를 둘둘 말아 들고 걸어온다. 삼식이가 물었다.

"넌 어디 갔다가 와? 그건 뭐야?"

"아, 부동산 대리점 벽에 걸려 있던 지도 가지고 오는 거야. 이 부근 자세한 지도가 있으면 좋을 것 같아서. 그보다 세녹스를 찾았다고?"

"응. 이거야, 이거!"

"도로는 어때? 어디까지 나가 봤어? 좀비들은?"

"음, 동일로가 보이는 데까지 갔다가 돌아왔는데, 일단 좀비는 못 봤어. 와, 그런데 거기는 정말 차들로 꽉 막혀 있더라. 이 주변보다 훨씬 심해."

"그러면 기름이 있어 봐야 차를 타고 이동하지는 못하겠네."

"차? 우리 차 없는데?"

"차도 냉장고랑 똑같아. 열쇠가 걸려 있으면 아무거라도 타면 돼."

"오호, 그렇구나!"

유레카를 외치는 표정으로 보안관이 큰 소리를 내며 손바닥을 쫙! 쳤다.

"우리 오늘 당장 복지 센터 앞 도로로 내려가서 차 한 대 끌고 오자."

"무슨 소리야, 보안관? 길이 막혀서 차는 쓸모가 없다니까."

유빈의 말에 보안관이 답답하다는 듯 손을 내저었다.

"복지 센터 앞 벌판부터 여기 구름다리까지는 마음대로 타고 다닐 수 있잖아. 그러면 쇼핑하고 돌아갈 때도 훨씬 편할 테고, 무거운 것도 힘 안 들이고 가져갈 수 있어. 드, 드라이브도 재미 삼아 할 수 있고."

이유를 거창하게 댔지만, 보안관의 머릿속에 든 생각이라야 어차피 제니와 한적하게 드라이브를 즐길 수 있지 않을까 하는 기대가 거의 전부일 터였다. 아파트를 세우기 위해 닦아 놓은 평평한 공터니까 차가 다니기에 불편함은 없을 것이다.

드라이브라…….

유빈은 가볍게 한숨을 쉬었다.

예전에 보안관이 산에서 주웠던 찌라시에는 건대 부근에 생존자용 보호소가 있다고 적혀 있었다. 자동차로 이동할 수만 있다면 30분 안에 닿을 수 있는 거리다.

공사용 트럭이 아니라 번듯한 내 차에 미래의 여자 친구를 태우고 싶었는데, 막상 눈에 보이는 모든 물건의 주인이 된 지금은 달릴 도로가 없어서 차를 몰지 못한다니…….

"세녹스 얼마나 가져왔는데?"

"지금 당장은 이게 다야. 더 가져와?"

삼식이와 신입이 페트병 하나씩을 들어 보였다. 그 정도면 당장 발전기에 부어서 쓸 양은 충분할 것 같다. 물론 이 귀한 연료로 냉장고를 돌릴 생각은 없고, 혹시 자동차를 움직인다고 해도 연료가 남아 있는 차를 고르면 되니까 당장 휘발유가 필요하지는 않을 것이다.

없다.

만배파가 자신에게 남긴 단서가 단 하나도 없다. 한 줄의 편지도, 간단한 약도 한 장도…….

몇 시간이나 걸려서 펜트하우스 전체를 뒤져 보고 난 민구는 어처구니가 없어서 허탈한 웃음을 지었다.

"내가 이 정도밖에 안 되는 존재였나? 크크크."

자신의 방으로 돌아와 소파에 걸터앉은 민구는 따 놓은 양주를 병째로 기울이며 담배에 불을 붙였다. 해가 진 이후, 실내는 급격하게 어두워졌고, 그는 초를 하나 가져와 탁자 위에 켜 두었다. 흔들거리는 촛불이 술기운과 제법 잘 어울려서 사람을 감상적으로 만든다.

후우우~ 담배 연기를 길게 뿜어낸 민구는 고개를 뒤로 젖힌 채 잠시 생각에 잠겼다.

열일곱 살 때부터였나…….

육만배가 원하는 모든 싸움에서 가장 앞장을 섰고, 또 승리를 이끌어 냈다. 보통 사람들은 상상할 수도 없을 만큼 많은 놈들을 담그고, 그중에 정말로 향냄새를 맡게 된 놈들이 몇인지는 그조차도 세지 못한다.

그런데…… 그런데 고작 이따위 대접이라니. 다른 애송이 자식들이야 어떤 짓거리를 했어도 상관없다. 하지만 육만배와의 관계가 이렇게 끝난다는 건 민구에게 적잖은 충격이었다.

의리…… 따위의 말을 쓰는 건 촌스럽지만, 적어도 이보다는 끈적한 무엇인가가 있을 거라고 민구는 기대했었다.

"크크크."

민구는 소파에 몸을 깊숙하게 묻으며 자조적으로 웃었다. 그때, 계단으로 이어져 있는 문이 가볍게 끼익거린다. 민구는 미동도 않고 조용히 양주병만 기울였다.

저벅저벅, 누군가 복도를 걸어오는 아주 작은 소리. 불빛은 어른거리지 않는다. 민구는 자리에 그대로 앉아서 담배를 깊숙이 빨아들였다. 다섯, 아니, 여섯인가. 민구는 고개를 끄덕였다.

자신의 인기척이 길거리에 있던 놈들을 이 높은 곳으로까지 끌어 올렸다고는 생각되지 않는다. 아마도 이 건물 내부 어딘가에서 헤매던 놈들일 테지.

그르윽, 그르르윽!

놈들의 거칠고 낮은 숨소리가 들려온다. 그리고 곧 괴물들이 열어 두었던 문 앞으로 달려들기 시작했다. 그제야 자리에서 일어난 민구는 웃으며 마세티를 거머쥐었다.

"이야~ 어서 와. 날 기다린 새끼들은 너희밖에 없구나."

그롸아아악!

앞선 놈이 아가리를 쫙 벌리고 달려든다. 스커트에 조끼까지. 아마 은행 유니폼인 것 같다. 민구는 마세티를 높이 치켜올렸다가 그대로 내려쳤다.

쩍!

단발머리가 쪼개지며 뇌수가 바닥에 쏟아져 내린다. 손목을 비틀어 날을 빼낸 민구는 곧바로 팔과 허리를 함께 돌리며 두 번째 놈의 목을 쳐냈다.

달려들던 힘과 정확한 타격, 적당한 무게가 모두 맞아떨어지면서 한 번에 잘린 괴물의 머리가 벽을 맞고 튕겨 나온다.

데구루루~.

괴물의 머리가 구르는 동안 두 놈이 더 뛰어들었다.

콰당탕!

민구가 가볍게 방향을 돌리자 놈들은 탁자와 소파를 뒤엎으며 바닥에 나뒹굴었다. 엎어진 촛불이 힘없이 흔들리다가 꺼져 버리자, 이제 블라인드를 통해 비쳐 드는 어두운 초저녁의 달빛만이 실내를 비춰 주는 유일한 조명으로 남았다.

콰작!

엎어져 있는 탁자를 단두대로 삼아 마세티를 휘두르자, 일어나려던 녀석의 몸과 머리가 분리되어 탁자 아래로 떨어진다. 민구는 곧바로 네 번째 괴물에게 달려들어 무릎을 걷어찼다.

우득!

무릎이 반대로 꺾인 괴물이 맥없이 쓰러졌다. 퉤, 민구는 물고 있던 담배를 놈의 뒤통수에 뱉어 버렸다. 머리카락에 맞은 담뱃불이 다시 튀어 오르기도 전에 민구가 휘두른 칼날이 덮쳐든다.

빠가각!

뒤통수가 산산이 쪼개지는 소리. 민구는 광기 가득한 웃음을 지으면서 놈의 뒤통수를 재차, 삼차 내리갈겼다. 사방으로 뇌수가 흩뿌려졌다.

그롸아악!

등 뒤에서 울리는 포효를 느낀 민구는 빠르게 허리를 숙였다.

콰당탕!

그를 덮치기 위해 몸을 날렸던 괴물은 소파에 머리를 박고 나동그라졌다. 비스듬히 들렸던 소파가 거꾸로 뒤집히며 놈을 깔아뭉갠다. 민구는 녀석을 내버려 두고 복도로 뛰어나가 마지막 놈을 상대했다.

빠직!

비스듬하게 휘두른 마세티가 괴물의 광대뼈를 부러뜨리고 달려들던 녀석을 주춤거리게 만들었다. 중심을 잃은 괴물이 다시 몸을 추스르려 할 때, 민구의 칼날이 놈의 턱을 날린다.

그리고 콰작! 녀석의 목에 다시 한번 정반대로 방향을 바꾼 민구의 공격이 꽂혔다.

그롸아아악!

넓적한 칼날을 목에 박은 채 달려드는 괴물의 모습은 실로 기괴했다.

크크크, 미친놈들…….

민구는 고개를 저으며 웃었다. 이미 몇 차례나 보아 왔지만, 도무지 익숙해질 것 같지 않은 꼴이다. 민구는 왼손을 들어 마세티의 칼등을 잡고 밀며 버텼다. 양쪽에서 미는 힘이 팽팽하게 맞서자, 칼날이 목 안으로 점점 더 박혀 들어간다.

까드득!

목뼈가 으스러지는 소리가 나는 바로 그 순간에도 괴물은 어떻게든 칼날 반대편에 있는 민구의 왼손을 깨물어 보려고 이빨을 딱딱거린다.

푸걱!

뼈를 지난 칼날이 꽤나 빠르게 괴물의 목을 잘라낸 순간 민구는 얼른 몸에서 힘을 뺐다. 앞으로 고꾸라지는 좀비의 몸에 깔리고 싶은 생각은 없다.

"후우우~."

마세티의 칼날에 묻은, 찐득하고 검은 피를 털어 낸 민구는 다시 방으로 돌아왔다. 소파에 깔렸던 놈은 아직도 빠져나오지 못한 채 버둥거리고 있었다.

"자, 자, 치워 준다. 일어나, 이 새끼야."

민구는 소파의 옆을 걷어차서 밀어 버리고 괴물이 몸을 일으킬 때까지 잠시 기다렸다.

그롸악!

놈은 자유로워지자마자 민구를 향해 미친 듯이 달려든다. 민구는 뒤로 두어 걸음 물러나면서 놈의 얼굴을 가만히 쳐다봤다. 깨진 안경, 구겨진 넥타이, 목걸이처럼 걸고 있는 사원증. 평소였다면 감히 조폭 냄새가 물씬 나는 민구를 향해 눈도 똑바로 뜨지 못할 샌님이었을 것이다.

"세상이 바뀌었다, 이거냐?"

민구는 갑자기 이를 악물고 샌님을 향해 마세티를 휘둘렀다.

콰작!

살이 터지고 뼈가 부서지는 소리. 하지만 급소를 건드리지는 않았다.

콰작! 빠득! 와드득! 콱!

민구가 스텝을 밟아 몸을 돌리고 팔을 휘두를 때마다 괴물의 신체 이곳저곳은 사정없이 잘려 나갔다.

"하아, 젠장. 내가 지금 이게 무슨 짓이지? 왜 엉뚱한 녀석한테······."

두 팔과 다리 하나를 잃고 나서도 여전히 적의를 드러내며 포효하는 괴물을 보면서 민구가 중얼거렸다. 놈의 얼굴은 워낙 엉망으로 훼손당해 있어서 그렇게 큰 소리를 낼 수 있다는 게 신기할 지경이었다.

더 이상 놈을 괴롭히는 건 무의미한 일이다. 아니, 아무리 애를 써 봐도 놈은 괴롭지도, 고통스럽지도 않다. 그래 봐야 힘이 들고 아픈 건 민구 자신의 육체일 뿐.

콰작!

민구는 일격에 샌님 녀석의 뒤통수를 부숴 버렸다. 이런 짓을 해 봐도 공허함이 달래지지 않는다. 달칵, 민구는 병원에서부터 가져온 플래시를 켰다. 시체들이 엉망으로 널려 있는 사무실의 꼴을 보니 후회가 밀려들었다.

"복도에서 처리해 버릴 걸 그랬나……."

민구는 담배를 꺼내 물고 주머니를 뒤적거렸다.

"이런 젠장, 라이터를 안 챙겼잖아."

탁자 위에 라이터를 놓아둔 채 싸운 모양이다. 민구는 혀를 차면서 플래시로 바닥을 훑었다. 라이터는 거꾸로 엎어진 소파 옆에 떨어져 있었다. 라이터를 집을 때, 민구의 눈에 작은 포스트잇 조각이 들어왔다. 아까 방을 뒤져 볼 때는 분명히 없던 물건이다.

"소파 틈바구니에 박혀 있었던 건가?"

불을 붙인 민구는 혹시나 하는 마음에 종이를 집어 들었다. 아주 짧은 한 문장이 적힌 메모였다.

잠실 쉼터에서 기다립니다, 형님.

쉴 터? 잠실에 그런 데가 있었나?

민구는 고개를 갸웃거렸다. 쓴 사람의 이름도 적혀 있지 않고 필적 따위 알 턱이 없지만, 꼬라지를 보니 상황이 단박에 이해됐다. 쪽지를 구겨 바닥에 던져 버리고서 민구는 큰 소리로 웃기 시작했다.

"아나~ 하하하! 기동이, 이 같잖은 새끼. 크크크크, 아하하하!"

08

나들이를 나온 지도 벌써 여러 시간. 긴 여름의 해가 기울면서 서쪽 하늘이 조금씩 붉게 물들어 가고 있다. 마음이 급해진다. 보안관과 제니도 어지간히 놀랐 었으니까 편안한 곳에서 안정을 취할 필요가 있다. '세녹스, 더 갖고 올까?' 하는 삼식의 물음에 유빈은 고개를 저었다.

"아니야. 어차피 누가 훔쳐 갈 것 같지도 않고, 필요하면 그때 가져오면 되겠 지. 이제 슬슬 돌아가자."

모두 고개를 끄덕였다. 그들은 각자의 배낭 속에 짐을 꽉꽉 채운 채 지하 통로 를 지나 경전철역을 통과했다. 삼식이와 신입은 굳이 자전거를 끌고 가느라 땀 을 흘렸다.

"야, 그런데 가만 생각해 보니까 웃기다. 거기에 뭐가 있다고 꼭 돌아가야 하냐? 하다못해 문짝 하나도 없는 집에를……. 필요한 물건이 저쪽에 다 있는 데, 그냥 아예 저기 자리 잡고 눌러살까? 아무 집이나 하나 골라잡으면 되는 거잖아?"

구름다리를 건너 길게 뻗은 산책로에 들어섰을 때, 삼식이가 번화가 방향을 되돌아보며 말했다. 신입도 솔깃하게 받아들였다.

"아, 그렇게 해도 되겠구나. 정말이네."

"그래, 생각해 봐. 저런 집들에 들어가서 시체만 치우고 살면 방이랑 이불도 각자 쓸 수 있어. 물탱크에 물만 채우면 샤워도 할 수 있고. 심지어 수세식 변기 도! 좋지, 좋지? 응?"

기가 산 삼식이가 목소리를 높인다.

아예 이사를 한다고? 번화가 쪽으로?

막연하게 복지 센터를 집처럼 여기던 유빈과 보안관도 조금 충격을 받아서 곰곰이 생각에 잠겼다. 확실히 이곳에는 제대로 만들어진 집이 있다. 깨끗하게 목욕을 한 다음 이불을 덮고 침대 위에서 잠을 잔다. 스티로폼이 아닌 진짜 침 대……. 얼마나 사치스럽고 아늑한 상상인가.

"그렇기는 한데, 단점은 없을까요? 저기로 옮기면……."

"글쎄, 실내니까 불을 피울 수 없겠지만, 그건 가스레인지나 랜턴으로 해결하면 되는 거고, 그 외엔 약수터에 가서 물을 길어 오기가 좀 힘이 들겠지. 생수가 쌓여 있다고는 해도 계속 흐르는 물을 쓸 때처럼 마음이 편하지는 않을 테니까……. 하지만 평지에서 2킬로미터 정도밖에 안 되니까 하자고 하면 못 길어 올 거리도 아니야."

보안관이 머리를 긁적이며 대답했다. 유빈은 입을 다문 채 고개를 숙이고 생각에 빠졌다. 분명히 번화가 쪽의 집들이 더 편안하기는 할 텐데, 왠지 불안하다. 그 이유가 뭘까…….

단순히 약수터와의 거리가 멀다거나 하는 문제가 아니다. 턱을 잡고 고개를 숙이고 있는 그의 눈에 흰 페인트로 바닥에 그려져 있던 화살표와 숫자가 눈에 들어왔다.

"……11,200."

이미 오래전에 페인트칠이 되어 있던 것인지, 조금 닳아 지워져 있다. 그 숫자와 화살표의 의미가 무엇인지는 몰랐지만, 유빈은 더 신경 쓰지 않았다. 그런 것보다는 거처를 옮길지의 문제에 대해 고민하는 게 훨씬 더 중요하다고 생각했기 때문이다.

"이사라……."

잠시의 침묵을 깨고 유빈이 입을 열었다.

"나는 있지, 왠지 불안해. 일단 저기는 한번 좀비들이 점령했던 지역이기도 하고…… 복지 센터는 1층과 2층이 분리되어 있지만, 저기의 집들은 다 계단으로 이어져 있잖아. 좀비들이 떼로 닥치면 달아날 곳이 없어."

"쇠문이 달린 집으로 들어가면 되지."

신입은 별것 아니라는 투다.

"게다가 아무래도 좁아. 음식을 쌓아 둔다고 해도 집 안에 두는 양 정도로는 며칠 못 버틸 거야. 100평이 넘는 복지 센터하고는 물탱크 크기부터가 다르지. 하긴 뭐, 이건 내 생각일 뿐이니까……. 너희는 어때? 이사를 하는 게 낫다고 생각하냐?"

음, 다들 갈등하는 표정이다. 등 뒤의 산 너머에 대규모의 좀비들이 머물고 있는 복지 센터냐, 번화가의 집이냐. 가장 먼저 결정을 내린 건 보안관이었다.

"역시…… 익숙한 게 더 나은 것 같기는 해. 나는 그냥 복지 센터에 있는 게 좋아."

"내가 처음 말해 놓고 이런 이야기 하면 좀 웃기지만, 저 동네에서 나는 악취가 신경 쓰여. 길거리 전체에 시체 썩는 냄새가 진동해서 영……."

삼식이까지 말한 시점에서 이미 과반수를 넘어섰지만, 다들 제니의 입을 쳐다보고 서 있다. 제니는 멋쩍어하며 말했다.

"흐…… 저는 뭐, 오늘도 한 번 까불다가 죽을 뻔했었으니까……. 아무래도 저기에서 산다는 건 좀 무섭네요. 하지만 오빠들이 정하는 대로 따를게요."

이걸로 결정이 내려졌다. 쇼핑은 번화가에서, 생활은 복지 센터에서 하는 것으로. 신입이 조금 아쉬워하긴 했지만, 그 결정에 대해 그리 큰 불만은 없어 보인다.

"우리 내일은 호프집에서 플라스틱 의자랑 테이블도 가져오자."

잡초가 무성하게 자란 벌판을 가로질러 걷다가 보안관이 제안을 하자 다들 반겼다. 의자에 앉아 밥도 먹고 커피도 마신다면 훨씬 기분 좋게 매일을 보낼 수 있을 것이다.

플라스틱 의자를 시작으로 해서 다들 자신이 가지고 싶은 걸 떠들어 대기 시작했다. 알루미늄 야구방망이부터 음악을 들을 수 있는 앰프까지, 필수품과 사치품이 정신없이 섞여 나온다.

"덥다. 끈적끈적해."

신입이 목덜미를 쓰다듬으면서 투덜댔다. 며칠 동안 제대로 씻지를 못했고, 하루 종일 7월의 햇빛을 받고 돌아다녔으니 당연한 일이다.

"그…… 있잖아, 어린이용 튜브 풀장. 그런 것도 있으면 좋을 텐데. 옥상에 놔두고서 더울 때마다 푹 담그고 싶다. 아휴, 생각만 해도 시원하다."

삼식이가 군침을 삼키면서 말하자, 보안관이 타박을 준다.

"거기에 물이 얼마나 많이 들어가는데, 그 많은 물을 누가 더 져서 날라?"

"에이, 한 번만 채워 놓으면 되는걸, 뭐."

"너 지금 물에 10분만 불려 놓으면 아마 때가 둥둥 뜰걸? 그 물에 나도 들어가라고? 싫어."

하지만 삼식이는 기죽지 않았다.

"잠자리채 같은 걸로 건지면 깨끗해. 우리끼리인데 뭐 어때. 유빈아, 너도 그렇게 생각하지?"

"그런 문제는 일단 풀장이 생기고 난 다음에 싸워도 될 것 같은데. 지금 우린 풀장이 없잖아."

"아!"

그렇게 농담을 하고 웃는 동안에 그들은 복지 센터와 마주하고 있는 철책 앞에 다다랐다. 그리고 곧 그것을 보았다.

"젠장!"

철책이 뚫린 곳에 걸쳐 두었던 레이저 와이어에 청바지의 천 조각과 회색빛으로 썩어 가는 주먹 크기의 살덩어리가 걸려 있다. 아무 해도 끼칠 수 없는 살덩어리에 불과했지만, 즐겁게 웃고 떠들던 분위기를 단박에 죽이기에는 충분했다. 좀비가 이곳에 왔었다.

모두의 얼굴이 굳는다. 다들 과잉되게 즐거운 척 가장하며 애써 외면해 왔던 공포의 감정이 순식간에 수면 위로 떠올라 버린 것이다.

"움직이지 마. 조용히……."

보안관은 등에 메고 있던 배낭을 내려놓고 두 손으로 해머를 쥐었다. 상처 때문에 반창고투성이가 된 두 팔의 근육이 순식간에 팽팽해진다. 유빈도 삽을 고쳐 쥐면서 어둑해진 주변을 훑었다. 놈들 특유의 포효는 들리지 않는다.

"이게 어디서 온 거지?"

보이는 범위 내에는 움직이는 것이 없다. 보안관과 유빈은 철책을 넘어 발소리를 죽이면서 복지 센터 쪽으로 걸어갔다.

"까짓것 한 마리일 뿐이야. 너무 긴장하지 마."

보안관이 뒤쪽에 선 일행들을 돌아보며 달랜다. 하지만 앞서 걷던 유빈은 절망감에 사로잡혀 삽을 늘어뜨리고 얼굴을 감싸 쥐었다.

"왜 그래, 유빈아?"

"이런 제기랄, 이것 좀 봐."

유빈이 복지 센터 건물 내부의 1층을 가리켰다. 눕혀 두었던 나무 사다리가 부서진 채 박살이 나 있다. 허리를 숙이고 사다리의 파편들을 살피던 유빈이 못이 튀어나온 나무 조각 하나를 들어 보인다.

거기에 묻어 있는 찐득한 검은 액체에서는 독특한 악취가 풍겼다. 말라붙어 있지 않은 것으로 보아 못에 찔린 지 그리 오래된 건 아니었다. 그리고 이렇게 지독한 냄새가 나는 건 하나밖에 없다.

"한 번 쓸고 갔나 봐, 여길."

유빈이 쓸쓸하게 중얼거린다. 보안관이 물었다.

"좀비가 사다리를 박살 냈다고? 그런 생각을 해낼 만한 대가리가 되나?"

"그냥 아무 생각 없이 밟고 지나갔겠지. 워낙 수가 많았을 거야. 그랬으니까 나무도 견디지 못하고 부서진 거고. 한두 마리가 밟았다고 해서 이렇게 되지는 않을 테니까."

"어느 방향에서 온 거지? 혹시 뒷산에서?"

황급하게 뒤쪽으로 뛰어갔던 보안관이 고개를 저으며 돌아온다.

"저쪽은 아니야. 트랩이 우리가 걸어 놓았던 모양 그대로 남아 있어."

"그래, 산에서 온 건 아닐 거야. 만약 그랬다면 여기가 온통 흙투성이가 되어 있었을 테지. 오늘 비도 왔었잖아."

앞도, 뒤도 아니면 측면밖에 남지 않았다. 유빈은 건물 밖으로 나와 복지 센터 앞을 가로지르는 먼지투성이 도로를 바라보았다. 작업반장이 이 길을 따라 차를 몰고 내려갔다가 다시 돌아오지 못했다.

곁으로 다가온 보안관이 물었다.

"이걸 타고 온 건가? 그런데 여기까지는 길을 따라 잘 걷던 놈들이 왜 하필 우리 사는 건물로 기어들어 온 거지? 이상하잖아."

그건 유빈 역시 알고 싶다. 왼쪽에서 온 것인지, 오른쪽에서 온 것인지, 몇 마리가 몇 시에 왔는지, 그리고 대체 뭘 찾으려고 복지 센터 건물 내부로 들어와 서성거리다가 갔는지.

알아보고 싶은 건 산더미처럼 많지만, 지금 그것보다 더 중요한 건 이 소름 끼치는 좀비의 루트에서 벗어나는 일이다.

놈들의 움직임은 규칙성을 띤다. 한 번 나타났으니 언제든 또 나타날 수 있고, 그게 언제일지는 그들 중 아무도 모른다. 고민을 하는 동안에도 점점 사방이 어두워지고 있다.

"보안관, 해머랑 연장 몇 가지만 챙겨."

해머와 공구 가방을 집으면서 유빈이 말했다. 보안관은 굳은 표정으로 고개를 끄덕였다. 철책 너머에서 기다리고 있던 일행들에게 다가간 유빈은 최대한 침착하게 설명을 했다.

"좀비들이 한바탕 휩쓸고 갔어. 정확한 규모는 모르지만, 꽤 많았던 것 같아. 언제 또 올지 모르니까 빨리 자리를 피해야 돼."

아, 세 사람의 입에서 가볍게 탄식이 흘러나온다. 삼식이가 물었다.

"어디로 갈 거야?"

"번화가 쪽으로 다시 가야 할 것 같아."

"조금 전에 네 입으로 거기는 위험해서 별로라고 했잖아?"

"지금은 여기보다 안전하겠지. 아니…… 안전했으면 좋겠네. 하여간 여기에는 있으면 안 돼. 오늘 밤에 혹시 또 올지도 모르니까."

불안한 표정의 제니가 물었다.

"이제 이곳으로는 다시 돌아오지 않는 거예요?"

"아니, 아니. 어디까지나 일시적인 거야. 지금 우리는 이만큼 많은 놈들이랑 싸울 준비가 안 돼 있으니까."

"빨리 가자! 가면서 말해."

공구들을 다 챙긴 보안관이 유빈과 제니의 어깨를 돌려세운다. 일행은 조금 전 그들이 걸어왔던 길을 그대로 되짚어 걸었다. 아무 소리도 들리지 않는데, 불안한 마음은 자꾸 뒤를 돌아보게 만든다. 거대한 그림자처럼 방치된 복지 센터가 음침하게 느껴져서 그들은 발걸음을 재촉했다.

"전에 철책 올려놨던 거 어디에 있나?"

한동안 걷다가 유빈이 보안관에게 물었다.

"아, 그거 슈퍼 근처에……."

"그거 나랑 제니가 들어갔던 집 옥상으로 옮겨 두자. 오늘 거기에서 자는 게 나을 것 같아. 방범 문도 잠겨 있고, 계단이 옥상이랑 이어져 있으니까 여차할 때 시간을 꽤 벌 수 있어."

"하지만 거기에는……."

제니가 말을 맺지 못하고 주저한다. 무슨 말을 하는지 유빈도 잘 안다. 그 집 욕실에는 죽은 여자의 시체가 있다. 지금쯤 아마 냄새도 엄청날 것이다. 나쁜 세균이 생겨났을 수도 있다. 그리고 아무래도 불길하다.

"테이프로 문을 막아 두면 돼. 정 찜찜하면 잠은 옥상에서 자도 괜찮고. 일단 하룻밤만 보내면 되는 거니까."

"너희만 아는 소리로 뭐라고 하는 거야? 거기에 뭐가 있는데?"

날카로워진 신입이 언성을 높이며 캐묻는다. 유빈은 별거 아니라는 투로 대답해 줬다.

"그냥…… 욕실에 죽은 사람이 하나 있어. 근데 거기에만 들어가지 않으면 돼."

"야, 씨발, 널린 게 집인데 하필이면 그렇게 귀신 나올 것 같은 집을 골라 들어가려고 하냐? 차라리 아까 우리 밥 먹은 데로 가자. 거기 좋더구만. 깨끗하고."

"거기는 안 돼. 유리문이고, 옥상으로 가는 길이 1층에도 개방되어 있어서."

"그럼 다른 집을 골라. 나는 반대야."

이런 일로 말씨름을 하고 싶지는 않다. 유빈은 단호하게 말했다.

"그럴 시간 없어. 사방에 보이는 집들 다 멀쩡해 보여도 실은 그 안에 시체가 몇 구씩 있을 가능성이 높아. 가만히 죽어 있는 시체면 그나마 다행이고, 좀비가 숨어 있을지도 모르지. 거기보다 더 나은 집을 찾아보고 싶으면 너 혼자 해. 나는 야밤에 낯선 집을 뒤질 만한 용기가 없으니까."

"뭐래, 이 등신 새끼가! 제 친구들밖에 없다고 아주 신났네? 야, 그렇게 안전이 중요했으면 낮에 탱자탱자 놀지만 말고 기지가 될 만한 집을 찾았어야지."

"그러니까 잘난 네가 시체도 없고 위험하지도 않은 집을 찾으라고. 안 말린다니까?"

신입이 유빈을 노려본다. 냉랭해진 공기가 압박처럼 느껴질 때, 삼식이가 힘없이 입을 열었다.

"배고프다……."

그 말이 사실인 것을 증명하려는 듯 삼식이의 배에서는 꼬르륵, 소리가 났다. 그리고 보안관과 유빈의 배에서도 비슷한 소리가 합창처럼 울어 댔다. 삼식이 때문에 카레를 제대로 먹지 못했으니 다들 꽤나 허기가 진 상황인 것이다.

"저두요. 우리 빨리 가서 저녁 먹어요."

제니가 재빨리 신입과 유빈의 사이에 끼어들며 웃는다. 보안관도 제니를 거들었다.

"그래. 야, 신입. 예전에 생각해 봐. 1층에 좀비 시체를 몇십 마리나 쌓아 두고서 잘만 잤잖아. 게다가 그때는 음료수밖에 먹을 게 없었어. 그거에 비하면 이건 정말 아무것도 아니야."

씩씩거리던 신입도 수긍할 수밖에 없는 이야기다. 그렇게 해서 논쟁은 더 이어지지 않고 억지로 종결됐다. 다섯 명은 다시 입을 다물고 걸음을 서둘렀다. 어깨에 짊어지고 있는 가방의 무게 때문에 모두의 몸은 약간씩 앞으로 굽어 있다.

박모의 어스름이 깔리기 시작하자 어둠 때문에 시야가 급격하게 줄어든다. 삼식이가 헤드 랜턴을 꺼내 쓰고 앞을 밝혔다.

"휘이잉—.

저녁이 되며 불기 시작한 바람이 잡초들을 이리저리 흔들며 춤추게 한다. 다들 알고 있었다.

짧았던 파티는 이제 끝났다.

(다음 권에서 계속)

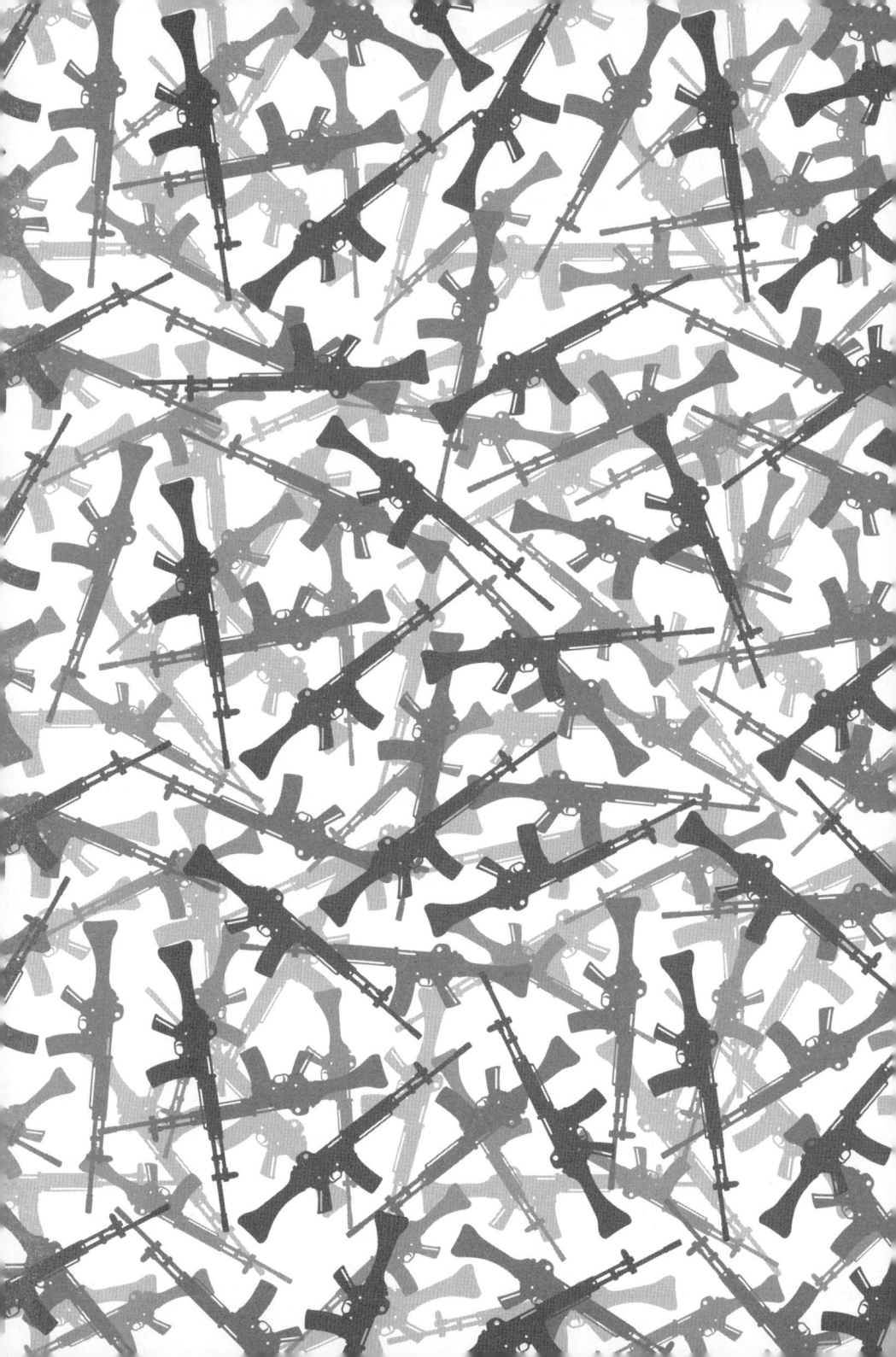